模倣と創造
哲学と文学のあいだで

明治大学人文科学研究所叢書

井戸田総一郎
大石直記
合田正人

書肆心水

はじめに

「言語の不安」――「言語による不安」とも「言語という不安」とも言い換えることができるだろうが――、これが本書の全編に立ち込めている情動ではないだろうか。とはいえ、「不安」は必ずしも否定的なだけの情動ではない。「不安」とは漠たる、無定形な動揺（in-quiétude, unrest）であって、その蠢きから様々な響きや形象や情動が生み出される星雲のごときものでもある。もちろん、それが確たる基盤の不在にほかならないことに変わりはない。

私たちが「言語」とみなしているのはこのような蠢きのほんの一部でしかない。自然ないし宇宙はみずから自分自身を形成していく。この形成はある者にとっては途方もない破壊やカタストロフとして現れるけれども、自然ないし宇宙はつねに至るところで生成変化を続けており、この生成変化は何らかの「徴し」（シーニュ）を伴っているのだが、そこでは、「自然化する自然」と「自然化される自然」とが不可分であるように、「徴し」を発するものと「徴し」に応えるものは不可分である。かつてアランが、身体をその真の故郷たる宇宙に返すことと言ったように、どれほど局所的システムの囲いのなかに閉じ込められているかに見えるとしても、これまた生成変化の途上たる「個体＝様態」（mode）は、自然ないし宇宙の全体とどこかで結びついている。極小の小波が海全体と、宇宙全体と結びついているように。この感覚、それがいかなるものであれ言葉を発するときに、言葉を読むときに、言葉を聞くときに感じることの微妙なぶれの感覚、それは世界の諸言語、動物の、植物の、無機物の、いまだ人間が知ることのない物質の振動と呟きとの微かな連動を告げるものなのだが、それこそが「言語の不安」であり、この「万物照応」（コレスポンダンス）こそ、クセナキスのような作曲家が作り出す宇宙のざわめきであり、ウェーゲナーのような気象学者が読み取る大地の移動であり、数々の勝れた詩人たちが「詩法」と呼んだものの奥義であり、中井久夫のような優れた翻訳家＝精神科医が感得した「言語のミーティングポイント」なのである。いや、いまだそのメカニズムは解明されていないとはいえ、私たちは「言語」を獲得するに際して、失語に陥るに際して、「言語」を忘却するに際して、この遭遇を経験しているのかもしれない。そしてそこに、「ミメーシス」の、「模倣と創造」を思考する鍵が隠されているように思えるのだ。

ミーティングポイント、接合点はまた分界点、分裂点でもある。今、「ミメーシス」「ミミック」「模倣」「真似」と発声してみて欲しい。上唇と下唇が出会い、離れるときに「ム」という音が発せられる。この動きは呼吸にも発音にも接触にも性愛にも見られるもので、免疫学の大家、多田富雄が指摘したように、人間がそもそも「管」であるなら、「管」への流入とそこからの流出をそこに看取することができる。そして、これほど日常的な出来事のなかで、まさにこの数センチの裂け目を通じて、無限の自然ないし宇宙が何らかの仕方で自己表出しているのではないだろうか。「気」の概念がそれに相当するとも言えるかもしれないが、このような自然ないし宇宙の自己表出である限りで、すべての個体はその程度は異なるとしても互いに類似しているのだ。のみならず、どの個体もそれ自身に類似し、それ自身のミメーシスなのである。

言い換えるなら、これはいわゆる「同一性」もいわゆる「他者性」も実は存在しないということでもある。たしかに、言語はどうしようもなく自己主張と他者との疎通の手段とみなされてしまう。にもかかわらず、言語に取り憑かれた者たちは異様な孤独、孤独とも言えないまさに「不安」を感じざるをえないのだ。そして、この「不安」を濃密化すること、そこにしか「共同研究」と呼ばれるものの意義はないのかもしれない。すでに唇の隙間について語ったように、私たちの生存過程そのものが「自己」と「他者」という二元コード化の不断の審問なのだから。

かつてヴァルター・ベンヤミンが「複製技術時代」と呼んだものが更に高次化を続けて、「複製」がもはや「原型」の「複製」ではなく、何の「複製」かも分からないまま増殖を続けている。そこには、国境をも超えて「社会」「国家」の基礎と見えた「信頼」を根底から揺るがす動きがある。この脅威のなかで今も生まれつつある新たな接続の歓びおよび危険がある。そして更に、無理矢理にでも虚構の「信頼」を捏造しようとする動きがある。それらの動きが複雑に衝突するなか、本書の執筆者三名はそれぞれの視点から、「模倣とは何か」「創造とは何か」という、あまりにもアクチュアルな、しかしあまりにも言い古された問題系をめぐって考察を続けてきた。孤独な軌道を描く迷い星が互いに接近してまた遠ざかっていったと言えばよいだろうか。どのような「共同研究」であったかの詳細は、研究代表者である大石直記の「後記――本書成立の経緯」を読んでいただきたい。「共同研究」の機会を与えていただいたのみならず、本書の出版を助成していただいた明治大学人文科学研究所、そしてまた、本書の出版をご快諾いただき本書を作り上げてくださった書肆心水の清藤洋氏に心からの御礼を申し上げたい。

「まさに汝が生の流れをまたいで進むために必要な橋をかけることのできる者は誰もいない、汝以外には誰ひとりとしていないのだ。（…）世には汝以外に誰も歩みえない唯一の道がある。この道はどこへ行くのか？ と問う勿れ、ひたすらに進め。「人は自分の道がどこへ導いて行くかを知らないときほど向上しているときはない」という格言を語ったのは誰であったか？」（ニーチェ『反時代的考察』ちくま学芸文庫、二三八―二三九頁）

二〇一七年一月二四日

著者を代表して　合田　正人

目次

第三章　森鷗外と近代的表現へのアクチュアルな〈問い〉
――伝承と自由と、あるいは、ミメーシスとポイエーシスと

大石直記

模倣と創造

——哲学と文学のあいだで

第一章　模倣・創造・書記行為

――ニーチェの文体と孤独

井戸田総一郎

凡例

一、作品・著書名の表示はドイツ語の場合はドイツ語引用符、英語の場合は英語引用符、ギリシャ語・ラテン語の場合は（ ）を用いた。

一、説明における原文からの部分引用は、詩行一行や文単位あるいはそれに準ずるまとまりのある表現の場合はドイツ語引用符を用いた。

一、楊格など、説明における概念を原語で示す場合は（ ）を用いた。

序

ドイツ・ナウムブルクのニーチェ文献研究センターにおいて、二〇一五年十月十五日から十八日まで『ニーチェと詩』（Nietzsche und die Lyrik）と題した国際会議が開催された。ニーチェ研究の国際的な広がりを反映して、参加国はドイツ以外にアメリカ、フランス、イタリアなど十か国に及び、七つの基調講演の他に三十八の研究発表が行われ、人文系の国際会議としては大規模なものであった。

一九九〇年に設立されたニーチェ協会（Nietzsche-Gesellschaft）は、ニーチェの誕生月の十月あるいは没月の八月に年次学術会議を開催し、多くの成果を挙げてきている。哲学者ニーチェを巡りこれまでにさまざまなテーマが設定されてきたが、「ニーチェと詩」を本格的に取り上げる企画はドイツにおいて今回が最初であり、内外の関心を多く集めたようである。地元紙も、「ニーチェ文献研究センターの用意している椅子が足りない程の参加者の数」[1]について報じ、このテーマにたいする反響の大きさを伝えている。今回の企画立案は、コペンハーゲン大学教授クリスティアン・ベネとシュトゥットガルト大学教授クラウス・ツィッテルの両名によってなされた。開会の挨拶のなかで、「ニーチェの思索と書記行為にとって詩文は極めて重要な形式であった」とベネは述べ、さらにツィッテルは「ニーチェの哲学記述の一翼を担うものとしての詩文」を強調、「詩と哲学の分離の状況」を今後のニーチェ研究は克服していかねばならない、という強いメッセージを打ち出していた。[2]

ところで、ニーチェが文体について比較的まとまった形で言及しているのは、一八八二年の『ルー・フォン・ザロメのためのタウテンブルク手記』の「文体の教義」という十項から成る教説であろう。「声」や「身振り」という感覚の重要性が強調され、「思想を感覚で感じていることを文体で証明すべきである」[3]とニーチェは言明している。これとほぼ同時期に刊行された『悦ばしき智慧』の第二書においても、ニーチェは一つのアフォリズムに「散文と詩文」という表題を付けて、文体に言及している。その冒頭部で、「散文の大家は詩人でもあったことは銘記されるべきだ」、あるいは「良き散文は詩文に敬意を払う時にのみ生まれるものであること、それは真に心に刻まれるべきだ！」[4]という強い言葉を放っている。因みに、散文（Prosa）の語源に相当するラテン語 **prorsus** は、「直線的に進展する動き」の意味を表している。例えば **prosa oratio** は「前方へ向けられた談話」を表し、公衆を前に自由な発話を行うこと意味した。一方、詩文（Vers）の動詞形 **vertere** は「回転」「回帰」「反復」などを意味している。ニーチェのアフォリズムは、「直進」と「回転」という異なる原理を機動力にしている散文と詩文を対比的・対立的に描き、この二つの原理の「戦《いくさ》」こそが「良き散文」そのものであり、このような「戦《いくさ》の楽しみ」を理解しない「散文人間」を強い調子で批判している。

ここで少しこの「戦《いくさ》」の内実に入ってみよう。ニーチェはアフォリズム「散文と詩文」のなかで、詩文を「女神」に喩え、女神の「小さな繊細な耳」という言説によって、詩文と響《おと》の連なりを暗示している。女神は「薄明」や「朧な色調」を好むと言われ、詩文が感覚の表層という不確定の領域に留まる文体であることも強調されている。これに対して、散文は具体（感覚）を捨象する力を持つ「抽象概念」**Abstraktum** によって代表され、曖昧を好む女神に悪戯したり、馬鹿にしたり、ついにはその「無味乾燥と冷血」は女神を「絶望」させることにもなるのである。詩文と散文の「接近」あるいは「和解」は「瞬時」に見られることもあるが、ニーチェによれば、両者は常に「戦《いくさ》」のなかにあり、この「戦《いくさ》」そのものを楽しむことが文体にとって重要とのことだ。[5]

さて、『悦ばしき智慧』の第二版刊行の際に加えられた有名な序文の最後を思い起こしてみると、このような文体を求める書記行為そのものがニーチェの思索の中核を占めていたことが浮かび上がって来る――

「真理のヴェールを剥がされ、それでも真理が真理であり続けられるとは、もはやわれらのなかで信ずる者なし。それを信ずるには、われらは生き過ぎたり。（…）「神様は何もかも見ているというのは本当なの？」と少女母《おとめ》に尋ねけり。「でも、それは失礼だと思うわ」。哲学者は少女《おとめ》のこの言葉を肝に銘じるべし！　羞恥《はじらい》に対してもっと敬意が払われるべきではあるまいか。自然は、謎や不思議なる現象の背後に、羞恥《はじらい》つつも姿を隠している故。真理とは思うに素性を隠す訳ありの女性《にょしょう》ではないか？　真理の名は、ギリシャ語のバウボ（註　母胎のこと、女性の性器も表す）ではないか？

……そうだ、あのギリシャ人たち！ 彼らは生きる術を良く心得たりき。生きるには、表面に勇もて留まること、襞や皮膚に立ち止まることを要す。仮象に敬意を払うこと、すなわちさまざまなる形式、音調《しらべ》、言葉、仮象のオリンポス全体を信ずることを要す。ギリシャ人たちは表面的にありし――深みから出でて！ われらはその地点に戻れるのではないか？ 現代思想の最高峰、最も危険な山頂をわれらは極め、その頂きより四辺を見回し、下方を見下ろしたるが故に。われらはまさにここにおいて――あのギリシャ人にはあらずや？ 形式、音調《しらべ》、言葉を讃える者！ まさに――芸術家ならずや？(6)」

この序文は、『悦ばしき智慧』の第五書を加える際に書かれたものである。『悦ばしき智慧』は、一八八二年八月に「序奏」と第四書までが刊行された。五年後の一八八七年にフリッチュ社から他の著作の新版を出版する一環として、『悦ばしき智慧』の第二版が新たな序文と第五書、さらに『プリンツ・フォーゲルフライの歌』と題した「終曲」を加えて刊行された。この第二版までの五年の間に、『ツァラトゥストラかく語りき』（一八八三年～一八八五年）さらに『善悪の彼岸』（一八八六年）の出版が続いており、この序文は、これらの重要なテキストを内に孕む形で執筆されている。引用した箇所の「現代思想の最高峰」に始まる部分には、明らかに『ツァラトゥストラかく語りき』が読み込まれている。いずれにしても、形式と音調《しらべ》を基本とし、反復などによって感覚の「表面」に留まることのできる詩文と、具体を捨象する力を持ち直線的に進む散文との「戦《いくさ》」、その「戦《いくさ》」としての書記行為の確かな足跡を残すことが、この時期のニーチェにとって大きなテーマであったことは間違いない。これに関しては、最後にまた触れることにしよう。

本論では、文体にたいするニーチェの強い拘り、独自の文体センスが生まれてくるプロセスを、十歳代の頃のニーチェの文体訓練や詩作にまで遡りながら見て行きたいと思う。ニーチェの到達点とも言える『ツァラトゥストラかく語りき』や『ディオニュソス頌歌』の文体を分析する上で、この作業は避けては通れないものだ。特に「文化の継承と断絶」というテーマは、ニーチェの文体形成における中核的な問題の一つであり、本論はこの視点からまずアプローチを始めて行きたい。

Ⅰ　模倣とジェラシー

クルティウスは『ヨーロッパ文学とラテン中世』の第一八章五節「創造と模倣」のなかで、ギリシャ語の書『ペリ・ヒュプスース』（Περί ύψους）に触れている。この書の著者は高名なレトリック学者カシオス・ロンギノス（二一二年頃～二七二年頃）と思われていたが、一九世紀初めの文献学調査で否定され、その後著者は不明（その結果、著者は Pseudo-Longinos「ロンギノスのような人」と表記されている）のままで、書かれた年代については紀元後一世紀の前半期と推定されている。一八世紀にニコラ・ボアローによってフランス語に翻訳されてから広く知られるようになり、アリストテレスとホラティウスの詩論と並ぶ美学上の最も重要な書とみなされている。「ヒュポス」ύψος は「高み」や「大いさ」を意味する言葉であるが、それがフランス語の sublime、さらにドイツ語の erhaben に訳され、『ペリ・ヒュプスース』は『崇高について』という標題で通用するようになった。クルティウスはこの翻訳を誤りであると断言し、E・E・サイクスが『ギリシャの詩論』（一九三一年）のなかで『大いなる文体』On great writing と訳している事例をあげている。つまり、『ペリ・ヒュプスース』はもともと文体論であり、「高き文学」「大いなる詩・散文」を話題にしている、とクルティウスは指摘している。(7)

『ペリ・ヒュプスース』のなかで、「高き文学」へ向かう道筋のなかで最も重要なこととして挙げられているのは、「模倣とジェラシー」という概念である。これは、ギリシャ語で μιμησις τε και ζήλωσις（ミメーオイス・テ・カイ・ゼーローオイス）と表記される。このギリシャ語からは、「心と身体」（ψυχή τε και σώματι プシュケー・テ・カイ・ゾーマティ）という表現と同じように、「模倣」は「ジェラシー」と不可分の関係にあり、両者を一体的に考えることが通念化していた点を伺い知ることができる。『ペリ・ヒュプスース』のなかに、「模倣とジェラシー」の具体的な事例として、ホメロスとプラトンの関係について次のような記述を見ることができる――「ホメロスに従順であったのはヘロドトスのみであったのか？ヘロドトスよりも前に、ステシコロスやアルヒロコスもホメロスに忠実であったが、誰よりも最もホメロスに嫉妬し模倣したのはプラトンであった。プラトンは、ホメロス叙事詩という源泉から無数の水路を引き、自分の作品に十分な栄養分を導き入れたのである。（…）プラトンは、ホメロスとの戦いに精魂を傾け必死に取り組まなかったならば、哲学の教義をかくも開花させ、文学の表象と言語の世界に入り込むことはできなかっただろう。プラトンは、万人の賞賛するホメロスというライバルに挑む若き闘争者と自分を位置付け、勝利を目指したのである。[8]」『ペリ・ヒュプスース』の著者は、ヘシオドスの言葉「かくなる戦《いくさ》は人に有益」を引用し、「先人に敗れても誉れあるような戦《いくさ》で勝利を得たらこれに優るものはあるのか？」と問いかけながら、同時代人にむけて次のように具体的に提言している――「私たちが書を作り上げる場合でも、それが高き言葉、大いなる心根を必要とするものであれば、次のように思い描いてみることは良いことである。つまり、かのホメロスであれば同じことをどのように表現しただろうか、あるいはプラトン、デモステネス、また歴史記述のトゥキディデスであれば、どのような高き言葉の衣装をまとわせたであろうか、そのように具体的な人物を眼前に思い描き、負けまいと競うならば、それは道を示す松明となり、文体の基準は具体的な姿となって立ち上がってくるのである。[9]」

ニーチェは後年の著作のなかで、古典語の徹底した習得に基づく人文主義を教育理念に掲げる寄宿舎学校シュールフォルタにおける学習の様子に言及し、ローマの歴史家サルティウスの著書に触れたときに、「瞬時に自分の文体に目覚めた」体験を告白している。ラテン語の長い論文の構想を練って、さらにそれを最終的な形にまとめようと徹夜して頑張っているときに、「筆先には負けてなるものかという野心」が渦巻いていたとのことだ。[10] その野心とは、ニーチェによれば、模範としてのサルティウスの文体を模し、隅々まで神経の行き届いた繊細な（nervosus）凝縮した表現の実現に努め、重さと深みのある（gravis）文体に何としても到達したいという強い意志であった。サルティウスの文体と本格的に競うことによって、ラテン語教師が使う「薄っぺらな美辞麗句」を超え、それらを「冷ややかに」秘かに見下すような段階にまで達したと述べられている。[11] シュールフォルタの時代にニーチェは、「一番強烈なラム酒」を自分のラテン語に注いだとも述べているが、これは精神の高揚感・オルガニズムを保つ方法として、自分とサルティウスにおそらくは共有のものであったと言われている。このように「競う精神」のもとで古典ラテン語の神髄に入り込むことによって、自分のなかに秘められている無限の可能性に気付いた、とニーチェは回想している。

『ペリ・ヒュプスース』をニーチェが実際に読んでいたに違いないと主張する美学者や哲学者は存在するが、(12) その是非をここで論じる必要はないであろう。自伝的著作から読みとれることは、ニーチェにとってシュールフォルタは『ペリ・ヒュプスース』そのもの、つまり「高き文体」に達するための実践の空間であったということである。ニーチェの言説に「模倣とジェラシー」を想起させる箇所が多く見られることは、十代の少年の頃から、古典ギリシャ・ラテン語の徹底した教育を受け、文体形成への強い意欲が古代世界への「新しき通路」であることを発見したところに帰せられるのではないだろうか。

ニーチェの遺稿資料のなかで、古典と「競う」というテーマが特に多く現れるのは、『反時代的考察』が執筆されている一八七五年前後である。つまり、一八七二年に刊行された『音楽の精神からの悲劇の誕生』が古典文献学者のあいだで厳しい批判に晒される、という状況のなかで、大学のシステムのなかで制度化されている古典文献学に対するニーチェの攻撃が激しさを増す時期である。例えば、一八七五年の次の断章のなかに、徹底した攻撃の様相を伺い知ることができるだろう――

「実践によってギリシャを制覇できるならば、それこそは最も大きな課題となるにちがいない。しかし、それにはまずギリシャを隅々まで知り尽くしていなければならない。――徹底して研究しているように見せて、実はそれを無為の口実にしている専門馬鹿が存在する。ゲーテが古代について理解しているところを、ここで考えていただきたい。ゲーテは古典文献学者ほど多くを知っていないが、生産的に古代と競うには十分な知識を持っていた。そもそもある事柄についての知識の量は、創造の行為を押さえつけてしまう限度を越えるべきではない。さらに言えば、真に認識する唯一の手段とは、創造を試みる以外にないのである。古代風《いにしえ》に生きることを試みてほしい。そのようにすれば、いかに学識を深めるよりも、直ちに何百マイルも古代人《いにしえびと》に近づける。――現代の文献学者は、古代人に負けまいと努力する姿勢をいずこかで示すことをなしていない。それ故に、文献学者たちの古代学は学生たちの心を動かさないのである。

古代人に負けまいと努力する者（ルネッサンス、ゲーテ）による研究。これに反して、何も生まない絶望の研究![13]」

「古代風《いにしえ》に生きることを試みてほしい」というニーチェの言葉には、ゲーテが『古代とモデルネ』のなかで述べている「人それぞれの仕方でギリシャ人であってほしい。しかし、本格的なギリシャであることを望みたい[14]」という表現が、共鳴しているように思える。それはともかくとして、ここで「負けまいと努力する」のドイツ語 nacheifern に、模範とするものを「模倣する」nachahmen というニュアンスが込められていることは重要である。さらに、「負けまいと努力する者」のドイツ語 Wetteifer には、その模範を乗り越えていくという模範にたいする競争心が含まれている。それは、『ペリ・ヒュプスース』のなかで言われている「模倣とジェラシー」の関係そのものとも言えるであろう。このような競争的環境に身を置くには、知識のみでは不十分であり、「創造」へ踏み込む勇気を持たねばならない、とニーチェは言っている。知識の集積を重視し、それを「無為の口実」にしている既存の文献学に対して、それを「絶望の研究」と断言することによって、ニーチェは大学の文献学からの離別を宣言したのである。

この断章が書かれた時期に、次のような文章も残されている――

「何を学ぶべきかの規準について言えば、一瞬にして模倣の衝動を起こさせる魅力を具えているもの、心を奪われ、その子孫をどうしても残したいと想わせるようなものこそが学びの対象とならねばならないのである。そこにこそ最も相応しきもの、つまり進展するカノンのような模範が存在し、それは世代を越えて通用することになるであろう。[15]」

ここには、模倣が性愛、生殖のイメージと連結して継承の問題域に至っている興味深い言説の構築が見られる。さらに、ニーチェがあまり使わないカノンという、普通は規範を意味する言葉が現れている点も興味深い。ニーチェが音楽に深く没頭し、作曲した作品も少なからず残していることはよく知られている。ここでニーチェが述べている「カノン」は、「進展する」(fortschreitend)という動作表現を伴うことによって、音楽のカノン形式をも同時に思い起こさせる。カノンは、複数の声部が同じ旋律を異なる時点からそれぞれ開始して演奏する様式の曲を指すものであり、一般に輪唱と訳されている。しかし、輪唱が全く同じ旋律を追唱するのに対し、カノンでは、異なる音で始まるものを含むこともでき、リズムが二倍または二分の一になるような複雑な形態が生まれるのである。このように、圧倒的な「魅力」ある旋律が普遍的な規準《カノン》を成し、その旋律に魅せられて模倣しながらさまざまな枝葉を「子孫」として生みだし絶えず進展していく、そのような在り様をニーチェは文体の継承の可能性として見ていたのではないだろうか。

Ⅱ　継承と断絶

『ヨーロッパ文学とラテン中世』のなかでクルティウスは、「文学の伝統の連続性」という言葉は、非常に複雑で入り組んだ事態を単純化した表現に過ぎず、伝統は生命《いのち》と同じように、「衰退と再生」の繰り返しであり、それはもともと予測を越えたものだという主旨のことを述べている[16]。ニーチェは、クルティウスよりも過激な言葉使いで、「伝統の断絶」という表現にまで踏み込んでいる。この断絶を生み出すものは、自らに規準《カノン》の「束縛」を課さずに、自分の「想像力」の翼に安易に乗ってしまう傾向だ、と言われている。この点に関連して、ニーチェは『人間的な、あまりに人間的な』(一八七八年)のなかの「文芸における革命」と題したアフォリズムの冒頭部を、次のような文章で始めている——

「筋・場所・時の一致に関して、また文体、詩句や文の構成、言葉やイメージの選択について、フランスの劇作家は自らに厳しい強制を課してきた。その強制は学校における重要な訓練のごときものであり、現代音楽の発展における対位法やフーガの技法修得、ギリシャの雄弁術におけるゴルギアスの比喩修得の重要性と同じものである。自らをこのように束縛することは、馬鹿げたことのように見えるかもしれない。しかし、自然への安易な順応から脱却するには、極めて厳格に（おそらくは自らの強固な意志を持って）自分を制限する以外に手立てはないのだ。[17]」

ここで「自然への安易な順応」と訳した原語はNaturalisierenという単語であり、もともとは「本物そっくりの標本を作製する」ことを意味し、引用個所の文脈では本当らしいレアリティを再現しようとする芸術の立場を表している。これに対してニーチェは、形式の存在を前提にした上で、その形式にたいしてむしろ自分を合わせていく方向、「自分を束縛する」sich binden あるいは自分に厳しい「束縛」Zwangを課す方向を強く求めているのである。

このように自らをさまざまな「鎖」Fesselnで縛りながら、その「桎梏」あるいは「軛」の存在をもはや感じさせないような域に達することに、ニーチェは芸術の最高の成果を見出して行くことになる――

「目の眩むような深い谷に架かる狭い板橋の上でも、このように徐々に優美に歩行する術を修得し、実に軽やかな動きを成果として自分のものとすることができるのである。このことは、音楽の歴史が現代人に証明しているものと同じである。桎梏が一歩一歩ゆるやかになり、ついにはその軛がまるでもう存在しないかのように見えるようになる現象は、音楽のなかに認められる。このように見えることは、芸術において必要な発展の最も高度な成果である。[18]」

このように「自らに課した束縛から次第に成功裡に抜け出る」事例は文芸の領域には見られない、とニーチェはドイツ文学の歴史を省みながら述べることになる。レッシングは、「現代に残る唯一つの芸術形式であるフランスの形式」を「笑いもの」にし、「シェイクスピアの方に与みしてしまった」。ニーチェは、通常は囚人の解放を意味するEntfesselungという単語に「束縛からの脱却」という新たな意味領域を生み出し、その「恒常的プロセス」がドイツ文学から失われ、「素朴な自然模倣の方向に、つまり芸術の始まりの地点に一気に逆戻りしてしまった」と批判している。シラーについても批判的な視線を投げかけているが、レッシングに比べると、「形式になんとか安定したところ」が見られる、と言われている。それは、フランス悲劇を手本にする気持ちが、当時のヴァイマルの知的環境のおかげで、シラーにはそれとなく存在したためである、とのことだ。ニーチェによれば、ゲーテもこの「伝統の断絶」のなかを生きねばならない時期があり、その間、「廃墟」と化した状況のなかで何とか捻り出した構想や手段を使って創作に励まざるを得なかったのである。

このような文脈のなかで、ニーチェは、イタリア旅行以後のゲーテの創作を高く評価している――

「ゲーテの後年の転身と回心は重みのあるものである。なぜなら、その転身と回心は、ゲーテが芸術の伝統を再び取り戻したいと心の底から望んでいたことを示しているからである。ゲーテは灰燼となったままの寺院やその柱廊を見て、かくも壮烈な暴力によって破壊された場に寺院を再建するには、腕力だけではとても弱すぎる、されば眼の想像力によって往年の全体の完全な姿を創りだしたいという心底からの思いに駆られたのである。[19]」

ニーチェによれば、ゲーテは「いろいろな方法でいつも新たに自分を拘束する術を見つけることによって、素朴な自然模倣から我が身を救い出し」、「真の芸術を想起する芸術のなかに生きること」になった。多様なジャンルに渉る創作は、ゲーテにとって、「すでに忘れ去られた昔の芸術時代を想起し、その理解を促すための手段になった」、と言われている。[20]「転身」以後のゲーテの試みの中で何をニーチェが想定しているのかを知ることはできないが、ここでは、筆者の判断によって、演劇の実践に関わる『俳優規則』の一部を紹介して置きたいと思う。ゲーテは俳優に対して、「可能な限り自分の個性を消失させ」、「仮面劇ができるまでに自己改造を進める」ように求めている。[21]現実の模写ではなく、「アレゴリー」による普遍性を重視すること、現実の様々な問題や感情を圧縮して「ごく単純な形式」に仕上げていくことは、「転身」以後のゲーテの特徴である。『俳優規則』のなかで方言の使用をゲーテは厳しく禁じているが、これは具体的な地方色や時代色を排除して、類型化・神話化を目指すゲーテの戦略の一つであった。また、新しい題材や役を想像に任せて生みだすのではなく、「昔からの馴染み深い」ものに「新しい魂を流れ込ませて新しい形態を生んでいく」方向性を重視した。これらの改革は、自然らしさ・本当らしさを求める当時の演劇の傾向に対する決定的な離反であり、形式・様式の存在を取り戻させようとする試みであった。

ゲーテは一七七五年暮れにヴァイマルに入っているが、その当時、ヴァイマルを「イルム川のアテネ」にしようというプロジェクトが存在していた。ドイツは三〇〇余の小国に分かれていたが、それは「中心」が存在しないという欠点はあるものの、独自の憲章を持って「小にして偉大」という「ギリシャ都市国家の理想」を追求できる環境とも考えられていた。ゲーテはこのプロジェクトの文脈のなかでヴァイマルに招聘されており、特に演劇（宮廷の伝統である舞踏・音楽を重視する祝祭劇や歌謡劇などを含む）を通した活動を期待されていた。上演の構想全体を主導するばかりでなく、自ら俳優としてもしばしば登場したと言われている。ゲーテは一七九一年にヴァイマル宮廷劇場の総監督に就任、その後二十六年間に渡ってアンサンブルの指導にあたり、一八〇三年には九十一条から成る『俳優規則』を著している。すでに一部触れたように、これによって言葉や所作などの点で徹底的に様式化された演技の実現を目指したのである。一八〇二年にはラウホシュテットに自らの構想に基づく劇場も開設しており、ゲーテが劇場空間のあり方にも強い関心を持っていたことが分かる。大学都市のハレやライプツィヒを近くに持つラウホシュテットの劇場は、新しい演劇の可能性を見ようとする学生や知識人（アイヒェンドルフやヘーゲルも観客であった）が押し寄せ、当時の演劇環境のなかで、まさに前衛的な「実験」とみなされていたのである。

さて、ニーチェはゲーテ以外に「優れた才能の持ち主」としてヴォルテールの名前を挙げている。「優れた才能の持ち主」という表現は誤解を招きやすいので、ニーチェは、「束縛から発して自由自在に見えるところにまで悲劇の展開を推進できる者」という説明をあえて加えている。ニーチェは、ヴォルテールの『マホメット』を読むように促している。因みに、ゲーテはヴォルテールの『マホメット』をもとに、『マホメット、ヴォルテールに依拠した五幕悲劇』„Mahomet. Trauerspiel in fünf Aufzügen, nach Voltaire"を執筆、さらにそれをヴァイマル宮廷劇場で上演した。ヴァイマル宮廷劇場は一七九一年からゲーテの監督下にあり、ゲーテは当劇場における改革に関する論説『ヴァイマル宮廷劇場』„Weimarisches Hoftheater"のなかで、この上演に触れている。ゲーテにおけるヴォルテール受容についてニーチェが詳しく知っていたかどうかは不明であるが、ニーチェはヴォルテールを「ギリシャの耳」を持つ作家、さらには「巨大な悲劇の嵐であろうともそれに耐えることができ、しかも多くの形態を生み出すことのできる魂が宿っていたが、同時にギリシャの節度によってその働きを制御できた」人物として描いている。(22)

伝統継承が途絶えてしまった状況のなかで、どのように古代ギリシャを想起するのか、その優れた試みとしてニーチェはゲーテ、ヴォルテールさらにはルネッサンスを挙げているのであるが、それらは、以下の断章で述べられている「途中の逗留地」のようなものと言えるかもしれない――

「お手本になる人を真似るような方法で、模範としての古代を学ぶべきである。模範となる人の特徴を可能な限り把握し、それを真似るように努めるのであるが、その人がとても遠くに居る場合は、道や準備のことを思慮し、途中の逗留地点も考え出すべきだ。(23)」

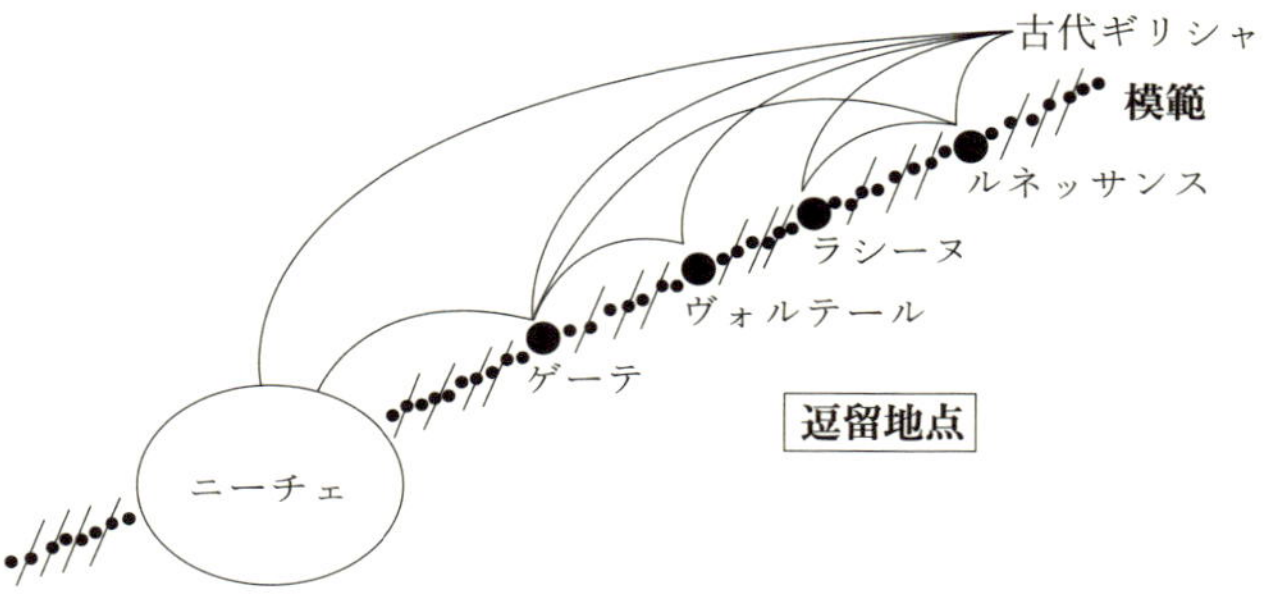

図版1　文芸の歴史における Actio in distans（著者作成）

歴史における Actio in distans を説明しているニーチェの図（図版2）を参考に、文芸における伝統の断絶と「隔たりにおける作用」を図示したもの。点は異なる文芸上の事象を表し、斜線は連続的継起の遮断・直線的連続の不在を表している。弧で描かれる線は「飛び越え」による作用を表し、そのような作用を及ぼすニーチェにとっての文芸上の重要な地点（古代ギリシャに至る「逗留地点」）として、ゲーテ、ヴォルテールなどを例示。「逗留地点」相互間の作用及びそれらの点とニーチェの間の複層的な共鳴作用の可能性を図示。

図版1は、中心にニーチェを置き、古代ギリシャまでの間に「逗留地点」としてゲーテ、ヴォルテール、ルネッサンスを仮に置いて作製したものである。この図は、一八七三年の遺稿に収められているニーチェ作製のものを参考にしている。ニーチェ作製図（図版2）は歴史の経験をテーマにしたものであり、時間の隔たりが存在するにも拘わらず、その隔たりを飛び越え、断絶のなかに何らかの繋がりを作る様相が描かれている。(24) ニーチェは「隔たりにおける作用」Actio in distans というラテン語

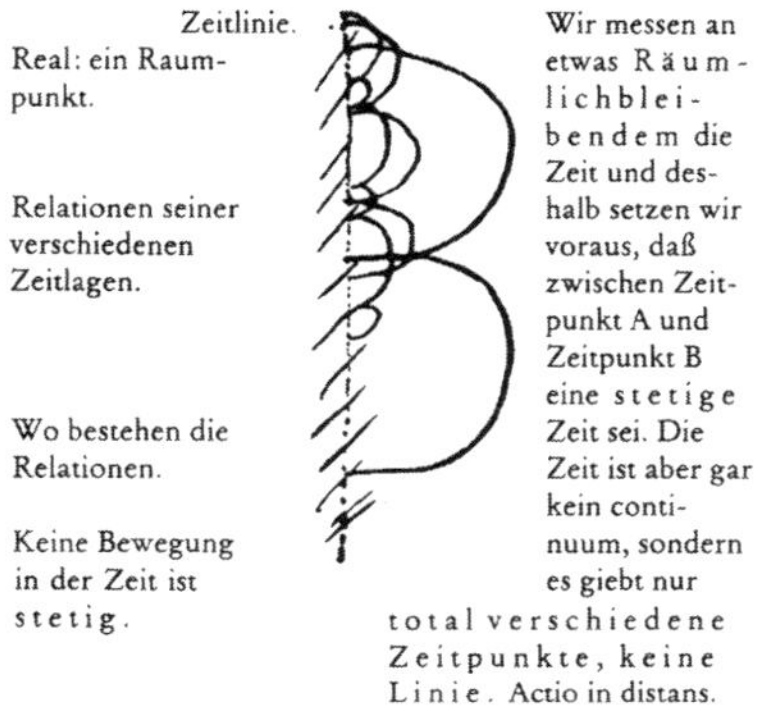

図版２　歴史における Actio in distans（出典：Friedrich Nietzsche : Nachgelassene Fragmente 1873. In : KSA. Bd. 7, S. 579.）.

点は異なる時間点を表し、斜線は連続体でないことを示している。時間点の間の空間が大きくなれば、つまり距離が遠く離れると、時間点相互の作用が大きくなる可能性を示している。

表現を作り出し、断絶の中にあって、「振動数を同じくする音叉同士が共鳴するように[25]」、歴史のなかで共振する点の存在を強調している。図版２に関するニーチェの手稿には、「時間は決して連続体ではなく、存在するのは全く異なった時間点のみであり、直線ではない。隔たりにおける作用」という記述が見られる。「継起する二つの時間点は重複し合うことになり、作用は不可能である」とも述べられ、作用の力には隔たりが必要であり、その作動は「飛び越え」によってのみ可能であることが強調されている。共振する時間点相互の距離と作用の力の大きさは関係があることも指摘されている。いずれにしても作用とは、離れた時間点が相互に共振し合うことであり、そこにこそ歴史における「生」という共鳴音が響くことになる。文芸の歴史にも、ニーチェは同じような時間点の共鳴を考えていたのではないだろうか。模範となるべきものとの距離があまりに離れている場合、作用は当初ゆっくりとした微弱なものにならざるを得ない。そこに至るまでのあいだに共振し得る逗留地点を見出すことが重要なのである。それが近ければ、共鳴の力は大きなものとなるに違いない。ゲーテがヴォルテールやルネッサンスさらには古代と結ぶ共振の弧は、ゲーテを介してニーチェのなかに響いて来るのである。ニーチェのなかで、「生産的に古代と競う」ゲーテはもう一度反復されるのであり、「ゲーテの時代はやっとこれから到来するのだ[26]」と言うニーチェの言葉は、その意味で理解されるべきであろう。

Ⅲ　パロディア――模倣と創造

自らに「束縛」を課しながら、その「束縛」から「成功裡に抜け出る」という動態描写のなかに、ニーチェにおける伝統継承の鍵が存在することは、すでに指摘した通りである。ニーチェは、これを少年期の頃から文体訓練も兼ねながら実際の詩作のなかで試みている。このテーマに比較的深く入った最初の研究者はサンダー・L・ギルマンであろう。ギルマンの著書 "Nietzschean Parody. An Introduction to Reading Nietzsche." は、富山太佳夫と永富久美の共訳の形で『ニーチェとパロディ』(青土社、一九九七年)と題して刊行されている。ギルマンの著書のなかで初めて分析対象になったニーチェ少年期の無題詩を本論は再度取り上げるが、本論ではギルマンの成果よりもさらに深く詩の構造に入った分析を展開することになる。

ギルマンの著書のタイトルにあるパロディが、ニーチェの詩作を見て行く上で最も重要な概念であることは疑う余地のないことである。ニーチェのパロディは、古代ギリシャ語の語源パロディア παρῳδία (parōdía) に近い意味で理解されねばばならない。parōdía は ode (オーデ) と para (パラ) 二つのエレメントが合成されて作られた言葉であり、ode は歌(詩と曲)を表している。para の意味には二つの方向性が認められる。一つは、接近 (Nähe)、共鳴 (Einklang)、類似 (Ableitung) を表し、他方、越境 (Übertretung)、反対 (Opposition)、差異 (Differenz) をも含意している。この二つの方向性を示す意味が合成・統合された地平に parōdía は成立している。つまり、パロディアとは、オリジナルのテキストに共鳴・接近し、それを範として模倣しながら、差異を生み出しつつ歌(オーデ)を作るプロセスということになる。原型に対してどのような質の差異を創り出すかによって、あるいは越境や反対の在り方によって、パロディアはコミカルな局面を顕わにし、さらに風刺や侮蔑などに近づくこともある。パロディアの形態は多様であり一義的に定義することはできないが、語源からみると、オリジナルのテキストが存在し、模範としてのそれに接近し、それをコピーしながら、同時に差異を生みつつ新しいテキストを創造する運動のプロセスを表していると言えるであろう。原テキストとの関係やそれとの「ずれ」のあり方がパロディアでは問題になる。[27] 古代ギリシャの時代から存在するものであり、ニーチェもこのような運動性・関係性のなかでパロディアを理解していたと思われる。

パロディアが十代のニーチェのテーマになっていたことは、『フリードリヒ・ニーチェ　若き日の著作集』のなかで確認できる。例えば、友人ヴィルヘルム・ピンダーの詩作に関する論評のなかで、ゲーテの詩『漁師』にたいするピンダーによるパロディ化の試みを、ニーチェは失敗であると断じている。[28] これは十代のニーチェにおけるパロディ理解に接近する上で貴重な発言であるが、しかしピンダーの詩は失われ現存していないので、「失敗」と断じた過程を再構成することはできない。

パロディアという言葉がニーチェのテキストのなかで極めて重要な意味を帯びて現れて来るのは、『悦ばしき智慧』第二版の序文のなかである。本論の序においてすでに触れたように、この第二版刊行に際しては、これまでの一書から四書までに、さらに第五書と「終曲」として『プリンツ・フォーゲルフライの歌』[29]と題した詩集が加えられている。また、第一版から第二版までのあいだに、『ツァラトゥストラかく語りき』や『善悪の彼岸』が刊行されており、ニーチェの著作活動のなかで最も興味深い時期に、四節からなる序文が執筆され、その第一節最後の文にパロディアの言葉が出現しているのである――

「一連の詩のなかで、一人の詩人が許しがたいやり方ですべての詩人をからかい笑い者にしているのである。――さよう、笑い者にされているのは詩人のみにあらず、詩人たちの麗しき「抒情味溢れる詩的感情」、この抒情味にたいして蘇りし彼《か》は悪意の怒りをぶちまけざるを得ないのだ。彼《か》の求めし生贄が如何なるものか、鵺《ぬえ》の如きものが彼《か》を刺激し諧謔へと駆り立てるさまを誰が想像できよう？「さてはこれより悲劇の始まり」――この書物、危ないか危なくないか微妙なわが書物の終わりにかく予告せり。しかし油断はなさるな！途方もない悪逆無道がこれより押し寄せて来るぞよ――「さてはこれよりパロディアの始まり」、覚悟はよろしいかな[30]……」

『悦ばしき智慧』の第四書の最後のアフォリズムにラテン語で incipit tragoedia（インキピット・トラゲディア）のタイトルが付されており、それを訳出すると、始まりを告げる「さてはこれより悲劇の始まり」のようなものになるであろう。インキピットは、書物の題名という概念が存在していなかった古い時代を感じさせる表現である。このアフォリズムは、ツァラトゥストラが人間の世界に降りて行くことを決意したシーンの描写であり、それは『ツァラトゥストラかく語りき』の冒頭部を飾ることにもなる。「下降」を表現するドイツ語として、ニーチェはin die Tiefe steigenあるいは副詞のhinabを用いているが、同じ下降的表現のuntergehenも加え、それが没落Untergangの意味を内包するところから、下降→没落→悲劇の文脈が作り出されている。引用した箇所からは、『悦ばしき智慧』の第一版の最後は『ツァラトゥストラかく語りき』刊行の予告であったことが分かると同時に、第二版は「途方もない」規模のパロディアの出現である旨が宣告されている。本論では、このパロディアの本格的実践を、『プリンツ・フォーゲルフライの歌』の冒頭詩『ゲーテに寄す』のなかに見て行くことになる。

ところで、ニーチェのパロディアの由来について最近クリスティアン・ベネが興味深い論文(31)を発表したので、その内容を簡単に紹介しておこう。ベネは、ニーチェがバーゼル大学の授業でしばしば取り上げていたクインティリアヌスの『弁論家の教育』(Institutio Oratoria)、特に第九書第二章「プロソポポエイア」Prosopopoeia(活喩法・擬人法)に注目している。プロソポポエイアとは、「話者・筆者が他人(または物)として語ることで聴き手・読み手に伝達する修辞技法」、つまり自分の語りや文体のなかに異なる人の声や調子(特徴)を組み込む技法のことである。クインティリアヌスは、プロソポポエイアの具体的な技法の一つとして第三十七項でパロディアを取り上げており、そこでパロディアの起源について次のように述べている――「パロディアは、模倣を促すような雛形になる謡《うた》から派生し、品格を下げるような使い方もあるが、詩文や散文における模倣も表すようになった(32)」。パロディアが生まれる前は、音楽のメロディはその都度の歌詞と密接に結びついていたとのことだ。音楽と言葉が乖離し、音楽が自立することによって、メロディを模倣して言葉の内容を代えるような技法、つまりパロディアが生まれた。本論の次の項で、同じ讃歌のメロディでありながら、カトリックとプロテスタントで異なる歌詞バージョンが存在することを話題にするが、今日ではコントラファクトゥアと言われているこのような現象が、パロディアの祖型であった(33)。詩文や散文においても、形式を模倣して、言葉の内容を代えるようなことが古代ギリシャの時代から盛んに行われるようになった。引用文にもあるように、それは時に「品を下げる」使われ方もしたようだ。ベネはパロディアの発生を文献学的にたどりながら、ニーチェがパロディアについて、元のオリジナルを継承し現代に生かす優れた技法とみなしていた点も強調している。筆者は、ベネによるこのような最近の研究成果も踏まえた上で、ニーチェのパロディアをオリジナルにたいして接近・模倣と離反・差異化のベクトルの異なるダイナミックな運動性という視点で分析したいと思う。

1 少年期の無題八行詩

筆者の手元にある五巻本の『フリードリヒ・ニーチェ　若き日の著作集』は、一八五四年（十歳）から一八六九年（二十五歳）までの遺稿を収集・編集したものであり、総頁数は編集者の序文や凡例・注釈などを除いて実質で二二九一頁に及んでいる。第五巻には、バーゼル大学の教授就任講演『ホメロスと古典文献学（Homer und die klassische Philologie）』や講義用ノートが含まれている。ニーチェは二十四歳のときに、フリードリヒ・リーチュル（ライプツィヒ大学古典文献学科正教授）の推薦やヴィルヘルム・フィッシャー・ビルフィンガー（バーゼル大学古典文献学正教授）の支援によって員外（非正規）教授の職を得ているのである。員外という地位とはいえ、博士論文や教授資格論文を提出する以前に教授職を得ることは当時もまれなことであり、ニーチェが将来有望な古典文献学者とみなされていた証左であろう。第三巻と第四巻は、ボン大学およびライプッヒ大学の学生時代のノートやレポート類を収めている。しかし、『フリードリヒ・ニーチェ　若き日の著作集』を概観して驚嘆することは、十歳から十七歳（一八六一年七月）までの遺稿のみで第一巻の四四七頁を占め、さらに十七歳（一八六一年八月）から二十歳までのもので第二巻の四二八頁に達しているという事実である。

デンマークのアールハス大学出版局から刊行されているニーチェ論文集のなかに、十三歳のときの詩『二羽の雲雀』（„Zwei Lerchen"）の一行「未だ踏み入れられしことなき軌道」„Auf nie noch betretener Bahn" を表題にした論文が掲載されている。この論文には、「ニーチェの子供時代——詩作による自分発見」という副題が付けられているが、著者のH・J・シュミットは「過去の著名な作家のなかで、子供・青春時代の遺稿がこれほどの分量で存在し、しかもそれらにアプローチする環境が整っている点において、フリードリヒ・ニーチェに優る者はいない」と述べている。[34]

『フリードリヒ・ニーチェ　若き日の著作集』の第一巻と第二巻には多様な文書が収められているが、ここでは第一巻についてまず仮のジャンル分けを試み、それぞれのジャンルを代表させる形でいくつかのタイトルを次頁に例示してみたい。このような作業によって、十歳代半ばのニーチェの関心領域のおおよその輪郭を提示できると考えるからである。

これら以外にも、アイディアや構想をメモした文書なども収録されているが、一覧を見て創作的なものが多いことに気付くであろう。特に詩であるが、ここにタイトルを例示したものはごく一部に過ぎず、第一巻に収められた詩のなかでナウムブルクの就学時代（一八五〇年～一八五八年、六歳～十四歳）に書かれたものに限定して集計すると（H・J・シュミットによる）、七十四の詩と十八の断片詩（総計九十二）、行数は全体で二五三七行に及んでいる。[35] 創作ということで付け加えておくと、一八六四年に寄宿舎エリート高等学校（一八五八年～一八六四年、十四歳～二十歳）を卒業する際に書かれた文章によると、ニーチェは九歳の頃から音楽に熱中していた。子どものときに音楽を学ぶことは、通常は所与の楽曲を再生するための基本的な技法を習得することであろう。ニーチェはこのような技法の修得ばかりでなく、作曲も始めていたようである。作曲とはいっても複雑な楽曲の創造ではなく、選んだ音を構成しながら（共鳴音や連続音をつくりながら）まとまりのある形のものにするという語源的な意味に近い「作曲」であった。特に、聖書のいろいろな文章に適当なピアノ旋律をつけて、初見で歌ってみるようなことに没頭していたようだ。ニーチェはこの自伝的な文章のなかで、このような「作曲」と同じように「詩作」にも取り組んだと述べている。人にはあまりみせられないような「拙劣な詩」entsetzliche Gedichteであったと告白しているが、決して安易に作ったものではなく、「懸命なる努力と熱意の産物」に他ならなかったことを強調している。[36]

本論ではまず、『フリードリヒ・ニーチェ　若き日の著作集』第一巻の最後に掲載されている無題の八行詩[37]を取り上げてみたい。ニーチェは親族の誕生日に詩集をプレゼントすることにしていたようであるが、この無題の八行詩は、「母の誕生日」である「一八五八年二月二八日に始まった」「第三期」に属するものである。ニーチェはそれまでの詩作を一期と二期に分け、前者を「優しさ」Lieblichkeitそして後者を「力強さ」Kraftと特徴づけ、その上で第三期は両者を結合するという新しいステージへの試みであった。ニーチェは「この日から詩作にさらに磨きをかけるために、で

［詩］

„Maienlied“『五月の歌』

„Zum Geburtstag“『誕生日に』

„Poetische Epistel“『詩的使徒書簡』

„In der Ferne“『遠方にて』

„Heimweh“『望郷』

［演劇］

„Prometheus. Drama in einem Act“『プロメートイス一幕劇』

„Die Verschwörung des Philotas“『フィロタスの反逆』

„Untergang Trojas“『トロヤの没落』

„Der Geprüfte（Lustspiel）“『試される人（喜劇）』

„Hirtenchor“『牧人歌謡劇』

［音楽］

„Ueber Musik“『音楽について』

［ノヴェレ］

„Capri und Helgoland“『カプリ島とヘルゴラント島』

［翻訳］

„Sechs serbische Volkslieder in deutsche Reime übertragen“『ドイツ語韻律に訳されたセルビア民謡六曲』

„Der grimme Bogdan. Heldengedicht, in Terzinen übersetzt“『不屈のボグダン、英雄詩、テルツィーネの詩形に翻訳』

［伝記］

„Aus meinem Leben“『我が生涯から』

„Mein Lebenslauf“『我が生涯の軌跡』

„Meine Ferienreise“『休暇旅行』

［課題レポート］

（ラテン語）

„De rebus gestis Mithridatis regis“『ミトリダーテス王の行いについて』

（ドイツ語）

„Der Krug geht so lange zu Wasser, bis er zerbricht.“『滅びるまでやり抜く（諺）』

„Ermanarich, Ostgothenkönig. Eine historische Skizze.“『エルマナリヒ、東ゴート族の王・歴史描写』

［論説］

„Der Geizige und der Verschwender“『吝嗇家と浪費家』

„Jäger und Fischer“『狩り人と釣り人』

„Die Kindheit der Völker“『諸民族の揺籃期』

Es ist ein Röslein entsprossen	3w a	一輪の薔薇が芽ばえた
In holder Maienzeit	3m b	五月の歓びのときに
Von Blättlein zart umschlossen	3w a	花びらに柔らかく包まれ
Gleich einem Sterbekleid	3m b	されど死装束を纏ったごとく
Doch als die rauen Lüfte	3w c	荒々しい風が
Das Röslein angerührt	3m d	その薔薇に触れるとき
Und als die zarten Düfte	3w c	柔らかい香りを
Sturm und Wind entführt.	3m d	嵐が奪い取るときには

きるだけ毎晩一つの詩を作るように努め」、「これを数週間にわたって実践」、「自分の傑作ができたときには、いつも楽しい気持ちになった」と告白している。[38] ここで取り上げる詩を「自分の傑作」と思っていたかの証言は残っていないが、十四歳のこの詩には少年期ニーチェの創作上の特徴をいくつか見てとることができる。

　ニーチェの詩作は韻律の構造を強く意識しており、それを日本語として再構成するにはさまざまな工夫が必要になる。一行のなかで音節の母音にアクセントをつけて発音する場合を揚格（Hebung）といい、その数を示す数字を各行に記載した。強音と強音のあいだの抑格（Senkung）の配置と数によって詩脚（Versfuß）が作られ韻律の構成を決めていくが、それについては必要に応じて指摘していく。いずれにしても発声上の音を表記しなければならないが、これについてはカタカナ表記を用いて、不十分ながらも詩の構造を記述する一助にしたい。カタカナ表記はあくまでも近似的なものに留まるばかりでなく、ドイツ語のspやstの子音の場合も「シュプ」「シュト」のように発音表記の上で母音を入れざるを得ない場合もある。そのようなケースでは、本来は母音としてカウントされない部分をシ（ュ）プのように括弧に入れて示すことにする。また、例えばschließenの場合は「シ（ュ）リィーセェン」とするが、通常はシュリーセンとなるところを、「リィー」あるいは「セェン」というように母音をあえて挿入する方法を取っている。さらに、各行の終わりがアクセントのない音節で終わる女性韻の場合はw、アクセントのある男性韻の場合はmで表記した。行末の脚韻の構造は各行にアルファベットを付して明示する。

　それではまず、一行目の「一輪の薔薇が芽ばえた」を表すドイツ語「エス イスト アイン レェースライン エントシ（ュ）プロォセェン」„Es ist ein Röslein entsprossen“に注目してもらいたい。これは、十六世紀に作られたと言われている次の讃美歌の一行目「エス

讃美歌
1.

Es ist ein Ros entsprungen	3w a	一輪の薔薇が芽ばえた
aus einer Wurzel zart,	3m b	根の内からやさしく
wie uns die Alten sungen,	3w a	古《いにしえ》の人の歌うように
von Jesse kam die Art	3m b	エッサイに始まる種は
und hat ein Blümlein bracht	3m c	小さい花をもたらした
mitten im kalten Winter,	3w x	寒い冬のただ中
wohl zu der halben Nacht.	3m c	夜の深いさなかに。

イスト アイン ロォース エントシ（ュ）プリュンゲェン」„Es ist ein Ros entsprungen“を強く想起させるものである。この讃美歌の内容は、旧約聖書『イザヤ書』第十一章の「エッサイの根株より一つの若芽が生え、彼の根からひとつの若枝が出て実を結ぶ」（関根清三訳、岩波書店）に由来すると言われている。つまり、エッサイに始まりダヴィデそしてイエスと連なる系図に関わりを持つ内容が含まれている。この讃美歌は現在でもクリスマスのときに必ず歌われ、ドイツ語を母語とする人であれば知らない人は皆無と言えるほど、キリスト教社会でポピュラーなものである。

まず、形式の面で二つの詩の親近度を見てみよう。ニーチェの詩は、一行にイアンボス（弱・強）のリズムを刻む詩脚を三つ置く構成を基本にして作られている。讃美歌の一行目の言葉「ロォース」を「レェースライン」に代えることで、強拍のあいだの弱拍の数に少しの乱れが生まれている。これはおそらく、あまりに有名な言葉をそのままコピーするのではなく、リズム上の統一感を少し犠牲にしてでも、オリジナルにたいする暗示・類推の方を重視した結果であろう。行末については、一行が弱拍で終わる女性韻（w）と強拍で終わる男性韻（m）が一行ごとに交互に現れ、脚韻は ababcdcd の完全交互韻の形態をとっている。ニーチェの八行詩は韻律形式を徹底的に重視する身振りを示しており、安定感のある構成を実現していると言えよう。

このような詩形へのこだわりは、当該の讃美歌の模倣と深く関わるものである。讃美歌の最初の四行も女性韻と男性韻が交代で現れ、交互韻の構造を示しており、十四歳のニーチェはその模倣を強く意識していたと思われる。讃美歌の詩節は七行の構成であり、後半の三行は不完全な交互韻の形態を示している。この七行構成はいわゆる「ルター詩節」（Lutherstrophe）と呼ばれている。後半三行については、一つの平行韻と韻を踏まない一行ccxの形態を示すことが多い。「ルター詩節」という名称は、ルターが発案した形式という理由で付いているのではなく、すでに存在していたこの形式をルターが賛美歌の作成に際して愛用したところから生まれている。いずれにしても賛美歌の典型的な形式の一つであり、韻律からニーチェがその形式を模していることは明らかである。

さらに、ニーチェの詩の最後の行に注目してもらいたい。それまでの行とは違い最後の行は強拍で始まっている。そこを仮名で表すと「シ（ュ）トルゥム ウント ヴィント エントフュールト」（「嵐が奪い取るときには」）となり、強・弱のトロカイオスの構造になっている。詩節のなかに揚格で始まる行を一行含ませる構造は、当該の讃美歌の特徴を模写していると言えるのではないだろうか。讃美歌の六行目、「ミィテェン イム カァルテェン ヴィンタァ」（「寒き冬のただなか」）は揚格で始まり、一つのダクテュロス（強・弱・弱）と二脚のトロカイオスの構成を示している。トロカイオスは切迫した雰囲気を伝えるのに適しているが、いずれの詩行も自然の過酷な条件を表しており、内容面においても近似性が高いと言えるであろう[39]。

このようにニーチェの詩は当該の讃美歌の持つ形式に寄り添いながら構想されたのである。さて、讃美歌の内容は第一詩節だけでは明確ではないが、第二詩節において具体性を帯びてくることになる。

最初の詩節は共有されているが、二番目の詩節はカトリックとプロテスタントで異なるバージョンが存在している。カトリックのバージョンでは、ラテン語におけるバラ（Virga）と処女（Virgo）の言葉の類縁性が保持されている。バラはマリアであり、無垢なる乙女のままイエスを生んだことが特別なこととして讃えられており、マリア崇拝に連なる内容になっている。プロテスタントのミヒァエル・プレトーリウスはバラをイエスと読み替える通路を開き、さらにカトリック・バージョンの最終行「無垢の乙女のままにて」を「夜の深いさなかに」という第一節最終行の反復に切り替えることによって、マリア崇拝の言説からの離脱を図ったと言えるであろう。しかし、プロテスタント・バージョンにおいても「無垢の乙女マリア」の表現は当然のことながら残っており、イエス誕生の「秘蹟」は守られている。詩の韻律やメロディを本質的に変えないで言葉の内容を変えるこのような手法は、先に述べたコントラファクトゥ

讃美歌

2.（カトリック）

Das Röslein, das ich meine,	3w a	わがいう薔薇は
davon Jesaia sagt,	3m b	イザヤの予言のように
ist Maria die reine,	3w a	無垢のマリア
die uns das Blümlein bracht.	3m b	われらに小さい花をもたらした
Aus Gottes ewgem Rat	3m c	神の永《と》久《わ》の言葉より
hat sie ein Kind geboren	3w x	童《こ》を生み
und blieb ein reine Magd	3m c	無垢の乙女のままにて。

2.（プロテスタント）

Das Röslein, das ich meine,	3w a	わがいう薔薇を
davon Jesaia sagt,	3m b	イザヤの予言のように
hat uns gebracht alleine	3w a	われらにもたらしたはひとり
Maria die reine Magd.	3m b	無垢の乙女マリア。
Aus Gottes ewgem Rat	3m c	神の永《と》久《わ》の言葉より
hat sie ein Kind geboren	3w x	童《こ》を生み
wohl zu der halben Nacht.	3m c	夜の深いさなかに。

アであり、教会音楽ではよくみられる現象である。

ニーチェは幼小の頃から讃美歌に親しみ、音楽の分野にも通じていたことから、コントラファクトゥアは自明のものであったに違いない。ニーチェの詩に戻ると、そこには音楽におけるコントラファクトゥアの手法と類似したものを詩の分野で試みようとする身振り、パロディアへの強い関心を見てとることができる。(40) 古代ギリシャの時代に発するパロディア、つまり接近・模倣と離反・差異というベクトルの異なる運動性・関係性のなかにあるパロディアの実践である。

ニーチェの無題詩冒頭の行 „Es ist ein Röslein entsprossen“「一輪の薔薇が芽ばえた」は、すでに指摘したように、讃美歌の一行目 „Es ist ein Ros entsprungen“ を強く連想させ、ニーチェがこのあまねく知られた讃美歌を原テキストとしていたことは明白である。形式の面でも、一行の揚格（Hebung）の数や脚韻に讃美歌の構造を踏襲しようとする意志がはっきりと表れている。しかし、讃美歌が一般によく口ずさまれる七行詩の形態を示しているのにたいして、無題詩は形式の安定した芸術詩にみられる八行の構成を示している。当該の賛美歌の場合は形式をまったく変えずに言葉の入れ替えによって内容に差異を生み出していたが、ニーチェは形式に「ずれ」を持ちこむことで讃美歌のなかで起きていたいわゆる「替え歌」の次元を超えて行こうとする身振りを示している。

このような「ずれ」は内容面でさらに顕著になる。讃美歌において「一輪の薔薇が芽ばえた」時は「寒い冬のただ中」であるが、無題詩の二行目は「五月の歓びのときに」と詠まれ、それによって「無垢なる乙女」というストイックな領域からの切り離しが図られている。「五月」と「蕾」の連なりは、「愛の歌」（Liebesgedicht）のジャンルにおいて、「恋の始まり」のトポスになっている。よく知られている例はハイネの『いと麗しき五月』„Im wunderschönen Monat Mai“ であるが、他にも多くの詩をあげることができるだろう。ニーチェの詩はこのようなトポスに身を置いて、冒頭の二行において讃美歌の想起→マリアの世俗化のプロセスを歩み始めている。さらに四行目の「死装束」（Sterbekleid）という言葉は、グリムドイツ語辞典によれば、「死」に代わる婉曲的表現であり、具体的な文例としてニーチェも愛読していたヘルティーやファラスレーベンなどの詩の一節が紹介されている。このようにニーチェの詩の言葉は既存の詩との繋がりを持ちながら、讃美歌の想起→マリアの世俗化→死の予感という劇的な展開を示しているのである。少年ニーチェの構想の展開の「力強さ」が、イアンボスのリズム（弱・強）を基調にした「優しい」落ち着いた韻律のなかに響いており、いわゆる創作「第三期」の実験の一端をここに見ることができるであろう。

「死装束」による死の連想が五行目以下の詩行を導いている。激しい春の嵐が、芽ばえた薔薇を跡形もなく吹き飛ばしてしまう危機の訪れが歌われている。[41] 五行目の「風」を表す Lüfte（ルュフテエ）と七行目の「香り」を意味する Düfte（デュフテエ）は交互韻を構成し、響《おと》の密接な繋がりを生み出している。一方、それぞれの言葉に付されている形容詞 rau と zart は、前者は「ザラザラした荒さ」を後者は「柔らかさ」を表しており、自然の描写からセクシュアルな領域への移動（メタファー、ギリシャ語の metaphérein は「別の所へ運ぶ」を意味する）が果たされている。このような技法の使用は、少年ニーチェの旺盛な読書量と詩論の集中的学習を想像させるものである。このメタファーによる領域の移動が、「触れた」を意味する angeführt（アンゲェフュールト）と「奪い取る」を表す entführt（エントフュールト）を交互韻で結びつける効果を高めている。この無題詩がニーチェ十四歳の思春期のさなかに生み出されていることは、このような技法の駆使と無関係とは言えないであろう。この仮説が認められるとすれば、あまねく知られた賛美歌を原テキストとし、その形式の内に留まる身振りを示しながら、世俗化への大胆な離脱を試みる少年ニーチェの智の冒険を見て取れるのではないだろうか。

ニーチェはある文章のなかで、「詩人のありさまや偉大さ」を描くよりも「どのような道を歩んで詩人になるのか」そのプロセスを示すことの方がはるかに重要であると述べている。[42]「生まれながらの」天賦の才（Genie）をめぐる言説ではなく、鍛冶職人のように韻律を身体のなかに刻み込み、「精神の力を強く豊かにしながら詩人にいささかでも近づく」という道筋を少年ニーチェは歩もうとしているのである。後年（特に『悦ばしき智慧』執筆の頃）ニーチェは、詩を客観的に冷徹に見つめる「詩」を書いている。韻律の限界をいわば「韻律」で暴くこのような身振りは、詩作においてingenium（「植え込まれている才能」を意味する）の自由な発露に身を任せることに留まっていたならば、生まれ得ないものであったにちがいない。[43]少年ニーチェは、「懸命なる努力」を傾注して習得する詩型のなかに、「痕跡として日々自分のなかに残り続ける」幼年期の記憶を、「幸福と不幸が劇的に入れ替わった日々」の複層的な記憶を「記録」として留めようとしている。[44]十四歳の無題八行詩は、小さな教区レッケンの「平穏な牧師の家庭」に育ち、敬虔な宗教的心性が身体の芯まで深く浸透している少年ニーチェの存在の基層を背景としながら、それを脅かしかねない、あるいはそれにたいする懐疑を生む体験が形式と内容の微妙なバランスのなかで歌い込まれている。

2　『さすらい人の歌』と無題四行詩

十歳代のニーチェの詩は、表題を持つ比較的完成度の高い詩から実験的・習作的な無題詩あるいは断片詩まで多様であるが、少年期ニーチェの思索の痕跡をたどる上で、無題詩は文献学の立場から貴重な資料と言えるものである。ここでは、一八五九年六月から翌月にかけて作られたニーチェ十五歳のときの無題四行詩を取り上げ、それがゲーテの有名な詩『さすらい人の夜の歌』を模範として、それに接近しながらも独自の言説空間を生み出しいくプロセスを分析して行こう。この無題詩とゲーテの『さすらい人の夜の歌』との関連を最初に指摘したのは、先のギルマンである。

Friede ruhet auf den Wipfeln	4w a	平和やすらぎ樹頭《こずえ》に
Friede ruhet nah und fern	4m b	平和やすらぎ近く遠くに
Auf den eisbedeckten Gipfeln	4w a	氷一面の山頂に
Glitzert mancher helle Stern	4m b	輝ける幾万の明るき星

この四行詩はニーチェ遺稿集（手稿）のマップ十三番に保存されており、前後の詩や断片とも密接に関係している。ここでは、ギルマンの論述からさらに一歩進めて、無題四行詩が置かれている原テキストの環境を一部再現しながら、幼年期における故郷喪失の体験を一定の詩形のなかに歌い込むことによって、個人の具体的な体験レベルから脱して抽象度の高い思考の表現レベルへと移行していく軌道を再構成してみたい。[45] あらかじめ断っておかねばならないが、ここで分析するニーチェの詩は試作的・実験的なものであり、詩の完成度はゲーテの『さすらい人の夜の歌』と比べれば明らかに劣るものである。しかし、このような不完全性のなかにこそ、詩の創作を通して独自の言説空間を切り開いていく少年期ニーチェの模索の痕跡がより明瞭に現れているのである。

それではニーチェの無題四行詩をまずみていこう。

ニーチェの詩の各行は揚格で始まっている。一行は四つの揚格によって統一的に構成されている。行末については、女性韻と男性韻が交差し、脚韻の構造はabab の完璧な交互韻を踏んでいる。詩脚は強拍＋弱拍のトロカイオスを基調にしている。またこの詩の特徴として、（一）一行目と二行目で、「平和やすらぎ」を意味する「フリィーデェ ルゥーエット」Friede ruhet という同じ表現が繰り返され（頭韻）、「平和」の「フリィーデェ」Friede と「やすらぎ」の「ルゥーエット」ruhet の二語が耳に印象的に響くように構成されている点をあげることができる。さらに行末について、（二）一行目と三行目の脚韻が、「樹頭《こずえ》」を意味する「ヴィフェルン」Wipfeln と「山頂」を表す「ギィフェルン」Gipfeln という言葉によって構成されていることを指摘しなければならない。この二つの特徴は、ゲーテの『さすらい人の夜の歌』との連なりを強く示唆するものである。

ゲーテの『さすらい人の夜の歌』は一部と二部から成っている。一部の原題は『さすらい人の夜の歌』を表す „Wandrers Nachtlied“ であるが、二部は表題が同一であることを表す『同じく』„Ein Gleiches“ である。後者の『同じく』の八行詩が有名であるが、ニーチェの無題四行詩は一部と二部の

Goethe: Wandrers Nachtlied		ゲーテ『さすらい人の夜の歌』
Der du von dem Himmel bist,	4m a	天上より来りて、
Alles Leid und Schmerzen stillest,	4w b	あまたの苦と痛を鎮め、
Den, der doppelt elend ist,	4m a	倍なる不幸に襲われし人を、
Doppelt mit Erquickung füllest;	4w b	倍なる生気で満たすものよ、
Ach, ich bin des Treibens müde!	4w c	ああ、われは行いに疲れしもの！
Was soll all der Schmerz und Lust?	4m d	あまたの痛と快は何のためか？
Süßer Friede,	2w c	甘美なる平和よ、
Komm, ach komm in meine Brust!	4m d	来たれ、われの胸中《むななか》に！

Goethe: Ein Gleiches		ゲーテ『同じく』
Über allen Gipfeln	2w a	なべての山の頂きに
Ist Ruh,	1m b	在るは静寂、
In allen Wipfeln	2w a	なべての樹頭《こずえ》に
Spürest du	2m b	汝の感ずる
Kaum einen Hauch;	2m c	微かな風もなし
Die Vögelein schweigen im Walde.	3w d	小鳥たちのさえずり森に聞こえず。
Warte nur, balde	2w d	待て、じきに
Ruhest du auch.	2m c	汝も安らわん。

全体に関わっている。[46] また、あらかじめ断っておかねばならないが、『さすらい人の夜の歌』については代表的な解釈がすでに複数存在しており、ここでは、ニーチェの無題四行詩の理解に資する範囲内で、この詩の構造や内容に言及していく。以上の留保を踏まえた上で、次にゲーテの詩を見て行こう。

　ニーチェの無題四行詩の一行目と二行目の冒頭に置かれている言葉「フリィーデェ」Friede は、強拍で始まるトロカイオスの強い響きを持ち、この詩の際だった特性になっていることは先に述べた。ゲーテの『さすらい人の夜の歌』においても「フリィーデェ」Friede という言葉は強いインパクトを持って導入されている。『さすらい人の夜の歌』は八行構成で、一行に強拍＋弱拍のトロカイオス詩脚が四つ存在する形を示している。韻は最初の四行が男性韻と女性韻の順番で交互に構成されているが、後半の四行はその順番を変えて微妙な変化を生みだしている。この八行詩の際だった特徴が七行目にあることは見た目にも明白である。つまり、それまでのトロカイオス四脚の構成が突然二脚になり、一行の長さが七行目だけ突出して短くなっている。ここに「フリィーデェ」Friede が「甘美な」を意味する形容詞を伴って印象的に現れ、「行いに疲れ」た「さすらい人」の求めているもの、つまり前半四行のテーマが「フリィーデェ」Friede であることが立ち上がってくることになる。ニーチェの無題四行詩はまさにこの「フリィーデェ」Friede を詩の冒頭に読み込みながら、韻律や脚韻の構成においてもゲーテの『さすらい人の夜の歌』との連なりを想起させているのである。

ニーチェの詩の最初の二行の頭韻を構成するもう一つの要素は「ルゥーエット」ruhet という言葉であるが、この言葉は二部の『同じく』のなかで最も重要な役割を担っている。『同じく』の韻律をみてみると、二行目は揚格一つという非常に短い詩行であり、しかもこの行は一行目との繋がりで一つの文意を形成している。「リズム上の詩行」と「まとまった文意を持つ行」とが一致しないこのような現象は「またぎ」(Enjambement アンジャンブマン)と言われているものである。[47] この「またぎ」は、三行目から五行目さらに最後の七行目から八行目にかけてもみられる。ゲーテは「またぎ」を大胆且つ巧みに使うことによって、二行目の「静寂」を表す「ルゥー」Ruh と八行目「安らわん」の「ルゥーエスト」(ruhest) という言葉に際立った存在感を与えていると言えるのではないだろうか。五行目では、強めの否定詞 kaum に含まれている母音が「微かな風」を意味する「ハァウホ」Hauch の音に呼応する(行内韻)ことによって、三行目からの「またぎ」のなかに木の葉一つ揺れない全くの「静寂」が歌い込まれている。いずれにしても、ニーチェの無題四行詩の冒頭部「フリィーデェ　ルゥーエット」Friede ruhet は、『さすらい人の夜の歌』と『同じく』のテーマを圧縮した表現なのである。あまねく知られているゲーテの詩をまえにした少年ニーチェの大胆な実験的試みと言えるであろう。

ところで、「静寂」をテーマにしている『同じく』の各行の韻律や脚韻の構成に目を向けると、強拍+弱拍のトロカイオスと弱拍+強拍のイアンボスが混ざり、行末も前半の交互韻の形態は最後まで維持されていない。このような形式面での揺れは、「平和」を希求するさすらい人の思いに助言を与える際の詩人の動揺を映しているのであろうか。『さすらい人の夜の歌』と『同じく』は一体的に読むと、さまざまな技巧を駆使して形式上の差異を生みつつ、抒情詩の内にありながら演劇的とも言える動的な展開を実現していると言えるであろう。これに対して、ニーチェの無題四行

Stunde des Abends	2 w	夕闇の時
wo auch noch das Eis	3 m	今なおわが山頂の
meiner Gipfel glüht!	3 m	氷が燃え輝くとは！

詩は、ゲーテの詩に見られるこのような動的な要素を十分に認識した上で、逆に徹底した形式の統一・安定を前面に打ち出している。各行にトロカイオス詩脚を四つ配置し、行末を完全な交互韻で整えるなどの技法を選ぶことによって、ゲーテの詩を模範としながら、まったく揺れのない無機質とも言える詩の世界へと移行している。

次に、ゲーテの詩における視線の動きにも注目してみよう。(48)『さすらい人の夜の歌』は、苦悩と苦痛を癒す「甘美な平和」に呼びかける形で、それが存在する「天上」から「われの胸中《むななか》」への到来を、さすらい人が懇願する文で終わっている。『同じく』はそれを受けて、「甘美な平和」を代弁する形で詩人が登場し、「山頂」から「樹頭《こずえ》」さらに「森」へと、つまり「遠い所」から「近い所」へと視座を動かしながら、「待つ」ことによる「静寂」の到来をさすらい人に告げている。自然の広大な風景を背景としながら、詩人はさすらい人の不安に直面して動揺する身振りを示しつつ、さすらい人「個人」にフォーカスを絞り込んでいるのである。ゲーテの詩の骨格がこのように「遠い方」から「近い方」へと接近する動きによって構造化されていることを、ニーチェは認識していたに違いない。それは二行目の「近く遠くに」を意味する「ナァー ウント フェルン」nah und fern という表現方法に端的に現れている。つまり「近く」と「遠く」を並置することによって、視軸の遠近の動きは完全に排除されているのである。ニーチェが『さすらい人の夜の歌』と『同じく』へと接近し形式や言葉を模倣しながら、さらにはそこからの離脱のプロセスを通して、新しい言説空間への通路を提示していることは銘記されるべきである。

無題四行詩においてさらに注目すべきは、「山頂」を意味する「ギィッフェル」Gipfel に付されている「氷に覆われた」を表す「アイスベェデェックト」eisbedeckt という形容詞である。山頂と氷の繋がりのイメージは、ニーチェの晩年の時期に書かれた上の三行詩にも現れている。(49)「高所」と「寒気」がニーチェの「力動的想像力」(dynamic imagination) を表象する重要なメタファーであることを指摘したのはバシュラールである。バシュラールはニーチェ的宇宙論の原理の一つに「寒気」をあげ、それは「高所の、氷河の、絶対の風の寒気」であり、そこには「呼吸を悦びにする爽やか

「さ」が存在すると述べている。その「爽やかさ」こそは「生気を取り戻させる大気の真のクオリティ」であると言われている。[50] ニーチェは『この人を見よ』の序言のなかに、「わがこれまで理解し生きた哲学、それは氷と高山に進みて生きることなり」という文章を残し、「高山の空気」を吸う術を心得ていない人が自分の著書を読むと、「身を凍らす」「危険」に晒されることになる、と警告している。[51] このように創作期の晩年にまでしばしば登場する「高山」「山頂」「氷」「寒気」などのメタファー群がすでに少年期に現れ、ゲーテの『さすらい人の夜の歌』にたいするパロディアによって独自の言説を求めて行く試行錯誤のなかで生まれていたことは注目すべきことである。

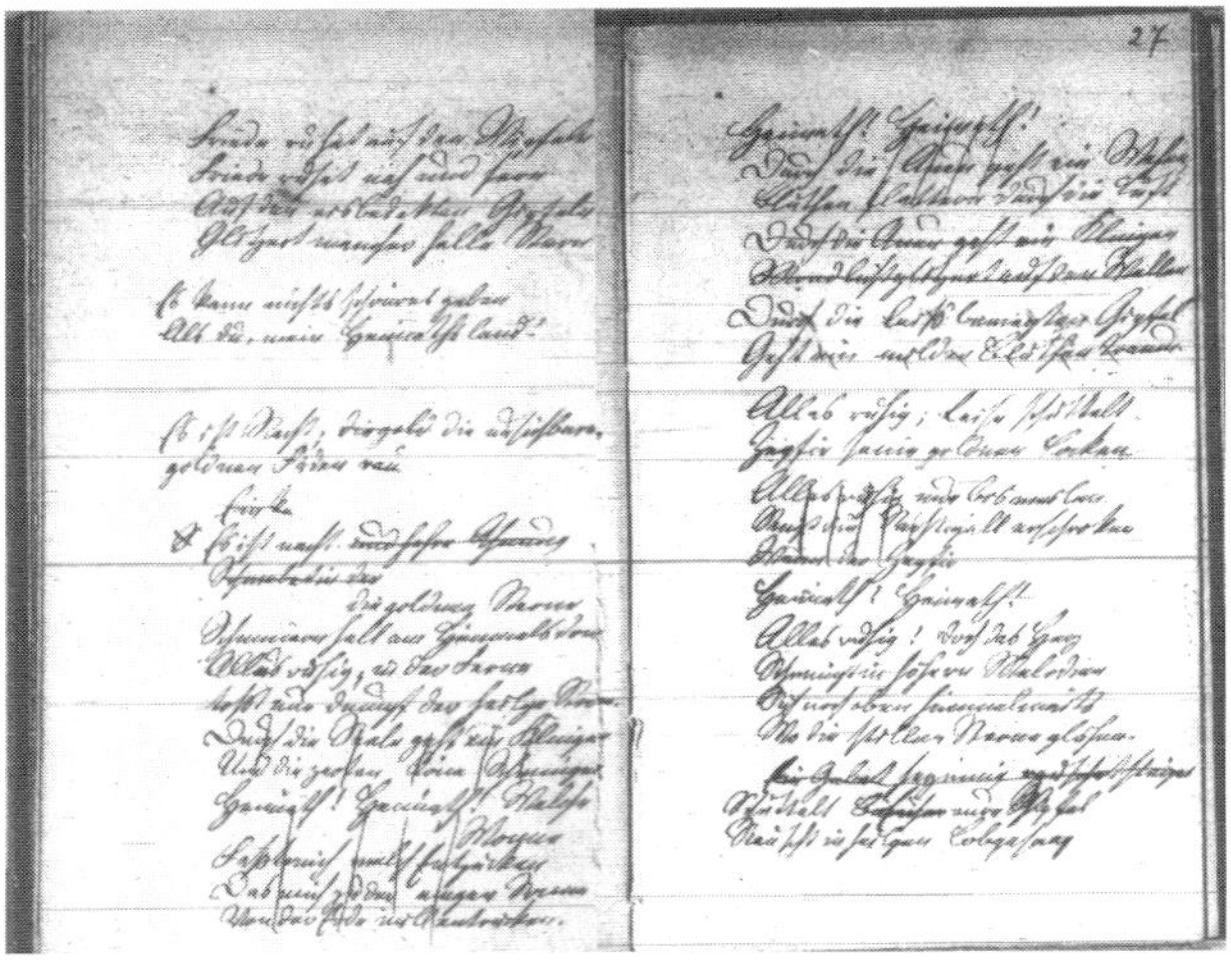

図版3　ゲーテ・シラー古文書館ニーチェ遺稿所蔵（GSA 71/214, 1）

ゲーテの詩『さすらい人の夜の歌』と『同じく』に対するパロディア。それに続く無題四行詩及び関連の詩。手稿はペン書き。また、ヨーロッパには書いたものをゴム製の文房具などで消して新たに書く習慣はないので、鉛筆書きであっても線で消し、新たに書き加えた形のものが、手稿として残っている。左上がゲーテの詩に対するパロディアの無題四行詩。ここには線で消した痕跡は残っておらず、パロディアにおける少年ニーチェの構想力の強さを感じ取ることができる。続く無題四行詩、五行詩には、書き変えの試みが見られる。

ところで、前に引用した三行詩の最後の「燃え輝く」を意味する「グリュート」glüht は「くすくす赤く（高温のまま）燃え続けている」様子を表す動詞であり、それは主語の「氷」を意味する「ダ（ア）スアイス」das Eis とは日常の言語感覚では整合的に結び付かない言葉である。氷に光が当たって輝くような状態は「グリィツェルン」glitzern のような動詞で表されことが普通である。この「グリューエン」glühen という動詞の初出を探っていくと少年期の詩作にまで遡ることになる。無題四行詩の手稿が掲載されているニーチェのオリジナル・ノートを考察すると、「グリューエン」が

Es kann nichts schönres geben	3w	おまえに優る素晴らしきものはない
Als du, mein Heimathsland!	3m	わが故郷の地よ！
Es ist Nacht; die goldnen Sterne	4w c	夜、黄金の星たち
Schimmern hell am Himmelsdom	4m d	天空のドームに明るく輝ける
Alles ruhig; in der Ferne	4w c	まったき静寂、遠方に
Toßt nur dumpf der heilge Strom.	4m d	轟くは聖なる河の流れ
Heimath! Heimath!	2w	故郷！　故郷よ！
Alles ruhig! Doch das Herz	4m e	まったき静寂！　だが心は
Schwingt in höhern Melodien	4w f	高き音楽にのって羽ばたく
Sich nach oben himmelwärts	4m e	上へと天上に向かって
Wo die stillen Sterne glühen.	4w f	静寂の星たちが燃え輝くところへ。

独自の言説を構成する上ですでに重要な役割を担って用いられていることがわかる。以下で、そのオリジナル・ノートの一部を再現してみたい。

　無題四行詩に続いて、最初の行の位置を左にずらす形で（図版３）、「故郷の地」を意味する「ハイマァーツラァント」Heimatsland という言葉を導入する二行が挿入され、それにさらに四行詩と五行詩が掲載されている。

　『フリードリヒ・ニーチェ　若き日の著作集』の第一巻には、『わが生涯から』„Aus meinem Leben“ あるいは『わが生涯の軌跡』„Mein Lebenslauf“ というタイトルの自伝記が少なからず掲載されている。まだ子供の域をでない十代の前半期に、このような回顧的なものにこだわりを持ち続けていることは、少年ニーチェの際立った特徴である。ニーチェは二十歳のときの記録のなかでも、「自分の人生を砕く二つの転換点」に言及している。一つは十四歳のときの「ナウムブルクの高等学校からエリート養成の寄宿学校フォルタへの転校」であるが、特に五歳のときの「レッケン村の聖職者であった父の死、それに伴う家族のナウムブルクへの引っ越し」が深い亀裂となって残っていると告白している。[52] 小さな教区レッケンの「平穏な牧師の家庭」は、敬虔な宗教的心性が身体の芯まで深く浸透するような環境であり、それがニーチェの存在の基層を形成したことは間違いない。無題四行詩に続く「おまえに優る素晴らしきものはない／わが故郷の地よ！」は、行の始まりが左にずれる形で始まり、韻律の面でも前後の詩との関係性が薄いことからも、このような具体的な体験の地平を組み込む意図があったと読めるのではないだろうか。

次に続く四行詩は無題四行詩と同じ形式を持ち、一行に四つの揚格、強拍＋弱拍のトロカイオスの詩脚で構成され、女性韻と男性韻の順番で交互韻の形態を示している（無題四行詩をababで表記しているので、当該の四行詩と続く五行詩はcからfの記号で交互韻を表記した）。最後の五行詩については、行末の交互韻は男性韻・女性韻の順番になり変化が見られるが、基本的にはこれまでの詩形を反復している。しかし、五行詩の一行目の「故郷！ 故郷よ！」を意味する「ハイマァート！ ハイマァート！」Heimath! Heimath! は、全体の統一的な形式からみて違和性を帯びており、さらに二つの同じ単語のそれぞれに感嘆符が付され、視覚的な面でも、また発話上も際立った存在感を示していると言えよう。

「故郷！ 故郷よ！」に続く二行目冒頭の「まったき静寂！」を表す「アレェス ルゥーイヒ！」Alles ruhig! と同じ表現は、その前の四行詩の三行目にもある。異なる詩をまたぐ形での同じ表現の繰り返しになっており、二つの詩の相互の強い関連を示唆している。四行詩は無題四行詩を受けて、山頂の夜の光景を「天空のドーム」を意味する「ヒィンメェルスドォーム」Himmelsdom や「星」を意味する「シ（ュ）テェルン」Stern という言葉で描いている。夜の山頂は聖域（「遠方」つまり「インデェア フェルネェ」in der Ferne に轟く「聖なる河」「デァ ハイリィゲェ シ（ュ）トローム」der heilige Strom）と詠われ、「まったき静寂！」を表す「アレェス ルゥーイヒ！」Alles ruhig! という共通の表現を介して、「故郷」は山頂の聖域と同定されることになる。このようにして「故郷」は親密な家庭の空間が展開していたレッケンという具体的な場から離れて、「生気を取り戻させる」山頂の「爽やかな」寒気・大気と一体化されているのである。ニーチェは後に『人間的、あまりに人間的な』のなかで、「規範」として伝承されてきた形式に入ることによって、「生の現実」の領域を越えて普遍性を持つ表現域へ移行できる、と確信を持って述べているが、[53] そこには少年期における、詩の規範としての形式を徹底的に学び、身体の一部にするという実践の裏打ちが存在しているのである。

十代のニーチェの詩は「帰郷」Heimkehr に関わるテーマを繰り返し扱っているが、五行詩二行目の「だが心は」を表す「ドォッホ ダァス ヘルツ」Doch das Herz 以下はこの一連の「帰郷」のテーマ群に関わるものである。四行目の「上へと天上に向かって」nach oben himmelwärts という表現や動詞に「羽ばたく」sich schwingen が使われているところから、上に向かって「昇行」していくイメージがはっきりと表れている。三行目の「高き音楽にのって」in höhern Melodien は、ニーチェのこの時期の作曲活動との関係で興味深い。「昇行」の目指すところは「静寂の星たち」つまり「ディシ（ユ）ティレエン シ（ユ）テェルネェ」die stillen Sterne の場であるが、ここで主語の「星たち」の動詞として「燃え輝く」つまり「グリュゥーエン」glühen が使われているところに注目してもらいたい。先に、氷を主語とする動詞として glühen を使うことは通常はあり得ないと述べたが、「星」についても同様のことが言える。星の輝く様子は funkeln（フゥンケェルン）や glitzern（グリィツェルン）という言葉で表現されるのが普通である。glühen（グリュゥーエン）には、「くすくす赤く（高温のまま）燃え続ける」というニュアンスが込められており、例えば愛を表す Liebe と繋いで「燃え続ける愛」（die glühende Liebe）というような表現がある。ニーチェの詩では、山頂と同一化されている「故郷」は生気の源泉と詠われ、そこは氷に覆われ寒気に満ちているが、その空間を求めて「昇行」する「心」にとっては熱を帯びて燃え続ける場なのである。肌を刺すような寒気と高温の赤い熱が交差する表現域が生み出されていると言えよう。

先に引用したニーチェの晩年に作られた三行詩は、このような文脈から読んでみると、意識が朦朧としていくなかで、生気を求める強い意志が依然として衰えることなく働き続けていた証左となるであろう。晩年にまで存続したこの意志の萌芽を、少年期の「帰郷」をテーマにした詩に見つけることは難しい作業ではない。その詳細は別の機会に譲ることにするが、「昇行」と「故郷」を結ぶメタファーとして「雲雀《ひばり》」が、少年期ニーチェの詩のなかで重要な役割を果たしていることを指摘しておきたい。『何処へ』„Wohin“ や『帰郷』„Heimkehr“ では雲雀に加えて、小夜鳴鳥にも内容に関わる決定的な機能が与えられている。雲雀については、それ自身をテーマ化している『二羽の雲雀』„Zwei Lerchen“ という、各節が四行から成り、全体で六節構成の詩がある（図版4及び四七頁）。雲雀は日中の鳥であり、に

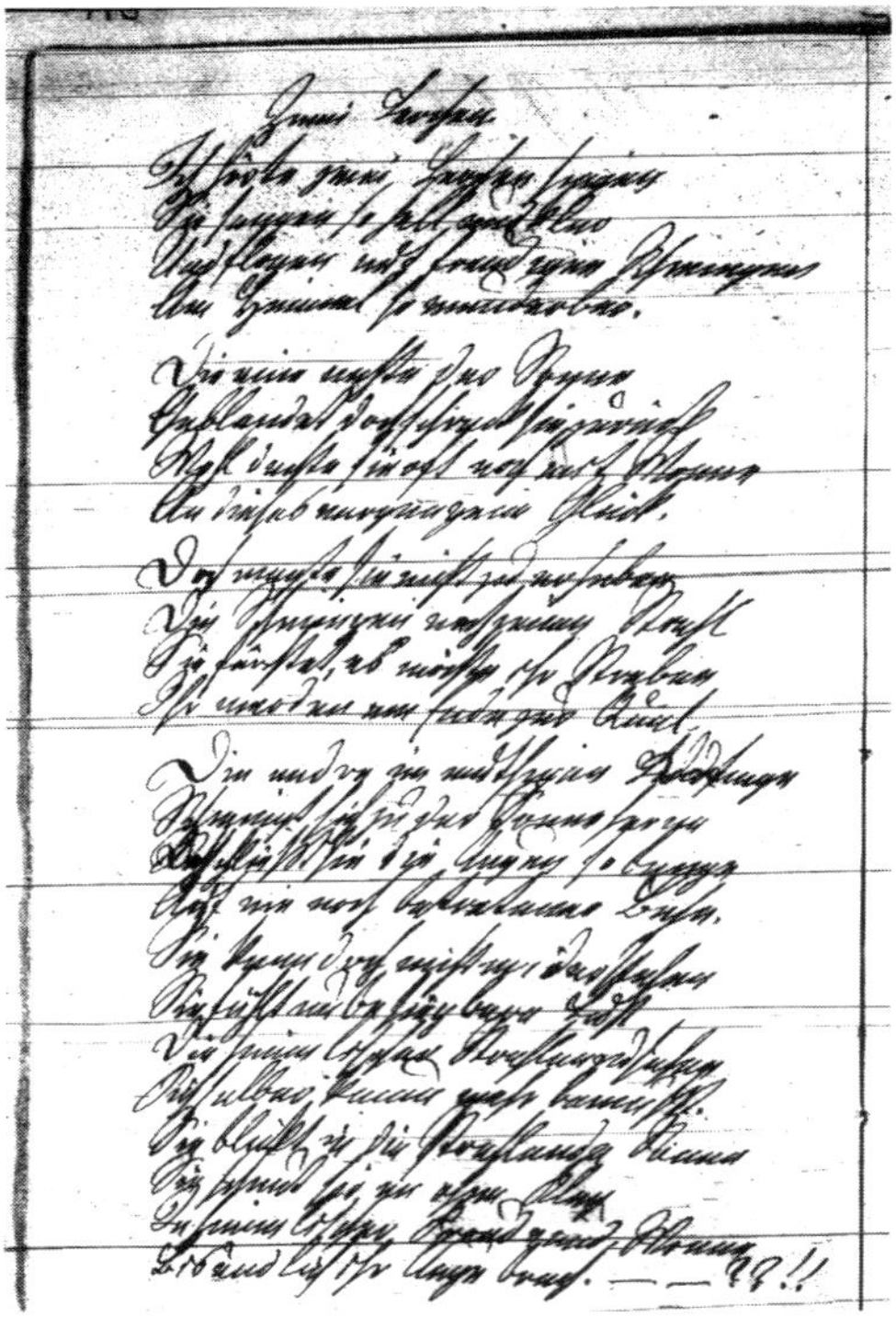

図版4　ゲーテ・シラー古文書館ニーチェ遺稿所蔵（GSA 71/214, 2）

詩『二羽の雲雀』の手稿。ダッシュ、疑問符、感嘆符を連続させることによって（最後の行）、言葉の表現に身振り的な要素を強調する手法が、すでに少年期の手稿にはっきり存在していることは注目すべきである。エリート高等学校の優等生らしく、明晰で力強い筆致が認められる。

ぎにぎしく明るくさえずりながら天空を「嬉しげに羽ばたき」、太陽の光の中へと昇って行くイメージである。二羽の雲雀のうち一羽は、太陽に向かって羽ばたくが、眩しさのあまりに後ずさりする。だが、別のもう一羽は「天空の光」を見たいという「抑えがたき思い」のあまり視力を失うことになる。前者の雲雀は「幸福」を得られず「残念」の気持ちを持ち続けて生きることになり、一方後者の雲雀については、目は見えなくなるものの、「未だ踏み入れられしことなき軌道」„Auf nie noch betretener Bahn“を歩み「天空の歓喜」に満たされる、と詠われている。[54] ニーチェの後の人生を予見しているような十四歳（一八五八年三月）のときの詩である。

雲雀はヨーロッパ文学のトポスの一つである。弱冠十四歳ではあるが、ニーチェはこのトポスの存在について相応の知識を持っていたに違いない。伝統的なトポスに身を入れることは、古代《いにしえ》の文学との接点を生むばかりではない。少年ニーチェは、雲雀のメタファーを通して、キリスト教の信仰対象に代わる「天空の光」の表現領域にまで踏み込んでいると言えるかもしれない。いずれにしても、雲雀のトポスについては、イギリスの詩人シェリーやシェイクスピアとの比較考察が必要である。それは別の機会に改めて論じたい。ニーチェは雲雀の他にも、小夜鳴鳥、鳥、鷲など

Zwei Lerchen		二羽の雲雀
Ich hörte zwei Lerchen singen	3w a	二羽の雲雀のさえずり
Sie sangen so hell und klar	3m b	鳴声は明朗にして透明
Und flogen auf freudigen Schwingen	3w a	嬉しげに羽ばたきて飛ぶ
Am Himmel so wunderbar.	3m b	空中にかくも素晴らしく。
Die eine nahte der Sonne	3w c	陽に近づきし一羽
Geblendet doch schrack sie zurück	3m d	眩みて後ずさる
Wohl dachte sie oft noch mit Wonne	3w c	残念に思いしとき幾たびもあり
An dieses vergangene Glück.	3m d	至福を失いしを。
Doch wagte sie nicht zu erheben	3w e	されど飛ぶこと敢えてせず
Die Schwingen nach jenen Strahl	3m f	かの光を求め羽ばたきせず
Sie fürchtet, es möchte ihr Streben	3w e	恐れにき、おのが励み
Ihr werdet am Ende zur Qual.	3m f	苦しき痛みに終わるを。
Die andre im muthigen Drange	3w g	いま一羽抑えがたき思いを抱き
Schwingt sich zu der Sonne heran	3m h	羽ばたくや陽に向かい
Doch schließt sie die Augen so bange	3w g	なれど不安気に目は閉じたまま
Auf nie noch betretener Bahn.	3m h	未だ踏み入れらしことなき軌道の上で。
Sie kann doch nicht widerstehen	3w i	されど我慢ならず
Sie fühlt unbesiegbare Lust	3m j	抑えがたき思いを抱きぬ
Die himmlischen Strahlen zu sehen	3w i	天空の光を見たき思い
Sich selber kaum mehr bewußt.	3m j	我を失わさするとも。
Sie blickt in die strahlende Sonne	3w k	陽の光のなかへ眼差しを
Sie schaut sie an ohne Klag	3m l	見入るとも嘆くことはなし
In himmlischer Freude und Wonne	3w k	天空の歓喜は溢れ
Bis endlich ihr Auge brach. — —??!!	3m l	ついに眼は失われにけり— —??!!

の鳥のメタファーを多く用いており、それらの多くがすでに少年期に現れていることについてもここで指摘しておきたい。

シュテファン・ゲオルゲは『ニーチェ』と題した詩を詩集『第七の輪』„Der siebente Ring“のなかに収めている。この詩のなかで「新しき魂」diese neue Seeleと詠われているのは、「氷結の岩」の高き上方、「もはや道なき処」に歩を進めるニーチェのことである。ゲオルゲが「凍りついた」あるいは「氷結」を意味する「アイズィヒ」eisigという形容詞を使ってニーチェの詩的世界を示唆している点は興味深い。それは早熟の少年ニーチェが詩作の過程で生みだしたイメージ群の一つであった。ゲオルゲは、「(…)歌うべきであった／語るべきではなかった　この新しき魂は!」[55]という言葉で詩を終えている。この言葉は実は、ニーチェが『悲劇の誕生』に後年付けた序文『自己批判の試み』のなかにある表現をゲオルゲが自作の詩のなかに組み込ませたものである。ゲオルゲはニーチェの声の響きを自作の詩のなかに共鳴させ、ニーチェの言葉に自分の声をのせている。それはニーチェのパロディアとは異なる、オリジナルのテキストへの接近方法であり興味深い現象である。[56]

いずれにしても、詩(「詠う」)と散文(「語る」)のあいだの緊張した文体の構築はニーチェの思想そのものであり、この分野での研究が欧米を中心に近年活発になっていることは注目すべきであろう。少年期のニーチェの詩作は「未だ踏み入れられしことなき軌道」のなかでの表現域を、さまざまな手法を駆使し実験しながら模索している。この時期のニーチェの作品の未熟さや不完全さを指摘することは容易であろう。しかし、むしろそのような不完全な姿のなかにこそ、創作を通して詩の形式を身体に取り込みながら、独自の言説空間を求めていく「新しき魂」の発芽の様相が生々しく息づいているのではないだろうか。

3　『ゲーテに寄す』を読む

『曙光』(一八八一年)の続編として計画された『悦ばしき智慧』は、一八八二年前半期にその計画を変更、同年八月に「序曲」と第四書までが刊行された。五年後の一八八七年にフリッチュ社から他の著作の新版を出版する一環と

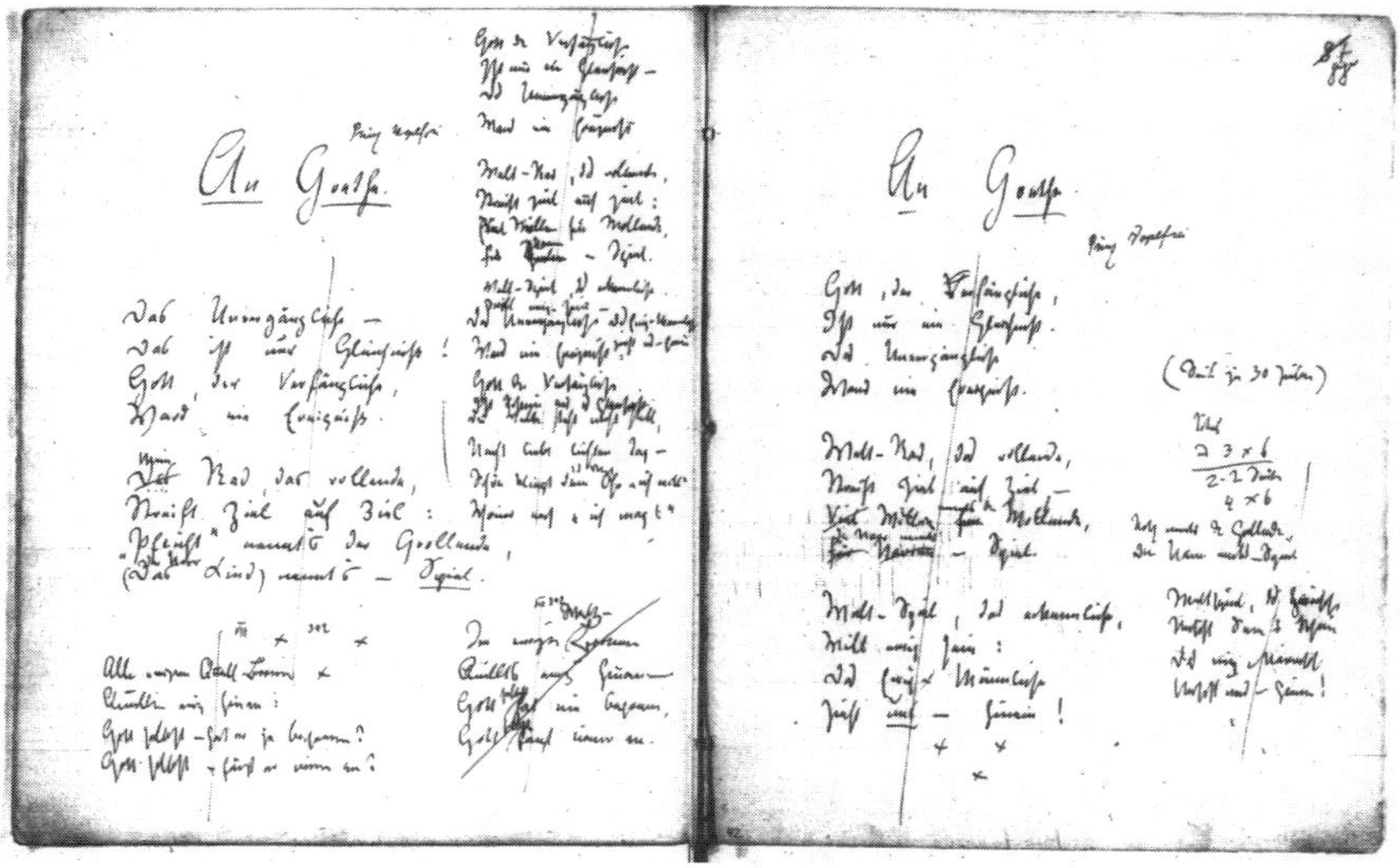

図版5　ゲーテ・シラー古文書館ニーチェ遺稿所蔵（GSA 71/144）

詩『ゲーテに寄す』の手稿。ゲーテの『神秘のコーラス』に対するニーチェのパロディアの成熟した手法を繙く上で重要な手稿資料。

して、『悦ばしき智慧』の第二版が新たな序文と第五書、さらに『プリンツ・フォーゲルフライの歌』と題した「終曲」を加えて刊行された。『プリンツ・フォーゲルフライの歌』は、すでに八二年に作られた『メッシーナの牧歌』に大幅な変更を加えたものであった。第二版までの五年の間には、『ツァラトゥストラ』（一八八三年〜一八八五年）さらに『善悪の彼岸』（一八八六年）の出版が続いており、『悦ばしき智慧』はこれらの重要なテキストを内に孕みながら最終的な形を整えて行ったことになる。

『プリンツ・フォーゲルフライの歌』の冒頭詩『ゲーテに寄す』は、これまでいくつかの翻訳の試みはあるものの、詳細な分析の対象になることはなかった。しかし、第二版刊行までの過程や近年のニーチェの文体研究の深化を踏まえると、詩文と散文のテキスト間の濃密な関連を具現する優れた事例として『ゲーテに寄す』を総合的に分析することは時期に適ったことと言えるのではないだろうか。その際に、詩の完成したテキストばかりでなく、完成に至る過程のなかで、ニーチェによってどのような言葉や表現が検討・試作されたのかを再構成することによって、テキスト間の関連の分析は深みと広がりを増すことができるであろう。この再構成にはニーチェのオリジナル手稿資料の分析が必要になる。ヴァイマルのゲーテ・シラー古文書館所蔵のニーチェ手稿資料のなかに、『ゲーテに寄す』の成立に関係する資料が保存されている（図版5）。ここでは、このオリジナル資料と最終的なテキスト形態、それらと他のテキストとの相互浸透的な関連を明らかにすることによって、『ゲーテに寄す』を文献学的に読解する道筋を示していく。ニーチェの成熟したパロディアの技法を詳細に検討することになる。

　ところで、ニーチェのテキストの読解に際して文献学という言葉を使う場合は、特別な注意が必要になるであろう。ニーチェの学者としての出発点が文献学であったことは言うまでもないが、しかし、それは同時代の歴史的・客観的な文献学とは一線を画すものであった。過去のテキストの創造のエネルギーを解放し、今の創造の力にしていくような読解、つまりテキストと読み手が「双方とも一つの運動のなかで互いに触発し合い」、その都度の意味の生成が読者をも「揺さぶり、変貌させていく」ような読解、そのようなプロセスとしての読みをニーチェは求めているのである。[57] ニーチェによれば、文献学とは「過剰な読みの時代に読むことを学び教える技法」であり、文献学者とは「ゆっくり読み、六行について半時間のあいだ熟考する[58]」存在であらねばならない。本論では、詩『ゲーテに寄す』のテキストなどから聞こえてくるさまざまな音に耳を傾けながら、それらが音楽のカノン形式[59]のように多声部（ポリフォニー）を形成している様相の再現に努めながら、一義的な意味への収斂から逃れていくニーチェのテキストの運動性に注目していきたい。

　ニーチェの詩作の方法としてのパロディアについて、模範としてのテキストに接近・模倣しながら、同時に差異を生みつつ新しいテキストを創造する運動のプロセスを具現していること、また少年期におけるその実践についてこれまでに見てきた。このような実践はニーチェの文献学の理解に相応の影響を与えたのではないだろうか。原本の読みと新しいテキストの創造が一体となっている点で、パロディアの習得と実践は、創造に連なる読みの技法としての生きた文献学の構想に連なるものであったと言えよう。

　少年期にまで遡る実践によって習得されたパロディアの技法はニーチェの身体に刻み込まれ、肉体の衰えと反比例するように鋭さと聡明さを増して行くことになる。『悦ばしき智慧』の第二版序文で言われているように、死の淵から「蘇りし」ニーチェは「予期せぬ快癒」によって新たな「健康への希望」に満たされ、古代ローマにおけるサトゥルヌス祭を「智」の領域に持ち込み、最高水準の「途方もない悪逆無道」を組織的に展開するのである。ニーチェの繊細で考え抜かれた「悪意」の発露の様相を『ゲーテに寄す』に見、且つ聞くことがここでの課題であるが、それにはまずニーチェが『ファウスト第二部』の『神秘のコーラス』にどのように接近し類似を作り出しているのか、詩の形式からまず検討を始めなければならない。

(1) 接　近――詩形・韻律

ゲーテの『神秘のコーラス』は一連八行の構造であり、この形式を踏襲し『ファウスト第二部』最後の場面を茶化し風刺した有名な例はテオドーア・フィシャーの『ファウスト第三部』の第二幕七場に見ることができる。ニーチェはこのパロディの存在を知っていたに違いない。しかし、フィシャーの試みは形式の表面上の類似を示しながら、ゲーテの『神秘のコーラス』を貶め揶揄する水準に留まっている。このような、いわば外側から攻撃を仕掛け対象を笑いのネタにするようなパロディは、ニーチェの関心の埒外であった。

ニーチェは、『神秘のコーラス』の一連八行の構造を大きく変更、一連四行の三連構造にしている。ニーチェは三連構造にすることによって、ゲーテの語彙にたいする対義・矛盾ばかりでなく、独自の表現域を挿入する空間を確保している（第二連及びそれを受ける第三連の最初の二行）。ゲーテの八行構造を維持しているフィシャーに比べて、ニーチェの対象への接近は一見大胆のように見えるが、細部において『神秘のコーラス』への形式面の接近を見ることができる。ゲーテの詩はababcdcdの交互韻を構成しており、ニーチェもそれを強く意識、三連をabab/cdcd/efefの完全交互韻の形に収めている。さらに、ゲーテの詩は、最初の四行のカデンツが女性韻、後半四行のカデンツについては女性韻・男性韻が交互に現れる形を示しているが、ニーチェは一連四行を女性韻で統一、二・三連目を女性韻・男性韻の交互の構成を作り、ゲーテの詩形の細部に拘る文献学者の姿を垣間見せている。

ゲーテの『神秘のコーラス』は、最後の二行を除いて、奇数行と偶数行が前者は地上のこと、後者は天上のことと

Goethe: Chorus mysticus		ゲーテ『神秘のコーラス』
Alles Vergängliche	2w a	世の無常なるもの
Ist nur ein Gleichniß;	2w b	あまねくただ写像《うつしえ》にすぎず、
Das Unzulängliche	2w a	及ばざりしもの
Hier wird's Ereigniß;	2w b	ここにて行われたり、
Das Unbeschreibliche	2w c	名状すべからざるもの
Hier ist es gethan;	3m d	ここにて遂げられたり、
Das Ewig-Weibliche	2w c	永遠に女性なるもの
Zieht uns hinan.	2m d	われらを引きて往かしむ。

Nietzsche: An Goethe		ニーチェ『ゲーテに寄す』
Das Unvergängliche	2w a	天の不滅なるもの
Ist nur dein Gleichnis!	2w b	貴方《あなた》の作りし写像《うつしえ》にすぎず！
Gott der Verfängliche	2w a	神この厄介なるもの
Ist Dichter-Erschleichniss...	2w b	そは詩人の狡《こす》き作りもの……
Welt-Rad, das rollende,	2w c	世界《ちまた》、廻りに廻る車
Streift Ziel auf Ziel:	2m d	掠《かす》め過ぎ去る目紛しく：
Noth — nennt's der Grollende,	2w c	なす術なし――恨み呻《うめ》く輩《もの》は云う
Der Narr nennt's — Spiel...	2m d	道化《おどけ》云う――そは遊戯……
Welt-Spiel, das herrische,	2w e	世界《ちまた》、統べるは遊戯
Mischt Sein und Schein: —	2m f	存在と仮象の混ぜ合せ：――
Das Ewig-Närrische	2w e	永遠《とわ》に道化《おどけ》なるもの
Mischt uns — hinein!...	2m f	われらを混ぜ――引き込みし！

いう対応関係をなしている。例えば三・四行目は、現世において不十分で手に出来ぬものが天界において実現することを表している。このような対応関係がキリスト教の連禱《れんとう》の儀式を想起させることは、ドイツの研究で指摘されている[60]。その文脈のなかで、六行目の韻律の揺れ（三つの揚格）についてさまざまな議論も展開されている[61]。本論ではその詳細に入る必要はないであろう。ゲーテの詩を特徴づけている奇数行と偶数行の応答形式は、ニーチェの第一連において表面上は模写されているが、第二連以降はもはやその限りではない。ニーチェはさまざまな手法で、『神秘のコーラス』の背景を形成している聖母マリア的なものへの傾斜、それからの脱却も図って行くことになる。

(2) 接近——音　ゲーテの『神秘のコーラス』の冒頭二行は、現世・地上の儚さを表す「無常」という言葉で導入され、それはすべて「写像《うつしえ》」にすぎない、と歌われている。ニーチェは、「無常」を表す「フェ（ア）ゲェングリィヒ」vergänglich に否定詞「ウン」un を付加して真逆の「恒常」「不滅」という言葉を導入に使い、補語の「写像《うつしえ》」を残すことで、「不滅」＝「貴方《あなた》（ゲーテ）の作りし写像《うつしえ》」という文意を作り出している。試作ノートには、「不滅」に換えて「神この厄介なるもの」を主語にした構想も見られる。[62] 神＝写像《うつしえ》という言説は、「神この厄介なるもの」という挑発的な表現と共鳴して、神の存在に揺すぶりをかけるインパクトの強い仕掛けである。しかし、ニーチェはパロディアを有効に機能させる方を重視したのではないか。そのためには『神秘のコーラス』の音を自分の詩のなかに十分に響かせる必要があり、ニーチェは『神秘のコーラス』の導入との関係を強く示唆する言葉を冒頭に置く手法を最終的に選択したと考えられる。ニーチェは音にたいする関心が高いので、母音構造（ゲーテ：**a e e ä i e**、ニーチェ：**a u e ä i e**）にも細心の注意を払い、一音のずれを効果的に響かす手法を選んだと考えられる。

『ツァラトゥストラ第二部』の「至福の島」においてツァラトゥストラは、『ゲーテに寄す』の最初の二行の言葉をすでに語っている。但し、「至福の島」の言説はゲーテに向けられていないので、「貴方」を表す **dein**（ダァイン）ではなく不定冠詞 **ein**（アイン）が使われ、さらに散文の形で表記されている——「天の不滅なるもの——あまねく写像《うつしえ》にすぎず！」„Alles Unvergängliche — das ist nur ein Gleichnis!“[63] 散文のなかに、ダッシュによる休止の指示や感嘆符によって、「息の仕方」や「話しながらの身振り」を書記行為に反映させようとするニーチェの文体感覚が、ツァラトゥストラのこの表現にも浸透している。ニーチェは『ル・フォン・ザロメのためのタウテンブルク手記』のなかで、「詩文へと濃密に接近」しながら「決して詩文そのものにはなってはならない」[64] 散文文体の緊張した構成に触れているが、その一例をここに見ることができるであろう。また、ツァラトゥストラの言葉が『ゲーテに寄す』のなかに使われていることは、二つのテキストの相互連関を実証するばかりでなく、詩のなかの「われ」を媒体としてツァラトゥストラがゲーテに向かって語りかけるという仮構の局面を生み出しているようにも思える。いずれにしても、詩のなかで不定冠詞ein（アイン）にdを加えdein（ダァイン）とすることによってコンテクストをまったく変貌させる、響《おと》にたいするニーチェの研ぎ澄まされた感覚を、ここに聞き取ることができるであろう。

(3) 試作ノート・言葉の選択過程――Welt-Rad《ヴェルト ラート》

試作ノートのなかに、第二連冒頭の言葉「車」Radに定冠詞dasや所有冠詞meinを付ける試みの痕跡が見られるが、ニーチェは最終的に「車」の前に「世界」Weltを付け、さらにハイフォンで結んでWelt-Rad（ヴェルトーラァート）という造語の形を選択している。Welt（ヴェルト）は世間一般を含意する言葉であり、車の回転を表す動詞rollen（ロォレェン）を用いた表現と一体となって、止まることのないあわただしい日常や雑踏を表象する巧みな造語を行っている。続く行では、一定の目標に達すると、また直ぐに別の目標に向かって進んで行かざるを得ない日常の状況、ただ掠め過ぎて行くあわただしい日常の状況が表現されている。翻訳では、Weltという言葉の持つ多層性を表現するために、漢字の「世界」の上にルビによって「ちまた」を付して、視覚と聴覚の両面から接近することを試みた。

『ツァラトゥストラ』のなかで「廻る」rollen（ロォレェン）が使われているのは、第一部の「三段の変化」、つまり精神が遂げる三段の変化――駱駝（忍耐）・獅子（「われ欲す」）・幼児（遊戯）――のなかで、最後の幼児の段階に関連して「自分《おのず》から回る車」„ein aus sich rollendes Rad“という表現が見られる。[65] これは「自分《おのず》から」aus sichという言葉が重要であり、他の力が加わることなく動く「初元の運動」あるいは「無垢」という表現にも連なって行く。「世界《ちまた》―車」（Welt-Rad）は„aus sich“という表現を伴わず、逆に何か他の圧倒的な力（「巨大な龍」によって表象されるような）が加わることによって転がされgerollt（ゲェロォルト）、そしてその軌道を転がり続けているrollend（ロォレェント）状況を具象化していると言えよう。転がされ転がり続けている境遇に晒されている人は「恨み呻《うめ》く」という言葉で表現され、その際にgrollen（グロォレェン）が選択されていることはgerollt（ゲェロォルト）、rollend（ロォレェント）という言葉との音の繋がり感じさせるものがある。このような言葉の響きによるニーチェの語の選択と構成には、十分注目しなければならない。

Die Welle steht nicht still,	3m a	波静まることなし
Nacht liebt lichten Tag —	3m b	闇夜は焦がれる明るき日を——
Schön klingt dem Ohr „ich will“	3m a	「われ欲す」は良き響きなるが
Schöner noch „ich mag!“	3m b	さらに心地良く響くは「われ好む」

（4）試作ノート・言葉の選択過程——Wille《ヴィレ》

第二連一行目の「廻る」rollende（ロォレェンデェ）と脚韻を踏むものとして、試作ノートには「意欲する者たち」Wollende（ヴォレェンデェ）という言葉が構想されている。ニーチェは、「意欲する者たちにとっての意志」Willen für Wollende あるいは「そを意志と云う、意欲する者は」Willen nennts der Wollende のような表現を考えていたようだ。「意欲する者」と「意志」を結ぶショーペンハウアーを想起させる言説は、『悦ばしき智慧』のアフォリズム第三書一二七番『いにしえの聖なるものの余韻』や第四書三一〇番『意志と波』のなかでも展開されており、『悦ばしき智慧』のアフォリズムを終曲の詩に響かせようとした試みと言えるかもしれない。特に『意志と波』のドイツ語表題„Wille und Welle“（ヴィレェ ウント ヴェレェ）は行内韻の技法を使い、音とメタファーによって「意志」のイメージを伝える興味深い実験と言えるであろう。「岩場の隅々にまるで這うように忍び込む波」、「少しゆっくりとするが依然として興奮の白い泡」「何か見つけたのか？ それともがっかりしたような振りをしているのか？ するとさらに貪欲に押し寄せる別の波[66]」、このように細部にまで忍び込み、執拗に押し寄せる波の比喩に意志の働きが転移されることによって、人間の毛細血管の先にまで浸透し、もはや制御し得ない「意志」の作動、さらにその「意志」に突き動かされる人間、つまり「意欲する者」の「秘密」が、感覚で感じとれるような具象性を帯びて開示されるのである。ノートには上の詩が走り書きされている。

この詩は、「われ欲す」を意味するドイツ語の ich will（イヒ ヴィル）という日常頻繁に用いる表現のなかに、「意志」の「静まることなき」「闇夜」からの作動を感じさせる、一つの実験と言えるであろう。最後の ich mag（イヒ マァーク）は二行目の Tag（タァーク）と韻を踏む関係で選ばれており、接続法を用いた ich möchte「われ好む」の形が背後に存在している。因みに、「われ欲す」の問題は『ツァラトゥストラ』第一部「三段の変化」における、精神の「獅子」の段階のなかで取り上げられている。「われ欲す」ich will（イヒ ヴィル）にたいして、別の意志の作動「汝なすべし」du sollst（ドゥ ゾォルスト）が行く手を阻む状況、別の意志は「巨大な龍」によって表現され、その鱗の一枚一枚に「汝なすべし」の文字が光っていると、ツァラトゥストラは語っている。試作ノートに記載されている「意欲する者たちにとっての意志」は、自分の意志・意欲と「闇夜」からの意志の作動の構図を表していると言えよう。

(5)「O《オー》」の音――意志・義務・辛苦　ニーチェは、「廻る」rollende（ロォレェンデ）と韻を踏むものとして「意欲する者たち」Wollende（ヴォレェンデ）を最終的に選択せず、子音を含めた音のレベルでrollendeに一層接近するGrollende（グロォレェンデ）を採用している。「恨む・憤る」を意味する動詞grollen（グロォレェン）の現在分詞を名詞化したder Grollende（デァ グロォレェンデ）「憾み呻きし者」によって、車の回転のように止まることない慌ただしい日常とそれに晒され恨み・呻吟している人間との対応関係が音と一体となって効果的に表現できると考えたのではないだろうか。さらにニーチェは「意志」Willeに代えて、やらねばならない（逃れられない）義務・任務を意味するPflichtという言葉を引用符付きで用いることも構想したようだ。だが、これも最終的にはrollende、Grollendeに含まれている「O《オー》」の音を生かしたNoth（ノォート）の方を選んでいる。Nothを「必要に迫られてどうにもならない」というニュアンスで用いることは現代ドイツ語では少なくなっているが、ニーチェの時代には広く使われていた。例えば、上記のハイネ『歌の本』の『帰郷』三九番[67]に見られるNothの言説を、ニーチェは記憶のなかから呼び出していたのかも知れない。

Heine: Die Heimkehr XXXIX. より		ハイネ『帰郷』39番より
Doch jetzt ist alles wie verschoben,	4w a	しかし今すべて軌道ずれたごとく、
Das ist ein Drängen! eine Noth!	4m b	あるは切迫感！ なす術なし！
Gestorben ist der Herrgott oben,	4w a	天上の主神様はご崩御されし
Und unten ist der Teufel todt.	4m b	下界では悪魔もお隠れになりたり。

　これは、「我心は重い」で始まる詩の第二節、ハイネにおける「神の死」の言説として知られている詩節である。ニーチェはNothの次にハイフンを挿入し、この言葉が休止を伴って耳に印象深

試作ノート

Welt-Spiel, das erkennliche,	世界《ちまた》に紛れなき遊戯、
Will ewig sein:	永遠《とわ》たらん

試作ノート・決定稿

Welt-Spiel, das herrische	世界《ちまた》、統べるは遊戯
Mischt Sein und Schein: —	存在と仮象の混ぜ合わせ

く刻まれることを狙っているように思える。ハイネにおいても同義語の反復（Drängen とNoth）や感嘆符によって強い余韻を残している。

⑹　重石と遊戯——真面目と燥《はしゃ》ぎ

試作ノートによると、ニーチェは二連の最後の行について当初、「道化《おどけ》」ではなく「幼児」を主語にすることを構想していたようだ。幼児→遊戯の連関は、すでに触れた『ツァラトゥストラ』第一部の精神の「三段の変化」に見ることができるが、第三連の「存在と仮象の混ぜ合わせ」という言説（幼児の模倣的遊戯から容易に連想可能）にさらなる奥行を与えるために、「道化《おどけ》」への移行が為されたように思える。『悦ばしき智慧』のアフォリズム一〇七番「芸術にたいする究極の感謝」[68]において、人間の「賢さ」と「愚かさ」の動的な関係がテーマ化され、自分の「賢さ」を楽しむには、自分のなかの「愚かさ」を時々楽しまなければならないという言説が展開されている。「存在」や「真理」をストイックに「誠実」に求め続ければ、「鈍重」で「真面目」な人間であり続けねばならず（人間というよりは「重石」であり続けねばならず）、それは「嘔吐」や「自殺」に至らざるを得ない。しかし人間の「認識」には「道化《おどけ》」という「英雄」が潜んでおり、それは「踊り笑いからから子供じみた至福」の「技」であり、「物事に囚われない自由」を失わないために「大いに燥《はしゃ》ぎ」、「真理のヴェール」を剥ぐことなく、真理と仮象のあいだを重層的に漂い続けるのである。ニーチェによれば、芸術は「仮象」を求める「良き意志」、「嘔吐」や「自殺」という結末に至らないための有効な対抗策ということになる。自分に過大な要求を課して「道徳の手中に落ち」、ついには「徳を備えた怪物や案山子」にならないために、人間には仮象に留まる芸術が必要である。ニーチェは、「道徳の手中に落ちる」ことなく「道徳の上を漂いつつ戯れる」には、認識のなかの「道化《おどけ》」の作動が不可欠だ、と強調している。

試作ノートには、子供の「遊戯」から「存在と仮象の混ぜ合せ」という言説を生み、さらに子供に代わって「道化《おどけ》」を挿入することによって、認識や芸術の機能をめぐる問題域に詩を拡げて行くプロセスが刻印されている。このことは、試作ノートと決定稿の比較（前頁上）のなかにも見られる。

第三連冒頭に Welt-Spiel（ヴェルトーシ（ュ）ピィール）の造語を配することは第二連冒頭の Welt-Rad（ヴェルトーラァート）との対応から説明出来るであろう。形容詞 herrisch「統べる」（ヘェリィシ（ュ））は、試作ノートにある「紛れなき」と二行目の「永遠たらん」を一語に集約すべく選ばれた言葉のように思われる。決定稿の第三連二行目に「存在と仮象の混ぜ合せ」を入れることで、ニーチェはこの詩に、認識や芸術の機能をめぐる問題域への通路・奥行を与えたと言えるであろう。

(7)「永遠に道化《おどけ》なるもの」——救済言説からの脱却

『ファウスト第二部』の『神秘のコーラス』最後の二行「永遠に女性なるもの／われらを引きて往かしむ」は広く知られた詩行である。ニーチェは、試作ノートによると、「永遠に女性なるもの」に代えて真逆の「永遠に男性なるもの」Das ewige Männliche も構想したようである。「永遠に男性なるもの」という言葉は『善悪の彼岸』（一八八六年）の中にも見ることができる。そこで、ニーチェは『ファウスト』の「永遠に女性なるもの／我等を引きて往かしむ」の詩行がダンテのイタリア語からの翻訳であることを指摘した上で、この言説は男性の立場からの見解に過ぎないとして、さらに次のように述べている——「高貴な婦人はこのような見解に違和感を覚えるに違いない、なぜなら、高貴な婦人は永遠に男性なるものに同じものを感じているのであるから」[69]。「永遠に女性なるもの」という表現の背後に聖母マリア的なものが響いており、この魅惑的な信仰を相対化するためにニーチェは「永遠に男性なるもの」を対置している、と考えられる。試作ノートに記録されている「永遠に男性なるもの」の挿入の構想は、「永遠に女性なるもの」という、「われらを引き上げる」天上界における存在にたいする信仰を揺すぶる仕掛と見做してよいであろう。

しかし、ニーチェはこのような相対化にも満足せず最終的に「永遠に道化《おどけ》なるもの」という表現を類推的に導き、第三連二行目の**mischt**（ミィシ（ュ）ト）と最後の行の導入を頭韻でも（二つの行は脚韻を踏んでいる）揃えるという音の響きにたいするこだわりを貫き、**mischt**（ミィシ（ュ）ト）という響きが耳に強く残る構造を選択している。その結果、『ファウスト』において上へと引き上げる動作を示す**hinan**（ヒィナァン）に代えて、ハイフンで印象的な休止を作り出した上で、『ファウスト』を知る読者であれば当然期待している救済（手が差し伸べられ天上界へと引き上げられるような動作）とは全く別次元の事態、「存在と仮象」が混ぜ合わさっている世界へと引き入れられる事態を表す**hinein**（ヒィナァィン）という言葉で詩を終えているのである。

Alle ewigen Quell-Bronnen
Quellen ewig hinan
Gott selbst — hat er je begonnen?
Gott selbst — fängt er immer an?

In ewigen Bronnen
Quillts ewig hinan
Gott selbst hat nie begonnen.
Gott selbst fängt immer an.

なべての永遠《とわ》なる泉
永久《とわ》に噴き上げつつ
神おんみ——始原《おおもと》に立ちあわれたまうことありや？
神おんみ——始原《おおもと》を繰り返したまえるや？

永遠《とわ》なる泉にては
永久《とわ》に噴き上げつつ
神おんみは始原《おおもと》にいませしこと嘗《かつ》てなし。
神おんみは始原《おおもと》をつねに繰り返したまえり。

救済の言説からの脱却を詩のモティーフの一つにするニーチェの構想は、試作ノートに書き留められている上の詩行からも推察できる。

世界の創造の始原《おおもと》と神とを一体化させる言説にたいして絶えず水を噴き上げる泉を対比、泉と連動させることによって始まりは常に反復されているというイメージを生み出し、始まりの始原《おおもと》を問う言説からの脱却を表現する可能性が模索されている。「永遠に女性なるもの」から「永遠に道化《おどけ》なるもの」への転換の過程で、始原《おおもと》と神を一体化させる言説を揺るがす泉のメタファーが同時に響き、そこに「同一なるものの永遠の反復」のテーマに連なる通路が開かれている点は興味深い。

(8) **詩人と嘘**　試作ノートには第一連四行目の「詩人の狡《こす》き作りもの」の言葉は現れておらず、ゲーテの『ファウスト』にある「生起・出来事」を意味する重要な言葉Ereignis（エ（ァ）アイグニィス）に音のレベルで近似性を感じさせる表現の模索は、最終稿の段階になって終えられたようだ。試作ノートには、例えば「神この厄介なる者は／見せかけ写像《うつしえ》」„Gott der Verfängliche / Ist Schein und das Gleichnis“ という表現が見られるが、最終的には後半の補語の部分が「詩人の狡《こす》き作りもの……」となり、神は詩人の言葉が生み出したものという言説を切り開いている。さらに、付されている点による休止はこの言説の直截性・強さに余韻を残す効果を生んでいる、と言えよう。

　ところで、「詩人の狡《こす》き作りもの……」という表現は、すでに『ツァラトゥストラ第二部』の「詩人たち」のなかに現れている。そのなかでツァラトゥストラは、「天と地の間」には詩人たちだけが「なにがしか夢想したもの」が多く存在し、とりわけ「天の空の彼方」はそうだと断言した上で、「神々とはすべて詩人の、詩人のでっちあげなのだ」„alle Götter sind Dichter-Gleichnis, Dichter-Erschleichnis!“ という言説を吐いている。[70]このドイツ語にも、詩文に限りなく接近する散文文体の構築の痕跡をはっきり認めることができる。『ゲーテに寄す』の第一連二行目と四行目の「写像《うつしえ》」Gleichnis（グライヒニィス）と「作りもの」Erschleichnis（エ（ァ）シ（ュ）ライヒニィス）による脚韻構成は、ツァラトゥストラの散文なかに予告的に響いており、このようなテキスト間の連関を駆使、詩のなかの「われ」に仮託する形で、ツァラトゥストラが微かに詩のなかに姿を現し、ゲーテに語り掛けているような雰囲気を醸し出しているように思える。

　ところで、ここでさらなる連関するテキストとして、一八七三年に執筆された『道徳圏外の意味における真と偽』を呼び起こすこともできるであろう。ニーチェはそのなかで、「言語の立法」が「真と偽の区別」を生み出し、真理や認識は人間の知性が個体保存のために案出した「からくり」に過ぎないと述べている。[71]このような言語批判は、中期の『人間的な、あまりに人間的な』における次のアフォリズムにも保持されている――「言語が文化の発展にたいして持つ意義は、人間が言語のなかに一つの世界、もう一つの世界を併置したところにある。人間はその場所を確たる強固なものと思い、その場から他の世界を釣り上げ、他の世界を支配できると考えるようになった」。(72)ニーチェの言語批判の特徴は、言語が決して現実を表現し得ないという局面だけでなく、言語を通して一つの「別の世界」が構築され、この世界が永遠に存在する真の世界だ、と妄想され盲信されてしまうという局面を鋭く突いた点にある。初期・中期の著作に見られるこのような言語の機能にたいする批判的言説は、『ゲーテに寄す』の第一連の詩行、「神この厄介なる者は／詩人の狡《こす》き作りもの……」という詩行のなかに響いている。「狡《こす》き作りもの」を意味するドイツ語のErschleichnis（エ（ァ）シ（ュ）ライヒニィス）はニーチェの造語と言ってもいいかもしれない。それは動詞のerschleichen（「忍び入り騙して自分のものにする」を意味する）から派生させた名詞であるが、使われることは極めて稀である。通常はErschleichungが使われ、Gleichnis（グラァイヒニィス）と韻を構成する関係で造語したものと考えられる。ニーチェは、天上において実現され出来事になることを意味するEreignis（エ（ァ）アイグニィス）に近い響き（ErschleichnisとEreignisは同じe, ei, iの母音構造を示している）の言葉、しかもEreignisから激しく逸脱する言葉を作り出すことによって、ゲーテのテキストへの接近と離脱というパロディアの徹底した遂行に強いこだわりを見せているのである。

ニーチェは『ゲーテに寄す』において、ドイツ文学史のなかで救済のテーマを扱った古典『ファウスト第二部』の最終シーン『神秘のコーラス』の内部に韻律や響きの模倣を通して入り込み、永遠に存在する真の世界を言葉によって作り上げそれを盲信させてしまう詩の機能（「あまりにも多く嘘をついている詩人」）そのものを詩の形で問題化し、否定するというスケールの大きなパロディアを展開したのである。詩そのものに深く内在することによって、詩を内側からからいわば「内部破裂」(73)させ、詩の可能性と不可能性の境界にまで読者の耳と目を誘導していく手法は、文献学的哲学者ニーチェのみによってなせる技芸《クンスト》（芸術）と言えるのではないだろうか。

このパロディアの儀式、最高水準の「悪逆無道」の儀式へと読者を参加させるには、一定の形式のなかへと読者の思考と感覚を誘い、そのなかで読者の集中力を高める必要がある。詩のさまざまな音と多層的な意味が、ポリフォニーのように複数の声部のなかに現れ混じり合う、読者がそれを聞き分け味わうにはゆったりした「緩徐調《レント》」(74)の読解が求められる。ニーチェは詩の形式に徹底して拘るポーズを見せるが、それはオリジナルへの接近とともに、読者の感覚を詩型空間のなかで鋭敏・繊細にし、意味の多層的な生成にたいする敏感度を高める仕掛けとは考えられないであろうか。ここでは、ニーチェの手稿資料も読み込み、完成した詩のテキスト上ではもはや読者の聴覚・視覚範囲には届かない響き・文字が詩の生成にどのように関与していたのかを、あえて探索する作業も行った。「永遠に道化《おどけ》なるもの」による智のサトゥルヌス祭の始まりを告げる『ゲーテに寄す』は、『プリンツ・フォーゲルフライの歌』に収められた他の詩、最高水準の「悪逆無道」ぶりを一層過激に示す一連の詩の読みへと読者を「引き込んでいる」のである。

Ⅳ　文体と孤独

ニーチェがゲーテに関連して、「想起の文学」のディスクルスに回帰し、自らにカノンの「束縛」を課す決断の重要性を強調していたことは、すでに本論Ⅱの「継承と断絶」において触れた。そのなかで、「桎梏」と「自由」の問題について、幼い頃よりオルガンやピアノまた讃美歌に親しんでいたニーチェは、得意の音楽を例に、「桎梏が次第にゆるやかに感じられるようになり、ついにはその軛が外から見てまるでもう存在しないかのようになる現象」について述べ、このように見えることは「芸術に必要な発展の最も高度な成果である」旨を強調していた。(75) 音楽におけるこのような習得過程のアナロジーを、ニーチェは文体を自らに刻み込む少年期からの過程のなかで常に想定していたに違いない。その意味で、模範・規範となるものが決定的であるが、それの表面上の模倣学習ではなく、「自らに課した束縛」から「次第に抜け出て」あるいは「脱却」して独自の境地を開くことが求められている。しかし、その独自性は「個人の才能」(ingenium)の「暴走」であってはならない、と警告されている。なぜなら、ニーチェによれば、「伝統の断絶」は歴史上避けがたく、それが現れるたびに、個人の才能の地平から、「自分でも気づかないうちに修辞的な技法や劇的な効果に手を伸ばすことになる」からである。(76)

このような「修辞的な技法」や「劇的な効果」を狙う文体のことを、ニーチェは「バロック様式」と名付けている。

「表現力や物語る力が不十分だという思いが形だけでも整えようとする切羽詰った衝動と一緒になると、バロック様式と呼ばれる文体のジャンルを助長することになる」とニーチェは述べている。[77] ここで使われているバロック様式は時代概念とは全く異なるものである点に注意する必要がある。バロック様式は、模範とすべき「偉大な技法が衰えていく時にいつもその都度生まれてくる」文体なのである。従って、ニーチェが指摘していることであるが、その文体現象は古代ギリシャのなかでも起こり得ることになる。[78]

ニーチェがバロック様式の特徴として挙げているものが、「雄弁術の崩壊」(corrupta eloquentia) の現象に対応すると指摘したのは、レトリック学者のヨアヒム・ゴートである。[79] ゴートは特に次の三つ点にこの現象の特徴を見ている――(一) 言葉 (verba) の多様による事柄•内容 (res) の希薄化、(二) 相手の心を動かす (movere) 表現の「歪み」、(三) 自分の「才能」(ingenium) に溺れ適切に判断する能力 (iudicium) を失うこと。このような「雄弁術の崩壊」の現象に関する言及は、ニーチェのテキストにも散見する。しかし、ここで注意すべきは、「伝統の断絶」が不可避である以上、バロック文体の出現も不可避であるとニーチェがはっきりと言明している点である。ニーチェによれば、バロック文体は「本格的な夜の訪れ前の自然現象に喩えられるものであり、憂鬱な気分を惹起する」ものであるが、しかし同時に「表現や語りにおけるバロック文体独自の補完技巧には驚嘆せざるを得ない」のである。「バロック文体という言葉を聞いて、それを蔑むような気持ちになる」者たちは、「不遜な連中」あるいは「いい加減な教育を受けてきた輩」だ、とニーチェは断言している。[80]

一八八二年夏の数週間をニーチェはイエナ近郊のタウテンブルクで妹のエリザベート、そしてローマで知り合ったル・ザロメと共に過ごしている。この滞在のあいだル・ザロメと交わした対話の内容について、ニーチェが『ル・フォン・ザロメのためのタウテンブルク手記』の形でその一端を残している。すでに述べたように、そのなかに、『文体の教義』[81] という十項から成る教説が含まれており、そこから、ニーチェの思考の構築にとって文体がいかに重要な意味を持っていたのかを知ることができる。ニーチェはバーゼル大学教授時代の一八七五年冬学期に『ギリシャ文学の歴史』を講じているが、そのなかで「良き文体は優れし弁舌の映し」という原則が古典文芸に見られること、さらに「相手の感覚に及ぼす作用」の重要性、その点で「息の仕方」や「話しながらの身振り」などを書記文体にも反映させる指導が存在していた旨を指摘している。[82]『手記』における「書くことは声の映しでなければならない」という言説は、大学における当時の講義の延長線上にあると言えるであろう。しかし、『手記』の第一項冒頭で「文体は生きているべきだ」と言われており、その言説の背景には、あの「絶望の研究」における文体、自称「古典的散文作家」の「美辞麗句」で塗り固められた生命力のない文体が社会の支配的ディスクルスを形成していることに対するニーチェの激しい徹底した批判が存在しているのである。「生の豊穣」は「身振りの豊かさを通して現れる」と第五項で述べられ、「文の長短、句読点、語彙の選択、休止」さらに「論の配置」などのすべてを「身振り」として感じながら書くことを求めている。「声」や「身振り」という感覚の重要性が浮き出されており、「自分の思想を感覚で感じていることを文体で証明すべきである」とニーチェは言明している。このような感覚性・官能性の強調が、「相手の感覚をますます激しく誘惑し真理へと誘い向けねばならない」という言説を生んでいる。「誘惑」を表すドイツ語 verführen は、führen（導く）と前綴り ver（誤った方向）の合成動詞である。ニーチェの「誘惑」には、感覚的・官能的意味合い（ル・ザロメにニーチェは二度求婚している）と同時に、「絶望の研究」に代表される支配的ディスクルスから、文体によって「競う者たち」の「創造」のディスクルス、「喜ばしき智慧」のディスクルスへの軌道転換（支配的なものから見れば誤った方向）の機能が含まれているのはないだろうか。ニーチェの軌道転換の要請は、「絶望の研究」の内からのいわば「内部破裂」[83]であり、ニーチェに対する当時の文献学者たちの徹底した攻撃あるいは無視は、その衝撃の激しさを物語っている。

ニーチェの文体の基本にあるものは、『手記』の第二項で言われているように、声や身振りを伴う「私」と「君」の個人間の伝達である。具体的に相手を思い浮かべる現前性と感覚性が書かれた文体に反映されていなければならない、というのがニーチェの眼目であり、文体上の様々な工夫（文の長さ、コロンやハイフンなどの句読法、休止の入れ方、語の選択や論の配置など）は、その現前性・感覚性の実現のために徹底的に追求されることになる。しかし、伝統の継承が途絶えている状況のなかで、ニーチェの言説に従うならば、このような文体の構想と実践は、古代の「偉大な技法が衰えていく時にいつもその都度生まれてくる」バロック文体の一つの在り方ということになるのではないだろうか。アドルノは『ミニア・モラリア』（一九五一年）のなかで、「ニーチェの文才に富んだ綜合文には、古代ローマの元老院の巧みな弁論が千年にわたるこだまになって響いている」と述べているが、しかし同じ箇所で、このような「こだま」を響かせるのに「芝居がかった」仕掛けが不可欠であったとも指摘されている。[84] ニーチェはワーグナーを「これまで存在したなかで最も陶酔的なパントマイム俳優」だと述べ、「魔法がかった俳優のペテン仕草」をワーグナーの音楽の所作に見つけ出し、激しく批判している。ニーチェは「自分は本質的に反演劇的である」であると述べているが、[85] しかしニーチェの文体に「芝居がかった」身振りや声色がまったく存在しなかったと言えるであろうか。アドルノによれば、ニーチェはワーグナーの「芝居がかった」所作を批判の対象にするのではなく、「俳優」ワーグナーによるそれの「本来性」の「否定」を批判すべきであったのだ。つまり、アドルノのこの言説には、ニーチェの文体に見られる演技性・劇場性の確認とともに、それが向かおうとしていた本来の方向、「模倣とジェラシー」のディスクルスの存在が暗示されているのである。アドルノもこの文脈で「人は他者を模倣することではじめて人になる」と述べ、この関係を「愛の原型」としたうえで次のような発言を残している――「この模倣の関係のなかに、本物の真性を守る司祭たちは、支配の仕組みを揺るがせかねないあのユートピアの痕跡を微かに感じているのである」。[86] しかしアドルノによれば、ニーチェは「真理」について透徹した省察の力を示しているにもかかわらず、模倣における「本物の真性」については、その前で「独断」が先行し立ち止まっているのである。ナチ政権下におけるニーチェ利用というアクチュアルな問題を体験したアドルノは、それがニーチェの思想そのものに起因する可能性のあることを微妙に暗示したかったのであろう。いずれにしても、「競う者たち」の模倣のディスクルスが支配的なシステムを揺るがせる可能性があること、ニーチェの「誘惑」の文体がそこへの転換を目指したものであることを、その限界性を見据えつつも的確に指摘しているアドルノの言説は今なお有効であろう。それは、古代への単なる回帰を強調する思潮や、文体の美文性を分析する研究が主流になりつつある今日の研究状況のなかで、ニーチェの文体が孕む微妙な問題域の存在を指し示しているように思える。

1　散文と詩文

『タウテンブルク手記』の第九項において、ニーチェは散文と詩文のあいだのダイナミックな関係について次のように述べている――「良き散文家の行動で方法を選ぶときに最も重要なことは、詩文へと濃密に接近することであるが、しかし決して詩文そのものになってはならない[87]」。バーゼル大学でアリストテレスのレトリックに関する講義を行った際に、ニーチェは「技巧的散文」あるいは「詩的散文」の概念を用いて、ギリシャの抒情詩人や悲劇詩人を真似ながら弁者の原稿が作成された過程を分析し、演劇や詩の作用を弁論にも生みだしていく技法の存在を指摘している[88]。ニーチェはこの段階では、詩文への散文の接近について特に積極的な評価を下していない。しかし、本論の冒頭部で触れたことであるが、『タウテンブルク手記』の構想と同じ年の一八八二年に刊行された『悦ばしき智慧』のなかには、散文と詩文の関係について次のような刺激的な言説が見られる――「詩文を視界に入れずして散文は書けず！ なぜなら、散文とは詩文との絶え間ない本格的な戦《いくさ》だからである。散文の魅力は、詩文と絶えず対抗するなかにある。抽象的な表現は詩文を茶化し嘲笑うような仕草を示すことがある。一方、味気ない乾燥しきった冷淡な表現は、詩の女神を絶望させることもあるのだ[89]」。ニーチェによれば、詩文に「近づいたり、一時和解したり」する様子を見せる散文が、詩文を「突然排除して笑い物にする」ような、つまり『タウテンブルク手記』の言説に戻れば「詩文へと濃密に接近する」が「決して詩文そのものにはならない」、そのようないわば遊戯的な関係のなかで文体は模索されるべきなのである。

散文の語源に相当するラテン語 **prorsus** は、「直線的に進展する動き」の意味を表し、詩文を意味する **vers** の動詞形 **vertere** は「回転」「回帰」「反復」などを意味している。韻律や脚韻による反復性は詩文の重要な要素である。ニーチェの散文には、詩文の技法を駆使した反復性を効果的に生かしながら、抽象的な表現に感覚性を実現しようとする実験的試みを見ることができる。H・シュラッファーは『ヴァーグナーの場合』の序文の一部を用いてこの試みの分析を行っているが[90]、その概要を以下に紹介してみよう――

Eine tiefe Entfremdung, Erkältung, Ernüchterung gegen alles Zeitliche, Zeitgemässe: und als höchsten Wunsch das Auge Zarathustra's, ein Auge, das die ganze Thatsache Mensch aus ungeheuerer Ferne übersieht, — unter sich sieht …[91] Einem solchen Ziele — welches Opfer wäre ihm nicht gemäss? Welche »Selbst-Überwindung«! welche »Selbst-Verleugung«!

「疎遠、冷血、冷淡、われかくなる者に心底よりなるなり、時勢に適ふもの時流に迎合するものすべてに抵抗するべく。そして烈々なる願望、ツァラトゥストラの眼、人間といふ事実を彼方の遠方から眺める眼——観降ろす眼……かくなる目標のために——それにはいかなる犠牲も惜しまれず——なんたる》自己超克《！なんたる》自己否定《！」

（一）冒頭部の„Entfremdung, Erkältung, Ernüchterung“「疎遠、冷血、冷淡」（エントフレェムドゥング、エ（ア）ケェルトゥング、エ（ア）ニュヒテェルゥング）は、弱い音で始まるアウフタクトを伴う三音節のダクテュロス（強弱弱）のリズム。さらに響《おと》の類似性も加わり（前つづりのent, er, erの類似と反復）、詩文的効果をあげている。冒頭部のgegen以下もリズム、響《おと》（「時勢」「時流」を意味するZeitツァイトを含む言葉の反復）の点で詩文の要素を有しているが、詩行（ドイツ語の場合一行に揚格は最高で五つまでが望ましいとされている）を形成することが意図的に避けられており、散文への志向性が強く働いている。

（二）„übersieht, — unter sich sieht…“「眺める眼——観降ろす眼……」の場合、二つのsieht（ズィート）が同じ音で詩文の行内韻に類似した機能を持っている。ダッシュと三つの点（いずれも読むときには印象的な休止を入れることが求められる）によって、二つの部分の対比が明瞭になっている。ダッシュによる間《ま》と三つの点による余韻によって、後者のunter sich sieht（「観降ろす」ウンタァズィヒズィート）の方が、übersieht（「眺める」ユーバ（ア）ズィート）よりも重さをはるかに増している。行の構成は散文であるが、行内韻や文記号によって詩文の感覚的効果が生み出されている。

（三）最後の„Welche »Selbst-Überwindung«! welche »Selbst-Verleugung«!“「なんたる》自己超克《！なんたる》自

己否定《!」(ヴェルヒェ ゼェルプスト－ユーバァヴィンドゥング! ヴェルヒェ ゼェルプスト－フェ(ア)ロイグゥング!)はトロカイオス(強弱)を基本にリズムが刻まれている。「観降ろす」眼という目標に達するために見返りに求められる「犠牲」は何か、このようなクライマックスを構成する文の形態として、明確なリズムと響《おと》の反復(welche Selbst の繰返し)による詩文の要素を散文のなかに大胆に取り入れている。

さらに細かい点を挙げることができるが、ここでの文脈としては以上で十分であろう。散文の場合は、内容を損ねることなく、文の組み替えなどを行うことができるが、詩文はこのような操作を拒絶する。ニーチェが詩文の要素を散文により多く組み込むほどに、読者に対して、変更し得ない形態の受入を迫り、読者は引用する場合などに、オリジナルの形態を維持せざるを得なくなるのである。一方、詩文は自己完結的で独自の美のあり方を求めるので、文化、道徳、未来のような深刻な多様な問題に読者の関心を直接向けさせるにはふさわしくない。このようにしてニーチェは散文に新しい地平を切り開いて行こうとするが、それは「教養俗物」の「文筆家」たちが生み出す「最後まで聞くに堪えない退屈で貧困なメロディ(92)」としての文体に対する決別であった。ニーチェの試みは、そのような支配的な文体から見れば読者を誤った軌道に導く、つまり「誘惑」として機能する危険な文体ということになる。

2 文体と孤独

このような「教養俗物」の文体と「誘惑」の文体の二つの書記行為を、対比的に描いている詩を紹介しておこう。詩『うちひしがれし道化《おどけ》(93)』は『プリンツ・フォーゲルフライの歌』に収められている十四の詩の九番目に置かれている。この詩集の冒頭詩『ゲーテに寄す』の読解のなかで、人間の認識のなかに潜む「英雄」としての「道化《おどけ》」、「真理のヴェール」を剥ぐことなく「表面、襞、皮膚」に立ち留まる勇気を持つ認識者(芸術家)としての「道化《おどけ》」がテーマ化される過程について、手稿資料に戻りながら詳しく見て来た。『うちひしがれし道化《おどけ》』は、「道化《おどけ》の手」Narrenhand(ナァレェンハァント)、つまり「道化《おどけ》」の書記行為を取り上げている点で、非常に興味深いものである。『悦ばしき智慧』の第二版に寄せた序文の最後で、ニーチェは「このギリシャ人たちは表面的であった――深みから、」„Diese Griechen waren oberflächlich – *aus Tiefe!*“ と述べ、古代ギリシャ人→芸術家→道化《おどけ》という連なりを生み出している。「道化《おどけ》の心持ち道化《おどけ》の手」による書記行為は――「隔たりにおける作用」Actio in distans に関する図版1を参照してもらいたい――、継承の断絶という状況のなかで、隔たりを「飛び越え」て到来する響《おと》に共振する文体を生み出す行為である。一方、三十歳代前後のニーチェが厳しく批判した書記行為、つまり「古代人《いにしえびと》に負けまいと努力する姿勢」を示さず「学

Narr in Verzweiflung

Ach! Was ich schrieb auf Tisch und Wand	4m a
Mit Narrenherz und Narrenhand,	4m a
Das sollte Tisch und Wand mir zieren?...	4w b
Doch ihr sagt : „Narrenhände schmieren, —	4w b
Und Tisch und Wand soll man purgieren,	4w b
Bis auch die letzte Spur verschwand!“	4m c
Erlaubt! Ich lege Hand mit an —,	4m c
Ich lernte Schwamm und Besen führen,	4w b
Als Kritiker, als Wassermann.	4m c
Doch, wenn die Arbeit abgethan,	4m c
Säh’ gern ich euch, ihr Ueberweisen,	4w d
Mit Weisheit Tisch und Wand besch......	3w

うちひしがれし道化《おどけ》

ああ、書室の空間に書きたるもの
道化《おどけ》の心持ち道化《おどけ》の手にて書きたるもの、
そを以《もっ》てわれ書室を飾るつもりなれども？ ……

其方《そなた》らは云う「道化《おどけ》の落書は穢《けが》れなり――
書室を禊《みそ》げや真白く
汚れ跡形なく消え去るべきなり！」

何卒お許しを！ 共に消させたまえ――
われは消しと祓《はら》いの技に長けし、
われ分別《ぶんべつ》の術心得、なおも生《む》す熟練なり。

然《さ》れど、その仕事片付くことあらば、
賢さ誇る貴方《そちら》らよ、われぜひ見たき、
貴方《そちら》らの悧巧《りこう》が書室を汚物にて……

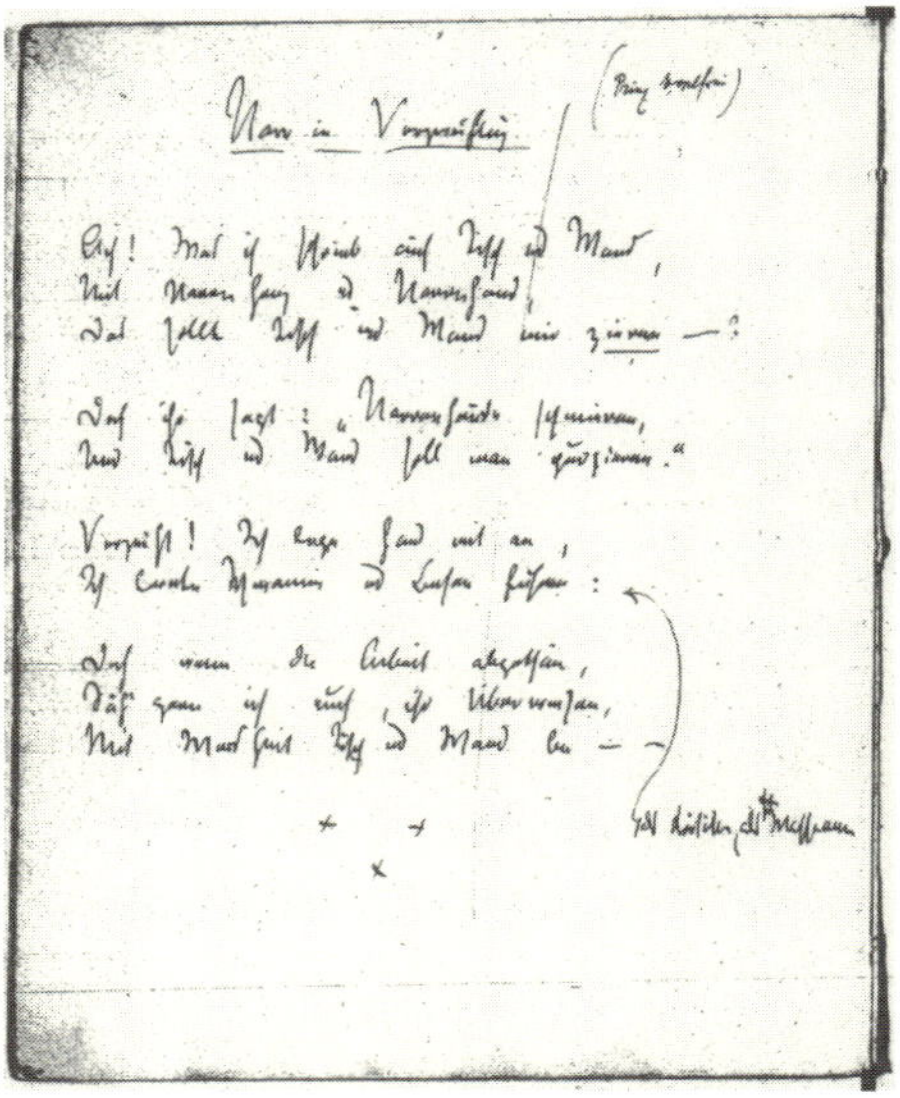

図版 6
ゲーテ・シラー古文書館ニーチェ遺稿所蔵（GSA 71/144）

手稿によると、第三連二行目はコロンで終わっており、そのまま第四連に繋げる構造が当初考えられていた、と予想できる。最終的には、コロンではなくコンマで終わり、右下の „Als Kritiker, als Wassermann“ が付け加えられている。これに対応して、当初二行構成であった第二連も、最終稿で三行になっている。このように、手稿資料に立ち戻り、最終稿との差異から、詩の生成過程の一端を再構成する可能性が開ける場合がある。

生たちの心をまったく動かさない」「絶望の研究」Studium der Verzweiflung の文体が存在する。[94] それは大学などの制度化されたシステムのなかで支配する文体であり、若きニーチェは自分の選択した言説空間の圧倒的優位を信じて、「学識誇る」文体に「絶望」という言葉を投げかけているのである。しかし、『うちひしがれし道化《おどけ》』では、「絶望」のなかを彷徨っているのは「道化《おどけ》」の方であり、支配する文体の衛生学的観点から見ると「道化《おどけ》の落書は穢《けが》れ」以外の何物でもなく、「道化《おどけ》」は「書室を禊《みそ》げや真白く／汚れ跡形なく消え去るべきなり！」と命ぜられることになる。

詩の第四連は、支配する文体の清掃技術にも実は「道化《おどけ》」が長けていること、簡単に抹殺されるようなものでないことが歌い込まれている。ここでドイツ語の原詩のなかで使われているWassermann（ヴァサァマァン）という単語に注目してみよう。これはギリシャ神話に由来し、「大洪水のような災害にあっても自分は生き延びて新しい人類の起源になる」という意味が隠れている点に注意すべきである。ここでは、どんなに無視され蔑まれても生き延びる術を心得ていることも表すために、「なおも生《む》す熟練なり」の訳を試みとして当てておいた。既訳にあるように、ただの「水の使い手」あるいは「水はこび」と読むには無理があるように思われる。また、原詩のなかののKritiker（クリィティカァ）についても、ギリシャ語の語源に近い意味で理解するのが穏当であるように思われる。Kritik は区別・分離する技巧を意味するので、「批評家」という一定の社会的役割を果たす職業のような訳を当てるよりは、例えば「分別《ふんべつ》の術心得」くらいの訳の方が良いであろう。因みに、ニーチェの草稿（図版6）から分かることであるが、第三連の最後の行 „Als Kritiker, als Wassermann“ は後から加えられており、また、第三連が三行構成になったことに対応して第二連の三行目 „Bis auch die letzte Spur verschwand!“ が最終段階で構想されたようである。

第五連の最後の行は besch...（ベェシ（ュ）……）という伏字の形で終わり、読者に言葉を補うように促す形で詩は終わっている。詩の二連目に schmieren があるので beschmieren「汚す、書きなぐる」とも取れるが、前の行の Ueberweisen（ユーバァヴァイゼン）との韻の関係から見ると、beschmeißen（ベェシ（ュ）マイセェン）あるいは bescheißen（ベェシャィセェン）とも読ませようとしているのかもしれない。beschmeißen は、「泥などの汚物で汚す」というニュアンスを呼び起こす言葉であるが、bescheißen になると「糞を投げつける」と言うような強い下品な意味になる。ほとんどのドイツ人の読者は後者の bescheißen を連想するに違いない。いずれを読ませるにしても、「賢さ誇る」エリートたちの「悧巧《りこう》」の文体は「道化《おどけ》」の文体以上に「穢れ」であることを暗示しており、痛烈な批判が込められている詩行である。

『悦ばしき智慧』は、第一書から第五書の本章部分の導入として『機知・奸智・報復——ドイツ語韻律による前奏』と題した、全体で六十三の短詩を含んでいる。そのなかには、『悦ばしき智慧』はもちろんであるが、『ツァラトゥストラかく語りき』や『善悪の彼岸』などの著作に関連する複数のテーマが展開しているが、その重要な一つに書記行為があることは注目すべきである。例えば五十九番目の短詩（次頁）では、書記手段である文房具が重要な役割を果たしている。

『羽ペンの引っ掻き傷』[95] というタイトルから、今日のペンとはまったく異なる当時の鋭く尖ったペン先の硬さや、書くときに発せられる硬直音を感じる読者は少なからずいるであろう。羽ペンは、ペン先に少量のインクを付けて、文字もやや尖った形で書く場合、比較的スムーズに行くような文房具である。本論で、少年期のニーチェの手稿を前に紹介したが、例えば『二羽の雲雀』の手稿は、寄宿学校シュールフォルタのペン習字の授業における成果を想起させ

Die Feder kritzelt

Die Feder kritzelt: Hölle das! 4m a
Bin ich verdammt zum Kritzeln-Müssen? — 4w b
So greif' ich kühn zum Tintenfass 4m a
Und schreib' mit dicken Tintenflüssen. 4w b
Wie läuft das hin, so voll, so breit! 4m c
Wie glückt mir Alles, wie ich's treibe! 4w d
Zwar fehlt der Schrift die Deutlichkeit— 4m c
Was thut's? Wer liest denn, was ich schreibe? 4w d

羽ペンの引っ掻き傷

羽ペンの引っ掻き傷、畜生！
われ引っ掻きに呪われしか
さすればインク壺をば大胆に摑み
インクの太き流れに任せ書きやらん。
して事の次第は、かくもあまたに、かくも広く！
わが営みうまく行きたり！
なるほど文字には明晰さ無けれ
構わぬは？ わが書きしものを誰が読むぞや？

るものがある。しかし、それからかなり時を経て、通常の市民エリート層のように羽ペンで書き進めようとしても、いつもペン先が引っかかって紙を破いてしまう、というわけである。そこで「インク壺をば大胆に摑み」、ペン先をたっぷりインク壺に浸らせ、太字で書くわけだが、尖った文字の通常の「明晰さ」、つまり「悧巧《りこう》」の文体は消えて行くことになる。最後の行の「構わぬは？ われ書きしものを誰が読むぞや？」という表現には、「インク壺をば大胆に」摑む書記行為は、「道化《おどけ》の落書」のように「穢《けが》れ」の文字を生むこと、つまり排除され、孤独へと繋がることが詠われている。

さて、この短詩が掲載されている『機知・奸智・報復——ドイツ語韻律による前奏』について、少し説明を加える必要があるであろう。[96] 表題の『機知・奸智・報復』は、ゲーテの同名の戯曲に由来する。ゲーテの戯曲『機知・奸智・報復』„Scherz, List und Rache“は、コンメディア・デッラルテの様式を用いた三名の俳優のためのブルレスケ（Burleske）である。ブルレスケは音楽の楽種の一つ、ユーモアと辛辣さを兼ね備え、剽軽でおどけた性格の楽曲を意味している。ゲーテが音楽との繋がりを強く意識していたことは、作品の副題に『歌謡劇』„Ein Singspiel“ というジャンル表示があることからも明らかである。オペラ・ブッファ（王侯や貴族のために作られた贅沢な娯楽であるオペラ・セリアにたいして、市民的で、身近な問題を扱うのがオペラ・ブッファ）の分野におけるドイツ語による最初の試みに着手し実現する、そのような願望をゲーテは持っていたようである。ゲーテはイタリアに旅立つ一年前に着手、一七八五年にはゲーテのテキストに忠実に、フィリップ・クリストフ・カイザー（Philipp Christoph Kayser）がオペラ化している。コンメディア・デッラルテでは、性格の特性が明確な人物が主要な役割を演じるのが通例であるが、ゲーテのテキストでは、金に貪欲で策に長けた医者がこれに当たる。この医者が一組のカップルの相続財産を騙し取り、カップルの二人がそれを取り返すための報復を行う展開である。この展開のなかで、薬や治療が筋立ての中心要素になっていることは、ニーチェの『機知・奸智・報復』における内臓疾患のテーマとの繋がりの点で、注目すべきであろう。しかしここでさらに興味深いことは、ゲーテと同様、自分のテキストに曲が付けられることにニーチェが強い関心を持っていたことである。ニーチェは作曲家で友人のハインリヒ・ケーゼリッツに宛てて次のような書簡を残している――

「『機知・奸智・報復』に関してあなたが私に書いてくださったことによって、昨日私はすっかり気が動転してしまい、数時間のあいだ、幸福に酔いしれたように歩き回ってしまいました。良き芸術家はこのように互いに助け合うべきであり、あらゆる種類の圧迫や圧力を共に吹き払うべきだ、と思います。[97]」

また、同じ時期にパウル・レーに宛てて次のように書いている――

「ケーゼリッツが私にほのめかしてくれているのですが、このような変容に取り組もうという決意を促したものは私の哲学や思想とのこと、そしてさらに、私の哲学・思想がすでに音になって響き始めているとのことです。私は老いた幸薄い音楽家、それに新しいアフォリズムの不可能にして不完全な哲学者ではありますが、しかしこの作曲の試みを大変に名誉に思い、少し恥ずかしい気持ちになるくらいです[98]」。

Dichter-Eitelkeit

Gebt mir Leim nur: denn zum Leime	4w a
Find' ich selber mir schon Holz!	4m b
Sinn in vier unsinn'ge Reime	4w a
Legen—ist kein kleiner Stolz!	4m b

詩人―虚栄

われに膠をくれや、そに合える
木材、すでに見つけてありしに！
意味なき四つの韻に意味を
吹き込みし――そは小さき誇りにあらずや！

ニーチェは『悦ばしき智慧』執筆の頃から、感覚の表層で感じるものを文体にいかに反映させるかという、新しい次元の表現に向かい始めており、その『悦ばしき智慧』の前奏にゲーテの「歌謡劇」と同じ表題を持ち出したことは、哲学・思想に感覚を取り戻させ、音楽に「変容」させるほどの新しい表現可能性を追求する試み、そうした未踏の書記行為に踏み出す決意の表れとみることができるのではないだろうか。

　短詩『羽ペンの引っ掻き傷』に戻ると、この詩にはイアンボスの詩脚の規則的配置をみることができる。イアンボスは、ドイツの民衆歌謡によく使われるリズムであり、この短詩における整然としたイアンボスの刻みは、「ドイツ語韻律による前奏」という副タイトルにふさわしいと言えるであろう。しかし、古代ギリシャにおけるイアンボスの機能にまで遡ると、それは諧謔・風刺・ユーモア・道化《おどけ》によって聞き手を楽しませる韻文詩の詠い、という本来の役割に行き着くことになる。[99]ギリシャ神話のイアンベ（Ἰάμβη）、つまり古代ギリシャの小都市エレウシスの館に使える下女の名前にイアンボスの由来がある。娘プロゼルピーナを冥界の王に拉致され悲しむデメテルを慰めるために、下女イアンベが機知に富みユーモラスな（時に下品な）詩を詠ったところに、イアンボスのリズムと諧謔との深い繋がり、その源があると言われている。『羽ペンの引っ掻き傷』という表題には、イアンボスのリズムの道化《おどけ》風の振る舞いをすでに感じ取れるであろう。そのようなリズムと完全交互韻の規則性のなかで、「穢《けが》れ」として排除される「道化《おどけ》」の書記行為の孤独・忍耐（奸智）・報復が詠み込まれているのである。

　さて、『機知・奸智・報復――ドイツ語韻律による前奏』のなかには、『羽ペンの引っ掻き傷』と同じように、文房具が中心的な役割を担っている上記の『詩人―虚栄』のような短詩[100]もある。リズムはトロカイオスに変わり、少し急ぐテンポでスピード感を持って詠むことが求められている。この詩のモティーフは、詩行の各行の終わり方（カデンツ）を整えるために、韻をつける技法である。「膠」は木竹工芸の接着剤などに使われる文房具の一種であるが、この詩のなかでは、すでに選んである言葉（木材）の配列を前提にした上で、行の終わりが規則性を持つようにそれらの言葉を貼り付ける行為のメタファーになっている。「四つの韻」が交互韻か平行韻か、あるいは別のものかはともかくとして、韻そのものには内容に関わる意味は直接存在しないが、言葉の響きを合わせながら、それらの言葉相互を「膠」で貼り付け、織りなすことによって意味を生成させるところに詩人の技がある。本論ではニーチェの少年期の詩も取り上げたので、このような意味の生成に、幼い頃からニーチェがいかに熱心に取り組んで来たか、それを再び説明する必要はないであろう。このような技を技と感じさせないくらいに身体に刻み込んだニーチェが、韻に意味を「吹き込ます」ことを密かに「誇り」に思っている詩人の自信を、表題において「虚栄心」とすることによって、そのような詩人の自惚を冷徹に見ている姿勢を感じ取ることができるであろう。

　書記行為に関わる短詩をもう一つ挙げておこう。この詩にも、筆記具や紙という書記行為の道具に関わる言葉が使われている。筆記具は手で扱うものであるが、詩の表題『脚で書く』[101]がすでに示しているように、書記行為は道具的行為であるとともに、身体全体に関わる動的行為でもある。精神と身体あるいは内面と外面、さらには意識と無意識のような二極化は、書記行為においては止揚されることになる。しかし、この詩は書記行為のこのような側面ばかりでなく、「脚」Fuß（フゥース）が「詩脚」Versfuß（フェルスフゥース）を意味するところから、揚格と抑格の組み合わせから成るイアンボスやトロカイオスなどの詩脚が

Mit dem Fusse schreiben

Ich schreib nicht mit der Hand allein:　　4m a
Der Fuss will stets mit Schreiber sein.　　4m a
Fest, frei und tapfer läuft er mir　　4m b
Bald durch das Feld, bald durchs Papier.　　4m b

脚で書く

手のみにて書くにはあらで、
脚、筆記具と常共にあらんと欲す。
揺るがず自在堅固、わが脚
野を進み、紙を歩む。

書記行為を先へと進める動力となっている点が特に強調されていると言えるであろう。後半の二行「揺るがず自在堅固、わが脚／野を進み、紙を歩む」は、詩脚がまるで独自の意志を持って書記行為を統率しているかのようである。二行目の「脚、筆記具と常共にあらんと欲す」という、「脚」を意志の主体に置いた文の構成は、書記行為において詩脚が、作者の「手」と同等あるいはそれ以上の主導権を握っているような印象を与えるのに、効果的に機能していると言えるであろう。形式は各行イアンボス四脚そして平行韻の構成、ややゆっくりしたテンポで読みながら、「わが脚……紙を歩む」などのおもしろい言葉の組み合わせが印象的に耳に響くことが重要である。

ところで、『プリンツ・フォーゲルフライの歌』の第二歌『詩人の天命』は、『脚で書く』によって前奏部において提示されたこのようなテーマを、『悦ばしき智慧』の第一楽章から第五楽章までの主要部の演奏の後、終奏部において再び提示し

詩人の天命
(…)
まこと詩をなすごとく
音節から音節へ一跳びする様、
われ思わず笑わざるを得ず、笑い続け
なかなか止まらず。
なんじ、はた詩人に？　詩人となりしや？
なんじものに狂えるや？
──「左様、御主人、貴殿は詩人でござる」
と肩すくめたる啄木鳥。

われ藪中に潜みじっと目を凝らす。
追剥に待ち伏せ。
旨い言葉が来たぞ、喩えにもよからん。よし間髪入れず
おれ流の韻物をくっ付けてやる。
わずかに動くものならすぐメス入れて
詩人様は思うままの形にするのだ。
──「左様、御主人、貴殿は詩人でござる」
と肩すくめたる啄木鳥。

韻物は矢のごときものかな。
摑み難き蜥蜴の急所に
矢が命中、見事に跳ね上がりもがきの様
これはえも言われぬ楽しみだ
われの韻物にやられた哀れな奴、これでくたばるか
はたまた泥酔したるごとくよろめくか。
──「左様、御主人、貴殿は詩人でござる」
と肩すくめたる啄木鳥。
(…)

ているように思われる。『詩人の天命』[102]は六詩節から成り、全体の行数は四十八行に及んでいる。ここでは詩脚や韻に関する描写の点で興味深い第二連から第四連までを紹介する。（前頁に訳、左に原文を掲載）

Dichters Berufung

(…)

Wie mir so im Verse-Machen	4w e
Silb' um Silb' ihr Hopsa sprang,	4m f
Musst' ich plötzlich lachen, lachen	4w e
Eine Viertelstunde lang.	4m f
Du ein Dichter? Du ein Dichter?	4w c
Steht's mit deinem Kopf so schlecht?	4m e
— „Ja, mein Herr, Sie sind ein Dichter“	4w c
Achselzuckt der Vogel Specht.	4m e
Wessen harr' ich hier im Busche?	4w g
Wem doch laur' ich Räuber auf?	4m h
Ist's ein Spruch? Ein Bild? Im Husche	4w g
Sitzt mein Reim ihm hintendrauf.	4m h
Was nur schlüpft und hüpft, gleich sticht der	4w c
Dichter sich's zum Vers zurecht.	4m e
— „Ja, mein Herr, Sie sind ein Dichter“	4w c
Achselzuckt der Vogel Specht.	4m e
Reime, mein' ich, sind wie Pfeile?	4w i
Wie das zappelt, zittert, springt,	4m j
Wenn der Pfeil in edle Theile	4w i
Des Lacerten-Leibchens dringt!	4m j
Ach, ihr sterbt dran, arme Wichter,	4w c
Oder taumelt wie bezecht!	4m e
— „Ja, mein Herr, Sie sind ein Dichter“	4w c
Achselzuckt der Vogel Specht.	4m e

(…)

この詩の背景になっているのは、エドガー・アラン・ポーの詩『大鴉』"The Raven"であることはよく知られている。ニーチェは、この詩とともに刊行されたポーの『構成の原理』にも目を通していたのではないだろうか。『構成の原理』のなかで、ポーは、「この詩の構成の一点たりとも偶然や直観には帰せられないこと、すなわちこの作品が一歩一歩進行し、数学の問題のような正確さと厳密な結果をもって完成されたものであることを明らかにしたいと思う」と述べ、『大鴉』において「詩脚や連の変化の可能性」を徹底的に追求し、「誰ひとり独創的なことを成し遂げた者のいない「韻文」において画期的な試みを行ったことを宣言している。[103] 実際、一八四五年つまり死の四年前に書いた『大鴉』によって、ポーは一躍アメリカを代表する詩人になったと言われている。詩＝韻文という構図は古代から伝えられているが、それが単なる形式の模倣ではなく、独創性に繋がるものであることを新たに示した点で、『大鴉』は文学史上の一つの出来事であった。

ポーのこのような試みに対して、ニーチェはパロディアを仕組んでいる。しかも、ポーの詩に形の上で匹敵し得る完璧な韻文（イアンボス詩脚・一行四つの揚格・完全交互韻）を作成して、韻文を構成する詩脚や韻の機能をまさに問題化している。しかし、ポーの詩はもちろん英語で書かれていることもあり、ドイツ語との構造や音声の違いから、『ゲーテに寄す』に見られたような形式や響《おと》の面における細密な接近、さらにそこから離脱するという精緻な技法、このような模倣と差異化の動的な展開は存在しない。むしろ、詩脚や韻についてのポーの真面目で真剣な議論にたいして、その軌道を外し、ユーモア・笑いの方向へ向かわせようとしている。ニーチェは、表現のコミカルな身振りを通して、詩人の言葉の欲望、つまり表出した世界を交代不可能な不変のものにしようとする詩的言語の欲動の正体を露わにする策略を散りばめているのである。例えば、引用した箇所の二連目の表現にそれはよく現れているだろう――「旨い言葉が来たぞ、喩えにもよからん。よし間髪入れず／おれ流の韻物をくっ付けてやる／わずかに動くものならすぐメス入れて／詩人様は思うままの形にするのだ」。ポーの詩の最大の特徴は、詩の各連の最後に、どのような質問にたいしても大鴉がネバーモア nevermore という一語を単調に執拗に繰り返し、「不吉」の効果を限りなく高めている点にあると言われている。これに対して、ニーチェはこのリフレイン・反復の技法を取り込み、ポーをまさに一流詩人にしたこのネバーモアに呼応するように、「左様、御主人、貴殿は詩人でござる」という言葉を、それぞれの連で啄木鳥に反復させる構造を対置している。啄木鳥が選ばれているのは、詩の韻律技法にあると思われる。つまり、啄木鳥は「あたかも拍子を取る」ごとく、「小刻み」に木を突くからであり、その所作しか能のない啄木鳥はそのままで詩人にとっての良き読者になる、という皮肉も含まれているのではないだろうか。

ここで、『悦ばしき智慧』の第二版序文のなかでニーチェが述べていた次の言葉を思い起こしてもらいたい――「一連の詩のなかで、一人の詩人が許しがたいやり方ですべての詩人をからかい笑い者にしているのである。――さよう、笑い者にされているのは詩人のみにあらず、詩人たちの麗しき「抒情味溢れる詩的感情」、この抒情味にたいして蘇りし彼《か》は悪意の怒りをぶちまけざるを得ないのだ」[104]。『詩人の天命』に見られるパロディアは、まさにこの「悪意」の表出そのものと言えるかも知れない。しかも、「抒情味溢れる」詩の書記行為を批判するのに、イアンボス詩脚の形式面でまったく揺らぎのない完璧な詩の書記行為によって行っているのである。詩人の書記行為に対する痛烈な一撃は、己のなかにある詩人の書記行為にも向けられていることになる。幼少の頃より音楽に親しみ、詩の実作にも早く取り組み、さらにエリート寄宿学校で徹底した古典語教育を受けたニーチェにとって、詩の韻律は完全に肉体化されていた、と言ってよいであろう。『詩人の天命』にある「韻物は矢のごときものかな／摑み難き蜥蜴の急所に／矢が命中、見事に跳ね上がりもがきの様／これはえも言われぬ楽しみだ」という表現は、対象の急所を確実に射止める韻律を必要に応じて常に繰り出せる技、それを持つ達人ぶりを誇るものでもある。このように詩の技法に深く内在していたからこそ、詩の言葉が自立して独自の世界を作り出し、それを不滅化する危険にたいしても、ニーチェは極めて敏感であった。『文体の教義』のなかで、ニーチェがル・ザロメにたいして、「詩文へと濃密に接近」しながら「決して詩文そのものにはなってはならない」ということを述べていたことを思い起こしてほしい。詩文と散文のこのような緊張した関係は、詩文にたいするニーチェの「深み」のある実践知を抜きには理解できないであろう。このようにして、ニーチェの文体は教養市民の「悧巧」の文体からも、また「抒情味溢れる」詩文の文体からも限りなく離反する軌道を、「落書」の「穢《けが》れ」と罵られる孤独の軌道を歩むことになるのである。

3　読書行為

このような孤独な書記行為は、同じ軌道を歩む同伴者としての読者を強く求めることになる。そのことは何よりも、『機知・奸智・報復』つまり『悦ばしき智慧』の前奏の冒頭詩『ご招待』[105]が、読書行為を取り上げたものであるところに端的に表れている。

「食道家《グルメ》」を意味するドイツ語の Esser（エッサァ）は読者を表す Leser（レーザァ）と響《おと》でただちに連想関係を結ぶことになる。著者と読者の精神的交流を有機的な消化・摂取のプロセスとして記述することは古代から見られるトポ

Einladung

Wagt's mit meiner Kost, ihr Esser! 4w a
Morgen schmeckt sie euch schon besser 4w a
Und schon übermorgen gut! 4m b
Wollt ihr dann noch mehr, —so machen 4w c
Meine alten sieben Sachen 4w c
Mir zu sieben neuen Muth. 4m b

ご招待

勇持って食せよわが料理を、食通家《グルメ》諸君！
明日は早くも口に合い
明後日《あさって》これ美味となりぬべし！
諸君さらに望むとあらば、――われ為す
古き七の秘法《レシピ》を
七の新しきわが勇《いさみ》にせんを。

スである。ニーチェは、このトポスから、表現上の領域移動を新たに蘇らせている。『機知・奸智・報復』のなかの五十四番目の短詩『わが読者へ』[106]（左頁）にも、この領域移動が使われている。

この短詩は、三行目終わり及び四行目初めに使われている共通の動詞 vertragen（フェ（ァ）トラァゲェン）の二つの領域の異なる意味、つまり食の領域（「食しなば」）と人間関係の領域（「懇ろになりゆかむ」）を、詩行を分けることによって関連付けているところに、ニーチェの巧みさを感じさせる。韻の構造は完全交互韻であり、特に偶数行のカデンツに dir「君に」（ディ（ァ））と mir「われと」（ミィ（ァ））を配し、読者と著者の親密な関係を印象付けている。一行目の行内韻 gut「丈夫な」（グゥート）も極めて有効に機能しており、それぞれ「愕」と「胃袋」という消化・摂取に関わる身体器官のメタファーの形容詞になって、タフな読書・読者にたいするニーチェの期待を強く打ち出すものになっている。

最初の詩『ご招待』に話題を戻そう。この詩は、三行目のカデンツ gut（グゥート）が最後の六行目のカデンツ Muth（ムゥート）と韻を結ぶ、ドイツ語で Schweifreim（付加尾韻）と呼ばれる構造を持っている。gut を受ける韻を直ぐに出さずに緊張感や期待を高める手法であり、最後の Muth が強いニュアンスで響いて来ることになる。箒星の尻尾のように余韻を引くので、日本語では付加尾韻という苦心の訳が与えられている。この最後の言葉 Muth「勇《いさみ》」（ムゥート）と冒頭の言葉 Wagt's「勇持って」（ヴァークツ）によって、詩全体に一つの弧が描かれるような構造を、ニーチェは想

Meinem Leser		わが読者へ
Ein gut Gebiss und einen guten Magen—	5w a	丈夫な愕と丈夫な胃袋――
Diess wünsch’ ich dir!	2m b	これこそ君に望むこと！
Und hast du erst mein Buch vertragen,	4w a	わが書を先ず食しなば
Verträgst du dich gewiss mit mir!	4m b	われと懇ろになりゆかむ！

定していたに違いない。ニーチェは、読者に「勇持って食せよ」と呼びかけ、書記行為の「勇《いさみ》」に応じる読書行為を求めている。この「招待」を受け入れる人、つまり「勇持って食す」人は、「危険に生きる」ことを必要と感じ、それを「覚悟する人」である。「覚悟する人」„Vorbereitende Menschen“を表題にしているアフォリズム――『悦ばしき智慧』第四書の第二八三番[107]――のなかで、ニーチェは次のように述べている――

Denn, glaubt es mir! — das Geheimniss, um die grösste Fruchtbarkeit und den grössten Genuss vom Dasein einzuernten, heisst: gefährlich leben!

わが言《いう》を信ぜよ、生存の最大の実りと最大の悦びを刈入れる秘訣は、危険に生きること、それに尽きるのだ！

補足

この同じアフォリズムのなかで、「危険に生きる」ことを表現するために舟航のメタファーが使われている――「何人《なんびと》も渡りしことなき海へ諸君の船を漕ぎ出せ！」„Schickt eure Schiffe in unerforschte Meere!“。舟航が書記行為や読書行為のメタファーとして使われることは、ヨーロッパ文学のトポスである。クルティウスは『ヨーロッパ文学とラテン中世』のなかで、舟航のメタファー（Schiffahrtsmetaphern）が詩作の喩えとして使われていたことを、ウェルギリウスから始めてダンテを経てエドマンド・スペンサーまで辿っている。クインティリアヌスが詩作を「沖合の孤独な船乗り」に喩えていたことや、ダンテ『神曲』の「煉獄篇」の次の冒頭が紹介されている――

Per correr miglior acqua alza le vele / Omai la navicella del mio ingegno

よりよい海を走るため、いま私の詩才の小舟は帆をかかげる

クルティウスはこの箇所[108]について、後の注釈者がプロペルティウスを参照するように指示している点に触れて、「ダンテはプロペルティウスを知らない、知る必要もなかった」と述べた上で、詩作を小舟に転移することは「古代末期には常套語であり、中世によって注意深く保存されている」と指摘している。ダンテは「天国篇」の始めの方（Paradiso・Canto II）でも舟航のメタファーを使っており、[109]そこでは書記行為と読書行為の密接な繋がりがより鮮明になっている

O voi che siete in piccioletta barca / desiderosi d'ascoltar, seguiti / dietro al mio legno che cantando varca, （…）
L'acqua ch'io prendo già mai non si corse; / Minerva spira, e conducemi Appollo, / e nove Muse mi dimostran l'Orse.
Voialtri pochi che drizzaste il collo / per tempo al pan de li angeli, del quale / vivesi qui ma non sen vien satollo,
metter potete ben per l'alto sale / vostro navigio, servando mio solco / dinanzi a l'acqua che ritorna equale.

おお君たち――聞きたい一心から、小舟に乗って、歌いながら進む私の船のあとを追って来た君たち。（…）
いま私が渡る海は、かつて何びとも渡ったことがない。ミネルヴァが風を送り、アポロが私をみちびく、そして九人のムーサイが私に大熊座を示してくれる。
しかし他の少数の君たち――はやくから天使のパンのほうへ頭《こうべ》をむけた君たち、地上でも人はこのパンで生きるが、満ち足りることはない。
君たちは大海原に向かって船出できるだろう――水面がふたたび平らかになる前に、私の航跡を追ってゆくならば。

Columbus novus		新しきコロンブス
Dorthin will ich, und ich traue	4w a	遠方《おちかた》をわれ欲す、信ずるは
Mir fortan und meinem Griff!	4m b	これよりわれの操舵！
Offen ist das Meer : in's Blaue	4w a	開かれし海、青き海原へ
Treibt mein Genueser Schiff.	4m b	わがジェノヴァの舟進み行く。
Alles wird mir neu und neuer	4w c	遍く新しき、いや増す新しさ
Hinter mir liegt Genua.	4m d	われの背後となりしジェノヴァ。
Muth! Stehst du doch selbst am Steuer,	4w c	勇を持て！ 君自ら舵を操《と》れや、
Lieblichste Victoria!	4m d	いとも愛おしきヴィクトリア！

ニーチェが一八八二年夏の数週間をル・ザロメと共に過ごし、この滞在のあいだル・ザロメと交わした対話の内容について『ル・フォン・ザロメのためのタウテンブルク手記』という形でまとめていることについては、すでに述べた。この手記のなかには、『文体の教義』という文体に関するニーチェの極めて重要なメモが収められていることにも触れたが、この同じ手記のなかに『新しきコロンブス』„Columbus Novus“[110]と題した詩が残されている。ニーチェは、早くも十四歳の時にコロンブスのイタリア語表記であるコロンボ Colombo を表題にした詩を書いており、コロンブスという人物を登場させて舟航というヨーロッパ文学のトポスに近づこうとしている。少年ニーチェは、未探求の「新しい土地」を求める「勇《いさみ》」Muth、それを実現することの困難と孤独というテーマ域を切り開いている。[111] しかし、この段階では、舟航のメタファーを書記行為そのものと結びつけるまでには至っていない。記録によると、ニーチェがダンテを原語のイタリア語で読んだのは十七歳の時であったようだ。ギリシャ語やラテン語に幼いころから興味を持っていたニーチェが、いずこかで舟航のメタファーを知り、冒険家コロンブスと結びつける瞬間があったのであろう。しかし、このメタファーは、一八八二年、ル・ザロメのなかに書記行為の同伴者、あるいは理想の読者を見出した時に再び立ち現れることになる。

上記のヴィクトリアは古代ローマ神話における勝利の女神を意味している。船の名称に女性の名前を付ける風習がこの詩に反映している。しかし、ヴィクトリアには、孤独な舟航を共にするル・ザロメが背後に読み込まれていると考えてよいであろう。共通の舵を握ることは、同じ書記行為の軌道を歩むことを表しており、ル・ザロメに「勇《いさみ》」を持つことを求めている。ル・ザロメとであれば、孤独な闘いに勝利できるとニーチェは思い、それが勝利をもたらす女神像という表現を生んだのであろうか。しかし、ニーチェのこの願望は、ル・ザロメの拒絶によって頓挫することとなる。ニーチェはその後も、舟航↓コロンブス↓孤独↓書記行為という言説空間には拘りがあったようであり、『ヨーリック―コロンブス』„Yorick-Columbus“などの試みを残しているが、それについては機会を改めて論じたいと思う。

4　自分を読む読書行為

さて、ニーチェは書記行為の遂行者としてばかりでなく、自分の著書の読者としても登場する。『機知・奸智・報復』のなかの三十六番目の短詩には、『青年期の著作』„Jugendschriften“というタイトルが付けられている。[112]

Jugendschriften

Meiner Weisheit A und O　4m a
Klang mir hier:was hört‘ ich doch!　4m b
Jetzo klingt mir’s nicht mehr so,　4m a
Nur das ew’ge Ah! und Oh!　4m a
Meiner Jugend hör ich noch.　4m b

青年期の著作

わが智慧の結晶《AとΩ》
ここに響けり、然《さ》れどわれ何をか聞く！
いまはかく響かず、
聞こゆるはわが青春の
苦悶《Ahとoh》のみ

ギリシャ語の最初の文字アルファ（A）と最後の文字オメガ（Ω）を並置する表現によって、すべての文字を猟歩したこと、徹底して行ったことなどが表現されている。ここでは「智慧」Weisheit（ヴァイスハァイト）という言葉との関係で、すべてを学び集めた上での「結晶」という訳を与え、ルビとして「AとΩ」を加えることにした。オメガが原文で„O“と表記されているのは、四行目の„Oh!“と音と視覚の二つのレベルで韻を踏まそうとする意図の表れである。すでにニーチェの少年期の試みを詳しく見て来たのであえて説明する必要はないと思うが、少・青年期のニーチェの古典語学習を中心にした「智慧」の研鑽は徹底したものがあり、それを単に教養に留めるのではなく、創作の生命を生む根源的な力、「結晶」に高めようとする試みは、その都度の成否はともかくとして、目を見張るものがある。四十歳に近くなったニーチェは、この短詩のなかで、少・青年期の成果を再び読み聞く読者として登場、そのニーチェの耳には、かつての「AとΩ（結晶）」は「Ah!とOh!（苦悶）」と響いている。つまり、成熟した技法を手にしたニーチェには、確かに経験不足で溜息のでるようなものではあるが、しかし韻の構成によって、少・青年期の「苦悶」の響きが消えること無く今に倍音となって残っている様相が巧みに描かれている。

『機知・奸智・報復』のなかには、さらに五十三番目の短詩[113]が過去の著書を読むテーマを扱っている。

„Menschliches, Allzumenschliches."
Ein Buch

Schwermüthig scheu, solang du rückwärts schaust,
Der Zukunft trauend, wo du selbst dir traust:
Oh Vogel, rechn' ich dich den Adlern zu?
Bist du Minerva's Liebling U-hu-hu?

『人間的な、あまりに人間的な』
一冊の本

お前、後方を見やれば憂鬱と気恥ずかしさ
行先《ゆきさき》惟えば、未だ来ぬ己に信を成しつつ、
隹《とり》よ、お前を鷲に数うるかや？
ミネルヴァの寵児あれなる鷲耳木菟《みみずく》か？

この短詩は、ニーチェが三十四歳の時に刊行した『人間的な、あまりに人間的な』という「一冊の本」を表題にしている。詩のなかで「お前」duと呼びかけられているのは他ならないこの「一冊の本」である。この本は、執筆された当時の過去を今の時点で振り返ると「気恥ずかし」く「憂鬱」なものであるが、しかし、これから生まれる『悦ばしき智慧』との連なりを思えば、そのなかでの「未だ来ぬ己」を信じることもできるかもしれない。「一冊の本」は過去→現在→未来の時空を漂う「隹《とり》」のようであり、ニーチェはここで、本を「隹《とり》」に喩える古代からのトポスに身を置いている。そのトポスのなかで、『ツァラトゥストラかく語りき』を予見させる「鷲」のメタファーが呼び出され、あの「観降ろす眼」（第Ⅳ節の1を参照）と『人間的な、あまりに人間的な』との大胆な連関が構想されている。さらに、ヘーゲルの「ミネルヴァの梟」を想起させながら、ニーチェは「黄昏に飛び立つ梟」に代えて、同じ梟科の鳥で、耳のように見える羽角《うかく》を持つ大きな鳥「鷲耳木菟《みみずく》」を持ちだしている。羽角《うかく》は突出した羽毛で、鳥類には耳介はないのであるが、まるで兎の耳のように見えるので「鷲耳木菟《みみずく》」と呼ばれている。因みに、梟科に属しているにも拘わらず鷲の名称が付いているのは、翼を開くと一・五メートルを超す大形の鳥であり、鳥獣を捕食する様子が鷲に類似している所からきているようだ。ニーチェの散文に「耳」つまり響《おと》の要素が大きな比重を占めて来るのは一八八〇年代に入ってからである。散文と詩文の「戦《いくさ》」が書記行為の課題に上ってきていない段階の『人間的な、あまりに人間的な』を、一八八〇年代の著作と関連付けるのに、本当の耳を持たない「鷲耳木菟《みみずく》」のメタファーが使われていることは興味深い。「鷲耳木菟《みみずく》」を表すドイツ語はUhu、最後に„U-hu-hu“の形でhuが繰り替えされているのは、カデンツを男性韻で揃える構成上の工夫から来ていると考えられる。

「自分を読む読書行為」という文脈のなかでさらに指摘しておきたいことは、ニーチェが著書の再刊に際して序文を書くことがあり、しかもそれが重要なメッセージを含むことが多いという点である。ニーチェは二十七歳（一八七二年）の時に、『音楽の精神からの悲劇の誕生』を出版している。一八八六年の第二版刊行に際して、ニーチェはこの著作のタイトルを『悲劇の誕生、あるいはギリシャ精神とペシミズム』に変更、さらに「自己批判の試み」„Versuch einer Selbstkritik“と題した序文を付けている。この序文は七つの部分から成り立っているが、ここでは第二番目の最後のところを紹介しておこう[114]——

(…) wie unangenehm es mir jetzt erscheint, wie fremd es jetzt nach sechzehn Jahren vor mir steht, — vor einem älteren, hundertmal verwöhnteren, aber keineswegs kälter gewordenen Auge, das auch jener Aufgabe selbst nicht fremder wurde, an welche sich jenes verwegene Buch zum ersten Male herangewagt hat — die Wissenschaft unter der Optik des Künstlers zu sehen, die Kunst aber unter der des Lebens....

「この書いま何と不快に思えることか、十六年の時を経てこの書は何と疎遠なるものとしてわれの前にあることか——大いに歳を重ね選り好みも大いに進みしわが眼前に、されど依然熱冷めることなき眼、わが眼にかの課題自体疎遠になったことなし、あの大胆なる書が初めて果敢に挑みし課題――芸術家の眼差しもて学問を観る、生の眼差しもて芸術を観るという課題……」

この文章は二つの部分から構成されている。初めは、二十七歳の時の『悲劇の誕生』が今は「不快」さらには見知らぬ「疎遠」なものに思えることが、「何と」wie（ヴィー）を伴った感嘆的な表現を使って印象的に語られている。後半は、「大胆な書」として『悲劇の誕生』が挑んだ課題は、「かなり歳を重ね」経験を積んだ後においても依然として生き続けていることが語られ、さらにその課題の内容を簡潔に表現、そこへ踏み込むような印象を与えながら終わる構成になっている。

全体は散文であるが、コンマで区切られた表現の単位は一定のリズムを刻んでいる。前半は、弱起で始まりダクテュロス（強弱弱）の詩脚を中心にした（一部トロカイオスを含む）リズムが見られる。例えば、最初のところを以下に示して見よう（x抑格、X揚格）――„wie unangenehm es mir jetzt erscheint“ xXxxXxxXxX。後半も同じようにダクテュロスの詩脚を中心にした構成を指摘できる。最後のところを例示しておこう――„unter der Optik des Künstlers zu sehen, die Kunst aber unter der des Lebens“ XxxXxxXxxXxxXxXx。前半と後半を結び、さらに内容面の転換を果たす重要な役割を担っているのは、関係代名詞dasで始まっている関係文である。そのリズムはトロカイオスで刻まれ、その前後に比べてやや強く、速度を少し上げて読むことが求められている――„das auch jener Aufgabe selbst nicht fremder wurde“ XxXxXxxXxXxXx。このような文章構成に、詩文に限りなく近づく散文というニーチェの文体の試みを見ることができるであろう。またニーチェは、ル・ザロメに宛てた『文体の教義』の第六項のなかで次のように述べている――

「綜合文には要注意！ 綜合文を書く権利を持つ人は、語りにおいても長い呼吸のできる人に限られる。大方の人にとって、綜合文は気取りのようなものになってしまっている。[115]」

綜合文を表すPeriode（ペリオーデ）は、古典ギリシャ語のπερίοδος（ペリオドス）を語源に持つ言葉。もともと循環や回遊を意味するこの言葉は、古典ギリシャ語のなかで文体に関するキーワードの一つになっている。さまざまな文要素によって構成される文を綜合文と言うが、特にそれらの要素が主従の関係などで結ばれ、一つの文のなかで文要素相互の関係が循環的になっているような構造のことが考えられている。例えば、従属接続詞で導入される副文のなかに、さらに関係代名詞による関係文が入っているような文構造であり、このような循環的な様相の文構造はギリシャ語やドイツ語の際立った特徴になっている。ニーチェは、このような複雑な文構成を単に「気取り」やアクセサリーのように使う「俗物教養人」の文体に批判的であった[116]。リズムの継続や変化を巧みに駆使することによって、息の長い文を作り出し、一つの文のなかに多様で多彩なニュアンスを生み、聴衆の耳に深く入り込むことのできるような文体をニーチェは求めていると言えるのではないだろうか。

リズムや韻の構造を重視しているニーチェの詩を翻訳する場合、その構成を十分に理解した上で日本語化する作業が求められるが、このことはニーチェの散文についても言えるのではないであろうか。いずれにしても、ニーチェは『悲劇の誕生』の第二版出版に際して、二十七歳の時点での自分の書記行為を読み込み、それにたいして「自己批判」を試みている。ニーチェによれば、「未だ知られざる神」つまりディオニュソスの「使徒」である自分が、『悲劇の誕生』のなかでは日々、「学者の被り物」を付けて、「理屈ばかりで重苦しく硬直気味の独語」で、そのうえさらに「あの熱狂的なヴァーグナー派の品に欠ける振る舞い」に身を隠して語っていたのである。ディオニュソスへの確たる予感は存在するが、言葉を語っている舌は何か馴染みのない他人の舌のようであり、舌の回りの悪いものが文体となって残っているに過ぎない。ニーチェは続けて、「わが舌は歌うべきであった、この『新しき魂』は――語るべきではなかったのだ！」という言葉を発している[117]。これはゲオルゲが引用することであまりにも有名になった表現であるが[118]、ここに詩の優位のみを読むようなことは、詩の言語にたいしても用心深い批判を展開しているニーチェの立場を見て来たわれわれには許されないであろう。むしろここには、本論の初めで引用した「生きる術を心得ていた」「あの（古代《いにしえ》

Zwiegespräch		対話
A.		A.
War ich krank? Bin ich genesen?	4w a	われは病みしか？　快復せるか？
Und wer ist mein Arzt gewesen?	4w a	わが医者は誰であったか？
Wie vergass ich alles Das!	4m b	すべてを忘れ去らんとは！
B.		B.
Jetzt erst glaub ich dich genesen:	4w a	お前の快復今確信せり
Denn gesund ist, wer vergass.	4m b	忘れし者は健康故。

の）ギリシャ人たち」の、「襞や皮膚」の感覚の「表面」に留まる「勇気」を具現している文体、そのような文体に共振する書記行為へのニーチェの決意を聞き取るべきであろう。その書記行為は、「賢さ誇る」教養人たちの「悧巧《りこう》」の文体から限りなく離れて行き、ニーチェに孤独な「道化《おどけ》」の言説空間を進ませることになるのである。

5　記憶、消化不良

『機知・奸智・報復』の第四番目の短詩[119]は対話体で構成されている。対話体ではあるが、全体は五行詩で作られ、トロカイオスのリズムを刻み、少し切迫感のある読みが求められている。冒頭の表現「われは病みしか？　快復せるか？」は、自分の健康状態を把握できない不安定な状態を反映している。

ここには、記憶を「魂の胃袋」(**venter animi**) として説明するアウグスティヌスのメタファーが読み込まれている。さまざまな記憶は内面化される過程のなかで、相互に混ざり合って行く。アウグスティヌスによれば、記憶とは一種の反芻であり、沈殿した経験が意識的であれ無意識的であれ表れ出て来ようとするのである[120]。「魂の胃袋」のメタファーは、ヨーロッパ文学のなかで、その分かりやすさ、あるいは動的なイメージによって繰返し用いられてきた。ニーチェは、このトポスに身を置き、人間は自分の身体に入れたものをすべて自分のものには出来ないという局面に話題をずらして行くのである。記憶は消化不良を引き起こし、内臓疾患の原因にもなる。あまりに多くのものが胃に入り過ぎると、逆流が起こりかねない。生きるには、胃を大切にすることが重要である。つまり、ニーチェは忘却こそが健康を維持する上で不可欠という地平を開くことになる――「お前の快復今確信せり／忘れし者は健康故」。

Pessimisten-Arznei

Du klagst, dass Nichts dir schmackhaft sei?　4m a
Noch immer, Freund, die alten Mucken?　4w b
Ich hör dich lästern, lärmen, spucken—　4w b
Geduld und Herz bricht mir dabei.　4m a
Folg mir, mein Freund! Entschliess dich frei,　4m a
Ein fettes Krötchen zu verschlucken,　4w b
Geschwind und ohne hinzugucken! —　4w b
Das hilft dir von der Dyspepsei!　4m a

ペシミスト用薬剤

お前は旨くないと嘆くか？
口癖の文句、相も変わらずか？
耳に聞こゆるはお前の悪口、騒ぎ、吐き捨て——
われの忍耐、心折れる。
われ言うに従え、決心なせや
肥えたる蝦蟇を呑み込むを
一気に目もくれず！ ——
お前の消化不良に効き目あり。

消化不良になると、人間は新しいものを受け入れなくなり、胃に残り続ける堆積された記憶が反芻、治まるかと思うとまた襲ってくるものに悶え苦しむことになる。つまりペシミズムの起源である。『機知・奸智・報復』の二十四番目の短詩の表題は「ペシミスト用薬剤」[121]である。

全体は八行詩、前半四行と後半四行に整然と分かれており、韻の構造はabbaの包韻が形式と響《おと》の両面において繰り返されている。前半は何を食べても味を感じられなくなり、溜まっているものを罵詈雑言や恨み節で吐き続けるペシミストの行状が描かれ、それを見聞することはもはや限界であると言われている。この前半を受けて、後半ではその治療法として、毒を毒で制すという中世以来の民間療法が呼び出されている——「決心せや／太りし蝦蟇を呑み込むを／一気に目もくれず！」。男性韻の強い響きで終わる詩の最後の言葉、消化不良を意味するDyspepsei（デュスペプサァイ）という言葉が、表題にある „Pessimisten-Arznei“（ペェスィミステェン-アールツナァイ）と共鳴している。ペシミストに含まれている言葉pessimusは、古いラテン語の形容詞malus（悪い）の最上級の形、最悪を意味する。ペシミストは、語源的には、積極的な希望や期待を失った最悪の気分の人、あるいはそのような立場で世間や世界を見る人などを表していると言えよう。薬剤を意味するArzneiは専門的な表現であるMedikamentにたいして、民間で一

Eis		氷
Ja! Mitunter mach' ich Eis:	4m a	然り、時にわれ氷作るなり
Nützlich ist Eis zum Verdauen!	4w b	氷は消化に益す！
Hättet ihr viel zu verdauen,	4w b	汝ら、消化するもの多くあるとき
Oh wie liebtet ihr mein Eis!	4m a	わが氷を試しあれ！

般に古くから使われて来たドイツ語固有の言葉である。この詩では「蝦蟇を呑み込む」という民間療法が話題になっているので、内容的に合致した表現の選択と言えるであろう。もちろん、内容面ばかりでなくDyspepsei（デュスペプサァイ）という言葉の最後の響きの類似から、Arznei（アールツナァイ）が選ばれているともいえるかも知れない。Dyspepsei の語源は古典ギリシャ語の δυσπεψία ディスペプスィアにあり、当時から食欲減退、吐き気、下痢などの症状を総称する概念であり、消化過程が正常に機能しないことを表している。この Dyspepsei という言葉が、非常に印象的に耳に残る形で詩は終わっており、表題の言葉と一体となって「ペシミスト＝消化疾患」（Pessimisten = Dyspepsei）という言説の構築に非常に効果的であると言えるのではないだろうか。

消化不良にたいする治療を話題にした短詩が『機知・奸智・報復』の三十五番目[122]にも掲載されている。

この詩の韻の構造は abba ではあるが、韻を踏む行の終わりにそれぞれ同じ単語 Eis（アイス）と Verdauen（フェ（ア）ダァウエン）が配置されている。これは、詩作の技法上は、意図的に下手に見えるように作っていると言えるかもしれない。氷の冷たさを感じさせるためのアイディアであろうか。いずれにしても、詩の作者が氷の作り手として現れ、しかもその氷が消化に頗る効き目があると詠われているのである。ここでわれわれは、少年ニーチェの無題四行詩において、「山頂」を意味する「ギィップフェル」Gipfel に付された「氷に覆われた」eisbedeckt という形容詞を思い起こさねばならないであろう。山頂と氷の繋がりのイメージは、ニーチェの晩年の時期に書かれた三行詩[123]にも現れていた。（四一頁参照）

バシュラールがニーチェの「力動的想像力」に関係して、「高所」と「寒気」のメタファー触れていたことも、ここで想起してよいであろう。さらにニーチェは、『この人を見よ』の序言のなかで、「わがこれまで理解し生きた哲学、それは氷と高山に進みて生きることなり」という文章を残し、「高山の空気」を吸う術を心得ていない人が自分の著書を読むと「身を凍らす」「危険」に晒されることになると警告しているのである[124]——

Wer die Luft meiner Schriften zu athmen weiss, weiss, dass es eine Luft der Höhe ist, eine starke Luft. Man muss für sie geschaffen sein, sonst ist die Gefahr keine kleine, sich in ihr zu erkälten. Das Eis ist nahe, die Einsamkeit ist ungeheuer — aber wie ruhig alle Dinge im Lichte liegen! wie frei man athmet! wie Viel man unter sich fühlt! — Philosophie, wie ich sie bisher verstanden und gelebt habe, ist das freiwillige Leben in Eis und Hochgebirge.

わが筆跡の空気を呼吸する術心得し者は、そが高山の空気なるを知る、強力なる空気なるを。その空気に耐え得る者にあらねばならず、さも無くんば危険は小さきにあらで、身を凍らすことになるべし。氷近く、孤独尋常ならざる。——されど、すべて何と安らかに光の内にあることか！　何と自由に呼吸できることか！　わが元に何と数多《あまた》を感じることか！　——わがこれまで理解し生きた哲学、そは氷と高山に進みて生きることなり。

この文章は、『この人を見よ』の序文第三節の冒頭部からの引用である。初めの二つの文は、トロカイオス（一部弱起を含む）とダクテュロスのリズムを刻む構成になっているが、この文のなかの重要な箇所である「氷近く、孤独尋常ならざる」の原文は、イアンボスのリズムに変わり、際立った印象を残すものになっている。しかも、そのイアンボスは整然とした配置になっており（Das Eis ist nahe, die Einsamkeit ist ungeheuer —xXxXx, xXxXxXxXx）、耳で聞いた場合、まるで散文のなかに詩文が独立して挿入されているかのように響くものになっている。さらに、これを受けて、wie（ヴィー）によって導入される感嘆文が三つ連続して同じイアンボスの響きを奏で、効果を際立たせている。そして、最後の文は比較的平坦な散文の調子で終わって行くことになる。つまり、ニーチェはこの文章のなかで、三種類のリズムを使い分けており、特に中間部はイアンボスが豊かに響き、文章全体のなかで詩文として屹立するような構成が目指されている。全体の散文が音楽の作曲のような形で作られており、ニーチェの文体の一つの到達点を示しているように思われる。

一行目のSchriftenは、これまでほとんどの翻訳で「著作」と訳されている。それは間違いではないが、この言葉の含意する深い層を考えた場合、あまりに狭い意味で捉えていると言わざるを得ない。Schriftenは文字を意味するが、文字を置く行為つまり書記行為の具体的な営みが読み込まれている。本論では一貫してこの書記行為という言葉でニーチェの文体を論じてきたが、この言葉の背後に著者が読みたいと考えているのは、書くことを意味するschreibenの語源である。古典ギリシャのσκάριφος(skáriphos)がこれに当たるが、これは「私が書く」を意味し(ラテン語のscrībō)、ニーチェの原文のmeine Schriftenにこの語源のニュアンスが息づいているように思われる。スカリフォスσκάριφοςは、文字を書くグラフェーγραφή(graphé)の意味の他に、クセシスξέσις(xésis)とミメーシスμίμησις(mímēsis)を含意している。前者は「削る」あるいは「滑らかにする」を、後者は模写・模倣を意味する。「滑らかにする」とは、文字や図柄を受ける媒体(蠟版、陶版など)を準備すること、あるいは考えを整理して心の準備を整えるようなことも意味していたと考えられる。後者の模写・模倣を表すミメーシスには、鉄筆のような先の尖った硬いもので文字や図柄を刻み込むという行為が含まれている。ニーチェがスカリフォスという語源にどれほど意識的であったかは確認できないが、しかし今述べたようなことは西洋古典学者のニーチェにとって自明のことであったに違いない。古代ギリシャにおいて書くことは、優れた文体を模写・模倣しつつ越えて行くこと、リズム・形式・響《おと》を刻み込むことで継承性と言葉の感覚性を維持すること、これらを同時的に遂行することであった。ニーチェが古代ギリシャの文体に込められているこのような原理を現代に響かせるために、羽ペンの先にすべてを集中させて、さまざまな試みを行ったその一端を、われわれはこれまで見てきた。さらに、ニーチェがプロテスタントの知的雰囲気のなかで幼少年期を過ごし、精神の核心のところに「聖なる文字」にたいする鋭敏な感覚が育まれていたことも忘れてはならない。文字を書くことは、感覚のすべてを動員して、新たな福音——ニーチェは「道化《おどけ》の福音」„Narren-Evangelium"と

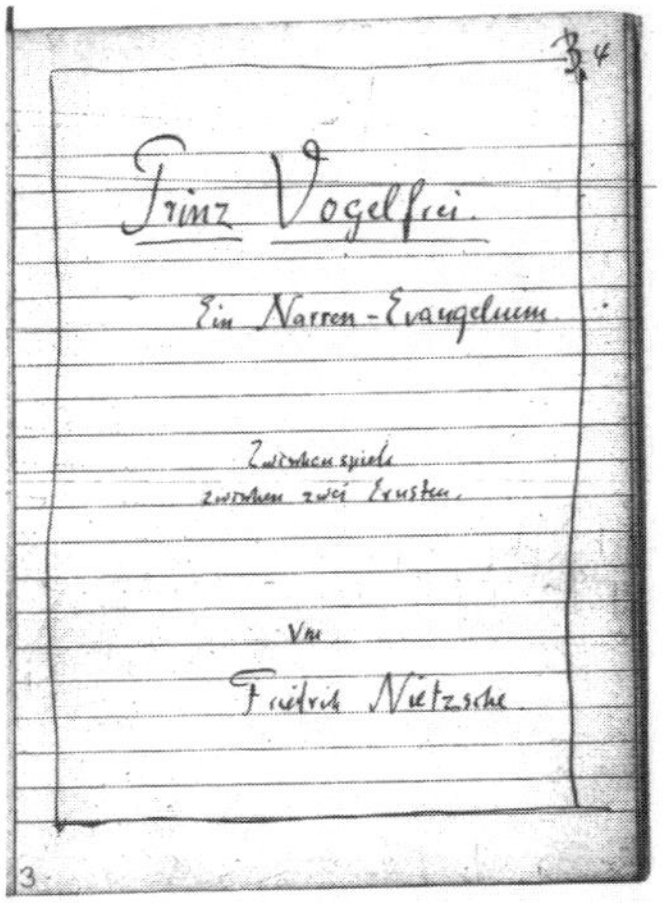

図版７　ゲーテ・シラー古文書館ニーチェ遺稿所蔵（GSA 71/143）

『プリンツ・フォーゲルフライ』（Prinz Vogelfrei）の副題として『道化（おどけ）の福音』（Ein Narren-Evangelium）が構想されていた。

いう言葉を残している——を響かせる行為であった（図版７）。それにしてもここで詳しく触れる余裕はないが、いずれにしても古代ギリシャへの傾倒と宗教的心性がニーチェの書記行為のなかに深く息づいていることは確かであり、meine Schriften の訳語として、それらを具現するものを見つけることは、極めて困難な作業である。本論では、不十分ではあるが、「筆蹟」という言葉を当てておいた。

ニーチェは、一八八一年に刊行した『曙光』に関して、版権がシュマイツナー社（ケムニッツ）からフリッチュ社（ライプツィヒ）に譲渡された機会に、「遅ればせ」（一八八六年）の序文を執筆している。そのなかで、文献学（Philologie）は「言葉という貴金属に細工を施す職人の技」、「言葉の匠」であると言われ、さらにその作業は「繊細にして微妙」、最高の集中力を必要とし、「緩徐調《レント》」つまり「緩緩《ゆるゆる》」したテンポが不可欠なのである。文献学は、「緩徐調《レント》」のリズムによって、ゆったりと読むこと・書くことを教えてくれる修業の場である。ニーチェは三十五歳の時にバーゼル大学古典文献学科を辞職し、大学のシステムのなかで機能する文献学とは決別しているが、読書行為と書記行為の密接な連関のなかで生まれる創作は、この新しい文献学そのものであったと言えるかもしれない。ニーチェによれば、「汗まみれ」になって何事にも「性急」なこの時代のなかで、この文献学は「以前よりも必要なもの」になっている。本論で扱ったパロディアの手法や伝統的な表現上のトポスやメタファーを駆使する技法に、このニーチェ的文献学の「匠」の実践を見ることができるのではないだろうか。

『悦ばしき智慧』のあたりから文体にたいするニーチェの取り組みは、文体に関する一般的発言から実践の場面へはっきりと移行している。本論では、『悦ばしき智慧』以後の散文を翻訳する場合に、それ以前のものとの差異を意識して、やや古文調の日本語を採用し、リズムの再現に努めた。詩に関しては、少年期の頃からニーチェは詩形にたいして厳格な姿勢を取り続けているので、全体的に古文調の日本語を採用している。ドイツ語原文のリズムや韻の構造を移すことは、音の構造の違いからまったく不可能ではあるが、原文の詳細な分析を踏まえた上での翻訳が求められるのではないだろうか。ニーチェの綜合文の翻訳について、ニーチェが求める「語りにおける長い呼吸」、つまり一つの綜合文のなかに展開するリズムや速度の変化などに無頓着なあまり、逆に非常に複雑に訳してしまっているケースが見受けられる。また、詩の訳については、意味や分かりやすさのみを日本語で追求するあまり、元のテキストの持っている音の繋がりやリズムによる意味生成の重要な局面を見落としてしまっているケースが残念ながら多く見られる。ここでは、個別の例を挙げることはしないが、いずれにしても、ニーチェが求める「繊細にして微妙」な文献学的読解を尊重しながら、日本語への移行の手法について、改めて考えるべき時が来ているのではないだろうか。

さて、最後にドイツにおける近年のニーチェ研究の動向を少し紹介しておこう。本論の冒頭でも触れたように、二〇一五年十月に、「ニーチェと詩」を全面的に取り上げた国際会議がナウムブルクのニーチェ文献研究センターにおいて開催され、その規模と質の両面で画期的な成果を挙げた。この会議で発表をした研究者のうち数名は、ハイデルベルク科学アカデミーのプロジェクトの一つ「ニーチェ注解研究プロジェクト」の構成員であった。ハイデルベルク科学アカデミーとは、ドイツのバーデン・ヴュルテンベルク州に設立されている人文系の学問を中心にした学術機構であり、個別の大学の枠を越えた研究中心の一種のメタ大学のような組織体である。現在二十のプロジェクトが動いているが、そのなかの重要プロジェクトの一つが、ニーチェのテキストの詳細な読解によって占められていることは注目に値する。さらに、シュトゥットガルト大学は「国際文献研究センター」を学際研究組織として立ち上げ、そのなかの重要研究課題の一つがニーチェのテキスト読解・解釈である。テキストの形式や文脈を正確に読み解くことによって、これまで内容中心に読まれてきた潮流から離れて、ニーチェの表現形式と思考の一体性を回復させることを目指している。現在十二名の研究者によって構成されているが、その出身はドイツ、スイス、オーストリアはもとより、イタリア、デンマーク、スペイン、カナダに及び、ニーチェ研究にふさわしい国際的陣容になっている。筆者もこの十二名の設立メンバーに加えてもらっているが、その契機となったのはナウムブルクにおける国際会議で基調講演を行ったことである。本論で触れたニーチェの『ゲーテに寄す』を取り上げたのであるが、このテキストの生成過程を響《おと》の領域にまで入り、『ツァラトゥストラかく語りき』や『悦ばしき智慧』の他のテキストばかりでなく、ハイネなどの詩も読み込んでいく方法と実践が共感を呼んだようである。いずれにしても、ニーチェのテキストは新たな読みへとわれわれを誘っているのである。

付記（初出について）

Ⅲ1 拙論「文学するニーチェ——少年期の無題八行詩」（『文学』第十三巻、第六号、二〇一二年十一、十二月号、岩波書店、一四三頁〜一五五頁）。

Ⅲ2 拙論「未だ踏み入れらしきことなき軌道——少年期ニーチェの詩作における模倣と創造」（『文芸研究』第百二十号、二〇一三年、明治大学文学部紀要、三三頁〜四七頁）。

Ⅲ3 拙論「文学するニーチェ——詩『ゲーテに寄す』を読む」（『文学』第十六巻、第三号、二〇一五年五、六月号、岩波書店、一五九頁〜一七六頁）。

それぞれについて加筆・修正を施した。

註

(1) Naumburger Tageblatt, 16. Oktober 2015.

(2) 『ニーチェと詩』と題した国際会議については以下の拙論を参照――井戸田総一郎「ニーチェと詩――ナウムブルク国際会議の報告」、『文学』第十七巻第三号、岩波書店、二〇一六年五・六月号、二七七頁〜二八七頁。

(3) Friedrich Nietzsche : Zur Lehre vom Stil (Tautenburger Aufzeichnungen für Lou von Salomé). In : Hrsg. von Giorgio Colli und Mazzino Montinari : Sämtliche Werke. Kritische Studienausgabe. 1999 Berlin (de Gruyter), KSA. Bd. 10, S. 38f.（以下、この全集からの引用はKSAで記す。）

(4) Friedrich Nietzsche : Die fröhliche Wissenschaft. In : KSA., Bd. 3, S. 447.

(5) Friedrich Nietzsche : Die fröhliche Wissenschaft. In : KSA., Bd. 3, S. 447f.

(6) Friedrich Nietzsche: Die fröhliche Wissenschaft. In : KSA., Bd. 3, S. 352.

(7) Robert Curtius : Europäische Literatur und Literarisches Mittelalter. Tübingen (Franke) 1993, S. 402

(8) Pseudo-Longinos : Vom Erhabenen. Griechisch und Deutsch (übersetzt von Reinhard Brandt). Darmstadt (Wissenschaftliche Buchgesellschaft) 1966, S. 58f.

(9) Pseudo-Longinos : Vom Erhabenen. S. 58f.

(10) Friedrich Nietzsche : Ecce homo. In : KSA. Bd. 6, S. 280.

(11) Friedrich Nietzsche : Götzen-Dämmerung. In : KSA. Bd. 6, S. 154.

(12) Karl Heinz Bohrer : Plötzlichkeit. Zum Augenblick des ästhetischen Scheins. Frankfurt am Main (Suhrkamp) 1981, S. 238 の註釈を参照。

(13) Friedrich Nietzsche : Nachgelassene Fragmente 1875. In : KSA. Bd. 8, S. 89.

(14) Johann Wolfgang von Goethe : Antike und Moderne. In : Sämtliche Werke nach Epochen seines Schaffens. Münchner Ausgabe. Hrsg. von Karl Richter, Bd. 11-2, S. 501.（以下、この全集からの引用はMAGで記す。）

(15) Friedrich Nietzsche : Nachgelassene Fragmente 1875. In : KSA. Bd. 8, S. 90.

(16) Robert Curtius : Europäische Literatur und Literarisches Mittelalter. S. 395.

(17) Friedrich Nietzsche : Menschliches, Allzumenschliches. In : KSA. Bd. 2, S. 180f.

(18) Friedrich Nietzsche : Menschliches, Allzumenschliches. S. 181.

(19) Friedrich Nietzsche : Menschliches, Allzumenschliches. S. 184.

(20) Friedrich Nietzsche : Menschliches, Allzumenschliches. S. 184.

(21) Johann Wolfgang von Goethe : Weimarisches Hoftheater. In : MAG., Bd. 6-2, S. 692ff.

(22) Friedrich Nietzsche：Menschliches, Allzumenschliches. In：KSA. Bd. 2, S. 182.

(23) Friedrich Nietzsche：Nachgelassene Fragmente 1875. In：KSA. Bd. 8, S. 89f.

(24) Friedrich Nietzsche：Nachgelassene Fragmente 1873. In：KSA. Bd. 7, S. 578f.

(25) 村井則夫『ニーチェ――ツァラトゥストラの謎』、中央公論新社、二〇一二年、四二頁を参照。

(26) Friedrich Nietzsche：Menschliches, Allzumenschliches. In：KSA. Bd. 2, S. 184.

(27) パロディの定義については Margaret A. Rose の次の文献が重要である――Margaret A. Rose：Parody：ancient, modern, and post-modern. Cambridge University Press 2000。特に第一章第一節の“Ways of defining parody”は参考になる。マーガレット・ローズの論文の翻訳に次のものがある――アイアン・ドナルドソン、マーガレット・ローズ編著、島岡将監訳『パロディのしくみ』鳳書房、一九八九年。ローズはパロディの「両面価値性」、つまり「依存的関係」と「自立的関係」に言及している。

(28) Hans Joachim Mette（Hrsg.)：Friedrich Nietzsche Jugendschriften 1861-1864. C. H. Beck'sche Verlagsbuchhandlung, S. 115.

(29)「フォーゲルフライ」とは、埋葬を禁じて、「鳥（フォーゲル）」が「自由（フライ）に」食べられるように死体を晒すことを意味している。ニーチェは、在来の価値の枠外に出た孤独な存在を表現するのに、「ヨーリック」や「コロンブス」などさまざまなアナロジーを用いているが「フォーゲルフライ」もその一つ。ただし、ニーチェの少-青年期の詩には、鳥を「自由なる者」のメタファーとして使う例も多くあり、「追放されし者」と「自由なる者」の二つの意味が「フォーゲルフライ」のなかに含まれている。本論においては、「フォーゲルフライ」というタイトルをそのまま用いることにする。

(30) Friedrich Nietzsche：Die fröhliche Wissenschaft. In：KSA. Bd. 3, S. 346.

(31) Christian Benne：Incipit parodia — noch einmal. In：G. Pelloni und I. Schiffermüller（Hrsg.)：Pathos, Parodie, Kryptomnesie. Das Gedächtnis der Literatur in Nietzsches Also sprach Zarathustra. Heidelberg 2015, S. 49-66.

(32) Quintillian：Institutio Oratoria 9.2.35 に以下のラテン語文がある――„incipit esse quodam modo παρῳδή, quod nomenn ductum a canticis ad aliorum similitudinem modulatis abusive etiam in versificationis ac sermonum imitatione servatur.“ これは以下の文献からの引用――Quirillian, The Orator's Education. Book 9-10, hg. u. übers. v. Donald A. Russell, Cambridge / Mass. 2001 (Loeb), S. 52.

(33) パロディとコントラファクトゥアとの関係については次のような文献も参考になる。Robert Falck：Parody and Contrafactum. A Terminological Clarification. In：The Musical Quarterly. Vol. LXV, No. 1, January 1979. pp. 1-21.

(34) Hermann Josef Schmidt: „Auf noch nie betretener Bahn“. Poetische Selbstfindungsversuche des Kindes Nietzsche. In：Jørgen Kjaer (Hrsg.)：Nietzsche im Netze. Nietzsches Lyrik, Ästhetik und Kindheit im deutschen-dänischen Dialog. Aarhus Universty Press 1997, S. 12.

(35) Hermann Josef Schmidt: „Auf noch nie betretener Bahn“. Poetische Selbstfindungsversuche des Kindes Nietzsche. S. 12.

(36) Friedrich Nietzsche：Valediktions-(Abschieds-)arbeit, 7. September 1864, aufbewahrt im Archiv der Landesschule Schulpforta. In：

Nietzsche in Naumburg. Begleitheft zur Dauerausstellung im Nietzsche-Haus Naumburg. Naumburg/Saale 2006, S. 26f.

（37）Friedrich Nietzsche : Es ist ein Röslein entsprossen. In : Hans Joachim Mette（Hrsg.）: Friedrich Nietzsche Jugendschriften 1854-1861. C. H. Beck'sche Verlagsbuchhandlung（München）1994, S. 447.

（38）Hans Joachim Mette（Hrsg.）: Friedrich Nietzsche Jugendschriften 1854-1861. C. H. Beck'sche Verlagsbuchhandlung（München）1994, S. 27.

（39）讃美歌の „mitten im kalten Winter" の行については第二音節に揚格を置くことも可能であるし、またニーチェの „Sturm und Wind entführt" の行始めに微かな休止を入れることで抑格とみなすことも朗読等の実際の局面においてはあり得ることである。しかし、このような「パーフォーマンス」の場における韻律の問題は、「詩そのもの」における韻律と分けて考えるべきなのではないか、と言われている。クリスティアン・ヴァーゲンクネヒトは次の著書のなかで、ロマン・ヤコブソンなどの論を紹介しながらこの点に言及している――Christian Wagenknecht : Deutsche Metrik. Eine historische Einführung. 5. Auflage. Verlag C. H. Beck, München 2007, S. 15ff. また、レクラム文庫として刊行されているBurkhard Moennighoff : Metrik. Philipp Reclam jun. Stuttgart 2004 では、„Metrische Komplexität"（韻律の複雑態）という概念のなかでこのテーマを扱っている（S. 32f.）。

（40）パロディとコントラファクトゥアとの関係については注の32を参照。

（41）「荒々しい風が五月の愛らしき蕾を震わせる」というテーマは、ニーチェが愛読していたシェイクスピアのソネット十八番のなかの "Rough winds do shake the darling buds of May," という表現にみられる。ニーチェが参考にしていた可能性は十分にある。

（42）Friedrich Nietzsche Jugendschriften 1861-1864. C. H. Beck'sche Verlagsbuchhandlung（München）1994, S. 119.

（43）ingenium に関してはJoachim Goth : Nietzsche und die Rhetorik. Tübingen（Niemeyer）1970, S. 35ff. を参照。

（44）Friedrich Nietzsche Jugendschriften 1861-1864. C. H. Beck'sche Verlagsbuchhandlung（München）1994, S. 119.

（45）Hans Joachim Mette（Hrsg.）: Friedrich Nietzsche Jugendschriften 1854-1861. C. H. Beck'sche Verlagsbuchhandlung（München）1994, S. 92. 本論では、無題四行詩に続く、二行詩、四行詩、五行詩を考察の対象とする。いずれもニーチェの構想段階の詩作であるが、論述上の区別をはっきりするために、最初に考察する四行詩のみに無題という名称をつけている。すべての詩にタイトルはついていない。また、一つのまとまった詩の詩節と断定できないので、それぞれを詩と表記する。

（46）Johann Wolfgang Goethe : Wandrers Nachtlied, ein Gleiches. In : Goethes Werke, Hamburger Ausgabe in 14 Bänden, Christian Wegner Verlag（Hamburg）1969, Bd. 1, S. 142.

（47）レクラム文庫で刊行されているBurkhard Moennighoff : Metrik. Philipp Reclam jun.（Stuttgart）2004 のなかで、Enjambement あるいはドイツ語で „Zeilensprung"（行飛び）は „Metrische Komplexität"（韻律の複雑態）の現象の一つとして扱われている（S. 28f.）。

（48）ギルマンもこの点に言及している。Sander L. Gilman : Nietzschean Parody. An Introduction to Reading Nietzsche. Bouvier Verlag（Bonn）1976, S. 38.

（49）Friedrich Nietzsche : Nachgelassene Fragmente Sommer 1888. In : KSA., Bd. 13, S. 558.

（50）Gaston Bachelard : Air and Dreams. An Essay on the Imagination of Movement, translated from the French by Edith R. Farrell and C. Frederick Farrell. The Dallas Institute Publications. 1988 S. 138. ガストン・バシュラール（宇佐美英治訳）『空と夢――運動の想像力に関する試論』、法政大学出版局、一九六八年、二〇二頁。“tonic”を「強勢的な」と訳している。

（51）Friedrich Nietzsche : Ecce homo. In : KSA., Bd. 8, S. 89f. Bd. 6, S. 258.

（52）Friedrich Nietzsche : Valediktions-(Abschieds-)arbeit, 7. September 1864, aufbewahrt im Archiv der Landesschule Schulpforta. S. 26.

（53）Friedrich Nietzsche : Menschliches, Allzumenschliches I. In : KSA 2, S. 184.

（54）Hans Joachim Mette（Hrsg.）: Friedrich Nietzsche Jugendschriften 1854-1861. C. H. Beck'sche Verlagsbuchhandlung（München）1994, S. 433f.

（55）Stefan George : Der Siebente Ring. In : Stefan George Sämtliche Werke in 18 Bänden., Klett-Cotta（Stuttgart）1986, Bd. VI/VII, S. 13. 日本語の訳は、『ゲオルゲ全詩集』、郁文堂、一九九四年、一六〇頁。

（56）ゲオルゲとゲオルゲ派における「模倣」Imitatio については、次のような文献がある。Gunilla Eschenbach : Imitatio im George-Kreis. Walter de Gruyter Berlin/New York 2011.

（57）村井則夫『ニーチェ――仮象の文献学』、知泉書館、二〇一四年、三六～三七頁。

（58）Friedrich Nietzsche : Nachlaß（Bex vom 3 October 1876）. In : KSA., Bd. 8, S. 332.

（59）注14を参照。規範の意味のカノンと音楽のカノン形式を融合したような表現 „ein fortschreitender Kanon des Vorbildlichen“ をニーチェは用いている。

（60）ハンブルク版ゲーテ全集（Geothes Werke. Hamburger Ausgabe in 14 Böänden）第三巻の六三六頁以降の注釈を参照。

（61）Albrecht Schöne : Faust Kommentare. In : J. W. Goethe Sämtliche Werke. Deutscher Klassiker Verlag, Frankfurt am Main 1994, Bd. 7/2, S. 815f. および Wolfgang Braungart : Ritual und Literatur. Niemeyer, Tübingen 1996, S. 173f. „Hier ist es gethan“ をアポストロフの形 „Hier ist's gethan“ にすると揚格が二つの形になるが、これについてはゲーテの手稿の読み方も含めて議論がある。

（62）ヴァイマルのゲーテ・シラー古文書館に所蔵されているニーチェ古文書のなかの記号 GSA 71/144 より。

（63）Friedrich Nietzsche : Also sprach Zarathustra. In : KSA. Bd. 4, S. 110.

（64）Friedrich Nietzsche : Tautenburger Aufzeichnungen. In : KSA. Bd. 10, S. 38f.

（65）Friedrich Nietzsche : Also sprach Zarathustra. In : KSA. Bd. 4, S. 31.

（66）Friedrich Nietzsche : Die fröhliche Wissenschaft. In : KSA., Bd. 3, S. 546.

（67）Heinrich Heine : Buch der Lieder. Die Heimkehr XXXIX. In : Heinrich Heine Historisch-kritische Gesamtausgabe der Werke（Hrsg. von Manfred Windfuhr）, Hoffmann und Campe, Hamburg 1975, Bd. 1/1, S. 251.

(68) Friedrich Nietzsche : Die fröhliche Wissenschaft. In : KSA., Bd. 3, S. 464f.
(69) Friedrich Nietzsche : Jenseits von Gut und Böse. Vorspiel einer Philosophie der Zukunft. In : KSA., Bd. 5, S. 173.
(70) Friedrich Nietzsche : Also sprach Zarathustra. In : KSA., Bd. 4, S. 164.
(71) Friedrich Nietzsche : Über Wahrheit und Lüge im außermoralischen Sinne. In : KSA., Bd. 1, S. 877ff.
(72) Friedrich Nietzsche : Menschliches, Allzumenschliches. In : KSA., Bd. 2, S. 30.
(73) 内部破裂を意味するimplodierenを文献学的研究に用いたのはFriedrich Kittlerである。例えば、国民読本をめぐるゲーテとニートハマーのやり取りを論じた箇所で、ゲーテの国民読本構想が当時の基幹学校であまねく用いられていたら、「一八〇〇年ごろの書記システムは内部破裂しているだろう」というような利用のされ方をしている。ニーチェの場合も、伝統的な文献学の内部に精通している者として、そのシステムを根底から揺るがす言説空間を生み出すことになるので、それを表現するのに「内部破裂」の概念を借用した。Friedrich Kittler : Aufschreibesysteme 1800/1900. 1995 Fink München), S. 190. また以下の拙論も参照——井戸田総一郎「ゲーテ未完のプロジェクト——「民衆読本」の構想と背景」、『文学』、第一巻第一号、岩波書店、二〇〇〇年一・二月号、四〇〜四七頁。
(74) Friedrich Nietzsche : Morgenröte. In : KSA., Bd. 3, S. 17.
(75) Friedrich Nietzsche : Menschliches, Allzumenschliches. In : KSA., Bd. 2, S. 181.
(76) Friedrich Nietzsche : Menschliches, Allzumenschliches. In : KSA., Bd. 2, S. 437.
(77) Friedrich Nietzsche : Menschliches, Allzumenschliches. In : KSA., Bd. 2, S. 437.
(78) Friedrich Nietzsche : Menschliches, Allzumenschliches. In : KSA., Bd. 2, S. 438. バロック文体については以下の文献も参照——Wolfram Groddeck : Friedrich Nietzsche „Dionysos-Dithyramben". Bd. 2. Die „Dionysos-Dithyramben" Bedeutung und Entstehung von Nietzsches letztem Werk. Walter de Gruyter（Berlin, New York）1991, S. 42-45.
(79) Joachim Goth : Nietzsche und die Rhetorik. Tübingen（Niemeyer）1970, S. 35ff.
(80) Friedrich Nietzsche : Menschliches, Allzumenschliches. In : KSA., Bd. 2, S. 437f.
(81) Friedrich Nietzsche : Zur Lehre vom Stil.（Tautenburger Aufzeichnungen für Lou von Salomé). In : KSA., Bd. 10, S. 38f.
(82) Friedrich Nietzsche : Geschichte der griechischen Litteratur. In : Nietzsche Werke Kritische Gesamtausgabe. Hrsg. von Fritz Bornmann, 1995 Walter de Gruyter（Berlin), Bd. II5 S. 27ff.
(83) 注73を参照。
(84) Theodor W. Adorno : Minima Moralia. Frankfurt am Main（Suhrkamp）1980, S. 174.
(85) Friedrich Nietzsche : Nietzsche contra Wagner. In : KSA., Bd. 6, 419.
(86) Theodor W. Adorno : Minima Moralia. S. 174.
(87) Friedrich Nietzsche : Zur Lehre vom Stil.（Tautenburger Aufzeichnungen für Lou von Salomé). In : KSA., Bd. 10, S. 39.

(88) 注82を参照。
(89) Friedrich Nietzsche : Die fröhliche Wissenschaft. In : KSA., Bd. 3, S. 447.
(90) Heinz Schlaffer : Das entfesselte Wort. Nietzsches Stil und seine Folgen. München（Carl Hanser）2007, S. 49ff.
(91) Friedrich Nietzsche : Der Fall Wagner. In : KSA., Bd. 6, S. 12.
(92) Friedrich Nietzsche : Unzeitgemässe Betrachtungen. David Strauss der Kenner und der Schriftsteller. In : KSA., Bd. 1, S. 220ff.
(93) Friedrich Nietzsche : Die fröliche Wissenschaft. In : KSA., Bd. 3, S. 646.
(94) 注12を参照。
(95) Friedrich Nietzsche : Die fröhliche Wissenschaft. In : KSA., Bd. 3, S. 366.
(96)『機知・奸智・報復――ドイツ語韻律による前奏』について、ベネの以下の論文が参考になる――Christian Benne : Nicht mit der Hand allein. „Scherz, List und Rache — Vorspiel in deutschen Reimen“. In:（Hrsg.）Christian Benne, Jutta Georg : Friedrich Nietzsche. Die Fröhliche Wissenschaft. Walter de Gruyter（Berlin）2015, S. 29-51.
(97) Brief an Köselitz vom 20. Oktober 1880. In:（Hrsg.）Giorgio Colli u. Mazzino Montinari : Sämtliche Briefe, Kritische Studienausgabe in 8 Bänden, Deutscher Taschenbuch Verlag 1986, Bd. 6, S. 40f. ニーチェは、一八八一年十二月二十八日のケーゼリッツ宛書簡のなかでは、ドメニコ・チマローザが作曲したオペラ『秘密の結婚』（Il matrimonio segreto）の表題に依拠しながら、「matrimonio segretoをいつまた体験しましょうか？」という文面を残している。つまり、哲学・思想と音楽の合体を「秘密の結婚」と言っている（上記同書Bd. 6, S. 152）。
(98) Brief an Paul Rée vom Ende August 1881. In : a. a. O. S. 123ff.
(99) イアンボスのこのような由来について、ニーチェは『ギリシャ文学の歴史』のなかで触れている――Friedrich Nietzsche : Geschichte der griechischen Litteratur. In : Nietzsche Werke Kritische Gesamtausgabe. Hrsg. von Fritz Bornmann, 1995 Walter de Gruyter（Berlin）, Bd. II5 S. 147.
(100) Friedrich Nietzsche : Die fröhliche Wissenschaft. In : KSA., Bd. 3, S. 365f.
(101) Friedrich Nietzsche : Die fröhliche Wissenschaft. In : KSA., Bd. 3, S. 365.
(102) Friedrich Nietzsche : Die fröhliche Wissenschaft. In : KSA., Bd. 3, S. 639ff.
(103) Edgar Allan Poe : The Philosophy of Composition. In : Hrsg. von James A. Harrison : The Complete Works of Edgar Allan Poe. 1965 AMS Press（New York）, Bd. 14, S. 193ff.
(104) 注29を参照。
(105) Friedrich Nietzsche : Die fröhliche Wissenschaft. In : KSA., Bd. 3, S. 353.
(106) Friedrich Nietzsche : Die fröhliche Wissenschaft. In : KSA., Bd. 3, S. 365.
(107) Friedrich Nietzsche : Die fröhliche Wissenschaft. In : KSA., Bd. 3, S. 526.

(108) Robert Curtius : Europäische Literatur und Literarisches Mittelalter. S. 139. から引用。日本語訳は『ヨーロッパ文学とラテン中世』（南大路振一、岸本通夫、中村善也訳、みすず書房、一九七一年、一八七頁）に掲載されている翻訳を転載。

(109) Robert Curtius : Europäische Literatur und Literarisches Mittelalter. S. 140 から引用。日本語訳は『ヨーロッパ文学とラテン中世』（南大路振一、岸本通夫、中村善也訳、一八八頁）に掲載されている翻訳を転載。

(110) Friedrich Nietzsche : Columbus novus.（Tautenburger Aufzeichnungen für Lou von Salomé）. In : KSA. Bd. 10., S. 34.

(111) Friedrich Nietzsche : Colombo. In : Hans Joachim Mette（Hrsg.）: Friedrich Nietzsche Jugendschriften 1854-1861. S. 443.

(112) Friedrich Nietzsche : Die fröhliche Wissenschaft. In : KSA., Bd. 3, S. 361.

(113) Friedrich Nietzsche : Die fröhliche Wissenschaft. In : KSA., Bd. 3, S. 365.

(114) Friedrich Nietzsche : Versuch einer Selbstkritik. In : KSA., Bd. 1, S. 14.

(115) Friedrich Nietzsche : Zur Lehre vom Stil（Tautenburger Aufzeichnungen für Lou von Salomé）. In : KSA. Bd. 10., S. 39.

(116) Friedrich Nietzsche : Zur Lehre vom Stil（Tautenburger Aufzeichnungen für Lou von Salomé）. In : KSA. Bd. 10., S. 39.

(117) Friedrich Nietzsche : Die Geburt der Tragödie. Versuch einer Selbstkritik. In : KSA., Bd. 1, S. 14f.

(118) 注55を参照。

(119) Friedrich Nietzsche : Die fröhliche Wissenschaft. In : KSA., Bd. 3, S. 354.

(120) Aurelius Augustinus : Confessiones. Lateinisch-deutsch. Übersetzt von Wilhelm Thimme. Artemis & Winkler Verlag, Düsseldorf / Zürich, 2004, S. 452.

(121) Friedrich Nietzsche : Die fröhliche Wissenschaft. In : KSA., Bd. 3, S. 358.

(122) Friedrich Nietzsche : Die fröhliche Wissenschaft. In : KSA., Bd. 3, S. 361.

(123) 注49を参照。

(124) Friedrich Nietzsche : Ecce homo. In : KSA., Bd. 6, S. 258.

第二章　擬きとかぎろいの星座——タルド、カイヨワからデリダへ

合田正人

はじめに

模倣と創造が、人間ならびに自然のあらゆる事象に係る出来事ないし行為として、まさに古くて新しい問題系（プロブレマティック）の最たるものであるということ、この点におそらく異論はあるまい。自分自身の生活を改めて眺めてみれば、名前、髪型、服装、所作、言葉遣い、衣食住、趣味、嗜好、対人関係など、そのすべてが何らかの意味で模倣と創造、むしろ模倣だけと言うべきかもしれないが、この問題系と係っていることは明白であろう。日々、世間の耳目を集めているニュースにしても、その項目は、隣国との関係にせよ種々の盗用事件にせよ人物・機関礼賛にせよ、その多くが結局は模倣と創造に収斂していく。声帯模写、パロディは視聴者の最も好むジャンルのひとつで、笑いの源泉となっている。と同時に、類似ゆえに虐げられる者たちもいる。

どのような企業、店舗、制度、イヴェントも、つねにコピーとイノヴェーションの危うい狭間を揺れ動きながら、あくまで後者を売り物にしてそれを誇示している。この狭間で最ももがき苦しんでいる者たち、それを芸術家と呼ぶことさえできるかもしれない。「レディメイド」（マルセル・デュシャン）のように、この苦悩それ自体を愚弄する試みもすでに存在している。『パクリ経済』（みすず書房）の著者たちは「コピーがイノヴェーションを刺激する」と言っている。事情は諸学の世界でも同様であろう。先行研究への言及、引用という行為、参考文献表の添付などが雄弁に示しているように、研究とその成果報告も模倣と創造を綯い合わせたような営みたらざるをえない。そのことがコピー&ペースト、著作権・特許権侵害など深刻な問題を産み、今や社会の土台となる根本的「信頼」そのものを蝕んでいるのは誰の目にも明らかであろう。その一方で模倣と創造は、「バイオミミクリ」（biomimicry）のように、諸学の研究対象、研究方法、その針路にも甚大な影響を与えてもいる。その点ではむしろ、医学、生物学の分野での遺伝子クローニング、遺伝子組み換え、万能細胞と再生医療などに何よりもまず触れるべきかもしれない。遺伝も再生もまさに模倣なのだから。しかし、それだけではない。「模倣犯」と呼ばれるように犯罪のかたちも、ある疾病の拡散や罹患の様態も、考えてみれば例えば「民主主義」と呼ばれる政治制度も、kamikaze と称されるテロルの方法も、模倣と創造の所産なのである。

思えば、天地の創造、人間の男女の創造をめぐる古代ヘブライの物語にも「象《かたど》り」「類似」という関係性への言及があり、慣例的に旧約、新訳と呼ばれている二つの物語のあいだにも、「予徴」(préfiguration)と呼ばれる関係が想定されることがある。新訳は旧約を「成就」するとも云われるが、新約は種本がまったくないわけでもないし、それに単に依拠しているわけでもないのだ。また、Imitatio dei, imitatio christi〔神のまねび、キリストのまねび〕といった語が示しているように、模倣はキリスト教者たちの生を司る根本的原理でもある。では、哲学はどうだろうか。「起源」(アルケー)を解明しようとする試みである限り、哲学も何らかの「創造」と無縁ではありえないし、ここに存在する様々な事物とその「起源」との関係を表すものとしてプラトンの『ティマイオス』で提出されたのが「ミメーシス」(模倣)という観念であり、『国家』第十書でプラトンが「ミメーシス」に携わる者たち、特に詩人たちを国家から追放しようとしたことはあまりにも有名である。プラトンはなぜかくも「ミメーシス」を危険視したのだろうか。それに対して、アリストテレスはというと、『詩学』において、それを人間を他の動物たちから区別する人間的本性そのものとみなした。いずれにしても、人間の何たるかが問われているのだ。いや、「それ自体で存在するもの」としての「実体」がスピノザの言うようにひとつしかなく、「様態」と名づけられたすべての「個体・個物」が「実体」ないし「神即自然」のある程度の「表出」である限り、これらすべての「個体・個物」——それ自体が複雑きわまりない錯綜体である——のあいだの諸関係全体が「ミメーシス」なのではないか、と筆者自身は考えている。

古くて新しい問題系、と言ったけれども、筆者が係ってきた分野では、単に「ミメーシス」という問題系が存続しているというだけではなく、むしろ、一九七〇年前後から、ポール・リクール(Paul Ricœur, 1913-2005)、ルネ・ジラール(René Girard, 1923-1015)、ジャック・デリダ(Jacques Derrida, 1930-2004)、フィリップ・ラクー=ラバルト(Phillipe Lacoue-Labarthe, 1940-2007)らによって、「ミメーシス」が哲学的探求の「中心」に置かれたかの感さえあるのだ。なぜそのような事態が生じたのだろうか。しかも、economimesis, déconstruction mimétique, mimesis I, mimesis

II, mimesis III, rivalité mimétique といった具合に、「ミメーシス」という語の周囲に、それと関連した語群の星座が形成されてもいる。一体、これらの語は何を意味しているのだろうか。

これらの問いに答えるためのいわば予備作業を行うことが本論の課題である。ただ、予備作業は単なる予備作業ではない。というのも、今列挙した哲学者たちの仕事から逆照し遡行するとき、「ミメーシス」の焦点化が突如として生じたのではもちろんなく、むしろそれを用意した多様で豊かな、しかし時に暗渠のごとく地下に隠れた、一九―二〇世紀ヨーロッパ哲学の水脈が浮き上がってくるからだ。それを筆者に教えてくれたのが、三年にわたる共同研究の定例研究会での諸先生方の講演（この点については本書「後記」を参照）であった。そして、この浮上ないし開渠はこの期間の哲学史の書き換え、組み換えを要求するものですらあるように思われるのだ。その作業の一部を提示することと、それが本論のいまひとつの課題となる。その意味では、本論はまさに共同研究の成果であると共に、筆者の前著『思想史の名脇役たち』（河出書房新社）の続編としての性格を有してもいる。先に「星座」（Konstellation）という語を用いたが、はるかな目標あるいは座右の銘としてあえて引用しておくと、「遠く相隔たった極端なもの、一見発展の過剰と思われるものの中から理念――このような対立物が有意義に共存できる可能性を特徴とする総体性としての理念――の配置〔星座〕を浮かび上がらせること」（ベンヤミン『ドイツ悲劇の起源』法政大学出版局、三二頁）、それがここで試みられたことであると言えようか。

I　タルドと模倣

1　タルド復興

「希臘における理性的自然の発見、中世における精神としての神の発見に対し、文芸復興以降の近世は、人間の発見をなしているといわれるならば、更に十九世紀は社会の発見をなしたというべきだろう」――、田辺元は、その「種の論理」の嚆矢となる「社会存在の論理」（一九三四―三五年）の冒頭にこう書き記している。実際、socialisme という語はピエール・ルルー（Pierre Leroux, 1797-1871）によって、sociologie という語はオーギュスト・コント（Auguste Comte, 1798-1857）によって一九世紀に考案され、また、フランス初の社会学の講座にエミール・デュルケム（Emile Durkheim, 1858-1917）がボルドー大学で就任したのは一八九六年のことだった。「社会存在の論理」での田辺も、『道徳と宗教の二源泉』でのアンリ・ベルクソン（Henri Bergson, 1859-1941）のトーテミズム論を批判的に取り上げるにあたって、ベルクソン自身が同書で論評を加えたデュルケム、リュシアン・レヴィ＝ブリュール（Lucien Lévy-Bruhl, 1857-1939）の社会学的理論を検討している。

ベルクソンともデュルケムとも因縁浅からざる「社会学者」がいる。近年その評価が頓に高まっているガブリエル・タルド（Gabriel Tarde, 1843-1904）、「社会とは何か。それは模倣（imitation）である」と明言した人物である。一九〇〇年、ベルクソンと共にコレージュ・ド・フランスの教授に選ばれた。そのときデュルケムは最終候補者となることさえなかった。タルドは「近現代哲学」、ベルクソンは「ギリシャとラテン哲学」の講座の担当で、タルドの死後ベルクソンが「近現代哲学」の講座を引き継いだ。一八九九年、コレージュ・ド・フランス教授就任の話が持ち上がったとき、タルドは一度辞退している。「社会学」の講座がコレージュに創設されてそこで講義を行いたいとの希望ゆえの辞退であったが、またしてもそれは叶わなかったのだ。そのタルドとデュルケムのあいだでは一八九四年頃から論争が繰り広げられていた。タルドの存命中はどちらかというと二番手に甘んじていたデュルケムだったが、タルドの死後、デュルケムは一九一三年、ソルボンヌに初めて設けられた社会学講座の教授に就任、一方、社会学者タルドの名は次第に忘却されていった。

日本では、一九二二年から二八年（大正一一年から昭和三年）にかけて、『タルドの社会法則論』『タルドの社会学原理』『未来史の断片』『模倣の法則』『輿論と群衆』とタルドの邦訳が相次いで出版されている。「社会存在の論理」での田辺はタルドに言及していないけれども、中倉智徳が『ガブリエル・タルド――贈与とアソシアシオンの体制へ』（洛北出版）で「日本におけるタルド研究の動向」として紹介しているように、田辺の弟子にして批判者の戸坂潤がすでに一九三〇年の「イデオロギーの論理学」でタルドの『社会論理（学）』（*La Logique sociale*）に言及し最大級の賛辞を送っていること、また、和辻哲郎がその『倫理学』でタルドに言及し、タルドの限界を指摘しつつもタルドの天才を称えていることを思うと、タルドについての田辺における言及の不在は単なる偶然ではなかった可能性も出てくる。一九三〇—四〇年代の日本で錬成された「種の論理」「日本イデオロギー」「倫理学」も、デュルケム—タルド論争と無縁ではなかったかもしれないのである。(1)

　大正期の邦訳出版から一世紀近くの歳月が流れたわけだが、タルド復権の動きについては、後述するように、何と言ってもジル・ドゥルーズ（Gilles Deleuze, 1925-1995）の功績が大である。一九九五年からフランスで刊行され始めたタルド著作集に序を寄せているのは、エリック・アリエズ（Eric Alliez, 1957-）、ルネ・シェレール（René Schérer, 1922-）、ジャン＝クレ・マルタン（Jean-Clet Martin, 1958-）らドゥルーズに近しい論者たちであり、日本でも、小泉義之、米虫正巳、鈴木泉らドゥルーズの論者として知られる者たちがタルドを論じている。筆者もご多分に漏れず、デュルケムに粉砕された「ミクロ社会学」の創始者としてタルドを称えるドゥルーズの熱い語り口に触れてタルドのことを意識したにすぎない。タルドの著作とみずから向き合うのはこれが初めてである。

　タルドは近年、経済学にもインパクトを与えているようだ。マウリツィオ・ラッツァラートの『発明の力能——経済政治学に対するタルドの経済心理学』（Maurizio Lazzarato, *Puissance de l'invention. La Psychologie économique de Gabriel Tarde contre l'économie politique*, Les empêcheurs de penser en rond, 2002）、ブルーノ・ラトゥールとヴァンサン・アントナン・レピネイの『経済学、情念的利益の科学——ガブリエル・タルドの経済人類学入門』（Bruno Latout, Vincent Antonin Lépinay, *L'économie. Science des intérêts passionnés. Introduction à l'anthropologie économique de Gabriel Tarde*, La Découverte, 2008）がよく知られているが、この点で特筆すべきは、狭義の経済学をはるかに超え出て必ずや日本の思想界に大きな衝撃を与えるであろう大黒弘慈の力作『模倣と権力の経済学』（岩波書店、二〇一六年）が、タルドを起点としつつ、「類似」「模倣」「ミメーシス」にもとづく包括的理論を構築しようとしていることである。本稿執筆中に出版された書物である、その読解は後日を期すほかない。

　故郷サルラの判事補に一八六九年に任官して以来、タルドは人生の大半を法曹として生きた。タルドの生涯と著作の詳細については中倉の前掲書を参照していただくとして、ここでは、「模倣とは何か」を考えるに先立って、タルドの師と目される三人に言及するにとどめたい。メーヌ・ド・ビラン（Maine de Biran, 1766-1824）、アントワーヌ・オーギュスタン・クールノー（Antoine-Augustin Cournot, 1801-1877）、シャルル・ルヌヴィエ（Charles Renouvier, 1815-1903）の三人であるが、まず、タルドとの関連で従前語られることの最も少なかったメーヌ・ド・ビランを取り上げる。

2　メーヌ・ド・ビランとタルド

タルドの故郷サルラはフランス南西部のドルドーニュ県にある。ボルドーに近く、ラスコー洞窟で有名な県だが、タルドは同郷の偉大な哲学者を強く意識していた。メーヌ・ド・ビランである。「心の師」（maître intérieur）とさえ呼んでいる。そのメーヌ・ド・ビランはモンテーニュと同郷であることを強く意識していた。先は遠いけれども、本論はやがて、『ラスコー壁画』の著者ジュルジュ・バタイユ（Georges Bataille, 1898-1962）、タルドと同郷でバタイユ論の著者ジャン＝リュック・ナンシー（Jean-Luc Nancy, 1942-）の圏域にも接近することになるだろう。

一八七六年五月、タルドはペリグーで開催された第四一回フランス科学会議に出席して「メーヌ・ド・ビランと心理学における進化主義」（Maine de Biran et l'évolutionnisme en psychologie）という題の講演を行っている。六年後に出版された同会議の記録に収められたが、タルド自身によって著作に収められたことはない。長らく幻の論考であったこの講演草稿がメーヌ・ド・ビラン研究家のアンヌ・ドヴァリュー（Anne Devarieux）によっていわば再発見され、タルド著作集の外典として出版されたのは二〇〇〇年のことだった（*Maine de Biran et l'évolutionnisme en psychologie*, Institut Edition Synthelabo, 2000. 以下*MB*と略記）。容易に読み解ける考察ではまったくない。けれども、タルドのなかで響き続けていた通奏低音のごときものをそこに聞き取ることができるように思われる。

「進化主義」という語でタルドが考えていたのは例えばハーバート・スペンサー（Herbert Spencer, 1820-1903）のような人物の哲学で、その特徴についてタルドはこう言っている。

「進化の哲学の大いなる過ちは、ここで言ってしまえば、同一性の哲学（philosophie de l'identité）たらんとすることであり、また、人間の類人猿的起源にせよ生命の化学的起源にせよ魂の生理学的節目ににせよ、無数の意図せざる暗示的誘導によって、相継起する諸存在を分離するこのうえもなく深い差異（différences）、このうえもなく明白な境界線を、あたかも夢のようにわれわれの目から消失させてしまうことである。それはまた、自然は決して飛躍しないと主張する。このこと自体はわれわれにとってあまり重要ではないのだが、進化の哲学はそう主張するのみならず、自然は歩まないし、前進することも上昇することもないとも主張するのであって、この点こそわれわれの関心を大いに引くものなのだ。進化の哲学にとっては、様々な実在、いや私は亡霊と言いたいが、それらのまやかしの無駄な展開のなかで、すべては結局同じものにとどまるのである。」（*MB*, pp. 60-61）

「同一性の哲学」たらんとする「進化の哲学」に抗して、タルドはいわゆる「進化」ないし「生成」を、「〈差異〉のシステム」（système de la Différence）（*ibid.*, p. 62）と彼が呼ぶものによって説明しようとする。ベルクソンと同様タルドは新しい差異の哲学者であった、とドゥルーズが評価する所以であろう。実際、この一八七六年の講演ですでに、タルドは、「程度の差異」（différence de degré）と「本性の差異」（différence de nature）という語を用いて、「差異」を単に「程度の差異」とみなして「同一性」に従属させるのではなく、逆に「同一性」を「本性的差異」の、そのような差異を生み出す「差異化」（différencier）の所産たらしめている。第一に指摘されるべきはこの点であろう。しかし、タルドは「模倣」の社会学者であった。とすれば、この第一の確認は、「差異化」と「模倣」「反復」（répétition）「相似」（similitude）との関係はいかなるものか、という問いの提起でもある。

これと関連して、『モナドロジーと社会学』の著者がこの時点ですでにライプニッツのモナドロジーに言及しているのみならず、「新モナドロジー」（ルヌヴィエ）の青写真のごときものを提出しているということを付言しておきたい。ライプニッツにおけるモナドロジーは「差異の観念の不完全な復権」にとどまったというのだ。

「［デカルトによって強いられた、延長と思考という二つの実体の理論に抗して］ライプニッツは無限に実体を増やした。モナドの数だけ実体があるのだ。この偉大な精神の持主は、化学者たちが仮定する原子のように、まったく同様（pareils）で、同一のものとして複写される（calqués）諸要素を、豊かで多彩なこの麗しき〈宇宙〉に付与したりしないようみずからを厳に戒めていた。（…）惜しむらくはただ、ライプニッツはモナド同士の差異をもっと遠くまで推し進めなかったということだ。なぜ程度の差異で立ち止まってしまったのか。なぜ、すべてのモナドをいずれも自我（des *moi*）とみなす代わりに、モナドのなかの多くはその外的現出の本性から判断するに、われわれ人間が自我と呼ぶ、われわれに固有の内部（un *dedans*）とは根底的に異なったそれら固有の内部を有しているということを彼は認めなかったのか。」（*MB*, pp. 66-67）

この引用文からも分かるように、〈差異のシステム〉という観点からタルドが特に取り上げたのは、「私〔自我〕は存在するのかしないのか（Suis-je ou ne suis-je pas?）」（*MB*, p. 60）という問題であった。この着眼はまさにメーヌ・ド・ビラン哲学の中核を射抜くものであったように思われる。タルドにとってメーヌ・ド・ビランは、「自分」が「実存することへの驚き」に終生取り憑かれた哲学者であり心理学者であったのだ。この点についてかつて筆者は次のように書いたことがある。

「「よく覚えているが、すでに子供の頃から、私はしばしば自分が生存・実存すること（exister）に驚きを覚えた」（一八二三年一〇月のメーヌ・ド・ビランの日記）。――最晩年に至ってビランは、一方では哲学と「驚き」との古来の結びつきを意識しつつ、後にサルトルらが「実存」の「偶然性」（contingence）と呼ぶであろうものを表現している。なぜ「私」があるのか、「私」がいるのか。そして「私」とは何なのか。ビランによると、「私」が「実存する」ことの理由を見出せないのと同様に、「私」が何であるかも分からない。それは「自分の内にありながらも、その鍵をつねに取り逃がしてしまうような謎」（一八二三年七月）であり、それについてモンテーニュのように「私は何を知っているか」（Que sais-je）と自問するなら、「私は何なのか知らない」、それは「何だか分からないもの」（je-ne-sais-quoi）と答えるほかない。同じことだが、「私の旧友が「私とは誰か」と私に尋ねた。私は答えることができなかった」（一九一八年一一月二五日）。

「私」〔自我〕がこのような謎であるとするなら、それはすべての確実な根拠、アルキメデスの点のごときものではない。ビランはおそらくパスカル的な宇宙を思い浮かべていたのだろうが、「穏やかな時はすぐに過ぎ去り、苦難に満ち、波瀾に富んだ感情が生じる」。固定性と安定性なきこの不断の動揺、それをビランは「わが生存・実存の感情」と呼ぶとともに、一方では「身体的組成、神経の弱さに」、いま一方では天候や気温や湿度や居場所の変化にこの動揺の出所を求めている。ご存知のように、existence の接頭辞 ex は「外」を意味しているのだが、まさにここには「生皮を剥がれた人」(エコルシェ)がいるかのようだ。

このように不断に動揺し、軋みながら、「私」は不可逆的に老いていく。「私は生存・実存について恒常的で、悲しく苦しい感情を抱いている。それは老いの感情であって、それには治療薬も慰めもない」(一八一七年一一月二五日)。「老い」の先には「死」があるのだが、ビランは単にそのようには考えない。後に、ゲオルク・ジンメルたち「生の哲学者」が逆説的にも見出したように、動揺しながら老いゆく「私」、その「生存・実存」は実はそれ自体が瞬間ごとに死んでいるのだ。生ノ只中ニ死アリ。それも分散された死が。光が波であると同時に粒子であるように、時間は連続であると同時に不連続であって、連続的持続と見えるものは瞬間の不断の死によって成立しているのだ。こう言っている。「昨夜私は馬車に揺られながら、自分が今希求しているのは、私の肉体的―精神的存在の分解・解体(décomposition)に熱心な証人として立ち会うことだけだと考えた」(一八一七年一二月二七日)。そして「瞬間ごとに、私は外的にも内的にも死ぬ」のである。

「分解・解体」が当時のフランス思想界のキーワードであったこと、この点も銘記されたいが、「私」が存在することへの驚き、「私」の不断の動揺、「私」の老衰、「私」の不断の死と解体、ここからビランは、いまだ「私」が存在しない状態へと遡行していく。発達心理学の分野での研究のことを思い浮かべてもよいだろうが、「私」という「人格」「我性」は後天的に意思によって「構成」されたものであって、この「構成」以前には、「生存・実存についての漠然としていて、いわば非人称的な(impersonnel)感情」だけが存在することになる。「私」の誕生を「第二の誕生」とするような「意識の非人称的領野」が開拓されたわけで、この開拓は、一方ではグロデック、ニーチェ、フロイト、ハイデガーへと、他方ではサルトル、ドゥルーズへと継承されていくことになる。こうした領野に関して、ビランが子宮ないし羊水のなかの胎児を例に引いているのは興味深い。

「自分自身の四肢を動かし、自分の体を動かす個人が真空中で宙吊りになっていると仮定しよう。その場合にも、この個人は必ずある特殊な感覚を有することだろう。みずからの筋肉がもたらす抵抗、それを動かすための努力（effort）に由来するような感覚を。／おそらくは胎児もすでに何らかの鈍い印象を感じているのだが、その胎児は子宮のなかで多様な自発的運動を行っている。狭い空間に閉じ込められ、流体に取り囲まれながら、胎児は障害に出会ったり、外的抵抗と争ったりしているのであり、さもなければ、胎児は自分の体を動かすことはできないだろう。／世界に出るや否や、子供はあらゆる種類の衝撃に圧迫され、みずからの行動でこれらの接触に抗う。すべてが子供に抵抗し、子供の抵抗を引き起こすのだ。／抵抗は個人の最初の規定である。抵抗は存在感情といわば一体化しており、それと不可分である。（D・ド・トラシ宛の一八〇四年四月三〇日の書簡）」（『フラグメンテ』法政大学出版局、三四五頁）

最後の引用文に「努力」というビラン哲学の鍵語が登場しているが、どうしてそれが「私」〔自我〕の発生につながるのだろうか。例えば手を動かそうとするとき、この動きに関係する筋肉の収縮や伸張が起こる。筋肉の動きは局所的で身体的なものだが、それを動かそうとする思い――それをビランは「内的努力」と呼ぶ――は身体のどこかに局所化することはできない。「内的努力」を「意志」と言い換えることができるなら、「意志」について言われたように、「内的努力」は「非常に捉えがたく」、「いかなる個別的な有機的器官にも局所化されない」。このように器官に局所化できないこと、それをビランは「心理的事象」の特質とみなす。身体的にどこにも局所化できないが、すべての部分の動きの原因となるもの、その「同一性」なしでは「触発の多様性や変化が存在しなくなってしまうもの」、それがビランにとっては「私」であり、「私」の「統覚」（aperception）であることになる。

胎児はいまだ「私」〔自我〕を有しておらず、その「私」は「内的努力」によって後天的に、「習慣」として生成する。しかし、ビランの議論は「内的努力」なるものがすでに「私」を前提としているかの印象を与えないだろうか。『習慣論』で、ビラン自身、後天的習慣と本性のあいだに明確な境界線を引くことは至難の業であり、「習慣が第二の本性だとしても、本性は第一の習慣にすぎないように思える」と言っているとはいえ、それでこの困難は解消されるのだろうか。タルドが問題視したのはまさにこの点であった。スペンサー的な「進化の哲学」に抗うかに見えて、ビランにも同じ傾向が見られる、というのだ。

「スペンサー氏が努力＝努力という公準（私の考えでは不毛な公準）を、細胞的で分子的な諸個人すべての努力から成る宇宙全体の努力に適用しているのに対して、メーヌ・ド・ビランは人格的努力としか係っていない。が、可変的で移ろいゆく現象への同じ蔑視、現象的波浪のもとに認めうると信じ込まれた恒常的で安定的で破壊不能なものに付与された同じ問答無用の優越が、どちらにおいても相似た形式で姿を現している。」（*MB*, p. 58）

それにしても、なぜこのような事態が生じたのだろうか。ライプニッツのいう「力」（force）をビラン的「努力」の源泉として挙げながら、タルドは、「努力」という観念のビランによる把握それ自体に問題がある、と考える。心理学の目的は「事実」（fait）を発見し分類することでなければならない、とメーヌ・ド・ビランは言う。その一方で彼は、「自我」とは原因でありライプニッツ的意味での力（force）、すなわち、conatus involvens〔内的努力〕であって、それゆえ、イポリット・テーヌのような人物が考えるのとはちがって、「私」は諸事実の集合ないし系列ではなく、また、意識の一連の受動的状態をつなぐ努力でもなく、かつてもこれからも実在することなく、もし生の諸条件が別様であったら実在したかもしれないような「努力の能力、意識状態の潜在性」（faculté d'efforts, virtualité d'états de conscience）でなければならない。にもかかわらず、実証主義者たちと同様、現勢的な「事実」のみを重視したがゆえに、メーヌ・ド・ビランは「潜在性」の何たるかを見誤ってしまったというのだ。「諸事実としか係らないというメーヌ・ド・ビランとわれらが実証主義者たち共通の主張は、彼ら自身にとっても驚くべきもので、実証主義者たちと同様、メーヌ・ド・ビランがなす力および法則（loi）の観念の使用と相容れるものではない。実際、どんな力も本質的には可能事（possibles）の束、ある秩序の無数の可能事の束であり、また、どんな法則も、現実の狭隘さにのみ適用されるのではなく、思い描かれうるものの広大無辺さ（immensité）にも適用されるのだから。」（*MB*, p. 96）

もちろんタルドは、「私は、発展することができず瞬時に抑圧されてしまったとはいえ、私〔自我〕の内部で実在的であるような観念と能力の奥所が私のなかにあるのを知っている」（*MB*, p. 121）といった言葉をメーヌ・ド・ビランが『日記』に書きつけていたことを知っていた。「数々の小さな私」（petits moi）が泡沫のように生まれては消滅することを。しかしタルドにとっては、「書物のなかではメーヌ・ド・ビランは人格の固定的で永続的な要素にのみ執着した」（*id.*）のだ。メーヌ・ド・ビランに対するこのような批判の成否はここでは問わないが、「私」〔自我〕という単一的人格を基礎的単位とした次元をマクロ的と呼ぶとするなら、タルドは、すでにドゥルーズの指摘を引用したように、まさに心理学の「ミクロ的」次元を開いたと言ってよい。しかも、それは現勢的「事実」なるものの優位を覆すような「可能性」ないし「潜在性」の限りない領野であったのだ。〈差異のシステム〉とこの領野が連動していることは言うまでもない。

3　クールノーとタルド

『比較犯罪』（*La criminalité comparée*, 1890）は、イタリアの精神科医、犯罪人類学者チェーザレ・ロンブローゾ（Caesare Lombrozo, 1835-1909）の『犯罪者』（*L'Uomo delinquente*）をタルドが批判的に読解した書物である。遺伝的な身体的特徴を「生来の犯罪者」を見分ける「犯罪者類型」として定め、狂人や野蛮人（sauvage）と同定するロンブローゾの推論を打ち破るためにそこで援用されたのは種々の統計資料であり、「統計学」（statistique）の援用に関してタルドは、クールノーの『確率〔機会〕計算の司法統計学への応用についての覚書』の一節を引用してその意義を強調すると共に、クールノーの慧眼を称えている。引用された書物の題名が示しているように、クールノーは「蓋然性・確率」（probabilité）の認識論的意味を探求した哲学者でもあった。事象Aと事象Bとの相関を表す統計はそれがそのまま事象Aが生起したときに事象Bが生起する確率を表しているし、この確率は事象Cの起こる確率を示してもいる。「確率」が「可能事の束」というタルドの言葉と結びついていることは言うまでもない。

『認識の基礎および哲学的批判の諸性質についての試論』（*Essai sur les fondements de nos connaissances et sur les caractères de la critique philosophique*, 1851. 以下*EF*と略記）のなかで、クールノーは、「偶然」（hasard）なるものについてこう書いている。

「ヒュームと共に「偶然はわれわれが真の原因を知らないという無知でしかない」と、あるいはまた、ラプラスと共に「蓋然性は、一部はわれわれの知識と、一部はわれわれの無知と相関的である」と言うのは正確ではない。もしそうなら、すべての原因を解明し、すべての結果を辿ることのできるより高度な知性にとっては、もはやその対象がなくなるので、数学的蓋然性についての科学は消滅してしまうだろう。」（*EF*, p. 41）

クールノーにとって、「偶然」はこう言ってよければ「客観的」なのだが、ただし、クールノー自身の言葉によると、それは「互いに独立したものとして、それぞれが固有の系列（série）で展開していくような原因ないし事実の幾つものシステム間の組み合わせという観念（idée）」（*id.*）であった。蓋然性の主観性を一方で否定しつつも、タルドが「観念」と言っているのはきわめて重要である。この点については後述するとして、ここでは、「系列」なるものについて少し論じておきたい。

ここに合田正人と名づけられた人物がいるとする。遡行的に考えると、この人物は父と母という二つの系列の交差によって誕生したのだが、この二つの系列はそれぞれ幾重にも分岐し、かつ他の系列との交差を反復する。逆に、合田正人はこれとは別の系列との交差を生み出し、それがまた分岐（bifurcation）と交差（croisement）を反復（répétition）することになる。系列の中断もしくは消滅も交差のひとつの形である。かくして「個体」ないし「個人」はこうした諸系列の分岐―交差というそれ自体が蓋然的な過程の蓋然的な所産であり、クールノーはもっと複雑な「連累」（complication）をいくらでも思い描くことができると言っているが、宇宙物理学者の海野和三郎が紹介している玉城康四朗作の因縁図なるものを持ち出してみよう。

この因縁図の「一番下に私があり、その上に父と母、父と母の上に父の父と母、母の父と母がおり、その調子でどんどん先祖に遡ると、三〇代前までの先祖は二一億四七四八万三六四六人いてそれだけの先祖から今の私があるという図である。三〇代前の一代では、祖先の数はざっと一〇億七〇〇〇万というわけである。一代を仮に三〇年とすると、三〇代で九〇〇〇年、九〇〇〇年前に一〇億の人がいたかどうかであるが、仮に同じ議論をもう一〇代遡ると一二〇〇年前には一兆人を超す先祖がいたことになる」（『宇宙マンダラ』ビイング・ネット・プレス、一四二―一四三頁）。

この数字は正確ではない。例えば合田正人の父方の祖父と母方の祖父か祖母がいとこ同士であった場合には、四代前の母方の先祖と父方の先祖とは同一人物であることになるからだ。しかし、このことを考慮して図を作り直そうとすると、「やたらに穴を開けたり切ったり張ったりして超多次元の折り紙細工になってしまい、見ただけでは何のことやら分からない超多次元フラクタル構造になってしまう」（同上二四三頁）、というのだ。海野はまた、「複雑系では、結果が原因となった事象に影響して自己再帰的になるので、因果関係が単純でなくなる」（同上一四一頁）と指摘してもいる。諸系列の連関は実は、「線型的系列」（série linéaire）を想定していたクールノーが想像できなかったような複雑さと逆説を有しているのであって、その不思議を見事に描き出したのが例えばドゥルーズの『意味の論理学』である。

クールノーがヒュームとラプラスに疑義を呈した先の引用文は「数学的蓋然性」をめぐる節に記されたものだが、クールノーは「数学的蓋然性」と「哲学的蓋然性」の異同について次のように書いている。

「諸事物の順序と根拠についての感情から引き出され、高度な思弁においてと同様人生のこのうえもなく普通の実践においてわれわれが下す判断のほとんどすべての真の土台であるような蓋然性、それをわれわれは哲学的蓋然性と名づけるが、この蓋然性は、ある出来事の生起を促すかそれともそれを妨げる機会の計算から帰結する数学的蓋然性と数多の類似点を有している。いずれも、その仕方は多様であるとはいえ、偶然の観念と結びついており、偶然の観念は結局のところ諸原因相互の独立と連動との観念にほかならない。いずれも、明白な区分を引き起こすような突然の変化なしに、感知できないほど微妙な仕方で増減することができる。けれども、両者の相違も類似と同じくらい著しい。哲学的蓋然性は数的計量とはまったくそりが合わないということをしっかり理解することが何よりも大事である。その主たる理由はというと、われわれは、ありうべきすべての法則ない順列がまとうすべての形式を数え上げることも、それらを分類することも、それらを配列することもできず、だから、一切の恣意性を免れ、かつ数的に表現可能な決定論によって、諸法則の単純性ならびに諸形式の完全性という性質と、この性質の相対的重要性を固定するには至らないということである。とはいえ、われわれのうちには、単純性と複雑性、調和と情勢、規則性と混乱、秩序と無秩序との対照を把持する能力が宿っているのだが。」（*EF*, p. 477）

『富の理論の数学的原理についての探求』（*Recherches sur les principes mathématiques de la théorie des richesses*, 1838）において、クールノーは「需要」の法則について、列挙することも測定することもできない数多の精神的原因がそこに影響するので、この法則を代数的公式によって表現することはできないが、それは死亡の法則についても同様であって、これらの法則は、「社会算術」（arithmétique sociale）としての「統計学」の領域で初めて決定されうると言っている。タルドはまさにこの「社会算術」を実践したのではないだろうか。この「算術」に特有の「量」について彼はこう書いている。

「私は先に、真の科学はどれも、それ固有の無数でかつ無限小の基礎的反復（**répétitions élémentaires, innombrables et infinitésimales**）の領域に到達すると言ったが、それはあたかも、真の科学はどれもそれに特殊な質に立脚していると言ったかのように思えたかもしれない。が、実際には量であって、それは無限に小さな相似と反復との無限系列の可能性なのである。だからこそ、私は別の場所で、二つの心的エネルギーの量的性質を強調したのだが、これら二つの心的エネルギーは、分流する二つの河のように、自我の二つの斜面、すなわちその知的活動性とその意志的活動性とを潤す。この性格を否定するのは、社会学に不可能の烙印を押すことなのだ。」（*Œuvres de Gabriel Tarde*, volume IV, **Les empêcheurs de penser en rond**, 1999, p. 57. 以下、この著作集からの引用については巻数と頁数のみを添記する）

ここにいう「二つの心的エネルギー」とは「信念」（croyance）と「欲望」（désir）にほかならない。偽である可能性があるからこそ私たちは「〜と思い込む」のだし、また、できるかどうか分からないから私たちは「〜したいと思う」のであって、その意味で、いずれもが「蓋然性」と連動しているのである。そして、それこそがタルドにとっては社会学的「量」だったのだ。

「私が欲望と呼ぶ心理的傾き、心的渇望のエネルギーは、私が信念と呼ぶ知的把握、精神的固着と狭窄のエネルギーと同様、連続的で等質なひとつの流れであって、それは、各人の精神に固有の情緒的色彩を帯びつつ、分岐したり散乱したり集中したりしながら、人々の精神のあいだを同じものとして流通し、ある人物から他の人物へと同様、各人物のある知覚から他の知覚へと伝達されながらも変異することがない。」(*IV*, pp. 56-57)

なぜこれらのエネルギーは変異することがないのか。なぜそれは「同一のもの」として流通するのか。この場合、「同一のもの」とはいかなる意味なのか。この点については後述するとして、この社会学的「量」を取り扱うのがタルドにとっては「統計学」にほかならなかったのだ。

「統計学固有の目的は社会的諸事象の乱雑のなかから若干の真の量を取り出すことにあり、結局のところ、統計学によって加算された人間活動のなかから信念と欲望の総量を測定しようと専心すればするほど、統計学は成功を収める。(…)人口統計は、社会学的統計である限り――なぜなら、人口統計はその他の点では単に生物学的なもので、社会的諸制度の持続や進歩に係ると同時に種の増殖に係るからだ――、父または母になりたいという欲望(désir)、婚姻への欲望の増減と同様、結婚して多産な家庭を営むことで幸福になれるという大方の確信(persuasion)の増減を表現している。」(*IV*, pp. 57-58)

「蓋然性」だけではない、「発明」(invention)と「模倣」(imitation)というタルド社会学の枢軸的観念ともこれら二つのエネルギーは結びついていた。

「発明と模倣は基礎的な社会的行為である。私たちはそれを知っている。しかし、この行為を形成し、この行為がその形式でしかないような実質ないし力はどのようなものなのか。言い換えるなら、何が発明され何が模倣されるのか。発明されるもの、模倣されるもの、それはつねに観念ないし意欲であり、判断ないし意図であって、そこに、信念と欲望のある分量が表現されるのだ。」(*Les lois de l'imitation*, Elibron Classics, 2005, p. 163. 以下*LI*と略記)

「発明」と「模倣」という語を、タルドはおそらく伝統的な修辞学もしくは詩法から借用した。そこにはまた、カント『判断力批判』で提起された「天才」と「模倣者」との区別が反映されているようにも思われるが、「発明」の何たるか、「模倣」の何たるかについては5項で論じることとする。

4　ルヌヴィエとタルド

『思想史の名脇役たち』のなかで、筆者は、もはやほとんど誰にも読まれないという意味で「「死んだ」哲学者」とさえ形容されるシャルル・ルヌヴィエを取り上げ、そこで、ルヌヴィエが最後の対談で、当時の最も優れた頭脳としてガブリエル・タルドを挙げていることを紹介した。しかし、ルヌヴィエとタルドとの思想的関係をめぐって当時すでに調査を進めていたかというと、残念ながらまったくそうではなかった。ただ、彼ら二人の名は筆者のなかで次第に磁場のようなものを形成していった。ルヌヴィエはカントの「カテゴリー表」の改変を最も困難な課題とみなした哲学者で、〈関係〉（Relation）を「カテゴリーのなかのカテゴリー」とみなしたのだが、何よりもまず、タルドの試みの全体が、ルヌヴィエによって開かれたこの展望のうちに位置づけられるだろう。しかし、相関はそこにとどまらない。前出のルネ・シェレールによる解説を除けば、筆者は寡聞にして、ルヌヴィエをタルドの発想の源泉として挙げた論者を知らないが、特に、『合理的心理学概論』（*Traité de psychologie rationnelle*）と題された『総体的批判第二試論』（*Deuxième Essai de Critique générale*, 1875. 以下ECGと略記）第二版なしには、タルド社会学はありえなかったとさえ言えるのではないかと筆者は思っている。三つの論点を挙げるにとどめる。

ルヌヴィエもまた同書でメーヌ・ド・ビランに言及している。そこでルヌヴィエは、「実体」（substance）の観念を払拭しようとした偉大な先人として評価しつつも、「物理的運動に属する活動と意志的な活動との統一性と同一性」（*ECG*, p. 261）を想定してしまったがために、「実体」の観念を甦生させてしまったと批判している。タルドによるメーヌ・ド・ビラン批判をめぐる先の記述を振り返っていただければ、両者が酷似した視点からメーヌ・ド・ビランに異を唱えていることが分かるだろう。

タルドにおける、「思い込み」と「欲望」という二つの根源的エネルギーもルヌヴィエと無縁ではなかった。

「まず最初に私が言ったように、確実性（certitude）は思い込み（croyance）であり、この思い込み、それを定義しなければならなかったのだが、それは私が努力して行おうとしたことである。（…）確実性はもはや確実性ではなく蓋然性（probabilité）なのである。」（*ibid.*, p. 367, p. 369）

「大抵の人間は、反復（répétition）と模倣（imitation）のおかげで意見と思い込みの習慣を身につける（contracter）。その起源を反省が仕切っていたかどうか、その後も反省がそこに介入したかどうかは別として。」（*ECG*, p. 287）

第二の引用文は、ルヌヴィエもまた「反復」「模倣」を重要視していたことを告げている。これはルヌヴィエが「精神的眩暈」（vertige mental）と名づけた出来事の展開と係るものだった。「眠気」や「疲労」など、反省能力の低下と連動した諸現象を記述した後、ルヌヴィエは、現在であれば「パニック」と呼ばれるであろう意識の激しい混濁ないし意識機能の中断・麻痺を「精神的眩暈」と名づけてそれを論じている。恩師オーギュスト・コント（Auguste Comte, 1798-1857）や友人ジュール・ルキエ（Jules Lequier, 1814-1862）の破滅がこのような考察の動機であったとも云われている。「精神的眩暈」は記憶や判断の軽微なミスから人格崩壊に至る様々な水準を有しており、一方、その横の広がりとして、ルヌヴィエは「心理病理学的」、「超心理学的」〔念力、テレパシーなど〕、「社会心理学的」、「神秘主義―宗教的」の四つの領域を設けている。

ここで注意しなければならないのは、反省能力の低下の例として挙げられているとはいえ、「超心理学的」「神秘主義―宗教的」という分類項目それ自体が示唆しているように、幻視を伴うような激しい興奮、高揚、恍惚もが「精神的眩暈」に含まれるということである。いや、それどころか、何らかの社会運動において英雄的役割をする人物にもルヌヴィエはこの眩暈を看取している。そして、このような英雄の眩暈が他の人々に「感染」（contagion）していくというのだ。ここで用いられたのが「感染的模倣」（imitation contagieuse）という語なのである。「模倣」ということでルヌヴィエが参照したのは、『人間精神についての哲学要諦』（*Elements of the Philosophy of Human Mind*, 1792-1827）でスコットランドの哲学者デュガルド・スチュワート（Dugald Stewart, 1753-1828）が語った「共感的模倣」（sympatheitic imitation）で、スチュワート自身はそこで、アダム・スミス（Adam Smith, 1723-1790）の道徳感情論、ビュフォン（Comte de Buffon, 1707-1788）の博物誌、エドマンド・バーク（Edmund Burke, 1729-1797）の美と崇高論、バークを経由してアリストテレスの『詩学』を参照している。

「感染的模倣」を語るに際してルヌヴィエは、メーヌ・ド・ビランと同様、「動物磁気説」（magnétisme）、「催眠」

(hypnotisme)、「夢遊症」(somnambulisme)に強い関心を向け、あたかも動物磁気や催眠術や夢遊症と同種の作用を「精神的眩暈」が周囲の人々に及ぼして「集団的眩暈」と化していく過程を描き出し、その危険に警鐘を鳴らしている。「相対論」(relativisme)を標榜するルヌヴィエはまた、それが何であれ何かを絶対的なものとして信じることを「知的眩暈」として告発してもいる。こうした危険に対して錬成されたのがルヌヴィエの「ペルソナリズム」であったと言えるだろうが、実は、次項で論じるタルドの模倣論でも「動物磁気説」「催眠」「夢遊症」が不可欠な役割を果たしているのだ。ある意想外な「発明」が模倣されていく様を、タルドは「夢遊症者」たちによる「狂人」の模倣に譬えているけれども、その原像はルヌヴィエのうちにあったと言っても決して言い過ぎではないだろう。

最後に、前出のシェレールによる推理を紹介しておくと、シャルル・フーリエの思想を単なる国家的指導主義・権威主義とはまったく異質のものとしてタルドに伝えたのもルヌヴィエであり、また、タルドの歴史的記述には明らかにルヌヴィエの『ユクロニー』(*Uchronie*)を踏まえた箇所が散見されるというのだ。『ユクロニー』はキリスト教がローマの国教となっていなかったらという仮定のもとに世界史を書き直そうとする試みであったが、タルドはというと、二十五世紀に人類が一旦滅亡した後、残された者たちが太陽の虚弱化のなかどのように地下で生き延びたかを描いた『未来史の断片』(*Fragments d'histoire future*, 1896)を書いている。

とはいえ、タルドはルヌヴィエを全面的に受け入れていたわけではまったくない。『刑法哲学』ならびに『モナドロジーと社会学』で、タルドはルヌヴィエの名を実際に挙げてその理論を吟味しているのだ。刑法哲学は当然のことながら行為者の自由、その責任といった問題と取り組まねばならず、それはルヌヴィエ自身が取り組んだ問題でもあった。『刑法哲学』の冒頭での「自由」をめぐる議論を見てみよう。彼がまず取り上げたのはカントでありカントの『実践理性批判』であった。

「この偉大な思想家は決定論者である。厳密な連鎖が支配していないような世界を認めることは、このうえもなく均整のとれたシステムの構築者たるカントの大いに嫌悪するところであっただろう。しかし、と同時に、〈義務〉(Devoir)の固定観念が、星空の神的無秩序と同じく、カントの目を眩ませていた。そのシステムの頂上にこの天空を維持する権利を持つためには、このシステムにとっての他界（*autre monde*）、ヌーメノン〔本体〕を特別に想像し、そこに、諸現象から追放された自由を位置づけねばならないと彼は思い込んだ。」（*La philosophie pénale*, A. Storck / G. Masson, 1895. p. 12. 以下*PP*と略記）

続いてタルドはアルフレッド・フイエ（Alfred Fouillé, 1838-1912）に目を向ける。フイエも「義務」には「自由」が不可欠と考えたが、「ヌーメノン」を認めることはできず、そのため「イデー・フォルス」（idée-force）なるものを案出した。「イデー・フォルス」とは簡単に言えば、考えられたことはみずからの力で自身を実現する、ということである。したがって、それがたとえ錯覚であれ、「自由」というものを思い描くことができるなら、この観念はいずれ、いつかは分からないにせよ、実在・現実と化すことになる、というのだ。しかし、タルドによると、「現実以前もしくは現実外のヌーメノン的玉座への自由の追放」も、「無限な未来における自由の継起的実現」も、いずれの「折衷的妥協案」もルヌヴィエの気に入るものではなかった。ルヌヴィエという独立不羈の熱きカント主義者は「ヌーメノン」を斥け、と同時に「現象の無限性」も否定したのである。では、ルヌヴィエ自身はどう考えたのか。

有限主義、相対主義、現象主義（反実体主義）――これがルヌヴィエの立場であり、現象界の只中に自由を位置づけ直すためには、有限な時空のなかに設定された、背後の実体なき「幽霊たち」（タルド）の舞台の連続的展開のなかに、現象の継起によっては決定されざる無規定のものがある意味では不断に挿入されていなければならない。「始めるとは偉大な言葉である」とはルヌヴィエの盟友ルキエの言葉であるが、ルヌヴィエはこの友人に倣って、「現象〔の連続的継起〕を開始させるもの」として「意志」を挙げ、一方で「意志」を意識の諸能作と結びつけてその自存的実体化を防ぎ、他方では「表象されるもの」〔現象〕―「表象するもの」〔人格〕の相対的関係のなかに現象の展開を位置づけながら、有限ゆえの始まり（終わりはまた始まりである）の不可避性を開始させる意志として自由を捉え直したのだ。そして更に、どの現象もそれが始まりである可能性を有しているとの理由から、開始の意志としての自由を一回的なものではなく、不断に機能するものとみなした。デカルトにおける連続的創造説とは逆の発想であろうか。タルドはしかし、ルヌヴィエの解決策を受け入れなかった。

「しかし、理の当然として決定論に必ずや行き着くはずの学説があるとすれば、それはまさにこの著者〔ルヌヴィエ〕の現象主義である。この著者は、その世界に自由を呼び込むに先立って、自由の入り口となる扉をすべて閉ざした。すなわち、実体と無限双方の否定を明言することによって閉ざしたのだ。実際、諸現象の下に何もない以上、それら全体の存在理由は諸現象の周囲で探されねばならないのではないだろうか。しかし、これらの周辺的現象が数において も延長においても持続においても制限されているなら、唯一実在するものたるこれらの明確に規定された諸条件の帰結が無規定的なものでありうるというのは理解不能ではないだろうか。帰結の無規定性は原因の無限性のおかげでのみ思い描かれうる、とわれわれには思える。」(*PP*, p. 14)

ルヌヴィエは数学者のゲオルク・カントールも注目していた有限主義の旗頭で、「現勢的無限」の観念を矛盾した観念として一貫して斥けたことで知られている。これまでの叙述で「連続的」「不断に」といった表現を用いたけれども、「現勢的無限」を認めることなきルヌヴィエにとっては「無限小」(infinitésimal) という観念も同じく矛盾をはらんでおり、「無限小」の観念が矛盾なしに成立することなしには「連続」ということもありえない。ルヌヴィエにとっては、隙間なく継起するはずの諸現象も実は不連続であって、意志の力、すなわち自由によってしか接合されえないのだ。持続の連続性を唱えたとき、ベルクソンはほかでもないこのルヌヴィエを標的としていたのである。タルド著作集に解説を寄せた論者のひとりジャン゠クレ・マルタンはルヌヴィエ的宇宙をこう紹介している。

「ルヌヴィエは断層や絶対的に独立した諸断片とモナドの点在によって作られた有限論的世界を切り開いた。それらのあいだの結びつきはモナド間の放射によって生じる。この多元的宇宙はひとつの世界としてではなく、互いに連接し入れ子状になった、連続性も進化もない可能世界のひとつとして理解される。」(『百人の哲学者　百の哲学』河出書房新社、三六一頁。引用にあたって訳語、訳文を若干変更した)

マルタンがなぜ「モナド」と言っているかというと、大部分は協力者ルイ・プラ (Louis Plat) によって書かれたとはいえ、ルヌヴィエが『新モナドロジー』(*La nouvelle monadologie*) なる書物を一八九八年に出版しているからだろうが、それに先立つこと五年、タルドも『モナドロジーと社会学』(*Monadologie et sociologie*) という論考を発表している。そしてそこで、ルヌヴィエに、それも「無限小」をめぐるルヌヴィエの姿勢に触れているのだ。

「知識が増すにつれて無限小のものにいや増す重要性が付与されているが、この重要性は、無限小なものがその通常の形式（そこではモナドの仮説は斥けられている）では単に矛盾の山でしかないがゆえに益々奇異なものとなる。数々の矛盾を暴いて警告を発する役目はルヌヴィエ氏に任せておこう。（…）いずれにしても、われわれがそれらは無限小のものであると言うところのこれらの小さな存在、それが真の因子〔動作主〕（*agents*）であるかもしれず、われわれがそれらは無限小のものであると言うところのこれらの小さな変異、それが真の行動・作用（*actions*）であるかもしれないのだ。」（I, p. 40）

「無限小なもの」という観念は矛盾してなどいない、とはタルドは言っていない。むしろ逆に、それが矛盾を孕んでいることは「有限小」と「無限小」との質的で本性的な差異を示しており、また、矛盾を孕んでいるからこそ、そこに新たな社会論理の可能性があると彼は言っているように見える。実際、一九〇二年から三年にかけてコレージュ・ド・フランスで行われたクールノーをめぐるタルドの講義の記録を見ると、タルドは何とルヌヴィエの立場に自分を置いてクールノーの連続主義を批判しているのである。

「クールノーの目には、連続性の観念は不連続性の観念よりも限りなく深遠で、後者よりもはるかに物事の本質に呼応したものと映る。こうした考えこそ裁かねばならないものだ。それは私に親しい考えとは逆のもので、私の考えでは、物事の中心にあるのは一様性ではなく多様性である。連続性とは一様性であり同質性である。物事の根底が異質的なものであるなら、それは不連続である。とはいえ、私は、連続的なものの実在を否定しているのではない。ただ、それはクールノーの考えに反して不連続的なものに従属しているのだ。」（seconde série, IV, p. 114）

「ライプニッツ、連続性の観念の近代におけるこの首唱者は、彼に続く哲学者や科学者たち——特にクールノー——たちがもれなくそうであったように、連続性の観念に幻惑されたのだが、もし彼がこの観念の威光を免れることができていたなら、彼は、無限小計算の豊穣さはおそらく、ライプニッツによってこの計算の鍵を握るものとみなされた無限に小さなものが結局のところ、ルヌヴィエであれば最初の始まり、言い換えるなら他と区別された行為にして要

素、不連続な何かにすぎないという点に起因していることに気づいただろう。」(*ibid.*, pp. 120-121)

ルヌヴィエはタルドにとって単に反面教師だったのではない。タルドがまずルヌヴィエの不連続説を疑問視して「新モナドロジー」を提唱し、それにルヌヴィエが同じく「新モナドロジー」という言葉で応酬したというのが二人の交渉のより正確な経緯なのだが、このやり取りを経ることでタルドは、一様性、同質性への還元可能性を避けがたく有した連続性の観念を、不連続性と異質性の単なる反対観念ではなく、むしろ逆に不連続性と異質性を、つまりは差異(化)を含みうるものへと鍛え上げたと考えることもできるのではないだろうか。

5 模倣——差異と反復

「模倣」とはどのような活動なのか。それを今は探らなければならない。

〈差異のシステム〉という呼称を早期からタルドは用いていたが、「差異は宇宙のアルファにしてオメガである」(I, p. 73)、「存在すること、それは差異化することである」(Exister, c'est différencier)(I, p. 72)という言葉がまさにタルドの思想のアルファにしてオメガである。まずこの点を確認しておかねばならない。「生彩に富む多様性(diversité pittoresque)がアルファにしてオメガである」(I, p. 77)とも記されている。しかし注意しなければならないのは、ここにいう差異、差異化、多様性が「同一性」(identité)を前提としてはいないということである。それどころか、「同一性」とはタルドにとってある意味では偽の観念であり、「物質」というとつい固体を想定してしまうのと同様に、「同一性」の観念も「信念」、というか「思い込み」の所産なのである。

「同一性とは最小限(*minimum*)にすぎず、それゆえ一つの種(espèce)、それも無限に稀な差異の種にすぎない。休息が運動の一事例でしかなく、円が楕円の特異な変異(variété)でしかないのと同様に。」(I, p. 73)

「同一性」と称されているものは「差異」「差異化」のいわば土台であるよりもむしろ逆に「差異の最小限」なのである。タルドは受精卵の例を挙げているが、それ以上進めないところまで卵の細部に踏み入り一つの「点」としか言いようのないところまで来たとしても、それは「差異化されざるもの」(indifférencié)では決してない。逆に言うと、先に取り上げた「無限小なもの」とは「もの」ではなく、「差異」であり「差異化」であって、これを測るのが「微分」（calcul infinitésimal）なのだが、かくして「無限小なものがアルファにしてオメガである」（IV, p. 134）とも言われることになる。もはや等質な単体はなく、生起するのは「差異化」――タルドはそれを「存在（する）」（Etre）とは呼ばない――だけであり、しかも、「差異化は差異化をいや増し、変化は変化をいや増す」（la différence va différant［…］, le changement va changeant）（I, p. 69）。

ただし、あらかじめ注意を喚起しておくと、この言葉が言わんとしているのは、差異や変化が増大する、その程度が大きくなるといったことではない。それは何よりも差異とも差異化とも呼ばれているものがいわば質的に変化することである。差異化それ自体が多様化するのだ。差異の増減は証明されないしされえないというタルドの発言は、何かが定量的に保存されるということではないし、また、単に差異化と非差異化が相殺されて零度になるということでもなく、差異が自分自身――そういう言い方ができるとして――と差異化し続けることを意味している。新しい差異の産出と古い差異の消滅、といった言い方をタルド自身していたけれども、それはあくまで差異それ自体の質的変化を踏まえてのことである。

「微分」に対する「積分」について、タルドは「無数の差異（différentielles）の積分（intégrale）が個体的偏差（variations individuelles）と呼ばれる」（I, pp. 37-38）と言っているが、ここにいう「個体的偏差」が「モナド」なのである。現在のライプニッツ研究から見てタルドの解釈がどれだけの有効性を持つのかは筆者には分からない。が、「モナド仮説」という表現が示唆しているように、タルドはライプニッツとそのモナドロジーを「多くの謎」に包まれたものとみなし、とりわけ「閉じたモナド」（monade close）と「予定調和」（harmonie préétablie）にははっきり異を唱え、前者に対しては「相互に外的なものである代わりに相互に浸透し合う開かれたモナド」（I, p. 56）の可能性を説き、後者については、「開かれたモナド」の仮説によって廃棄されるであろう「一種の神秘的命令」（*id.*）とみなしている。

ただ、私見をあえてここで挿むなら、タルドの議論を踏まえるなら、「偏差」という語が表しているように、差異化そのものであるがゆえに、すでにして「社会」であり「宇宙」であるがゆえに「モナド」は改めて「窓」を持つ必要がなく、差異化の過程そのものであるがゆえに「部分」を持たないと考えることもできるのではないだろうか。また、〈差異のシステム〉というタルドの表現それ自体が、「システム」なるものをどう思い描くにせよ、ライプニッツのいう「予定調和」に相当するものを指し示しているのではないだろうか。

　ともあれ、差異化は暫定的な個体化——それもまた差異化である——と相容れないものではまったくなく、それぞれが「ミクロコスモス」であるモナドは「マクロコスモス」をそれなりの仕方で映し出すと共に、他のモナドとの相互浸透によって宇宙という織物（tissu）を織りなすことになる。しかし、モナドは単に集結するだけではない。モナドの終結は支配的モナドと隷属的モナドとの序列化をも生み出す。神や様々な主権者のみならず、「脳」——タルドは社会有機体論の果てで「脳」というモデルを提起した——も「私」〔自我〕も、ここにいう支配的なモナド、勝利せるモナドである。支配的モナド自身も含めて、モナドはこのとき類型化され一様化される。かかる支配・同化装置を成立させるものとして、タルドは「相似（similitude）、現象の反復、類似した現象（phénomènes semblables）の増大（物理的波動、生物的細胞、社会的複製コピー）」（I, p. 57）を挙げている。もう一箇所引用しておこう。

「別の場所〔模倣の法則〕で私が言ったことだが、普遍的反復の三つの形式、波動、生殖、模倣はいずれも統治の手続きにして征服の道具であり、これらの手続きと道具は物理的、生物的、社会的な三つの侵略形式、すなわち振動的放射、生殖的拡大、模範の感染を引き起こす。」（I, p. 96）

　こうしてようやく、「反復の社会的形式」としての「模倣」という主題に到達したわけだが、では、「差異化」はどうなってしまうのだろうか。「まずひとはさまざまな差異のなかに幾つかの相似を、さまざまな変異の只中に反復を認めることから始めた」（I, p. 42）、とタルドは言う。相似と反復の認知、これは否定しようのない人間の傾向であるのみならず、先の引用文からも分かるように、物理的、生物的、社会的世界を貫く現象でもある。だからこそ認識というものが、科学というものが成立し発展を遂げることができたのだ。ただ、だからといって、「差異化は科学的精神の本質的手続きではないかというとまったくそうではない。同化（assimiler）と同様、差異化は科学の営みをなすことなのだ」（*id.*）。

類似は差異であり、反復は差異化である。それらは差異化の否定ではまったくなく、このことは差異を類似とみなし、差異化を反復とみなすことを禁じるものではないが、そのときにも類似が差異であり、反復が差異化であることを忘れてはならない。加えて、タルドは「すべての相似が反復に起因する」(*LI*, p. 15) ことを力説し、後のボーヴォワールの名言を先取りするかのように「ひとは互いに似た者として生まれるのではなく互いに似た者になるのだ」(On ne naît pas semblables, on devient semblables) (*LI*, p. 79) と言っているが、この言葉は、差異にせよ類似にせよ、そのようなものがすでに存在しているのではなく、それらが何らかの生成の所産であることを告げている。類似ないし相似は反復の所産だが、差異化としての反復の所産でもあるのだ。言い換えるなら、差異なるもの、類似なるものを固定したうえで、差異を類似に還元し、更に類似を同一性に還元していく抗しがたい傾向ないし「思い込み」に抵抗しなければならないのである。後にジャンケレヴィッチは「ほとんど無」(presque rien) と「無」との無限の差異を語ることになるが、タルドもまた、その関係を差異と呼ぶにせよ類似と呼ぶにせよ、認知し難いニュアンスをつねに最大限に尊重せよと訴えているのである。

「諸現象の表面 (surface) で繁茂する多様性の全開を説明する唯一の仕方は、諸事物の奥底に、個体として特徴づけられた諸要素の騒々しい群れを認めることである。だから、大局的な相似 (similitude de masse) が細部の相似 (similitude de détail) に分解されるのと同様に、大まかではっきり目につく大局的な差異は無限に小さな差異に変容される。細部の相似だけが総体の相似を説明するのを可能ならしめるのと同様に、細部の差異――私がどうにか気づいた不可視の原初的な独自性 (originalités) ――だけが、可視的宇宙の大きな外見的な差異、その生彩に富む様を説明するのを可能ならしめるのである。」(I, p. 51)

「大局的」と「細部」の区別は「マクロ」と「ミクロ」の区別に置き換えてもいいだろうが、そこに「表面」と「奥底」、「可視」と「不可視」、「外的」と「内的」の区別が重ね合わされているわけで、微視的繊細さを欠いた類似と差異の把握が「思い込み」の所産であり、「思い込み」こそが「現実」を詐称するのだから、これらの区別に「現勢的現実」と「潜在的な差異のシステム」との先の区別を更に重ね合わせることができるだろう。「区別」と言ったけれども、いずれもが差異であって、それゆえ二つの次元の区別ないし前者から後者への移行は「反復」でもある。引用文で「細部の差異」と「独自性」が併置されていることも見逃してはならない。独自な何かが存在していてそれが他の独自な何かと異なるのではなく、「差異のシステム」が、その差異化のニュアンスが独自性を創り出すのである。

大雑把な差異にのみ近視眼的に注目するときに引き起こされる逆説的な現象がある。例えば「対立」〔敵対〕(opposition)こそ「最大の差異」であると私たちは思い込む。ところが、タルドにとってそれは「互いの相似ゆえに滅ぼし合う二つのものの反復」(I, pp. 80-81)なのである。微細な差異＝類似を看過するとき、ほとんど同じもの同士が互いの抹殺を図るのである。きわめて重要な指摘ではないだろうか。晩年のフロイトはこのことに気づいた。また、ルネ・ジラールの言う「ミメーシスの危機」を予示する洞察でもある。

模倣に話を移すに先立って、ここで重要な論点を挙げておかねばならない。タルドは、彼と同じくルヌヴィエを師と仰ぐオクターヴ・アムラン(Octave Hamelin, 1856-1907)と同様、ヘーゲルを読み込んでいた。たった今言及した、「対立」〔敵対〕をめぐる解釈も、ヘーゲル的な弁証法への批判として提出されたもので、この点でタルドはヘーゲルの哲学を、いや、それまでの哲学全体を「存在」(Etre)の哲学」と呼び、その不毛さを指摘したうえで、「所有(Avoir)の哲学」を提唱している。「存在と所有」というと、ガブリエル・マルセル(Gabriel Marcel, 1889-1973)のことが思い起こされるが、そのような問題設定の源泉にもタルドがいたのである。「所有」というと、所有する主体の存在をすでに前提としているように思われる。けれども、タルドが言わんとしているのは、「所有」が関係とその変異であって、「本質」あるいは生来的とみなされたものからそれらを演繹することはできないということであり、それは経験論宣言にほかならなかったのだ。

6　模倣の迷宮

類似は、同一性ではないという意味で差異であって、しかも、はっきり違う、異なるとも言えないという点で微細な差異を含意している。しかし、その一方で、類似は差異を同一性に還元し前者を後者に従属させる「思い込み」形成のいわば潤滑油ともなる。「社会、それは模倣であり、模倣、それは一種の夢遊症である」（*LL*, p. 97）とあるように、タルドは「模倣」ということで、社会、社会的存在そのものが、ルヌヴィエがすでに語っていたように、夢遊症的で催眠的なものであることを強調する。これは実に重要な指摘ではないだろうか。

「社会契約論」を斥けてタルドが言っているように、社会は主体たちの何らかの選択と契約の帰結ではなく、一種の夢のなかで形成された病理なのだ。「正常病理」（normopathe）というジャン・ウリの造語を思い起こしてもよいだろう。

「模倣」の対概念は「発見」（découverte）ないし「発明」である。後者は山に、前者は河に譬えられているが、では「発明」とは何だろうか。

「発明は命令されるものではない。(…)刷新するためには、発見するためには、家族や国民の夢から一瞬覚醒するためには、個人はその社会から一時的に逸脱しなければならない。類まれな大胆さを持つがゆえに、このとき個人は社会的であるよりもむしろ超‐社会的（supra-social）なのである。」（*LL*, p. 97）

しかし、「発明」は「模倣」の反対物であるだけではない。「発明」はそれ自体が「模倣」でもある。どんな「発明」もそれに「先立つ模倣」をその構成要素とせざるをえず、「発明」の「模倣」も新たな「発明」、あるいはその機縁でありうるからだ。いかに未曾有なものと見えようとも、逆に、どれほど凡庸な模倣であっても、そこで生起しているのは、無数の相異なる可能事のそのつど新たな複合、組み合わせであって、このような「出会い」をタルドはarrangementと名づけている。邦訳では「順応」と訳されているが、「アレンジ」「翻案」「編曲」といった訳語のほうが含意を喚起するのにより適しているかもしれない。

これと同様の留保が、「発明」は個人的論理に属し、「模倣」は社会的論理に属するという相違についても必要である。なぜなら、「社会以前」とも形容しうる次元でも「模倣」や「反復」は機能しているからだ。その事例としてタルドは「脳」を挙げている。

「脳は複数の感覚中枢の反復的器官であり、それ自体が互いに反復し合う諸要素の複合体である。群れをなす互いに相似的な数多の細胞や繊維を見れば、これ以外の考え方はできないだろう。その直接的な証拠が数多くの実験と観察によってもたらされているのだが、脳の半球を除去したり、更にはもう一方の半球のかなりの実質的部分を切除したとしても、知的諸機能はその強度を変えるだけで無傷のまま維持される。切除された部分は残余の部分と協働してはおらず、二つの部分は互いにコピーし合って相互に強化し合っているのだ。」(I, p. 82)

これを「社会以前」と呼びうるかどうかは意見が分かれるだろうが、「習慣」(habitude) の獲得をもタルドは「社会以前」の「反復」「模倣」とみなしている。ほかでもないメーヌ・ド・ビランが詳細に分析したように、「習慣」もまた多種多様なものだ。タルドは「自己自身による自己自身の無意識的な模倣」(imitation inconsciente de soi-même par soi-même) (*LI*, p. 83) としての「習慣」に言及し、更にそこに「記憶」を加えている。ベルクソンやプルーストに関してしばしば話題になる「無意志的記憶」のことを思い起こせばいいだろう。「知覚」などの認識が「記憶」なしに成立しないとすれば、私たちの認識も「模倣」に依拠していることになる。また、無意識的模倣があるのと同様に、意識的な、更には熟慮にもとづく模倣があることは言うまでもない。ただ、ここで最も重要と思われるのは、他者の行為や状態の「模倣」に先立って自己自身の自己自身による「模倣」がある、というよりもむしろ、撞着的表現にならざるをえないが、この「模倣」によって「自己」が形成されるということだ。アダム・スミスのいう「共感・同情」(sympathie) をタルドは「相互的模倣」(mutuelle imitation) と呼んでいるけれども、自己言及的模倣がそれに先立つということ、この点は是非とも銘記しなければならない。自己と他者という項があってそのあいだに模倣が成立するわけではないのである。

タルドからの直接的影響の帰結であったかどうかは別として、この事態が二〇世紀の哲学の諸潮流のなかできわめて重要な役割を果たしたということがやがて分かるだろう。タルド自身「自己」(soi) と「他者」(autrui) と言ってはいるが、彼の提起した視点を発展させると、「自己」「他者」双方を、暫定的個体化を排除することとなき差異化の差異化の統計的分布として捉え直すような構想が生まれてくるかもしれない。

「相互的模倣」に加えて、タルドは「模倣―慣習」、「模倣―流行」、「模倣―服従」、「模倣―教育」などを挙げているが、光線のように、伝染病のように「模倣」は拡散し伝播していく。そして、この伝播の「リズム」をタルドは最重要視している。しかし、そもそも何が模倣されるのだろうか。先に挙げた「思い込み〔信念〕と欲望」である、とタルドは言う。ある言語の語彙、ある宗教の様々な祈禱、ある国家に属する様々な行政組織、ある法の数々の条項、ある道徳に含まれた数々の義務、ある産業に含まれた様々な仕事、ある芸術に必要な様々な手法など、これらすべての「魂」とも言えるものが「思い込み〔信念〕と欲望」であり、「思い込み〔信念〕と欲望」の模倣をもたらすのが「盲信と従順」(crédulté et docilité) なのだが、これは模倣がまず「内面」に係ることを示しているのではないだろうか。模倣というと、ともすれば感性的諸性質の模倣を思い浮かべがちだが、タルドはというと、「模倣は内面から外面へ向かう」と幾度も強調している。もちろん、形態模写、声帯模写の例が示しているように、外面的模倣が優先される場合がないわけではない。

「私は、しばしばモデルの外部がその内部を排して模倣されるということを否定するつもりはない。けれども、時折女性たちや子供たちがそうするように(もっとも一般にそう思われているほど頻繁にではない)、外的模倣から始めるとき、ひとはそこで停止してしまう。それに対して、内的模倣からひとはいまひとつの模倣〔外的模倣〕へと移行する。ドストエフスキーは、流刑地で徒刑囚たちのあいだで数年過ごすと、自分が彼らに外面的に類似してきたことを私たちに教えてくれる。「彼らの習慣、彼らの考え、彼らの慣習が私に移り、外的に私のものとなったが、私の内奥に浸透することはなかった。」(*LI*, p. 234)

参照されているのは言うまでもなく『死の家の記録』である。ただ逆に言うと、真の模倣はこの「内奥」の模倣なのであって、人種差別などを惹起する外観的相似なるものも実はこの内的模倣に支えられているということがここで示唆されているのではないだろうか。通路は内から外へ向かうのであって、その逆ではない。「意味されたものから記号へ」とも言い換えられているが、これが模倣の第一の法則である。と同時に、タルドによると、模倣は社会階層の上から下へと向かう。

「その最初の段階から人間的模倣によって身につけられた性質、魂たちを魂たちにその中心によって結びつけるこの特権は人間たちのあいだの不平等を、社会的階層を引き起こした。これは避け難いことだった。なぜなら、モデルとコピーとの関係は使徒と新参者、主人と臣下との関係だったからだ。かくして、模倣は、それが内部から外部へ向かうのと同様に、上位から下位への模範の下降のうちに存していなければならない。部分的には第一の法則のうちに含まれてはいるが、これが第二の法則である。」(*LI*, pp. 239-240)

「発明は民衆の最も底辺からも生まれうる」が、「模倣」は逆である。しかし、もしそうだとすると、最上位にいる者が最も模倣される者であることになりはしないだろうか。それは真実に反するとタルドは考えた。模倣されやすいのは「最も近き者のなかで最上位にいる者」(le supérieur *parmi les plus proches*)(*LI*, p. 251) である。日常的で多様な関係の密度という視点から見た「距離」に模倣は反比例する、それが第二法則に付随した法則である。もっとも、何が、誰が「上位にある」のか決めるのは簡単ではない。「社会的優位とは、既知の発見や発明を有利に活用するのを可能ならしめるような外的情勢ないし内的性質に存している」(*LI*, p. 263)、これがタルドの回答であったのだが、最も模倣される「最上位の者」たち自身、そのあいだで最も相互的模倣が活発な集団を成しているとされる。大都市が例として挙げられているが、タルドは単にさまざまな型の独裁、寡頭支配のみならず、トクヴィルが「民主主義」について指摘した「多数者の専制」をも意識していた。

「発見」「発明」と同様、「模倣」についても、幾つもの「模倣」が同時的に生じたり継起し、複数の系列が抵抗に出会いながら伸びていく。それらの系列が相互に関連し合うことは言うまでもない。「競合」(**concours**)、「闘争」(**lutte**)、「対化」(**accouplement**)、「対決」〔ゼロサムゲーム〕(**duel**) などの用語でかかる「相互干渉—組み合わせ」(**interférence-combinaisons**) の諸相が説明されているが、先述したように、「発明」「発見」と呼ばれるものもまた、「互いに異質な模倣の特異な出会い (**rencontre**) の効果」(*LI*, p. 102) であり、「有用性」が出会いを引き起こすのでは決してない。そしてこのことこそ、タルドが反復と模倣の普遍性ということで指摘したかったことではないだろうか。「出会い」は融合でも単なる合流でもない。それは差異化の差異的な差異化にほかならず、このような把握が可能になるためには、「互いの相似ゆえに滅ぼし合う二つのものの反復」を最大の差異たる「対立」〔敵対〕とみなす結局は同一性の論理とは逆の論理と光学〔ものの見方〕が錬成されねばならないのである。中倉智徳によって引用された箇所だが、この点を明晰に語った『経済心理学』の一節を引用しておこう。

「どれほど似ていなくても、どれほど多様であっても、あらゆる発明や発見は、結局のところ、二つの観念の精神的な出会いからなるという共通の特徴をもつ。出会う二つの観念は、それまで異質なもので互いに役立たぬものとみなされてきたものであり、天分をもち潑溂として人のなかで交差することによって、それらが原理と帰結、手段と目的、結果と原因といった絆などで互いに内的に結びつけられて示されたわけである。この出会い、この豊かな接合、これこそが出来事であり、ほとんどの場合、はじめは気づかれなかった、脳の奥深くのなかに隠されていた出来事であり、それによって、この星の産業革命、経済的変化が起こったのである。」（一〇八頁）

7 人種・民族・国民

「模倣にとっての至上の法則はそれが無際限に進行する傾向があるということだ」（*LI*, p. 397）とタルドは言う。模倣は様々な領域、様々な活動に設定された境界を乗り越えていく。「国家・国民」（nation）に関してタルドは言っている。

「諸カーストと諸階級と協力し合う諸職業から形成された超有機体的な組織たる国家・国民と、社会とは別物である。このことは、何億という人間たちがますます脱国家・国民化すると同時にますます社会化しつつある昨今、はっきり見て取れる。」（*LI*, p. 72）

「社会化」とあるが、「すべての事物は社会である」というタルドの根本的見地は、壮大な自然哲学の下書きになる一方、個人以下の水準で展開される無限小な差異化の働きを明るみに出すことで、個人とそれを基礎単位とした社会との連帯をも切り崩すことになった。社会化とはあらゆる水準での差異化であって、個人にせよ「国家・国民」にせよいわゆる「社会」にせよそれらの「同一性」と「同一性」にもとづく差異と類似と対立には還元不能な連関を生み出していくのである。ただし、すでに述べたように、差異化は個体化と相容れない動きではなかった。むしろそれは、差異化のそのつどの過程的積分として個体的なものを捉えることを要請しているのであって、「個人的論理」と

「社会的論理」とを弁別しつつも、このような意味での関係的個体なしに「社会なるもの」「国家なるもの」「民族なるもの」を何らかの名のもとに自存させることを拒んだ。タルドの次のような言葉は今もなおそのアクチュアリティを失っていない。それどころか、今こそそれに傾聴しなければならない。

「ひとつの民族の精髄（*génie*）あるいはひとつの人種の精髄なるものは、その小さな芽もしくは一過的な表現とみなされた諸個人の精髄を上から支配する要因であるどころか、諸個人の精髄という人格的独自性に付与された安易なレッテルであり、それらの匿名の総合であるということをいずれ認知しなければならないだろう。これら個人の独自性だけが実在であり、また、無数に存在するものとして現働している。それらは、隣合う諸社会との範例の豊かな交換と不断の借用ゆえに、各社会のなかで連続的な発酵状態にあるのだ。協働的精髄は、無数に実在する個人的精髄の関数であってその要因ではない。」（IV, p. 64）

「発明」が上から下へと模倣されていくというタルドの主張は、ある国民や民族や人種が高貴でかつ発明的でそれを他の国民や民族や人種が模倣するといった主張に真っ向から反対するものであり、また、二つの国民や民族、二つの政治形態の分割を前提としてそのあいだで経済、歴史、文化などの対立を考えること、更には、例えばキリスト教とイスラム教、セム語とインド＝ヨーロッパ語といった分割を前提とすることそれ自体にも根本的な疑義を呈している。

このようなタルドの考えは当時どのように受け止められたのだろうか。また、タルドは周囲の評価にどのように反応したのだろうか。

8　アラン間奏

デュルケムやモースのタルドへの応対を見るに先立って、ひとつ敢えて記しておきたいことがある。「人間は真似事師〔無言劇の俳優〕（mime）である、激しく悲劇的に真似事師である」（Alain : *Propos*, tome I, Gallimard, 1956, p. 439. 以下Iと略記）、こう述べたのは実はアラン〔エミール・シャルティエ〕（Alan [Emil Chartier], 1968-1951）なのである。[2] アランはオーギュスト・コントの弟子を自認する哲学者で、コントに倣ってみずから「家族の社会学」を披露しているとはいえ、管見の及ぶ限り、タルドへの言及はない。しかし、彼の遺したプロポには「模倣」および「感染」に、それも、単に付随的な話題としてではなく言及したものが少なからずあるのだ。そのことに初めて気づいたのは『幸福についてのプロポ』を読んでいたときであった。七七番目のプロポ「厚情」（Bienveillance）の末尾にはこうある。

「自分自身の気分よりも他人たちの気分を直接的に支配することのほうが簡単である。話し相手の気分を慎重に扱う者は、この手段によって、自分自身の気分の医者である。ダンスにおいてと同じく会話でも、各人は他人の鏡（miroir de l'autre）である。」（*Propos sur le bonheur*, Gallimard, 1928, pp. 165-166. 以下*PB*と略記）

私は他者の鏡であり、他者は私の鏡である。アラン哲学の根本的な構えがここにあると言っても過言ではないが、前出のメーヌ・ド・ビランも、道徳と宗教の根拠をめぐる考察の最晩年の草稿で同様のことを書いていたということをここで指摘しておきたい。「道徳意識とは、自我に対してその像を映し出して見せる生きた鏡のように、他人のなかでいわば自分を見る、二重化された自我自身の意識以外のものではない。」（*Œuvres complètes*, tome X-1, J. Vrin, 1987, p. 110）

この見地が「模倣」と結びつくことは言うまでもない。アランにとっては、「認識すること」（comprendre）そのものが「模倣すること」であった。『芸術についての二〇講』の第五講である。

「鴉たちは一羽が飛び立つや否や一斉に飛び立つ。兵士たちが戦時にそうしたように身を守って地面に臥せること（se jeter à terre）、それは誰であれ人を打ち倒すこと（jeter à terre）に似ている。そのとき、理解すること、それは模倣すること（imiter）である。それがこの身振り言語の最初の契機である。理解することは、それは最初は模倣すること以上のものではない。模倣することから私たちは始める。そのようなものが、行為相互の、ひいては感情相互の恒常的疎通という意味での本質的社会である。」（*Les arts et les dieux*, Galimard, 1958, pp. 497-498. 以下*AD*と略記）

それが美しく見えるから、それが役に立ちそうだから模倣するのではない。私たちはそれが何を意味しているか知ることなく模倣する。子供たちを見ていればそれは容易に分かることだ。例えば「微笑むこと」も学ばれるとして、子供は「微笑み」の何たるか、それが何を意味するかを知らない。にもかかわらず、母親の微笑みのなかに自分自身の微笑みを認知する。そして子供は微笑みを学ぶように言語をも学ぶ。それにしても、どうしてそのようなことが可能なのだろうか。「自分が徴し（signe）を送ったことを体感しつつ、子供は徴しを理解したと体感する」、とアランは言うが、彼はいかにこの理解、この「出会い」が逆説に満ちているかを、そしてまた、これが自分の顔の鏡像的認知の逆説と結局は同じものであることも承知していた。

そこでアランは、「私の微笑み」と「他者の微笑み」がまずあるというよりもむしろ、つねに「往還・やり取り」（**échange**）があるということを強調する。他者が私を見るように、私は私を見ている他者を見るという相互過程、共同運動の「反復的合同性」（**coïncidence répétée**）と言ってもよいが、さもなければ、そのつど外形的に異なる徴し、例えば自分の鏡像を自分の像だと認知することはできないのではないだろうか。アラン自身このような説明の不十分さを自覚していたのだが、アランは、アンリ・ワロンに続いてラカンが「鏡の段階」と呼ぶものを垣間見ていたと言うこと、少なくともこの点は間違いない。

周囲の物事や人間の振舞い、それらが発する徴しは、こちらから発せられた徴しが惹起した応答であり、私の行為はつねにこの応答への応答である。こうしたやり取りの活性、それがアランのいう幸福であると言っても間違いではない。だが、だからこそ逆に、人間は「周囲の物事や人間のうちに文句の種しか見ない人間の形をした自動人形」にいつなるやもしれないのだ。この自動人形は、レストランに入ったひとりの男の不機嫌な眼差しのように、周囲に不機嫌を「感染」させていく。顔色が悪いねと度々言われて病気になってしまう。悪天候ゆえに鬱状態に陥ってしまう。私たちはそうやって大抵は自分で自分を不幸にしていくのだが、「どんな凡人も、自分の不幸をまねる（**mimer ses propres malheurs**）や否や偉大な芸術家である」（*PB*, **p. 45**）とあるように、アランはタルドと同様、「自己」というものが「模倣」の所産であることを知っていた。**mime** に加えて、ここで、**mimer** という語が使用されていることも銘記されたい。

「発明」と「模倣」をめぐるタルドの考えを、「まず自分が幸福になろうと願い自分の幸福を作ることなしには他人を幸福にすることはできない」といったアランの言葉にそのままあてはめることができると筆者は考える。アランにとってはそれが「共和国」の理想であった。もちろん、先述したような不幸と不機嫌の感染的模倣がつねに生じているからこそアランの幸福論は書かれたのだが、どうしようもない「真似事師」である人間は、どちらに転ぶか分からない、いや、僅かでも油断し、うまくいっていると思うと反転してしまうような存在者であると言えようか。「回転扉」(**tourniquet**)、とサルトルなら言うだろうが、ここには、プラトンのイデア論をめぐるアランの考えが反映されていたと推察される。

「イデア」は事物から離れて存在する。にもかかわらず、事物はイデアの模写である。この分離と関係が「イデア」を大いなる謎たらしめており、アリストテレスのように「イデア」を否定する者が出てくるのもそのためである。しかし、だからといって、「人間が多少ともそれに類似しているような人間の原型を想像しようとすること」(I, p. 24)は、アランにとって、避け難くはあるが避けねばならない誤りである。「イデア」は事物にまったく似ていないし、事物の範型になることなどまったくないというのだ。では、「イデア」は絶対的に分離しているのだろうか。たしかに、「イデアはつねに逃れ去る」。けれども、「イデアは遠くにあるのではない。他所にあるのでもない。イデアはすぐわれわれの前にあるのだ」(I, p. 36)。すぐ前にあるけれども、私たちにはそれが識別できないのだ。

なぜ識別できないのか。それは私たちがプラトンのいう「洞窟」のなかに閉じ込められているからだろうか。ある意味ではそうである。しかし、アランにとって、「洞窟」のなかの「影」(ombre)こそが私たちの真の姿であり、「イデア」はまさに「影」として存在しているのだ。そして、このことが私たちには分からないのである。「謎めいたイデア」は「私たちを対象から対象へと投げ込み、諸対象だけを示して自分自身は姿を現さない」(I, p. 74)。けだしアランにとっては、これこそが「イデアの分有(メテクシス)」と呼ばれる事態なのだろう。「イデア」を否定したアリストテレスは、「分有」と「模倣」(ミメーシス)との区別を知らなかったのだ、とアランは言う。けれども、先述したように、アラン自身、imitation の両義態としてこの区別を捉えていたのであって、それはまた、トマス・ア・ケンピス作とされる『キリストに倣いて』(*Imitatio di Christi*) に触れて、アランが偶像制作と偶像破壊の両義性をそこに読み取ったことと併行関係にある。

アランがタルドを読んでいたのかどうか、タルドを知っていたのかどうかは分からないが、「模倣」のみならず、それに随伴する「思い込み」「習慣」「慣習」「流行」についても、これまでほとんど注目されることがなかったとはいえ、一九世紀末から二〇世紀初頭にかけて、アランとタルドが共に提起した問題領野があったことは間違いない。そして、その波動は後述するように、サルトルやメルロ＝ポンティへと、それどころかデリダやドゥルーズにも確実に伝播されていたのだ。彼らを論じる者たちがそれをまさに識別できなかっただけなのである。

9　デュルケム―タルド論争

デュルケムの名著『自殺――社会学的研究』〔以下『自殺論』〕（*Le suicide : étude de sociologie*）は一八九七年に出版された。『模倣の法則』の七年後であるが、その序文の末尾には、甥のマルセル・モース（Marcel Mauss, 1872-1950）とタルドへの謝辞が記されている。

「〔表作成のために〕モース氏は、年齢、性、法律上の身分、子供の有無の別に分けるため二万六千人の自殺者の記録をしらべなければならなかった。このたいへんな仕事を、かれは一人でやってくれた。／それらの表は、年間報告には載らない司法省所有の資料からつくられた。資料を自由に使うことができたのは、同省統計課長タルド氏の非常なご厚意によるものである。同氏に深く感謝の意を表したい。」（『自殺論』中公文庫、一五―一六頁）

しかし、『自殺論』第三篇ではタルドによる統計的事実の作為的な歪曲が指摘されており、また、同書第一篇第四章「模倣」では、曖昧きわまりない「模倣」という概念をもって自殺の要因となす立場が斥けられている。「発明」ならざるものを「模倣」とみなすなら、人間的事象のほとんどすべては「模倣」となり、そのため「模倣」は未規定なものになってしまう。また、総じて私たちは三つの事態を然るべく区別せずに「模倣」の一語で指し示している。三つの事態とは、「共通に感じること、世論の権威に従うこと、他者たちの行ったことを自動的に反復すること」（sentir en commun, incliner devant l'autorité de l'opinion, répéter automatiquement ce que d'autres ont fait）（*Le Suicide*, Edition électronique réalisée par Jean-Marie Tremblay, 2002, p. 88. 以下*S*と略記）であるが、第一のものは様々な集会での集団的高揚の際に見られるものだが、そもそも「模倣」に不可欠な「再現」(reproduction)を欠いている。第二のものは、規範や範例や慣習への何らかの仕方での同意と服従の論理的帰結であって、この帰結がいかに多様なものであっても、この遵守を「模倣」とみなすことはできない。デュルケムにとって「模倣」という語が指示しているのは第三の事例だけである。つまり、他者によって先立ってなされたある行為が直接の前件であり、鸚鵡返しと言われるように、その行為と再現される行為との間に何ら知的操作が介入しない、そのような連繋だけが「模倣」と呼ばれるべきなのである。自殺の本質をこのような「自動的反復」に求めることは不可能である。したがって、「模倣」は、ひいては「感染」なるものも、それをもって「自殺」を説明できるような観念では決してありえないのだ。

そもそもデュルケムは「模倣」を「いかなる社会的絆によっても結合されない個人のあいだに生じうる純粋に心理学的な現象」(*cf. S*, p. 84)とみなしているのだから、自殺の社会的要因から「模倣」が脱落してしまうのはあまりにも当然のことであった。ただ、ここで問題なのは、「模倣」を自殺の要因から排除可能なようにあらかじめ定義したデュルケムがそこに次のような一節を付け足していることではないだろうか。

「自殺の心理的一要因として自殺を考える権利を偶々持つようなことがあるとしても、それはやはり模倣をこのように(ainsi)定義するという条件でのことである。実際、相互的模倣(imitation réciproque)と呼ばれたものは優れて社会的な現象である。なぜなら、それは共同的感情の共同的練成(élaboration en commun d'un sentiment commun)であるからだ。同様に、様々な作法(usages)や伝統の再現も社会的諸原因の帰結である。なぜなら、この再現は、集合的信念(croyance)や実践が集合的であるというだけで帯びる強制的性格や特別な威信(prestige)に起因するからだ。だから、これらの道のいずれかを通って自殺が伝播していくに応じて、自殺は個人的条件にではなく社会的条件に依存しているということを認めうるだろう。」(*S*, p. 90)

「このように」という表現は、厳密な意味での「模倣」の定義と先にみなされた「自動的反復として」と解されるべきであろう。このような「模倣」が自殺の要因とみなさる可能性が皆無かというとそうではない、とデュルケムは言っているのだが、興味深いのはそれに続く箇所ではないだろうか。なぜかというと、デュルケムはほかでもないタルドの『模倣の法則』の語彙を借用して、「模倣」は、それが「相互的模倣」でありうるなら——そして実際にタルドによるとそうでありうるのだが——自殺の社会的要因であることをみずから認めているからだ。「これらの道」という語でデュルケムが考えているのは先の三つの事例のうち第二の事例に相当すると考えられるが、デュルケムは実際、引用文中の「論理的帰結」という箇所に脚註を付し、タルドの『模倣の法則』を引いて「論理的模倣」(imitation logique)の存在を認めているのである。デュルケムが「模倣」の章本文でタルドの名を挙げなかったのは偶然ではないかもしれない。デュルケムはタルドのいう意味での「模倣」を自殺の社会的要因とみなすことを決して拒絶していないからだ。規範からの「逸脱」としての「アノミー」というデュルケムの枢要概念も「発明」に近いものとみなすことができる。

　それだけではない。集団的信念や実践が「集団的であるだけで」帯びる威信を語りつつ、そうした威信それ自体のそれ以上説明不能とされた生成、すなわち「共同感情の共同的錬成」を、図らずもデュルケムが「相互的模倣」に求めていること、このことの重要性はいくら強調しても強調しすぎということはないだろう。タルドとデュルケムという二人の社会学者のあいだの論争の域をはるかに超えた問題、そして今も十全な答えが見出されていない問題がそこで提起されていると思うからだ。「社会以前」(pré-social)という語を用いながらも、タルドは「すべての事象は社会的である」と言った。それに対してデュルケムは、「理解されていないのは、社会がなければ社会学はありえないということ、そしてまた、諸個人しかいないのであれば社会は実在しないということだ」と、『自殺論』の序文(中公文庫、一四頁)に書き記している。

　前半部についてはタルドも異存はないだろう。問題は後半部である。「諸個人しかいない」のだから「社会がない」のは当然であり、これはある意味では同語反復である。が、「諸個人しかいない」状態とは何だろうか。例えばルソーの描く「自然状態」のごときものだろうか。また、諸個人＋αが社会であるとして、そのαとは何だろうか。諸個人がいるということはそこに何らかの関係があるということだが、この関係がαであるなら、すでに「社会」があることになってしまうから、αは関係とは別のものでなければならない。たとえ関係と同一のものであっても、それでは諸個人だけがあることになるから、それは関係とは異なるあり方をしていなければならない。それが「集団的表象」（représentation collective）で、「集団的実在」（réalité collective）とも言われている。

では、この「集団表象」はどのようにして形成されるのだろうか。諸個人とその関係によってと言うほかないだろうが、そう言ったのでは、＋αとしての「集団的表象」の意味がなくなってしまう。ゲシュタルト心理学において、ゲシュタルトの総体が部分の総和とは異質なものであるように、「集団的表象」はあくまで諸個人とその関係とは異質なものでなければならない。『社会学の方法の諸規準』（一八九四年）ではこの点が強調されていて、「社会的事実」（faits sociaux）は、「物質的物」（chose matérielle）とは異なるが物質的な物と同じく客観的で個人的意識にとって外的な「物」（chose）と規定されている。マルティニック島出身の少壮の社会学者ジュール・モヌロ（Jules Monnerot, 1908-1951）はアランの弟子であったが、「社会的事実は物ではない」と断じたことで知られている。『自殺論』からの先の引用文からも分かるように、この「物」は諸個人に対して、なぜかという問いを不要にするかたちで「強制的」なものとして機能する。タルドはこれをどう見たのだろうか。次に、タルドの『社会論理』（*La logique sociale*, 1895, 1897）からデュルケムに関連する箇所を引用するが、『自殺論』での「模倣」論批判はタルドからのこの批判へのいわば再批判であり、タルドはタルドで『社会論理』第二版で脚註を付して再々批判を試みている。

「ある著名な社会学者によって最近試みられた定義は、社会的諸行動に、外部から強制によって課せられるという特性を与えているが、これは〔社会契約説に比して〕より狭隘で、より真実から遠ざかっている。これは、社会的絆に関して、主人と臣下、先生と生徒、親と子供の関係だけを認めて、平等な者同士の自由な関係を一顧だにしないことである。これは、中学校においてさえ、相互に模倣し合うことで、互いの範例を、更には内面化される教師の範例をいわば吸い込むことで子供たちが自由に自分に与える教育のほうが力ずくで彼らが受け取り被る教育に勝るのを見ないために目を塞ぐことである。このような誤謬は、それをもうひとつの誤謬に結びつけることでのみ説明される。すなわち、社会的事実は社会的である限りその個人的現出の外部に実在しているとする誤謬である。残念なことに、社会的現象とそれを合成する個々の行為との区別、というよりもむしろまったく主観的な分離を極限まで推し進め、それを客観化することで、デュルケム氏は私たちをスコラ哲学の真っ只中に再び突き落とす。社会学は存在論を意味しているのではない。正直言って私が理解に苦しむのは、「諸個人を別にしても、〈社会〉は残る」といったことがどうして起こりうるのかということだ。教授たちを除いたとき、名前以外に大学の何が残るのか私には分からない。この名前にしても、それが表現している伝統の全体共々、誰もそれを知らないなら何ものでもないのだ。私たちは中世の実在論に舞い戻ろうとしているのだろうか。社会学を純化するという口実のもと、社会学からその心理学的で生きた内実を一掃することにどんな利点があるのか私は訝しく思う。心理学がそこでは何の役も果たさないような社会原理なるものが求められているように見えるが、それはでっち上げられた科学のために作為的に捻出されたもので、かつての生命原理よりもはるかに非現実的なもののように私には映る。」(II, pp. 62-63)

タルドはある意味ではオッカムの剃刀をふるったのだ。中世哲学における唯名論と実在論の対立、生気論をめぐる諸説紛々に加えて、アランに言及した際に話題となったイデア論をめぐる論争もここに加わる。タルドとデュルケムの論争が思想史の核心に係るものであったことはすでに明らかであろう。「物化」(chosification) をあくまで拒絶しながら「集団」(groupe) の発生を何とか説明しようと粉骨砕身した『弁証法的理性批判』のサルトルも二人の論争と無縁ではないし、「構造主義」なるものをめぐるすべての議論がここに凝縮されていると言っても言い過ぎではない。もうひとつ付け加えておくと、この点できわめて興味深いものとなるのはエマニュエル・レヴィナス (Emmanuel Levinas, 1905-1995) の立場であろうか。「ニュートラルなものの哲学に抗して」という標語のもと、デュルケム的な「集合的表象」(われわれ) を斥け、「聖なるもの」の権威化を忌避して徹底的に間－人間的関係へと「宗教」を還元しつつも、レヴィナスは、超越的な法 (トーラー) による社会の形成ならびに統御を語り、タルドがデュルケムを批判して述べているように、同等ならざる者たちのあいだの非対称的関係を間－人間的関係の根本に据えているからだ。

タルドは続いて、「模倣」をめぐるデュルケムの批判的考察の検証へと踏み込んでいく。

「多くの有能な哲学者たちが私の考え方を認めてくれたことを私は嬉しく思った。いや何よりも嬉しかったのは、私の考え方を容認しないと言っている若干の者たちが知らず知らずのうちにこの考え方をみずから口にしているということである。」（II, p. 64）その若干名のなかのひとりがほかでもないデュルケムだったのである。

「二つの事例〔デュルケムとマックス・ノルダウ〕だけを挙げるにとどめるが、非常に意味深い事例である。デュルケム氏は御自身の視点に没頭していて——この視点が不十分であることはたった今見た通りである——、明らかに私たちの視点を受け入れることができないばかりか、おまけに、私たちの視点を非常に誤解しているように思われる。ただ、氏の研究が氏を私たちの視点から遠ざけるということを公言したまさにその註（*Recherche philosophique*, mai 1974, p. 473）で、氏は「おそらくどんな社会的事実も模倣される。たった今示したように、どんな社会的事実も一般的なものとなる傾向を有するが、ただしそれはこの事実が社会的であるからだ」と書いている。もう充分であろう。——論文の本文でも、その他の文書でも、この著者は同様の、いやもっと完璧な告白をつい口にしているのだが。」（II, p. 64）

先に取り上げた『自殺論』の一節での「相互模倣」をめぐる件も、タルドにしてみれば「告白」にほかならなかったのだろう。もっとも、この点ではタルドが知りえなかったことがあるように思われる。デュルケムが『宗教生活の基本形態』を出版したのは一九一二年のことで、すでにタルドは逝去している。この研究のなかでデュルケムは、トーテミズムを分析しながら、人間の魂が「祖先の魂であり」、また、トーテム動物たる「カンガルーである」という「融即」を語っているが、いずれも、デュルケム自身自覚していたように、「分身」(double) ならびに「擬態」(mimétisme) という、「模倣」と深く連動した現象だったのである。因みに、『宗教生活の基本形態』（岩波文庫）の邦訳者山崎亮がそこにデュルケムの構えの変化を読み取っているように、同書でのデュルケムは、「社会は諸個人の意識によってのみ、また、それにおいてのみ存在する」と記しているのである。

まさにこの点と密接に係るものだが、タルドはデュルケムに抗していまひとつ重要な論点を挙げている。『社会法則』の脚註に記された言葉で、「社会学」の概念そのものが争点となっている。

「このような〔社会学に関する私の〕考え方は結局のところ、単線的進化主義者たちの考え方とは正反対であるし、デュルケム氏のそれとも正反対である。全体的な諸現象がある順序で同一のものとして再生産され反復されることを強いるようなひとつの進化法則をいわば押し付けることですべてを説明する代わりに、また、かくして大によって小を、大局によって細部を説明する代わりに、私は小さな基礎的諸活動によって全体的相似を、小によって大を、細部によって大局を説明する。このような見方は、無限小分析の導入が数学のなかに生み出したのと同じ変容を社会学のなかに必ずや生み出すはずである。」（IV, p. 63）

タルドによる無限小分析の導入がどのような帰結をもたらしたのか、その一端は先に見た通りであるが、このような応酬を、当時社会学を志す者たちはどのように捉えたのだろうか。『自殺論』でのデュルケムが甥のモースとタルドに対する感謝の念を記していたことは先に述べたけれども、実際には、モースがタルドのもとを訪れ、タルドから資料を得、タルドの指導のもとに自殺に関する統計的作業を行ったのだった。コントからの「社会学」の展開と変遷を辿る途上でモースはタルドに言及している。モースによると、コントは社会学的発見をなしたというよりはひとつの歴史哲学を築いた。なぜ社会学ではなく哲学かというと、哲学的説明はモースにとって、「その本性によって、ある一定の発展を遂げることを予定されている人間なるもの、人間性一般を前提としている」からで、コントにおける「三段階の法則」にせよ「人類教」にせよ、この弊を免れるものではない。ところが、モースの時代の社会学的教説のなかにも、外見こそ異なれこれと大同小異なものがある、というのである。

「社会は諸個人からのみなるという口実のもと、社会的事実を説明するべく努める際に決定的なものとなる諸原因が個人の本性のうちに探し求められている。例えばスペンサーとタルドはこの仕方で論を展開している。（…）タルドは模倣の諸法則のうちに社会学の至上の原理を看取している。社会的諸現象は、幾人かの個人によって発明され他のすべての者たちによって模倣される、大抵は有用な行動様相である。これと同じ説明方式は、社会学的なものであるか、そうなるはずの幾つかの個別科学のなかにも見出される。こういうやり方で、古典派経済学者たちは、ホモ・エコノミクス〔経済人〕の個人的本性のうちに、あらゆる経済的事実の十全な説明の原理を見出している。人間はつねに最小の労苦で最大の利益を追求するのだから、経済的諸関係は必ずやこれこれのものとなる、というのだ。（…）／社会的事実が、社会的実在が存在するや否や、つまり社会学に固有の対象が見分けられた時から、このような解決の不十分さは明白になる。実際、社会的諸現象が集団である限りでの集団の営みの現出である以上、これらの現象は、人間的本性一般に関する考察ではそれらを説明できないほど複雑なものであるからだ。婚姻と家族にまつわる制度を改めて取り上げてみよう。ある同一の社会のなかでは非常に安定した家族組織も、社会が異なれば大きく変異する。加えて、それは政治的組織、経済的組織と緊密に結ばれていて、これらの組織もまた多様な社会のなかで相異なる性質を帯びる。」（Marcel Mauss, *Œuvres*, tome 3, Minuit, 1969, p. 133. 以下巻数と頁数のみを添記する。）

タルドがスペンサーから彼の思想にとって本質的な事柄を学んだのは確かである。メーヌ・ド・ビラン論のなかでタルドは、「普遍的進化」に関して「差異化の法則」が果たす役割を誰よりも重視した人物としてスペンサーを挙げている。しかし、スペンサーは「差異の観念」をあまりにも狭く、幾何学的で機械的なものとして捉えてしまい、「差異の観念をそれ自身へと折り返す（replier sur elle-même）」（*MB*, pp. 119-120）ことができなかったというのだ。「差異が自分自身へと折り返される」こと、それこそタルドが「差異化が異なる仕方で差異化する」と呼ぶ事態であり、それをスペンサーが見誤った根本原因をタルドは「無限小なもの」の観念への無理解に求めている。そのため、スペンサーは「同一的なもの」「等質なもの」を優位に置くまさに単線的進化論にとどまらざるをえなかった。

あたかもタルドのこのような格闘を知らないかのように、モースはスペンサーとタルドを一括りにして非難している。また、モースはタルドの理論が「個人」ないし「個体」という観念そのものの変更を伴っていたことにもまったく言及していない。だからといって、モースを責めるべきかというと筆者は必ずしもそうは思わない。筆者自身それを試みるには試みたが、「発明」ならびに「模倣」の観念に、「差異化の差異化」というタルドの考えを連動しない限り、これは不可避的な評価であり、また、この連動はきわめて難しく、ましてや、それが個体と社会の連関を刷新する視点を含んでいるということを、あたかもすでに得られた成果のように語ることはできないからだ。ありきたりな言い方になってしまうが、それは私たちになおも委ねられた課題なのである。

一方のデュルケムに関しては、モースは、「デュルケムは集団的意識を実体化（substantialiser）した」（3, pp. 202-203）との誤解を解こうと努めている。「複数の社会、共に思考する複数の意識、これこれの社会的生活にまつわる心的な諸事物（choses psychiques）、それが真の意味での集団的意識であって、それを描こうとして、唯一の社会なるものを語ることほど危険なことはない。」(3, p. 203) モースにしてみれば、デュルケム自身はこうした意味での「集団的意識」「集団的表象」を明確に特徴づけたのだが、それに続く者たちが、「集団的表象」の総体を見失って、その一部だけを切り取るという過ちを犯したのである。この思いから、「全体的社会的事実」(fait social total) なるモース自身の観念が生まれることになる。「全体の全体」、そして「これらの全体の全体」といったモースの表現――それは全体と思えたものが全体ならざるものと化すという意味でサルトルが用いた「非全体化された全体」という表現を想起させる――は、無限集合のパラドクスを経た頭脳に取り憑いた強迫観念のようなものを感じさせる。

モース自身の意図には反するかもしれないが、モースは、こういう言い方が許されるとするなら、モースはタルドとデュルケムの中間にいる。というのも、『贈与論』でモースが取り上げた「ポトラッチ」という互酬的制度もまた「相互的模倣」ではないのかと問うことができるのに加えて、モース自身「ポトラッチ」を、「個人」なるものがいまだ存在しない「全体的給付の体系」(système de la prestation totale) から、「個人」が動作主となる交換と贈与の次元への途上に位置づけているからだ。「模倣」の社会学者と通称されるタルドが、「一切の偉大な文明の起源には、愛の、それも不幸な愛の未曾有の消費(dépense)があった」(*LL*, p. 228) と『模倣の法則』に記していること、この点もここで付言しておきたい。

Last but not least.『世界の定礎以来隠されている事々』で、ルネ・ジラールはタルドに言及してこう言っている。「たしかに一九世紀末に錬成された様々な心理学や社会学は、勝ち誇ったプチブルの楽観主義と順応主義に強く染まっていた。これは、例えば最も興味深い著作、ガブリエル・タルドについても言えることだ。彼は模倣のうちに、社会的調和と「進歩」にとって唯一の土台を見て取っている。」(*Des choses cachées depuis la fondation du monde*, Grasset &Fasquelle, 1978, p. 17. 以下 CC と略記)

このような側面がタルドにあることは否めない。だが、すでに示唆したように、タルドの提起する「対立」理論はジラールのいう「ミメーシス的危機」「ミメーシス的競合」(rivalité mimétique) を含むものであり、連続性と不連続性、一様化と差異化をめぐる彼の思索は、ルヌヴィエを相対性理論の前夜に位置づけることができるのと同様に、タルドを、量子力学的相補性ならびにエントロピー対負のエントロピーの闘争（シュレディンガーの『生命とは何か』参照）の前夜に位置づけることを促しているように思われる。瀕死の太陽がもたらした極度の冷却のなか地下への移住を説く『未来史の断片』の預言者は「発明者」であるが、それは「発明」が直線的進歩をもたらすものではなく、「カタストロフ」に伴う「カタストロフ」であり、この大破局が目に見えない無限小の亀裂や変動から生まれること、それをこそタルドは語りたかったのではないだろうか。

Ⅱ　カイヨワと擬態

1　アルペイオス川

それはこんなふうに始まったようだ。『異端審問』（*Inquisitions*）の急な消滅が私をジュルジュ・バタイユに近づけた。それがコレージュ・ド・ソシオロジーの紆余曲折に富んだ始まりだった。しばしば騒乱を引き起こした数々の挿話を想起することはここでは差し控える。パレ＝ロワイヤルの埃まみれのカフェ（それはグラン・ヴフェールだったが当時は廃屋同然だった）で開催された会合で、私が発表を行い質問に答えたということだけは言っておきたい。この会が終わったときに新しいグループが創設されたのだ。ゲイ＝リュサック通りのとある書店の奥の部屋で、隔週で研究発表が行われた。様々な聴衆が多数つめかけ、議論に積極的に加わった。まさにそこで、私は特に戦争と虐待者〔死刑執行人〕についての若干の仮説を練り上げた。この二つは私が「聖社会学」（sociologie sacrée）と名づけたものの典型である。

そうこうするうちに、ジャン・ポーランが『新フランス評論』一九三八年七月号に掲載するので諸君の野望を定義してはどうかと持ちかけてきた。そこで私は一種の趣意書を書き、ジュルジュ・バタイユとミシェル・レイリスの同意を得た。それに続いて、同号には各人の論文が掲載された。バタイユの「粗忽者」〔新米の魔法使い〕、レイリスの「日常生活のなかの聖なるもの」、私の「冬風」である。運動の活力がこのように内外で認められたがゆえに、この運動の弱さと曖昧さ、内部のいざこざが表に出ることはなかった。」（*Approches de l'imaginaire*, Gallimard, 1974, p. 58. 以下*AI*と略記）

一九三七年のことで、「私」と言っているのはロジェ・カイヨワ（Roger Caillois, 1913-1978）である。このときカイヨワ弱冠二四歳。『異端審問』とあるのは、ルイ・アラゴン、トリスタン・ツァラ、前出のモヌロとカイヨワが、アンドレ・ブルトンとの諍いの後一九三六年に創設した機関とその雑誌の名称で、スペイン内乱への政治的協力をめぐってアラゴン、ツァラと残る二人との立場が対立し、一号を出しただけで解散してしまったが、政治的アンガジュマンを拒んだ理由として、カイヨワはこの機関＝雑誌が、その副題にあるように、「人間的現象学」(phénoménologie humaine)の研究に専念すべきであること挙げている。「現象学」とあるが、カイヨワは、フッサールを祖とする運動ではなく――だからといってそれと無縁ではないのだが――、ルヌヴィエの「現象主義」を承けて、同機関＝雑誌の寄稿者のひとりガストン・バシュラールが『新科学精神』などで唱える立場を意識していたと推察される。ただ、サルトルの想像力論の展開とほぼ同時的に、それを強く意識してカイヨワが「想像力の一般現象学」(phénoménologie générale de l'imagination)、「想像的なものの現象学」(phénoménologie de l'imaginaire) を提唱したことは間違いない。

「社会学コレージュ」の活動については、「私は現代世界における現象の研究に、デュルケムの読解、モースとデュメジルの教えから学んだことを適用しようと努めた」(*AI*, p. 58) と記されている。『人間と聖なるもの』(一九三九年)の序文でも、モースの講義の衝撃とデュメジルに負っているものの大きさが強調され、バタイユへの謝辞が記されている。カイヨワがバタイユと初めて会ったのはジャック・ラカン宅であった。

知の巨人、といった言い方を好まない向きも少なくないだろうが、カイヨワはやはり知の巨人である。知性魁偉、と言うのだろうか。しかし、ここ数十年筆者の周囲でカイヨワの名を耳にしたことはほとんどない。フランスでも事情は同様のようで、カイヨワ・シンポジウムを一九八〇年代に主催したジルベール・デュラン（Gilbert Durant）はこんなことを書いている。

「一九五〇年代と六〇年代カイヨワはフランスの大学では一度も言及されることがなかったということを私が喚起

したところ、私よりもかなり若い世代に属するB・ロシェット（B. Rochette）はこの蝕を肯定するとともに、一九七〇年代、八〇年代にも『人間と聖なるもの』の著者がソルボンヌで話題になることはなかったと私たちに語った。」（*Autout de Roger Caillois*, L'Harmattan, 1992, p. 9）

カイヨワとは何者なのか。もとより、カイヨワの全体像といったものを描くことはここではできない。ただ本節では、この謎めいた人物が、「模倣」をめぐる現代思想の系譜のなかで不可欠な役割を果たしていたこと、その点に焦点を絞ってみたい。

読者諸氏はアルペオイス川（Fleuve Alphée）という川をご存知だろうか。事典で引くと、アルペイオスまたはアルペイオス川が様々な神話、伝説、物語に登場することが分かるだろうが、あるギリシャの説話によると、アルカディアに源を発するアルペイオス川はエリスを流れて海に注いだ後、海を渡って、シラクーサのオルティジャ島で再び川になるという。そんな川にカイヨワは自分の人生を譬えている。川に自分の人生を譬えるというのは何ら珍しいことではない。だが、カイヨワは一種の自伝に『アルペイオス川』（一九七八年）という題を付しつつ、この「類比」（analogie）、この「非常に微かな隠喩」（une très lointaine métaphore）に、みずからの研究の本質に係る複数の意味を込めていた。

「様々に異なる界（règne）を過る自然の諸形態ならびに諸展開のあいだに私が知覚できると思っていた複写（duplications）や谺（échos）を例示するために、近々私は再度地表に現れる水流の喩えを用いたことがあった。」（Roger Caillois, *Œuvres*, Gallimard, 2008, p. 9. 以下この版からの引用については頁数のみを記す）

ボードレールが「万物照応」（コレスポンダンス）と呼んだような複写と反響の世界が、しかも鉱物界、植物界、動物〔生物〕界を貫いて、ここにある。それにしても、なぜ再湧出する川なのだろうか。カイヨワは自分がいかに遅く文字と書物、狭い意味での言語と係わるようになったかを回想しているが、このような意味での言語との出会いが彼にとっては、川が海に注ぐことであり、その大海に溶解した川が再び川になるとは、カイヨワが再び言語以前の世界に戻るということなのだ。先に「狭い意味での言語」と言ったように、言語以前といっても、「イデオグラム」〔絵文字〕

という語を頻繁に用い、例えば石の断面の模様を「石々のエクリチュール」(écriture des pierres) と呼ぶカイヨワにとって、言語以前の世界は人間的言語をそのごく小さな一部とするような世界にほかならない。お気づきのように、再び川と化した川の遡上は、幼年期への回帰と無機物への回帰とを二重に喚起しているのだ。ただ「裂け目」(fissure) へと消えゆくための回帰。「裂け目」へのただひたすらの「接近」(approches)。

「逆流する川」といい「裂け目」といい「接近」〔途上〕といい、ハイデガーのことを思わないわけにはいかないが、これと関連してもうひとつ指摘しておこう。自分の人生の大半を私は逆説的にも「括弧」(parenthèse) という語で指し示したい、とカイヨワは言う。「括弧」は「裂け目」の対義語で、読み書きを覚えてからの人生のほうが括弧に入れられるのだ。括弧入れ。カイヨワが意識していたかどうかは分からないけれども、フッサールが現象学的方法として提起した「エポケー」ないし「現象学的還元」を思い起こさないわけにはいかない。もっとも、カイヨワにあっては、それはいわゆる「超越論的自我」のようなものを見出させるのではない。そこで明らかになるのはむしろ次のような事態である。曰く、「反映と呼応の錯綜したジャングルのなかで迷子になった儚い個人は、迷宮のトポロジー (topologie du labyrinthe) を垣間見たような印象を一瞬だけ得る」(*AI*, p. 254)。カイヨワはみずからの「人間性」、「人間であること」をも括弧に入れようとしている。しかし、人間主義からの脱却、逆に言うと、自然への回帰といったものへの安易な嗜好はそこにはまったくない。「宇宙から人間を排除し、人間を共通の法制から引き剥がしたとしても、それは、擬人主義とまでは言わないにしても、依然として人間中心主義である。」(p. 484)

ではどうすればよいのか。この点は次項で論じるとして、ここでは、「迷宮のトポロジー」とここで呼ばれたものへの通路のごときものを示しておこう。戦争で破壊されたランスの町から話は始まる。町は「廃墟」(ruines) と化し、「廃墟」は子供たちの遊び場となった。「廃墟」とあまりにも親しんだので、それはカイヨワの目に無傷の街と同じくらい自然なものと映った。「草々と灌木が生え放題になったこれらの瓦礫は荘厳さもなく日常生活から切り離されてもいなかった。これらの瓦礫が日常生活だったのだ。」(p. 97)

建物を作っていた石や砂利や漆喰や木材の破片の堆積と野生の植物群との錯綜した混在。自然、人間、社会、歴史が混在しているのだ。ひとつの石と言っても、幾度も幾様にも砕かれた破片である。かつてはひとつの塊をなしていたのに今はばらばらに散在しているものもある。いや、石以外にもほとんどがそうしたものなのだ。しかしカイヨワにとっては――それがカイヨワの「新モナドロジー」だと言う者もいるのだが――、どれほど外観が混沌としていて、あるものとあるものが極端に隔たっていたとしても必ずや相互の対応と反響がある。アルペイオス川に関して言うと、誰も気づかないかもしれないけれども、「かつて川であった川」と「再び川になった川」は繋がっている。考えてみると、どの川もアルペイオス川なのかもしれない。

　遊び場としての「廃墟」から高く建てることなく岩や地面を刳り貫く反建築的建築を経て地下の迷宮へと向かうカイヨワの歩みについては記述を省略する。ただ有限ではありつつも無変広大な宇宙は、元素の周期律を発見したドミトリ・メンデレーエフに賛辞を呈しつつカイヨワが言っているように、錯綜してはいるが無秩序ではなく、「番号つけ可能な諸関係のネットワークであり、酩酊しているだけにより厳格な酩酊」なのである。このような世界をカイヨワは「チェックボード」〔碁盤〕（échiquier）と名づけている。カイヨワの盟友ボルヘスのいう「直線の迷宮」を想起した読者もいるかもしれない。自伝『アルペイオス川』は、こうした迷宮と「ミメーシス」を繋ぐ一節で締め括られている。

「私は迷宮のなかをうろつき、そこで、同じ標識、ほとんど同じ標識に何度も出くわす。石が、この碁盤目の宇宙の始原的で鉱物的なモデルを私にもたらしてくれる。これらの石は、私を全面的に凌駕する統辞法（syntaxe）をもって瞬間的に私と折り合う。我を忘れた同意で十分なのだ。まったくの偶然に、私はこのほとんどミメーシス的な訓練（exercice quasi mimétique）を詩的魔法と名づける。それは私にとっていかなる幻想ももたらさない。それどころか、この修練は私にある使命を余儀なくさせつつ、みずから、この使命を愚弄することを私に教えてくれる。私はこれで満足している。他にこれほど私が順応したものはない。」（p. 178）

2　カマキリ

一九三三年カイヨワは高等師範学校に入学し、翌年「カマキリ」（La Mante religieuse）なる論文を発表した。元々は学士論文のために書かれたものだが、初版と増補版が『ミノタウルス』誌に掲載された後、デュメジルの手が加えられて仮綴本として出版された。二年後の一九三五年には、「ミメティズムと伝説的精神衰弱」(Le mimétisme et la psychasténie légendaire)が同じ『ミノタウルス』誌に、そのまた二年後の一九三七年には「パリ、近代の神話」(Paris, mythe moderne)が『フランス新評論』に発表されている。これらの論考を集めて一九三八年に成ったのがカイヨワ初の単行本『神話と人間』(*Le mythe et l'homme*)である。それにしても、「カマキリ」とは何たる題名だろうか。「伝説的神経衰弱」とは何だろうか。

「神話」を創出する力を失いかけた時代にあって「神話」をその生まれ出でんとする状態で生け捕りにすること、それがカイヨワの企てであった。そのためには周知の「神話」のなかで顕著な役割を果たす動物を取り上げてはならない。「とても地味だがあるていど知られている現象」(un phénomène très humble, mais relativement conrant)(p. 182)を対象としなければならないのだが、それが昆虫の「カマキリ」なのである。なぜ昆虫なのかという点については、カイヨワはベルクソンの『創造的進化』(一九〇七年)を参考にしている。というのも、同書では、「社会性」という点から見た進化の頂点に「人間」と「昆虫」が置かれているからだ。もうひとつ言っておくと、カイヨワが用いるfonction fabulatrice〔作話機能〕という表現は、ベルクソンの『道徳と宗教の二源泉』(一九三二年)から借用されたもので、「生の弾み」(élan vital)など不要であるというカイヨワの指摘どおり、異教的神話、説話群から福音へと向かうベルクソンとは探求の方位を異にするとはいえ、カイヨワは、少なくとも「想像力」の本質的機能たる「作話機能」と「(閉じた)社会」との不可分な連関の存在をベルクソンから学んだと思われる。

カマキリというと植物の花や葉や枝などへの同化、すなわち「擬態」(mimétisme)がよく知られているが、その姿形に強い印象を受けた者も少なくないだろう。もっとも、頭巾を被った修道女が祈っている姿、と言うと驚かれるかもしれないが。大きな目も特徴的だ。mante という語は mantis〔預言者〕に由来するとされる。古代には、カマキリが現れると飢饉など不吉な事件が起こる前兆とみなされ、ローマ時代には、ひとが病気になると「カマキリがそのひとを見た」と云われた。しかしその一方で、カマキリ(やその巣)は薬としても、豊穣な実りを約束するものとしても機能した。まさに「聖なるもの」(sacré) の二面性を有しているわけだが、カイヨワによると、人間の情緒的想像力ならびにその感性にカマキリが強く作用するのは、これまたよく知られているように、雌のカマキリが交接中もしくは交接後に雄のカマキリを殺して食べてしまうという現象であり、この「婚姻的慣習」である。

なぜそうするのかについては諸説分かれるとはいえ、嚙むこと、ひいては食べることと性とがここで連動しているのは間違いなく、人間においても、死をもたらす処女の嚙みつき伝説や歯の生えたヴァギナの幻想などからごく日常的な性愛表現に至るまで、この絆は存続している。それはまた、男の運命を狂わせ、男を食い物にする「ファム・ファタル」(魔性の女) という「表象」にも繋がっていく。ベルクソンであれば「本能」と「知性」という語を使うだろうが、カマキリにおいて「行為」であったものが人間においては「表象」と化すのだ。ここで注意せねばならないのは、修道女としてのカマキリの「表象」が擬人的であるのに対して、性と死と飲食をめぐるカニバリズム的「表象」は、人間がカマキリの生物学的な行動法則を免れていないことを示している。

宇宙とその共通の法則から人間を排除しても人間中心主義は依然として維持される、という先の言葉を思い起こしていただきたい。なるほど、その場合にも、いやその場合にこそ、人間は例外的な動物もしくは動物ならざるものとしてその中心的優越を誇ることになるだろう。そうではなく、カイヨワが選ぶのは「逆向きの擬人主義」(anthropor-phisme à rebours) と彼が呼ぶものである。簡単に言うと、人間のほうが例えば昆虫の真似をしているのだ。

性と死と飲食、と言ったが、実際に生殖行為の後に死ぬ生物がいるように、雄の殺害とは別の意味でも性は死とつながっており、ここで死は、交接における絶頂からの急激な転落とある種の不動状態の訪れに対応している。仮死、と言ってもよいだろうか。ここに至ってカイヨワはカマキリの植物的「擬態」を初めて話題にする。それはまさに動きの否定を要求するもので、カイヨワはここに、「快原理の彼岸」などでフロイトが提起した「死への欲動」「涅槃原理」の本能的実現を看取する。

「実際、どんな生体にも、「外的な力に邪魔されて放棄せざるをえなかった」元の状態を再現しようとする傾向が内在している。この傾向はフロイトによって見事に明るみに出されたのだが、フロイトはそこに「有機的生命の一種の順応性・弾力性の表現」を見ている。」(*Le mythe et l'homme*, Gallimard, 1987, p. 77. 以下*MH*と略記)

この傾向は究極的には無機物に回帰しようとする傾向として現れる。その意味では、まさにカイヨワは石になろうとしたと言えるだろう。このような観点から「擬態」を主題化したのが「擬態と伝説的精神衰弱」なのだが、その分析に着手するに先立って、後の議論のために、ある出来事を紹介しておきたい。それは、カイヨワの『カマキリ』に大いに注目する者たちがいたということである。

3　亡命者たち

アドルノ夫妻、そしてヴァルター・ベンヤミンである。フランクフルト学派の亡命者たち、とりわけベンヤミンと社会学コレージュとの交渉については、ドゥニ・オリエの『社会学コレージュ』を初めとしてすでに多くのことが語られているのでそれを参照していただくとして、亡命の途上、ベンヤミンに宛ててノルマンディーで投函された一九三七年七月二日の書簡で、アドルノは『社会学年誌』へのフランス人協力者の選択をベンヤミンに依頼している。

「非常に有能なフランス人協力者をあなたにぜひ探していただきたい。選抜にあたってアロンを忘れてならないのはもちろんです。ただ、今は彼に問題を感じ始めているのですが。ともかく、アロンひとりに任せるべきではないでしょう。私はカイヨワとバタイユの名を挙げました(?)。クロソウスキーには、(マックスがサドについての大論文を書く決心をしない場合には)随分以前に約束した「サドからフーリエへ」を思い起こさせる必要があるでしょう。」(*Theodor W. Adorno Walter Benjamin Correspondance 1928-1940*, Gallimard, 2006, p. 226)

なぜカイヨワおよびバタイユの名に「疑問符」が付されているのだろうか。今度はロンドンで投函された一九三七年九月二二日のベンヤミン宛て書簡から、その理由の一端を窺い知ることができるかもしれない。

「今のところ私たち二人は非常に注意深くカイヨワの『カマキリ』を読んでいます。カイヨワが神話を意識の内在性に溶解させせず、「象徴的なもの」という視角から神話を平板化することもなく神話の実像を探求していることに僕はいい意味で感銘を受けました。精神分析との係りについてもそうですが、ただ結局は精神分析はプリンツホルン並の軽薄さで過小評価されてしまっている。ここにあるのは間違いなく、カイヨワがユングと、そして十中八九クラーゲスとも共有しているような物質主義です。カイヨワはもうひとつのことをクラーゲスと共有してもいます。没歴史的で社会的分析に敵対する自然ならびに、生物学と想像力でできた人々の一種の共同体へと最後には行き着くような隠れファシスト的事象への信仰です。彼はきっと、一方に生物学的なもの、他方に社会歴史的なものといった諸圏域それぞれの物化を爆破させるという私たちの道を歩むことでしょう。それにもかかわらず、私が危惧するのは、まさにカイヨワにおいて、この物化がいささか素朴なかたちで密かに残存しているのではないかということです。というのも、彼は歴史的力動をうまく生物学に統合しはしたが、生物学を再び歴史的力動に統合することはしなかったからです。もっと突っ込んで私は、政治的動物である限りでの人間が現実に生物学的動物とは無縁なものと化した世界では、諸領域の分離も弁証法的有効性を持たなくなるのではないか、逆に、分離を拙速に解消することは調和的な構想の産物なのではないかとまでつい思ってしまいます。ひとことで言います、私には巨視的にすぎるのです。たとえ頭を貪るカマキリと人間とのあいだ最小の差異しかないとしても、私は「小さな違い万歳」（Vive la petite différence）という古の警句をカイヨワに投げつけてやりたいくらいです。見たところカイヨワの構想のなかで最も独創的な部分、人間の想像力と動物学的実践との関係を定義した箇所ですが、それもよく見ると、フロイトの理論のなかでも最も単純な理論のひとつ、昇華の理論を要領のいい小手先だけの焼き直しであることが分かりますし――精神分析についてのもったいぶった言い回しもおそらくそのせいで、結局精神分析は物笑いの種にされているのです。」（*ibid.*, p. 243）

アドルノはまた『社会学年誌』に『カマキリ』の書評を載せてもいる。

「本論は、学問的分業によって通常は切り離されている生物学、神話研究、心理学を関係づけ、あるひとつの事例に基づいて、それらの切れ目なき連続性をより強固なものにしようとする傾向を推し進めている。この事例となるのはカマキリで、このうえもなく特異な振る舞いをする昆虫である。すなわち、交接中もしくはその直後に雌が雄を貪り食うのである。加えて、よく言われるようにカマキリは人間に似た形をしている。カイヨワは、膨大な神話学的かつ心理学的素材に即して、人間たちがカマキリに寄せた執拗な関心を立証し、更に、カマキリの行動様式に似た諸特徴を数々の神話に即して確証している。そこであらわになるのは、男を惑わして破滅させる悪魔のような女性の姿である。この作業の意図は、これらの神話と諸個人の心的生活におけるその代理表象を生物学的な原経験に還元することにある。カイヨワにとって、人間とはカマキリのお決まりの行為からただ部分的に逃れた（entronnen）存在であり、すでに最古の神話はそれ以前に実際になされた行為の摸像的等価物として現れる。人間と動物的存在との差異は、人間がそこから「逃れた」はずの生物学的諸法則が、人間の行動のみならずその表象世界をも支配しているという点に主として求められる。カイヨワの理論と、死の衝動をめぐるフロイトの学説との連関、更に言うまでもないことだが、ユングの集団的無意識や流行の人類学との関連も明白である。そこでは、隠れた自然との連関から身を引き離そうとする人間の試みすべてを、神話と自然への還元を通じて、偶然的で他と隔絶し生命と疎遠なものとして貶めようとする衝動は明々白々であって、フロイトは「力動的図式」すなわち類の生物学的前史からのみ理解されうるものを、症例の個人的病因から無理やり引き出そうとしたというカイヨワのフロイト批判も同様の狙いを有している。この順応主義的特徴にもかかわらず、本論は題材の豊富さだけをめざしているのではない。社会と自然の圏域相互の分離に対する批判は、カイヨワにおいてそれがいかに社会的還元に抗してなされているとしても、進歩的側面を有しており、心理的諸傾向を自律的諸個人の意識ではなく現実の身体的事態へと還元しようとする試みは唯物論的とも言える相貌を呈している。これはとにもかくにもカイヨワの神話的思考様式からまず銘記されるべき点ではある。」（Theodor W. Adorno, *Vermischte Schriften* I, Gesammelte Schriften, Band 20-1, Suhrkamp, 1986, pp. 229-230）

『カマキリ』だけではない。後に『ルシファーの誕生』に収められるカイヨワの「不毛」（L'Aridité, in *Mesures*, 1937）についても、アドルノはベンヤミンに対して、カイヨワの「尋常ならざる才能の徴し」と評価しつつも、「一方で厳密な人間を演じ、他方で思考の法則化を夢見ているが、いかなる審級が法則をもたらすことになるのかははっきり示されていない」と不満を表明している。では、ベンヤミンはどうだったのだろうか。カイヨワの仕事を「俗流唯物論」と呼ぶべきかどうかについては判断を留保しつつも、ベンヤミンは、特にカイヨワの仕事の政治的機能の限界」についてアドルノの批判と留保を肯定している（アドルノ夫妻に宛てた一九三七年一〇月二日の書簡）。マックス・ホルクハイマーに宛てた一九三八年五月二八日の書簡を見ると、カイヨワの「周知の才能」はファシズムと独占資本主義の解明と批判ではなく、むしろそれに追随するブルジョワ的病理を示しているとベンヤミンが考えていたことが分かる。「祝祭」と「戦争」をめぐるカイヨワの講演についても、まったく新鮮味のないものとしてそれを難じ、一九三九年、ヴィクトリア・オカンポに誘われて南米に赴いたカイヨワを揶揄してもいる。

しかし、アドルノとベンヤミンのこのような反応を紹介しながら、筆者は自分のうちにひとつの疑問が兆してくるのを感じている。『カマキリ』と「不毛」のあいだでカイヨワが『ミノタウルス』誌第七号に発表した論文については彼らはどう思っていたのだろうか。なぜ彼らはそれに言及していないのだろうか。この論文、それが先述の「擬態と伝説的精神衰弱」なのである。もちろん、当時の二人の状況、特にアドルノの置かれた境遇を考えると、単に掲載誌を入手できず読んでいなかったということもありうるだろう。にもかかわらず、この点にこだわるのは、一九三三年ドイツを離れる直前に、「複製技術時代の芸術」の著者ベンヤミンが、「類似の教説」(Lehre von Ahnlichen) と「模倣〔擬態〕の能力について」(Uber das mimetische Vermögen) という論考を書いているからであり、また、カイヨワの名が挙げられているのは第二章の一箇所であるとはいえ、ホルクハイマーとアドルノの『啓蒙の弁証法』(*Dialektik der Aufklärung*) には、単純な摂取でないのはもちろんだが、邦訳者の徳永恂も認めているように、カイヨワの神話論、擬態論が深く作用していたように思えるからだ。まずは、「擬態と伝説的精神衰弱」とはどのような論考なのか、それを見ておこう。

4 擬態と伝説的精神衰弱

すでにカマキリの「擬態」と「死の衝動」との連関を明らかにしたカイヨワであるが、一九三五年の論考では、何をどのように論じるにせよ、究極の問題は「区別」(distinction) とその解消にあることを宣言したうえで、カイヨワは、様々なチョウや昆虫や動植物におけるこれまた多様な擬態と、それをめぐる様々な説明を網羅的に検証している。例えばフランスの動物学者アルフレッド・マチュー・ジアール (Alfred Mathieu Giard, 1946-1908) は、一八七二年に発表された「擬態と防衛的類似について」(Sur le mimétisme et la ressemblance protectrice) で、餌食の不意を襲うための「攻撃的擬態」と攻撃者を欺くための「防衛的擬態」という第一分類、動物の擬態が当の動物の直接的利害に係るような「直接的擬態」と、相異なる種に属する動物が偶々共通の順応によって近似した結果としての「間接的擬態」という第二分類を提示した。

カイヨワによると、特に「防衛」という目的について、獲物の捕獲に視覚だけでなく嗅覚が肝要な役割を果たしていたら擬態は無効であるし、こちらから相手に急襲をしかけることの妨げにもなる。防衛にせよ攻撃にせよ擬態は擬態するものの利益にはつながらないし（実際、葉にあまりにも似てしまったため食べられてしまう昆虫もいる）、「間接的擬態」にしてもなぜ「共通の順応」がありうるのかを説明できない。目的論的説明に代えて、擬態を今度は、ある生物に内在する機構の発現の偶然的帰結とみなすとしても、実際にはこの発現それ自体があまりにも複雑精緻で、マクロ的で線型的な類似を語ることをほとんど不可能ならしめるのだ。だからといって、先述したように、擬態を擬人論的投影に帰すこともカイワヨの選ぶところではない。ではどう考えるべきなのか。

ここでカイヨワは、ジアールの後継者と言ってもよいフェリックス・ル＝ダンテク（Félix-Alexandre Le Dantec, 1869-1917）の説に目を向ける。

「コノハチョウ（Kallima）の祖先たちにはきっと、葉の欠けた部分の偽装（simulation）を可能にする器官的働きがあったにちがいなく、この模倣的機構は消失したが、ひとたび獲得された形態的性質（この場合はひとたび獲得された類似）はラマルクの法則に従って残る。そうなると、形態的擬態は、色彩的擬態に倣って、ひとつの写真となる。ただし、形態と起伏の写真であって、心象の次元ではなく対象の次元での写真である。」（*MH*, p. 102）

ここからカイヨワは、「生物は一定の時期にある可塑性（plasticité）を有していたのであり、その可塑性のおかげで、生物の形態は、少なくとも正常な条件下では今ではもはや機能しない作用に即して成形されえたのだ」という仮説を定式化する。ある意味ではこの仮説は「生物変移説」（transformisme）そのものである。ここでは、生物的形態の可塑性が、内と外、生物と環界との「区別」、両者の境界の可塑性にほかならないこと、この点を銘記されたいが、別様の説明をするなら、人類学者たちが「魔術」について指摘しているように、「ひとたび接触したものはずっと結びついている」（*Les choses qui ont été une fois en contact restent unies*）（*MH*, p. 106）のである。「幻影肢」と呼ばれる現象、更にはまさに「亡霊」も同様の仕方で説明可能であろう。これが観念連合にいう「近接〔接触〕による連合」であるとするなら、「擬態」においては、それが同時に「類似による連合」でもあることになる。

トーテミズムとその融即の論理が示しているように、模倣の効用への信仰は「原始人」（primitif）に顕著に見られる。それは「文明人」（civilisé）においても依然として非常に強固に残っている。どのように残存しているのか、については、様々な答えがありうるだろうが、前にも述べたように、すべて、人間と環境、人間の内部と外部、内的意識と外的空間の明確な区別の瓦解に起因すると言ってよい。カイヨワはここで、精神医学者ピエール・ジャネ（Pierre Janet, 1859-1947）によって「精神衰弱」（psychasténie）と名づけた症例に目を向ける。「意識野」の狭窄、言い換えるなら内界の狭隘化によって、そこに統合されるはずの「人格」の諸断片が「意識野」の外に解離し、「下意識的なもの」として「自動運動」しながら「意識野」と争い続け、それによって、患者は解消不能な葛藤の泥沼でもがき苦しむのだ。

なぜそこにカイヨワは「伝説的」（légendaire）という形容詞を付したのか。答えを見出せないまま、邦訳者の解説（徳永恂「アドルノにおけるミメーシス」、『絢爛たる悲惨』作品社、所収）も含めて様々な文献をあたり、ようやく見つけたのが、カイヨワとドミニク・ラブルダン（Dominique Rabourdin）とのテレビ番組での対談（一九七一年八月）の抜粋で、そこでカイヨワ自身次のように言っている。

「当時私は擬態を死の幻惑として、無機物、不活性なものへの回帰として解釈していた。お分かりのように、「伝説的」という語は改めて神話による一種の二重化、そうは言わないまでもとにかく、この強迫観念をほとんど神話的な平面に位置づけようとしている。」（Roger Caillois dans les “Archives du vingtième siècle”, 01/05/2008）

では、なぜ「神話的」ではなく「伝説的」なのかということになるが、それは分からない。「ほとんど神話的」を「伝説的」と呼ぼうとしたのかもしれないし、また、ジャネがその『強迫観念と精神衰弱』（*Les obsessions et la psychasténie*, 1903）のなかで、患者たちが彼に手渡すメモ書きをlégendaireと形容していることを踏まえているのかもしれない。ただ、カイヨワが実際に引用しているのは、オイゲン・ブロイラー（Eugen Bleuler, 1857-1959）の許で学び、ジャネとベルクソンから決定的な着想を得たとみずから打ち明けるユージェヌ・ミンコウスキー（Eugène Minkowski, 1885-1972）の『精神分裂症』（*La schizophrénie*, 1927）で挙げられた症例である。患者たちは自分がどこにいるのか分からない。のみならず、空間が暗黒空間のように自分のなかに浸透してきて、内部と外部の区別が崩れてしまうように感じる。これを「外的空間への同化」と呼ぶこともできるし、カイヨワ自身もそう呼んでいる。カイヨワが述懐するところでは、一六歳の頃から、「私は自分の皮膚の境界を乗り越えたかった。自分の諸感官の向こう側に住みたいと願った。私は、空間のある点からここにいる自分を見る訓練をした」（*La Nécessité d'esprit*, Gallimard, 1981, p. 142）。しかし、「空間」ないし「空虚」に同化するとはどういうことだろうか。擬態なのだが、何に似ればよいのか。その対象がないのだ。逆に言うと、外から自分を見る「眼」が空虚なのだ。「〔患者の〕身体は似ている（semblable）が、何かに似ているのではなく、ただ似ているのである。」（*MH*, p. 111）

「身体」は空虚な奈落に突き出している。それをカイヨワがルヌヴィエを思い起こさせる「眩暈」（vertige）という語で呼んでいるのは実に興味深い。『遊びと人間』（一九六七年）でヨハン・ホイジンガ（1872-1945）の『ホモ・ルーデンス』（一九三三年）との対決を試みたカイヨワであるが、『ホモ・ルーデンス』の出版直後にその準備は始まっていたのだ。カイヨワが「可塑性」と呼んだ区別と境界の変動こそ「遊び」（jeux）の根源であるからだ。

ここにも、形態化とその破壊、負のエントロピーとエントロピーとの闘争が映し出されていると考えられる。それにしても、カイヨワの擬態論は当時フランスの思想界でどのような反応を引き起こしたのだろうか。反応の痕が明白に刻まれているのは、ラカンの「精神分析的経験においてわれわれに明かされるような〈私〉の機能の形成者としての鏡の段階」（一九四九年）であろうか。アドルノとベンヤミンに戻るに先立って、ラカンのカイヨワへの言及を見ておきたい。

5　鏡と擬態

「擬態」という現象についてラカンはこう言っている。

「異種形態同一化（identification hétéromorphique）とみなされた擬態という事象も、生体にとっての空間の意味の問題を提起する限り、これ〔トビイナゴの孤棲型から群棲型への移行に見られるような同種形態同一化〔identification homomorphique〕〕に負けずわれわれの関心を惹くのだが、——心理学的諸概念も、それらを適応という第一義的と称される法則に還元するために費やされた愚かしい努力と同様、この点に若干の光をもたらすには適さないように思われる。ただ、ロジェ・カイヨワのような人物の思考（当時まだ若々しく、それを育てた社会学の居住指定を破っていた）が、伝説的精神衰弱という用語で、形態的擬態を空間の強迫観念の非現実化的効果に包摂したとき、そこで輝かせた閃きだけでも思い起こしておこう。」（*Ecrits*, Seuil, 1966, p. 96. 以下*E*と略記）

しかし、なぜ、顔など自己の姿の鏡像としての認知と擬態が結びつくのだろうか。ラカンによると、「鏡の段階」は、生体とその現実《レアリテ》との関係、内界（*Innenwelt*）と環界（*Umwelt*）との関係を確立するという「イマージュ」（*imago*）の機能の特殊例である。カイヨワの擬態論との語彙の類似は明らかだろうが、「イマーゴ」が「イマージュ」の同義語であるのに加えて、昆虫の「成虫」、幼児期に形成される愛する他者の像をも意味することも押さえておかねばならない。生体とその現実、内界と外界の関係が確立されるためには、カイヨワが言っていたように両者の「区別」もまた確立されねばならない。逆に言うと、「鏡の段階」以前にはこの「区別＝関係」が確たるものではなかったということだ。この点でラカンは、「人間における種特有の誕生時未成熟」（*prématuration spécifique de la naissance* chez l'homme）、「胎児化」（*fœtalisation*）という現象を非常に重視しているが、「鏡の段階」に至るまでは、生体あるいは内界の統一性すら存在しない。それゆえ内界と外界との区別も存在しない。

「内界と環界との循環の断絶」（rupture du cercle de l'*Innenwelt* à l'*Umwelt*）とラカンが言っているのは、内界と外界との「区別＝連関」の不在もしくは崩壊であり、「この断絶は、自我（*moi*）の幾度ものリストアップからなる尽きることなき積分（quadrature inépuisable）を引き起こす」（*E*, p. 97）。これが「分断された身体」（corps morcelé）と呼ばれる事態であって、ル＝ダンテクからカイヨワが引き出した意味での「擬態」をこの事態に結びつけることができるのではないだろうか。ただ、重要なのは、「擬態」としての「分断された身体」が「鏡の段階」をもって終止するのではないということである。「イマーゴ」は、幼児を鏡の前に連れ出す他者の欲望であって、幼児は他の選択の余地なくこの欲望を例えば自分の顔として引き受けさせられる。その意味では、鏡像的同一化も一種の「擬態」である。ただし、欲望が形を持たない限り、形態的同一化は決して同一化ではありえない。分裂症者が鏡像的同一化を拒絶するのはそのためであろう。この点がカイヨワの「擬態」論との微妙な差異となるのかもしれないが、ここではさしあたり、私と他者との「区別＝連関」によって成立する「私―私」の関係も実は一種の「擬態」であるという点を確認しておきたい。

九百頁を超える書物のなかの僅か一箇所での言及であるとはいえ、また、「心理学的概念」による説明ということでカイヨワ（およびジャネ、ミンコウスキー）の推論と一線を画しているとはいえ、ラカンによるカイヨワの援用は、これから次第に明らかになるように、限りなく広い地平を開くものであった。

ベンヤミン、アドルノに戻る前にここで伏線を張っておくと、何ものにも似ることなくただ似ている身体という表現は、例えばモーリス・ブランショの読者にとっては、ブランショがレヴィナスを踏まえて語る「死体の類似」（ressemblance cadavérique）を連想させるものではないだろうか。ミンコウスキーの『精神分裂症』からの引用を鏤めた『知覚の現象学』の著者メルロ＝ポンティが晩年「肉」（chair）の観念と共に「類似」の観念をしきりに語ったのはなぜだろうか。カイヨワは石になろうとした、と先に言った。この欲望を彼は、「物質であること」（être matière）というフローベール『聖アントワーヌの誘惑』の最後の言葉を借りて表現しているが、「対自」（意識）でありつつも「即自」（物）でありたいという欲望は、サルトルにおいてつねに顕著なものではなかっただろうか。ディドロのいう「俳優のパラドクス」（この点については後述）をも想起させるカイヨワの精神衰弱的身体はまた、まさに「演技者」（comédien）というサルトルに取り憑いた主題そのものを指し示しているのではないだろうか。「現象学」という同一の措辞によって名指しされるいまひとつの思想の系譜においても、「想像力の現象学」の提唱者カイヨワの擬態論の波紋を追わねばならないと考える所以である。

6　ベンヤミンにおける模倣能力

ベンヤミンにとって、「擬態能力」は何よりも「贈物・賜物」（Gabe）であった。小論「擬態能力」については、「自然は様々な類似を生み出す。〔動物の〕擬態（Mimicry）のことを考えるだけで十分だ。しかし、類似を生産する最高の能力を有しているのは人間である」（Walter Benjamin, *Gesammelte Schriften*, Band II-I, S. 210）と書き出されているが、カイヨワの試みとの併行関係を否定するのは無理な相談であろう。しかし、ベンヤミンが、類似を生み出す最高の能力を人間に与えているのに対して、なるほど人間は他のすべての事象を模倣できるという意味ではカイヨワも同じことを言っていると解釈できるとはいえ、カイヨワにあってはむしろこの能力は動物から人間に至る過程で減弱されるとも言える。続いてベンヤミンは「模倣」を「遊び」とみなし、ミクロコスモスとマクロコスモス双方にわたる自然のボードレール的「交感」（Korrespondenzen）を語っている。この点もカイヨワと同様である。更に、近代人と古代人との比較がなされて、模倣の能力の衰微が指摘されている。「衰微」とのみ言えるかどうかは別として、カイヨワも同様の比較を行っていた。類似を引き起こす最古の能力としてベンヤミンが「舞踏」を挙げているのが印象的だが、考えようによっては、これもトーテム社会の儀礼のごときものとしてカイヨワの念頭にあったと言えなくはないだろう。系統発生的視点に加えて個体発生的視点から、ベンヤミンが「新生児」（Neigeborene）に最高の模倣能力を与えた点については、カイヨワ自身というよりもむしろ、カイヨワを援用してのラカンの議論との対応を指摘できるかもしれない。もちろん、『遊びと人間』では、子供と種々の遊びとの連関が語られているのだが。

　ここまで併行性を確認してきた。次に、占星術を例に挙げながらベンヤミンが挙げる「非感性的（unsinnlich）類似」なるものに注目してみたい。たしかに、天体の運行や配置、新星の出現などと、それに対応するとされる出来事のあいだには感性的性質に係る類似はない。そのような「非感性的類似」を「類似」として語り呼び起こす能力を私たちは失ってしまった。が、かかる「類似」の意味を明晰さへと近づける「規則」（Kanon）はある。そして、それこそが「言語」（Sprache）なのだ、とベンヤミンは言うのである。擬態的能力と言語、これが何よりもベンヤミンの論考に独特な視点である。

「言語社会学の問題」（一九三四年）では、言語の起源という問題を取り上げ、起源的言語は「手振り言語」（Handsprache）なのか「音声言語」（Lautsprache）なのかをめぐる論争に分け入ることになるベンヤミンだが、「擬態能力について」では、いまだ感性的類似と癒着した非感性的類似としての「擬音語」（Onomatopoesie）に注目していた。とはいえ、「擬音語」と呼ばれるものが事物・事象の音響的属性との類似にのみもとづく場合は稀れであろうし、類似といっても、ある事物・事象を指し示す単語の複数性だけでも、この類似は時に異を唱えられ、そうでなくともまったく相対的なものとなる。また、一九三四年の論考では、「物真似―仕種」にもとづく「擬音語」――例えば摂食の音が muya muya という言葉となり、少量の液体の流れる音が Soupe となる――が取り上げられている。とすれば、「擬音語」にはつねに非感性的なものが介入していることになる。最後に挙げた、「物真似―仕種」にもとづく「擬音語」に触れた後で、ベンヤミンが、ヴァレリーの『魂と舞踏』の源泉としてマラルメに言及し、「踊り子は踊っているひとりの女性ではない。（…）剣、盃、花など、われわれの形式の基礎的諸相貌のひとつを要約するひとつの隠喩（métaphore）なのである」という言葉を引いていることも付言しておかねばならないだろう。

「擬音語」に触れたうえで、今度はベンヤミンは、「ここで注目すべきは、書かれた言葉が――多くの場合、話された言葉よりも含蓄ある仕方で――、その書記像（Schriftbild）と意味されたものとの関係を通じて、非感性的類似の本質を明らかにしてくれるということだ」（S. 212）と、話を「書字」（Schrift）に移行させる。この場合も、文字の種類――いわゆる表音文字も含めて――によって、感性的類似と非感性的類似が異なる割合で混合していると言うべきかもしれないが、一体ベンヤミンはここで何を言わんとしているのだろうか。筆者は、次の一節に、それを知るための鍵が隠されているように感じる。曰く、「筆跡学は、書き手の無意識のうちに隠されている諸々の像（Bild）を筆跡のなかに認識する術を教えてきた」（ebd.）。

この一節は、「構想力」（Einbildungskraft）をめぐるカントの言葉を想起させせないだろうか。「構想力」の機能に属する「図式」（Schema）を「魂の暗闇に隠された芸術（Kunst）」とも「花押」（Monogramm）とも呼んだカントの言葉を。「魂」は「筆跡」であり、「筆跡」が「魂」であって、gramm は「文字」であり「線」でもある。ベンヤミンが、カントにおける言語批判の不在を指摘したゲオルク・ハーマン（Johann Georg Hamann, 1730-1788）を意識し彼の言葉を引用していることを思えば、このような推論もあながち荒唐無稽ではなるまい。そして、もしこのような解釈が許されるなら、すでにお気づきのように、ベンヤミンの小論から放たれた数多の光線のうち少なくともひとつは、ジャック・デリダ（Jacques Derrida, 1930-2004）の「グラマトロジー」へと進んでいった。実際ベンヤミンは、デリダに親しい Archiv［archives］（古文書館、記録保存書）という措辞を使って、「書字は、発語（Sprache）と並んで、非感性的類似、非感性的交感の古文書館（Archiv）となったのだ」（S. 213）と記している。逆に言うと、デリダの『グラマトロジー』（*De la grammatologie*, 1967）では、特にルソーをめぐって、ほかでもない「模倣」と「ミメーシス」が主題化されているのだ。

「構想力」の暗闇には底がない。どこまで、どのように穴が、あるいは根が続いているか分からない。だから、この「古文書館」には、ベンヤミン自身はルーネ文字〔古代ゲルマン最古の文字〕と象形文字を挙げているけれども、古の文字、文字と識別されてはいるがまだ判読されていない文字だけではなく、逆説的ながら、「まったく書かれたことのないもの」（**was nie geschreiben wurde**）としか言いようのないものも刻印され保存されているのだ。どのような仕方でにせよ言葉と係るとは、このような「古文書館」への「擬態」なのだ。どこが、何が「擬態」であり「模倣」なのかと問われれば、唐突かもしれなけれども、「様態」〔個物〕は「実体」のあるていどの「表出」である、というスピノザの考えをもって応じるほかないように筆者には思われる。おそらくは同様のことを実に美しい言葉で綴ったハーマンの言葉を引用しておこう。

「自然の現れはすべて語だった――つまり、神的エネルギーと理念の、新しく、内密で、筆舌に尽くし難く、しかしそれだけにいっそう緊密な、結合、通知、連帯の記号であり、象徴であり、証だった。人間が最初に聞いたもの、両目で見たもの、熟視したところのもの、そして両手で触れたものは、すべて生きている語だった。というのも、神は言葉だったからである。この口の中と心の中にある語によって、言語の起源は子供の遊びのように自然で、親密で、軽快だった。」（『神的かつ人間的な言語の起源に関する薔薇十字の騎士の遺言』一七七二年、互盛央『言語起源論の系譜』講談社、三九三頁、より）

先に述べたように、「石のエクリチュール」を語るカイヨワがこのような議論と無縁だったと言うのでは決してないけれども、ベンヤミンの驚嘆すべき小論は、やはりカイヨワには希薄な、擬態と言語との壮大かつ内密なドラマの側面を読み手に差し出している。ラカンにとっても同じく、言語のなかで、意味のなかで、「生誕の未熟さ」「鏡の段階」は生起する。ただ、「迷宮」が「碁盤目」でもあることをカイヨワが熟知していたことを忘れてはなるまい。では、アドルノ（とホルクハイマー）はどうだったのだろうか。すでにアドルノと「ミメーシス」については、『美の理論』をも考察の対象とした数多の考察が存在する。あらかじめ断っておくが、以下は、あくまでカイヨワとの関連で試みられた『啓蒙の弁証法』の一読解にすぎない。

7　神話と啓蒙

デリダがフランクフルト市からアドルノ賞を授与されたのは二〇〇一年九月のことで、その際にデリダが行ったベンヤミンをめぐる受賞講演は『フィッシュ』（*Fichus*, Galilée, 2002）として出版された。デリダにとって「ミメーシス」は『グラマトロジーについて』以降つねに本質的な問題系であり続けたと筆者は考えているが、この問題系は、一方では『生きた隠喩』（*La métaphore vive*, Seuil, 1975）を契機とするポール・リクールとの論争を惹起し、他方では、一九八〇年夏にスリジー＝ラ＝サルでデリダ・シンポジウムを開催したジャン＝リュック・ナンシーとフィリップ・ラクー＝ラバルト、特に後者によって共有された。しかし、『社会学コレージュ』をめぐるオリエの研究や、唯一の例外とも言えるジャン＝フランソワ・リオタール（Jean-François Lyotard, 1924-1998）のアドルノ論を別にすると、アドルノとその「ミメーシス」概念についても、それとカイヨワの擬態論との繋がりについても、『啓蒙の弁証法』（フランス語訳 *La dialectique de la raison* の出版は一九七四年）が一九四四年オランダの出版社から出版されてから数十年、フランス哲学界の諸潮流のいずれにおいてもそれが十全に議論されることはなかった。ただ、筆者は単に哲学史的考察の不備を云々しようとしているのではない。戦争と平和、文明と野蛮、と呼ばれたりもする事態に関して今こそ顧みるべき最重要な問題が、哲学史のこの空白において問われていた、ということを指摘しておきたいのだ。

「じつのところ、われわれが胸に抱いていたのは、ほかでもない。何故に人類は、真に人間的な状態に踏み入っていく代りに、ひとつの新たな種類の野蛮(eine neue Art von Barbarei)へ落ち込んでいくのかという認識であった」と、ホルクハイマー/アドルノは『啓蒙の弁証法』の序文に書いている。ここで「弁証法」という語は、「神話」(Mythologie)から「啓蒙」(Aufklärung)への脱却が「啓蒙」から「神話」への転落に転じることを指している。ルカーチの『理性の崩壊』に先立つこと七年であるが、著者たちは、第一次大戦に際してすでに多くの頭脳を悩ませたこの反転の事由を、「啓蒙の自己崩壊」(Selbstzerstörung der Aufklärung)に求めている。

「真に人間的な状態」とはいかなる状態だろうか。それがなおも「啓蒙」と呼ばれるかどうかはともかく、自己崩壊することとなき別様の「啓蒙」がありうるのだろうか、それともありえないのか。ありうるとして、この新たな「啓蒙」(?)は、「神話」、そして「野蛮」と呼ばれるものをどのように捉えるのか。そもそも「神話」なるものの把握の仕方が、更には、「野蛮」なるものの想定が「啓蒙の自己崩壊」を引き起こしたのではなかったか。

実際、「啓蒙」以外に「野蛮」を「野蛮」として生み出すものがあるだろうか。「ナチスのイデオローグ、アルフレート・ローゼンベルクの『二〇世紀の神話』(Alfred Rosenberg, *Der Mythus des 20. Jahrhunderts*)の出版は一九三〇年、「カリスマ権力——偶像としてのヒトラー」(一九五一年)を見ると、カイヨワがローゼンベルクの著作に通じていたことが分かるし、「神話的で宗教的な雰囲気の領分がかくも拡大したのは稀である」(p. 330)とヒトラーの治世を振り返るカイヨワにとって、一九三〇年代の「神話」研究は何だったのか。「啓蒙の神話への回帰」を憂えるホルクハイマー/アドルノにとってはどうだったのか。

一方では神話回帰、他方では神話と啓蒙のいずれをも批判せんとするホルクハイマー/アドルノにとって、カイヨワは、書簡がその思いの一端を伝えていたように、危険ではあるが無視することのできない何とも厄介な人物と映ったのではないだろうか。しかし、ここで確認したいのは、あれほどカイヨワに対して批判的な言辞を連ねていたアドルノだが、少なくとも『啓蒙の弁証法』に関しては、彼が書簡では評することのなかった「擬態と伝説的精神衰弱」の議論を肯定的に援用しているということである。先ほどは「擬人主義」と訳したが、「アントロポモルフィスムス」をめぐる発言から始めたい。

「古来、啓蒙が神話(Mythos)の基礎をなすと考えてきたのは自然を人間になぞらえる見方〔アントロポモルフィスムス〕であり、主体の自然への投影(Projektion von Subjektivem auf die Natur)であった」(S. 12. 邦訳七頁)とまず言われている。けれども、これは「啓蒙」の視点を前提とした意見であって、これでは、投影の「主体」としてすでに前提とされていることになってしまう。生命なきものを生命あるものに擬する「アニミズム」についても同様のことが言えるだろう。実際、「呪術」(Magie)ならびにシャーマン的悪魔祓いの儀式については、「自然の統一も主体の統一も」(S. 15. 邦訳一五頁)前提せざるものとみなされている。呪術師、というよりも呪術を行使する「霊」(Geist)は、様々な霊に類似したとされる儀礼の仮面(Kultmask)のように入れ替わる。呪術師は様々な霊への同化であり、その意味で、ここにはカイヨワのいう「擬態」のメカニズムがある。因みに、一九三〇年代の論考ではいまだこの点は主題化されていないが、カイヨワはやがて「仮面」を研究し、それをも「擬態」の一種として捉えることになる。

呪術師は自己同一性を持たない。だが、「主体の原史(Urgeschichte)」という観点からしてここで忘れてならないのは、呪術の段階を経て人間が初めて獲得する自己同一性(Identität des Selbst)についても、人間はそれを「見えない力の似姿(Ebenbild)」として、他なるものへの同一化によっても失われえない「仮面」として獲得すると言われていることである。ホルクハイマー/アドルノにあっては、「擬態」は自己の同一性に関してその散乱と仮構という二重の役割を果たすわけだが、この点については「神話的自己同一化」とも言うべき「擬態」が語られており、それが先の投影の基礎になると考えられる。

「ホメーロス的段階では、自己の同一性は非同一的なものの函数、つまり切り離され接合されることのない様々な神話の函数にすぎないから、自己の同一性はそこから自分を借りてこなければならない。」(S. 55. 邦訳七二頁)

もうひとつ指摘しておかねばならないのは、他なるものへの同一化としての「擬態」が「犠牲・供犠」(Opfer)の問題と連動されていることである。その際ホルクハイマーとアドルノは、獣の生贄に触れて、特定の「身代わり」(Substitution)の「神聖性」(Heiligkeit)に言及しているが、誰が、何が身代わりになるのかという点で、「女児の身代わりには牝鹿、最初の男児の身代わりには子羊が奉納されねばならなかった」(S. 16. 邦訳一二頁)と記している。何らかの類似の原理が働いていると言いたいのだろうが、彼らが浮き彫りにしたかったのはあくまで、科学的対象の普遍的代替可能性と「身代わり」の特定性との対照であって、必ずしも身代わり選択の機構の謎に光が当てられているわけではない。それでも、『暴力と聖なるもの』での「供犠」、特に「擬態的欲望」(désir mimétique)と「怪異的分身」(double monstreux)をめぐる議論と関連づけることは可能であろうし、また不可欠でさえある。実際、ジラールとホルクハイマー／アドルノは共にカイヨワの「祭りの理論」ならびにそれを収めた『人間と聖なるもの』を参照しているのである。

今「神話的同一化」と呼んだものについて、カイヨワはそこで、ベンヤミンのいう「舞踊」にもつながることを語っている。「ときには、まぎれもない演劇的表象が用いられることもある。オーストラリアのヴァラムンガ族では、各氏族が自分たちの先祖の生涯を擬態する(mimer)。」(*L'homme et le sacré*, Gallimard, 1950, pp. 143-144. 以下*HS*と略記)「犠牲・供犠」についてはこうだ。「ヴェーダ教の神々は供犠の最中にその血を撒き散らすことで、自分たちが負った不浄を転嫁できる生贄を求める。この種の浄化は一般に、犯されたすべての罪を背負った贖罪の山羊(bouc émissaire)を追放もしくは処刑することでなされる。」(*HS*, p. 134)ギリシャ語の「アゴス」は「穢れ」と「穢れを消す犠牲」を同時に意味し、ラテン語のsacerは「接触すると穢すか穢される人や物」を指すのだが、カイヨワは、聖なる動物を「禁忌」の聖なる対象を食するという冒瀆に触れて、やはりそれによって神話時代の祖先との同一化が生じるのだと述べている。

「犠牲」からスピノザ的「自己保存の原理」に至る過程で、ホメーロス描くオデュッセウスは数々の試練と冒険のなかで自分を投げ出しながらそれらを切り抜けていく。これもまた「犠牲」の変態の局面のひとつなのだが、それと併行して、「犠牲」から「贈与」「受贈」と「交換」のシステムが形成されていく。もっとも、「犠牲」ないし「供犠」にも神々の好意という対価が含意されているという意味では、それはすでに等価交換の図式を孕んでいるのだが。

呪術における「擬態」に話を戻すと、カイヨワとの関連で見逃せないのは、キュプロークスの島と魔女キルケーの住む島での出来事をめぐるホルクハイマー／アドルノの叙述である。キュプロークスは一つ目の怪物の謂であり、そのような怪物であり「無法者」であり人食鬼であるポリュペーモスに名を問われたオデュッセウスは「ウーティス」〔誰でもない者［Niemand］〕と答える。この答えによってオデュッセウスは、こいつは員数外だということで人食鬼の餌食として最後に回され、また、自分を傷つけた犯人〔オデュッセウス〕の名をこの鬼が「誰でもない者」としか言えないがために、人食鬼たちの仲間たちによる追跡をも免れたのだが、著者たちによると、ここでの真の問題は「オデュッセウスが自分を主体たらしめる自己の同一性を否認し、無定形のものへの擬態（Mimikry ans Amorphe）を通じて自己を生き永らえさせる」（S. 75. 邦訳九六頁）ということなのだ。「無定形のものへの擬態」という発想がカイヨワに由来することは言うまでもない。ただ、ホルクハイマー／アドルノはここでも、呪術的「擬態」に依拠する詭計が野蛮ないし呪術からの脱却をもたらし、「擬態」が逆に自己保存につながるといういわば三重の動きを描いている。いや、動きは四重であって、ひとたび「誰でもない者」を名乗ったがゆえに、オデュッセウスはいつ「誰でもない者」になるかもしれないという死の不安に苛まれ、そのために本名を名乗るという「愚行」をなさざるをえず、ポセイドンの怒りを買ってしまうのである。

キルケーの物語は、逆説的にも「擬態」によって神話から脱出した者が再び呪術と遭遇することを表している。妖艶な美女キルケーは美声で男を館に招き入れては魔法で男を動物に変身させてしまうのである。キルケーのこの魔法はそれ自体がカイヨワのいう「擬態」を引き起こすものだ。『カマキリ』で語られた「妖女」（Femme fatale）そのものである。詳細は省くが、このキルケーの魔法に対してオデュッセウスは「自己」の抵抗をつきつけるのだ。ただ、キルケーとオデュッセウスの暮らしは、ペネロペーとオデュッセウスの契約的婚姻関係に酷似している。なぜなら、契約的婚姻関係とはその実、竈の煙が犠牲の祭壇の煙と似ているように、呪術と神話に、それもその原生岩層に属するからだ。キルケーがオデュッセウスに冥界に赴く術を教えることができたのはほかでもない、冥界が神話の集合態だからである。

その点で言うと、冥界でのテイレシアスの預言の骨子は、数々の冒険、すなわち反神話的抵抗を続けることでのみ故郷に戻れるという点にある。しかし、すでに明らかなように、また、「ミメーシスを抑圧する（verdrängen）理性（Ratio）〔計算、比率〕は単にミメーシスの反対物なのではない。理性はそれ自体がミメーシスである。つまり死せるものへの」（S. 64. 邦訳八二頁）と言われているように、反神話的抵抗は呪術への回帰たる可能性を本質的に蔵しており、婚姻は、故郷もまた神話の最たるものであることを証示していた。とすれば、反神話的抵抗と神話回帰との避け難い重合に対する抵抗のなかにしか「故郷」（Heimat）はない。ローゼンベルクのような「ファシストたちは偽って神話を故郷に仕立てようとしているが、故郷の概念は神話に対立するものであり、その点にこの叙事詩の深い逆説が潜んでいる。（…）故郷とは〔そこから〕逃げ去ってあること（Entronnensein）である」（SS. 85-86. 邦訳一〇九頁）。

『カマキリ』の書評で用いられていたentronnenという語がここに登場するのは実に印象的である。カイヨワの「擬態」論は『啓蒙の弁証法』捕論I「オデュッセウスあるいは神話と啓蒙」のなかで、筆者自身当初予想していたよりもはるかに多くの箇所で、しかも議論の進行にとって本質的な役割を演じていると言わざるをえない。それも単に呪術的、神話的思考の構えを明かすものとしてだけではない。第二に、呪術的、神話的思考からの脱却の方途として、第三に、呪術と神話を脱却したはずの啓蒙的で理性的な思考の構えとしても「擬態」が捉えられているのだ。もちろん、不要な救済を図るわけではないが、カイヨワの「擬態」論は、ラカンの解釈が示していたように、それを「主体の原史」としてそれを敷衍する可能性を秘めている。ただ、反擬態的なものをも支配する擬態の円環をどう破るか、ホルクハイマー／アドルノの主眼はそこにある。他なるものへの同一化でも自己の同一性でもないもの。もっとも、カイヨワ自身、ただ「似ている」という言い方でそれを示唆していたのかもしれないのだが。

8　反ユダヤ主義とは？――ホルクハイマー／アドルノとサルトル

次に『啓蒙の弁証法』の「反ユダヤ主義の諸要素――啓蒙の限界」を検討してみよう。ジュリエット論、文化産業論の分析は省略せざるをえないが、前者で問題となる「同情」は、ジャン＝ジャック・ルソーが「憐れみ」(pitié) について述べているように、まさに「模倣」「ミメーシス」に係るものであり、文化産業もある意味では「図式」への擬態なのだということだけ指摘しておきたい。

レヴィナスとの出会いを契機として「ユダヤ人とは誰か」「反ユダヤ主義とは何か」と自問し始めてから三〇余年の歳月が流れた。いまだ満足のいく回答は得られていない。ただその際、サルトルの『ユダヤ人問題についての若干の省察』、この考察への応答ともいうべきレヴィナスの「ユダヤ人であること」「反ユダヤ主義と実存主義」やハンナ・アーレントの『パーリアとしてのユダヤ人』に加えて、ホルクハイマー／アドルノの議論からも鮮烈な刺激を受けたことを覚えている。もっとも当時はカイヨワの「擬態」論を意識することはまったくなかった。では、このミッシング・リンクが発見された今、これらの考察についてどのような読解ができるだろうか。例えば、サルトルの考察のなかに「神話」(mythe) という語が頻出すること、「石の永続性に魅かれた者たち〔反ユダヤ主義者〕がいるのだ」(*Réflexion sur la question juive*, Gallimard, 1954, p. 21. 以下 *RQJ* と略記) と記されていることにすら、今の今まで気づくことがなかったのだ。

サルトルの議論とホルクハイマー／アドルノのそれとのあいだには偶然の一致とは思えないほどの共通性がある。サルトルが『省察』の原型となる「ある反ユダヤ主義者の肖像」(Portrait d'un antisémite) を『レ・タン・モデルヌ』誌に発表したのは一九四五年一二月のことで、「反ユダヤ主義の構成要素」は一九四七年版においてであるから、アドルノがサルトルの論考を知っていたという可能性は皆無ではなく、「サルトルによる反ユダヤ主義とフランクフルト学派による反ユダヤ主義」の著者ニコラ・ヴェイユのように、アドルノが「ある反ユダヤ主義者の肖像」を実際に読んだと考える論者もいる (*cf.*, Nicolas Weill, L'antisémitisme selon Sartre et selon L'Ecole de Francfort. Esquisse d'une comparaison, in *Sartre et les juifs*, La Découverte, 2005, pp. 204-205)

まず、いずれの論考も「反ユダヤ主義とは何か」「反ユダヤ主義者とはどのような人物か」という視点から考察を展開している。実際には「セム」という語であるとはいえ、「反ユダヤ主義」という表現が「ユダヤ」を含んでいるがゆえに、それは結局「ユダヤとは何か」と問うことと同じであり、この循環をどう考えるかこそが大問題なのだと言われるかもしれないが、この視点の設定、サルトルの言葉を用いれば、「ユダヤ人問題は反ユダヤ主義から生まれた」(*RQJ*, p. 156)(強調引用者)という見地は銘記されねばならない。

次に、いずれの論考も二つの立場に板挟みになったものとして「ユダヤ人問題」を捉えている。ホルクハイマー／アドルノにとって、ひとつはユダヤ人を「敵性人種」(Gegenrasse)とみなし、その根絶に世界の幸福が懸っているとする立場、いまひとつは、ユダヤ人は人種や民族とは何ら係りなく、なるほど宗教的見解と伝統によって集団を形成しているとはいえ、「ユダヤ的特徴」なるものは例外的にしか存在せず、原理的にはユダヤ人も同じ人間であり同じ市民的個人であるとする立場であるが、それに呼応するかのように、サルトルは、「反ユダヤ主義者はユダヤ人であることでユダヤ人を非難する。民主主義者はユダヤ人が自分をユダヤ人とみなすことを進んで非難するだろう。このような敵と味方の間で、ユダヤ人は何とも居心地が悪く感じる」(*RQJ*, p. 62)と書いている。

第三に、反ユダヤ主義者たちの情念的で盲目的な態度について、サルトルは「反ユダヤ主義者とは、恐怖にとらわれた男である。それも、ユダヤ人に対してではなく、自分自身に対して、自覚に対して、自分の自由に対して、自分の本能に対して、自分の責任に対して、孤独に対して、変化に対して、社会に対して、世界に対して、恐怖を抱いているのである」(*RQJ*, pp. 56-57)と言っているが、ホルクハイマー／アドルノの「構成要素」にも、「生産者〔創造者〕として演技せざるをえない産業の騎士たち〔産業ブルジョワジー〕にとってユダヤ人はトラウマであった。ユダヤ人を罵る卑語(Jargon)のうちに、彼らはひそかに自らを蔑んでいる当のものを聞き取る。彼らの反ユダヤ主義は自己憎悪(Selbsthaß)であり、寄生生物(Parasiten)の疚しさである。」(S. 184. 邦訳二七六頁)とある。社会階層という点ではサルトルも、反ユダヤ主義者たちが、実際には非生産者でありながら産業に従事する中間層たるブルジョワジーに多数見られると指摘している。

このような「自己憎悪」、「自己への始原的な恐怖」(サルトル)にほかならない「トラウマ」が反ユダヤ主義者に引き起こす反応を描くに際して、ホルクハイマー／アドルノは、カイヨワが「擬態と伝説的精神衰弱」で述べたことをほぼそのまま援用している。反ユダヤ主義者たちは、樹木と化したダフネのように、動かざる自然になって防衛しようとする。

「生あるものが極度の刺戟に耐えかねて動かざる自然に成ろうと試みることがあるが、そういう自然とは最も外的で空間的な関係においてのみ成り立つ。空間は絶対的疎外（Entfremdung）である。人間的なものが自然のごとく成ろうとするところでは、それは同時に自然に対して冷淡になる。そうした防衛も、驚愕と同じく、擬態（Mimikry）のひとつの形式である。人間におけるそのような麻痺は自己保存の古来の形式である。生命は死せるものと同化することを代償に、みずからを存続させるのだ。」（S. 189. 邦訳二八三頁）

サルトルが『省察』で「擬態」や「死への衝動」のことを意識していたかどうかは分からない。ただ、先述したように、サルトルのなかには、透明な意識〔対自〕たらんとする志向と同時に不透明な物〔即自〕たらんとする志向が存在しており、それが、「石になろうとする」という実にカイヨワ的な言葉をサルトルに書かせたと思われる。しかし、『省察』を改めて読み直してみると、これまでまったく気に留めなかったことだが、ユダヤ人の「身振り」の独自性を表すために mimique〔擬態〕という語が使われているのみならず（*cf.*, *RQJ*, p. 69, p. 132）ユダヤ人の恐怖が「精神衰弱」（psychasténie）という語で語られてもいるのである（*cf.*, *RQJ*, p. 102）。

繰り返すが、だからといって筆者はサルトルがカイヨワを意識していたと強弁したいわけでは決してない。それにしても、これらの語をアドルノは反ユダヤ主義者の反応を表すために用いていたのではなかっただろうか。非常に興味深く、また難しい点であるが、サルトルは「精神衰弱」という語を記した直後に、「あるユダヤ人たちは他の者たちが彼らについて抱く何らかの表象によって毒されており、自分の振舞がそれに適合しないのではないかとの怖れのなかで生きている」（*RQJ*, p. 102）と書いているのだ。もうひとつ、「ユダヤ人の不安」（inquiétude juive）について書かれている箇所を引用しておこう。

「ユダヤ人の不安の根、それは絶えず自分に問いかけ、最後には、見知らぬものだが親しく、捉えられないが近しい幻影人物（personnage fantôme）の側に与する決断をしなければならないということである。この人物はユダヤ人に憑依しているが、彼自身以外の誰でもない、他者にとってそうであるような彼自身以外の誰でもない。」（*RQJ*, p. 85）

これは「社会的人間」（homme social）の宿命である。重要なのは、このあり方を反ユダヤ主義者もまた共有しているということだ。ユダヤ人と反ユダヤ主義者は共にこの「幻影人物」への「擬態＝融即」を行う。いや、「擬態＝融即」が例えばユダヤ人と反ユダヤ主義者として分有（partager）されるのだ、と言ったほうがよいかもしれない。では、「幻影人物」、一種のノイズ現象たる「ゴースト」と呼ぶべきかもしれないが、これは誰なのだろうか、何なのだろうか。[3]

これまた、『省察』を読み直して初めて気づいたことだが、『省察』にはカイヨワの神話論にも『啓蒙の弁証法』のオデュッセウス論にも呼応する用語や叙述が他にも見られる。

サルトルによると、反ユダヤ主義者にとってユダヤ人を排斥することは自分を社会的家郷に参加〔融即〕させる一種の「加入儀礼」（rites d'initiation）、「聖なる儀式」（cérémonie sacrée）であり、「その意味で、反ユダヤ主義は人間的犠牲・供犠（sacrifices humains）の何がしかを維持している」（*RQJ*, p. 55）と指摘してもいる。この点で想起されるのは、サルトルが因果関係のありえないところでの因果関係の捏造をつねに「魔術・呪術」（magie, magique）と呼んでいることである。以上をひとことで要言するなら、「反ユダヤ主義とは、そこでユダヤ人憎悪が説明的神話の資格で場所を得るようなマニ教的で原始的な（primitif）世界におけるひとつの考え方」（*RQJ*, p. 157）であり、「合法的共同体のなかで潜在的に存続している原始的社会（société primitive）の表現」（*RQJ*, p. 75）なのである。

そうであるなら、「ゴースト」はここでは、「啓蒙」が乗り越えたと思っている「呪術」と「神話」を表していることになる。アドルノが指摘しているように、ユダヤ人はキリスト教徒の初子をさらって過ぎ越しの祭りで殺害し、その血をパンに混ぜて飲むといった「血の中傷」「儀礼殺人」の迷信が絶えないのはそのためである。しかし、「啓蒙」が乗り越えたはずの呪術や神話は単に残存しているだけではない。先に見たように、「啓蒙」ないし「理性」そのものが呪術であり神話なのだ。このことを最も劇的に表しているのが「貨幣」ではないだろうか。ある意味では無から価値を生み出し、何とでも結びつく、言い換えるなら、何にでも擬態する貨幣はまさに魔術的・呪術的なものとして現れる。その謎を「物象化」として解明しようとしたのがマルクスであるが、マルクスがシェイクスピアに拠って「貨幣人間」（Geldmensch）とユダヤ人を評したことは周知のとおりである。「ゴースト」はそれゆえ高度な金融資本主義でもある。そして、「ゴースト」のこの二重性が、世俗性を詐称する「国民国家」の自律・自存性ならびにその「理性的根拠」（Sttaträson, Raison d'Etat）を生み出すと同時に脅かすノイズとなるのだ。では、「ゴースト」への擬態（ミメーシス）と分有（メテクシス）はどのようにして生起するのだろうか。もっとも、「擬態」と「分有」は、いずれもparticipation〔融即〕という語で表すことのできる同一の事態なのだが。アドルノは言っている。

「反ユダヤ主義は偽の投影である。この投影は本来のミメーシスとは反対のものであり、抑圧されたミメーシスときわめて似通っているが、実際にはおそらく抑圧されたミメーシスの病的表現である。ミメーシスが自己を環境に類似させるのだとすれば、偽の投影は自己に環境を類似させる。前者にとっては、外部が内部にとってのモデルとなり、このモデルに内部は自己を適合させ、疎遠なものが親しいものとなるのだが、後者は、発現しようとしている内部を外部に置き換え、最も親密なものに敵の烙印を押す。主体が自分のものであるにもかかわらず自分のものとは認めたくない情動は客体に、つまり予定された犠牲者に押しつけられる。パラノイア患者は自由に犠牲者を選択することはできない。彼はその病気の法則に従うのだ。（…）敵として選ばれた者はすでに敵として知覚されていた。混乱は、投影された素材に関与するのが自分なのか他人なのかという区別が主体にできない点に由来する。」（S. 196. 邦訳二九三―二九四頁）

サルトルも「反ユダヤ主義者」を「パラノイア患者」に比していることをまず指摘しておくが（*cf.*, *RQJ*, p. 47）、ここで「偽のミメーシス」と呼ばれているものは、先に指摘したように、投影主体の同一性を想定した操作ではない。投影と言っても、そもそも「ゴースト」を投影する者には「ゴースト」が自分なのか他人なのか分からない。こういう言い方が許されるなら、「ゴースト」にも「ゴースト」たる自分が自分なのか他人なのか分からない。私たちが「主体と客体」、「私と他者」と呼ぶような区別と関係はこのような状態から生まれるのだが、つねにこのような状態に回帰する可能性を有している。この点を銘記したうえで、「われわれ〔ユダヤ人ならざる者、反ユダヤ主義者〕が彼〔ユダヤ人〕にユダヤ人たる自分自身を選ぶよう強いるのだ」（*RQJ*, p. 145）というサルトルの言葉を読まなければならない。強いる者としての「われわれ」〔私〕もまた誰にと名ざすことのできないものによって強いられているのだし、そもそも「われわれ」〔私〕の同一性はここにはなく、同じことだが、それゆえユダヤ人たる「自分自身」も存在しないからだ。いかに詭弁的に響こうとも、「反ユダヤ主義」はこのような状況から生まれ、生き永らえ、日々の極小の出来事から国家の政策にまで深く浸透し、そこに回帰し続けてきた、回帰し続けているのだ。「ユダヤ人を創造するのは反ユダヤ主義者だ」(*RQJ*, p. 152) といったサルトルの発言、更にはいわゆる投影理論に対する数多の反論、反ユダヤ主義とその犯罪に対する様々な非難はこの点を見誤ってきたように思われる。筆者は反ユダヤ主義者の「責任」なるものをなきものにしようとしているのではまったくない。今述べたような観点からそれを考え直さねばならないと言いたいのだ。

「自己同一化」の過程がユダヤ人と反ユダヤ主義者を創り出したのであり、この過程はそれに付随する数えきれない変数によって限りなく、ユダヤ人、反ユダヤ主義者とはおよそ無縁と思われている現象に至るまで変態を続けている。この点に最も深い洞察を示したのは私見によるとラカンであった。「生贄たる対象の仄暗き神々へ奉納」(offrande à des dieux obscurs d'un objet de sacrifice) という表現で彼は、ナチズムとジェノサイドのいまだ解明されざるドラマを語っているが、ここにいう objet——サルトルなら quasi-objet〔準‐対象、対象擬き〕と呼ぶだろう——が筆者のいう「ゴースト」にあたるだろうか (*cf., Les quatre concepts fondamentaux de la psychanalyse*, Seuil, 1964, pp. 247-248)。

それにしても、カイヨワの『カマキリ』が発表され、カイヨワがラカンと出会ったその年、フロイトがアルノルト・ツヴァイクに宛てて、「新たな迫害に直面して人びとはまた、いかにしてユダヤ人は生まれたのか、なにゆえにユダヤ人はこの死に絶えることのない憎悪を浴びたのか、と自問しております。私はやがて、モーゼがユダヤ人をつくったという定式を得、私の作品は「モーゼという男——一つの歴史小説——」という標題をつけられました」(渡辺哲夫「歴史に向かい合うフロイト」、『モーセと一神教』日本エディタースクール出版部、二三五―二三六頁より引用) と書き送っていることを思い浮かべるとき、筆者は大きな衝撃を覚えざるをえない。

Ⅲ　現象学とミメーシス

1　演技者と殉教者

サルトルの『想像的なもの』を読み進んでいくと、次のような箇所に出くわす。少々長くなるが引用しておこう。

「ピエール・ジャネの仕事以降、強迫観念（obsession）は、肝臓のなかの結石のように意識のなかにその意に反して場所を占めに来る異物ではないということが理解されるようになった。強迫観念はひとつの意識であり、結局のところ、それは自発性と自律性という特徴を他のあらゆる意識と共有しているのだ。大抵の場合、禁止が課せられたのは想像的意識に対してであり、精神衰弱症者（psychasténique）は想像的意識を形成することをみずからに禁じた。だからこそ精神衰弱症者は想像的意識を形成するのである。実際には強迫観念の内容は重要ではない（…）、重要なのは禁止が病者に惹き起こす一種の眩暈（vertige）である。彼の意識は夢の意識のように不意を襲われるがその仕方は違う。精神衰弱症者の意識にあっては、強迫観念への恐れそのものが強迫観念を甦らせる。「それをもう考えるまい」とするどんな努力もおのずと強迫的思考に転じる。（…）意識はある意味では自分自身の犠牲者であり、逃れ難く悪循環に繋ぎ留められており、強迫的思考を追放しようとするあらゆる努力はそれを再生させる最も有効な手段である。病者はこの悪循環を完璧に意識しており、ジャネの何人かの患者についての観察は、彼らが自分は同時に死刑執行人にして犠牲者であることをはっきり知っていることを示している。（…）現実感覚は摩滅してはいないが、何かが失われたのだ。自我への帰属、クレパラードが「自我性」（moïïté）と呼ぶものが。」（*L'imaginaire*, Gallimard, 1940, pp. 298-299）

かねてより筆者は、ジャネとサルトルとの繋がりを強調してきたが、それはサルトルとカイヨワ、二つの現象学の間のみならず、サルトル、カイヨワとアドルノ／ホルクハマーの間をも作り出すものであったのだ。この点を確認したうえで、更に一歩踏み出して問うてみたい。サルトルにとって「現象学」とは何よりも「志向性」（Intentionalität）の観念であったが、「志向性」の観念そのものは「擬態」「ミメーシス」とどのような関係にあるのか、また、ありうるのか。
周知のように、フランツ・ブレンターノ（Franz Brentano, 1838-1917）は『経験的立場からの心理学』で、中世哲学に依拠しつつ「志向的内存在」（intentionale Inexistenz）という観念を練り上げ、あらゆる心的現象はその対象——表象なら表象されたもの、愛なら愛されるもの、欲望なら欲望されるものを、それ自身のうちに対象として有するとした。「志向的内存在」は後にフッサールによって「ノエマ」〔考えられたもの〕の名を与えられ、「ノエシス」〔考える作用〕と相関関係に置かれた。ところが、「内存在」といっても、何か物理的容器のようなもののなかに別の物理的なものが入っているわけではまったくない。そこに、〜をめざすという志向性のいわば遠心的な性格も加わって、一体「志向的内在性」とはいかなるものかをめぐって喧々諤々たる状態が生まれることとなった。のみならず、一方の「ノエシス」についても、その始点となるもの、例えば「超越論的自我」をめぐって、同様の状態が生じたのである。

この点に関してサルトルはどうだったのか。彼は、アンドレ・ラランド（André Lalande, 1867-1963）のような哲学者の「同化」（assimilation）と「摂食・消化」（digestion）の哲学とは正反対のものとしてフッサールの哲学を捉え、「志向性」ゆえに「われわれが自分を見出すのは何らかの隠れ家にではない。それは通りにであり、町のなかにであり、群衆の只中にであり、事物に囲まれてであり、人間たちに囲まれてである」（*Critiques littéraires* [*Situations*, I], Gallimard, 1947, p. 42）と声高く宣言している。一方の「ノエシス」に関しては、サルトルは「エゴの超越」において、「私」（Je）を他の人格と同様に「ノエマ」とみなし、超越論的意識の領野から「私」を放逐してそれを非人称化した。

ラランドの哲学が「同化」と「摂取・消化」の哲学であるとするなら、サルトルの哲学は「異化」と「吐瀉」の哲学であって、「擬態」「ミメーシス」を「異化」の一種とみなすこともできないわけではない。たしかにサルトルは、物と意識、即自と対自とを峻別している。しかし、というよりも、だからこそ、先述したように、意識は物と化すこと、物にされることを恐怖すると共に物になりたい、物にされたいという衝動を抱くのである。物と意識、存在と無のいわば中間に位置する「ねばねばしたもの〔鳥黐〕」（visqueux）をめぐる『存在と無』の考察から、このアンビヴァレンツを読み取ることができる。

「取り付き巻き添えにする不安定な物質たるねばねばしたものへの怖れのなかには、変態（*métamorphose*）への固定観念のごときものがある。ねばねばしたものに触れること、それは粘着性のなかに溶解されてしまうかもしれないという危険を冒すことだ。」（*L'être et le néant*, Gallimard, 1943, p. 656. 以下*EN*と略記）

ここに、意識の一種の「擬態」、意識の「死への衝動」を見たとしても決して誤りではあるまい。「穴」（無）を埋めたいという衝動についても同じことが言えるだろう。このような考察を展開するにあたって、サルトルが、カイヨワの知人で『異端審問』の寄稿者でもあったガストン・バシュラールを参照しているのも意味深い。サルトルとカイヨワが共にピエール・ジャネを参照しながら、「ゴースト」による透明な意識の混濁の病理を語っていたこと、この点は先に述べたとおりだが、それに関連して指摘しておきたいことがある。『ユダヤ人問題』では、この「ゴースト」を抹殺して「同化」する、あるいはそれを余儀なくされることが、実に印象的なことに、「非本来性」（inauthenticité）と呼ばれるのみならず**martyre**とも呼ばれているのだ（*cf.*, *RQJ*, p. 145）。「証言」を意味するギリシャ語が語源で、「殉教」を意味することは周知の通りである。では逆に「ゴースト」を引き受けることは何を意味しているのだろうか。これはある意味では「自己自身」を選び取ることである。しかし、それは「対他存在」である限りでの「自己自身」であって、それ以外に「自己自身」がないにもかかわらず、見知らぬ疎外態でもあり、見知らぬ疎外態はというと、影のように離れない「分身」でもあるのだ。その意味では、「ゴースト」とこれまで呼んできたものを「アナロゴン」〔類似態〕（**analogon**）というサルトルの用語で指し示すこともできるだろう。

何やら錯綜した事態であるかに見えるが、どうだろう、私たちは日々刻々とこのような仕方で生きているのではないだろうか。そして、それをサルトルは「演技」、「演技」ならざる「演技」とでも言うほかないが、そういう「演技」とみなしたのではないだろうか。この視点は『存在と無』ですでに提示されていた。注文の品をお盆に載せて運んでくるカフェのボーイの歩き方は「何らかの自動機械（automate）の頑な厳密さを模倣している（imiter）」（*EN*, p.94）。「ボーイの振舞い全体が演技〔ゲーム、遊び〕（jeu）であるように見える。彼は懸命に、自分の様々な動きを、あたかもそれが互いに命令し合う機械的機構（mécanisme）であるかのように連繋させようとしている。彼の身振り・表情（mimique)、その声までが機械的機構であるように思える。彼は事物の持つ容赦ない迅速さと素早さを自分に課している。彼は演じている。彼は楽しんでいる。しかし一体何を演じているのだろうか〔何をまねて遊んでいるのだろうか〕。それを理解するには、長く観察を続けるには及ばない。彼はカフェのボーイであることを演じているのである。」(*EN*, p. 94)

　これは例えばボーイのような職業ないし役割によって強いられる事態であるわけではない。サルトルによれば、意識たる人間はそれが何であれ「それである」(l'être) ためには「それであることを演じる」(jouer à l'être) より以外にないのだ。誰かが見ているから、ボーイはこのような動きをしているわけではない。けれども、彼の「自己自身」であるような「対他存在」の演技であるという意味では、彼の「身振り・表情」〔擬態〕は、「お前は泥棒だ」という言葉によって対象化された「自己自身」「泥棒」をまさに引き受けて演じるジュネのような人物、というよりもむしろ、サルトルによって描かれたジュネと構造的には同型の現象なのである。ジュネだけではない、われわれはみな「俳優」(comédien) であり、様々な「〜であること」を、そして、特異な「私」であることを演じているのだ。いや、と同時に、「殉教者」〔受難者〕として、一般的な「人間」であることを演じているのだ。このような「人格化」(personnalisation)、「同一化過程」をめぐる未完の長編、それがサルトルのフローベール論『家の馬鹿息子』にほかならない。そこでも何度も言及されているけれども、俳優エドマンド・キーン (Edmund Kean, 1787-1833) ――彼は『ヴェニスの商人』のシャイロックを演じた――へのサルトルの持続的な関心を思い起こしてもよいだろう。

　林達夫と久野収の対談『思想のドラマトゥルギー』を読んでいくと、サルトルのジュネ論に言及した箇所が見つかる。*Sant Genet. Mrtyre et comédien*〔聖ジュネ――殉教者にして俳優〕という題について林はこんなことを言っている。「これはフランス・バロックの劇作家の一人ジャン・ロトルー［Jean de Rotrou, 1609-1650］の代表的な作品『〔真説、本物の〕聖ジュネ』*Le Véritable Saint Genest* に眼《がん》をつけて、サルトルとしては珍しく凝りに凝った、まことに味のある題なんです。」(三八六頁) 続いて林はロトルーの作品の内容に踏み込んでいく。長い引用になるが、ぜひお読みいただきたい。

　「ロトルーがその作品を書いたのは、確かデカルトの『哲学原理』が出た前後だと記憶します。その荒筋を言いますと、時代はローマ、ディオクレティアヌス皇帝の治世、王女の結婚祝いにやる芝居での話なんです。時はまだキリスト教が邪教視され、同教徒が見つかると極刑を受けていた真最中のことですから、プロデューサー兼俳優のジュネ――たぶん当時はGenestをジュネストまたはジネスと読ませていたかも知れません。ロトルーが読んで、その模倣をしたと言われるローベ・デ・ベーガの同じ人物を主人公にした作品ではGines（ヒネス）となっていますから――そのジュネは、王女の花婿になるマキシミンの幕僚の、その部下の一将校が、キリスト教へこっそり改宗していたことがばれて処刑される、その経緯を脚色して演ずるんですが、その晴れの舞台でこの俳優自らがそれを演技しているうちに、キリスト教に回心したことを最後のシーンで宣言する。はじめ観客はそれも芝居のうちだろうと思っていたら、どうもそうではない。大騒ぎになるが、やがてジュネは従容として処刑台へのぼる、という筋なんです。役者がその持役に誘い込まれて、その者になる。役者はいわば変身（メタモルフォゼ）の常習者ですが、またどんな時にも役者としての仕事が済めば、いつもの「自分」に帰る人間でしょう。ところが、ジュネはもはや「わが身に永久に帰らざる変身」をやってのけたわけです。これは役者が役割という油断ならぬ穽に完全にひっかかった稀有の場合であり、personnageを演じたpersonが、そのものずばりになってしまうという「俳優の悲劇」ともいえる一つのケースでしょう。

　前に少し触れたかと思うが、ジャン・ルーセの『フランス・バロック期の文学』の第三章は「変装とまやかし（悲喜劇）」（その章は斎藤磯雄訳）となっているが、そこにもちょっと聖ジュネのことが出ています。しかし、俳優とは何かという問題を、バロック演劇を中心にして論じた、彼の「俳優とその（役）人物――ドン・ジュアンから聖ジュネへ」という論文が『内部と外部――十七世紀における詩および演劇についてのエセー』（Jean Rousset, *L'intérieur et l'extérieur*, 1968）という彼の評論集に載っておりますが、この論文は鮮やかなアプローチでこの問題に肉迫した読みでのあるエセーです。自分自らを演ずる役者（ドン・ジュアン）、自分の役にイカレる役者（聖ジュネ）、アイデンティフィケーション（役柄への同化）とその限界（ディドロの例の『俳優についての逆説』を手がかりにしての彼の一応の結論）……と、これだけ申し上げてもちょっと読んでみたい誘惑にかられるでしょう。」（三八七―三八八頁）

　ここで提示されたような視点からサルトルの様々な仕事を読み解いていく余裕はもはやない。三つのことを指摘して、次の論点に移行することをどうかお許しいただきたい。十六歳のカイヨワの欲望について先に彼自身の告白を引用したが、少年ギュスターヴをめぐるサルトルの描写はカイヨワのこの告白の延長線上に位置づけられるように思われる。

「ギュスターヴは自分を見ようとするよりもむしろ、見られている自分を見、他人たちのヴィジョンのなかで自分を修正しようと思っている。ところが、これこそ彼に禁じられていることなのだ。人間とその反射像に対する関係は、心理学者たちが二重感覚（*double sensation*）と呼ぶものに似ている。私の親指が人差し指に触れるとすると、その二本の指はどちらも本当は他方にとっての対象とはならない。というのも、それらは各々同時に探るものでも探られるものでもあり、感じるものでもあれば感じられるものでもあり、能動的でもあれば受動的でもあるからだ。」（*L'idiot de la famille*, 2, Gallimard, 1971, p. 680. 邦訳Ⅱ巻三九―四〇頁）

第三は、サルトルの『想像的なもの』とディドロの『俳優の逆説』を連結しながら「精神盲」と呼ばれる症例の説明を試みたのが、次節で取り上げるメルロ＝ポンティの『知覚の現象学』だったということである。

「正常な主体は軍隊式の敬礼をせよと命ぜられたとき、そこにひとつの経験的状況しか見ず、それゆえ、彼は動きを幾つかの最も意味ある構成要素に還元し、この動きに自分のすべてを懸けることはしない。彼は自分の身体で演じ〔遊び〕、兵士を演じるのを楽しみ、役者が自分の現実的身体を演ずるべき人物の「巨大な幻影」のなかに滑り込ませるのと同様、兵士の役のなかで「自己を非現実化する」。正常な主体と俳優は想像的状況を現実のものとみなすことはなく、逆に、自分の現実の身体をその生命に係る状況から引き離して、想像的なもののなかで呼吸させたり話させたり、必要なら泣かせたりする。これこそわれらが患者にもはやできないことなのだ。」（*Phénoménologie de la perception*, Gallimard, 1945, p. 134. 以下*PP*と略記）

しかし、実は連鎖はここで終止するわけではない。もはやここで論じる余裕はないけれども、『俳優の逆説』はジル・ドゥルーズの『意味の論理学』第一九、第二〇のセリーにも引き継がれて「反実現」なる事態を錬成することになるのだ。(4)

2　肉と擬態

『家の馬鹿息子』の先の一節を書いたとき、サルトルが何を考えていたかはもとより知る由もない。けれども、「二重感覚」という語は、少なくとも筆者を再びメルロ＝ポンティの『知覚の現象学』へと送り返す。

「私の身体はそれが私に二重感覚をもたらすという点でそれと認められる、とかつて云われたことがある。私が自分の左手で自分の右手に触れるとき、対象たる私の右手はそれもまた感じるものであるという特異な性質を有している。先ほど私たちは、二つの手は一方が他方に対して同時に触れるものにして触れられるものでは決してないということを見た。両方の手を互いに他方に押しつけるとき、私は、二つの併置された対象を知覚するときのように、私は二つの感覚を一緒に感じるのではなく、そこにあるのは、二つの手の各々が「感じる」機能と「感じられる」機能を交互に果たしうるような曖昧な編成（オルガニスム）なのである。「二重感覚」なるものを話題にすることでひとが何を言いたかったかというと、それは、一方の機能から他方の機能への移行において、私が、触れられる手を、同じ手でありながらすぐに触れる手になるであろうものとして認知できるということであり、左手にとっての右手というこの骨と筋肉の束のなかに、私が一瞬、諸対象に向かってそれらを探索する機敏で活き活きとした別の右手の包みないし受肉を見抜くということである。身体は、認識機能を果たす最中に外部からそれ自身が不意に捉えられ、それは触れるものとしてみずからに触れようと試み、「一種の反射」（une sorte de réflexe）の下図を描くのだ。」（*PP*, p. 122）

興味深いことに、メルロ＝ポンティはサルトルの語るような意味での「二重感覚」は認めていない。しかし、フッサール生誕百年を記念した論集に「哲学者とその影」を寄せたメルロ＝ポンティはそこで今一度この一節に立ち返り、そこに微妙な変更を施している。

「私の右手が私の左手に触れるとき、私はそれをひとつの「物理的事物」のように感じるが、同じ瞬間、私が欲するなら、ある尋常ならざる出来事が起こる。つまり、私の左手もまた私の右手を感じ始めるのであり、それは肉と化し、それは感じる（*es wird Leib, es empfindet*）のだ。物理的事物は生気づけられる——より正確には、それはかつてと何ら変わらず、この出来事もそれを豊かにするわけではないのだが、探索の力能がそこに置かれ、そこに宿るのである。

だから、私は触れるものとしての自分に触れ、私の身体は「一種の反射」を実行する。私の身体のなかで、私の身体によって、感じるものとそれによって感じられるものとの一方向の関係ではない。連関は反転し、触れられた手は触れるものと化すのであって、私は、触れることはここでは身体のなかに行き渡っている、身体は「感じるところの事物」「主体にして客体」であると言わざるをえない。」(*Signes*, Gallimard, 1960, p. 210. 以下*S*と略記)

微妙な言い回しが幾つも用いられているとはいえ、先の引用文で、触れるものと触れられるものとの交替とみなされていたものが、触れられるもの＝触れるものという同時的かつ可逆的な両義態に近づけられていることは間違いない。そして、このような自己反射によって形成されるものが、フッサールの『イデーン』第二巻に即してKörperではなくLeibと呼ばれている。少なくともここでは、Körperとcorps, Leibとchairとの対応を肯定してよいだろう。「二重感覚」という語こそ用いられてはいないけれども、サルトルならそう呼ぶかもしれない自己接触が私の「肉」の形成に関して本質的な役割を果たしていると言ってよい。しかし、それだけではない。この「反射」はそのまま他者の身体の「構成」をも可能にするというのだ。

「私の右手は私の左手における能動的な触れることの到来に立ち会った。私が他の人間(autre homme)の手を握るとき、あるいは単にそれを見るときに他者の身体が賦活されるのもこれと別の仕方でではない。私の身体が「感じるところの事物」であり、それが「刺激されうる」(reizbar)であること――単に私の「意識」がではなく私の身体がそうであること、それを学ぶことで、私は、他の数々のアニマリア〔動物〕、場合によっては他の数々の人間たちがいるのを理解するための準備をし終えたのだ。そこには比較も類比(analogie)もないし、投影も「移入」(introjection)もないということをしっかり見なければならない。他の人間の手を握ることで私がその人物の現存在の明証を得るのは、その人物の手が私の左手の代わりをし、私の身体が、それを逆説的にも台座とする「一種の反射」のなかで、他者の身体を付随させるからである。私の二つの手が「共現前」もしくは「共存」するのは、それらがただ一つの身体の手だからであり、他者はこのような共現前の延長によって現れる。他者と私はただ一つの間身体性の諸器官(organes)なのである。」(*S*, pp. 212-213)

『デカルト的省察』の第五省察でフッサールは、「対化」(Paarung)、「準現前化」(Appräsentation)、「間接的呈示」(indirekte Präsentation)、「類比的統覚」(analogische Aperzeption)、「感情移入」(Einfühlung)といった用語で他者ならびに他者の身体の「構成」を論じた。『イデーン』第二巻を読み込みつつ、メルロ＝ポンティは、時にこれらの用語のうち幾つかを否認するかに見える身振りで、この問題系についてのフッサールの真意を語ろうとした。それに対して、ほかでもない今引用した一節を検討しながらそれに異を唱えたのが、第五省察のフランス語訳者たるレヴィナスであった。レヴィナスはまず、メルロ＝ポンティにおける間主観性の様態を、「感覚するものと感覚されるものとの共同行為」(acte commun du santant et du senti)という表現で言い表している。これはレヴィナス自身が「愛撫」(caresse)を特徴づけるために『全体性と無限』で用いた表現である。しかし、「倫理的関係」(relation éthique)はちがう、というのだ。

「このような「関係」――倫理的関係――は、まさに同じ身体には帰属せず、仮定的な、あるいは単に隠喩的な間身体性にも帰属しない二つの手の根底的分離(*séparation radicale*)を介して樹てられるのではないだろうか。このような根底的分離――社会性の倫理的次元全体――が、人間の面を照らす顔の裸出において、また人間の感性的存在全体の表出性において、たとえそれが握られた手であっても、そこにおいて、われわれにとって意味される(*signifiée*)ように思えるのだ。」(*Hors sujet*, Fata Morgana, 1987, p. 139)

一種の反射とみなされた私の二つ手の接触と握手という根底的分離。メルロ＝ポンティが遺した「研究ノート」には、自分で自分に触れることについて彼がその思いを綴った断片が含まれている。

「身体図式(schéma corporel)は、仮にそれが自己の自己へのこの接触(これはむしろ非‐差異[*non-différence*]である)(X……への共通の呈示)でないとしたら図式ではないだろう。(…)肉は鏡の現象であり、鏡は私の身体との関係の延長である。鏡＝事物の像(Bild)の現実化＝私と私の影の関係＝(動詞的)本質(Wesen)の現実化。事物の本質、〈存在〉の表皮あるいは〈存在〉の〈現れ〉の摘出。――自己に触れること、自己を見ること、それはこのような鏡像的摘出物を自己から得ることである。すなわち、「現れ」と存在との分裂(fission)――すでにして触れることのなかで生じた分裂（触れるものと触れられるものとの分裂）、鏡（ナルキッソス）ゆえに〈自己〉へのよりいっそう深い固着であるような分裂。私のなかでの世界の視覚的投影は、事物―私の身体という内客観的な連関として理解されるべきではない。そうではなく、影―身体の連関として、動詞的本質の共通性として、それゆえ結局は「類似」（resemblance）、超越という現象として理解されねばならない。」（*Le visible et l'invisible*, Gallimard, 1964, pp. 303-304. 以下*VI*と略記）

見られるように、自己接触もまた「分裂」を含んでいる。それはあくまで「非‐差異」であって、同一性では決してない。違わないが同じでもない。この不安定きわまりない境位が「類似」なのである。それにレヴィナスは「根底的差異」をつきつけたのだが、「鏡像、記憶、類似。根本的諸構造（事物と見られた事物の類似）」（*VI*, p. 319）とあるように、メルロ＝ポンティにとっては「類似」こそが根底的なものだったのだ。二人の哲学者のあいだのこの対照が実は対照ではなかったことについては後述する。ここで確認しておきたいのは、第一に、「事物と見られた事物との類似」という構造が先に「ゴースト」と呼んだものと重なり合っているということである。自己が自己に触れるという「分裂」を介した「非‐差異」「類似」もまた自己への擬態なのである。第二に、メルロ＝ポンティが「非‐差異」と呼ぶものをタルドにおける「無限小のもの」と連動し、「非‐差異」ないし「類似」も「同一化」ではないという意味では差異化であることをここでも確認できるかもしれない。

思い返せば、メルロ＝ポンティは『知覚の現象学』においてすでに「分身」とそれをめぐる幻覚の病理に強い関心を向けていた。

「どんな幻覚もまずもって自己の身体についての幻覚である。「私はまるで口のなかで聞いているかのようです」「話している人は私の唇のところにいます」などと患者たちは言う。患者たちは「現前感」のなかにいる。彼らは自分のそばに、自分の後ろに、自分の上に、目では見えない誰かの存在を直接的に体験し、その誰かが近づいたり遠ざかったりするのを感じるのだ。ある女性の分裂症患者は、背後から裸の姿を見られているという印象を絶えず抱いている。ジョルジュ・サンドには分身（double）がいて、彼女はそれを一度も見たことがないが、分身は彼女をいつも見てい

て、彼女自身の声で彼女の名を呼んだという。」(*PP*, p. 397)

分裂症患者の例が引かれているけれども、すでに指摘したように、病理学的症例に関してメルロ＝ポンティが依拠しているのは、カイヨワにとってと同様、ミンコウスキーであり、とりわけ「空間」に係る幻覚については、カイヨワの「擬態と伝説的精神衰弱」とほぼ同じ叙述も見られる。また、この点ではカッシーラーからの作用も忘れてはならないけれども、「神話」および「神話的空間」への言及が『知覚の現象学』にこれほど多くあったのかとの驚きを禁じえない。しかし、カイヨワのいう「擬態」との連関で注目されるのは、セザンヌではないだろうか。なぜなら、ウィーンの美術史家フリッツ・ノヴォトニ(Fritz Novotny, 1903-1983)の著作を引用して、メルロ＝ポンティが、「セザンヌの風景は「人間たちがまだいなかった前‐世界(pré-monde)の風景である」(PP, p. 379)と書いているからだ。『知覚の現象学』第二部第三章「物と自然的世界」の節題には「私が世界にあるがゆえに人間学的述語を超えた物」とある。この点で実に興味深いのは、『意味と無意味』所収の「セザンヌの懐疑」で、メルロ＝ポンティが「芸術は模倣(imitation)ではない」(*Sens et non-sens*, Gallimard, 1996, p. 23)と言っていることだ。自然なるもの、人間なるもの、芸術なるものをそれぞれ自存させたうえでそれらを結ぶものとしての「模倣」を斥けつつ、メルロ＝ポンティは「自然と芸術を一緒にしたいのだ」というセザンヌの言葉のうちに、人間のいない自然への「擬態」を読み取ったと言えるのではないだろうか。もっとも、「人間学的述語を超えた物」という表現はドゥルーズの『差異と反復』へと引き継がれていくのだが。

メルロ＝ポンティに特徴的なのは、幻覚的「分身」として記述されたものが他者論の中核に位置づけられているということだ。典型的と思われる箇所を遺稿『世界の散文』から引用しておこう。

「私の目には、他者(autrui)はいつも私が見聞きするものの余白(marge)にいる。他者は私の側に、私のかたわら、私の背後にいて、私の眼差しが粉砕し、一切の「内面的なもの」を追い払うような場所にはいない。どんな他者ももうひとりの私自身である。他者はある種の病者がいつも自分のかたわらにいると感じるあの分身(double)のごときもので、それは兄弟(frère)のようにこの病者に類似し(ressembler)、この分身を固定しようものなら必ずやそれを消滅させることになってしまうし、明らかにこの分身は病者自身の外への突起でしかない。なぜなら、少し注意するだけでそれをなきものにできるからだ。私と他者は、ほとんど同心円的な二つの円であり、小さな、そして不可思議なずれ（décalage）によってしか区別されない。このような有縁性がおそらく他者との関係を理解することを私に可能ならしめるのだろうが、この関係は因みに、私が正面から（de face）、その切り立った側面から他者に近づこうと試みる場合には思いもよらないものなのだ。」（*La prose du monde*, Gallimard, 1969, p. 142）

3　現実とその影

この遺稿には『知覚の現象学』以降一九五二年頃までに書かれた草稿が収められているという。少なくとも「分身」論という点では、メルロ＝ポンティは『知覚の現象学』からまったく変わっていない。ただ筆者のようにレヴィナスを読んできた者から見ると、「正面から」他者に接近すると逆に他者を取り逃がしてしまうという指摘は、どう考えても、「時間と他なるもの」や『実存から実存者へ』でレヴィナスが語った「対面・対座」（face-à-face）への揶揄を含んでいるように見える。しかし、もしそうだとすると、事態はいささか錯綜せざるをえない。というのは、ほかならぬメルロ＝ポンティがレヴィナスに依頼し、一九四八年に『レ・タン・モデルヌ』誌に掲載された芸術論「現実とその影」（La réalité et son ombre）のなかで、レヴィナス自身が一種の「分身」論を展開しているからだ。同論にはメルロ＝ポンティとおぼしき人物による解説が付されているが、「哲学者とその影」の執筆者メルロ＝ポンティはレヴィナスの論考の題名からも示唆を得たと推察される。では、これはどのような論考なのだろうか。

当時は「アンガジュマン」（engagement）というサルトルの言葉が時代を席捲していた。「約束」「関与」を意味する語で、元来は人間的実存の「投企」の構造を指すために用いられたが、それが文学者たちの「政治参加」（コミットメント）を唱える一種のスローガンとなったのだ。これに対して、レヴィナスは芸術作品の「離脱」（dégagement）を強調するところから論を起こしている。この性格ゆえに「芸術のための芸術」（l'art pour l'art）といった非難の言葉が生まれたことはよく知られているが、「志向性」についてもレヴィナスは、サルトルの先の解釈に抗して「世界外存在」

(Ausser-der-Welt-sein)とそれを特徴づけ、「世界」(とみなされたもの)の「外」があるのかどうかはともかく、「世界の外へ出る能力」としてユダヤ性を規定していた。では、芸術作品の「離脱」とはどのようなものなのだろうか。

「世界から離脱すること、それはつねに彼方に向かうことだろうか。プラトン的イデアの領域へ、世界を司る永遠なるものへと向かうことだろうか。手前への離脱なるものを語ることはできないのだろうか。」(『レヴィナス・コレクション』ちくま学芸文庫、三〇五頁)

ニーチェやドゥルーズとは逆に「プラトン主義の復権」を現代「哲学の課題」とみなし、また、プラトンに倣って「存在の彼方」(エペケイナ・テス・ウーシアス)を唱える哲学者がここではみずから「プラトン主義の転倒」を企てている。「ミメーシス」という語こそ用いられていないけれども、ここでレヴィナスは、何よりもプラトンの対話篇『国家』第十巻で「ミメーシス」批判を踏まえていると考えられる。芸術は彼方に向かいイデアを認識するのとは逆向きの運動であり、この運動は「不分明化」「夜の到来、影の侵入」と呼ばれる。こうした呼称については、一方では、「このもの〔手工職人によって製造されたもの〕は非隠蔽性〔真理〕そのものに較べれば、なにか暗いもの(アミュドロン)、ぼやけたものである」(597a)という『国家』の言葉、有名な「洞窟の譬喩」や「エルの物語」、それらをめぐるハイデガーの考察(例えば「プラトンの真理論」)、他方では、ハイデガーの『カントと形而上学の問題』を蝶番として、カント言うところの「魂の暗闇に隠された芸術」、等々、様々な関連を探ることができるだろうが、レヴィナス自身のターミノロギーのなかでは「夜」も「影」も〈ある〉(il y a)に結びついている。「分裂症者の世界に侵食する不分明な空間」(*PP*, p. 339)という、ミンコウスキーを踏まえたメルロ＝ポンティの言葉をそこに重ね合わせることができるかもしれない。

仄暗い手前への「離脱」の動きは神話的・呪術的な領域を経由する。ある意味ではこれはレヴィナスの『啓蒙の弁証法』なのだ。そこで強調されるのは「イメージ」(影像)の「音楽性」であり「リズム」の魔力である。「音の現象学」および「リズム」の観念は、〈ある〉の観念や芸術の領域のみならず、例えば「正義」の観念に関してもレヴィナスにとって決定的なものであったのだが、その分析は別稿に譲るとして、ここで強調されているのは、「主体」が「リズム」によって憑依されそのイニシアチヴを失う様である。「リズム」のなかにはもはや「自己」はなく、それは連れ去られ、引き込まれる。どこへ。Interessement という語の語源的意味を踏まえてレヴィナスは「諸事物の只中へ」（parmi les choses）、と答える。それも、事物のなかに単に置かれるのではなく、「自分自身にとって外的な光景に属する一個の事物として諸事物の只中に」（『レヴィナス・コレクション』三一〇頁）いることになる、というのだ。それにしても、これはカイヨワのいう「擬態」そのものではないだろうか。

しかし、このような影の部分とは別に「現実」が存在するのではない。あくまで影は現実の影である。もっと言うなら、「啓蒙」それ自体が「呪術」であったように、「現実はみずからの分身であり影でありイメージである」（同上三一四頁）のだ。そして、この事態を可能にするのが「類似」なのである。「イメージ」が例えば現実の対象と呼ばれるものと「類似」しているというのは何も特異なことではないけれども、レヴィナスの独創は、「イメージ」をフッサールやハイデガーのように現実の対象措定の中性化や無化として捉えるのではなく、現実の対象の存在そのものの変容として捉えていることであって、存在するものはそれがそうであるところのものであると同時に自分自身と類似している、翻って言うなら自分自身と同一的ではないのだ。この様態が「アレゴリー」〔寓意、別様に話すこと〕であり「戯画」（caricature）なのである。「染み」「破片」「襤褸」などが「逆向きのシンボル」（同上三一六頁）と呼ばれていることも見逃せない。「シンボル」が「割符」を意味することを踏まえつつこう言っているのだろう。

「アレゴリー」だけではない、加えて「シンボル」「メタファー」をもめぐる考察を『全体性と無限』の出版以前にレヴィナスが展開していたこと、それを『著作集』は私たちに教えてくれる。残念ながら、これまた稿を改めて論じるほかない。「アレゴリー」の論理からレヴィナスは、「存在はその分身を存在する・実存する」のような構文に見られる「存在する」（Etre）、「実存する」（exister）の他動詞性を引き出し、一方ではそれをいわゆる「実存主義」の本義とみなし、他方では、「レヴィ＝ブリュールと現代哲学」（一九五七年）に見られるように、この他動詞性を「存在すること、実存すること、それは融即することである」（Etre, exister, c'est participer）というリュシアン・レヴィ＝ブリュールの言葉とも結びつけていた。この言葉はレヴィ＝ブリュールの『手帖』（*Carnets*, PUF, 1949）に記された言葉で、『手帖』をレヴィナスが読んだことは五七年の論考からも分かるのだが、それを読むと、レヴィ＝ブリュールが『原始神話』（*La mythologie primitive*, PUF, 1935）での議論を振り返っている箇所に出会う。

同書で彼は二つの「融即」を区別した。ひとつは「本質の共通性としての融即」（participation-communauté d'essence）であり、いまひとつは「模倣としての融即」（participation-imitation）。前者は融即するものと融即されるものとの本質的同一性を指し、後者は模倣ならざる斬新なものを嫌悪したり前例にこだわったりする傾向を指す。何の根拠もない想像だが、この区別をなしたとき、タルドにおける「発明」と「模倣」の区別がレヴィ＝ブリュールの脳裏をよぎったのではないだろうか。ただ、レヴィ＝ブリュール自身はすぐ後で、「ミメーシス＝メテクシス」〔模倣＝分有〕の見出しのもと、これら二つの「融即」の差異を還元しようと努めている。「模倣としての融即」も実は、「複製と原型、コピーとモデル」の関係はまったく別のことを含意している。それも真の「分有」であって、それゆえいまひとつの「融即」とほとんど変わらないというのだ。この箇所をレヴィナスがどう解釈したかは分からない。けれども、「現実とその影」には、レヴィ＝ブリュールによる二つの「融即」の区別を踏まえたと思われる一文が記されている。

「存在と虚無の弁証法としての生成は、『パルメニデス』以降、もっぱらイデアの世界にのみ登場している。それに対して、模倣としての融即は影を産出し、知性に対して顕現されるイデア相互の融即とは際立った対比をなす。」（『レヴィナス・コレクション』三一七頁）

レヴィナスの著述のなかに、「模倣」をめぐるこのような言葉が記されていることに筆者はこれまで気づくことがなかった。イデアとの同一化ではなく、存在者が自己との「類似」という仕方で非同一化していく「影」たちの生産と増殖の過程。そこに、例えば「シミュラクル」をめぐるドゥルーズの議論との繋がりを見ることさえできるのではないかと思うのだが、レヴィナスにとっては、模倣的非同一化はつねにその偶像的停止、偶像的造形の動きを伴ってもいた。アドルノと同様、レヴィナスは「偶像の禁止」の哲学者である。パルメニデス的同一性も模倣的非同一化も彼を満足させることはない。実際、レヴィナスは「現実とその影」の最後の節「哲学的批判のために」で、「芸術の哲学的釈義の論理学」のためには、同論での意図的に限定された展望を拡大し、「分身」ならざる「他者」（autrui）との関係」という視点を導入しなければならないと結論づけることになる。いや、すでに彼は『実存から実存者へ』において、「社会的なものは同類（semblable）のあいだの模倣（imitation）に存してはいない」（*De l'existence à l'existant*, J. Vrin, 1993, p. 161）と明言していたのだ。

「現実とその影」の末尾での転回は、カント『判断力批判』での像から像化不能な「崇高なもの」への転回を思わせる。ただ、そこにも、筆者が知ることのなかった更なる連累が潜んでいたと推察される。レヴィナスはストラスブール大学時代の恩師としてしばしば四人の教授の名を挙げる。アンリ・カルテロン（Henri Carteron, 1891-1929）、モーリス・プラディーヌ（Maurice Pradines, 1874-1958）、モーリス・アルヴァックス（Maurice Halbwachs, 1877-1945）とシャルル・ブロンデル（Charles Blondel, 1876-1939）であるが、アルヴァックスの『集団的心理学』（*La psychologie collective*, 1938, 1942. Flammarion, 2015. 以下*PC*と略記）の第三講は「タルドの社会学的心理学――模倣」と題されていて、そこでアルヴァックスはブロンデルの著作をも引用しながら、タルドの模倣論を痛烈に批判し、デュルケームに軍配を挙げているのである。タルドの考えによると、「社会は、それらが互いに模倣し合い、（現に模倣し合っていない場合も）互いに類似し、それらに共通の特徴が同じ一つのモデルのかつての複製コピーである限りでの諸存在の寄せ集めでなければならない」（*PC*, p. 78）。このような言葉が『実存から実存者へ』からの先の引用と無縁でありえないのは言うまでもない。

『全体性と無限』でもレヴィナスは、「聖潔と戯画の境界線上にある顔」（visage à la limite de la sainteté et de la caricature）（*Totalité et Infini*, Martinus Nijhoff, 1971, p. 216. 以下*TI*と略記）と言っている。プラトンさながら、「リズム」の呪術的魅惑はたしかに「詩」と共に斥けられてはいるけれども、それに対する「散文」はというと、〈ある〉が「リズムの欠如からなるリズム」と形容されていたように、「リズムの断絶」（rupture du rythme）と、ある意味では「リズム」の函数として規定されている。そうであるなら、「模倣としての融即」という小さな言葉が、レヴィナス自身の思考のなかでどのように機能しているのかを真剣に検討しなければならないだろう。それだけではない。レヴィナスの「現実とその影」から拡がった波紋、その可能的もしくは潜在的拡がりについても、思想史的先入見を能う限り廃してそれを何とか捉える努力をしなければならないだろう。大袈裟に聞こえるかもしれないけれども、本論の冒頭でも述べたように、その作業は二〇世紀思想史の大幅な書き換えにさえつながるかもしれない、と筆者は確信している。以下、今後の課題を列挙したうえで最後に、レヴィナスとの連関を起点としてデリダのミメーシス論を取り上げることにしたい。

4 点描の未来

第一に、前項では「現実とその影」のいわば特異性を強調したが、『実存から実存者へ』『時間と他なるもの』でもすでに「分身」という語が用いられていたことを忘れてはならない。

「自己（soi）への自我（moi）の回帰は、平静な反省ではまったくないし、純粋に哲学的な反省の帰結でもない。自己との関係は、ブランショの小説『アミナダブ』におけるように、自我に繋がれた分身との関係である。うさんくさく、重苦しく、愚かしい分身ではあるが私は彼とともにある。まさに彼が私であるがゆえに。」（『レヴィナス・コレクション』二五二頁）

興味深い一節ではないだろうか。なぜなら、「模倣としての融即」を社会性については拒んだレヴィナスが、自我と自己のあいだに「融即」を認めているからであり、しかも、「分身」が「類似」によって特徴づけられるなら、それは必然的に「模倣としての融即」であることになるからだ。レヴィナスはまた「彼」という代名詞をここで用いている。後にレヴィナスが造語する「彼性」（illéité）を連想しないわけにはいかない。そうだとすると、「他者」ならざる「分身」は「自我」が「同じもの」（idem）であることを妨げるのみならず、すでに「同のなかの他」として、「他者」として機能していたことにならないだろうか。問いを提起するにとどめるが、おそらくレヴィナスの思想行程を考え直すための重要なヒントがここにあるように思われる。

第二に、レヴィナスのいう「分離」（séparaton）は、少なくともレヴィナス自身にとっては、レヴィ＝ブリュールのいう二つの「融即」双方を斥けるものである。この「分離」について、筆者は、ごく最近のことだが、「分離」についての実に興味深い言葉を『著作集』のなかに見つけた。

「すべてが深刻さであるような存在における遊び〔戯れ、ゲーム〕(jeu)——しかしそれこそが分離である。」(*Parole et silence*, *Œuvres d'Emmanuel Levinas*, tome 2, Grasset/Imec, 2009, p. 266. 以下巻数と頁数のみを記す)

コレージュ・フィロゾフィックでの一九五七年の講演「分離」(La séparation)の準備原稿に記された言葉である。ここにいう「戯れ」〔遊び、ゲーム、遊動〕はエピクロス的な「クリナメン」(偏移)とも「余白」とも言い換えられ、不測の事態、危険性、さいころ遊びなどを含意したaléaという語とも結びつけられている。筆者自身も含めて、私たちはこれまで、「存在はゲーム〔遊び〕にすぎない」「ゲーム〔遊び〕の軽薄ないかがわしさ」(『存在の彼方へ』講談社学術文庫、二七頁)といったレヴィナスの言葉だけに注目してきたのではないだろうか。カイヨワは「遊び」のひとつとしてaléaを挙げていた。また、『グラマトロジーについて』の訳者、足立和弘が逸早く指摘していたように、「遊び」はデリダのキーワードでもある。

ただ、筆者がここで触れておきたいのはオイゲン・フィンク(Eugen Fink, 1905-1975)のことである。いずれも邦訳があるのでご存知の方も少なくないだろうが、フィンクは『幸福のオアシス——遊びの存在論に向けて』(*Oase des Glücks. Gedanken zu einer Ontologie des Spiels*, 1957)、『世界の象徴としての遊び』(*Spiel als Weltsymbol*, 1960)の著者である。レヴィナスがフィンクのイメージ論に逸早く注目していたことは『実存から実存者へ』での言及からも明らかであり、また、「現実とその影」にも「分離」にもフィンク読解の痕跡が認められる。では、遊びをめぐるフィンクの著述をレヴィナスは知っていたのだろうか。知っていた、と筆者は思う。次の一節がその根拠である。

「フィンクやジャンヌ・ドゥロムといった思想家たちは、世界の諸条件の一つとして、責任なき自由、戯れ〔遊び〕の自由を要求しているのだが、これらの思想家たちの考え方とは逆に、私たちは、いかなる自由な関与にも立脚することなき責任を、強迫のうちに見分ける。」(『存在の彼方へ』二七〇頁)

フィンクを「遊び」論へと向かわせた先人たち、とりわけヘラクレイトス、ニーチェ、ハイデガーについて詳述する余裕はないけれども、「存在はゲーム〔遊び〕にすぎない」といったレヴィナスの言葉の背景にフィンクの「遊び」論があったと想定できるなら、不可思議な事態が生じるように思われる。フィンクはプラトンのミメーシス論を批判してこう言っている。

「詩人は画家に等しく、画家は鏡に等しい、とプラトンは言う。われわれが遊びを派生的な仮象として、反射として、そして反射を原像的事物の模写として模写的図式で考える限り、われわれはさし当ってすべてプラトン的解釈の呪縛に囚われている。われわれはかかる呪縛から自由にならねばならないのである。」（せりか書房、一〇四頁）

どのようにして解放されるのか。湖岸の樹が水に反射しているとしよう。そのときいったい何が起こっているのだろうか、とフィンクは問いかける。水面の反射像は湖岸の現実的な樹の非現実的「写像」にすぎないのだろうか。それが水という現実的なものの「上に広がっていること」をどう考えればよいだろうか。たしかに現実の樹がなければこの影は、この像は、この広がりはない。けれども、こうした従属関係だけをそこに見るべきなのだろうか。そうではない、とフィンクは言う。「水上に、しかしそれに実在的に付着せずに、反射世界的な樹とその上の高い空と白い雲の飛行」を、「非現実的ではあるが可視的な国」として現出させる「覗き窓」のごとき特異な働きがそこにはあるというのだ。

前掲の「遊び」論に先立つ論考でもすでにフィンクは「イメージ」を「窓」に譬えており、レヴィナスは『実存から実存者へ』でそれに言及していた。「窓」という隠喩がレヴィナスのイメージ論に妥当するかどうかは俄かには判断できないが、「影」を「現実」に従属させる発想の転覆という企図をフィンクとレヴィナスが共有していたということに加えて、水面の反映をめぐるフィンクの描写からきわめて重要な連合が生じてくる。「分離」の一節をご覧いただきたい。

「安全に〈他〉に休らう代わりに、〈同〉は真理の探究に伴うありとあらゆる不測の事態のなかでしか〈他〉に至ることはできないという事態のなかで、分離は（なされる）〔戯れる、明滅する、ゆらめく〕（se (jouer)）。タンジェンスよりも微かな真理との接触。水が触れることのない、水のなかの光の反映のように。」(2, p. 270)

フィンクの描写との共鳴を拒むのは困難であろう。しかも、別の場所で示したように[5]、『存在するとは別の仕方で』

のレヴィナスは、「存在論の水の上」（l'au-dessus des eaux de l'ontologie）といった言い方を幾度も繰り返し、「他者への責任という「尋常ならざるもの」には存在論の水の上を漂うことが禁じられているわけではない」（*Autrement qu'être ou au-delà de l'essence*, Matinus, Nijhoff, 1974, p. 221. 以下 *AQE* と略記）と書いているのである。そうであってみれば、「存在するとは別の仕方で」と「存在」、「責任」と「遊び」のあいだにレヴィナスが設定した対立にもかかわらず、両者はまさに同じ事態を表していることになりはしないだろうか。けだしレヴィナスはフィンクの「遊び」論が神話、呪術、そして仮面へと踏み込んでいくことにも違和を覚えただろうが、フィンクの議論はカイヨワのそれと間違いなく連動するものであって、その意味で、聖なるものの暴力を一掃するのがユダヤ教の使命であるとみなして「聖なるもの」（sacré）と「聖潔」（sainteté）を対立させるレヴィナスの身振りを問いただすものであったのではないだろうか。

この問題について、筆者はこれまで、ポール・リクールの解釈学とレヴィナスのそれを突き合わせる作業を何度か行ってきた。[6] デリダとリクールについてもちょうど論考を準備しおえたところである。[7] しかし、そこに「ミメーシス」という問題系が介入していることには思い至らなかった。リクールの『時間と物語』（*Temps et récit*, Seuil, 1983-1985）でのリクールが、「ミュトス」をレヴィナスに親しい intrigue〔筋〕と翻訳しつつ、まさに「ミメーシス／ミュトスの対」を論じているにもかかわらず、である。レヴィナスにとっての intrigue はその語源 intrigare が意味するように専ら整合的秩序を擾乱し紛糾させるもので、通常「筋」というものが想定している時空的、連辞的・範例的順序とは正反対であるかの印象を与える。彼はまた、記憶や物語による何らかの「総合」をも拒んでいる。

「時間はどんな偏差をも回収してしまう。時間が時間化されたとしても、過去把持、歴史〔物語〕があるおかげで、何も失われることはない。そこでは、すべてが現前し再現前する。時間の時間化においては、すべてが書き留められ、エクリチュールに委ねられる。ハイデガーならこう言うであろうが、すべてが総合されるのだ。」（『存在の彼方へ』三六―三七頁）

ただ、改めて「現実とその影」を読み直してみると次のような箇所と出くわす。「書物のなかで、登場人物たちが同じ動作や同じ思考の無限の反復に委ねられるのは、これらの登場人物とは無縁な、物語の偶然的要素にのみ由来する事態ではない。これらの登場人物の存在は自分と類似しており、自分を二重化し、自分を不動化するがゆえに、彼らは物語りうるものと化すのだ。」（『レヴィナス・コレクション』三二三頁）

循環をはらんだかの印象を与える不思議な文章である。人物にせよ出来事にせよ光景にせよ、それらがすでに自己のイメージを伴い、物語りうるものであるからこそ物語は形成され、読まれる。と同時に、物語が形成されるなかでそれらは物語りうるものと化す。と同時に、物語が読まれるなかでそれらは物語りうるものと化す。そしてそれが再び物語の序奏となる。「と同時に」と言ったが、これら三つの契機のあいだには直線的ならざる複数の連関がある。これら三つの契機こそ、リクールが「実践的領域の先形象化（préfiguration）」、「テクストの共形象化（configuration）」、「先品受容による再形象化（refiguration）」と呼ぶものではないだろうか。「物語りうるもの」たらしめ、そのようなものとなること。そのようなものとして世界を図式的に知覚し生きること、それがおそらくリクールにとっては「ミメーシス／ミュトスの対」であり、「ミメーシスⅠ」「ミメーシスⅡ」「ミメーシスⅢ」のトリアーデだったのではないだろうか。

たしかに、「ケリュグマ」〔宣布、キリストの福音を宣べ伝えること〕なるものをどう捉えるか、そこで、リクールとレヴィナスの解釈学は分岐する。けれども、ユダヤ-キリスト教と言っても、それは「三つの一神教」（ダニエル・シボニー）の一部でしかなく、それらを包み込むかのように、驚くほど多様な物語が展開され相互に干渉し合っている。そこにどのような共通分母がありうるのか。巨大な問いであるが、ミメーシス的欲望の観念を携えてそれに果敢に応答しようとしたのがジラールにほかならない。ジラールと現代フランス哲学の様々な首領たちとの闘いはいまだ十全に検証されていないように思えるが、前出の『世界の定礎以来隠されている事々』を繙く者は、ホルクハイマー／アドルノとベンヤミンを除いて、タルド、ジャネ、モース、サルトル、カイヨワ、リクール、デリダと、本論で取り上げたほとんどすべての思想家たちにジラールが論評を加えていることに気づくだろう。

そのなかにレヴィナスも含まれていることを筆者は知ることがなかった。あるいは忘れたのか、たとえそうだとしても、忘れたことも忘れていたと言わざるをえない。こんな一節である。

「聖書のなかに、私たちは、供犠の緩和へ、ひいてはその完全な消滅へと方向づけられた一連の段階を見分けることができた。供犠は、偉大な聖書思想家モーゼス・マイモニデスが少なくとも青年期にはすでに供犠について抱いていたような光のもとに現れねばならない。供犠は神によって真に欲せられた永遠の制度などではなく、人間の弱さによって必然化された現世的死刑台だというのである。それは、最終的には人間たちが捨てなければならない不完全な手段なのである。／すばらしい主張だが、中世および近代のユダヤ教のなかで恒常的なものであった反供犠的発想の他の数多の証言のひとつでしかない。エマニュエル・レヴィナスやアンドレ・ネヘルのようなユダヤ教的発想を持つ釈義者たちによって頻繁に引かれるタルムードの原則、彼らはいつも「周知の」と断るのだが、この原則にここで言及しないわけにはいかない。この原則によると、裁き手が満場一致で有罪とした被告は皆ただちに釈放されねばならない。満場一致の断罪はそれだけでうさんくさいものなのだ！それは被告の無罪を示唆している。／この原則はもっともっと知られる価値がある。人間諸科学、なによりも民俗学は、ミメーシス的暗示の感染的で供犠的で神話化的な力にもっと敏感である必要がある。」（CG, p. 574)

別の対談でもジラールは同じ原則をレヴィナスの名とともに挙げているが、問題の所在をより明確にしてくれる発言ではないだろうか。

「レヴィナスはミメティズム〔擬態〕をしっかりと理解していた。彼はいつも驚くべきタルムードの次のような言葉を引用する。満場一致である個人が有罪になるときには、彼を釈放せよ、彼は無罪であるにちがいない、というのだ。彼に対する一致はミメーシス的一致である。タルムードのなかには、ミメティズムについての意識、人間たちが相互に与え合う影響についての意識が存しており、それは太古の宗教、とりわけギリシャ的宗教とまったく対照的である。ギリシャ的宗教は諸個人を互いに切り離されたビリヤードの玉のように捉えている。」(Entetien avec René Girard, *Philosophie magazine*, novembre 2011, pp. 10-11)

正義を自称するミメーシス的感染と暗示の暴力への多大な危惧を、レヴィナスの「共同体」論のなかに読み取ることは十分に可能である。ただ、ジラールの指摘は、それにとどまらない考察を筆者に要請しているように思われる。私だけに責任がある、あるいは私が最も有罪であるといった言明もみずからを贖罪の山羊たらしめることではないだろうか。レヴィナスがミメーシス的暴力を回避するために提起した、例えば「対面」のような対他関係をも、改めてミメーシス、更にはポトラッチという観点から考え直す必要はないだろうか。それどころか、「第三者」を介入させたこの関係の展開型はまさにミメーシス的三角形と対比されるべきものではないだろうか。問いは尽きることがない。

5　無言の声

「〔対話者という〕「物自体」との関係は、『デカルト的省察』の第五省察でのフッサールの有名な分析に言うような、「生ける身体」(**corps vivant**) の構成として始まる認識の極限に見出されるのではない。フッサールが「第一次領野」(**sphère primordiale**) と呼ぶもののなかでの〈他人〉(Autrui) の身体の構成、こうして構成された身体と、自分自身を「私はできる」(**je peux**) として内部から感得する私の身体との超越論的「対化」(**accouplement**)。他なるエゴ (***alter ego***) とみなされた他者の身体の了解。構成とみなされたこれらの段階の一つ一つが、対象の構成から〈他人〉との連関への変容を覆い隠しているのだ。フッサールの言う第一次領野はわれわれが〈同〉(Même) と呼ぶものに対応している。だから、第一次領野は〈他人〉から呼びかけられることによってのみ絶対的に他なるものへと振り向く。顕現 (*révélation*) は、対象化する認識とはまったく逆向きの運動なのである。」(*TI* p. 63)

レヴィナスによるフッサール第五省察のこのような解釈に異議を唱えた者のひとりにジャック・デリダがいる。まず彼の言うところを聞いてみよう。

「〔フッサールとレヴィナスの〕食い違いが決定的なものとして現れるのは他人 (autrui) に関してである。すでに見たように、とりわけ『デカルト的省察』のなかで、他者をエゴのひとつの現象たらしめ、このエゴの現象を、エゴ固有の帰属領域にもとづく類比的準現前化 (**apprésentation analogique**) によって構成されたものとみなすことで、フッサールは他者の無限の他性を取り逃がし、それを同に還元してしまったとされる。レヴィナスがしばしば言っていることだが、他者を他なるエゴとみなすこと、それは他者の絶対的他性を中性化することだ、というのである。／しかるに、特に『デカルト的省察』のなかで、フッサールが他人の他性をその意味においていかに尊重しようと気を配っているかを示すのは容易だろう。フッサールにとっての課題は、他者としての他者が、その還元不能な他性において、いかにして私にみずからを現前させるかを記述することである。」(*L'écriture et la différence*, Seuil, 1967, p. 180. 以下*ED*と略記)

「準」(a)という接頭辞を「非」「反」という強い意味に取ることで、他者の還元不能な他性を、「起源的非現前」(non-présence originaire)とみなしながら、デリダはこのような非現前性として他者がいかにして「私」(というエゴ)に対して現前するのかと問い、それは「いまひとりのエゴ」として以外にはありえないと答える。この現出は、たとえそれが私の第一次領野での現れだとしても、いささかも他者の他性を還元するものではない。いうなれば、他者はこの領野のまさに境界として、余白として現れる。端的な外部などありえないのだ。

しかし、たとえそうだとしても、フッサールは結局私によって「構成」されるものとして他者ないし他なるエゴを語っているのではないか。むしろ逆に、他者に呼びかけられることで初めて私が生まれるのではないのか。この点についてデリダは、サルトルと同様レヴィナスは、「構成」(constitution)と「出会い」(rencontre)を対立させているのではないかとしたうえで、フッサールのいう「構成」は「出会い」と対立するものではまったくなく、それは「何も創造しないし、何も構築しないし、何も産出しない」(*ED*, p. 181)と反論する。「構成」は「構成」ではありえないのだ。それはただ、「他者を他者としてめざす志向性が不可避的に媒介的(médiat)性格を有していること」(*ED*, p. 182)を意味しているにすぎない。私が他者をめざすにせよ、逆に他者に呼びかけられるにせよ、志向性もしくはその逆転は「直接的なもの」(immédiat)ではありえないのだ。他者については「間接的呈示」しかありえない。ただ、他者は知覚世界の諸対象が知覚されない隠された側面を持っているという意味で間接的にしか呈示されないのではない。これに加えて、私にはいまひとりのエゴの視点に私が立つことが絶対にできないという別の意味でも他者は「間接的呈示」されるほかなく、他者のこの二重の他性は、前者すなわち「物体の他性」なしには後者の他性はありえないという仕方で構造化されている。

「類比的構成」とフッサールは言う、しかし、「構成」はここでは、一方が他方を何らかの類似点にもとづいて作るといった意味ではなく、他者である限りでの他者が非現象性として私に表れるといういわば配置を表している。「類比的」も、位階を構成したり差異を還元したりすることではない。このような事態をデリダは「システム」とも「エコノミー」とも呼んでいる。もっと言うなら、「間接的呈示」「類比的準現前化」は、他者が他者として「ありのままに」私に与えられることはありえないという意味で、他者との関係が「ミメーシス」でしかありえないことを示しているのであって、後にデリダがカントの『判断力批判』を論じつつ「エコノミメーシス」(économimesis)と呼ぶに至る事態はすでに、『デカルト的省察』の解釈をめぐるレヴィナスへの批判のうちに胚胎されていたのである。

「エコノミー」はレヴィナスがジャンケレヴィッチから借用した用語であるが、「エコノミー」としての「システム」という重大な問題がここで提起される。一方ではアンリ・ベルクソンが『道徳と宗教の二源泉』で提起した「閉じた社会」(société close)と「開かれた社会」(société ouverte)を、他方ではマッハ、アヴェナリウスのいわゆる「思惟経済の原理」を踏まえながら、ジャンケレヴィッチは『二者択一』(*L'alternative*, Félix Alcan, 1938)のなかで、「閉じたエコノミー」と「開かれたエコノミー」という観念を提起しており、「捕囚ノート」を見ると、レヴィナスがその『二者択一』を批評したうえでstructureに代えてéconomieという用語を採用したことが分かる。『エクリチュールと差異』でのデリダはレヴィナスに加えてバタイユをも取り上げているが、思えば、バタイユにおける「限定エコノミー」と「一般エコノミー」という視点もこの動きと併行して形成された。二つの「エコノミー」、「エコノミー」の二つの相はレヴィナスにあっては、「同」と「他」、「家政」と「外部」、「有限」と「無限」として描かれ、様々な仕方で後者の先行性と優位が語られる。まさにこのような二分法、もちろんレヴィナスの議論はそれに尽きるものではないのだが、しかしそれを解体することがデリダの狙いであった。「同」と「他」がそこから分岐するような分界地帯、「囲い」(clôture)とも呼ばれるこの地帯こそが問われねばならないのだ。

次に、『声と現象』『グラマトロジーについて』を取り上げ、「エコノミメーシス」論の形成過程を跡づけてみたい。

自己に固有な第一次領域への還元というフッサールの企ては、この領域がすでに与えられたものではないということを示している。例えば（自分の）身体に当の身体が触れることでそれは構成されるのだが、このような経験を「自己触発」（auto-affection）と呼び、その対となるものを「他者触発」（hétéro-affection）と呼ぶことにする。両者については、鶏が先か卵が先か的な議論がつねにありうるだろうが、デリダの立場はどうかというと、ルソーの自慰癖を論じた箇所に記された、「自己エロス性と他者エロス性とのあいだには境界線（frontière）はなく、エコノミックな配分（distribution économique）がある」（*De la grammatologie*, Minuit, 1967, p. 223. 以下*DG*と略記）という言葉からそれを窺い知ることができる。

この点を踏まえたうえで言うなら、「自己触発」がなければ「他者触発」はありえない、あるいは「自己触発」を伴わない「他者触発」はありえない。いや、「自己触発」こそが還元不能な他者の他者性を明かすとデリダは考えていたのではないだろうか。

「自己触発」には様々な種類がある。『声と現象』では、触覚的、視覚的「自己触発」と聴覚的「自己触発」とが区別されている。逆に言うと、ラカンの「鏡の段階」にせよフッサールによる自己の身体の構成にせよ、自分で自分を指差す身振りにせよ、極度に単純化してそこでは触覚と視覚が主役であって、聴覚は看過され過小に見積もられてきたということだ。ラカンについて指摘したように、これらの経験はすべて言語のなかで生じる。「黙劇」のような光景のなかで鏡の像を見たり自分の身体の一部に自分で触れるにせよ、あるいはかかる「黙劇」をただ想定するにせよ、この光景は物音や笑い声のような声を、その聴取の可能性を前提としている。ここにいう「聴取の可能性」を「自己触発」の様態として表現したのが s'entendre parler〔自分が話すのを聞く〕なのだが、そこに至る過程はどのようなものだったのだろうか。

『論理学研究』の第二研究で言語の問題を取り上げたフッサールはまず、「表現」（Ausdrück）と「記号」（Zeichen）を区別するところから論を起こしている。「記号」が何かを表現するためには「指示作用」（Anzeigen）に加えて、「意味作用」（Bedeutung）と「意味」（Sinn）を持たねばならないが、それを欠いた単なる「指標」（Anzeichen）としての

「記号」があるからだ。ところが、他者との伝達的会話においては、「意味作用」はどうしようもなく「指標」として、あるいはまた「指標」と絡み合って機能せざるをえない。一方の「指標」は「意味作用」なしでも存在しえるから、その意味では「指標」のほうが「意味作用」よりも広い概念であるかに見えるが、「表現」は、それがもはや「指標」として機能することのない「孤独な心的生活」においても「意味作用」を発揮しうるのであって、それゆえ二つの概念は内包的かつ外延的に大小で区別されるのでは決してない。

　すでに明らかなように、「他者の伝達的会話」と「孤独な心的生活」との対比において、「指標」と「表現」の差異は際立つことになる。他者の話を聞くとき、聞き手は話し手が何らかの心的体験を表明・告知するのを知覚するとはいえ、この話し手の体験をそのまま体験するわけではない。デリダにとっては、この見地を体系的に展開したのが『デカルト的省察』の第五省察であった。私に固有な第一次領野への還元をやがてそこで試みるのと同様の仕方で、フッサールは「身振りや表情」など伝達的会話に付随する指標的な事象を還元して後者を前者の「感染」(contamination)から守り、プラトンが「思考」を定義して述べたような「自分自身との黙した対話」において「表現」を考えることを試みる。「奇妙な逆説によって、言わんと欲すること(vouloir-dire)[meinen]はある外(*dehors*)との関係が中断されるときにだけ、その表-出性(*ex-pressivité*)の濃縮された純粋性を抽出できるのである。」(*La voix et le phénomène*, PUF, 1967, p. 25. 以下*VP*と略記)

　しかし、「内的独白」においてもひとは「話している」(sprechen)、とフッサールは言う。ただ、その際何かが伝達されているのではなく、話し手は「自分自身を話し手および伝達者として表象している」(vorstellen)にすぎない」。伝達と見えるものは「空想的表象」(Phantasievorstellung, imagination)なのだ。このように「孤独な心的生活」において伝達・指示が現実の伝達・指示でないのは、フッサールによると、それが「まったく無目的」(ganz zwecklos)だからだ。つまりその必要がないのであり、なぜその必要がないかというと、そこでは、他者の話を聞く場合とはちがって、「心的諸作用がわれわれ自身によって同じ瞬間に(im selben Augenblick)現実に体験されている」(*VP*, p. 58)からである。遅れのない同時性と直接性がこの体験の特徴なのである。

けれども、「内的独白」においても話し手が「話す」のだとすれば、やはりそこには「語」が、ひいては「記号」が介入せざるをえないのではないだろうか。この点については、まず表現を構成する物理的記号現象としての「語」と、表現に意味を付与する作用とを区別しなければならない。たとえ「内的独白」に「語」が介入するとしても、「語」の「実在」(Eksistenz, Dasein)ではなくあくまでこの心的作用、意味志向が問題なのである。

この志向によって初めて「語音」(Wortlaut)は空虚な「音」(son)であることをやめシニフィアンと化す。しかも、たとえこの意味志向が現実の対象によって充実されないとしても、シニフィアンはシニフィエを志向し表現する。シニフィアン―シニフィエは「イデア的統一体」をなしており、誰がどのような語を用いてどのような状況でいつなんどき言明しようとも、この「イデア的統一体」は「同じもの」(dasselbe)を表現し、「同じもの」として反復される。「音」と結びついてこのような「イデア的統一体」に至る過程の媒体(élément)、それが「現象学的な声(voix)」と呼ばれるものである。

しかし、「孤独な心的生活」において自己が自己に直接的に現前し、意味がイデア的統一性を有するとするなら、なぜフッサールは、伝達や指標との関係を避け難く喚起する「話す、聞く」という関係を最後まで引き合いに出したのだろうか。思考のイデア的「沈黙」はなぜ「声」を必要としたのだろうか。なぜ「声」が「沈黙」と化しえたのだろうか。デリダは、「「自己が話すのを聴くこと」という操作は絶対的に独特な自己触発である」(VP, p. 93)と言う。どういうことだろうか。先に触れた視覚的、触覚的「自己触発」との相違を、デリダ自身はこう記述している。

「「自己が話すのを聴くこと」以外のどんな自己触発も、非‐固有なもの(le non-propre)を経由するか、あるいは普遍性(universalité)を放棄してしまう。私が自分を見るとき――私の身体の限定された一部分が私の眼差しに与えられるにせよ、鏡像的反射によるにせよ――、非‐固有なものがすでにしてこの自己触発の領野には入り込んでいて、それゆえこの自己触発は純粋なものではない。触れるもの―触れられるものの経験においても事情は同じである。いずれの場合にも、私の身体の表面(surface)は、外部との連関として、世界のなかへと自己を露出させることから始めなければならない。いや、固有の身体の内部にありながら、内世界的な露出のいかなる表面の介入も要せず、しかも声の秩序に属さないような自己触発の形式が数々あるのではないか、と言われるかもしれない。しかし、これらの形式は単に経験的なもので、普遍的意味作用の媒体（médium）に属することはできない。だから、声の現象学的権能を説明するためには、この純粋自己触発の概念を更に明確化し、この概念のうちにあって、それを普遍性に適したものたらしめているものを記述しなければならない。純粋自己触発である限りで、自己が話すのを聴くことは、固有の身体の内的表面（surface intérieure）までも還元してしまうように思えるし、それは、その現象において、内部性のなかのこの外部性、われわれの経験もしくは固有の身体についてのわれわれのイメージがそこで繰り広げられる内部的なものなしで済ますことができるように思える。だからこそ、自己が話すのを聴くことは、空間全般の絶対的還元以外のものならざる自己との近さにおいて、絶対に純粋な自己触発として体験されるのである。この純粋さこそがそれを普遍性に適したものにするのだ。世界内の一定の表面の介入をそれがどのような表面であれ要求せずに、世界内に純粋自己触発として生起しつつ、それは絶対的に自在なシニフィアンたる実体である。なぜなら、声は、まさにそれが純粋自己触発として生起する限りで、世界内への発信伝播を妨げるいかなる障害にも出会わないからだ。このような自己触発はおそらく、主体性もしくは対自と呼ばれるものの可能性であろう。が、それなしには、いかなる世界もそのようなものとしては現れないだろう。なぜなら、「自己が話すのを聴くこと」はその深さにおいて音（それは世界内にある）と声（現象学的意味での）との統一を前提としているからだ。客観的な「内世界的」科学はたしかに声についてわれわれに何も教えることはできない。けれども、音と声の統一、声が世界内で自己触発として生起するのを可能ならしめるものは、内世界性と超越論性との区別を免れる唯一の審級である。そして同時にこの区別を可能にする唯一の審級である。」（*VP*, pp. 93-94）

長々と引用したが、きわめて重要な箇所である。同じ自己触発でありながら、しかも、いずれも唯一無二の固有性を構成するかに見えるものでありながら、内世界的には視覚や触覚とはちがって空間的内部と外部との区別、更には空間的位置づけを許容しないがゆえに、「声」は超越論的主体性をもたらし、また他方では、どれほど多様な語音と結びつきうるものであろうとも、いや、そのようなものとして「イデア化」の媒体と化して「意味」の超越論的な「普遍性」をもたらしうるのだ。それはまさに「現象」および「現象学」なるものを可能にするのだ（この点については『存在と時間』第七節を参照）。しかし、「声」のこの特権性そのものが今度は、「声」によって可能となったこれらの事態を脅かすことになる。「声の操作としての自己触発は、ある純粋差異が自己への現前を後から分断することになる、とかつては想定していた。が、自己触発から排除できると思われてるすべてのもの、空間、外、世界、身体等々の可能性が純粋差異のなかに根づいている。」（VP, p. 97）どういうことだろうか。

「声」が内世界的に局所化不能であることは、「声」を超越論的なものたらしめる一方で、それと区別不能な音が、デリダ自身述べているように、世界内に障害なく拡散していく可能性でもある。それは響き漏れていくのだ。表現と指標との「絡み合い」（Verflechtung）を解くというフッサールの企図を可能にした「声」が不断に「絡み合い」に晒され、巻き込まれるのだ。後でもう一度立ち戻るが、イカロスの父ダイダロスによって作られた「迷宮」（ラビュリントス）に「声」が比されるのもそのためであろう。「発せられた声〔フォネー〕と聞き取られた声〔アクメーヌ〕は迷宮の現象〔フェノメン〕である。」（VP, p. 122）

「迷宮」という語を記したとき、デリダが同名の論文の著者バタイユを思い浮かべていたかどうかは分からないが、『声と現象』（ちくま学芸文庫版）の邦訳者が「非知」（non-savoir）という語のデリダによる使用に関して指摘しているように、その可能性は否定できない。カイヨワについての章で触れたオリエは『反建築』のなかでバタイユの言葉を引用している。

「私たちは決して迷宮のなかにいることはない。なぜなら、そこから出られない限り、一目でそれを把握することができない限り、私たちは自分がなかにいるのかどうかさえ決してわからないからだ。私たちを吐き出そうとしているのか、それとも閉じ込めようとしているのかさえわからないような空間。開口部だけで構成される空間。しかも、そうした開口部が外部に向かっているのか、内部に向かっているのか、外へ導こうとしているか内に招じ入れようとしているか見当がつかない空間。乗り越え不能なこうした空間の両義的な構造を迷宮と呼ばねばならない。」（水声社、一一六頁）

デリダが「囲い」と呼ぶものも「迷宮」と無縁ではないのだが、「声」の非局所性は超越論的主体の対自性を可能ならしめると共にそれを「位置づける」ことを不可能にする。「声」はどこにあるのか。「声」が「自己への現前」(présence à soi) を可能にするとしても、もはや身体もその諸器官もありえないのだから、この「〜への現前」という位置づけ自体が意味を失うのである。しかも、「声」の迷宮での反響は対自という反射関係そのものを迷宮的な錯綜に変えざるをえない。「私」は迷宮で迷うだけではなく、それ自身が迷宮的なものと化し、自分と出会うことがないのだ。「私が「私は」と言うとき、たとえ孤独な独白においてであっても、言説の対象、ここでは私自身の不在の可能性を、恒なるものとしてそこに含める以外の仕方で、私は私の言表に意味を与えることができるだろうか。」(*VP*, p. 111)

もはや身体もその諸器官もありえないと先に言った。「私」自身が迷宮であるとも。しかし、この事態をもたらすのは「自己が話すのを聴く」という作用であり、見る—見られる、触れる—触れられるという同質的な可逆連関とは異なる連関「話す—聴く」がそこに含まれていることを忘れてはならない。「話す—聴く」のあいだには「裂け目」(fissure) がある。仮にそれを「話す—話される」と置き換えることができるとしても、この連関は二つの穴ないし襞を想定し、出口が単に出口でなくどこかで交差するようなまさに「迷宮」を描いている。「口唇」と「鼓膜」がデリダにとって格別な主題となることも思い起こすべきだろう。

可逆性のみならず、何らかの「表面」の対象化もそこにはないが、いかに同時的に見えようとも発信と受信は同時的でない。というよりも、そもそも発信と受信の瞬間を定めること自体が不可能で、かろうじて無限小分析〔微分〕によってそれを語ることができるにすぎないのだが、これがdifférer, différane〔延期する、遅れ、差延〕である。タルドであれば「無限小のもの」と言うだろうが、フッサールのいうAugen-blick〔瞬間的一瞥〕それ自体が「差延」の「間」なのだ。ただ、それでもなお、いや、だからこそ、そこには「聴く—話す」の断絶を孕んだ相関がある。無言症と難聴とは一組を成していると、みずから幼少時難聴に悩まされたデリダが指摘しているのは興味深い。

「自己触発は、すでにして自己 (autos) であるような存在者を特徴づける経験ではない。それは同じもの (le même) を自己との差異における自己との連関として、同じものを非同一的なもの (non-identique) として生み出すのだ」(*VP*, pp. 97-98）というデリダの言葉は、以上に述べてきた点すべてを踏まえて理解されなければならない。しかし、そうだとすれば、「同じもの」（dasselbe）の無際限な反復可能性としての意味の「イデア性」はどうなるのだろうか。ここで想起されるのは、自己写像を例示するためにジョサイア・ロイスが語り、西田幾多郎によって援用された完璧な英国地図作成の例である。写像たる地図自身を含まねばならないがゆえに、この作成は際限のないものになってしまう。「話す—聴く」は一種の自己写像であり、あまつさえ「同じもの」は非同一的なものとしてしか生産、再生産されえないのだから、そこには、類似してはいるが決して同一ならざるものが並ぶことにならざるをえない。

それに相当するのが、『イデーン』第一巻でフッサールが言及したテニールスのギャラリーピクチャーであった。その絵には、その絵を飾るギャラリーが描かれているのだが、描かれたギャラリーには当の絵が含まれていなければならず、その絵にはまた、その絵を飾るギャラリーが描かれ、と際限なく続くのであり、これがデリダにとっての迷宮であった。ここで援用されているのが「絵」の例であることは、「ミメーシス」および「エクリチュール」という観点からすると実に意味深長である。

声のイデア性は身体を欠いていた。虚構の身体しか持たないと言ってもよい。そのイデア性が「書かれたもの」によって「同じもの」として伝承されること、それをフッサールは遺稿『幾何学の起源』で語った。声のイデア性は「エクリチュール」という身体性のなかで生き永らえる。が、このような身体性の還元が声のイデア性を可能にしたのだった。『声と現象』でのデリダは、『幾何学の起源』に至ったフッサールの思考の運動を、同論文も含めて、「形而上学の伝統的なフォノロジスム〔音声ロゴス主義〕」を確証するものとみなし、「エクリチュールがイデア的対象の構成を成就するとしても、それは音声的エクリチュール〔表音文字〕としてそうするのだ。エクリチュールは、すでに準備の整ったパロールを書き留め、記入し、受肉させる（incarner）ために後から到来するのだ」（*VP*, p. 96）と記している。

「霊は活かし文字は殺す」が、かくして「生かすもの」としての「声のイデア性」は「肉」となることでみずから生き永らえる。「肉」によって声とパロールは生き永らえるが、前者に息を吹き込むのはあくまで後者である。それが「代補」（supplément）、エクリチュールによるパロールの「代補」である。「代補」は「代補」でしかない。付け足しである。それなしで済ませるならそれにこしたことはなく、蛇足と言われるように、それは本体を損なうことさえある。「代補」は危険であり、ルソーの言うように「危険な補足」なのだ。しかし、それだけだろうか。「受肉」することになる「声のイデア性」がある身体性の還元によって可能になっているとすれば、「声のイデア性」ならびにその「受肉」に先立って死に、殺されたもの、その「痕跡」があることになる。

6 新たな石版は……

『声と現象』は『グラマトロジーについて』、『エクリチュールと差異』と同年に出版され、この三冊は非常に複雑な接合関係を有している。その点については別稿を参照していただくとして、今提起した視点からすると、『エクリチュールと差異』所収の「力と意味作用」の末尾で、ニーチェの『ツァラトゥストラはかく語りき』を引用して「石板」について語っているのはきわめて興味深い。この「石板」がモーセの「石板」を踏まえていることは明らかである。それゆえ「石板」とそこに刻印された文字は殺すものであって、モーセ自身それを怒りと共に破壊してしまうのだが、ツァラトゥストラは「砕けた石板や半分しか刻印されていない石板」など複数の「石板」、それも「新しい石板」たちに囲まれているというのだ。そして、それらを新たに「肉の心に刻印」しようとするのだ。なぜか。「声のイデア性」がそれらの「刻印」を忘却しているからだ。かかる忘却ゆえに「声のイデア性」はみずからを本源的起源とみなし、その「受肉」を「補足」たらしめることができたのだ。デリダの言う「起源の補足」(supplément d'origine) はこの「起源」自体が「補足」であることを示している。ずばり「模倣」(imitation) という章を含んだ『グラマトロジーについて』のルソー論に即して、最後にこの点を考えてみよう。

まず指摘しておくべきは、音声的自己触発の特権性を『声と現象』で語ったデリダが、ルソー論では「鏡像」(image spéculaire) および、先に述べたような自慰という触覚的自己触発を取り上げていることである。ルソーはバジル夫人の部屋に忍び込み、彼女を盗み見る。しかし、鏡の像が彼を映し出してしまう。これがジャン・スタロバンスキー (Jean Starobinski, 1920-) によって「盗まれた盗人」(voleur volé) と呼ばれる経験で、それに言及したとき、デリダがポーの『盗まれた手紙』およびそれをめぐるラカンのセミナーを想起していたのではないかと考えられるが、眼差しだけの「私」の姿を映すという意味では「鏡像は私を制定する」が、それによって「私」自身が盗まれるという意味では「鏡像は私を解体する」のだ。ルソーは文学者となることで、前者の現前ないし「生きたパロール」を犠牲にして、そこに刻まれた死としての「エクリチュール」へと移行した。これがルソーのひとつの身振りである。「私は自分をひとりの死者とみなしたとき生き始めた。」しかし、なぜ死は生なのだろうか。死は生の外部ではなく、死と生は綯い交ぜになり、死が生を、生が死をもたらすからだ。それがルソーにとっては「母」、しかも「死んだ母」であり、死して生むもの、生んで死するもの、それが「自然」なのである。

ルソーによると、このような「自然」は「補足」不能である。代わりになるものがないのだ。むしろ逆に、自然が「教育」にせよ「治療」にせよ社会と技術の「捕捉」になるのだ。ここで興味深いのは、ルソーが社交性の空しい努力から植物との対話に向かったことをデリダが「カタストロフのカタストロフ」と呼んでいることである。なぜか。それは訳者の言うように、自然から社会へ、社会から自然へという二重の「カタストロフ」〔転覆〕であるからだけではない。植物界が必然的に鉱物界とつながり、前者が「生きた自然」であるとすると後者は「死んだ自然」だからでもある。鉱物界はそれ自体では魅力的で愛すべきものを何ら有していない。それらの富は大地の奥深くに埋蔵されて、人間の貪欲さを唆らぬようその目から遠ざけられている。「それは地下に予備され（réservé）、いつか真実の富の代わり（*supplément*）として役立てられる。真実のものはもっと身近に置かれているのに、人間は堕落するにつれて真実の富への好みを失う。（…）そうなると、人間は大地の胎内（entrailles）を掘り返し、地の底深く、生命を危険にさらし、健康を犠牲にして、現実的財宝の代わりに想像的財宝（biens imaginaires）を求めに行く。」（*DG*, p. 212）

お気づきのように、ルソーのこの動きは、植物に擬態する昆虫から石のような鉱物へというカイヨワの動き、その死の衝動と無縁ではない。鉱物界は視覚を奪って人間を盲目にし（aveugler）、生命の源たる母の胎内を掘り返しそれを空虚ならしめる。しかし、いや、だからこそ、それは冶金術と結びついて社会を形成するのだ。ただ、窃視者であるルソー自身このような盲目化に身を委ねて健康を損ねることを控えることができない。ヴァラン夫人のみならず、

「代わり」の「代わり」たる数多くの女性たちを想像のなかで思い描いては自慰にふけることをやめられなかったのである。ここでデリダは触覚的自己触発に言及する。けれども、そこには「想像的なもの」が介入している。『声と現象』では、「内的独白」が「伝達的会話」ならざることが「想像的なもの」によって示されたが、「想像的なもの」はここでは逆の役割を果たしている。つまり、「自己触発の一般構造のなかでは、自己に―現前を―与えることとあるいは享楽のなかでは、触れるもの―触れられるものの操作は能動と受動を分離する薄い差異のなかに他者を迎え入れる。そして、外部、身体の露出された表面は、自己触発に働きかける分割を永久に意味し刻印しているのだ」（*DG*, p. 235）

「想像的なもの」としての「母」は、現実にはありえない「母」の、「自然」の「代補」である。社会的関係のなかで死んだ自己を甦らせるためにはそうするほかない。逆説的にも、「母」は、「自然」は「代補」でしかありえず、それゆえ、これまた逆説的にも「死せる自然」だけが再生をもたらすのだ。しかし、ルソーは自慰と現実の性交とのあいだで悩み、「私はテレーズのなかに私に必要な代補を見出していた」（*DG*, p. 225）と打ち明ける。「想像的なもの」が不在の「代補」であったのに加えて、「現実的なもの」、この他者の「現前」もまた「代補」である。もっと言うなら、「自然」も「社会」も「代補」なのだ。この点を指摘したうえで、もう一度「母」「自然」に立ち戻ってみよう。

生かすものとしての生きた「声」がこの議論の出発点であった。『言語起源論』の最終章「諸言語と統治の関係」は再び私たちを「声」に、演説する「声」に連れ戻す。「自由にふさわしい言語というものがある。それらは響きがよく、韻律的で、音の調子のよい言語である。（…）およそ集まった民衆に理解〔聴取〕させることのできない言語は奴隷の言語だとわたしはいおう。ある民族が自由であって、しかもそのような言語を話すということはありえないのである。」（現代思潮新社、一五五頁）ここにデリダは、「「皆が皆を知っていて」、声の届く範囲外には誰もいないような「小さな共同体」というレヴィ＝ストロース的なイデオロギー」（*DG*, p. 259）に類似したものを見出しているが、それにしてもなぜある「声」がこのような自由な共同体とその政治的統治を可能にするのだろうか。

ルソーが人間に根源的な自然な情念として挙げる「自己愛」と「憐れみ」の関係については実に多くのことが語ら

れてきたが、「憐れみ」と「正義」との一致こそが人間に共通の「幸福」をもたらすのであってみれば、善き統治が「憐れみ」と無関係ならざるものであるのは明らかであろう。「憐れみ」は「母」がそうするように「優しい声」として命令する」。それに対して「エクリチュール」は「憐れみ」を欠いている。ただ、命令する限りで「優しい声」は「法」である。優しく人間にとって根源的であるがゆえに峻厳な法、「自然法」と言ってもいいが、その他の「法」はこの「自然法」の「代補」なのである。ここで注意しなければならないのは、デリダが「優しい声」を、そこに母と自然の「現前」が持ち込まれるような「隠喩」(métaphore)とみなしているからである。なぜか。すでに見てきたように、それは母と自然が「現前」していない、いや、「現前」しえないからだ。

そのことは、「想像力」なしには「憐れみ」が活動しないという事態に起因している。それによって「憐れみ」と「自己愛」は区別され、「憐れみ」に「自己愛」抑制の能力が付与されるのだが、かくしてデリダは、ルソーそのひとから、そしてまた、おそらくはジャンケレヴィッチから「ほとんど」(presque)という鍵語を借用しつつ、「憐れみは自己愛からの第一の派生である。それはほとんど始原的である」(*DG*, p. 248)と書くことになる。「ほとんど」は、「絶対的近さと絶対的同一性との差異」とも表現されているが、そこに「憐れみ」にまつわる問題系の全体が宿っているというのだ。この「ほとんど」としての「差異」をもたらすのは「想像力」であった。「想像力」については、すでにそれが自己触発の「薄い差異」のなかに他者を持ち込むことを確認した。それによって「自己」は可能になるとともに不可能になるのだが、「憐れみ」は、これが同時に「他なる私としての他者への同一化」(identification à l'autre comme autre moi)(*DG*, p. 262)の問題そのものであることを告げている。少なくともルソーによると、動物にはこのような同一化、特に同類の「苦痛」への同一化が欠如している。その意味では「憐れみ」は「改善可能性」(perfectibilité)という人間の人間性もしくは人間化そのものなのだが、「想像力」をもってしかそれが機能しえないということは、ここにいう他者が不在である、たとえ現前していても不在であり死であること、そのような意味での「像」(イマージュ)でしかありえないことを意味している。前章で「ゴースト」と呼んだ事態を想起していただいてもよいだろう。

「他者への同一化」はそもそもあるアポリアを示している。曰く、「ひとは他者に同化すればするほど、ひとは他者の苦痛を自分のものとしてよりいっそう感じ取る。われわれの苦痛は他者の苦痛である。他者の苦痛は、それがそうであるところのものとしては、まさに他者の苦痛にとどまらねばならない。ある非同一化のなかに本来的な同一化はないのだ」(*DG*, p. 269)。身体の露出された「表面」という言い方をここで思い起こしていただきたい。それを「デリダ」は「限界」(limite)とも「不可能なもの」(impossible)とも呼んでいる。「囲い」をそこに付け加えてもよいが、それこそが脱出を妨げる「留保」(réserve)なのである。この点については更に私見を述べるつもりだが、その前に、同一化のアポリアが、ルソーを論じるデリダにとって「模倣」であり「ミメーシス」そのものであったことを見ておきたい。

『音楽辞典』の「歌」(chant)の項目で、ルターは、「パロール」をなす声と、「歌」をなす声とを区別している。「歌」は自然的なものではなく、自然なのは叫び声であり唸り声である。けれども、「歌」はそれらを、情念とその声を「模倣」し、「優しい声」たらしめる。その意味では「歌」は「憐れみ」であり「憐れみ」は「歌」である。とすれば、「歌」と「歌」ならざる声との差異は「ほとんど」であることになる。「自然という地面を乗り越え、超過しなければならないが、それと再び一致しなければならない。そこに戻らねばならないが、差異をなきものにしてはならない。差異はほとんど無(*presque nulle*)でなければならない。模倣するものとそれによって模倣されるものとを分離する差異は。」(*DG*, p. 282)

そうだとすると、何が両者を分離するのかを指摘するのは当然のことながら至難の技であろう。それをルソーはpermanenceという語で表現している。恒久性、不変性を意味する語である。泣き声も話し声も音程は持つが、それが和声的(harmonique)になり音符で書き表されるようになるのはこのpermanenceによってのみなのである。音符で書き表すことのできるものは高低の点でも持続の点でも「不連続」である。これをデリダは「間空け」(espacement)と名づける。「裂け目」(fissure)とも呼ばれている。それは先に登場した「薄い差異」「ほとんど無の差異」にほかならないのだが、デリダはここで、「絵画を模倣の芸術にしているのはなんであろうか。それはデッサンである。音楽をもうひとつの模倣の芸術にしているのはなんであろうか。それは旋律である」という『言語起源論』第十三章末尾の言葉に目を向ける。デッサンは何を描くのか。「輪郭」(trait)である。[8] どんなに複雑にしても一本の線の軌跡(tracé d'une ligne)では再現し難いもの、あるいは、「周囲を廻る」(tour, re-tour)といった表現も使われているが、旋律についてもまさにメロディーライン(ligne mélodique)という語も使われている。そして、「輪郭」ということでルソーが注目するのは「版画」(estampe)なのだ。「人に感動を与える絵の輪郭は、版画の場合さらにわれわれを感動させる。」(一〇九頁)

なぜだろうか。様々な手法があるだろうが、原版を、表面を彫り刻印しなければならないがゆえに版画は「輪郭」を際立たせるからだ。幾度も繰り返し削ることで、「輪郭」が「谷間」であり「地帯」であることが示される。ここでは「再生的」が「産出的」である。何が産出されるのかといえば、それは「形」であろう。ルソーは雑音を雑音として模倣することを非難していた。同様に、無形は無形のままでは無形でさえない。しかし、版画の「再生的刻印」は「形」に縁暈のごときものを作り出して「形」を崩すものでもある。「囲い」を初めとして様々に言い換えられてきたものはいずれもこの「谷間」とその掘削を表している。ルソーは「ミメーシス」としての芸術という規定を受け入れていたが、自然と芸術は実を言うと、自然と社会について先に指摘したように、いずれも、この「谷間」、底のない「谷間」に蓄えられたもの――「潜在的なもの」(virtuel)――の湧出でありその分配ないし散種的分散の二元的還元に与えられた呼称なのである。

「輪郭」の「再生的刻印」は、こういう言い方が許されるなら「みずからを模倣することで」内と外との、自己と他者との分割をも複雑化していく。フランス語の itération〔反復〕のサンスクリット語の語源 iter は「他なるもの」を意味する、とデリダは指摘しているが、彼が「再生的刻印」ということで言わんとしているのは、「輪郭」の二つの縁、内的縁と外的縁と一致することの不可能性であり、そのほとんど無の間を掘ることとは、外的縁を起点として脱出することのみならず、内的縁に到達することさえできないということであり、特に教育において子供が「模範」(exemple)を真似することで美徳を得ていくこと、「良き模倣」はまさにこの「間」にしかありえない。上唇と下唇の「間」、その接合と非接合を踏まえて、「エコノミメーシス」でのデリダは exemporalité と言っている。けれども、「間」それ自体が不可能なものであったから（二つの唇の間は口に変化してしまう）、「良き模倣」があると言ったときすでにそれは変質し堕落している。そもそも「間」は盲目と死であった。「模倣の規則化」はミメーシスたる芸術の死であり、美徳の良き模倣は「猿真似の美徳」（ルソー）に堕落するのである。ここでもまた、私たちはどこにも確たる手掛りがないような境位に導かれたことになる。

7 Incipit

あるかなきかの、あるともないとも言えないあわいを掘り進むような旅だった。誰が誰を模倣しているのか。何が何を模倣しているのか。果たして模倣しているのか。もはやそれを知ることはできない。関係が錯綜しているからだけではない。誰にせよ何にせよ、あるいは自然や社会のような観念にせよ、一個の存在物（entity）ないし存在者と呼びうるものの同一性と固有性が、それゆえ、そのような存在物同士の関係性も、それらを分ける境界線もが揺らぐような状況を、デリダのミメーシス論は描き出しているように思える。鍵を握るのは「ほとんど」であり「ほとんど無」である。タルドであれば「無限小のもの」と言っただろう。「ほとんど」「ほとんど無」は、この「ゴースト」は存在しない。もちろん無でもない。それは、あたかも一本の糸が無数の繊維に分たれ解れていくように境界線とみなされたものが限りなく「自己」を解体していく過程、その動揺（in-quiétude）そのものである。社会が自然を模倣するのでも、自然が社会を模倣するのでもない。私が他者を模倣するのでも、他者が私を模倣するのでもない。いずれの項もがすでにして模倣なのだ。何の、と問うことはできない。ただ似ている、とカイヨワは言っていた。なぜなら、第三項が存在するわけではないからだが、あえて言語を濫用するなら、「ほとんど」の模倣、というよりもむしろ模倣の失敗である。そもそも「ほとんど」は「固有性」なき模倣、言い換えるなら（自己）差異化の遊びである。局所化することもそれと固定することもできない遊び。そのようなものを模倣することはできない。だからこそ、例えば「ほとんど同じもの」は「同じもの」と「他なるもの」に切断されるのだ。「私」と「他者」に、「自然」と「社会」に切断されるのだ。こうして、ほとんど避けがたい二元コード化（binairisation）が制定される。

これは「ほとんど」を抹殺し消去することでもある。しかし、「ほとんど」がなければ、それを抹殺するものは存立しえない。あってはならないし、なくてはならないもの。消さなければならないが、消してはならないもの。このような二重拘束の強迫観念がどのような出来事を生んできたのか、その証言のひとつがホルクハイマー／アドルノの『啓蒙の弁証法』であった。どちらも選ぶことのできないこのアポリア。しかし、そこにしか歩む通路がない者たちがいる。それが誰なのかは分からない。いや、誰もがそのような見知らぬ者たちにどうしようもなく似ているのだ。デリダにとって、ツァラトゥストラは「ほとんど」に身を投げ、この「彼岸」に没落しようとした誰かであった。あえて言うなら、「ほとんど」、それはスピノザ的「実体」の「痕跡」にほかならない。

「見給え、ここに新たな石版がある。しかし、それを谷まで運び、肉の心にそれを刻印するための手伝いをしてくれる兄弟たちは何処にいるのか」――境界線・輪郭線は入り乱れ、幾度も幾度も書き直され掘り返され捻じ曲げられ更に切り刻まれ、あたかも地盤沈下を起こしたかのように渓谷となり、奇妙な陥没地帯となって地下的なものが露呈しているところに、数限りない石片、砂粒がそこに落下して、混成を、砂山のごときものの建設と破壊を日々刻々と繰り返しつつ多方向に流動している。新たな石版も、兄弟たちもそのような遊動のなかにしかありえない。遊動は闘争（ポレモス）でもある。では、そこにはどんな文字が、どんな言葉が刻まれているのか。果たして刻まれていくのか。いったいそれは文字なのか。その者たちはいったい誰なのか。何をする者たちなのか。人間たちなのか。個人たちなのか。なぜ兄弟たちなのか。生きているのか死んでいるのか。かぎろいと紛いと擬きのこの異界、各人にとっての日常世界であるようなこの親しい苦界は、それがいかなるものであれ、やはり「パイス・パイゾーン」（遊ぶ子供）の領分であることを、ミメーシスをめぐるこのささやかな散策は教えてくれたように思われる。「遊ぶ子供」とは、万物が「実体」の破片として、破片である限りで似ていることを感覚できる者の謂である。「死」と「誕生」、「生成」と「消滅」の意味を変容する者の謂である。

＊本論での外国語文献からの引用はすべて筆者自身の翻訳による。ただし、邦訳のあるものについては適宜参照させていただき、多くの示唆を得ることができた。

註

（1）この問題をめぐって、筆者は、明治大学人文科学研究所総合研究第二種「現象学の異境的展開」主催のシンポジウム「現象学と日本哲学の〈はじまり〉」（二〇一六年三月一九日）にて、「「種の論理」論争をめぐって――高橋里美、務台理作再考」なる発表を行った。

（2）アランの哲学について筆者がどう考えているかについては、拙著『心と身体に響くアランの幸福論』（宝島社、二〇一三年）を参照していただきたい。

（3）「ゴースト」の位相はストア派における「非物体的なもの」と重なり合っていると思われる。この視点からサルトルを読解した試みとして、拙論「サルトルとレヴィナスへの序奏」（『サルトル読本』法政大学出版局、二〇一五年、二七九―二九五頁）を参照していただければ幸いである。

（4）メルロ＝ポンティとドゥルーズについては、拙論「「肉」と「器官なき身体」」（『メルロ＝ポンティ研究』第一九号、二〇一五年、七〇―八四頁）をご覧いただきたい。

（5）この点について筆者は二〇一四年七月七日―一〇日トゥルーズで開催された Société Internationale de Recherche Emmanuel Levinas 主催のシンポジウムで、**Eternel retour d' "il y a"** と題した発表を行った。近々、シンポジウムの記録に掲載されるはずである。

（6）この点については拙著『レヴィナス――存在の革命へ向けて』（ちくま学芸文庫、二〇〇〇年）の三九八―四三九頁ならびに拙論「レヴィナスと解釈学論争」（『京都ユダヤ思想』第四（2）号、二〇一五年、一三七―一四六頁）を併せ読んでいただければ幸いである。また、筆者は本書の母胎となった明治大学人文科学研究所総合研究第二種「模倣と創造」主催のシンポジウム（二〇一三年一〇月九日―一〇日）にて、リクールについての発表「ひび割れたコギトもしくは不断の危機の星座」を行った。

（7）拙論「リクールとデリダ」が『リクール読本』（法政大学出版局より近刊）に掲載されているのでぜひお読みいただきたい。

（8）デリダの『グラマトロジーについて』を生むきっかけともなった『身ぶりと言葉』（ちくま学芸文庫）のなかで、アンドレ・ルロワ＝グーランは人類の最初の「図」（グラフ）が「リズム」を点や線で描くものだったと指摘している。この「リズム」こそ筆者の最新の研究課題にほかならない。

第三章　森鷗外と近代的表現へのアクチュアルな〈問い〉

――伝承と自由と、あるいは、ミメーシスとポイエーシスと※

大石直記

Ⅰ　〈身を投げる女〉の表象――世紀転換期における再生する古伝承

1　はじめに

鷗外と漱石――、〈近代日本文学〉成立の礎石を築いたこの二人のまことに稀有なる個性には、東西の文化を高次に架橋しようと共々に挑んだ、その思索過程および創造行為の過程にあって、意外にも知られない応答し合う関係が、実は密やかながらに見出され得る。ここではその具体的なありようを、ほぼ同時期に意義深く生成した二つの重要なテクストに即することで考察してみたい。それは、遥か「万葉集」の昔から、日本人の心性（Mentality）の歴史に深く喰い入り続けた〈身を投げる女〉の古伝承に象徴的なかたちで体現される、日本人にとっての、実に根源的（radical）となすべき伝承された倫理性へと、ほぼ同時的に両者が係わりを示しつつ深めた〈問い〉にまつわることとして、である。

これを換言すれば、〈西欧近代〉が次第にその〈光〉と〈闇〉とを危機的に宿し始めた、〈モデルネ Das Moderne〉[1]とも称される例の〈世紀転換期 Jahrhundertwende〉[2]の精神状況と鷗外・漱石がそれぞれに対峙しながら、奇しくもその、日本人の心性を象徴する如き古伝承と各個において向かい合い、その意義を蘇生・再生させようと試みた、正に、注目すべき〈痕跡〉をめぐっての考察、探究とはなる。またそのことを通じて、両者が広く同時代的コンテクストを共有しながら、混沌を極め始めた西欧文化の動態をそれぞれに感受しつつ、見失われいく古伝承にいかなる変形を加え、かつ、そこに潜められていた可能性をいかにして掘り起し、これをどのように継承しようと試みたかを、〈近代〉以降の〈生〉の行き詰まりが更に一層深刻度を増して複雑化していく、この二一世紀初頭の現在時において問い返してみることとなのでもある――。それはまた、本書全体のより深い、普遍性を帯びた〈問い〉、すなわち、〈模倣〉と〈創造〉との係わりについて、その具体相を、日本の表現史上の重大な局面として、如実に浮かび上がらせることへと連結することともなるだろう。

2　自己否定性

どの国にあっても、その国に固有の文化のアイデンティティへと深く突き刺さる、未だ文字化を伴わぬ遥か太古からの、元来は口頭によって長く伝えられた、文化の基層をなすような倫理性を特徴的に表示するが如き古き伝承が、それぞれに存在したであろう。日本にあっては、西欧との出会い以前、すなわち、マックス・ウェーバー言うところの〈普遍史 Die Universalgeschite〉が、合理性の名の下、西欧において特殊的に志向された〈近代〉（「宗教社会学論集序言」[3]）という時代と当面し、経験することになる、その遥か以前より、そのようなものの代表として、日本人のメンタリティの奥底深くに喰い入っていた、人間の、一つの〈死〉のかたちの原型を鮮やかに表象してみせる、連綿として受け継がれた古伝承が、正に、滔々たる水脈をなした忘れ得ぬ事実がある。

それは、そもそも、ほぼ日本全域に広まっていた口頭での言い伝えに基づきつつ、およそ二千年以前の日本人の心意を集約するかの如く編まれた、かの「万葉集」以来の、それ自体が口承性をも色濃く残存させる、日本に固有の韻文ジャンルたる〈和歌〉という伝統的表現形式の中において繰り返し題材とされ、文字化されることを得ることで、今日にまで受け継がれたものである。曰く、かの〈処女塚伝説〉が、それにほかならない。

現在でもそれは、日本の学校教育制度の内部にあって、日本文学の伝統の中で長らく正統であった古典和歌の教育に際して、日本人なら必ずや誰しもが知っておくべき文学教材として採り上げられ続けているものとなっている。それが受け継がれなければならない近代以前にあった、民間に流布した口頭伝承としての真の意義は、今ではほとんど、その内実が風化し、形骸と化してしまっているにしても、である。

一方またそれは、日本の優れた古典芸能として、〈世紀転換期〉西欧でフーゴー・フォン・ホフマンスタールらによって着目されて以来、世界的にもよく知られるに至った、あの濃密なる象徴性を帯びた中世日本の演劇ジャンル、詩劇としての〈能〉においても、その数多存在する台本、いわゆる〈謡曲〉——その近代日本における集成は、漱石門下唯一の女性作家・野上弥生子の夫・野上豊一郎等によって行われたことは、本章の主題上、大いに注目に値する——

の最も重要なるものの一つとして、「求塚」の名で伝えられ、今なお舞台上で演じられ、古典教育における実践目的とはおよそ離れたところで確かに生き永らえ、保持され続けている事実も、無論のこと、忘れられてはならない。その意味では、細々とではあれ、この古伝承は、いわば〈生きつづける伝説〉として、現代においても、日本人の心意の深層にそれと意識されないままに深く潜行しつつ、時の風化作用に抗するように、確実にその命脈を保たれ続けているのである。

さて、その基となった口頭伝承とは、その時代時代においてみられる、伝えられる際の区々の細部（details）の違い、その時々の変形要因を敢えて捨象して、その話材の中核的要素のみを抽出してみれば、大略、次の様にもなる。すなわち、ある国に住む一人の美しい年若い〈処女《おとめ》〉が、二つの隣国の、姿かたちのよく似た二人の男から、あるとき同時に、強く執拗な求愛を受け、その板挟みの状態の中で深く悩み続けた挙句に、いずれの男からの求愛をも選び取ることをせず、その心境を憐れ深い一首の歌に込め、これを辞世の言葉の如くにも遺して、自ら進んで近くの川へと身を投げて果てる、という話柄である。よく知られる〈真間のてこな〉の伝説は、その一体として今日最もよく流布している。が、それ以上に重要な古形を留めたテクストとなるのは、古くから伝えられた数多の和歌の、それぞれの成立事情を物語化して伝えた〈歌物語〉なるジャンルを代表するものとして、かの「伊勢物語」とも併称される和歌説話の集成たる作者未詳の「大和物語」中において、最も纏まったかたちで簡明に形象化され、広く知られている。

すみわびぬ我が身投げてむ津の国の生田の川は名のみなりけり

という、例の古歌の成立を伝えた説話ないし物語は、《処女》が身を投げた川の名に因み、〈生田川伝説〉ともまた名づけられる。

この、いつの頃からか伝承され続けた古き伝説は、日本文学の極めて長きに亘る歴史において、多くのヴァリアントをも豊かに派生させつつ、また、様々な表現を生成させ続けてきたことは、ここに敢えて贅言を費やすまでもないほどに知名の事柄に属する。それは、日本の物語史上の重要な祖形としての重要な役割を担ってきた（「源氏物語」の浮舟の物語などもその系列に属するものとされる）。

しかしそればかりでなく、同時に注目すべきは、それが、文字化以前の伝承形態を示すものとして、日本の至る所に、三つの墓石が並んで立つ特異なかたちの墳墓、すなわち〈塚〉としても数多残されているという興味深い事実である。そもそも、この古き伝説に係わる言語的伝承の主たる担い手となったであろう古来の〈うたびと〉たちは、例えば、高橋虫麻呂の伝承性の色濃い長歌および反歌などがその好個の例証であるように、旅の途次にあって、こうした〈塚〉の立つ場所を通過していく、正にその折、しばしその場に佇んで、あたかも死者の魂を《憐れみ》、また、鎮めるようにして、優れた歌を詠み残すことを繰り返し続けた。その代表として残る遺跡は、神戸は今の灘区、蘆屋の地に、現在、〈処女塚〉と呼ばれる大きな古墳をその中心として存在し、各地に散在した伝承を正に集約する〈場〉の如く、その実に広やかなる地勢において祀られてある。このことから、その伝承名は、古来の、悠久の時の溶け込んだ霊性を帯びた〈トポス〉に纏わるものとして、先述の通り、〈処女塚伝説〉と、より一般化されることとなっているのではある。

三つの墓石が並び立つ、そのかたちとは、身を投げた女と、また、その跡を追って身を投げた二人の男たちの相継ぐ自死行為をそのままに、古き物語を象徴する如く空間的に配置されたものである。そして、先の「大和物語」の叙述に従えば、そのような特異なかたちに墓が並んで立てられたのは、いわば、後追い自殺した二人の男の親たちが、その出来事を《憐れ》んでのこととして伝えられる。この、三つの墓石ないし〈塚〉が並び立つ空間的配置が、それを目にする者たちの内心に活き活きと、遠き古き世の日本人の〈生〉のかたちへの詩的想像力を繰り返し喚起し、その都度、言語的表出を促し、今日に伝わる文字によっての定着を、様々なる変形をも伴いつつ可能としてきたのである。これは、いわば、日本に残された〈自死〉に関する、正に、最古層に横たわり、継承され来たった〈根源的な物語〉そのものとなる——。

さて、日本人と〈自死〉というテーマは一般に、主として武士道ないし儒教道徳との係わりという側面から、日本人の存在様式の象徴でもあるかの如く、ある種の禍々しき採り上げ方がなされて久しい。曰く、「腹きり」や「殉死」は、あたかも日本的心性を最もよく代表する、不可解極まる〈死の美学〉でもあるかのように、近代以降、より正確には戦後において、国内外に渡って好んで語られるのである。しかしそれは、おおよそ中世期に端を発し江戸時代に固定化した、歴史上、ある時期からの、特定の集団ないし共同体のモラル、または、美学の如きものの、歴史的表現として、でしかない。総じてそれは、まるで日本文化の根底をなすものの如く、全体に対する個の犠牲、という〈自死〉の物語を安直にも惹起し、形成し続けたのである。

がしかし、先述の通り、時代を更に遠く遡り、日本人が伝えた〈自死〉の物語を、深くその古層へと掘り下げていく時、実は、特定の時代的道徳や宗教的規範性などという、いわば、制度的に強いられた「自己犠牲」性とはおよそ異なる、むしろ具体的な人間同士の関係性においての〈自死〉のかたち、ないし他者との関係性において選択される〈生〉についての、恐らくは日本に固有の倫理性のかたち、その表現としてのより根源的なありかたが浮上する。それが、ここで問おうとする〈処女塚伝説〉として集約的に表現されてきたもの、その起源すらもはや知りようもない、集団的表象としての〈自死〉にほかならない。しかしそれを、何らかの「主体的」選択による〈自死〉と呼ぶことは、余りに近代的に過ぎ[4]、やはり慎重な留保が必要とされる。近代個人主義的主体概念によっては説明し切れないものを、この日本人が長らく好尚し続けた伝説は、内包し表示するからである。ここに問われるべきは、右記の如き何らかの実定的な社会的擬制（fiction）との関係における人間の死というのでない、より原基的にして繊細な、人の心性そのもののありようとこそ深く係わった〈自死〉の伝承が、まことに緩やかに、また気の遠くなる如き長い時間とともに日本の文化的伝統の奥底にあって継承され続けてきたということ――、そのこと自体の意味ないし意義である。それは、形式倫理的な硬い概念化を安易にしてはならないような、人間の〈生〉の具体性とこそ実は深く切り結んでいる、と考えられなければならないからである。

〈処女塚〉の伝説とは、敢えて言えば、具体的な他者を悲劇へと陥れる、その想定される可能性を前以て推し量り、顧慮することによって、これを未然の裡に回避しようとする、健やかでもあれば、また、慎ましくもある、人が選び取る行為の、ある種の高貴さとも隣り合わせた〈生〉のかたちへの、いわば、不特定多数による果たしがたき願いが、いかなる厳格な制度的なるもの、どのようなイデオロギー性をもすり抜けて、長く伝えられるべき、語の正確な意味での、それこそ正に、より広く〈普遍性〉へと開かれていくはずの、人間存在の根幹に潜んでいるに違いない本来的なる倫理性を、表象として留め置くかのごとく、日本において綿々と受け継がれたものとして、実に見過ごし難いメッセージ性を、その内側に密やかに、しかし、ある意志性すらをも湛えつつ孕んでいる、のである。それはまた、人の〈生〉を縛することなき、規範性を超えようとする、曰く言い難き〈何か〉であるだろう——。

すなわちそれは、〈近代〉が措定した基本的人権に根を持つ〈ヒューマニスティックなもの〉とも相異なるところの、つまりは個的な欲望や欲求ともまた切り離された、すべての人間の内に、恐らくは、自ずからにして潜んでいる、より自然性にも近いようなものとしての倫理的なるもの、敢えて言うならば、ある受動的なる意志選択のありようを、近代以降の個人主義における主体のそれとは、およそ別様の仕方で体現しているように思われる。無論それが、人の〈死〉という重い問題と係わるものである以上、やはり軽々に称揚されるべきものでないことを充分に留意するとしても、である。

むしろ、この伝説が象徴的に表示して余りあるもの——、それは容易に名状し難いものとしての、また、安易な概念化、あるいは、制度化を、それ自体が、そもそも拒むような、人の〈行為〉そのものの根幹深くに備わる意味ではないか。それは、確かに歴史性を超脱し、民族性といった実は近代以降に形作られた、一見して、伝統的な規範性を構成するものでも、またない。いわば、常に無名なる者たちによる、その都度の一回的な行為選択、またその意図せざる〈反復〉、その堆積こそが、結果として、伝承というかたちをとって自ずと育まれたとするべきものであるだろう。仮にそこに、強いて「主体」という契機を立てるとしても、それは厳粛なる「自己犠牲」なのではなく、いわば、悠然として連鎖された〈自己否定性〉とでも名付けるほかない〈何か〉である。それは、恐らくは、人の行為の本源にまで遡るものとしての、〈利他性〉という重い問題とこそ実は密接に、また深く係わっている。しかし、敢えて断っておけば、〈利他〉と言っても、大乗仏教的な意味でのそれなのではない。何故なら、中世日本の仏教思想はこの伝承をして、〈処女〉の入水する行為を、結果として他者を巻き込み死に至らしめた赦されざる罪の如く、批判的なかたちで意味づけした事実があるからである。

3 「生田川」

さて、ここでの本来の目的に議論を戻せば、日本の近代においては、人が、その内側から自ずからにして〈利他性〉を発動させる折の、その具体的ありようが、正に、急速に強まりいく〈利己性〉との厳しく拮抗し合う緊張関係における〈問い〉として、つまりは、決して古きモラルの復権ないしそこへの回帰として、でなく模索された。その最も代表的な表現にして深い思索は、森鷗外の生涯を通じての、そもそも〈自己〉とは何か、をめぐっての〈問い〉となって現われた。そこには、自ずと〈他者〉へ向けての視角が新たに包摂され、〈自己と他者〉の関係性という問題圏域が独自に構成される。その最も早い尖鋭な現われは、日本における〈西欧型近代小説（Novel）〉受容の、正にその始発点となったモニュメンタルな小説テクスト「舞姫」（一八九〇・一、『国民之友』）においてである。そこでは、自らに愛を捧げた異国女性・エリスなる〈他者〉を狂気へと陥れてしまったことへの深き悔恨（＝《人知らぬ恨》）、そのことによって固着化した暗鬱なる自責が、晴らしようのない強い罪障意識、あるいは、罪業念慮とともに、さながらバイロンの戯曲「マンフレッド」（一八一七）の語り手における深刻を極めたそれ――鷗外はこれを「舞姫」に先行するテクストたる翻訳詩集「於母影」（一八八九・八）の中核に和・漢二様に訳してリフレインさせる――と、あまりに近似しつつ抱かれ続ける。ある男の、〈自己〉なるものをめぐっての一人称の語りとして、「舞姫」冒頭のそれは異様なほどに緊密なかたちをとって言説化をみている。それは、一九世紀末の西欧世界、ここでの問題意識に即してより正確に言い換えれば、〈近代〉という時代のその根底において已み難く内在していた諸種の難題が、複雑に錯綜しつつ一挙にして噴き上げた〈世紀転換期西欧〉、そこからの鷗外の帰還の、正しく、その直後においてのこととなる。西欧近代が、そこに根深く潜めていた本質的問題性を捉える鷗外の炯眼は、ここに冴えわたっている——。

これを別言すれば、深く緊張を孕み、かつ、結ばれた「舞姫」の言説は、近代的に解放され強められた自我の意識が、統合不能へと陥った種々の個的欲望と密接に隣り合わせつつ、不穏なる利己心の無意識領域からの突き上げを如実に経験することによって、愛すべき他者の犠牲を悲劇的に招来してしまわざるを得なかったことをめぐっての、深刻なる物語として生成を見た。私見によれば、日本においての〈自己と他者との関係性〉をめぐっての問いは、ここを象徴的な起点として、早くも日本文学の近代化の出立に当たって、その基本的圏域を、ある批判性をも窺わせつつ、的確にも措定しているのである。

鷗外は、〈近代〉との出会いを、その始発点において、いわば、〈肥大化する自我とその犠牲に供される他者〉という〈問い Problematik〉とともに経験し、これを生涯に亙って、根源的なる倫理問題として深く内在化し、実に幅広く、様々に問い続けた。[5] そして、その長期に亙った潜行する思索の過程にあって、最も感銘深く浮上したテクストとして銘記すべきなのは、「舞姫」の生成から二〇年の時を経て現われる、ほとんど知られないながらも、実は重要なる位置を占めるささやかな戯曲、以下の論述においてしばしば触れることになる「生田川」（一九一〇・四、『中央公論』）であるにほかならない。因みにそれは、西洋近代演劇史の重要な結節点となって、日本にも、正に鷗外の身近において小山内薫等により波及させられた〈自由劇場〉運動の受容に際して、生成をみることとなる。

鷗外は、その第一回試演（一九〇九・一一・二七〜二八）のための台本として、先ずは、ヘンリク・イプセン最晩年の、正しく〈利己 Egoismus〉と〈利他 Altruismus〉という二つの倫理的価値が厳しく相閲ぎ合う、優れてポリフォニックな戯曲『ジョン・ガブリエル・ボルクマン』（『国民新聞』に連載、一九〇九・七・六〜九・六。以下、『ボルクマン』）をこそ選び取り、これを翻訳し提供するが、「生田川」はそれを引き継ぐかたちで、その第二回試演（一九一〇・五・二八〜二九）のために鷗外自らによって書き下ろされた戯曲台本となる。そしてその大枠は、正に、先に問題化しておいた〈生田川伝説〉そのものに取材される。いわばそれは、日本において、二〇世紀の幕開けに当たり演劇の近代化が本格的に始動する時点で、かつての〈西欧型近代小説〉の受容としての「舞姫」の場合とあたかも軌を一にするように、その始発の時を契機として、いみじくも、日本文化の古層に横たわって、その原基的モラルを問題として生成させ続ける古伝承そのものの〈磁場〉をこそ、近代化された舞台空間において興味深くも現出させてみせる目論みとともに、企てられたと見做される。その意味で、「生田川」は、『ボルクマン』とその主題性において、見事に対蹠しつつ対をなして生成したとみるべきである。

そして、その制作に当たっての態度は、晩年の鷗外が次第に採用することになる《歴史其儘》[6]と鷗外自らが名付けた、あの特異な表現方法、つまりは、表現主体が偶然的に遭遇する《史料》の内に宿された《自然》そのものをして語らしめようとする高度な技術を駆使することで示現する表現世界の原型としてこそ、注視される。すなわち、ここにおいて鷗外は、古伝承をそのままに再生させることによって、表現主体たる〈自己〉なるものの過度な突出を、実に特徴的にも、殊更に抑止し管理してみせる。が、そうした表現方法を恐らくは自覚的に採用しつつも、鷗外は実は密かに、古伝承における《処女》の行為をめぐっての自己の解釈を、慎重、かつ効果的に忍び込ませてもいる。それは、二人の男からの執拗な求愛行為のいずれをも選択しないことを《処女》が語るその真意に係わって、である。そこに、日本の心性史にとって重要な位置を占める古伝承が、動乱する〈世紀転換期〉を背景に、鷗外によってテクスト化される意義が際やかにも浮かび上がる——。

この戯曲において《処女》は、求愛者の一方を選択することによって生ずるはずの、選ばれなかった者の死を前以て予期し、その《影》、いわば、〈死せるもの〉が霊的に立ち現れ続けることへの懸念を、まるでそれを現に幻視してでもいるかのように印象深く言明する。換言すれば、《処女》は、あたかも既視体験を語る人のように、招来される悲劇を、既に眼前にしているかの如く印象的に独語するのである。そして宵闇の中、どこからともなく顕現してきた一僧侶の唱える、人間の意識の最深層へと下降していく、かの仏教哲学たる〈唯識思想〉の根幹をなす重要なる〈頌偈〉——それは、「唯識三十頌」からの構成的引用[7]として示される——の響き渡りを背景として、伝承の宿る場たる《生田の川》へと処女がもはや選択の余地なく、いわば、当然の如く赴いていくことを以て、ドラマは閉じられる。そこには、合理的、かつ現世的な《人智》の支配を超脱する《出世間智》という、意識の深層深くに潜んでいた《智慧》の到来する中にあって人が行為する、その〈生〉のかたちが、見事にも表象させられているのである。あるいは、伝承の中の《生田川》こそが、《処女》を招き寄せるのでもあるように――それはあたかも、「舞姫」と隣接しつつ生成していた「うたかたの記」(一八九〇・八、『しがらみ草子』)の、テクスト中核に据え置かれた、ゲルマン伝説の巣喰うトポスたる《スタルンベルヒ湖》が、女主人公マリイを仇敵たる狂王・ルードヴィッヒⅡ世とともに、湖中へと誘い込んでいった如くに、なのである。

ここには、苛烈なリアリズム世界を現出させる、その主体たる〈自己〉なるものの発動を抑止していく、特異な表現主体としての鷗外が古伝承そのものへと、正に、その身を寄り添わせていく、その特徴的な〈自己否定性〉と見事にも相即するかの如くに、文化の古層から〈到来してくるもの〉へと〈自己〉を開き、また委譲していく〈生〉のかたちが、実に印象的にも浮上させられてあるのである。正にこのとき、〈他者性〉へと向けられて、鷗外の内に長く潜伏されてきた思索は、次元を変え、日本の古伝承に即しつつ、漸くにして、その〈顕現の場〉を見出すのである。『ボルクマン』と「生田川」の内的照応は、「舞姫」「うたかたの記」の間に既にあったものを、より尖鋭に東西文化の関係へと置換させて、反復されてある、とも言い得る。

既に古き伝承世界が現出した舞台上には、いずれの〈死〉ももはやリアリズムとして再現的には現われてはいない。その必然の帰結として、一切の〈悲劇的なるもの〉が舞台の外部へと排除されて、事実上、消失している。その意味では、古き伝承の大枠をそのままに留めながらも、〈自死〉のドラマとしての再現はもはやなされることなく、また、〈筋 Handlung〉として示される継起的に進行する時間性に代わるものとして、〈伝説の時間〉が舞台空間において漲り渡り支配する世界にあっての、〈生〉をめぐるドラマへと、見事にも変換されている。ここにおいて、古伝承の変形は十全なものとなりおおせている。この変形の原理を支えるもの――、それは正しく〈自己〉の無際限なる突出を、暗示的に抑止することによっての〈利他性〉の発現である。ここに鷗外が、その文学的出発以来密やかに問題化してきたことの、いわば、優れて〈美学的〉な方法に基づく具現化が認められなければならない、のである。――その方法はやがて、大いなる果実を育むこととはなる。

それはまた、一九〇六年、これに先立って鷗外が、《情熱（Leidenschaft）の否定》[8]による《美と平和と幸福の劇》の到来を、《葛藤》なき《未来の劇》として、〈世紀転換期〉の神秘主義的思想家モーリス・メーテルランクの《預言》[9]に同調しつつ宣言していた（『ゲルハルト・ハウプトマン』大尾。一九〇六・一〇、春陽堂刊）ことの、創作的実践行為となってこそ、鮮やかに顕われたかに見受けられるのである。

もとよりそこには、〈世紀転換期〉のとば口にあって生成した、先述の小説テクスト「舞姫」において見られた、「マンフレッド」さながらに〈他者を犠牲に供する悲劇性〉、また、そのことによる終わりなき自責行為、苦悶する自己内対話は少なくとも封印され、影をとどめない。ここに現出する、ささやかだが重大な変形を施されての古伝承の再生は、個人と個人との対立や葛藤による悲劇性を、本質的にも、未然に回避させるものとして機能させられていると見なされなければならない。

かねて古伝承の中核をなしてきた処女の〈自死〉行為さえも、ここでは直接的には現われることなく、ただ象徴的に暗示されるのみ、なのである。ここに、鷗外の企図したに違いない、一方で合理的因果性が執拗に追求されるなかで、近代世界に止まることなく蔓延して行く脱却困難なほどにも膨れ上がった〈利己性〉へ向けての一つの尖鋭なる回答が、実に適切にも選ばれた古伝承の徹底した〈模倣行為〉と、また、その鮮やかなる再生と共に、《葛藤を回避》するテクストとして美的に試みられてある——。いわゆる〈神の死〉（ニーチェ）以後、一切の道徳規範が無効化され、失効する中において、結果的に見失われていかざるを得ない、正に始原的な〈倫理的なるもの〉へと、果てもなく遡行していくかのように、である。そのとき、先の『ボルクマン』翻訳に先立って鷗外が、いわば、《DIDASKARIA》（＝演劇における前口上。『青年』、一九一一）の如く、やはり『国民新聞』紙上に周到にも訳載（一九〇九・七・一～四）してみせた、ドイツにおける〈自由劇場 Freie Bhüne〉の創設者 Paul Schlenther の「『ボルクマン』評」中においては、意味深長にも《倫理的天則》[10]なる訳語が印象的に選び取られる。それは、先に触れておいた『ボルクマン』と「生田川」との、深部における内通を媒介し、かつ、暗示するに足る〈コメンタール〉のように呈示されてあるものであることが、殊更にも留意されなければならない、のである。

4 「草枕」読解

ところで、このようにして生成した戯曲「生田川」に先立つ一九〇六年、すなわち、正に鷗外が先述の《情熱の否定》なるテーゼを、メーテルランクの「現代戯曲論」(一九〇四)に因りつつ示唆深く揚言してみせた(一九〇六・一〇、『ゲルハルト・ハウプトマン』、末尾)のと同じ年の一月前に、奇しくもこの〈処女塚伝説〉を等しく中心に据えた実に問題的な散文テクストが、読書界を賑すに至っていた。それは、《天地開闢以来、未だ東洋にも西洋にもないもの》との強い自負とともに、夏目漱石によって世に問われたものである(一九〇六・九、『新小説』)。

一見して長閑やかにも「草枕」と題されたその特異なテクストは、発狂して身を投げた《オフエリア》の水に浮かぶ溺死体、ラファエル前派を代表する画家、ジョン・エヴァレット・ミレーによって世紀末、あるいは、〈世紀転換期〉において描かれた時代の気雰を象徴して余りある、あの著名な図像をこそその胸中に宿し続ける、自らは《西洋画家》たることを任じ、また志向しつつも、同時にその本来は、先の鷗外「うたかたの記」の主人公・巨勢が《遠きやまとの画工》とされていたことと、丁度符節を合するように、《東洋の一画工》とも規定され続ける厭世的な語り手の一人称世界、となっている。——ここに前以て付け加えて置けば、この「うたかたの記」と「草枕」という二つのテクストは、内深く抱え込まれた女人像を完成することによる〈画家〉の誕生を等しく主題とした物語となる。なお、そこには、かつて千葉俊二氏によって報告された「うたかたの記」と幸田露伴の処女小説「風流仏」(一八九〇・一、『新小説』)との内応問題も係わって、更に重要なる意義を主題論的に惹起するものとなり、一層の表現史的な問題圏域の拡大が期待される。が、その点についての考察には、慎重な思量が必要であり、また、論点の徒な拡散をも避けるため、後日、別稿を期すこととしておきたい。

＊

さて、「草枕」のテクスト世界を主宰する語り手は、テクスト冒頭、生き難い《二十世紀》初頭の《現実世界》を

《住みにくき人の世》として忌避し、そこを逃れるようにして、春の一日、《那古井》という名の人跡稀なる温泉場へと峻険なる山道を冒して、観念的なる思索に耽りつつ、山を登っていく。その時、《画工》によって多弁にも繰り広げられる思索過程にあっては、《対立と葛藤》とを惹き起こす一切の他者との係わり合いを、意図的に切断しようとする《非人情》なる特異な心的態度が、いかにも観念的に考案されて、厭悪すべき《現実世界》とは相異なる《別乾坤》の人為的建立が希求されるのである。

内心において語り手は、《出世間的》な漢詩世界を切に憧れ、そこに、自らの病み疲れた心と身体とを、悠然と解き放ち漂わせることを春の山里にあって、独り夢想する。が、本来的に不可能性を帯びる他者との関係性の遮断、という語り手の企ては、遭遇する全ての人間を《大自然の点景》と見立て、また、他者との葛藤に苦しむ根本要因たる《自己》そのものの滅却行為を様々に試みながら、虚しくも成就されることがない。それは、内心深く巣喰った《オフェリア》の水死体の図像の、その面貌に、苦悶を超えた然るべき表情を求めつつも容易には見出せずにいることと、密接に係わる。

その時、語り手は、興味深くも《オフェリア》に、奇しくも仄聞した《那古井》の里に伝承される、正に〈処女塚伝説〉そのものである《長良の処女》なる入水した女の《古雅》なる物語を重ね合わせようと、ほとんど無意識的に願望する。あたかも両者が重なり合う時、疲弊し切った自らの心に〈治癒〉がもたらされるかの如くに、である。そしてその願望を実現するべき条件をその身に備えた女・《志保田那美》と遭遇し、覚えず、強く関心を引き寄せられる。が、その願いはやはり容易に成就しない。何故なら、この山里において見出された《那美》なる女は、そもそも夫を自ら離縁することで《那古井》へと出戻って以来、村人たちから伝説の女と同じ運命を辿った先祖たちの系譜へと連なること、つまりは、〈身を投げる女〉となることを期待され、そこから懸命に身を逸らすように、《悟りと迷い》の間で引き裂かれつつ狂気を演じ続けているから、である。《那美》は、《画工》の秘められた願望を見透かすかのように、外界に対して《画工》が張り巡らす内心のバリア（防御壁）、すなわち、《非人情》の心的態度を嘲笑し様々に揺るがしてくる――。

『吾輩は猫である』（一九〇五・一〜一九〇六・八、『ホトトギス』）に続く初期漱石のテクストに相応しく、自在なる実験性を示す「草枕」もまた、正に、西欧的近代の抱え込んだ諸問題が多くの矛盾を孕みつつ、思想・倫理・芸術等の諸領域において、普遍史的に混沌として噴き上げ、沸き立っていた〈世紀転換期〉の精神状況と、鋭敏にも同期（シンクロ）するかの如く、一気呵成に生成を見る。その冒頭において、一人称の語り手《余》、東洋と西洋とが激しく軋み合うその挟間に、正にその身を置く伝統美術の継承者たることを、名称として付与された《画工》は、新たな世紀の幕開けと当面して、これを《汽船・汽車・権利・義務・道徳・礼儀で疲れ果て》、《睡眠／眠り》を忘れ果てた《文明》として断じ、そこに生きることの〈不快と嫌悪〉とを、露骨なほどにも言明して憚らないのである。

春の山里の風景へと溶け込んでいくかの如く、《那古井》という、かつて訪ねた土地へと何の故か、再び山に分け入っていくこと——、それは表層的には、悠然としてのどやかに見えながら、実のところ、語り手たる《画工》にとっては、厭世の言葉をその脳中に充満させての《二十世紀の文明》の生き難い現実からの逃避・脱出の行為を意味する。だからこそ、《七曲り》の困難な山道を行く危険を敢えて冒しつつ、《画工》の内心には、そこにおいて迎接するすべての人間たちをも、飽くまで、ことごとく一幅の《画中》の存在、《大自然の点景》として《見立て》、本来的にそこに生じかねない因果論的な《人情の糸》、すなわち、情緒的な関わり合いの一切を、遮断してしまおうとする《非人情》の心的態度が、敢えて企てられていた。

その、ある種、奇異なる孤独な内心にあって抱かれる企て——、それは、憂世を悠揚と遺棄する前代的〈遁世〉行為の模倣の《旅》をすら連想させる《草枕》なるそのタイトルとは明らかに相反して、そもそもは、近代個人主義以降の時代にあって、已み難くもそこに《対立と葛藤》を生じざるを得ない〈他者〉との関係性にあって試みられているという点において、従来言われ続けたような、徒に〈ユートピア〉を志向するのみの、いわば、気散じ的な「美学」などというものでは決してない。それは正確に、一つの尋常でない倫理上の実験行為としての内実を優に備えもつ。すなわち、《画工》の期するところは、終始、《空山一路の夢》に《酔興》として《遊ぶ》こと、などではありはしないのである。

そしてまた、《二十世紀文明》からの、この奇態の遁走者たる《画工》によって人為的に選ばれた《非人情》の心的態度は、その尋常でないことにおいて、正しく、その背景として《山の麓》に大きく口を開けて広がるはずの《人の世（＝現実世界）》の、差し迫った〈生き難さ〉を、翻って、自ずと指し示して余りある。そのことは、テクスト掉尾に至り、漸く緊迫した語り口で語られる、かの《汽車論》として、正に危機的で、強度ある思索の言葉となって、優れて文明批判的に浮上する。そこで語られる、《盲動する汽車》に否応もなく監禁され運び去られることへ向けられる身体感覚としての只ならない厭悪の情――。

一度《解放》されたはずの《個人》としての《自由》を、新たな束縛の下へと直ちに再編入し、これを抑圧しようとする《鉄の檻穽》として如実にも表象される《現今の文明》――それはあたかも、〈文化の悲劇〉を説いたゲオルク・ジンメルとともに〈世紀転換期〉を代表する思想家として併称される、自らもまた深い精神病理と生涯を通じて格闘したマックス・ウェーバーによる、あの《鉄の檻 Ein stahlhartes Gehäuse》（『プロテスタンティズムの倫理と資本主義の精神』大尾、一九〇四～五）の論理を、同期的テクストとして想起させる――そこに生かされざるを得ない《個人》にとって、まさに深刻というほかない生の《現実世界》が、このテクストの深層には暗然として延び拡がり、控えているのである。そして、《二十世紀》の始発に際し、語り手は《第二の仏蘭西革命》＝《個人の革命》の勃発を、《北欧の偉人イブセン》へのラディカルなる同調として、最終的に宣告することになる。

クライマックスにおける、漱石の全テクスト中にあって、最も激越なるトーンを帯びる、この《汽車論》として浮上してくる厭世を極めた深い思索。そこへと漸くにして辿り着いた読者は、これまで描出されてきた、のどやかで悠然とした風景の数々を、《文明》を象徴する《お先真闇に盲動する汽車》との尖鋭なるコントラストにおいて、意識上に再帰的に辿り返させられることとなる。

《那古井》の里を彩る、《画工》によって希求され、表象される悠揚とした、幾多の《出世間的》な諸形象、それは、その背後に厳然として存在する《二十世紀》の物質文明との、テクスト上、リニアに《推移》する時間的プロセスにあって必ずしも明示的ではないが、だからこそまた、受容論的には、優れて共示的で、故に、テクストの深層に実は潜まされている〈不穏なるもの〉の潜勢力を優に感知させる、異様なほどにも醸成される鮮やかな緊張関係の中に据え置かれてある。このように、いわば、前景／後景として、自ずから、縦深的に層をなすテクスト内世界は、それ自体実は、単純な対抗史観、逃走的で、ポスト・モダン的な〈反・文明〉主義のそれには留まらないものである。そこには、《二十世紀》初頭における《個人》の〈生〉のありようを巡り、正に一世紀を経た今日において尚、アクチュアルとなすべき深い〈問い〉が、際立った焦眉性と共に呈示されてあったと見られなければならない——。

さて、《非人情》の心的態度の対象とされる〈他者〉なるものが、実は、唯に、人間存在のみでないことは、呈示された問題の奥深さを、更に増すものとして留意される。そこには、読者に過度の緊張を強いる様々な〈問題性（Problematik）〉を拠り所に産出され続けるものとして十九世紀的西欧芸術の代表となる文学ジャンル、以後の漱石がその形式に自らの表現を敢えて苦し気に賭していくことになる《小説Novel》さえもが、事実、先取りされて対象化されてあることが、大いに注目される。

《画工》は、テクスト中、例えば《恋愛》を典型とする、登場人物間の《対立と葛藤》を主軸に、読者たちの情動を強く揺り動かす《小説》という西欧近代的散文ジャンルに対しても、その重要な成立要件となる、《筋（プロット）》という特定の因果律（causality）に巻き込まれることをさえ忌避し、正しく《非人情》的に、敢えてこれを寸断し、それとの努めて恣意的な係わり合いをも実践してみせる。それは二〇世紀末的テクスト論の根底にあった、例の、読者の私的〈快楽〉とはおよそ異なる、正に、二〇世紀初頭の同時代文学に対しての痛烈な批判性となる。

これを言い換えるなら、すべての受容者にとって、自己の倒壊をもたらしかねない、いわば、すぐれて危殆なるジャンル、《小説》という、〈他者〉の言葉の精緻な織物との対話的関係性さえもが、《画工》にあっては、意識的に回避されるのである。このことは実は、「草枕」執筆に先立って（「夏目漱石氏文学談」、一九〇六・八、『早稲田文学』）、または、発表の直後において、作者・漱石自らが、一九世紀文学を事実上、世界的に領導し、席捲した、熱情的で、煽情的な、中期イプセン流の《問題文学／問題戯曲》に対して、折りしもこの年、一九〇六年、激震とともに伝えられたイプセンの訃報（五・二三）に接して、〈イプセン以後〉に到来すべき二〇世紀文学の未来を予見しつつ、《筋（プロット）のない小説》[11]の出現を、暗に待望してみせたことと見事に符号し合っている（「余が『草枕』」、一九〇六・一一、『趣味』）。そこには、同じ年、先行して世に問われた、被差別部落問題に材を取った、島崎藤村の『破戒』（一九〇六・一）を高く賞賛することによって、島村抱月たちが形成しようとしていた日露戦争後の日本の文壇内部での、世界文学的主潮流とは正に逆行する、《問題文芸》導入を殊更に称揚した戦略的な狙いを、暗に牽制してみせる意識[12]が大いに働いていた。また、そこには、『破戒』への評価をも書き添える漱石の文学的立場の屈託があったことは、以後の漱石の足取りを考える時、文学史的イロニーをさえ思わされる。因みに、ここでの《筋》への否定は、先に見た、「生田川」生成に係わったメーテルランクの尖鋭なドラマツルギー《静劇 テアトル・スタティク》と内応するが、実際、漱石は、この時期、メーテルランクの《戯曲論》に着目している。これは、鷗外が、《情熱の否定》のイデーを得たのと同一のエッセイであることを、稿者は、かつて指摘したところであり、批評史上に重大な意義を持った例の「『鶏頭』序」（一九〇八）において、漱石によって《筋のない小説》として論理化されるものである――。

がしかし、「草枕」においては、《他者》とはまた、《余》（＝自己）にとって外部的にのみ存在するのではなかった。《画工》は、先に触れた、自己の内部に巣食う、溺死した《オフエリア》という、無意識裡に固着した、どこまでも世紀末的な、内在する心的図像／表象との係わりにおいて、それが自らのカンバス上に反映論的に定着されてしまうことを、最も内心において危惧しつつ、回避するからである。そこにこそ、《余》が《画工》でありながら、テクスト中、終に一枚の《画》すらも描き得ぬ根源的理由はある。事実、携えられた《写生帖》上には、繰り返し試みられながらも、一枚の《画》さえも完成を見ない。《余》の《画筆》はテクスト中、ミレーへの直接的言及として指定されるラファエル前派流の世紀末的ムードの浸透に執拗に晒された〈水に浮かぶ女人の表情〉という、引き寄せられていく《画題》の周辺をあたかも《低徊》する如く、一見して悠揚と経巡り、さまよい、その具体的成就を無意識的に回避し続ける。そのことは、内深く〈病い〉を抱え込んだ《余》の存在様態、更には《画工》自身の〈水死願望〉という潜められたコンプレックスの、正しく、証左となる。だからこそ、《画》の制作主体たる《自己》の徹底した自己滅却行為さえもが、実に危機的に試みられていた。内なる〈病い〉が外化されることを、忌避するようにして――。

《画工》の胸中深く抱かれた〈水に浮かぶ死せる女人〉、完成を正に遅延させられ続けるその心的図像／表象には、《痙攣的な苦悶》を帯びた《オフェリア》の死相を拒絶することによって、そもそも、あるべき《表情》が欠損しているのである。その欠損した《表情》を探し求める行為としても、《画工》の《那古井》での行動と思索とは積み上げられる。それを、いわば、誘発するようにして女主人公・志保田那美はテクスト世界内部を縦横自在に動き回り、外界／内界に対する《余》の情緒的自己抑制、または、自己防御としての《非人情》を、その根底から揺るがそうと様々に奇矯な狂態を演じつつ執拗に働きかける――。

ところで、《画工》にとって《那古井》における唯一の〈他者〉となる那美は、そもそも、その存在自体を、村人たちによって、《那古井》に伝承される《伝説》のヒロインたちの後裔と見做される事で、いわば、死すべきことを期待され、まなざされていた。そこで求められているのは、自称《西洋画家》たる《画工》の内に深く宿された《オフェリア》のそれと等しく〈水死する女〉の生だが、それは、本章冒頭に述べた「万葉集」の時代から連綿として日本人の心性史にあって長く受け継がれた集団的表象としての〈処女塚伝説〉の正確なヴァリアントとしてのそれでもある。東西〈伝説〉中の《オフェリア》と《長良の乙女》という二表象は、共に〈水死する女〉であるという点において、《画工》の内部でしばしば重なり合おうとしながらも、しかし〈水死する女〉の像としての両者は、それぞれの伝承において、むろんのこと、決して等価でない。

西洋において伝承された《オフェリア》は、知られる通り、ハムレットの演じる熱情に駆られた狂気じみた復讐劇の傍ら、父を恋人に刺殺され、発狂して身を投げる女であり、かたや、《長良の乙女》は二人の男の強い求愛を受けて、いずれをも選ぶことなく自ら入水して命を絶つ女である。恋人ハムレットの狂躁の犠牲となって、狂気のうちに入水する女と、予期される他者の悲劇を未然のうちに回避・封殺して、自らが自己否定的な生を選択する女と――、後者の形象は、日本において、《憐れ深い》女の代表として、その心性史上、古来、長らく愛好され伝承され続けた。しかし、那美は、集団的に期待される〈憐れ深き死〉を死ぬことを宿命の如く背負わされつつも、それを否むがように、殆んど神経症的に狂態を演じ続けるのである。

《画工》は、そのような、日本人の心性に根源的な〈伝説〉へと結び付けられた《運命》を生かされようとする那美の、擬態と焦慮とに縁取られた《不統一》の面貌に、《古雅なる》《憐れ》の表情が浮かび、恢復される瞬間を待ち受け続ける。《画工》は自らの内なる〈水死する女人〉の心的図像／表象に、あるべき完成をもたらすはずの、見出しがたき《表情》の到来を、那美の面貌の上に期待する。その点で《画工》は、《那古井》の村人たちと共に、密かに〈伝説〉の効力の発現を待望してもいる。その意味で、《二十世紀の文明》を忌避し厭悪して《山》へと分け入った《画工》は当初、反・文明的な《伝説》の力能の方へと、実は、引き寄せられかけている。

《那古井》の里は、峻険なる《七曲り》の行路によって《二十世紀》の文明世界から切り離され守られた脱・時間的トポスなのであった。そこには、《汽車》に代表される、直線的に《推移》して已まない継起的時間が、浸透し浸漸する余地がない。そして、その中心には、《古へ》より、多くの入水した女たちを呑み込んだ《鏡が池》が、不気味なほど静謐に横たわっている。その水面を、かつて身を投げた多くの女たちの血の如く、永遠に落ち続ける夥しい数の《落ち椿》が真っ赤に染め上げる。〈伝説〉に縁取られた、その《鏡が池》の新たな〈贄《にえ》〉となるべきことを那美は、村人たちの集合的無意識の、あるいは、〈伝説〉の物語そのものの、暴力的でさえある拘束力によって強いられている。《鏡が池》なる求心的トポスは、それ自体に固有の〈伝説〉的時間を悠然と湛えて、テクストの中核に据え置かれる。その意味で、それは正に、個人の〈生〉を抑圧する《二十世紀文明》の時間性からの解放を予兆する時空である。がしかしそれはまた同時に、皮肉にも、《文明》の現実の中で傷付き《那古井》へと回帰してきた那美の個的な〈生〉を、反復的で永続的な〈大きな時間〉の中へと引き摺り込もうとする、もうひとつの暴力的な〈場〉でもある。それは、実時間と異なる時空を不逞なほどに現前させる。那美の〈身体〉は、そこへと吸引されてしまうことを懸命に拒否し、拒絶する。

《画工》の《胸中の画面》成立のために追い求められる《憐れ》なる《表情》は、しかし、《鏡が池》が体現する〈伝説〉の物語的時間の中へと那美が呑み込まれることによっては決して現れない。狂態を演じ続ける那美と、《非人情》

の心的態度に籠城する《画工》とは、戦禍によって血塗られた《満州の野》、《遠き、暗き、物凄き北の国》へと出征していく那美の甥・久一との現実的で、危険極まる太き《運命の縄》によって《因果》的に《絡み付けられ》、引き摺り出される如く、《現実世界》へと《山を降りる》。

　そして、そこにおいて、《文明の象徴》たる《のたくる如く》動く《鉄車》（＝《文明の長蛇》）との当面によって、先述の、《文明》をめぐる鬱勃として激越なる思索にしばし耽った《画工》は、その直後、《汽車》に運ばれていく別れた夫を《茫然》と見送る那美の、錯雑した〈自意識〉から解き放たれた面貌に、待望し続けた《憐れ》の表情の、《瞬時》の立ち現れを、偶然的に認める。《画工》の《胸中の画面》は、ここに漸くにして《成就》を見るのである。

　クライマックスにおいて那美の面貌に浮上する《憐れ》は、那美に固有の人生の経験を背景としてこそ現れ、《長良の乙女》の〈伝説〉の大いなる物語的枠組への回収を意味しない。那美は、〈自己忘却〉とともに、自らの過去の具体的経験への《瞬時》の〈追想／追憶〉を通じ、現在の擬態と焦慮の〈生〉からの脱却を果たす。《那古井》において〈伝説〉の物語を伝承し続ける、実は誰のものでもない〈集合的記憶〉の呪力の外側へと、那美の〈追想〉の力は働く。追憶の時間、あるいは、かけがえなき〈無意識的記憶《レミニッサンス》〉なるものの現前は、この時、際どくも、優れて個的なものとなる。そして、歴史上繰り返し、多くの女たちそれぞれの面貌に浮かんでは消えてきた《神の知らぬ情》で、神に尤も近き人間の情》たる《憐れ》なる《表情》もまた、それぞれに積み上げられた個別的経験に裏打ちされた、正に、具体的な〈生〉にあってのそれ、であったはずであり、〈伝承〉の物語の再現・反復なのでは決してない。

　女たちは、それぞれの固有の記憶を伴った〈生（＝経験的時間の堆積）〉をこそ生きるのであり、〈伝説〉の枠組の中で、酷薄に、誰のものでもない物語を生かされるのではない。《画工》は、過去の経験という〈厚みと深み〉とを伴った、那美のみの所有に帰する個別具体的な、故にこそ、尊ばれるべき《憐れ》を、携え来たった《写生帖》ならざる自らの《胸中》において捉えるに至る。この時、《画工》にも、《非人情》を標榜することで自己疎外を来たしつつ断ち切ってきた〈他者への想像力〉が、活き活きと甦る。もはや《画工》は、那美を幾ばくも、画材の如く突き放し、客体化しない。ここにおいて、《文明》の拘束力からも、《伝説》の物語的専制的暴力からも自由な、いわば、死の気雰の漂う世紀末的状況の中をかろうじて生き抜くための〈想像力〉が、《画工》の内部に健全に恢復されてある。が、〈救済〉はまた、例えば、テクスト中、《観海寺》の住人・大徹和尚の存在によって暗に代表されてある、禅的な、既存の宗教的境地によってももたらされてはいない——。

「草枕」冒頭において厳しく設定された《非人情》の心的態度なるテーゼは、語り手が那美に《関心》を手繰り寄せられることで、終局へ向けて次第に突き崩されゆき、そのことによってのみ、《余》の描き得なかった《画題》は、最終的な《成就》の時を迎える。重要なのは、《余》の携える《写生帖》が、《画題》成就のための媒介として、正にその有効性を失効させられてあることだ。希求された《画》の完成は、二次元的な《写生帖》への意図的で、人為的な対象把握としてでなく、〈他者〉との《対立・葛藤》を深く憂慮して、自己の内部に厳しく封印してきた《画工》の、〈他者の生〉を真に〈共感〉し得る本来の機能が偶然的に恢復された《胸中》への定着となってこそ、現れる。そして、《画工》の《胸中》なるカンバスの機能恢復は、《汽車》に《載せ》られ血塗られた《大陸》へと運び去られていく久一青年に隣接する《離縁》した前夫との永遠の別離に際し、過去への〈追想〉とともに現前した那美の内心深く封印されてきた情感の《瞬時》の〈顕われ〉にこそ因った。そこには、《非人情》という擬態によって粉飾し、〈他者の生〉に対し、孤り《夢見る》ことに立て籠もり自閉してきた《画工》には絶えて感受し得なかった、生身の〈他者〉としての那美が背負う過去——テクストの中核にぽっかりと口を開き、多くの薄倖の女人たちを呑み込み続けた幻想的トポス・《鏡が池》に湛えられた《長良の乙女》にまつわる無人称的な〈伝説〉へと、いわば、非人格的に回収されることなき個別具体的な経験的過去こそが、甦っている。そこに《画工》は図らずも共感的に立ち会わせることで、《非人情》の擬態によって辛うじて封印し続けた内なる〈危機〉、または、テクスト中、《東西文明》の対立として抱え込まれてきた内的葛藤状況からの〈快癒〉を自らの饒舌なる言葉の撒き散らしによってそれと知らずに、結果的に遅延させてきた存在論的な〈危機〉を最後的に回避することを得る。

テクスト末尾に描き出される《瞬時》において〈追想／追憶〉の時間を、いわば、〈縦深的に〉生きることになる那美の《茫然》と佇立する忘我する〈形姿〉(Gestalt)――、そこに浮かび上がる《憐れ》が、先に述べた通り、〈伝説〉の物語の中で語り伝えられてきた、いわば、《長良の乙女》という、日本の精神史的伝統の中核に、解放された《個人》にとって、不逞なほどにも居座る古伝承的な〈表象〉に付着・付随する、かつて女人たちの〈生〉の個別性を〈反復される話型〉の裡へと封殺した無人称的な《憐れ》でないことこそが重視される。正に、個別具体的な《那美》[13](＝刹那の美)という一人の女の〈生〉の息の吹き返し、その際の主体の一回的な情感として、《憐れ》は〈いま・ここ〉において顕現するのである――。

5　応答と対話と

このとき、漱石が盟友・正岡子規から継承した《写生》の方法は、明らかにその対象領域を、〈他者の生〉そのもの、またはその経験的世界へ向けて、その〈奥行き〉を押し拡げる。写されるべき《生》は、具体的な過去を意義あるものとして背後に控えた、個別の〈記憶〉と共にあるものとなる。

鷗外は、早世した子規への自らの密かな深い敬愛[14]を媒介として、日露戦後の状況に表現者として子規の遺志を継承しつつ出現した漱石の存在に、短歌に始まるその文学革新の推進過程にあって、「万葉集」の復権によって独自に〈写生〉概念をこそ唱えた子規が、内に理想として抱いた、いわば、日本人の〈生〉の具体に即する〈文学〉の正統なる継承者の面目を認め、「草枕」にこそ、それが優に具現化する様相を見出す。そこに意義深くも内包された〈処女塚伝説〉、それを東と西の文化を止揚し、架橋する倫理的契機としようとした漱石によって示された近代日本の表現者としての意志。そこに応じる責務を鷗外は、「生田川」制作によって果たす。その背景に、故正岡子規の大志へと寄り添いつつ、両者にあって高次に共有された思索が、実は意義深く存在した――。

以上の論述に立脚して問題を敷衍していくことを、最後に、敢えて試みたい。漱石は作家以前の若き日、発表されたばかりの鷗外の《二作》、恐らくは、「舞姫」「うたかたの記」に接し、その読後の深い感銘を、今後の文学的近代のあるべき方位を体現したものとして高く称賛し、そのことを盟友・子規に宛てた書簡に綴って、子規の逆鱗に触れた。

子規は、日本文学の未来を日本古典との関わり、その十全な研究の上に立って模索すべきことを以て、漱石を窘めていたことは、重要である。

先に触れたように、「舞姫」と踵を接して生成した「うたかたの記」は、《遠きやまとの画工》の内奥に宿ったマリイの表象が《ローレライ》像としてカンバスに定着され、完成をみることを以て、その結末とした。『草枕』は等しく、《画工》の胸中に《オフエリア》の図像が完成することを、その大尾において鮮やかに呈示した。この二つのテクストにおける主題性の帰趨において見出される著しい類似と差異と――それは、偶然ではなかったに違いない。がしかし、マリイを《ローレライ》として完成する巨勢に対して、「草枕」の《画工》は、伝承された情緒たる《憐れ》を以て、画題成立の重要な契機とした。鷗外は、ゲルマン神話にその材を求めつつも、現実に起こった醜聞的事件、狂王・ルードヴィッヒⅡ世の死への自らのロマンティックな解釈を付け加えた。が、これに対して漱石は、日本の古伝承を《オフエリア》の世紀末的な図像に敢えて象嵌して見せた。子規の漱石への忠告は、「草枕」生成に際し、遥か時を隔てて、また、子規の死から三年の後、漸くにして重要な意義を持ったと言えようか。鷗外が若き日になし得なかった西欧近代文学のあるべき受容のかたちへのひとつのパースペクティブ、あるいはその方位を、鷗外が「草枕」において共感とともに見出したとすれば、「草枕」に応じて「生田川」が同一の古伝承を基として書かれたことには、蔵された必然があったと言っていい。先述した通り、ここにはさらに一層の広がりを期待すべく、大きな可能性の沃野が潜んでいる。実はそこに開けるはずの重大な文学史的問題圏については、後日に、稿を改めて論究する所存である。

「草枕」という一気呵成になったとされる漱石の異色のテクストに、早く鷗外により「うたかたの記」において提示された小説テクスト内への伝説的要因の取り込み、という文学的課題が受け継がれ、更には日本人の心性の根基をなす古伝承たる〈処女塚伝説〉を、等しく〈身を投げる女〉である《オフエリア》の世紀末的図像に対置させて、その問題枠を押し拡げ、また、両者を如何に融合させるかの企図があったとすれば、その漱石の方法に対して、別言すれば、亡き子規から漱石へと継承されゆく近代化をめぐる異なるヴィジョンの具現化に対して、鷗外は、「生田川」の一篇を以て、鮮やかに応じてみせたと言うことにもなるだろう。伝承されたものの〈模倣〉を以て表現者としての伝統的背骨とすることを正に刻印された芸術的主体たる《画工》が、その継承されきた美的職掌をも堅持しつつ、東西における伝承において、これを融合・合成することを試みた構図を以て、その内心の《画題》を完成するということ、――伝統的な表現の担い手たるべき《画工》は、近代化が進行する中、自らをそこへと如何に馴致させるか、あるいは、如何にして新たな時代における創造行為を完遂し得るか、ということ――。

そこにおいて試された革新される〈写生〉は、子規亡き後の門弟たちが早くも墨守し始めた外界への写実行為、ないし、それに先行して問われていた坪内逍遥以来の現実描写――それは、狭義における〈ミメーシス〉問題と言い換え得る――としてのそれから、テクスト生成の過程において、本質的に脱却し得ている。とすれば、「草枕」生成の半年後に成った、やはり西欧文学を相対化する漱石の理論書たる『文学論』（一九〇七）の《序》が、爾後の日本文学が真に目指すべきところとして、《伝統的情緒》の重要性を意味深長に書きつけていたことの意義も、「草枕」中の《憐れ》なる情感の発現を以て、既に先取りされて実作的に表象化され、正に、その内実が、既に具体を得ていたこととともなると見られよう。すなわち『文学論』執筆を駆動していった、いわば、〈揺籃〉は、「草枕」執筆のプロセスそのものであったとも見做し得る。とすれば、《伝統的情緒》なる語が、『文学論』の《序》においていささか唐突とも見られる形で示されたこと――その意義は、「草枕」こそが、その具体を以て補完し、そこに、この二書の見過ごされて来た深い親縁関係は、その両営為のテクストとしての形態上の異質性を超えて、俄然、浮かび上がってくるのではある。「草枕」の奇跡的ともされる《一気呵成》の生成は、漱石の作家への転身の重大なる徴候論的契機として、『文学論』とともに、実は語られなければならないのである――両書は、いわば、双生児の如く成ったのであった、と。否、より正確には、『文学論』と「草枕」をその巻末に措いた作品集『鶉籠』（一九〇七）こそが相互補完性を示現する、と。しかしながら、ここでも、これ以上の徒な議論の先走りと拡散を努めて慎まなければならない。

いずれにせよ、〈伝統的なるもの〉の継承主体たる《画工》が、個的創造主体としての《画家》へとその本質的性格を、近代的なかたちで変容させることの要諦――それは、一にかかって、伝承された価値が、どのような表現史的コンテクストにおいて、つまりは、創造行為の新たな発条としてその意義を保持しつつ生き続け得るか、にあることとなる。「草枕」において、〈近代〉と向き合うことの緊要なる問題性は、そのようにして打ち立てられていたのだと思われる。さらには、如上の、空疎にも戦勝気分に沸き返る日露戦後にあっての鷗外と漱石との応答は、正しく、日本文学の近代化のあるべき方位とこそ係わっている。すなわち、その若き日にあって、荘厳なる〈美学〉の体系性を憧憬・志向しながらも、先ずは、ある種〈デモクラティックなもの〉の萌芽と見えつつ、ふつふつと自らの生の証しを立ち上らせて已まなかった名も無き詩人たちによる、いわば、沼の水面へと限りなく浮きつ沈みつする泡沫にも似た言葉たちのかつて棲んだ〈感情の草叢〉（イポリット・テーヌ『英国文学史』序文、一八六三）、すなわち、表現史の闇に潜み蔵くされた如き無数の〈俳諧〉の、途方もなき堆積の中へと敢然と身を投じ、そこに深く沈潜して、それらの分類・整序に遺る瀬なくも孜々として従った類稀なる〈実践〉の思想家・正岡子規が敷設した、遠く彼方へと注がれた夢の如きパースペクティヴ――それを、鷗外と漱石は、やがて大正期へと突入していく、正にその前夜において、その視野に組み入れつつ各々のテクストの往還において、遭遇し合った。いわば、両者の応答と対話とは、子規の遺した〈写生文〉を基盤にした日本の近代文体形成という〈未完の圏域〉へと、共々に足を下すことによってこそ生じていたのである。

子規の〈俳諧類聚〉という、自らの夢へと人知れず掛けられた橋の如き孤独なる営為は、いわば、〈模倣〉と〈創造〉という、常に既に、あらゆる表現がなされる現場において、古今東西の差異を超えて繰り返し問われ続けた〈問い〉、幾多の表現者たちが絶えず向き合い続けた原理的〈問い〉の反復として、図らずも両者において受け継がれたことを意味しよう。ここにこそ、すぐれて対話的に共有された、日本における文学の近代化への、その重大な結節点を、見出し得るとすることが出来るのだ、と敢えて言っておきたい。表現史上、やりきれぬほどに繰り返され続けた〈自己模倣〉の連鎖へともはや堕することのない、創造の契機としての〈模倣〉の、古来、湛え続けられたその可能性の確固とした復権へ向けて――。固より、子規による〈写生〉概念の創出に込められたものは、いずれ、ナショナリズムなどと単純化してすむものでは決してなく、哲学・美学の構築に魅せられていた一人の壮士の如き存在にあって、東西を架橋するために夢見られたグローバルな〈何か〉であったには違いない。だからこそ、子規は、病魔の兆候をも顧みることなく、日清戦争への従軍記者に志願したのである。そして子規は、従軍中の鷗外を、しばしば訪ねている。ここに子規と鷗外との奇しき出会いは生じていた。あたかもそれは、逍遥を訪ねた長谷川辰之助（二葉亭四迷）の如くに、である。

「草枕」はまた、子規の提唱した〈写生〉を、自然派たちによって壮んに行われた描写論における〈写実〉をめぐる論議とは、およそ異なる次元へと一層深く掘り下げた重要な意義を担う、いわば、静かなる情熱を宿しつつ問われた、亡友・子規に倣う、これまた真に実践的な、〈方法の書〉であった、と言い得よう。そこにおいて試みられていたこと――それは、子規亡き後高浜虚子の組織する〈山会〉の人々ですら関与し得ぬ次元において、でもあっただろう。亡き子規の遺志は、このようにして、鷗外と漱石との応答の高みにあって、実のところ、その意義が密やかに、また、深く確認され継承されるかたちで、その息を吹き返しつつあった、と言っていいだろう。表現者たちにあってのみ受け継がれ得る命脈は、常に既に、このような実証的には容易に可視化されない〈意味の深み〉においてこそ、〈到来する〉ものなのである。それは、いわば、衆庶を超えて訪れ来る――。

一九世紀末葉から生じていた、西欧知識社会にあっての既存の〈近代〉を相対化し合う諸思想が混沌として並び立つ〈神々の闘争〉（マックス・ウェーバー『職業としての学問』、一九一九）状況、その危殆かつ剣呑にも動乱して止まない〈世紀転換期〉に、日本に固有の古伝承がその根底に有していた〈他者への想像力〉の再生が、いわば、〈生〉をめぐる〈救済の星〉（フランツ・ローゼンツヴァイク『救済の星』、一九二一）でもあるかの如き緊要さにおいて、鷗外・漱石それぞれの仕方で希求され、営まれてあったことの意義及び、その必然。個的利欲を絶えず誘発し駆動させ続けることを止めること難き〈近代〉という、かつてなく増幅された欲望、《不厭嘱《あくことをしらないこと》 UNERZÄTTLICHKEIT》（W. H. Rolph "Biologische Probleme, zugleich als Versuch einer Rationellen Ethik" 1882による。鷗外「金色夜叉上中下篇合評」一九〇二）の時代が、本質的に、常に抱え込まざるを得ない〈出口なき〉対立・葛藤状況からの脱却の試みが、志向性として、あるいは、看過され得ぬ〈徴候〉として、正しくそこにあったのだということを、近代日本の表現史上の忘却してはならない重要なる局面、正にその〈痕跡〉（エマニュエル・レヴィナス）としてここに示すこと——そしてそれが、未来へ向けての何らかの射程を拓くよすがとなることをも秘かに、遠く期待しつつ、一先ずは、本章の長い序となったこの節を閉じることとする。

＊以上は、ストラスブールでの国際シンポジウム『日本のアイデンティティを〈象徴〉するもの』（二〇一一・一一・四〜六）においての口頭発表に基づき、大幅に加筆したものである。

Ⅱ　文学テクストにおける〈夢〉の威力、ないしは権能——生成する「山椒大夫」、〈写実〉と〈比喩〉と

1　鷗外における《伝説》のプロブレマティク

森鷗外が、その長期に亙った創作活動において、日本の《伝説》、あるいは、伝承された物語に、その材を取ろうと試みたのは、早く「玉篋両浦嶼」（一九〇三・一二）をその嚆矢とし、以下、「日蓮上人辻説法」（一九〇四・三、『歌舞伎』）、「静」（一九〇九・一一、『スバル』）、「生田川」（一九一〇・四、『中央公論』）、「曾我兄弟」（一九一四・三、『新小説』）、そして「山椒大夫」（一九一五・一、『中央公論』）の諸テクストとなる。これらは、小説形式による「山椒大夫」を除いて、いずれもが〈戯曲〉形式によってなっていることは看過し難い事実である。が、もっとも、唯一例外的とみえる「山椒大夫」にしてからが、そもそもは早くに、自らの内に深く宿され続けた《伝説》にまつわる記憶を戯曲化しようと幾たびか企てた既往が、実は存しているのであり、それが、結果として、晩年に至って漸くにして現在の散文形式として結実していったものであったことを、鷗外自らが印象深く述懐してみせた事実（「歴史其儘と歴史離れ」、一九一五・一、『心の花』）は、つとによく知られるところである。このことは、以下の行論において、十分に留意されていなければならないことがらとなる。

ところで、右のことに係わって、岡崎義恵はかつて早くに、鷗外に全九篇の〈創作戯曲〉の系列があることに注意

を促し、これらを包括的に論じて、その大半が〈歴史物〉であるとし、それらをして後の〈歴史小説〉へと繋がっていく〈橋梁〉となるものと見做して、意義深く位置づけたことがある。[1] しかし、事実の把握において正確を期すならば、それらは、〈歴史小説〉への前兆としてではないこと、むしろ〈伝説〉そのものをその素材としたことをこそ特徴となしているのであって、後の、徹底して《史料》に基づく志向を示すに至っていく鷗外の〈歴史小説〉群、さらには、異数のジャンル形式の開拓となった〈史伝〉群とは、実のところ、明確に区別されるべき性格を有する看過し難い一水脈をなすものとしておかれなければならないと言い得よう。

とすれば、ここに取り上げる「山椒大夫」もまた、上述の如くに、鷗外自らが永く拘り続けた〈伝説〉に材を取っていることが、正に、明言されていることからして、実は、《史料》に即することを旨とした〈歴史小説〉から晩期の〈史伝〉へと至っていく系列に収められるものというよりは、鷗外の胸裡に抱かれていたその本来の企図からして、むしろ上述した岡崎義恵の命名に係わる〈創作戯曲〉群の系列において、つとに浮上していた志向性の、その延長線上においてこそ、実は、生成をみたものとしておくべきものであるとの視角を、新たに設定しておく必要がある。そのように見做すことによって、改めてここに「山椒大夫」の位置づけをし直してみるとき、鷗外のテクスト系列のうちにおいて、どのような新たな〈地平 horizont〉が切り拓かれ得るのであろうか——。

さて、以上の如く「山椒大夫」までをも含めた〈伝説〉に材を取った、これら鷗外の諸テクスト群のうちでも、その著しい親縁関係が認められなければならないのは、話材の共通性という点において、「生田川」と「山椒大夫」の二つのテクストとなる。というのも、両テクストは、いずれもが〈女人の入水〉をこそ、そのテクスト内において、重要な要因とし、いわば、〈自己犠牲〉ならざる〈自己否定性〉を、それぞれのかたちで問題化することを共有し合っているからなのである。すなわち、前節において、漱石「草枕」との係わりに深く関説しつつ縷々論じたように、[2]「生田川」にあっては、直接的に、「万葉集」以来長きに亙って伝承され、和歌や物語等の諸ジャンルにおいて多くのテクストを育み続けた、日本人にとっての正しく原基的ともいうべき倫理性を体現するものとしての、女人の入水譚たる〈処女塚伝説〉ないし〈生田川伝説〉が、話材として有意味的に継承され、踏襲された。一方また、ここに取り上げる「山椒大夫」においては、小説形式という、より自由度の高い表現方法を用いつつも、説経節等の近代以前のテクスト群を土台とし、それら先行する諸テクストに対する緻密な検討・吟味の作業に基づきながら、そもそもが中世期以降、語り物として伝えられ続けた〈伝説〉をその大枠としつつ、そのコンテクスト内において、新たに創作的要因として女主人公・安寿の〈入水〉が作者・鷗外によって、周到にも暗示的なかたちで付け加えられて、叙述の展開上に、重大なモチーフとして組み込まれることになる。このことは、前代との関係にあっての連続性ないし継承関係においてのみならず、さらには、語り物をその背景に控えているという点から言うならば、ジャンル史的な観点からしても、大いに留意しておかなければならない重大な地平をこそその考察の日程へと上すべき、看過し難い視角を形成して余りあるのである。

さて、両テクストは、表現の形式、また、その取り上げ方は区々異なるにもせよ、共々に、いわば、〈身を投げる女〉の伝説をこそ、その主題構成における重要なる要因として包摂するのである。しかしながら、このような、容易に見過ごすことの出来ない、実に際立った共通性を具備しているのにも係らず、この二つのテクストの間に連絡がつけられることは、研究史上、絶えて行われて来なかったというのが実状である。それは偏に、戯曲と小説というジャンル形式の違いへの表層レベルでの拘泥、更にはまた、「山椒大夫」をして、一連の〈歴史小説〉の系列上へと置き据えることによってこれを読み解こうとする、やはり、抜きがたいほどに強固にも形作られた、いわば、研究史的準縄が、その対象認識において顕著に作動してのことであったに相違ないのである。

さて、戯曲「生田川」において〈入水〉は、正に、伝承的要因としてそのままに踏襲され、活かされている。否むしろ、正確には、女人の入水そのものを主題として伝承され続けて来た〈処女塚伝説〉の話型こそが、その枠組として正確に選び取られて、その選択自体が、鷗外の古伝承に対する感受性の根幹をなすかたち、または、その関心の方位をも、如実に示すものとはなる——、それはまた既に前節において検討したように、漱石の先行する問題的テクスト「草枕」（一九〇六・九、『新小説』）と、表現史上に稀なほどの鮮やかな対話性、応答関係を形作りつつ、また、いわゆる〈世紀転換期西欧〉において、リアリズムに抗して大きくせり出してくることになる古伝承に対する関心への、いわば、同期的な現れとなって生成していると目される。

かたや、「山椒大夫」にあっては、テクスト中において〈入水〉――後述するように、実はテクスト内には入水なる語は、明瞭には示されていない――として意義付けられることになる安寿の〈自死〉は、それ自体が、その源泉となった伝承された語り物の、数多あるヴァリアントの中には、そもそも見出すことの出来ない、鷗外によって新たに付与された全くの創作的要因となって、その叙述過程にあって緊要なるかたちで機能させられてある。因みに、プレテクストとして中心化された説経節正本の本文においては、安寿は、よく知られる通り、山椒大夫一族によって無残にも惨殺され、河原へと遺棄される。そしてそのことが、弟・厨子王による情念的な報復行為を惹起し、結句、〈復讐物語〉を構成する重要な条件となって、いわば、正史上、抑圧された芸能者たちという、背後において黒々と働いている差別され支配された伝承主体のルサンチマンを、優に窺わせるに足るコンテクストを生成しつつ、語られ続けた。(3) その意味で、鷗外のテクストにおいては、安寿の〈死〉とされるものが、一見して、安寿自らによる意志的なる死、しかも〈入水〉行為へと意味深く変換されることによって、伝承され続けてきたものとは、事実として、明らかに相異なる重大な変形がもたらされたことになるのである。

しかし、予め断っておけば、ここでは、伝承されたものと鷗外のテクストとを天秤にかけて、そのいずれかに美的優位を与える如き、よく行われるような価値判断を主意とはしない。むしろ、鷗外にとっての〈伝説〉受容に見られる感受性ないし関心の傾きが、広く〈世紀転換期西欧〉への意識を背景となしつつ、どのような方位を指し示しているかが、ここでもやはり主要な問題関心となるからであるにほかならない。先述の戯曲「生田川」との、長らく看過され続けてきたテクスト相互性の確認は、そのための枢要なる要件となる。

＊

ところで、鷗外による小説テクスト「山椒大夫」を巡る長きに亙る解釈の歴史は、往々にして、右の安寿の〈自死〉を以て、弟・厨子王を救うために行われた〈自己犠牲的〉な死として、価値付与的にこれを意味づけようとする傾向を呈し続けて、現在に至る。その背景には、繰り返すが、「山椒大夫」をして〈歴史小説〉の系列上において捉えようとしてきた、今日ほとんど疑われることなく自明化された安定的な準拠枠によって、やはり、解釈者たちの意識が予め方向付けられることが、その要因として強く働いてきたのだとしておかれなければならない。つまりは、鷗外〈歴史小説〉の生成が、当初、武士の殉死をこそ、そのテーマとした「興津弥五右衛門の遺書」（一九一二・一〇、『中央公論』）を以て始められたという事実が、以後において産出されていく鷗外のテクスト群に対する読解の方向性を自ずから著しく決定付ける、抜きがたき規制要因として作用し続けたということにほかならないのである。

「山椒大夫」における安寿の〈自死〉もまた、正に、そのような研究史的コンテクストにおいて、その意味付与が強く働くこととなり、結果として、テクスト自体の叙述展開上の緊密に織り成されたプロセス、その言葉の具体的運動における、後述するような、濃やかにして豊かであるはずの意味性を優れて産出する機能を、正確に捉えようとすることを予め阻害して来たのである。とすれば、「山椒大夫」というテクストの叙述の具体へと極力即する限り、解釈者はここで、一先ずは、〈価値自由（Wertfreiheit）〉（マックス・ウェーバー）の位置へと自らの足場を置き直し、一切の成心を取り払って、テクスト生成の具体相とこそ努めて向き合わなければならないのだとしておきたい。

右のように、「山椒大夫」をして、既定の研究史的な認識枠組みから、すなわち鷗外〈歴史小説〉の系列上に組み込むことから、一度解き放ってみようとすること――、先走って言えば、そのことによって、先に問題化しておいた「生田川」と「山椒大夫」との緊密な連続性ないし素材の共有性もまた、近代における古伝承の継承と再生というプロブレマティクとして、実に有意味的にも浮上することとなって、鷗外文学の総体へ向けての新たな地平の〈開かれ〉が大いに期待されることとはなるだろう。

それは、鷗外の文学的生涯にあって、通奏低音の如くに伏流する、研究史的に閑却され続けてきた〈伝説〉に対しての、その関心のありよう、あるいはまたその方位、という問題系を、明瞭化することへと繋がり得る。すなわち、繰り返すが、広義における鷗外のエクリチュールにあっては、具体的には〈身を投げる女〉というモチーフへの、正しく、固着したとでも言う外ない関心事が、実は最初期以来、ひとつの特徴的なる水脈をなし続けたとの視角が、ここにおいて初めて有意味的な一つの連なりとして顕在化し、見出されてくることになるのである。

そのことは、例えば、鷗外の文学活動の始発を告げた、翻訳詩集「於母影」（一八八九・八、『国民之友』）において早くも、その潜伏する隠された主題圏の在り処を、その深部において指し示しつつ強い記銘力を発揮し続けて、広く人口に膾炙することになった、かの「オフエリアの歌」、また、事実上の鷗外の最初の創作小説の試みであったとも伝えられてきた「うたかたの記」（一八九〇・八、『しがらみ草紙』）における、ゲルマン伝説中の水の精《ローレライ》と重ねあわされつつ、やがて湖水へと自ら沈みゆくこととなる女主人公マリイの形象、それらの延長線上においてこそ位置づけられることがらとして、看過しがたきコンテクストを新たに現出させることとはなるのである。それは、鷗外の近代的な、あるいは個的な表現意識を超えて働く、日本人の心意伝承に深く係わるものをも、例えば、泉鏡花のケースをも想起させつつ、また指し示すのだとしておきたい。因みに、鏡花は、鷗外によって日本に紹介されるゲルハルト・ハウプトマン『沈鐘』の共訳の営みを、その最初期において試みていることが、つとに指摘されている。


さて、先述した通り、鷗外の晩年の表現意識においては、〈歴史小説〉から〈史伝〉へと、次第に《史料》の《尊重》という志向、いわゆる《歴史其儘》が強められていくと説明されて久しい。そして「山椒大夫」は、そうした表現行為における目立った志向性が漸次強められていく過程において、そこからの自由・逸脱を求めるかのように、鷗外が一たび《歴史離れ》を敢行してみせたものとして意義付けられているのである。そのことに誤りはない。しかし、その際に選ばれた素材が、《史料》、すなわち、歴史資料なのではなく、曰く、鷗外の遠い記憶の中に深く宿り続けた《鳥追い女の話》、つまりは、先述の通りに、説経節等によって伝承され来たった口承性の色濃い物語、「さんせう太夫」の〈伝説〉であったことこそが重視されなければならないのである。——しかもその視点は、〈女人の生〉へと鋭角に焦点化され、意味深く据えられていた。

その意味で、実はこれは、その本来の表現意識、ないしは、仮に、その創作意図という観点からしても、そもそもが歴史資料（＝《史料》）に徹底して寄り添う《歴史其儘》からの、たまさかの〈逸脱〉の結果としてのみ生成をみたテクストなのでは有り得ないある緊要なる必然性をすら帯びる。そして、だからこそ鷗外は、《歴史離れ》を試みながらも、結果として、選び取った〈伝説〉にまで自ら歴史的考証を加えてしまったことを《歴史に縛られた》のだとして、むしろ、これを遺憾とする口吻を示さずにはいられなかったと取っておくべきである。したがって、「山椒大夫」というテクストにおいて内包される特性は、単に〈伝説〉の素材化ということばかりにあるのでなく、先に触れた〈身を投げる女〉という主題系を形成する、鷗外にあって早くから深く潜行してきたモチーフが創作的要因として、ここにおいて、正に、意義深く浮上することにこそあるのだと見做される。そこに、繰り返すが、先の「生田川」との連続性が、後述するように、さらなる問題系を形成しつつ再浮上してくることともなるのである——。

2 〈夢〉の威力——《夢》と現実の間、あるいは、《閾域》ということ

ところで、鷗外が「山椒大夫」の制作に当たって、古伝承に対して付与した《変更》、ないし改変は、枠組としては、伝承された物語内容を史実によって合理化するかたちで最終的に《まとまり》をつけようとしたこと、つまりは、歴史的考証を施したこととなるが、そうした伝説と史実の照らし合わせとは別に、文学的方法もしくは芸術性を高度に醇化させようとした、その企図を窺わせる要因としては、叙述構造上にあって重大な位置を占めるものと見做さざるを得ない《夢》の記述を、鷗外が、正に、創作的要因として新たに導入してみせたことにこそ、実は、認められなければならない。そのことによって、古来伝承され来たった物語は、その枠組が〈模倣・踏襲〉されつつも、鷗外に固有のテクストとして創りかえられるのである。

鷗外による《夢》の記述の意味深長なる裁ち入れということ——、正にそこにこそ、山椒大夫伝説の、近代以降において、以後、優勢となって流布していったヴァリアントとしての、鷗外のテクストの有する著しき表現特性が、先ずは見出されなければならないのである。意味深く裁ち入れられた《夢》の記述——、それは、テクストの生成過程においてどのような機能を果たしているか、はたまた、そこでの《夢》が、ある緊張関係として伝承世界をその背後に控えつつ、テクスト世界の総体に対して振るうことになる威力、ないし権能とは、そもどのようなものなのであろうか。

鷗外の「山椒大夫」において、その際立った特性を表示してあまりある、創作的要因としての《夢》の記述――。それは、山椒大夫一族によって奴婢として買われ、囚われの身となった安寿と厨子王とが、あるとき、自らによっては変えようのない《運命の前に項を垂れ》つつ、無力にも、その苦難を歎じて、叶いがたい逃亡を《夢のやうに》語り合い、偶然にもそれを、山椒大夫一族中もっとも酷薄なる人物たる三郎によって聞き咎められたのちに、姉弟が、その強い《恐怖》の裡に身を置いて、慄きながら、奇しくも同時的に見ることになる《夢》の記述として、意義深く設定されてある。それは、姉弟が衆人環視の下、《真つ赤に焼けた火箸》によって、額に十字の《烙印》を押される凄惨をきわめる情景の鮮やかなる描出となって、読者に強い印象を与える。その記述は、それが《夢》の記述であることをしばし読者に忘れさせるほどに、あまりにリアルな迫真性を帯びた形象として見事なまでに、テクストの叙述過程において刻印されてある。

しかし、その読者を立ち止まらせる描写の著しい迫真性とは、そもそも伝承された物語そのものにおいて語り継がれたものをそのままに模倣しつつ、これを踏襲しようとすることによってこそ、実は生じているのだということが、殊更に注意されなければならないのである。〈伝説〉においてはしかし、この鮮烈なる情景は、姉弟に対して加えられる実際の危害、すなわち現実の出来事として、緊迫とともに如実に語られるのであり、そしてその《烙印》が、やがては、厨子王の逃亡に際して、姉弟の《守本尊》としての《地蔵尊》の額へと移し替えられることとなるという、いわば、〈奇跡譚〉をこそ形成し、伝承を促し続ける重要な要件となっている。つまりは、《地蔵尊》が、姉弟を見舞った苦難の、正しく《身代わり》となったと、伝承されたヴァリアントのほとんどは、その非合理性を顕示しつつ論理化し続けたのである。

ところが、鷗外のテクストは、と言えば、伝承における語りの迫真性を、その描写力においてそのままに受け継ぎつつも、敢えてこれを《夢》の中の出来事へと、特徴的に変換してみせるのである。しかも、その際に重要なこととして、その《夢》は、個体の経験に留まらないという意味での、伝承におけるものとは別種の〈非合理性〉を指示するように、その《夢》の見られ方、という点において、すなわち姉弟が《同じ夢を同じ時に見た》ものとして、実に効果的にも設定がなされている。またさらには、その《夢》の中において姉弟が共々に受けた苦難を、《夢》から醒めた姉弟自らがすぐさま、《地蔵尊》の額の《白毫の左右》に刻印された傷跡、《鏨で彫つたやうな十文字の疵》として、そこに、現実のこととして鮮やかに見出すという記述へと、これまた非合理な、手の込んだ変更がなされているのである。ここには明らかに、伝承のテクストとは別の位相での〈非合理性〉が、二重に設えられてある。

こうした、個体を超えて見られた《夢》、またその内容自体が、そのまま現実へと外化されるという非合理——、この点にこそ鷗外の創意工夫の痕跡が意味深く現れているのである。そこにおいては、《夢》と現実との関係は截然と分けられることがない。《夢》と現実とは、《地蔵尊》の額に刻印された傷跡を介することで、あるいは、これを鮮やかな指標とすることにおいて、その境界性が著しく朧化され、曖昧化されることとはなる。これを直截に言い換えれば、鷗外のテクストにおいては、伝承中にあった凄惨な現実の出来事を、単に《夢》へと変更したばかりではなく、《夢》と現実との〈間〉の関係性そのもの自体を、いわば、地続きのものとしてみせているのである。このように、その境界性が不分明化させられ、地続きのものとされた《夢》と現実ということ——、この二重の意味での〈非合理性〉を帯びた《変更》、改変こそが、鷗外における「山椒大夫」が担う、伝説のヴァリアントとしての著しい特性を、先ずは指し示す考察与件となるのでなければならない。

鷗外のテクストにあっては、安寿と厨子王とは、現実に《烙印》を身に受けることがないのである。凄惨をきわめる出来事の記述は、どこまでも《夢》の中で見られた事象であるに過ぎない。がまた、そのことによってこそ、やがて〈奇跡〉を招来する前提も、既にして効果的に準備されてある。つまりそこでは、設えられた《夢》は、もはや通常の《夢》ではなくなっているから、である。そのことは、《地蔵尊》の額の上に、刻印された痕跡を、《夢》から醒めた姉弟が見出すことによってこそ示された——、そして、このことによって、合理を超えて傷跡を刻印されたかたちとなった《地蔵尊》は、以後、姉弟の《運命》を切り拓くべく、正しく、〈聖性〉を担うかのごとくに、一見して、象徴的な働きを発揮する〈モノ〉となるかとみられる。しかしながらそれは、必ずしも、往々にして信仰一般を原理的に促す如き、フェティカル（物神崇拝的）な対象としてのみ、崇められるのでもまたない。ここには、かつて鷗外が、正しく〈世紀転換期〉の思想を具体化するかのように「金毘羅」(一九〇九・一〇、『スバル』)において呈示していた〈非合理なるもの〉をめぐる主題[4]が再度、しかし、より積極的なかたちで取り込まれているのである。

姉弟二人によって、個体の経験レヴェルを超え、同時的に見られた《恐ろしい夢》――、それは、叙述の展開の上に、大きな駆動因となって機能する。これを具体に即して言うならば、姉弟の同時的に見た《夢》、そしてその《夢》の内容の現実化ということ、正に、それが印象深く記述された直後において、安寿に二段階の変貌が招来されることとして、テクストの叙述は以下、密度高く組織されていくのである。この安寿の、厳冬から春への緩やかな時間的推移の中で次第に生じることになる、際立った変貌というモチーフ――、実は、これもまた伝説にはない重要な創作的要因となる。いわば、《夢》を文学的方法として導入したことが、安寿の特徴的な変貌過程を、その後において効果的に展開させることとなっている。すなわち、《夢》と安寿の変貌とは、このテクストにおいて、深く密接に関わり合っている、のである。それは果たして、どのようにであるか――。

安寿の第一の変貌を特徴付けているのは、囚われの身となって以来、文字通り一心同体の如く、その身を寄り添わせ、その変えがたい苛酷な運命を共有し合って来たはずの弟・厨子王によっても量り知ることのできないような、《遥に遠い処を見詰め》ながら湛える、その深い〈沈黙〉なのでなければならない。この上なく深く、〈沈黙〉の内へと沈み込んでいく安寿の、姉弟によっての《夢》の同時的共有、そして、共有された《夢》の現実化という、連続的に現れた非合理な二つの事態を境として、その身において生じてくる大いなる変化としての、実に特徴的なる内省状態、緘黙して内部深く沈潜していくその様態――、厨子王さえをも深刻な不安へと陥れるほどの、その異様なる、深き〈沈黙〉によって、姉弟は傍近く共にありながらも、内的には、遠く隔てられることとなる。

しかし、隔てられた姉弟はやがて再び、否、それまで以上の、一層の〈一体化〉を成し遂げていく。それは、安寿の二度目の変貌によって、である。すなわち安寿が、厳冬の間、固く守り続けた長く深い〈沈黙〉をおもむろに破って、唐突如として〈行為者〉へと、再度、厨子王を驚かすほどの変貌を遂げることによって、なのである。その折の安寿の外貌には、何かが取り憑いたかのような、異様な目の《赫き》と《毫光のさすやうな喜び》とが湛えられてあることが、重ねて強調されてある。ここには、ほぼ同時的に生成した、もうひとつの《歴史離れ》のテクストたる「高瀬舟」の喜助において見出されるのと同種の〈聖なるもの〉が顕現させられてある、しかも、ここでは、その顕現に至るプロセスの克明な記述と共に、である。

姉弟を長く隔てることとなった安寿の深い〈沈黙〉。その中にあって、深く潜行されていた安寿の、いわば、〈思考のコトバ〉の星雲は、正に、帳を開かれたかのようにして破られ、当人にとっても思いもよらぬ〈叡智の言葉〉となって一挙にして噴き上げ、外在化されて、厨子王のみの逃亡を促していく、いわば、実践性を色濃く帯びた言葉として、その十全なる機能を発揮し始めるに至る。厨子王は、安寿の内深くから湧出するかの如く発せられていく言葉を、当初、驚きとともに訝しがるのである。が、やがて《物に憑かれたやうに、聡く賢くなった》姉の言葉に背くことも出来ぬまま、《まるで神様か仏様が仰るやうです》と、あたかも神仏の言葉に触れたかのように、また、何事かの預言のごとくにも、弟はこれを受け入れていく。厨子王は次第に、安寿によって示されていく逃走計画を、ほとんどそれが、定められた行く末ででもあるかの如くに、あるいは、もはやその実現が約束された既定の運命の如くにも、一切の疑念の余地なく、姉の言葉そのままに呑み込み、受諾していくに至る。

ここにおいて、厳冬の間久しく隔てられていた姉弟の間に、再び、強く〈一体化〉する時機は、到来するのである。そのことは表現上、《厨子王の目が姉と同じ様に赫いて来た》という描写によって的確にも表示されるが、より一層そのことを明示する記述として見逃すことが出来ないのは、語り手がテクスト中初めて、しかも、ただ一度限り、自らの認識と判断とを呈示してみせる記述でなければばならない。すなわち、《姉の熱した心持が、暗示のやうに弟に移つて行つたかと思はれる》、と。語り手はここで、出来事の意味を、ある種、自らの強い確信ででもあるかのように、印象深く読者に向けて示して憚らないのである。これは単なる、失われていた〈一体性の恢復〉ということにとどまらぬ、ある徒ならなさを、優に物語ってあまりある表現上の徴証であるにほかならない。

ここには、あの「安井夫人」（一九一四・四、『太陽』）のクライマックスにおいて語り手が、熱を帯びて語ることになる口吻が、既に認められると言っていいだろう。変貌を遂げる前の長い〈沈黙〉の中にある安寿の《遥かに遠い処を見詰める》そのまなざしは、やはり、様々な解釈を呼び起こして已まない、あの、安井佐代の生涯を貫く《遠い遠い処に注がれた》それへの、正しく、先蹤としてある。このようにして、鷗外のテクストは、赤い糸の如き通奏低音を、深部において奏でている。ここにも、〈歴史小説〉という括りを内破する如き、強い表現性が浮かび上がっていくその徴証が認められる。研究史的準拠枠が覆い隠し、見過ごしてしまう注目すべき表現特性は、このようにして現れるのではある。鷗外が描き出すものには一貫して、世紀転換期のテクストにいかにも相応しく〈合理性〉の準縛を振り解く強い特性が備わる――。

身の危険に晒される《恐怖》の中で、非合理にも、同時に、同じ《夢》を見て以来、安寿の長く、深い〈沈黙〉の時間によって一たび隔てられて来た姉弟は、安寿の内側において熟成された、運命を切り拓く〈叡智の言葉〉を、ほとんど同体ででもあるように、ここにおいて、正しく共有することとなる。少なくとも語り手は、姉弟の〈同化〉を、そのようにして、強く読者に示唆してみせるのである。

奇しくも厨子王と共有した《恐ろしい夢》の経験。それは、安寿をして深い〈沈黙〉の内へと、あるいは、意識の《閾域下》――鷗外は、意識の深層を、例えばフロイトのように抑圧された意識ないし欲望としての〈無意識〉なのでなく、このようにして表現する。いわば、何物かが潜む場、として――へと、文字通り、深く沈潜させる威力を発揮した。しかく《夢》の記述は、テクスト上において、重大な叙述展開上の結節点として設えられて、緊要なる機能を帯びるのである。

先に触れた、《夢》と現実の境界性の取り払われ、という現象が意味するものが、ここにおいて正に再帰的なかたちで、読者の脳裡に意義深く浮かび上がらせられてくる。いわば、そこには、《夢》と現実とを隔てる不可視の《閾〈域〉》の存在が、暗に表示されていたことにもなる。とすれば、《夢》から現実への〈移行〉として先立って描かれていたこと――、それは、安寿の二度に亙る、漸次的変貌の的確な表現過程を通じ、その実に特徴的なる、長く深き〈沈黙〉を潜り抜けることによって、安寿の口を付いて、文字通り、湧出してくる、いわば、〈神的なるコトバ〉の生成、あるいは、内心において育まれ醸成され来たった星雲状のままの〈思考のコトバ〉＝統辞されることない〈内言 inner speech〉が（メーテルリンク流に言えば〈智恵〉の言葉として）〈外言 outer speech〉へと整除されて外化されるに至る（バフチン、ヴィゴツキー）[5]――、そうした、思考とコトバ（内言と外言）との、正に、〈間〉にあってこそ繰り広げられる言語的ダイナミクスの記述へと、叙述の展開において、見事に置換されていたことになる。ここでの、《夢》と〈沈黙〉とには、ある〈深み〉における関係性が、実に鮮やかなかたちをとって、見出され得られなければならないのである。

ここで、表面上はリニアな叙述過程の進行として展開されていることは、その実質において、実は垂直的にして〈縦深的〉なる表現、すなわち、安寿の意識の深層において星雲の如く膨れ上がり充溢していった何物かが、テクスト世界の全面へと立ち現れ、顕現してくるに至る様相の、全き表現とはなる。ここに、「山椒大夫」において示された《夢》の機能の、まことに非凡なる記述の具体的様相が認められなければならないのである。安寿の内側において、外言化される以前の、豊かに育まれ、醸成されたもの――それは、敢えて言うならば、安寿の強き願い、苛酷にして困難なる現実から真に脱出すること、その果たしがたき〈救済 Erlösung〉の到来を強く夢見ること、さらにはその実行として、厨子王を生き延びさせること、となる。〈沈黙〉を破って安寿によって語りだされる言葉＝外言、それは、覚醒した意識状態において発話されるに至った〈夢のコトバ〉、語の正確な意味における、強き〈預言性〉をこそまとった、どこからとも知れず到来せる〈詩的言語〉にほかならないのだと言っていい。

安寿の夢、願いを一身に体することによって、弱冠一三歳の厨子王はただ一人、放たれた矢さながらに、《運命》を切り拓くための苦難の行路へと、試練を冒しつつ出立する――。

3　夢の言説／沈黙の言語

当初《夢》は、現実において、極限的にまで逃げ場を失った姉弟二人が、その耐え難い《恐怖》から逃れようとしてもぐりこんだ、眠りの中での《夢》としてあった。がそれは、現実と等しく苦難に満ちて、逃げ場所とはなりえない《夢》でしかなかった。《夢》の中さえもが、救いの場となり得ないほどの苛酷をきわめる現実であることを知った時、あたかも、共有された《夢》は反転するように、安寿の長く、深い〈沈黙〉の中で、時間をかけて鍛え上げられ、熟成されて、苛酷にして困難な《運命》を切り開く強き願いとしての《夢》へと、その質を鮮やかに変じて、強度を備えるに至るのである。

実は、こうした《夢》の質的変容のプロセスをテクストは、安寿の変貌過程の精彩に富んだ叙述として展開して見せていくのである。そして厨子王は、姉・安寿の育み上げた果たしがたき《夢》を、姉の願いと共に、あるいはこれを身に体し、何事かに促されるかのようにして、首尾よく実行していくこととなる。しかしこれを、霊力を付与された《地蔵尊》によってのみもたらされる〈霊験譚〉、ないしは、奇跡の物語とするのは正確でない。織り成されていくコンテクストの具体的様態が、苛酷な現実の中で成長を遂げていく二人の子供たちによって切り拓かれていく運命の物語をこそ形作る。先に「金毘羅」とのテクスト相互性に触れておいたことも、ここに十全なる意義を持つ。そこでも、死に瀕した幼児の生命が、奇跡のごとく《運命》を切り開くことが描かれていたからである。

しかしまたそれは、ただに意志的主体によっての運命の切り開きのドラマなのでもないとしておかなければならない。それは、主体を超えて働く何事かの存在をも、である。別の位相において優れて暗示的に指し示し、テクスト後半の叙述において密やかに、また、力強く物語るから、である。厨子王は、ほとんど霊性を帯びた姉の、《善い人》との遭遇を予告する非合理なほどにも確信に満ちた、正しく預言的なる言葉を身に体しつつ、姉に託された《守本尊》たる《地蔵尊》を携えて、指示された通りの行路を辿って逃げるのである――。

さて、鷗外は、このテクストにおいて、《夢》と並んで今ひとつの重要なるモメントを周到にも付け加えている。それは、言うまでもなく、先に「生田川」との関連において触れておいた、安寿の〈入水〉のモチーフでなければならない。それは、厨子王を逃がした、その直後に、適切にも据え置かれてある。従ってそれは、よく言われるような〈自己犠牲〉としての自死、なのではない。また、ここでの〈入水〉は、そのまま肉体の死を意味するものととるべきだろうか。それは叙述上、《沼の端》に残された安寿の《小さな藁履》としてのみ朧化されつつ表示されて、直接的には、〈死〉としては描かれはしないのである。そこで暗示されるものとは、なんであるか。

《夢》、そして〈沈黙〉――、ここまでの構築されてきたコンテクストが、一般的な意味での〈死〉、あるいは、肉体の〈死〉以上の何事かを、〈意味（sense）〉[6]として安寿の〈入水〉に付与しているだろう。テクストの中核に置かれる《沼》は、現実とは異なる次元へと安寿が赴く通路であるかの如くに、口を開けている。それは、「生田川」における《処女》が決然と赴く《生田の川》と同一の機能を担う密やかなる〈トポス〉である。《お前一人でする事を、わたしといつしよにする積りでしておくれ》と、厨子王に対して自らがあたかも〈共にあること〉を暗に、また、強く示唆しつつ、また《此の地蔵様をわたしだと思つて、大事に持つてゐておくれ》と、《守本尊》としての《地蔵尊》を安寿は託す。また、逃走した厨子王は、《神仏のお導きで》とした安寿の〈預言〉をそのままに、その行路において《開けて》いく《運》の具現化として、逃走を助ける《善い人》と、正しく、順次に《出逢う》こととなる。

　中山の《寺》に厨子王を隠す《曇猛律師》、《討手》を欺く《鐘楼守》――殊にも、厨子王を導いた《曇猛律師》が山城の《権現堂》での別れに際して言い聞かせた言葉に触れて、姉の〈死〉を知らぬはずの厨子王は《亡くなつた姉さんと同じ事を言ふ坊様だ》との思いを、ふと脳裡に過ぎらせる。ここでの《亡くなつた》を字義通りに、肉体の死と取るべきでないことは言うまでもない。安寿は異なる次元にあって、厨子王とともにあるのであり、厨子王は自ずとそのことを姉の言葉によって了解しているとすべきだから、である。そして、身を寄せた《清水寺》において厨子王は、《娘の病気の平癒を祈るため》に参籠し、そこにおいてまたしても、《夢のお告げ》を偶然にも授かったことを告白する《関白師実》と《出逢》って、これに《平正氏が嫡男》として見出され庇護されて、戴冠を遂げ、《丹後の国守》としての資格を付与されるに至り、《丹後一国で人の売買を禁》ずる《政》を行い、更に《仮寧》して《佐渡》へと《微行》し、《鳥追い女》となっていた《母》をそこにおいて奇しくも見出す。そして、《盲》となっていた《母》の目は、安寿によって託されていた《守本尊》の霊力によって開かれ、母子の再会はここに果たされるに至るかにみえる。しかし、この終局において、《運命》の切り開かれ、を約束するのは、詰まるところ、安寿の内側において熟成された〈神的なるコトバ〉の潜勢力であるにほかならない。リアリストたちによって、往々にして〈入水〉したとされる安寿は、語弊を怖れず言えば、ここにかたちを変えて、異なる次元にあってその姿を、〈顕現〉させている。安寿は、その誓約のごとく、確かに厨子王と〈共にある〉、のだと言わなければならない。ここにこそ、このテクストにおける、リアリズムの桎梏からの全き自由を実現された、幽玄なる〈地平〉の拓かれがあるとすべきであり、また、鷗外の、広く精神史的境位は、〈世紀転換期〉の思考を、正確に具備しつつ如実なかたちを取って、現出しているのだとしておく必要がある。

＊

果たしがたい安寿の願い、その〈沈黙〉の中で育まれた夢は、安寿の〈預言〉の実現として、成就することを得るに至るのである。母から姉へ、そして姉から厨子王へと託されて行った《地蔵尊》、それはそもそも由緒ある《尊い方光王地蔵菩薩の金像》であったことが、《関白師実》によって保証される。がしかし、《地蔵尊》の《守本尊》としての〈聖性〉の発揮は、そもそもそれに備わった霊的な属性などとしてではなくして、テクストの克明にして、かつ、緻密に織り成された卓越した叙述における表現過程そのものを通じて、姉弟が同時的に見た《夢》の現実化ということによってこそ、聖痕を刻み込まれたことで付与された、鮮やかに発揮される個別具体的なる〈霊力〉、とでも呼ぶべきものの力によっているのである。ここには、既に触れておいた通り、先行する鷗外のテクスト、例えば、「金毘羅」（一九〇九・一〇、『スバル』）、「護持院原の敵討」[7]（一九一三・一〇、『ホトトギス』）等において構成された主題圏域が、見事なまでに変奏・深化されて受け継がれているとすべきである。とすれば、「安井夫人」（一九一四・四『太陽』）もまた、〈歴史其儘〉となすべきなのであろうか。それは、神話的な、優れた一篇の〈寓話〉として生成させられた、のではないか。鷗外テクストは、そのような詩的跳躍の思考を読者たちに求めているのである。——すべての換喩的なものは、暗喩的である（R・ヤコブソン）。

従来、このテクストはメーテルランクの神秘思想の創作的実践として定説化される。その際、定説は、安寿の〈運命を明視する智恵〉の発現をメーテルランクの『智恵と運命』（一八九八）と重ね合わせつつ、いささか図式的に意味づけることを繰り返してきた。[8] しかし、もしそのように、メーテルランク思想と係わらせつつテクスト読解を行うのであれば、以上述べ来たった、テクストの構造化要因としての《夢》の記述、《夢》と現実の境界の突破、〈沈黙〉の中で育まれ鍛え上げられていく〈夢〉が果たす、テクスト全体を覆うこととなる威力、効力、その権能こそが、決して表層的でない〈コトバ〉がヴィヴィッドにも働く〈圏域〉の活写として、あるいはまた、〈意識の閾域下〉に星雲の如くに、生動している〈内言〉としての形なき思考（voiceless thought）が、〈外言〉となって外化されていく、その、正に、叙述上の具体的ダイナミズムそのものの解読においてこそ、汲み上げられなければならない。そうした了解へと至るための要件として描きこまれた〈沈黙〉の霊妙なる意義ということ――、その甚大なる役割をメーテルランクは、むしろ、その第一随想集となった、〈世紀転換期〉を一面においてよく代表する最重要なテクストの一つとなった『貧者の宝』[9]（一八九六）の中においてこそ、全篇を貫く通奏低音の如くに、繰り返し変奏させつつ、意味深長にも説いて已まなかったことが、精神史上の重要な一齣として、ここに思い起こされなければならないのである。

　因みに、事物存在が、隠約にも似て放散することになるその神秘的な力に耳を澄ますようにして、これを言語化しようと努めた、この時期において鷗外が殊の外注目し、称賛して已まなかった同時代者たる、かの象徴主義詩人ライナー・マリア・リルケの開示した言語的宇宙もまたその初期において、この〈沈黙〉をめぐる思索を示現した随想集との遭遇を果たした後に、その強い影響力の下、育みだされていたこともまた、併せ指摘されておかれるべきだろう。初期リルケに、日本において最初に着目し、いち早くその紹介を試みたのも、鷗外にほかならなかったからである。ここに、「山椒大夫」という非凡なるテクストとメーテルリンク思想との、真の意味での、深い関わりが、テクストの具体的様相を通じることによってこそ見出されなければならない所以が、相当程度の確かさにおいて生じてくるのではある。

*

――《私は、私が言おうとしていた言葉を忘れてしまった、すると、肉体のない思想（voiceless thought）は、黄泉の宮殿（shadows, Chamber）に帰ってしまうのだ。》（L・S・ヴィゴツキー『思考と言語』第七章より、柴田義松新訳。＊Osip Mandelstam からの引用句、Lev Semenovich Vygotsky; Thought and Language translated by Alex Kozulin, 1986、参照。）

４　伝承と創造と

さて、直接的な叙述としては描かれることのない、また、それ故に、幽玄なる象徴性を帯びつつ何事かを暗示される安寿の〈入水〉ということ――、それは、こう言ってよければ、苦難に縁取られた現実の境遇からの跳躍として、〈再生〉へと向けられた行為であると見なされてこそ、そのテクストの叙述過程においての意味機能を十全に担い得、また、発揮し得るのでもある。

それはまた、弟・厨子王が逃げ延びて、自らには果たしがたき《夢》を、つまりは、不運にも離散させられた家族の再会を現実化することを乞い願っての象徴性を帯びた〈自死〉行為である。それはまた、説経節において伝承された、山椒大夫一族による殺戮行為を厳に許さないことでもある以上、また延いては、伝説上の、厨子王による報復行為をもまた回避させ得ている。これに代わって行われるのは、《奴婢》の解放となる。歴史の〈闇〉に潜む《情熱》ないし〈情念〉は悉く、このテクストにあっては《否定》され、鷗外が先立って既に揚言していた通りに、一切の《葛藤は回避され》ている（『ゲルハルト・ハウプトマン』大尾、一九〇六・一〇）[10]。それは、生半なヒューマニズムなのではない。

安寿の言葉通りに厨子王を導いた聖職者が、鷗外によって《曇猛律師》と名付けられたのも、名詮自称、右のことと密接に係わるものである。説教節において特徴をなした、あの〈獰猛〉なる暴力性は、文字通りに払拭されて影を潜めさせられてある。そのような意味合いにおいて、安寿の〈自死〉とは、よく言われるような〈自己犠牲〉などにとどまることのない、正にコンテクストそのものが産出する具体的なる意味性を示現している。それは、残虐なる《復讐》の対象となるはずの《山椒大夫一族》までをも含めた他者たちの、陥ることになるはずの悲劇性を、未然の裡に防いでみせる点で、一切の〈因果物語〉を超脱する、すぐれて積極的となすべき、大いなる〈利他性 Altruismus〉によって貫かれている。――《物語のモラルはただそれだけ》(「サフラン」、一九一五・八、『番紅花』)、である。ことは、〈伝承(ないし模倣)〉と〈創造〉との対話的関係性の、鷗外のテクストにあっての結実としてなるのである。

以下、贅言を怖れず付け加えれば、そこに、本章冒頭に触れておいた鷗外による最重要テクストと見做すべき「生田川」における《蘆屋処女》の〈入水〉への決心との通底が認められなければならない。《蘆屋処女》もまた、そこで、招来される他者の悲劇を前以て、文字通り、霊的に予期することによって、自ら命を絶つべく伝承の宿る場たる《生田の川》へと晴れやかに赴くのであるから。その時、現世的な迷いのうちにあった《蘆屋処女》の赫然たる行為選択を讃する如く、メーテルリンクの〈静劇(テアトル・スタティク)〉の方法さながらに、〈闇〉の中に現れ出でた一僧侶[11]によって唱えられる〈コトバ〉――それは正に、意識の最深層にこそ潜む〈智恵〉としての《出世間智》の在り処を指し示す『唯識三十頌』の頌偈なのであった(鷗外は、恐らくは、小倉時代にW・ヴントと並行して読んだ『成唯識論』に基づきつつ、自らその周到な構成的引用を企てて、テクスト内にこれを象嵌してみせている)。

一方、巧妙にも織り成された暗示的な表現方法として、その叙述過程へと布置された〈入水〉によって、安寿の赴いた場所――、それを《世間》的な意味での死の世界であるとすることには、十二分に慎重な思量が必要とされるのだということを、ここまで縷述し、解きほぐしてきたテクストの叙述過程そのものが、はたまた「生田川」とのテクスト相互性が、正しく、促すのだとしておきたい。「生田川」においても《蘆屋処女》の〈入水〉そのものは、テクストの外部へと意味深長にも追いやられて、描かれることがなかった。やはり、その赴く先は、正しく、象徴界として、彼岸に、あるいは〈向こう側〉、に在るには違いないからなのである。

が、同時にまた、そこにおいて見逃してはならないことがある。それは、鷗外をして嘆ぜしめた《史実》としての合理性を求めずにはいられなかった志向性――、それが《縛め》となることで、無防備にして放恣な〈非合理性〉への想像力の飛翔・傾斜が押しとどめられてもいることでなければならない[12]。実のところ、このようにして図らずも〈合理〉と〈非合理〉とが已み難く鬩ぎ合ってしまわずに措かない、正しく、そのダイナミズムの裡にあって、鷗外が身を以て体現する、真に精神史的なる本質的問題状況は、際やかなかたちをとって現れてくるのである。すなわち、〈神話と科学と〉という、例の「かのやうに」（一九一二・一、『中央公論』）において明瞭にも設置されていた、あの知名の問題構制は、「山椒大夫」というテクストの生成過程においてこそ、実に如実にも変奏され得て、その具体的様相が受け継がれてあるのだとすべきなのである。

だとすれば、翻って、「渋江抽斎」などの〈史伝〉の叙述過程の内部にあって、かろうじて顕現している《史実》を超え出た要素は、その反転されたかたちでの〈虚構的〉契機であると見られなければならないこととはなる。もはや言うまでもなく、活き活きと描き出されて読者に記憶され続ける、やはり、女人たちをめぐっての幾多の挿話群、例えばあの、《五百》の物語などにおいて、際どくも示現されてあるもの――それは、表現主体の、すぐれて〈合理〉的なる自己統御から、瞬時に逸脱しつつ見事なまでの形象性を創り出していくもの、曰く、鷗外にあって特徴的に備わる、あの、正しく〈神話〉的ですらある、その都度の《想像力》発動のかたち、その所産であるのにもほかならないのである。《歴史其儘》と《歴史離れ》とは、写実と比喩、または、ミメーシスとポイエーシスとの、その〈問〉にこそ身を置く詩人たちが元来、自問し続けた〈問い〉であるのにも他ならない。

Ⅲ 〈非合理なるもの〉の根源・『かのやうに』と『天保物語』と――行為論的地平へ

『意地』に続く鷗外〈第二歴史小説集〉と呼び慣わされてきた『天保物語』なる一書は、一九一三年一〇月、『ホトトギス』誌発表の「護持院原の敵討」と、一九一四年一月、雑誌『中央公論』掲載の「大塩平八郎」という、相次ぎ発表された二つのテクストを以て構成され、同年五月、鳳鳴社より刊行を見ている。

「大塩平八郎」発表から『天保物語』刊行までには、僅かに四ヶ月の時間的隔たりしかない。その間にあっても鷗外は、一層生産的に、〈歴史小説〉としては、それぞれに重要作と見なされてきた「堺事件」（一九一四・二、『新小説』）、「安井夫人」（同年・四、『太陽』）の二つを矢継ぎ早に制作し、世に問うている。だが、この二テクストはここに収載されることはなく、更に五ヶ月後の同年一〇月刊行となる〈第三歴史小説集〉『堺事件』に収められて一書をなすこととなる。その間に挟まってはまた、やはり歴史に材を得た戯曲「曾我兄弟」（同年・三、『新小説』）の発表もあって、所謂、鷗外の〈歴史への傾斜〉というべき事態は、この時期、一気に加速化の傾向を示しているかとも見られる。がしかし、むしろ以下の行論にとって大いに注目すべきは、『天保物語』刊行の正に前月となる一九一四年の四月、前以て、例の〈五条秀麿物〉四篇が纏められ〈現代小説集〉『かのやうに』（籾山書店）として刊行を見ている事実なのである。

ここで不思議の感を抱かずにいられないのは、実際には、その刊行時期が最も近接し合っている『かのやうに』と『天保物語』の二書が立て続けに、正しく踵を接するように、鷗外により相次ぎ世に問われていたこと自体への着視、また、その上に立脚し、両者の相関性を探ろうとする考察が、長い鷗外研究史上、いまだかつてなされて来なかったという一事なのである。このような認識上の、いわば、盲点ないし死角が生じてしまった因由は、一にかかって、〈現代小説〉〈歴史小説〉を以て、鷗外のテクスト生産において別個に生成した二系列として、これを截然と分かとうとしてきた既存のジャンル意識へと拘泥する分類整理上の便宜とでもするほかない硬直した準拠枠の、ある種の呪縛とでも見做すべき、抜きがたいほどの作動、更に言えば、単行書をして個々の〈作品〉とは自ずと別様に生成した、それ自体もまた一個の独立した統合的性格を備えたテクスト世界として見做してみる観点の欠落にこそあった、と考えるほかはない。この、長らく疑いみられることなく放置されてきた、恐らくは、研究史的認識の桎梏ならびに、その結果として生じた死角が故に、自ずから排除・隠蔽され来たった地平、右記の二書の連関性をこそ、問題として浮上させることによって拓かれ得るはずの広やかな読解可能性が、実のところ、ありはしなかったかと問うこと——それが、先ずは本節において拠って立つべき基本的問題意識の大枠となる。

さてところで、以下記す通り、この時期にあって鷗外書の編纂・刊行という事態ないし現象は、狭義のジャンル概念の規範性を自在にも乗り超える如く、個々の〈作品〉の制作行為と並行しつつも陸続として打ち続くこととなって、容易に看過し難き様相を呈していた。この間、鷗外の文学的活動は、一種濃密なほどの凝集力に伴われながら、瞠目すべき、総合的、かつ、旺盛なる展開を示していたと認めらるべきであって、先述の〈現代小説〉から〈歴史小説〉への移行現象という、偏にテクスト上の表面的形態といった点にばかり目を奪われた、いわば、単線的な、従来の認識の仕方のみを絶対化し、視界を虚しく狭隘化してはいられないのである。

すなわち、この、一九一三〜一四年という時期を焦点化しても、欧州近代戯曲の二つの重要テクストたるシェークスピア『マクベス』の訳出（一九一三年七月刊）、イプセン『ノラ』の訳出（同年一一月刊）が、これまた時を経ずして、相次ぎ試みられて単行書として刊行を見ることとなり、その上で、あの深長な思想内容の開陳となる「ノラ解題」が、すぐさま一一月の『スバル』誌上に現れる。それは、前年の一九一二年一月の雑誌『青鞜』初度の特集企画となった合評「特集ノラ」への満を持しての、十分に慎重な応答行為と見做され得る。また、『青鞜』同人たちの『ノラ』をめぐる批評行為に対し鷗外が示した反応は既に早く、右の特集が企てられた翌月には、当時『スバル』誌上に連載中だった小説テクスト「雁」の《拾壱》末尾に如実にも反映し、ヒロイン《お玉》の内心に突如として萌すことになる《思いがけず独立したやうな心持》をめぐる、よく知られた注目すべき記述となって鋭敏にも顕在化し、同テクスト展開上に重要な屈曲をもたらしている。とすれば、そこから、「ノラ解題」の、やはり『スバル』誌上への掲載に至るまでに、『マクベス』『ノラ』の打ち続く訳出行為を通じることによる、近代的悲劇なるものに対しての何らかの検討作業が、鷗外においてなされていた可能性が窺われ得る。既存のジャンル論的規範性は、ここでも自在に踏み越えられ、優に一領野を形作ることとはなる。

この、欧州における〈文学的近代〉を、世界演劇史上にあって、それぞれに代表する新旧二悲劇の相次ぐ翻訳作業を以て、恣意的・偶発的な行為と見做すべきでないとするその所以は、取りも直さず、これまで稿者が一貫して、鷗外の文学的生涯におけるモーリス・メーテルランク受容の持つ意義を殊のほか重要視し、その了解のされ方の核心を、〈ネオ・ロマン主義受容〉といった従来の大まかな文芸思潮史的意味合いにおいてでなく、より具体的に、今日世界演劇史上に埋もれさせられて久しいメーテルランクの、〈世紀転換期〉における、正しく、反・悲劇的ドラマツルギーの表明、その先鋭な革新性、つまりは、鷗外のいわゆる《情熱の否定》（『ゲルハルト・ハウプトマン』末尾）による〈行為 Handlung〉の減退・消失問題に対しての鷗外の注視の鋭角さにこそあったとの立場を、根底において有してきたからにほかならない。この観点から、ジャンル越境の表現意識が一九〇六年以降の鷗外において胚胎され、反・悲劇ないし反・ドラマ的志向の散文領域への適用・実践の痕跡が、創作家へと鮮やかに転生を遂げていく鷗外の制作した諸テクストの上に如実なかたちで現れていくことについては、既に別途、検討を試みたところである（『鷗外・漱石――ラディカリズムの起源』、二〇〇九、春風社）。

またかたや、様相をより複雑化させる要因として、右記『マクベス』『ノラ』の翻訳を正に包み込むようなかたちで、更に十二分な注視を促される事態の顕在化が同時に認められなければならないのである。それは、ゲーテのそれぞれに重要作となる二戯曲、『ファウスト』訳出（一九一二・一～三）と『ギョッツ』（同年・一〇～一九一四・二、『歌舞伎』）の連載訳出であり、またそこに関わっての「ギョオテ年譜」編纂行為（一九一三・九、『三田文学』）、更に、その傍らで行われた『ファウスト考』『ギョオテ伝』二書の訳出作業及び、その同時刊行（同年・一〇）、また、『ギョッツ』訳了とほぼ時を同じくして開始される『ギョッツ考』（一九一四・二～八、『三田文学』）の連載、などと、あたかもゲーテに対する関心の昂りが、一つの際立った位相を構成しつつ、ゲルマニスト・鷗外にあってこの時期一挙にして噴出し、容易に看過しがたき尋常ならざる現象の体をなして、かつてなく、せり上がって来る事態にほかならない。

こうした事どもが指し示すのは、これまで、しばしば問題化しておいた、初期以来の、鷗外の演劇に対する関心の、長期に亙る持続があったことの一証左ということだけなのではなくして、あるいはまた、単にゲーテへの関心の突如としての偶発的浮上といったことなのでもなく、翻訳された右の四戯曲（『ファウスト』『マクベス』『ノラ』『ギョッツ』）が順次選択されることによって、この時期において生起してくる、実に有意味的なコンテクストそのものである。その発端となる機縁は表面上、一九一一年七月の文芸委員会による『ファウスト』全訳の鷗外への、かねてよく知られた嘱託依頼であったことは否定し得ない事実ではある。だがしかし、それ以上に、これを契機として鷗外の精神が闊達かつ霊活に作動を開始して、これら世界文学史的に重要度の極めて高い諸テクストの精力的・凝集的訳出へと向けられていった事態こそが、文学的・思想的〈磁場〉の新たな立ち現われとして十二分に問題化されておかれなければならないのである。

さて、以上の如き状況的認識を形作って念頭に置くとき、先述の『天保物語』所収の二テクスト「護持院原の敵討」「大塩平八郎」の生成、並びに、その二つを以て敢えて一書として纏まりを与えたことの背後に、ただならない主題圏の蠢きと展開とが、あるいはまた、従来〈明るみ〉に出されることのなかった新たな〈地平 Horizont〉が次第に醸成されつつあったと想定すべきこと、別言すれば、鷗外内部にあっての一つの力動するトポス再構築の必要が、ここに新たな構想として日程に上らされてくる。その時初めて、『かのように』『天保物語』の二書に収載された六つのテクストが立て続けに単行書として相次ぎ纏められ、公表せられた意義もまた豊かに浮上して、以降の鷗外の志向していく未曾有の新ジャンル〈〈史伝〉〉、いわば、行為論的なテクスト世界への視界が正に切り拓かれてくるのだとしておきたい。この二書の同時的編纂行為という事実をめぐっての積極的考察を通じて、そこに収載された個々のテクストは、相互にその連関性が保証され、更には、鷗外文学上の重要な道標となり得る〈磁場〉の存在も、新たに見出され得るのである。

正にこの、一九一二年頃に始まる短日月の間に、実に濃密にも、鷗外にあってのゲーテへの関心の際立った顕在化は生じているのである。それは、単に一現象としてのみ見做されてはならない事態である。長年に亙り鷗外の内深く潜行し続け、次第に露頭し始めていたものが、むしろ、ここにおいてゲーテという対象に即するかたちで、大柄に前景化してきたこととして考慮されておかれるべきなのである。そこには、鷗外の長期に及んだ文学的思索の展開過程にあって、今日から見て最重要の局面の〈開かれ〉が、看過し難く認められなければならないのである。

それは、かの、日本語による〈内部〉表現を極端なまでに徹底して推し拡げてみせた最初期の「舞姫」(一八九〇・一)における虚構散文の〈近代的〉達成が、それと引き換えに、ひとたび封じ込んだ地平、いわば、行為論的世界の、アクチュアルなかたちを取ってのせり出しとなる。そこでの〈行為〉とは、当然のこととして、観察される科学主義的対象としてのそれとは凡そ位相を異にした、敢えて言えば、主意主義的な〈事実〉としての価値、ないし意義を湛えた何事かである。

ところで、『天保物語』に先立っての〈第一歴史小説集〉の刊行は、一九一三年六月のことであった。そこでは、〈歴史小説〉制作の始発をなした「興津弥五右衛門の遺書」（一九一二・一〇、『中央公論』）以下、「阿部一族」（一九一三・一、『中央公論』）、「佐橋甚五郎」（一九一三・四、『中央公論』）の三つのテクストが『意地』というタイトルの下に括り上げられ、一つのテクスト世界へと編成されていた。その編纂過程にあって、所収テクストの改稿作業（一九一三・四・六）を通じて、例の《史料》重視の志向、《歴史其儘》の強まりは、既にして十分認められ得る。それは実に興味深くも、かの『ギョッツ』連載が開始される四ヶ月前のこととなる。そして、そこから更に一一ヶ月の時日を隔てて、〈第二歴史小説集〉『天保物語』は編まれ、刊行を見るに至るのである。この一年ばかりの時間的推移を挟んで、両者は等しく〈歴史小説集〉とされながらも、自ずからにして相異なる世界として立ち現れていることには十分な留意が必要とされる。

なぜなら、『天保物語』にあって、僅か二篇を以て構成され具現化をみている世界には、『意地』と比較したとき、より複合化された主題性が、所載の二テクストにおいて、後述するように表現方法への細心なる顧慮を各個に伴いつつ豊かに包蔵されてあるからであり、そこには、二つの〈歴史小説集〉それぞれの開示する特性を截然と分かつほどの、拡がり深まりゆく世界観の呈示が、如実に認められるのである。また、『天保物語』が、先述した通り、「堺事件」「安井夫人」を収載することなく、むしろこれを排除して成っている点が、この〈第二歴史小説集〉に際立つ固有性を自ずと側面から特徴付ける考察与件ともなっているのである。

以上述べ来たった如く、『天保物語』刊行に当たっては、そこへと至る過程において、相当に混み入った表現方法上の漸次的変容へ向けての内的経緯があったと看て取られるべき節がある。しかし、そこに浮上してくる〈問題性〉を解きほぐすには、当然のことながら、以下記すように、実はいささか厄介なほどの慎重な手続きと思量とが要求されてくるのである。

確かに、〈第一歴史小説集〉『意地』においては、従来指摘され続けた、〈歴史小説〉の制作が突如開始されるに至る外的動因として畏友・乃木希典の殉死一件が、初発の動機として直接的に関与したことを見出し易い。が、と言って、その時点での鷗外による〈歴史小説〉というジャンル的認識を、無媒介的に『天保物語』の生成にまでストレイトに及ぼして考えることは、却って逆に、『天保物語』を取り巻いている諸事情、またそこでの独自の方法的自覚の深化、更には、その主題圏域の展開と延び拡がりの様相を把捉し難く著しく損じ、かつまた、狭隘化することにもなり兼ねない。すなわち、一一ヶ月後に『天保物語』が生成するに際しては、『意地』所収の諸テクストが個々に世に問われて以降の、鷗外の文学的思考法とでも呼ぶべきものの展開と深まりとが、漸次的に色合いを増して行ったと見なされなければならないのである（この観点からすれば、翻って、その編纂過程を十分考慮しての『意地』自体の再検討もまた当然、考察の日程に上って来ざるを得ない）。

鷗外研究史においては、初出稿「興津弥五右衛門の遺書」（一九一二・一〇、『中央公論』）を以てこの作家が現代社会の問題から離れ、〈歴史的世界〉へとその題材を劇的に移し変えることになったと、従来、判で押したようにも繰り返されて今日に至っている。なるほど、「興津」の制作によって、一九一一年一〇月以来、『三田文学』に連載を続けていた、鷗外にして初めての本格的長篇〈現代小説〉の試み、「灰燼」の制作行為が中絶を余儀なくされる（一九一二・一二）。そのことにのみ転換点を看て取り、そこに鷗外の制作行為上の鋭角な屈曲・断裂の相を見出したくなる誘惑はある。そうした経緯を以て〈歴史世界への参入〉と称して、鷗外後期の作物を一挙に括り挙げる認識もまたあるにはあるだろう。

しかしながら、さらに注意深くこの間の事情に目を凝らすとき、「灰燼」連載にやや遅れ、並行して現れてくる「かのやうに」（一九一二・一、『中央公論』）以下の〈五条秀麿物〉と今日呼び慣わされる一連のテクスト群の制作行為が新たな意義を帯びて照射されてくるのである。確かにその営為は、「吃逆」（一九一二・五、『中央公論』）に次ぐ第三作「藤棚」（一九一二・六、『太陽』）によって、「灰燼」中絶に半年も先立って一応の終息を見てはいる。しかし事はそれほど簡単には済まされない。なぜならば、「灰燼」の中絶、〈歴史的世界への移行〉とされる事態があったにも拘らず、「藤棚」からほぼ一年の時日を経て〈五条秀麿物〉は再度現れるからである。すなわち第四作目となる「鎚一下」（一九一三・七、『中央公論』）の生成（奇しくも『意地』刊行の翌月となる）、である。が、そこには、些か面倒な事情が纏わり付いている。というのも、問題の「鎚一下」は、その内部徴証からして、二つの点で、どう見ても、当初、〈五条秀麿物〉としては書かれなかったことが認められるからなのである。

すなわち、現行の「鎚一下」なるテクストにおいて、〈五条秀麿物〉としての結構が辛うじて保証され、これをそのシリーズへと位置づけ得る唯一の根拠となる冒頭箇所の記述こそは、初出テクスト段階（一九一三・七）にあって存在してはおらず、事後的に書き加えられたものであるにほかならないのである。従って、当初「鎚一下」として世に現れたものの本来的ありようからすれば、それは実は、《己《おれ》》と名乗る語り手によって統率された一人称テクストに違いないのであって、その時点で、それはまだ〈五条秀麿物〉ではなかった。問題となる冒頭部分の記述こそは、初出から九ヵ月を経た一九一四年四月に『かのやうに』が纏められ、刊行されるに当たって、新たに加筆の施された箇所であるということ、つまりは初出「鎚一下」なるテクストは、単行書『かのやうに』編纂時点での加筆行為によって、初めて五条秀麿の《日記》としての性格づけがなされ、事後的に虚構性が付与されたのである。

しかし加筆・改変の後もなお、ある日の〈体験〉を告白的に語って見せる語り手《己》は、末尾に至って自らを《文壇の老耄者》と作者を思わせつつ規定している事実がある。この箇所は初出本文のままに残存させられた表現として、加筆部分が指し示す《秀麿の日記》とは明らかな齟齬を来たし、初出時本文が本来内包していた、いわば、体験的な〈生々しさ〉を依然、表出するものとなる。この事実の意味するところは実に深長である。「藤棚」を以て一旦打ち切られたはずの〈五条秀麿物〉は、『かのやうに』編纂に当たって、そもそも別の動機からなるテクスト、つまり恐らくは作者鷗外の身辺において生じた偶然的出来事をめぐっての直接的表白となった「鎚一下」に、敢えて加筆改作を施すことにより、『かのやうに』全体を締め括るものとしてこれを新たに意味づけし、取り込んだことで、辛うじてその世界の完了がもたらされているからである。また、これを逆に言えば、初出「鎚一下」の《己》の示す精神的境位が、編纂者たる鷗外の裡にあって意義深いものとして漸くにして了解されたことにより、初めて小説「かのやうに」（一九一二・一、『中央公論』）以来の連作において追求されようとした主題論的目的もまた、新たに一貫した意味付与がなされ、統合的な再テクスト化の機会を与えられたのだと見られてくる。この時期に至っての単行書『かのやうに』の編纂・刊行とは、右の如く実に有意味的であったとしなければならないのだ。

すなわち、一見〈不注意〉と見做さざるを得ない先の「鎚一下」残存部分こそは、それがあることで却って逆に、編纂時にあってもなお、〈体験〉それ自体の持つ鷗外にとっての余程の意味の重大さ、あるいは、冷静ではいられなかった心の内幕を、結果として露呈し、指し示しているのだ。当初から〈秀麿物〉として書き下ろされた最後のものとなる「藤棚」（一九一二・六）以降の二年ほどの時間にあって、鷗外には決定的な心意の変化があったことが、ここに認め得られる。慎重を期して言えば、現行「鎚一下」には、初出本文制作時点と、更には、そこでの〈体験〉内容を温め醇化させ、対象化して、漸く経験にまで深めるための一年ほどの内的推移とが、いわば、二重の時間的契機として刻み付けられていると考慮される必要がある。その点、これを産み落とした意義に拘らざるを得ない作者にとっての初出「鎚一下」なるテクストは、一つのメルクマールとしての性格を備えて、あたかも「興津弥五右衛門の遺書」とよく似た重要性を帯びる。つまりはこれを契機に、鷗外の、自己のテクストへの時を経ての読み換え、ないし了解行為は意味深く介在することとなって、〈五条秀麿物〉を自らのテクスト系列へと新たに位置づけ直し、再度、公表し直す営みを必要とさせる何らかの内的事態の発動が、ここにあって看取されなければならないということである。

敢えて別言すれば、単行書『かのやうに』所収テクストは、それぞれの初出時のコンテクストからは切り離されて、翌月刊行の『天保物語』の世界とほぼ同時的に一書に仕立て上げられることで、別個のテクスト群のまとまりとして変容させせられたことが殊更に重視されなければならないのである。またその際、「鎚一下」は、この時期の鷗外にとって、かなり強引な改作を施してまで、この時点で旧作〈五条秀麿物〉三篇を再度異なるコンテクストへと新たに再生させるべく、どうしても必要不可欠な、重要度の高いテクストとして鷗外により強く認識されて、〈作品集〉巻末へと布置されたことにもなる。従って、詰まるところ、『かのやうに』『天保物語』をほぼ同時的に編纂・編集していく鷗外の当時の精神的境位を、この拘泥され続けた「鎚一下」の内容こそが示唆深く表示して余りあるものと認められなければならないのである。

当初〈五条秀麿物〉としては書かれなかった「鎚一下」が、意外にも鷗外にとって、捨て置くことのできないテクストとして意義づけられたこと——この点に注視するとき、この一篇を基軸に据えて、ある意味で、それぞれが偶発的動機によって生成したとすべきテクスト群を集めた先行する『意地』までをも事後的に包み込む、より広いスパンにおいて、鷗外の中に当時醸成されていた問題圏域がそこに、拡がりをもった地平として重層性を帯びつつ、この時期、拓かれ来たっていたのだと映じて来ざるを得ない。このように、一九一三〜四年という時期は、鷗外の内部にあって生じていただろうことへの慎重な考察が努めて行われなければならない重大な局面として、新たにその意義が照射されてくるのである。そのような地平の〈開かれ〉の基盤を準備していった具体的ありようは、先述の通り、一九一二年一〜三月にかけての『ファウスト』訳出・刊行に始まり、一九一四年八月『ギョッツ考』連載終了までの、二年八ヶ月にも及んだ持続されたゲーテへの関心の著しい凝集と継続ともまた、密接に関わるだろう。ここに至って、問題は深く、また、複雑化の様相を呈することとはなる。

ゲーテへの鷗外の関心については、遥かドイツ滞在時の読書体験にまで遡り得ることとは、従来よく指摘されて来た。しかし、そのような指摘へと蒼卒に向かうに先立って、ここでどうしても注目されなければならないのは、何の故にか、この時期において鷗外がゲーテへの拘りを集中的に示すこととなって、その中で、幾つもの仕事を矢継ぎ早に産み落としたという事実でこそある。しかも、そこで選択されたテクストには、ある傾きが認められるのである。先述した本邦初の『ファウスト』全訳が文芸委員会の依頼（一九一一・七）に応じての他動的行為であったことに比して、次に自発的に選ばれたのが初期ゲーテの、中世の英雄的行為者の事蹟を叙事化した戯曲『ギョッツ』でなければならなかったということ、また、〈世紀転換期〉に、ゲオルク・ジンメル等を始めとして、多くのゲーテ研究書が汗牛充棟をなして大量に著され、〈ゲーテ・ルネッサンス〉ともよばれる事態（ルドルフ・シュタイナーによるゲーテ自然学の発掘もこの時期のこととはなる）がドイツ語圏を中心に、にわかに勃興していた現象が今日西欧において重視されているが、その叢生した数多あるゲーテ研究文献群の中から、鷗外が殊更に、アルベルト・ビールショースキーの大著をこそ選び取って、その梗概化——鷗外の翻訳行為には〈口述筆記〉と並んで、受容したテクスト内容を緊密に凝縮させ、再テクスト化する〈梗概化〉というべき表現方法としての側面が早くから認められる——を行ったことに意味がありはしなかったか、ということなど、ここには鷗外の文学的生涯における、看過しがたい、そして従来留意されることのなかった、一つの重要な〈磁場〉が一挙に浮上し、固成されてあったことが意義深く認められねばならないのである。

そこに先の如く、六つの創作テクスト群を、『かのやうに』『天保物語』の二つの単行書へと編纂・編成する行為が関わってくると見做せば、この時期に、ある思想圏とも見做すべきものが鷗外内部にあっていみじくも醸成されて、単なるゲーテ受容として以上の問題関心が、ある種必然的に浮上して来ていたとすべき可能性が意味深く立ち現れてくることとなる。このように見たとき、〈現代小説〉〈歴史小説〉といった表面的な括りに拘泥することは、却って、この間の鷗外にあっての精神史的転回と言っていい凝集されていく問題の所在を、徒に朧化することにもなるだろう。

ところで、〈五条秀麿物〉連作にはそもそも、それぞれに〈世紀転換期〉の精神状況を色濃く体現する問題が、個々別々に問われていた。それらを、連続的な哲学的・思想的主題の探究として当初より企図されたものとするには留保を要する。それぞれのテクストが、別個に形而上的な問題を抱え込んでいたに過ぎないと、一先ずはしておくべき慎重さが必要とされよう。それらが、一つの思想的宇宙としての帰趨を見るとすれば、それは、〈歴史小説〉への移行を既に遂げていたとされる鷗外が、その渦中において、先述の通り、当初一人称《己》を用いて執筆した日記風の告白体手記によって、「藤棚」以来、約一年の時日を措いて書かれた〈現代小説〉「鎚一下」を、〈五条秀麿物〉として些か強引に改作し、それまでの〈秀麿〉像とは明らかに相容れない喰い違いをテクスト内に留めながらも、敢えて〈作品集〉『かのやうに』巻末に収録したとき、であったと見做されなければならない。そのようにして括り上げられたとき、それぞれが別個の動機によって、個別的に制作されたはずの「かのやうに」以下のテクスト群は、漸く一つの思想的世界としての統合をみることとなって新たに、いわば、問題群の総和として再編され、重要な収束を見るに至るのである。また、その制作された時期からすれば、一人称体の初出稿「鎚一下」の生成は、その主題性において、他の〈五条秀麿物〉との関連性よりも、〈歴史小説〉との密接な相関こそが、本来重視されなければならなかった。

そうした「鎚一下」が内包している思想的主題性（それは後述するように、実に、〈行為〉をめぐる問いとして示される）は従って、その直後に現れる〈歴史小説〉「護持院原の敵討」へと流れ込んで、『意地』に収められた先行する三つのテクストとは相異った新たな領野をこそ生成し、開拓している。「護持院原の敵討」と「大塩平八郎」を以て構成される〈第二歴史小説集〉『天保物語』が、相前後して纏められた隣接し合う『かのやうに』と、そこに包蔵された複合的な問題群それぞれの総体において、ある相同的関係性にあることが、ここにおいて大いに期待され、検討に付されなければならないのである。

以前、「護持院原の敵討」について稿者は、それ自体、複数の問題群が統括され、併呑されたテクスト世界として、先ずは詳細に論じたことがある。が、そのことは「大塩平八郎」とセットを成して『天保物語』を形成するに際し、更なる問題枠の拡大が生じていると目される。それは先走って言えば、〈意識（観念）〉と〈行為〉とをめぐっての〈問い〉なのである。その点からすれば、以下に論じるように、〈行為〉に先立って〈観念〉を内心に膨れ上がらせる大塩平八郎の特徴的な造型のされ方自体、ある必然性を伴って現れたと見做され得る。《知行合一》を信条とするはずの陽明学者・大塩の内心にあっての分裂、練り上げてきた〈叛乱〉計画を実践へと移すに際して、既に虚無の感《枯寂の空》に強く捕らわれてしまっている大塩の、その特異なありようへ向けての語り手の、読者へ向け反復して示される注意の促しは、この時、すぐれてプロブレマティックな〈問い〉の形式の具現化として大いに重視されることとなる。

一般に〈鷗外歴史小説〉の内包する特性は、尾形仂の指摘以来、鷗外の生きた同時代の問題をそれぞれの史的出来事に仮託するかたちで形象化される点にあるとされてきたが、〈第二歴史小説集〉『天保物語』は、〈五条秀麿物〉で積み上げられた、複合的なかたちで〈世紀転換期〉に現れていた形而上的な同時代的諸問題を、更に一層輻輳した思想課題として独自に組み上げ、テクスト内に取り込んでいる。以下の行論は、そのことの検証へむけた一階梯として、試みられる。すなわち、『かのやうに』と『天保物語』という二つの、時間的に最も密接な隣接関係にある〈作品集〉相互のテクスト連関の検討——本節が目途とするところは、正にこれである。その際、「鎚一下」「護持院原の敵討」「大塩平八郎」の三つのテクストを、連続した主題性の具現化とする観点において捉えてみること、また、『かのやうに』として〈五条秀麿物〉を統合的に編纂するに当たって、「鎚一下」に改作作業を施すことがいみじくも果たすに至った機能を、いわゆる〈五条秀麿物〉を一つの総和として再テクスト化した結果としての『かのやうに』と、『天保物語』の世界とを連結し、交響させる、いわば、〈ジャンクション（junction）〉として重く意義付けることが、ここで前提されているのだということは、如上、縷々論じ来たったところを通じて自ずと了解されるだろう。

さて、ほぼ同時的に成った『かのやうに』『天保物語』の二つの〈作品集〉をめぐって、このように、これらを取り巻いていた諸事情を整理しつつコンテクスト復元の作業を試みてみれば、ここで検討すべきことは余りにも多いことが知られてくる。しかし、紙幅の都合上、ここでなし得ることは、自ずと限られる。先ずは、「灰燼」連載と雁行してシリーズ化されていた〈五条秀麿物〉の具現する思想的意義についての読み換え作業。しかも読解上、例えば、天皇制問題への〈作者〉鷗外の姿勢などと絡めて論じられてきた「かのやうに」一篇へと、いわば、作品論的、作家論的に問題を特化・限定し、殊更にこればかりを前景化させてしまわないこと。そうではなく、『かのやうに』にまとめられた、後に〈五条秀麿物〉と名づけられることになる四つのテクストを相互的に連関させ、一つの思想圏域、あるいは、そこで問われていたことの全体の再組織化の様態を、深層の主題性をここに関わるすべてのテクスト間に沈む〈潜在性〉として慎重に掬い上げることを通じて抽出・発掘しようと努めてみることである――それは鷗外研究において自明化されてきた〈現代小説〉〈歴史小説〉といった既存のジャンル区分の意識そのものを越境することにもほかならない。言い換えれば、隠された〈潜勢力〉（アガンベン）はそこに、どのように〈現勢力〉としてその相貌を新たに現すことになるか、である。

その際に重要なのは、鷗外が『かのやうに』を編纂・編集するときに、既に指摘したように、恐らくは自らの〈体験〉を告白的に綴ったはずの初出「鎚一下」を、結果的に、その記述内部に破綻を来たしつつも、〈五条秀麿物〉最後作としてこれを昇格させ、据えようとしたことの意味自体に強く照明を当て、新たな議論へ向けての地平を再構成する緒をそこに見出し、提示してみようと試みることなのである。

そこでの語り手《己》とは――当面、《五条秀麿》であるとないとに関わらず、つまりは、冒頭部分の事後的加筆の有無に関わらず――、本来的に合理的説明が不能な〈日常なるもの〉をめぐり、その構成要因たる《行為》なるものへの強い意識・関心を以て、これを司ることの意義を努めて内省しつつ、そのとき偶然的にも出遭った人物、すなわち社会的に道を外れて行こうとする者たちへ向け、特定の信仰の布教目的のためばかりにではなく、またそれを、観念的・形而上的に説くのでも決してなく、正に身を以て示してみせる一人のプロテスタント《H君》の社会的実践活動に図らずも接し、思いがけなくも抱かされることになった深い感銘そのものを、自らの〈体験〉として告白する者にほかならない。が、そうした《H君》の〈実践《プラクシス》〉に対する《己》の感銘告白が、強引な加筆とともに《秀麿》の《日記》へと仕立て上げられていくとき、注目されなければならないのは、そこに自ずからにして浮上して来た《行為》そのものの持つ意味の甚大さなのである。連作を通じて形象化されてきた《秀麿》像は、加筆部分において的確にも、同時代の《青年》たちから《新思想の分かる者》として尊敬を集めながらも、その留学体験から発して自らの裡に保たれ続けた、学者としての究極目的として定めつつ未だ依然として果たし得ずにいるところの科学的に《歴史》を記述すること、いわば、如何にして〈魔術からの解放〉（M・ウェーバー）を理性的に成し遂げるかをめぐる近代知識人にとっての根源的難題を、正しく《神話》との葛藤状況として内深く抱え込みながら、それを《行為》としては果敢に《実践》し得ぬままに徒に時を殺し続け、どこまでも〈観念世界〉に跼蹐し続けてきた者として概括化され、その存在様態の再確認がなされるのだが、その上でこそ、〈行為者〉たる《H君》との鋭角なコントラストは、実に鮮やかなかたちをとって立ち上がる、のである。

　このことは、一九一二年一月以来の〈五条秀麿物〉の連作行為に、〈作品集〉『かのやうに』の編纂作業を通じることで、二年三ヶ月の時の経過の後、漸くにして決着を付けられた《秀麿》像の最終的なありようの措定となったと見做されよう。《五条秀麿》像の存在意義は、鷗外の狭義の創作テクスト（虚構テクスト）群にあって、最終的に形象化され世に問われた、現代問題と格闘する〈最後の人間〉（letzte Menschen）なのだとして、ここに至って、新たに照射されることを要求してくるのである。呈示された問題は、従来のように「かのやうに」中心にあまりにリアリスティックに、政治性を帯びた思想的主題の具現化としてばかり捉えられてはならない——そのことで消去されてしまう諸テクストの総体が指し示す同時代的な哲学的・思想的〈問い〉は、《観念》（Idee）と《行為》（Tat）との関係をめぐって、あまりに大きいのであるから。

「鎚一下」を〈秀麿物〉として読む場合、それが図らずも、初出稿に如実に現われている作者自らの具体的体験があってこそ、改作へ向けての積極的意欲も生じて、「かのやうに」以来、アクチュアルな思想問題を語りつつ、常に《行為》を前に佇立する《秀麿》像をめぐり、つとに潜在されてきた問題への解決の道筋が赫然としてもたらされたのであり、故に既発表の〈秀麿物〉のテクスト系列へと、いわば、これを昇格させた動機もまた、鋭利な、同時代的問題へ向けて強く発動した成果・結実なのだと見ておいて恐らくは大過ない。そこに、個々には既に喫緊な問題を抱え込んでいた先行する三テクストに対して、これを一つに繋ぎとめ、統括すべき上位の主題性（《行為》をめぐる）は、偶発的にも到来して、漸く、切実にして緊要なる経験レヴェルにあって、見出され得たのだと言い得よう。

いわば、複雑に入り組みとぐろを巻き続ける現代的な思想問題の数多宿される〈観念世界〉に、形而上的に踟躕し続けることから、具体的な、それ自体としては何らの有意味性を持たない、自己目的性の裡にあって行われる《行為》の一つ一つこそが、個々の人間の〈生〉を根底にあって支え、さらには、〈世界〉を広やかに生成させ、また〈歴史〉をも動かす原動力となり得ることの意義を、正しく偶然的にも担うに至るのだという、認識論的な転回への出口が、この時、拓かれ得たのだとすべきである。日々繰り返される変哲なき《鎚の一下》を以てこそ始められる〈日常〉、それ自体必ずしも合理性による意味づけを必要としない個々の《行為》からなる〈生〉、いわば、新たな行為論的地平――それは同時期、M・ウェーバーが社会学の基礎概念とした〈合目的的行為〉等々でもないことが、その独自性において注目される――が確かなかたちで、「鎚一下」を改作する鷗外の〈生〉にあって確認される瞬間が、長い《省察》の時を経て後、ここに偶然的にも到来していた、と言っていいであろう。

ここで注意すべきは、自己の〈生〉、あるいは、その渡り合うべき世界の生成に当たっての《行為》なるものの重要さは、既に「妄想」（『三田文学』）において、主人公《白髪の翁》による思索過程を通じて、論理上、予示されていたという点である。その時それは、意味深くもゲーテの箴言の引用としてこそ示されていた。すなわち、《日の要求》なる契機の呈示とともに、である。そしてそのゲーテの箴言とは、次のように引用された。《奈何にして己を知ることを得べきか。省察を以てしては決して能はざらん。されど行為を以てしてはあるいは能くせむ。汝の義務を果たさんと試みよ。やがて汝の価値を知らむ。汝の義務とは何ぞ。日の要求なり。》、である。「妄想」発表は一九一一年の三月〜四月、正に鷗外の関心がゲーテの方へと向けられ始める前夜のこと、となる。ここには、ゲーテに拠りつつ《省察》に対置された《行為》（Tat）なるものの意義が既にして示されているのであって、それは単なる〈ペダンティズム〉として済まされない。がまた、ゲーテ的な《行為》の意義を知識としては手に入れつつも、依然迷いの裡に身を置き続ける者、それこそ《妄想》に駆られ続ける《白髪の翁》なる存在なのであった。つまりは、自己についての真の認識とは、知識、否、合理的判断を求めての《省察》の結果としては、決してもたらされることがないことだけがそこでは〈問い〉として残された。とすれば、かねてその重要性にしばしば言及してきた名篇として世評高い「サフラン」が、本節冒頭より問題視してきた時期を経過したほぼ直後、「妄想」発表から丁度三年後の、一九一四年三月に書かれなければならなかったことはまことに意義深い。そこでは、正に《行為》をめぐっての思索の、鷗外自身の言葉によって、更に深められたかたちで、実に的確な形象を得ているから、なのである。

その冒頭は正に、《名を知って物を知らぬ》ことへの自省から適切にも始められ、《行為》とは、意識的に選び取られるものばかりでないことが、《サフラン》と自己との巡り合いをめぐって、いみじくも示されることとなる。そこでの深まりを見せた思索とは、そもそも《行為》は多くの場合、行為主体によっても、利己的・利他的のいずれともその動機を判じ得ぬところの、偶然的、ないしは、合理を超えてもたらされる、正に人間性の〈不可知〉の領野にほかならないということにある。ここに現れる行為論的な問題圏域は、この、〈世紀転換期〉という時期に現れたマックス・ウェーバーを始めとした多くの哲学者・思想家たち（後に〈社会学者〉、〈心理学者〉等々の始祖の如く括られていく人々）によって、様々に共有されていたものなのである。そして、注目すべきは、「サフラン」における奥深い思索は、《行為》の本義を、主体論的決定・決断へとすぐさま還元することを以て、その結論としてはいないことなのである。言うまでもなく、ここでの〈不可知〉とは、神秘主義への傾斜とは、また別のことである。世界・自然との渡り合いの中で育まれる思索こそが、究極において、〈生〉の具体性を礎石としつつ、辿り着かれる帰結であるとされるから、である。《省察》（「妄想」）とは自ずとその地平を異にする、〈偶然性〉をこそ《生》の構成要因として重視する〈行為論〉の領野へと鷗外が至りついたことを明示して已まない言説「サフラン」こそ、この時期に展開された鷗外の思索の形跡を美しく留めて、正しく独自に《行為》論として見事に概括されたものとしなければならないのである。

さて、「護持院原の敵討」とともに『天保物語』を構成する「大塩平八郎」は、明瞭な時間的・空間的構造性によって成る。それは、大きく分けて、大塩平八郎の叛乱計画を密告によって知らされた大坂・東西町奉行所内の時間と、叛乱を首謀し準備する大塩平八郎邸に流れる時間と、である。ドラマは同時進行的にそれぞれ並行しつつ描出されることとなるが、ことに、大坂・東西町奉行所内での事態の推移を追う語り手は、疑懼に晒され続ける町奉行たちの姿を十二分に戯画化する。戦乱の時代から遥か時代を隔てた〈生〉を生かされる幕末の役人たちの無策・無能振りの、そこでの描かれ方は実に詳細を極めて周到であり、安閑として打ち過ぎて来た長年に亙る平穏無事の時勢に身を置くことに余りに慣れ切った役人たちの周章狼狽振りを活写して余すところがない。

また一方、〈叛乱〉を策謀・主宰する大塩平八郎の側もまた、自らの内部に、未来へのヴィジョンの形をとって宿り続けた《観念》を、イリュージョンの如く、徒に裡に飼い太らせることに慣れている。事件の首謀者であり、これを実行に移そうと謀りながらも、大塩の内心にあっては既に、〈叛乱〉を起こす主体的意志性はとうに薄れている。むしろ現実化されていく《事態そのもの》が《自らを拉し去る》との感慨に一人、手もなく浸るとされるのである。そのような、ほとんど離人症的なほどにも〈生〉の現実感覚が欠如した内心を抱えた首謀者を先頭に、〈叛乱〉は、ほとんど自動機制化された運動の如く推移して、結果として《計画》そのものの〈ヴィジョン〉とは相反し、何事ももたらされることのないままに終息する。生じるのは唯に大坂の町に広がり、天を焦がす《大火》ばかりとなる。

ここに浮かび上がるのは、時ならず起こされた謀反という事態に関わる者すべて、その情報を事前に入手しながらそれを未然に防止する行動を組織できない安寧秩序を司るはずの側にも、また《己》一個の裡に宿された義憤によって〈叛乱〉を実行しようとして多くの人々をそこに巻き込む、後に偶像化されていくことになる〈叛乱〉首謀者の側にも、等しく、生起して行く《事態》に対する主体的関与の意識・感覚は積極的には現れないありよう、そのものである。

周到に描出される〈叛乱〉の推移する様は、時間的に、また、空間的に見事な統御がなされ、再構成されて語られるが、一方、その構成力とはある意味で裏腹にも、《事態》を生起させる個々の具体的な事実が順を追って虚しくも詳細に辿られるばかりであって、そこに主体の意志の発動は一切、描かれることがない。この描出法自体にあってこそ、ある表現性は宿り、実に効果的に現れる。それは結果として、人間的中心をグロテスクなまでに喪失させられた表現世界となる。そこに連ねられていく〈行為〉の連鎖は、人間的意志性とは明らかに無縁な何事か、である。叙述の前半部には、ただならぬほどの空無の気雰が漂い渡っている。極力、史実に即して叙せられていく個々の〈行為〉は不気味にも何事をも指し示さず、一つ一つは〈叛乱〉という非日常性の構成要素でありつつも、ドラマを期待する読者を裏切るように、何事をも成就しない〈何か〉としてある。鷗外は執筆後、その結果を、偶像視される〈義の人〉に対する気遣いのようにも《無遠慮に……書いた》とし、それを補うようにして、史実を客観的に示す〈史料〉を時系列的に叙述する営みを補遺として示した（そこには系図すらもが投げ措かれる）が、テクストを織り成す諸事実の配置は、見事なまでに構成的に働いて、であるが故に、自ずから《歴史離れ》していった自らの想像力自体をめぐっての、いわば、弁疏の如くでもある。

しかしながら、その事後的に〈弁疏〉として示されたものとテクスト自体との間の異なりにこそ、このテクストの孕む主題性も、またその表現性も露わとなる。テクストの具体は、二つの事を中心に据える。一つは、主体としての意志的人間が不在のままに生起する《事態》の進行・推移ということ。そこに因果関係は実は見出しがたく、〈行為〉のみが無意味にも連ねられる。そして、二つには、〈叛乱〉が鎮静化された後に、大塩が漸くにして示すに至る唐突なまでの〈意志らしきもの〉――死へと向かって、何事かに駆り立てられたかのように遂行されていく非合理の逃避行を促される異様の意志性、である。そこには〈叛乱〉の推移する過程には絶えて観られることのなかった常ならざるほどの〈情熱〉が宿されてある。しかしそれをしも〈主体の恢復〉とは呼ぶことが出来ない。大塩を駆り立て、突如蠢きだす〈情熱〉そのものが、テクスト後半部を貫き、覆い尽くすのである。現実感を抱かせぬままに推移した《事態》に替わって、大塩をここでもやはり《拉し去る》のは、故知れぬ〈情熱〉、である。

虚しく終わった《計画》の形跡を敢えて辿り返すかのような《夢見る》がごとき大塩の事後の行動は、いわば、〈非合理なるもの〉の具象化そのものとなって興味深い。そこには故知れず執り行われる行動が、瞠目すべき筆致によって活写されてある。そこでの個々の〈行為〉の連鎖には、日常を司る《行為》＝《鎚の一下》(「鎚一下」)とは凡そ異なるところの、別種の、不穏な非合理性によって貫かれて、不条理にも〈情熱に囚われた人〉の姿が、浮かび上がるばかりなのである。出来事に関わるすべての人々を、あたかも置き去りにしつつ進行する《事態》の推移が詳細に辿られ叙せられる前半部と、〈情熱〉の虜と化した如き大塩の行く末を克明に追っていく後半部の記述との、際立った対比的構造性は、表面的には、相互に補完し合って事件の顚末の総体を織り成すかのようでいて、実はその対比的関係そのものの合間に潜み隠れる人間世界の実相への深い省察によってこそ裏打ちされているのである。そこに浮かび上がってくる特異の表現性こそが、鷗外をして史実に対しての《無遠慮》と躊躇わせたほどのこのテクストの本質を、結果的に、非凡にも開示しているのである。

ここにおいて表出されたものは、『天保物語』を構成するもう一つのテクスト「護持院原の敵討」と対を成すことで、別様の仕方で以て人間の〈行為〉と、それを特徴付ける〈非合理〉なありようとを、くっきりと浮き彫りにしていると言える。自己目的的に行われる〈行為〉の堆積こそが、偶然的にも、ある結果（《敵討》の成就）をもたらすことの非合理さ（「護持院原の敵討」）と、先行されて築き上げられた《観念》によって生ずる《事態》の進行・推移の過程から自ずと疎外されていった自らの〈生〉の残骸を見届けようとして、一種、利己的欲望に操られ遂行される常軌を逸した行動のもつ非合理性（「大塩平八郎」）と――。いずれのテクストにも、近代小説的な〈内部〉は興味深くも後景へと退かされ、突出しない。叙されるのは主体の意志とは係わりなく、その外側に延び広がる〈事実性〉ばかりである。確かに、その事実の一つ一つが、人間がもたらす出来事を、ひとつの連なりとして意味づける際の要素であることに違いはない。しかし、重要なことは、両テクストが共に〈行為 Handlung〉を、実は人間理解においてもっとも不可解なるものとして、それぞれに対象化して、ある種の形而上学を背後に感知させつつ、据えてみせているということにほかならない。しかも繰り返すが、それらは〈内部〉(観念・意識)という、近代が中心化してきた人間的価値にほとんど触れることなく、である。がしかし、注意しなければならないことは、結果としてそれは、単にイロニーなのでなく、人間性をめぐっての〈問い〉をより一層深く包蔵してなっているという事柄である。

「護持院原の敵討」にあって自ずから浮上するのは〈慣習〉と呼ぶほかないものに従って遂行されていく〈生〉の行方と偶然がもたらす帰結。「大塩平八郎」にあっては、〈観念〉に囚われ〈情熱〉に突き動かされ、主体の在り処が終に見失われるところの〈生〉。ここにおいて根源的に掘り下げられてあるのは、例えば、〈無意識〉といった、やがて一般化されていく概念によって闡明されようとするのとは相異なるところの、しかしやはり〈合理性〉という認識枠からはみ出していく、人間の〈生〉を構成する〈曰く言い難きもの〉の存在である。それは、因果律の下に統合的に〈意味づけ〉されようとされるとき、時に神秘主義への傾斜を促し、また、時に〈英雄〉の物語を伝説として形作るところのものである。

しかし、〈生〉とは、事後的な〈意味づけ（物語化）〉を許さない〈偶然性〉の地平にぽっかりと浮かんだ不確定的なる何事かである、と両テクストは人間と世界との関わりの本質的ありようへ向けて慎重にして、かつ大胆に、〈人間性と行為〉（G・H・ミード、一九二二）をめぐっての認識の領野を独自に、また十二分に切り拓いて見せている。それは「阿部一族」の改稿過程においても、既に現れてきていたものとも言えよう。が、そこでの明らかな異なりは、前二者において〈行為〉なるものへの視角が、新たに深められた〈問い〉として明示的に浮上してきたことなのである。その過程には〈世紀転換期〉における〈生〉の感覚を、個々に、見事なかたちで具体化してみせた「かのやうに」以下の連作の存在、また「鎚一下」の改稿によっての、その再テクスト化の事実が意義深くも横たわる。この時期の鷗外テクストにおいて次第に行為論的地平が前景化していったことが、やがて、ある種の必然性をも帯びつつ、かの〈史伝世界〉の実に広やかなる、あの特異な換喩的世界の到来へと繋がりゆくこととはなるのである。

Ⅳ　晩期鷗外文学における伝承性への視角――文体、或いは、〈模倣〉と〈創造〉の交差する場へ

1　問い

日本文学の近代化に絶えず尖端的に係わった鷗外の縦横に伸び広るその生涯に亙る関心のありようにおいて、伝説ないし伝承性への感受性はどのような位置を占め、また、如何なる様相を指し示していたのであったか。本節の課題は、一つの複雑系たる〈近代〉、更には現代文化の源流たる〈モデルネ〉についての省察に当たっては、常に根源的で、かつ際どくもあるかかる〈問い〉を、後期鷗外に焦点を絞ることで問い試みることへと置かれる。鷗外文学の軌道、あるいは、表現者・思想家としてのその存在様態には、そうした〈問い〉を立ててみるべき、閑却されたままの重大な現象が、実は潜み孕まれてある。そこへと強く照射してみることは、かねて研究史上に蔵された鷗外文学の豊かな可能性の沃野を、新たな地平として切り拓き、立ち現すこととなるだろう。それはまた、予め言えば、鷗外の文学的生涯を貫通する〈小説〉なる近代的表現形式の可能性を押し広げつつ、同時にまたそこにおいて、伝統との関係性の恢復を志向する、いわば、あるべき近代文体創出へと向けられた不断の試行が有した根源性とも、深く、密接に係わる事態であったと見做され得る事柄なのである。そこにあって、顕現してくるのは、〈模倣〉と〈創造〉という二つの契機が交差し抗争し合う、近代文体が高次に生成・現出する磁場なのでもある——。

2　反・自己言及性

《Novelle》、すなわち、十九世紀西欧において主流となっていた新たな物語形式、いわば、〈西欧型近代小説〉とでもすべきもの。帰朝直後、鷗外は当初これに、独自に《単稗》の訳語を当て、新たに移入すべきジャンル形式として既存の《複稗 Roman》とは明確に弁別し、強くこれに着目した。その日本への導入の範型としてこそ世に問われた「舞姫」（一八九〇・一）以下の三つの小説テクスト、所謂〈ドイツ三部作〉の制作・発表を以て、鷗外は一度、創作活動へと手を染める。がしかし、当時、次第に交流を深めつつあった中江兆民の慫慂による次なる四作目の予告のみを残し（『自由新聞』）、以後、鷗外は、前代の《洒落本》を模したと自ら証する「そめちがへ」（一八九七・八）一篇を唯一の例外に、ほぼ二十年の長きに亙る小説形式による創作行為の空白の時期を過ごすことになる。そうした、狭義における《創作》行為の事実上の〈沈黙〉期の後、鷗外は一九一〇年代以降、著しい文体変更を成し遂げつつ、再度、小説テクスト産出の営為を、旺盛かつ持続的に、独自な仕方で探究し、展開していくこととなる。その展開過程に次第に顕著なかたちで現れてくること――それは、自らの創造行為に対して向けられた、実に特徴的な〈規制〉と〈拘束〉とであり、その因由は様々に説明し得るにもせよ、いずれ詰まる所、史実へ向けての、否、正確には、自らが偶然的に発掘し応接していく数多の《史料》（＝遺された他者の言葉たち）へ向けての、徹底した準拠ないし依拠の姿勢という、厳しい制約が漸次的に加えられるようになった事実でこそある。すなわち、鷗外のテクスト世界を急旋回させた、かの「興津弥五右衛門の遺書」（一九一二・一〇）以降の、歴史的事象に材を取ったテクスト生産において顕在化してくる事態に他ならない。

つまりは、知名のエッセイ「歴史其儘と歴史離れ」（一九一五・一）において鷗外言うところの《歴史其儘》への強い志向こそが、鷗外の創作原理として、その最終段階に至っていくにつれ、際立って優勢となっていく――これが、今日自明化された、かの〈史伝〉と呼称された異数のジャンル形式を以てその到達点と見做す、鷗外文学に固有の展開過程を、いわば、発展史的に記述するに当たり、長く支配的であり続けた認識枠、また定説的常道なのではある。

だがしかし、〈歴史小説〉から〈史伝〉へと漸進的に突き進む、世界文学的に未曾有とするほかない異体の新ジャンル開拓へと向けられ、至りついていく後期鷗外の旺盛にして果敢なる表現意識の具現化は、果たしてそのように、〈事実尊重〉という一元的な道筋ばかりを直線的に辿ったとして済まされ得るものであろうか。前以て言えば、この間の事の真相は、鷗外という〈近代〉の行方に深く思いを潜め続けた表現主体の本質へと深く喰い入って、より複雑な様相を帯びつつ、かつまた、根源的なかたちをも備えていたとしなければならない。すなわちそれは、〈近代〉が覆い隠くすことになった〈伝承性〉への視角の、その方位及び射程に密に関わって、のこととなる。

確かに、後期鷗外は、事実として、《史料》への執拗な拘りを濃厚に示し、そのテクスト世界を、既に逝った過去世に属する無名の多くの他者たちの言葉が、あたかも鬱蒼とした森の如くにも犇めく、実に特徴的な仕方によって織り成した。〈歴史小説〉第一作「興津弥五右衛門の遺書」及び、次作「阿部一族」（一九一三・一）の改稿作業の進行過程にあって、その傾向が如実に現れていたことは今日、明瞭なかたちで確認し得る。そこにおいて枷を掛けられたのは、世の多くの《小説》を駆動し続けた《想像力》ないしは人為的な構想力の放恣な働きなのであった（前掲「歴史其儘と歴史離れ」）。結果としてそこには、〈過去〉の世界が、後年、自らもその最後のテクスト『年々の花』において〈史伝〉の方法を模倣してみせた伊藤整が、小説表現の行き詰まりを打破する可能態と早くに見做した（一九四一）通り、かつてない仕方で、〈追憶〉の行為そのものにも等しく、活き活きとして現前させられてある。

一方また、かねてこうした傾向の現れには、戦後早くから、鷗外のそもそもの〈想像力の欠如〉として難ずる向きさえもが根強く存在した。例えば、〈西欧文学〉を標準とすべき規範としつつ、鷗外の〈史伝〉を〈世界観芸術の屈折〉として鮮やかに断じた勝本清一郎の如き敗戦直後の西欧派知識人の、実はそれ自体、倨傲とも隣り合せる屈曲した発言（一九四八）がその代表となる。因みに勝本自身は後年、日本文学の伝統の正統に位置する物語作者（谷崎潤一郎『「つゆのあとさき」を読む』、一九三〇）たる尾崎紅葉の事績の発掘及びその収集に、異常なほどの情熱を傾けた人でもあるのだが――。

3 〈他なるもの〉へ

さて、〈史伝〉を中心に鷗外へと向けられたかかる批判は、今日からみれば、結句、独創性および狭義の虚構性、ないし構想力なるものを以て、文学テクスト生産の第一義的な審級とする、ある種、近代主義的な立場に無自覚的にも依拠されてのものとして映じる。それはまた、今日も尚、依然、根強く生き長らえ続けているものでもある。が一方、《無用の用》（「伊沢蘭軒」、一九一六・六～九）を標榜しつつ、強い矜持と共に果敢にも成し遂げられていった当の鷗外の表現行為のありよう自体は、通常のジャンル概念、虚構概念さえをも悠然と踏み破り、《形式未成が故》[1]として、自由・闊達なる地平を果敢にも形作りながら実現されたものとすら、見られるのである。

というのも、鷗外の表現意識はかなりに早い段階から、放恣な個的想像力に身を委ねることよりも、一面において〈伝統性〉との繋がりをその視界へと広く収めつつ、やがて広義における〈ミメーシス原理〉とでも言うべきもの――

それは単なる〈模倣〉ではない。その意味で、古典研究に従う中で制作された《洒落本のStyl に倣》ったと秘かに自註した「そめちがへ」とは固より位相を異にする――が自ずと重んじられるようになったと見受けられる節が多々あるからである。例えば、世紀の転換に際し問われた注目すべきエッセイ「潦休録」（一九〇〇・七）において明示された、《十九世紀》に対する逸早く独自の批判的総括が、ここにおいては重大なる意義を持つ。そこには、小倉での孜々たる研鑽の痕がまことに色濃い。

　またそれは、西洋追随的《洋学者》たちと一線を画し（「洋学の盛衰を論ず」、一九〇二・六）、東西文化双方の深層へと深く足場を据えようと強く意志しつつ（＝《二本足で立つ》、「鼎軒先生」、一九一一・四）、〈伝統〉と〈近代〉とのあるべき係わり合いを根源から掘り起こしていた鷗外の、帰朝直後あるいは滞独時において既に抱かれていた当初からの思考形態の、また、そこに端を発するそもそもの〈近代性〉のヴィジョンをめぐる固有の企図に適うかたちでの、表現行為上に現れた然るべき帰趨であったかとも思われてくる。

　これを更に敷衍させ別言するなら、鷗外のテクスト生産にあって特徴的なのは、先ずはプレテクスト（＝遭遇する一切のテクスト）への全的依拠の姿勢であり、かつ、そのことを通じての繊細なかたちでの比類なき自己表出性なのである。実はそれは、後期に限らず、例えば、生涯を通じての、それ自体が特異な文学性をも湛えることになるあの夥しい量に及ぶ《梗概》作業において、あるいはまた、時に原作をも超え出る文学的価値性を優に示現する数多の〈翻訳〉行為――文体実験の経由点ともなる長期に亘る『即興詩人』訳出作業をその好例とする――において、一貫して認め得られることでもある。鷗外は、放恣にしてあからさまなる自己表出性、ないし過剰なる自己言及性とは別のところに、〈自己〉を顕現させてみせる。それは〈自己を語らなかった〉（林達夫、一九三六）などということでは、決してない。

　そのような、自ずと選び取られていった、実に特徴的なる〈自己〉の顕現のさせ方こそが、狭義の〈近代〉が絶えずその拠り所とした通常の〈主体性〉概念、及び、それにまつわる神話＝〈大きな物語〉（リオタール）に対して、揺さ振りをかけるかの如く見える。曰く、他者ないし〈他なるもの〉へと、徹底して自己を寄り添わせつつ、そのことにより却って、逆に真実の自己――「舞姫」における、例の《まことの我》はその文脈上、ロマンティックな虚幻と映る――を立ち現していくが如き、その表現行為上の際立った特徴を、後期鷗外のテクスト群、就中、「渋江抽斎」（一九一六・一～五）をその代表格とする、所謂〈史伝〉群において顕著なかたちで見出し得るのである。

このように考える時、先の《歴史其儘》なる意味深長なテーゼ、すなわち《史料》への徹底した依拠と見做されることは、実のところ、〈受容〉および〈生成〉という、元来がテクスト現出に係わる二つの重要なる契機を、両ながらに身を以て示現してみせた高次の表現行為の問題として、言い換えれば、広義における翻訳論的な領域の問題として、すぐれて今日的な問題関心の視界のうちへと新たに捉え直されるべき可能性さえもが考慮される。

とすればそれは、厳しく異文化が交差し合っていく〈場〉にあっての、広く表現史的に重大なる事態の逸早い現れであったとも言い得よう。その点で、一見素朴な立論ながらも一切の同時代的イデオロギーに与することなく、〈梗概／翻訳／史伝〉の三者において、鷗外の文学的営為の真面目を最もよく体現するジャンルを直観し、これを見事に喝破した小泉信三の烱眼（一九四八、先述の勝本発言と奇しくも同年）は決して忘却されてならない今日的な多くの示唆に富み、事の微妙な消息を深く洞察して実に非凡であり、見直されるべき提言なのであった。

4　思索の方位

ところで、鷗外の向き合った二〇世紀初頭の西欧精神界を特徴づける知的状況――鷗外はそれを、《モデルネ》なる新段階として、実に時宜を得て的確にも注視し、《現今主義》の訳語を独自にこれに当てて、いわば、〈(古典的)近代〉（D・ポイカート『ワイマール共和国』、一九八七）とは明らかにこれを弁別して、やはり逸早く紹介している（「鷗翙搔」、一八九六・一～六）のだが、その内実は、後年、鷗外が正にこれを《混沌》の語を以て同時代的に表象してもみせた（「混沌」、一九〇九・三）如く、実は、後述するように、認識論的なレヴェルでの、蕩揺と混迷とを懐深く抱え込みつつ並び立つ、世界観上の様々なる難題との当面として、あるいは、マックス・ウェーバーによる同時代へと向けた概括の語で言えば〈神々の闘争 Kampf der Götter〉（『職業としての学問』、一九一八）として、現れ出ていた。

それは、只に哲学思想上に限られず、文学芸術の表現においても緊要なる問題状況を惹起しつつ、共時的なかたちで浮上していた。否、むしろそこにおいてこそ、却って問題は尖鋭なかたちをとって、具体性を伴って現れてもいた。二〇世紀末以降、今日に至る過程で、例えば、現象学と文学上の表現主義との志向性の同時代的共有を鮮やかに看破した瞠目すべきF・フェルマンの『現象学と表現主義』（一九八二）、我が国における、上山安敏『神話と科学』（一九八四）、木田元『マッハとニーチェ』（二〇〇二）等々による〈世紀転換期西欧〉の知の地殻変動を力動的に、科学から神話、文学までをも大きく包摂して、正しく〈モデルネ〉の名の下、実質的に照らし出されようとした、多くの研究すら既に備わっているのである。

現在時、そのように、二〇世紀初頭の精神状況を捉える幾多の学問的成果が現出し出して久しい実状に鑑み、また、そうした様々な精神領域における境界性が如実に融解していく時代の到来を同時代的に感知していたかに見える鷗外の鋭敏な時代認識を重視する時、歴史記述をめぐって主題化されつつ示された鷗外晩年の特徴的思索は、これを単純に〈歴史文学〉の方法論としてのみ狭隘に理解されるべきでなく、同時代の知的状況が見事に反映させられた、表現行為をめぐる根源的〈問い〉を内包するそれとして、新たな光を帯びて考察の日程へと上って来るのである。その意味で、前引した「歴史其儘と歴史離れ」という、従来、しばしば参照されてきたエッセイは、以上の如き同時代の知的コンテクストに置き据えた時、正にアクチュアルなかたちで読み直されるべき最重要テクストとしての意義を、俄然、帯びるに至る。鷗外が二十世紀の初頭、思想的、文学的な射程をどのように設置していたのだったかということと、如上のことは深く係わっている。

そのようなものとして新たに浮上する後期鷗外に固有のエクリチュールのありよう、またそれを背後において発動させる思考の様態には、すぐれて精神史的痕跡が刻印され、重要な意味が備えられている。具体的にはそれは、定説にいわゆる〈歴史文学への参入〉（永井荷風）の前夜においてこそ、既に、小説形式による重大な〈問い〉のかたちを取って顕著に現れている。実はそれは、例のプロブレマティックな小説テクスト「かのやうに」（一九一二・一）においてのこと、となる。そこでは、正しく〈世紀転換期西欧〉からの帰還を果したばかりの知的エリート・五条秀麿の、ニヒリスト的気雰の漂う、つまりは、出口の見えない混迷した〈生〉そのものと深く係わって正に存在論的でさえある、至って緊要性を帯びた状況を、歴史記述の可能性の如何に係わった認識論上の煩悶として特化して、問題の際立った形象化が密度高く試みられるのである。

すなわち、一面において必然の帰結とすら映じざるを得ない〈科学（主義）〉的な、ないし進化論的な歴史記述の、客観的合理性追究の道か、あるいは、そうした認識論的状況にあってなお根強い、〈神話〉へと歴史の起源を見出そうと保守し続ける人々の、俗信として否定し去ることもなし得ない心的態度の認容か――、つまりは〈合理〉と〈非合理〉とが厳しく相鬩ぎ合う、二律背反的枠組みが難儀にも設定された喫緊の思索の場として、主人公・秀麿の身を置く精神史的境位を鮮やかに浮かび上がらせ、〈歴史小説〉制作以前において明瞭な構図と共に呈示されていた。

それはまた、これに先立ち現われた小説テクスト「金毘羅」（一九一〇・一〇）において、別の仕方で、明示的に形象化されていた問題構制でもあり、その連続性こそが重視される。そこでの、やはり〈生〉そのものの問題が再浮上する〈世紀転換期西欧〉の精神状況を身に体しながら、《科学に秋波を送る》とされた《心理学》研究を放棄し《「青い花」》（当時発掘されたノヴァーリスを中心としたドイツ・ロマン派）を強く憧憬した既往を刻印されつつ帰還した主人公・小野翼の、内心深くに宿された近代的知識人としての憂愁を湛えた存在様態そのものを取り巻く、〈生〉をめぐる索漠として危機的なる様相、つまりは、ブルンチュエールの言う《科学の破産》へと還元させられる、その根拠を確実に揺るがされ始めた合理性から、〈非合理なるもの〉の方へと地滑り的に手もなく傾斜する、危殆極まる〈生〉の岐路とすべき問題状況が、そこには如実にも捉えられていた。そこにあって明示された主題圏域を、歴史記述そのものの可否へと向けられた根源的〈問い〉として、これを鋭角に特立して正確に受け継ぎつつ変奏・深化させたテクストとしてこそ、「かのやうに」は読み解かれなければならないのである。

秀麿の〈生〉を、不可避的に虚無へと陥らせる問題の状況性、正しく認識論的な問題的磁場は、その先蹤となる小野翼の、個人的レヴェルでの〈生〉の《索漠と混迷》、あるいは、《錯迷》（「妄想」の《白髪の翁》と共有される）として表現されたものを、思想的・社会的な現実との直面という次元へと置換することにより、一層の危機性を実のところ開示したそれとして見做され得るのである。同一の問題状況（Problematik）が反復して主題化され、巧みにも変奏されつつ〈問い〉として受け継がれた二つの問題的なるテクスト、「金毘羅」および「かのやうに」――。そこに浮上してくる問題圏域には、その間を連結するテクスト、実は〈近代知〉が空洞化を余儀なくした〈生〉をめぐる問題を見据えた「カズイスチカ」（一九一一・二）、「妄想」（同・三～四）までもが召喚され、併せ、了解されなければならないのだが、そうした混沌とした〈生〉を様々に生成する相互テクスト的環境性において、実は明示されていた問題枠とその射程は、〈生〉の根幹に深く関わる漠とした不安と隣接した〈問い〉から、次第に認識論的磁場へと絞り込まれ、その輪郭と深度とを一層増しつつ、その理路が確実に方位づけられていくのである。

しかし、ここで見過ごされるべきでないのは、そうした「かのやうに」においてさえ、依然、その根底には、〈生〉の意味への渇きが、秀麿と綾小路の対話という構図の下、理知によっては決して解決されることない〈問い〉として内蔵されてあることなのである。そこに設置された、一見して明快な枠組みは却って逆に、《謎》と《混沌》とを更に深め、その輪郭を、一層明らかにする。そこに、かねて言われた鷗外における〈折衷主義〉などは認め得ないのである。テクスト末尾に置かれた風景描写は、そのすぐれた換喩表現となる――正に、新カント派的な認識論的アポリアの示現の如くに、である。

5　合理と非合理と

更に視界を拡げれば、実はかかる思索の流れの中でこそ、同時期の作者鷗外の幸徳秋水への深き関心という周知の事実も改めて有意味的となり、この時期の鷗外の内側を領した思想圏域を重層的に決定する如く、ある実践性を伴う広義の表現の一形態として、真に重要度を帯びた考察与件となって、再浮上してくるのでもある。つまりは、イデオロギーとしての進化論的認識行為がその必然的帰結として、現実の社会との係りにおいて、いみじくも激成してしまう問題の情況性、その切迫したありようを、幸徳秋水の思想・行動は奇しくも体現するものとなるから、である。それは鷗外にとり、同時代の精神状況をくっきりと指し示す哲学・思想問題であると共に、すぐれて文学上の問題でもあった、とすべきである。すなわちそれは、従来行われてきた如く、天皇制問題とのみ係わらせつつ鷗外の政治的立場へと一挙に回収されるべきでない、あるメタフィジカルな意味合いを表示するものと了解され得る。

何故なら、既に造形された小野翼・五条秀麿らは、虚構世界において先立つかたちで、実に、幸徳秋水というすぐれて思想的な実在態の現出を、その延長線上においてこそ予示し、予告してしまう主人公たちの系列として、肉化されていたからである。そのように見た時に初めて、鷗外にとって〈大逆事件〉（一九一〇～一一）そのものが実は、やはりすぐれて精神史的な出来事にして、その具体的現前となり、そこへの鷗外の積極的なまでの関与は、翻って、鷗外の裡にそもそも宿りついた関心の在処を、さらにはまた、鷗外自身の精神史的というべき境位を、雄弁かつ如実に物語る一つの表現行為となって、甚大な意義を帯びるに至るのである。それは正しく、先述の《モデルネ》が抱え込む〈合理〉と〈非合理〉の、様々に抗争し合う問題状況が、現実界において火花を散らして鬩ぎ合った上に、鮮烈にも現出してきた思想状況の社会問題としての具現化としてこそ了解されるべき事柄なのである。またそれは、ほぼ同時的に奇しくも生じた乃木希典の殉死一件（一九一二）が現実社会に投げかけた〈問い〉の深刻さとも、正に隣接し合う。ただ、乃木の殉死は、鷗外にとり、その慮外に、または、想定範囲外に、余りに唐突にも生じただけに、より多くの衝撃力を伴ったと言えるだろう。いずれにせよ、〈幸徳秋水〉と〈乃木希典〉、両者の示した存在様態そのものがまた、〈合理〉と〈非合理〉の鬩ぎ合いという時代の呈する緊要なる問題構制を、現実界において体現し合ったそれとして、鷗外には共々に看過し難かった所以が甚大な意味を以て認められなければならない。

6　美学的志向

さて、文学テクストが現実に先行し、時代の核心部分をいみじくも捕縛してしまうということ――そこにおいて、例の「灰燼」（一九一一～一二）中絶問題の必然性もまた了解されなければならない。文学テクストの生みだす《写像》（《VORSTELLUNG》〈表象〉に鷗外が与えた訳語）が、現実に対して先行してしまうすぐれて美学的な事態、現象、すなわち、テクストが予め現実の《生を偸む》こと（「礼儀小言」、一九一七・一）、あるいは、現実と表象との転倒現象。「キタ・セクスアリス」（一九〇九・七）において早くに示されていた金井湛の《自然派》への違和及び批判の要諦も実はそこにこそあったのだが、更に鷗外はこれを、社会問題化した森田草平『煤煙』（一九一〇・一）に対しても認め、「キタ」発表後半年にして、漱石と共にこれに与えた序文——初出（一九〇九・一二、『スバル』）時のタイトル「影と形」はそのまま〈表象と実在〉を指し示す——に、すぐれて文芸社会学的に問題化していたことが、ここにおいて一連の表出行為として重視される。この時期生じていく鷗外と明治文芸院との関係など、その実践形態として深くここに係わろうか。また、同時代的には、ジュール・ド・ゴーチェ『ボヴァリスム』（一九〇二）が、さらには遥か後年のルネ・ジラール『ロマンティークの虚偽とロマネスクの真実』（一九六一）[2]が、この間の問題を一層深めつつ、事の本質を鷗外と共有し合う重厚なテクストであることは大いに注視される。

次々に現れてくる文学テクストたち——それは、当時にあって、当局の統制の下に置かれる《危険なる洋書》（「沈黙の塔」、一九一〇・一一）の日本における具現態なのであり、また検閲される時代精神の核心部分を、事の真相を深く洞察し得ていた当の鷗外自身がいみじくも、文学テクスト生産を通じることで、如実にも先行して、表象化（＝《写像》化）していたということとなる。先述したテクスト群、「金毘羅」、「かのやうに」、「灰燼」等々の連鎖は、それが変奏され深化させられていったプロセスそのものとなる。そこにおいての、進化論的合理主義、また、その反作用としての非合理性の再浮上、あるいは、世界の〈再魔術化〉（山之内靖）問題、更にはオカルティズム（see.「青年」〈一九一一～一九一二〉でのユイスマンス言及）へ、そうした際どくも蕩揺して已まない時代の精神の根底を深く支配するニヒリズム。かくの如きコンテクストにおいて、敢えて敷衍し換言すれば、先述の《幸徳秋水》とは、日本におけるバザーロフ問題、すなわち理想主義と唯物論との相克・葛藤の問題（ツルゲーネフ『父と子』、一八八二）の具現者の如くであり、故に、アナーキストという一般的評価以前に、実はニヒリスト、唯物論的進化論者、あるいは、偶像破壊者（イコノクラスト）なのだということになる。

《偶像破壊》（Iconocrasm）こそは、時代のイデオロギーとして、鷗外最初の長篇小説「青年」において、〈メタクリティーク〉（アドルノ）の如くにも、鷗外により、集中的かつ一貫して主題化され論議されたものである。それは、一九一七年、劈頭を飾った凝集度の高いエッセイ「礼儀小言」に至るまで持続される、後期鷗外の思索の根底において潜行した中心的な問題関心となる。右のエッセイにあっては、表面上は葬送等の儀礼に関わりつつ、実は、この世の一切の事象から《意義（＝内容）》と《形式》とを分離して憚らない《近代人の官能》そのものがもたらす世界の功罪への〈問い〉が、慎重かつ暗示的に《近代》へと向けられた鋭利な批評意識として浮上している。奇しくも、小山内薫・谷崎潤一郎らと行動を共にし、《西洋》を身を以て模倣する《文学的青春》を無批判的に謳歌した上で、文学から倫理学へ、西洋思想から古き日本文化へと、やがてハイデガー由来の〈解釈学〉に拠りつつ思想的転回を遂げていく和辻哲郎の、精神史的に重要な意義を持つ第三の書『偶像再興』の刊行年は正にその翌年（一九一八）となり、そこに共有されたものに想到される。

7　晩期へ向けて

さて、蒼卒に見れば、確かに鷗外文学の軌道はその後期、いわばこの、相拮抗し合う二つの価値の抗争様態(3)、〈合理と非合理と〉なる枠組みを変奏しつつ引き継いで推移し、やがてその先に、濃厚なる客観性をこそ表現上に前景化しつつ収束していったかにも映じよう。二律背反状況には、具体的な表現行為を通じることで、自ずからなる解決がなされた、と。

しかし、果たして一切の非合理主義の排除による客観的記述行為の樹立という、鷗外の精神をめぐる如何にも整合的に過ぎる（殆ど後期ルカーチ的な）、余りに科学主義的で、リアリズム的な〈神話〉の形成を以て、この複雑かつ多岐な性格を湛える〈世紀転換期西欧〉と対話する一級の思索者の示現する思想像の全的把握へと向けられる学的探索は、それほどにたやすくリニアな軌道として表象されつつ、完遂され得るものであるか——。

ところで、既存の研究史はどうあれ、当の鷗外は、実に周到かつ巧みにも、〈世紀転換期〉の知的動乱に対する的確なる主題化を小説テクストにおいて試み、時代の危機性をそれ自体が体現していた同時代的な思想様態としての新カント派による問題構制の核心となる部分を直截に、また独自に形象化していたのである——正しく同時代の、喫緊なる《思想問題》として。世界像を立ち上げる〈虚構性 Faktionalität〉一般に対する、エピステモロジー（諸科学の学）の先駆とも見做すべき、カント学者H・ファイヒンガーの著述（一九一一）の書名を明敏にも同期的に引き受けた、実に問題的な表題を持つ、先述の「かのやうに」における、認識論的な暗渠を的確にも照射する実に鋭利な〈問い〉の設置は、鷗外によって簡単に克服されるべき通過点の如くに偶発的に現れたとは考えがたいのである。

ここでの〈問い〉の大柄な構えには、当時流行のA・ハルナックの自由主義的神学から、ニーチェに深く影響したF・A・ランゲの『唯物論史』（一八六六）[4]までもが豊かにも包摂され果敢にも、そのまま〈世紀転換期〉の混沌と錯雑した思想様態、いわば、その複雑系へ向けての逸早い精神史的布置（Constellation）が企図されてある。その、容易に決着されないアポリアとしての〈問い〉の立てられ方、その力動性それ自体においてこそ、同時代と生面に向き合う鷗外の思想家としての真骨頂は鮮明に、かつ屹立する如く現れている。正にそこに現象しているもの――それは、余りに目的論的整合性を志向する研究史的認識によって、つまりは、余りに科学主義的合理性の装いと共に、かつてその乗り越えが図られたほどのスタティックな思想構図などではなかったのである。〈世紀転換期西欧〉を如実に縁取った〈神話か科学か〉（上山安敏、前掲書）の思想的課題は、それほどに複雑で、現代にまでヴィヴィッドに引き継がれてある。これを《歴史其儘》か《歴史離れ》かの〈問い〉として自らに引き受けつつテクストを産出していく晩期へ向かっての鷗外の、難題を難題として非決定のままに、容易に手離すことなく粘り強く歩む、その足取りのすぐれた実践性こそが、今日、正しくアクチュアルなのである[5]――。

8 《伝説》問題

以下、《伝説》問題へと言及したい。晩期鷗外には、冒頭触れた看過されてきた知的営みが優に意義あるものとして、如上の問題への重要な考察与件として実は存在している。帝室博物館長としての鷗外の、神話・伝説・昔話に関する総合的研究のことである。それは、当時気鋭の神話学者として頭角を現していた若き松村武雄、創作童話の開発に精力を注いだ鈴木三重吉、仕掛人となった馬渕冷佑との協働作業（《児童文学研究会》との命名が事の本質を朧化する）

として推進された今日闇に葬られた『標準お伽文庫』全六巻（一九二〇〜二一、培風館）の編纂・刊行、である。鷗外は最晩年、〈史伝〉の持続的制作から「帝謚考」（一九二一）、「元号考」（一九二二、生前未刊）編纂へと係わる一方、並行して〈口碑・伝説〉（Sagen）の集成に、精力的に多くの時間を費やしていた。それが、初期以来鷗外にあって特徴的な、協働作業のかたちを取ったが故に、恐らくは今日に至るまで、全集未収録のまま放置されているが、晩期鷗外の問題関心の在処を鋭角にも指し示す、蔵れた重要文献と見做され得る。

というのも、ほぼ二〇年後の松村武雄による、言及されることのない貴重な証言（『疎影』所収、一九四三、培風館）によれば、この編纂作業に終始、中心的に采配を振るったのは鷗外でこそあったからである。伝承されたテクストの再テクスト化（＝リライト）に当たっての、その徹底した細心の拘り、殊にその全巻を通じての伝承テクスト定着のための、その〈文体〉への拘泥には鷗外の執念が示されたとされる。のみならず鷗外は、この書の《研究篇》、特に《伝説》篇のそれへの執筆に自ら単独で携わったのであり、それは最晩年の鷗外の文業として正当に評価されるべきものである。然るに、これは現行全集の著作年譜にすらその記載を見出せない。しかし、そこにおいて採用された一人称の叙述方法は、正しく〈史伝〉を彷彿させるものとなっているのである（詳細は別稿に譲る）。鷗外は、《伝説》の《匂い》をそのままに《小説》を書くことを、「青年」の主人公・《小説家》《＝romancier》志望の小泉純一に自らを重ね合わせつつ、表現者としての自己定立の帰着点とした。一九一一年のこととなる。そこでの《小説》とは、かねて漠然と、小説テクスト「山椒大夫」（一九一五・一）に比定されてもきた。がこのことは、ここでの問題関心にとり、意外にも重大な意義を持つ。先に触れた通り「山椒大夫」こそは、正に〈歴史小説〉が書き継がれていく過程にあって自ずと浮上してきた《伝説》、しかもそれは《鳥追い女》の口頭伝承への、鷗外の永年温め続けた遠い《記憶》こそが、その執筆契機となったテクストであるからである。[6] 鷗外は、説経節正本を核としつつ、更にその多くの伝承形態（ヴァリアント）を博捜・収集・勘案しつつ独自のテクストへと、これを織り成した。実のところそれは、〈歴史小説〉とは別系列にあって生成した、鷗外の手になる、語の正確な意味での〈伝承のヴァリアント〉として、今日に至るまで、説経節、浄瑠璃本の、どのヴァリアント以上に、また鷗外のテクストの近代的歪曲を批判する今日の説経節研究とは別次元において、正に〈実践的に〉、人口に膾炙され（＝伝承され）続けることとなっている。またそれは、鷗外のテクスト系列においては、むしろ名戯曲「生田川」（一九一一・四）とこそ比肩すべく今日に残されてある。またその受容のされ方は、以下に記す如く、新たな伝承様態の具現でもあるように、である。このことは、近代小説一般の受容のされ方とは、いささか趣きを異にする。鷗外自身、これの普及においては、取り分け心を砕いている。すなわち、上述の『標準お伽文庫』には、この自作の「山椒大夫」をこそプレテクストとしつつ再話し、いわば、もう一つの「山椒大夫」として入集させるからなのである。ここに、鷗外のこのテクストに対しての、他の自作小説テクストの場合とは、明らかに相異した意識の表れがあった、としておく必要がある。今後、この『標準日本お伽文庫』に対する、鷗外の最晩年の営為の帰趨を表示するものとしての調査研究が、精緻に行われていかなければならない。

9 〈伝承〉の再創造

さて、鷗外の〈伝承〉への視角、またその、感受性のかたちは、ゲルマン等の伝説を豊かに包含する「うたかたの記」（一八九〇・六）、「文つかひ」（一八九一・一）にまで遥か遡り、〈世紀転換期西欧〉の精神動向との密やかな連携・対話において、その思考の重要な一角を形作りつつ晩期にまで持ち来たらされ、重要な結実を見ようとしていたのだと言い得よう。鷗外には、やはり看過されがちだが、伝承テクストに取材するテクスト系列が、最初期以来の関心を如実に示す如く、主に戯曲形式に拠りつつ一筋の赤い糸をなす。因みに、別けても、高度な達成を遂げた上記「生田川」と「山椒大夫」（当初、戯曲化が幾度も企図された）の両テクストは、戯曲と小説という表面上のジャンルの違いにも係わらず、〈世紀転換期西欧〉を一面において特徴づけた、今日その真の史的意義が忘却されたベルギーの神秘思想家、詩人・戯曲家モーリス・メーテルランクの、実に革新的ドラマツルギーたる《静劇》（テアトル・スタティク）の方法、及びその背景をなす《沈黙》の思想（主として『貧者の宝』〈一八九六〉に結実する。「山椒大夫」のプロット上にはそのすぐれた受容の痕を認め得る）との深い対話の痕跡を濃厚に示現し、かつその中核には、日本の古伝承に由来する〈身を投げる女〉のモチーフを、あるいはそのままに（＝〈処女塚伝説〉に依拠して）継承（＝再テクスト化）し、あるいは、テクスト中の重要なプロットとして独創的に内在させつつ（＝安寿の《入水》。暗示的にして象徴的なる〈死〉）、生成した。

以上の如く、鷗外晩期において浮上してくるそもそもの志向性を把捉する時、本節冒頭の〈問い〉は、更に一歩を進め、次の様にもなる。曰く、二〇世紀前半に現れた未曾有の文体として世界文学史上の〈謎〉であり続ける、未だその文学的な価値性が十全に闡明されないままの異数の散文ジャンルたる、所謂〈史伝〉における、あの特徴的な語り、〈私小説〉におけるそれとは明らかに異質な《わたくし》なる主体によって構成される世界とは、そも何であるか、またそこには、〈近代〉の物語文体の可能性を西欧近代小説とは相異なる、〈伝統〉との係わり合いにおいて体現する、新たな伝承文学としての資格を備えた何事かとしての特性が顕現してはいないか、と。

事実、〈史伝中の白眉〉（石川淳『森鷗外』、一九三九）とも称され続けた『渋江抽斎』における、抽斎四人目の妻・五百の挿話群には、〈歴史小説〉「安井夫人」（一九一四・四）のヒロイン・安井佐代をめぐる語りと等質の、不特定多数の読者の《記憶》の奥底へと強く深く作用していく、宿りつくが如き〈伝承性〉が具現化されているとすべきである。その時、これまた読者の《記憶》へと深く刻まれる語り手《わたくし》なる存在の湛える人格性とは、主客二元論的に対象化の論理を生きざるを得ない隘路へと已み難くも陥っていく独我論的主体とは相異る、対象との対話的関係性を見事に現前し、同時にまた、受容者との間において長く共有されていく、〈新たな伝承〉をこそ育み出していく〈語り〉として、近代において亡失されゆく命運に曝された、かつて緩やかかに継承され続けた説話主体なるものが、いわば、その〈恢復〉と〈再創造〉という二つのベクトルが精妙にも交差し、絡み合う地点において、辛うじて甦生させられた、すぐれて近代的な、新たなるミメーシス行為の息づく〈場〉《トポス》であったかに思われる――ここにこそ、鷗外なる存在の近代日本における、正しく、思想史的にして表現史的な、位置および意義が、またその生涯を通じての、あるべき近代文体創出に賭けた営々たる探究の道筋が、高次なかたちで、文体論的磁場の顕現そのものとして確かに見出されなければならない。

V　鷗外文学のアクチュアリティ――総括的考察、〈模倣〉と〈創造〉、その抗争様態をめぐって

1　動態――連続と非連続

鷗外の生涯に亙ってのその文学的足取りを通観してみるとき、それは通常の日本の近代作家たちのそれとは、幾つかの点においてその趣きは、明らかに余りに異ったものとして見えてくる。そこには、鷗外なる存在にあって特有の、これを他作家と等し並みに取り扱うことが出来ないような、ある種、特殊具体的なる芸術的思考様態が、絶えず〈自己〉なるものへの〈問い〉を深く内蔵しつつ〈近代性modernity〉そのものをめぐって、濃密に、あるいはまた、すぐれて抽象度高く潜伏され続けて、やがては、その究極において、比類ないかたちを取ってテクスト上に際立ち、立ち現れていく様相が、正しく、動態（dynamics）として認め得られなければならないのである。

第一にそれは、遡っては、鷗外がその公的生涯の出発点から担わされていた日本の文化・文明の近代化の推進者としてのその位相と深く密接に関わり、またそこにおいて果たされた、その枢要な役割自体のありように由来し、また、そこに端を発しているのである。鷗外という存在は、そもそもが近代化の重要な基盤の一つとなった〈衛生学〉の研究と導入と――それは、鷗外の洋行時において、西欧にあって最先端の学問領域のひとつであり、その最重要人物たるローベルト・コッホの研究室に鷗外は身を置いた既往がある――をその本来的使命として与えられたその公的キャリアからして、例えば、帰国直後においての、都市の近代化計画などといった緊要なる制度面での整備問題への逸早い従事ないし関与によってもよく代表されるように、当初より、日本の近代化に当たって、文化・文明の万般にまで果敢に踏み入り及んでいく如き、幅広く、また、深い問題関心を、実に多方面に渡って、正に、その特質として帯びつつ展開するべく性格づけられていたのである。したがって、その個的関心に発する、日本文学の近代化へ向けてのその姿勢においてもまた同様に、その始発点から、やはり、自ずからにして、ある種特有なる志向性とともにあったことが、まず以て十二分に留意されておかれる必要があると言っておかなければならない。それは、最も早くにドイ

ツの地を踏んだゲルマニストの一人としての鷗外の、その強い矜持と使命感とによって形作られていたのである。

＊

例えば、かねて、往々にして二葉亭四迷の「浮雲」（一八八七〜九）とともに併称されることによって、日本における〈近代小説 novel〉の一つの起点をなすものとされ続けてきた、その濃密なる西洋体験を経ることによって一九世紀末において生成をみた、「舞姫」以下の〈ドイツ三部作〉という、優に同時代日本において突出した達成度を示してみせた帰朝直後の三つの散文テクスト群（一八九〇〜九一）にしても、これに先立つこと半年にして企てられていた翻訳詩集「於母影」（一八九九）における〈西欧詩〉翻訳の作業[1]が正にそうであったように、いわば、実地に体験された異質なる他者、別言すれば、異文化形式としての〈西欧文学〉なるものの総体を、日本に長らく継承され来たった種々の言語的な美的表現様式の内部において伝統的に備わっていたその固有性との、まことに瞠目に値する力動的な関わり合いにあって、広義の詩的言語としての新たな実質を伴った母国語表現へとほとんど実験的なほどに凝集させて、変換し導入すること――、それをいかにして実現していくかといった喫緊な課題を自ら進んで抱え込むことによっての、すぐれて実践的な、と言っていい表現営為として、ある自覚ないし覚悟によって特殊的に裏打ちされたものだった、としておかなければならないのである。

そこにおいての、〈古典の継承〉ということ――、それは、通常の表現者たちのケースとは、当然のことながら、大いにその性格を異にしつつ現れてくるのである。そのありようは、区々に個別的な、こう言ってよければ、素朴にして無意識的な、いわば、前代の古典的テクストの直接的な取り込み、模倣、摂取ないし受容のかたちに留まるものでは決してなく、むしろ、和・漢・洋の文体的統合のまことに精緻な企てとなって、相当に意識的にして、かつ、自覚的な、高次に及ぶ言語的操作としての特質を、その痕跡としてテクストのそこかしこに、当初より、濃厚に湛えるに至っていた。その独自な、先ずは言語的レヴェルにおいての、東西の文化を正に架橋してみせる力技にも似た営みは、後続する、凡そ一〇年近くにも及んだ、例の『即興詩人』の訳業（一八九二〜一九〇一、『しがらみ草子』『めさまし草』）への粘り強い従事などをひとつの重要な経由点としつつ、ある完成形へと意志的に成し遂げられていくこととなる。それは、異言語系を詩的な深みにおいて出会わせる優れて今日的な〈翻訳論〉的な営みであり、そのまま、日本における近代文体創出の磁場をこそ稠密にも生成させた。そこでは正に、鷗外という、いわば、精度高い受容装置を通過して、単なる翻訳の域を超脱しつつ、異質なもの同士を融け合せる周到なる配慮と熟慮とをその背後において十二分に窺わせるに足る、いわば、類稀なる〈変形のプロセス〉が確かに見て取られるのである。因みに、近時の須田喜代次氏による綿密な注解作業（『新古典文学大系明治篇　森鷗外集』、岩波書店、二〇〇四）は、実に、その一端を如実なかたちで実証しつつ浮かび上がらせてみせた待望久しい画期的労作として特筆されるべきものであった[2]。

また、その背景にあっては常に、〈西欧文学〉の最新動向への弛まざる目配りと、例えば、その主宰誌『しがらみ草紙』『めさまし草』等々のそれにおいて集約的に認められるような、多ジャンルに渡る古典テクスト研究の十二分な研鑽とが、両ながらに踏まえられて、両者が実に精妙なる配合とともに掛け合わされることによって、具体的テクストへと詩的に昇華させられていくのである。そこにあって恐らくは、異質なるもの同士の緊迫した抗争状況が、言語的に高次のレヴェルにおいて絶えず繰り広げられ続けて、いわば、連続と非連続とが、緊密なる関わり合いにあって絡み合わされつつ、その背後において深く、容易にはこれを可視化し難いかたちを採りながらも、動的に作動していたのだと見做されておく必要がある。またそれを、常時、下支えし続けたのは、鷗外の長期に及んだ文学的営為の総体において一貫され続けた、あの幽暗なる深度を湛えた、比類なき批評的精神の発動そのものであったとしておきたい。

2　「生田川」、再び ―― その美的達成

今、〈連続と非連続〉と言ったが、鷗外の営みにおいてのそれは、いわば、近代化に際しての歴史上の断裂問題などといったような、単に抽象的にして、かつ、スタティックな事象としてのそれでは決してない。鷗外にあってそれは、両者が相互に連関し合うその力動する具体的位相において、深く垂直に喰い入っていくが如き〈問い〉が、その間に、絶えず内在化されてあるのである。その意味における、生動する抗争関係ないし葛藤状況が、個々の表現行為に際しての制作上の意識と直截に絡みつつ、その最も顕著にしてすぐれた達成として具現化をみていった。その代表的事例

は、ここまで度々触れておいたように、いわゆる、文壇への復帰を果したほぼその一年の後の生成に係わる、一九一〇年の四月、『中央公論』誌上において公表された一篇の戯曲台本、事実上、鷗外によって創始され導入された諸種のジャンルの一つとしてこそ、本来十二分に注目されてしかるべき、いわゆる《一幕物》の、その精髄をなすものでもあり、かつ恐らくは、数多ある鷗外的テクストの総体にあっても最重要なものの一つと目される戯曲「生田川」においてであった、としておきたい。なぜならば、そこには正に、鷗外にあっての、〈古典的なるもの〉との周到にも熟慮された関わり合い方――、その好個の例証が、如実なかたちを取って端的に認め得られるからなのである。

ところで、そこで与えられた《一幕物》という呼称自体、実は、〈世紀転換期西欧〉において群がり出ることとなった、ヘンリク・イプセンを始祖としつつ、その後を襲う人々、すなわち、ゲルハルト・ハウプトマン、モーリス・メーテルランク、初期のライナー・マリア・リルケ、フーゴー・フォン・ホフマンスタール等々の諸テクストによって代表される、西欧戯曲史上において新たなドラマが生成し展開していく様相、例えば、それは若き日のジョルジュ・ルカーチ[3]、またこれを後に継承したペーター・ゾンディ[4]等によって歴史哲学的な重要な考察がなされたように、正に、一つの新ジャンルがヴィヴィッドに形成されていくダイナミクスとみなされるものだが、鷗外は的確にも、早く同時代的に、これに着目しつつ独自に把捉して、日本語表現へと逸早く移植し置き換える試みに着手することとなる。《一幕物》とは、その過程において、自ら日本の古典から汲み上げつつ、ひとつの亜ジャンル概念として独自に案出し命名したものであったことは、意外なほどにも知られていない。その命名の下、実に多くの〈世紀転換期西欧〉の最新戯曲群が、翻訳あるいは《梗概》として、夥しく日本語へと移し変えられている。そうした、二〇世紀初頭における、鷗外による鋭敏にして精力的だった翻訳・梗概行為の積み重ねの上にこそ、正確に立脚しつつも、当該の「生田川」は、ささやかながらも高い凝縮度を伴った、鷗外の最もすぐれた深遠さを集約的に体現して余りあるテクストとして、容易に見過ごし難く産み落とされていたのである。そこには、早世した実弟・三木竹二との協同的な演劇研究の痕跡が、その背景として潜んでいる。

奇しくもそれは、鷗外にとって最も身近に存在した若き小山内薫たちによって実現をみていく日本における、かの〈自由劇場〉運動の実践・導入に際しての、日本語によって制作された最初の書き下ろし台本として、日本の新劇史上において、今以て重要度の高いものと見做されているものとなったことは、既に論じた通りである。一方また、そうした状況への関与性とは別に、鷗外テクストとしての「生田川」が、その主題性及び方法の相即的関係にあって固有に示現するその真の重要性がある。それは、過剰なる利己性へと次第に傾き、頽落していく西欧型の個人主義的倫理の行方を、ノルウェーという非西欧圏から深刻に相対化しつつ問題化していたヘンリク・イプセン最晩年の最重要テクストたることを疑い得ない『ジョン・ガブリエル・ボルクマン』(以下、『ボルクマン』と略記)の、鷗外自らによってなされた自由劇場第一回試演台本としての密度高い翻訳作業(一九〇九、『国民新聞』連載)に、正しく、相継ぐかたちを以て、その第二回試演のための台本として、当の鷗外自身によって意義深く書き下ろされることとなったことにこそあったと目しておく必要があるのである。

そこにおいては、実に有意味的にも、日本人のメンタリティの深層に〈自己否定性のエートス〉として深く喰い入った古伝承、遥か「万葉集」の以前から、実に長期に亙って滔々たる水脈をなすかたちで、この国に、さまざまなヴァリアントを育みつつ伝承され来たった、いわゆる〈処女塚伝説〉が的確にも選び取られて、しかも伝承されたものの大枠と主題性とにはほとんど何らの変更・改変を施すことなく、それ自体をして自らを語らしめるようにしてテクスト化がなされたのである。重複を恐れず繰り返せば、正にそれは、西欧近代社会において深刻の度合いを次第に深めながら、隘路へと陥りつつあった一九世紀的な近代個人主義の倫理、いわば、主我主義そのものをめぐる〈問い Problematik〉へと向けられた、やはり非西欧圏たる極東の地・日本の位置からする、いわば、〈応答の行為〉――、しかも、日本に固有の古伝承の蘇生ないし再生のかたちを意識的に採用しての、イプセンが先の『ボルクマン』において見事なまでに示していた、すぐれてポリフォニックと言っていいその重厚なる批判性ともまた相異なる、正しく独自性の強い、有効性高く選択された方法によっての、いわば、一つの〈回答書〉の呈示の如くにして世に問われたのである。

それは方法としては、当時、モーリス・メーテルランクが、長い西洋演劇史的伝統の総体に対して鋭利にも突きつけてみせていた〈静劇《テアトル・スタティク》〉のドラマツルギーを以て試行していた、所謂《沈黙の言語》(「日常の悲劇」)、《行為の否定》(「現代戯曲論」)によってドラマそのものの存立要件たる〈対立〉と〈葛藤〉とを、鷗外の所謂《情熱(Leidenschaft)の否定》(『ゲルハルト・ハウプトマン』〈一九〇六〉末尾における概括の語)によって、いわば消失させ回避させる反・ドラマ性を如実にも志向した、あの象徴主義的ドラマ群の具現していた果敢きわまるラディカリズム、鷗外はこれを積極的に受け継ぎつつ、同時にまた、その上演に当たっては、かねて夢幻能が湛え続けて来たような一種幽遠なる気雰――、その伝統的効力をもまた舞台上において重ね合わせ、漂わせつつ現出させてみせるといった独自のラディカルさを、その時空間的構造性において実現させることを企図したものであったとして、恐らくは大過ない。そこにこそ、このささやかな戯曲の、後の芥川龍之介の炯眼[5]を以て嚆矢としつつ、密やかに、また、長きに亙って評価され続けてきた、その芸術的達成の真の意義はあったと言える。

近代化とともに惹起された〈連続と非連続と〉、あるいは、〈伝統と革新と〉――、その相拮抗し合う問題的状況は、ここに鷗外の総合的な芸術家としての美的な判断と企図とによって、見事にも、緊張と融和の相俟つ中にあって、一つのあるべき解決ないし統合の方途として、すぐれて具体的に示現されてあったのだとしていい。

とまれ、「生田川」における、我が国にあっての知名なる古伝承という素材そのものが本来的に体現する主題性、すなわち、二者からの求愛を受けた処女の〈入水〉という行為によってもたらされる、予測されるべき悲劇性の回避という、正しく、古来《憐れ深い》ものとされ続けた、いわば、〈自己否定性〉を濃厚にも漂わせるそれに、極力改変・変更を加えることなく、むしろ却って、素材自体に備わっている暗示性を幽暗にも、より強めていく方向性において、これを十二分に継承し、かつ、踏襲しつつ活かして、日本においてもほぼ同時的に顕著な現われを示し始めていた、利己性へと深刻に傾いていく西欧型個人主義の行方、つまりは、鷗外が的確に言い当ててみせていた《不公平なる自主自尊と狂妄と》(『ゲルハルト・ハウプトマン』大尾)の跳梁し、跋扈する同時代的問題状況へ向けて、何事かを、そこはかとなくも、しかしまた、すぐれてラディカル、かつ、アクチュアルに、有効的に表出させてみせる、正に、伝承性と現在性との一テクスト上における同時共存という、ある意味、パラドキシカルな、と言っていい性格をも具備した、すぐれて思想的にして倫理的な、と言うべき、その鮮やかな実践の仕方——、その高度な表現性を十分な美的達成とともに成し遂げてみせる方法は、鷗外という表現者にあってほとんど体質的な、際立った特徴をなす明示的な〈芸術的戦略性〉とも、鋭角に関わるものとみられもしよう。そこに、このテクストが従来高い芸術性を示現するものとして、ほとんど直感的に感知され受容されてきた、その高き令名の真因、その所以もまたあるには違いない。

3 〈受動性の原理〉

しかしながら、以下の行論との関わりから、ここにおいて実は大いに注目しておかなければならないこと——、それは、ここにあっての〈古伝承〉との鷗外の関わり方において既に示されていたこと、つまりは、過剰なほどの個的想像力を突出させつつ、素材に対して、能動的に、かつまた、主体的に、これを客体として無碍に対象化してしまう、近代に至って特徴的となった、〈独創性〉の名を以て呼ばれ、妄信され続けていったあの創造の原理とは明らかに対蹠しつつ、その性質を異にする、ここでの、いわば、素材そのものの有する伝承された主題性自体ともまた見事に相即しつつ顕れる、表現主体において示された〈自己否定性〉の論理、換言すれば、表現行為上の〈受動性（passivity）の原理〉とでも称すべきありようの発現でこそあるとみなしておく必要がある。しかもそこには、既に見た通り、同時代の西欧文学・思想との間に堅持されたすぐれた対話性、ないしは倫理的〈問い Problematik〉の共有といった、連携する意識さえもが瞠目すべく組み込まれて、複合的な芸術性を自ずからにして顕現せしめていることが、優に非凡となすべきことなのでなければならない。ここに現象してあるのは、表現行為としての際立って高次の機巧、ないし巧緻きわまる機略性であったとこそすべきなのである。

敢えて先走ってこれを言うならば、「生田川」生成の背後にあっては、芸術的近代の尖端（Die spitzen der vorfut）[6]がやがて向かっていったその帰趨、つまりは、過度に突出する〈主体なるもの〉に対しての懐疑へ向けての、語の正確な意味における、倫理性を伴った深い自省行為が、表現意識および、その状況性にも深くまつわりながら、早くもうごめき、発動し始めている様態が認め得られるのである。鷗外における〈古典の継承〉ということ――、実のところそれは、このようにして、素材そのものを努めて活かしつつも、しかも同時にまた、素材論的次元を遥かに超え出ていく、〈美的なるもの〉を周到にも実現していくに当たって、実は、優に思想的なアクチュアリティを顕示しながら、先鋭にも現れ出でるのである。

具体的にはそれは、上演に当たっては、恐らくは単に一種〈音楽的効果〉としてしか観客の脳裏に印象を残さないはずの、しかし、あたかも隠約の如くにも〈裁ち入れ〉られることになる『唯識三十頌』からの詞章（＝頌偈。恐らくは鷗外はこれを、小倉時代における『成唯識論』[7]の受容を通じて得ている）の構成的な引用行為というかたちを採ってであったことは、そこに隠され潜められてある倫理的メッセージ性の、いわば、密やかなる象嵌行為として、鷗外に固有の思想性を示現しつつ重要視されるものとなっているのである。それは、〈人知以上のもの〉を覚知することで、何事かによって促されるようにして入水しに、伝承の場たる《生田の川》へと向かっていく処女の行為を、いわば、讃する一僧侶の誦することばの響き渡りとして、更には《出世間智》――日常的人知、ないし理性的判断をも超脱するものとしての――という一語へと直截に収斂されていくように、テクスト内に組み込まれてある。鷗外の創意の痕跡はここにおいてこそ明瞭に認められるのだが、同時にそれが、先行して成っていた、やはり《出世間》を以てその鍵語とする漱石『草枕』（一九〇六、『新小説』。――正に〈処女塚伝説〉を動因として包摂して成るテクスト）への、実は周到にして示唆的な応答と唱和となっていた点で[8]、同時代的テクストと企図的に連携する行為を示してみせた〈対話的性格〉をこのテクストにおいて隠に備えさせる重要な章句でもあったことは十二分に留意されていい事実であることを併せ指摘しておかなければならない。それは、注意深い受容者の内部において、すぐれて相互テクスト性を喚起する、このテクストの開かれた重要な特性となっているのであった。

ともあれ、かくして、「生田川」制作に当たって、その表現の現場において、恐らくは特徴的に現れ始めていたこと――、それは、鷗外的なテクストの系譜上にあっては、以降、後期に至ってのそれにおいて、さらに明示性を伴いつつつ醇度を増して屹立し、顕在化してくることとはなる。しかもそれは、高度に表現意識上の問題として、もしくは、より正確には、すぐれて美学的なる問題性をも伴うものへと次第に、そのかたち、その次元を換えつつ、その研究史的な日程の上に、鮮やかに浮かび上がり現出してくるのである。それは、表現行為一般における倫理性として、更に正確に言い換えれば、制作行為に当たっての、素材ないし対象との関わり合いにおける、先に指摘しておいた、創作主体における〈受動性〉の、一層深く自覚化された問題として、なのである。「生田川」の制作行為において、つとに開示されていたこと――、実のところそれは、鷗外にあっての言語芸術行為の、そのダイナミックに展開を遂げていく方法的プロセスにおいて、次第に一層の深度を増して、鋭くも問題圏域を拡張しつつ形成されていくこととなる、実にシンボリックにして重要なる端緒ですらあったと目されて然るべきなのである。その延長線上において生じてくること――、正にそれこそ、以下に記す通り、鷗外という言語芸術家にあっての真の面目、真のアクチュアリティとして、現代という時代の美学的で、思想史的ですらある境位にあって問い直されて来なければならないものなのでもある。

もはや言うまでもなく、それは、極端なまでに徹底されていく、あの実に特徴的な《史料》重視の志向を、これと相反する《歴史離れ》のベクトル、つまりは、個的想像力の已みがたき飛翔との内的葛藤を深刻に繰り広げつつ、例の《歴史其儘》なるテーゼの前景化として強めていく、今日〈歴史小説〉〈史伝〉などと呼び慣わされているものの中枢部分へと鷗外が次第に赴いていくそのプロセスにあって、高度にも洗練された批評性を身に体しつつ、より深刻なかたちをとって立ち現れてくるもの、なのである。その意味で、後期鷗外が正しく体現することとは、単に大まかに〈歴史的世界への傾斜〉なることとして、表層的にのみ論じて済ますことの出来ない事態、いわば、狭く文学表現のみに限定されることなく、広く近代以降の〈自己表現〉なるもの一般が、その核心部分において本来的に有していた主我的なるものへと深く関わり、喰い入っていくすぐれた批判性と厳しく隣接する事柄であるにほかならなかったとしておくべきなのである。煩を厭わず繰り返せば、それは、対象と表現主体との関わりをめぐっての、本質的問題性であるにほかならない――しかもそれは、正しく、あの一九二〇年代へと差し掛かっていく思想史的・芸術史的コンテクストにおいてこそ意義深くも、問題的に立ち現われた、としておかれなければならないのである。

すなわち、鷗外は次第に、そのテクスト生産に当たって、自らの偶然的に発掘し応接するもの、遭遇していく《史料》なるものの一切、より正確には、種々雑多なる前代のプレテクスト[9]――それら自体は、狭義に近代的なる〈文学性〉〈芸術性〉と必ずしも関わることがない――への全的依拠、ないし徹底した寄り添いの姿勢を、志向性として漸次的に強めていくこととなる。そこでは、興味深くも、先述の通り、表現主体なるものの近代性の指標とされて久しい〈独創性〉なるもの、あるいは、表現主体内部において、〈他なるもの〉を深刻にも見失いつつ已みがたくも飛翔していく、過度に陥りがちな個的想像力ないし能動的に働く構想力なるものの恣意的なまでの作動を慎重に抑止し、かつ、管理する、いわば、表現行為においての〈自己否定性〉を色濃く、また、特徴的に体現し始めるのである。が、それはまた興味深くも、近代以後の世界内にあって、自らが個的存在として生きてあることによる、そのこと自体の果たし難さが、知名の随筆「歴史其儘と歴史離れ」（一九一五・一、『心の花』）において、《歴史》の呪縛と、それと相反する《歴史離れ》への抑制し難い希求との、いわば、双方向的引き裂かれとして、それはまた、いささか苦しげにも、《正直な告白》として表白されることともなる。それは、従来、判で押したようにも言われ続けてきた、鷗外の歴史文学の方法を直截に開陳したものとしてのみ表層的に理解されるべき言説なのではない、実に深長なる〈意味の深み〉を、そこでの鷗外の表現者としての特徴的な内的葛藤の内側において、現代の境位から優に省みさせるものとなっているのである。

そこにおいて鷗外が、自らの抑えがたい想像力の発動に自ずから身を委ねたことで産出したテクストの代表例として自省してみせたのが、実は、「山椒大夫」（一九一五・一、『中央公論』）と「高瀬舟」（一九一六・一、『中央公論』）という二つの、共に今日〈歴史小説の名篇〉とされ、幾多の解釈行為に、ほとんど病いにも似て晒され続けているテクストにほかならないことは、研究史にとって、いささかイロニカルにも、また、示唆深いことでなければならない。鷗外のいわゆる、《歴史其儘》、敢えて言い換えれば、対象とするものへの表現主体の〈自己否定的〉寄り添いということ――、実はそれは、古今の東西を問わず、美的創造行為一般が真摯に執り行われようとする地点において、普遍的にかつ、原理的に生じてくることとなる表現者としての自己意識に厳しく由来する倫理性とも、根底において密接に関わる事態であるとしなければならないのである。真正の表現者とは、〈他なるもの〉においてこそ真に〈自己〉を実現すること、あるいは、〈自己〉を以て〈他者〉を語らしめるその媒介者とならしめることを、究極において、正に夢見るから、なのでもある――。

4 《行為》論的転回

さて、表現されるものとは、そもそも、〈他者〉において内在するか、または、〈自己〉において内在するか、という根源的なる〈問い〉――この〈問い〉は創造行為がなされる場において、古来問われ続けてきた、例の、ミメーシス問題と親しく隣接するアポリアなのである。近代の文学は、後者、すなわち、〈自己〉のうちにこそ表現されるものは内在するという方向へと概ね傾き、直接的な自己言及行為に、つまりは、〈自己告白性〉に、多くの場合、価値を見い出してきたことは言うまでもない。

鷗外は、「歴史其儘と歴史離れ」に先立つこと一年、名随筆として声価の高い「サフラン」(一九一四・三、『番紅花』)なるテクストにおいて、別途これを、《行為》の動機なるものの不可知性問題として問うていたこと――、ここにおいてもまた、《行為》をめぐるすぐれて倫理学的と言うべき〈問い〉は、大いに注目されなければならない。それは、《サフラン》という、この広大無辺の宇宙にあって偶然的にも遭遇した生命ある対象たる草花という〈他なるもの〉との関係性において、これに水を遣る〈自己〉の行為とは、〈自己〉の目を楽しましめるための利己的行為(Egoismus)か、はたまた、青々と成長する《サフラン》に自ずと誘発されてする利他的行為(Altruisums)であるか、の根源的〈問い〉なのであり、結句、鷗外は、人の《行為》なるものの不可知性を以てその断案とすることを、興味深くも仄めかしてみせたこととなる。達意のエッセイ形式を採って、すぐれて思索的に執筆された「サフラン」は、〈歴史小説〉「安井夫人」(一九一四・四、『太陽』)とほぼ同時的に、同工異曲をなしつつ生成した最重要テクストであって、〈歴史小説〉制作に従事した時期の鷗外の心意と、極めて密接に関わりつつ産み落とされていた――かくして、後期の鷗外は、テクスト生産に際して、主体と客体との関係性をめぐって、古来アポリアとされてきたことと、正しく深刻に当面していたのである。それは、近代的表現とは何であるか、との深い省察を、その背後において感知させる。

これこそ、表現の近代を模索し続けた鷗外にあっての、漸くにして到来した〈ミメーシス〉問題との逢着、としておくべきなのである。後期鷗外が、その立脚地としたのは、そのような、表現行為に本来的にまつわる、すぐれて倫理的で、かつ、認識論的な、美学的地平でこそあった。〈歴史小説〉〈史伝〉は、そのような深度を増していく思索の地平にあって生成してくるテクスト群として再考されるべきではないか、とここに敢えて問題として提起しておきたい。今もなお行われる鷗外の《史料》操作上の不備への批判や主題解釈をめぐる喧しい論議の前に、真に問われるべきは、後期鷗外の至りついていた表現者としての、対象との関わり合いにおける深く自省する意識そのもののありよう、そのかたちなのでなければならない。そこにおいて鷗外は、主客二元論的対立関係の構図、その已みがたき〈病い〉から自ずと脱するに至っている。また、翻って言えば、《歴史其儘》なる特徴的なテーゼとは、テクストの解釈行為一般に絶えず纏わりつく、一種、暴力的な、受容論的な恣意性をも相対化する如き、いわば、反・解釈的なラディカリズムを、それ自体、内包し、突き付けてくるのである。

ところで、鷗外が向き合った問題、それはまた、鷗外にあっては、実に意味深長に、《歴史の「自然」》の《尊重》という姿勢においても、自然史的観点を容易に連想させつつ独自に言説化されてある。そこにおいて志向されるのは、繰り返すが、表現行為における〈自己否定性〉、すなわち、倫理問題としてこれを言い換えれば、後期鷗外が頻りに問題化してきた、〈歴史小説〉の生産に従事していた時期の先の「サフラン」または「鎚一下」といった言説が指し示している〈問い〉、すなわち、〈行為〉における《利他性 Altruisumus》の謂いとなる。その意味でそれは、すぐれて美学的にして、同時にまた、倫理的なる〈問い〉そのものなのでもある。

プレテクストへの全的依拠――、と言っても、むろんそこでも、言表されたもの自体には、ある結構が已みがたく備わらざるを得ないことは必定である。しかし、鷗外という表現主体の意識にあっては、対象とされる《史料》の中に《窺われる「自然」》に対する《尊重の念》とともに、その《猥りな変更》への厭悪が表明され、延いては、通常の小説において見られる如き《事実を自由に取捨して纏まりを附ける》ことが、いつしか忌避されるに至るのでもある。

またそのことは、自己の制作行為へと向けられると共に、同時代小説に対する懐疑とも関わって表明されてあることが、殊更に重視されねばならない。西欧型近代小説モデルの逸早い導入者であったが故に、鷗外によって自ずと選択されるようになった、表現に際しての、原理上のその困難さをも十二分に自覚した上での、際立った自己抑制ということ——、それが果たして十全に実現されたか否かを難ずることは、この際、さしたる意味はない。もとよりその困難を鷗外自身が最も自覚していたのであり、その十分な自覚に立っての試行であったことにこそ、後期鷗外の文学的営為の本質的意義は見い出されなければならないからである。《歴史其儘》のテーゼとは、そのまま、《史料（＝歴史）》において《窺われる「自然」》を、いみじくも《尊重する念》の自ずからなる発動の謂いであって、必ずしも主体の安直なる放棄を意味しはしない。却って、その結果は、テクスト上の事実において、鷗外は既存の他者のテクストに徹底して即しつつ、これを凝縮させ、言語表現として醇化し、また結晶化する。主体の働きは、そのようにもして生じていくのではある。その姿勢によって、虚構による創造行為を以て旨とする狭義の創作概念は超脱されていき、結果として、特異のテクストの生成、新たな文学的価値の実現、延いては、新たなジャンルの開拓を、いわゆる〈史伝〉において具現することとなる。別けても、一人称の語り手《わたくし》と幕末の儒者《抽斎》の生きた過去の生活世界とが運命的にも当面しつつ、活き活きと応接し合う『渋江抽斎』（一九一六）の言説空間は、その最も完成度高いテクストのそれとしていいだろう。そこでは、《抽斎》とその後裔を《ジェネアロジック》（系譜学的）に叙することが、結果として、そのままに《わたくし》を《retrospektiv》[10]に語ることともなっていくという、いわば、「サフラン」において立てられていた〈問い〉を更に一歩進めた、比類のない表現性が、具体的な表現の場において図らずも実現をみるのである——。これを鷗外没後すぐに再読した永井荷風が、《言文一致》を推し進めてきた近代日本の文学がここに至って漸くにして《古文と拮抗し合う》《品致》を《具備》することを得た、と深く感銘を書きつけた[11]ことは、鷗外晩年の営為の何たるかを、示唆深く、的確に語ったものとして強く記銘されておくべきである（『断腸亭日乗』）。そして、荷風自らが、その方法、あるいは、その文体にあたかも感染したかのように、これを模倣する『下谷叢話』（一九二六）の名編を残すこととなる。また、荷風の最重要作がその日記『断腸亭日乗』であることは、その試みを更に高度にも反転させて、〈自己〉の生活世界自体を、いわば、〈他者〉化した、その結実であったと見るべき節が窺われる。

5　鷗外とミメーシス問題――小説表現の更新へ

鷗外的テクストの生成過程にあっては、今もロマン主義的に信仰され続ける〈独創性〉の原理は、現象として、次第に後退していくのである。それは、鷗外文学の総体に係わる評価の基準をどう設定するかという問題と、根底において実は密接に関わっている。ことは、〈歴史小説〉〈史伝〉に限定されないのである。既存の先行するテクストと出会い、これを自己の表現へと加工し変換させる営みは、もとより鷗外の残した夥しい翻訳や梗概においてさえも、実は、当初より、同様に生じていた事柄である。例えば、先述の、アンデルセン原作『即興詩人』の翻訳が既にしてそうであったように、原作とはまた別種の芸術的価値は、翻訳・梗概といった一見して通常の創造行為とは相反するかのような営みを通じることで醸成されて、ある表現性がそこにおいて獲得され、テクスト上に漂い渡るに至る――、その間の微妙なる消息、それは、狭義の〈文体〉の問題へと安直に還元することによっても容易には解決しきれない、鷗外という表現者に固有の特徴をなす高度な芸術的、否、美学的事態、現象である。それは、通常の〈作品〉概念、〈作者〉概念を逸脱ないし超脱することにおいて実現をみる何事か、なのである。

そこに鷗外文学の、近代においては、なかなかに類例を見い出し難い特性は実現されてあるのである。いわば、既存のテクスト、他者のことば――、それを自らの表現へと自ずと再テクスト化させる、その言語行為ということ。それをここでは、事実上、近代が長らく否定し続けた〈模倣行為〉、ミメーシス問題の積極的復権による創造原理の発動としたい誘惑を否定し難い。が、古来のミメーシスの〈復権〉として、復古性と見紛う如く、短絡的に断じてしまう前に、更に多くの思量と熟考とを今後必要とするだろう。鷗外は、正に近代以降の世界に全き個性として不可逆的に生きていたから、である。ミメーシスの意義は、そこでは自ずと更新されていると見ておかなければならない。

が、後期に至って、鷗外が、ある逡巡をも伴いながら果敢に示し始め、純度高く前景化させてくる創作上の意識を、如上のように慎重に鑑みるとき、それは正に、〈近代〉が表面上葬り続けたミメーシス問題と限りなく隣接してくるとは言いえようか。少なくとも、近代以前において重んじられ続けた〈模倣〉や〈ミメーシス〉といった創造行為を促し続けた契機・概念との鷗外にあっての特殊具体的なかたちをとっての稀有なる逢着の形跡をそこに認めつつ、更にはこれを〈文学における近代性〉そのものへの深い自省と意識化の、重大な一徴候であったとしておくことは、〈近代文学〉を問い返し、その実に錯雑しつつ展開をみた、その存在様態と今一度正面から向き合うためにも、重要な契機を提供することだろう。因みに、鷗外は、世界文学史上に未曾有のジャンル開拓となった、いわゆる〈史伝〉の執筆に、偶然的にも従事し続けていく自己を省みて、《未だ形式未成の故》であると、随筆「なかじきり」において印象深く述懐した（一九一六・三、『斯論』）。僅か四半世紀の以前において、かの「舞姫」によって〈西欧型近代小説〉の導入を、ジャン＝ジャック・ルソーの『告白』の方法を参照しつつ、[12]一人称回想形式による《告白体》を自覚的に選択することによって積極的に実践した既往を有する鷗外が、夥しく叢生してくる同時代日本の作者たちの産出する当時の《小説》一般のありようを眼前にして、いわばこれらを、無遠慮にして無造作なる、《暴力的な切盛》と《人を馬鹿にしたやうな捏造》とを以て成る形骸化したそれとして深く懐疑し憂慮しつつ、孤高にもこう述べていたことは、正に、わが国の近代文学、ことにもその中核を担った小説表現が辿った長い道のり、またその歴史を改めて対象化して、深く問うべき必要の生じている今日の我々の拠って立つ境位にとって、極めて意義深くも示唆に富んだものと言わなければならないのである。鷗外の生涯を通じての〈問い〉は今もなお、日本の表現史に鋭角に突き刺さっているのである。

Ⅵ　補論・森鷗外と〈子規の衣鉢〉――近代日本の亡失された水脈、あるいは、ホーリズムの方へ

表現史にとって〈近代化〉がもたらすものとは、とりもなおさず、文体的な問題状況と深く密接に係わって現れるのである。その前提をなすところの、広く近代的表現が生成する際のその背後にある条件とは、大きくは、創造主体

が《神》から《人間》へとコペルニクス的に転換されることに基づいているのであり、あるいはまたこれを、表現の場との係わりにおいて捉えなおすのであれば、集団的に開かれた広義に儀礼的な場から、それとの比較において言えば、すぐれて密室的なとでも呼ぶべき個的な内部性へ、敢えて別言すれば、ある種、内閉性とも際どく隣接する如き時空を立ち上げる個別的な自己表出の現場への転換となって現れる。さらにこれを、その価値判断の尺度という点から見るならば、伝統的な契機の継承がいかになされているかということから、伝統から切り離された個的なるものの独創的発現の如何へとどのようにして、位相の十全なる移行が果たされてあるか、ということとなる。

このことを、言語芸術たる文学に絞って言えば、規範的な価値を継承し模倣することにおいてこそ表現性の緩やかな現れが求められることから、個々の表現主体それぞれに固有の感受性の領野が重んじられ、また、その時代時代の感性的な変革・変容をどのように推し進めているかが要求されるようになる——そこでは、常に、既存の規範性からの尖鋭なる脱却が志向されるのである。それを実現していく言語は、古典的規範のもつ定型性を徐々に破壊していく。文体に即していえば、文語文体から口語文体へと移行していくことは、単純に〈話し言葉〉が取り込まれていくというような表層的なことにはとどまらない。それは、正統として重んじられた既存の文語文体を継承しつつ、そこに〈話し言葉〉に固有の可変性が、随時付け加えられることで、初めて、口語文体は生成していくのである。そこにおいては、常に固定化を繰り返す形式性との絶えざる葛藤・抗争が行われ続ける。

従って、例えば、かつて佐藤春夫が提唱した如き《話すように書くこと》は、飽くまで比喩的な言い方であって、そもそもそれが〈書き言葉＝文章体〉である限りにおいては、あり得ない。近代文学史の生成とは、そのまま、新たな〈書き言葉〉としての口語文体の成立過程そのものである、とされるのは、そのような事情にこそよっているのである。しかし、日本における文学の近代化とは、そこに〈近代〉という時代を革命的に産み出した〈西洋〉という異質な文化自体をどのようにして摂取・受容し、また、その際、自国の文化の伝統的なものをどのように活かし、その受け皿とするか、という難事にも等しい問題をも同時に抱え込まざるを得なかった非西欧圏の文化が、等しく経験せざるを得なかった深刻な問題状況との、すなわち、時代の不可逆的な潮流が表現者たちに強いたものとの、個々の表現の現場における、その都度の苦闘を伴ったとも見なしておかなければならない。いわばそれは、それぞれの民族性の証しとも言うべき言語に係わっている以上、壮大な文化的な革命としての性格をも伴ったのであったとしておかなければならないのである。

近代文学の生成、あるいは、その基礎工事に携わらざるを得ない命運を、ほとんど宿命の如くにもその身に体した表現者たちは、常に、〈伝統的なるもの〉と〈革新的なるもの〉との狭間に身を置きつつ、両者が厳しく相鬩ぎ合う抗争状況をそれぞれの内部においてダイナミックに経験する中での格闘をこそ、それぞれの表現の場にあって繰り広げた人々となる。そこでは、伝統の破壊・否定と同時に、伝統への無意識的回帰とが絶えず招来されていたのであり、〈伝統的なるもの〉を〈因襲〉として一挙に破壊しての近代化などは、あり得ない所以である。そこには、意識するとしないとに係わりなく、〈模倣すること〉と〈創造すること〉が緊密に係わり合って生動する、正に、文体論的状況とでもいうべき磁場が否応もなく立ち現われつつ惹き起こされていたのにも他ならない――。

日本における文学的近代は、科学技術・政治経済・哲学思想等々、一九世紀における西洋との遭遇によって後、大きく変容を遂げることになった他の多くの領野・領域と同様にして、明治年間において、おおよその枠組みが、日本の文化伝統との〈断裂と継承〉という危殆にして複雑なる係わり合いにおいて、独自に整えられたとして大過はない。

その際、異質なる文化圏としての西洋を実地に経験した〈洋行体験者〉たちのもたらしたものが大きかったことは言うまでもない。その先蹤となり、かつまた、異質な〈西欧近代〉の文化および制度万般の搬入に当たって、すぐれて自覚的なかたちでの、多方面に跨った先導的な役割を絶えず果たそうとし、そこに多大の功績を生涯に亙って残したのが、鷗外森林太郎であったことは論を俟たないところである。

しかし、一八六二（文久二）年生まれの鷗外の、文学者としてのその意識の前景にあって終始捉えられ、収められ続けていたのが、実は、一八六七（慶応三）年生れの、ほぼ五歳の年少となる四人の才覚たちの存在であったことは、従来、十分な検討に付されて来ていないことは否めないところである。

以下の行論においては、敢えてそこへと独自に光を当ててみることによって、歴史記述そのものを〈物語〉の一体として懐疑する、二〇世紀末以来の歴史学的傾向の中、やはり、久しく膠着状態へと陥った感のある日本近代文学史記述の更新ないし刷新のための新たな視界の〈開かれ〉へ向けての端緒を拓くこと、延いては、これらの先覚者たちの表現行為の間に潜められた相互的関係性、またあるべき近代の実現へ向けて、協同し連携し合った表現者たちの関係性の実態、その幾ばくかをでも浮上させることを目途としたい。

　また、そこにこそ、喧しい方法論をめぐる論議や、トリヴィアリズムに堕しがちな実証主義的遺風（鷗外がかつて適切に指摘し、これを《Forschung》ならざる《載積調べ》と憂慮したもの）[1]の傍ら、依然、停滞を余儀なくされ続けている近代文学史記述の萎靡し混迷した現状を、何がしか解きほぐし、〈近代〉をめぐる葛藤に富んだ様々なる試行の、ある生きた具体性を、つまりは歴史の生態を奪還し、かつ捉え直す方途もまた、自ずと見出されることとなると期待されるからなのである。ここに試みる記述は、その先に、恐らくは現前してくるに違いない隠蔽され続けた、広やかな〈読解可能性〉の沃野へと向けられた、ささやかなコンテクスト復元の基盤づくりとして試みられる――。

　さて、上記の才覚たちのうち、鷗外が早い時期からその存在に着目し、先ずは活動を共有することとなったのは、さらに三歳の先輩格に当たる逍遥坪内雄蔵（安政六年生）とともに、一八九〇年前後（明治二〇年代）の文学状況を代表する、俗に〈紅露逍鷗時代〉などともかつて言われた、文学史上にひとつの画期を成す時節を形成し、かつ現出するに与って力あった、幸田露伴・尾崎紅葉の二者であったことはよく知られるところである。が、かねて等閑に付されてきたものの、その後において、次第に鷗外の炯々たる眼光によってその視界のうちへと、意義深くも捉えられていくのは、以下に記す通り、正岡子規の存在、そして、更にはその没後において、子規がその生前に、盟友として最も信頼と期待とを寄せた同年生まれの人物、件の四人の傑物たちのうち、一人遅れて〈書くこと〉へと乗り出し（一九〇五・一）、僅かに一二年ほどの文筆活動を以て、二〇世紀初頭のわが国の表現状況をリードし、豊かな成果を残して、あたかも子規の後を追うようにして逝った漱石夏目金之助の存在であったのにもほかならないのである。

　子規と漱石と、この両者において早くに企てられ、一つの水脈を成しつつ受け継がれていったこと――確かな文化的伝統を背骨とした日本文学の近代化プロジェクトこそが、実は鷗外の晩期に到るまでの表現行為を陰に陽に刺激し、促していったという、その知られざる様相は、日本の近代文学史の組み換え作業を試みるに際して、極めて重大な視角を提供するものとなり得るのにも違いない。以下、このことに係わって、足早に目下の断案を不十分ながら記しておくことを以て、ここで設定した課題への、いわば補遺としたい。

がしかしそれは、贅言を厭わず繰り返せば、〈日本近代文学〉の生成の、史的動態（ダイナミクス）把握、はたまたそのコンテクストの努めて具体に即したかたちでの復元行為によっての、日本的近代のあるべきかたちを模索しつつ去った幾多の表現者たちが今日に残してくれた、豊かな言語的営為の数々の成果に対する、新たな読解可能性の〈地平〉を立ち現わせることへ向けての、微力なる一助ともなることを企図してのこととはなる——〈文学〉の、あるいは広く美的言語行為の、已みがたくも風化しゆく憂慮すべき現況に抗して、である。

ところで鷗外はたとえば、先の幸田露伴とは、日清戦役からの帰還直後、我が国初の批評誌『しがらみ草子』の後継誌として自ら発刊した、古典研究へとその照準を合わせた『めさまし草』（一八九六・一・三一創刊）の誌上において斎藤緑雨とともに行った、例の合評形式による日本における批評行為の具体的実践の嚆矢となって、正に異彩を放つことになる、かの「三人冗語」（同年三〜七）において活動を共にした。一方また、尾崎紅葉とは、その発展形として、さらに一層拡大・拡充され、その後を襲うかたちの、等しく重要ないま一つの合評形式となった「雲中語」（同年九〜一八九八・九）において、これまた深い係わりを持っている。いずれ長期に亙るものでないとは言いながらも、文学の近代化へ向けての重要な基盤作りとして鷗外は、近代以前からの文学の命脈を受け継ぎつつ、既にそれぞれに際立った創作活動を展開していた両者へと自ら働きかけ、これを批評行為へと誘い込んでいるのである。実は、そこにこそ鷗外の前期活動を特徴付ける、正にその方位と志向とを、確と見定めることが出来る。

そうした活動を振り返りつつ鷗外は、その後、九州は小倉の地へと〈左遷〉された折に、ともに文学革新運動の、否、正確には、異文化形式としての〈Literature〉受容の推進に、継承と革新とを両ながらに睨む均衡のとれたヴィジョンとともに積極的に従事・関与しながらも、明治三〇年代には、もはや文壇の中枢から不当にも追いやられた者たちとして、自らをも含めつつ、これらの人々を称して《生埋にせられた世代》と嘆じているのだが（「鷗外漁史とは誰ぞ」、一九〇〇・一、『福岡日日新聞』）、しかしそうした自己了解の行為はまた同時に、当時の鷗外によって新たに獲得されていた、一九世紀を早くも大胆に総括してみせる、さらに一層広やかな視界をも伴って、正に〈世紀転換期〉に身を置きつつ、これを生き抜こうとする世界的視野に立った同時代認識を示す言説とも並行し隣り合っているのであり（「滾休録」、一九〇〇・七、『歌舞伎』）、その不敵にも秘められた矜持の意識には、強く興味をそそられるのである。

ともあれ、そこにおいて、いわば、鎮魂されるが如く連ねられてあった人々の名は、《逍遥・二葉亭・露伴・紅葉・子規等》となり、ここに初めて、正岡子規に対する鷗外の着目の事実は、際やかにも浮上してくることになる。すなわち鷗外はそこで、《俳諧の功徳》によってか、子規のみがただひとり延命し得ていることを、特筆すべきことがらとして、例の鷗外一流の意味深長なる口吻とともに確認しつつ、実に印象深く指摘してみせているのである。実にこのことは、鷗外の以後の関心、その活動の方向性を如実に窺わせて、看過しがたいこととしておかれなければならないのである。

鷗外と子規は、子規の生前、かなり早い段階——その端緒は、ほぼ一八九二年のことと推定し得る——で、子規が鷗外の許を訪れていたこと、また、日清戦役中、子規が従軍先の戦地にあってしばしば鷗外を訪うていたこと、さらには、大陸からの帰還直後、鷗外が子規主宰の俳句会に数度出入して、句作を残していること——初度の参会は、先述の、古典研究を基軸とした『めさまし草』創刊時点となり、そこにおいて、作家以前の漱石と奇しくも席を同じくすることとなっている——等を除けば、両者が文学活動を積極的に共有し合った事実は、文献的には残念ながら今のところ見出すことは出来ない。

が、鷗外がその夏より、『めさまし草』誌上に自作俳句を載せ始め、併せて子規の門弟・高浜虚子との親密な交流を持ち始めたことは、子規周辺への鷗外の接近の痕跡を指し示す事実として看過することが出来ないのである。こうした文脈の伏在を注視するならば、右記の如き子規への、文壇の中枢を遠く離れた位置からする、ことさらなる言及の仕方こそが、実に有意味的に、ある陰翳・含蓄を帯びつつ、近代日本の表現史上に蔵された多くの示唆的視角を、〈明るみ〉へと導き出す重大なる契機の如くにも照射され、見逃し難く立ち現れてくることにもなる――。

そしてそのことは、そこから遠く時日を隔てて、明治四〇年代に入り、鷗外が積極的な創作活動を、かつて〈西欧型近代小説Novelle〉（鷗外はこれに《単稗》の訳語を当てた）に範を採った「舞姫」以下の、所謂〈ドイツ三部作〉以来、《洒落本のstyl》を模倣したと自註してみせた「そめちがへ」を唯一の例外として、およそ二〇年ぶりに、雑誌『スバル』等を主たる足場として再開（一九〇九・一）し、やがて目覚しくもこれを、推進・展開していくに当たって、強くその意識に上したのが、ほかでもない子規との深い盟友関係のうちにあった、もう一人の慶応三年生まれの傑物たる《夏目金之助君》（「ヰタ・セクスアリス」、一九〇九・八）の、子規の没後、その主宰誌であり、かつ虚子によって継承されていた『ホトトギス』誌上に、日露戦後において現出した異数のテクストとなる、特異の《写生文》の企て、『吾輩は猫である』の連載（一九〇五・一〜一九〇六・八、『ホトトギス』）を以ての、文壇中枢への正しく、華々しくも、また唐突如となすべき登場であったことによって、さらに一層その意義は深まりをみせるのである。そのとき、鷗外は、未だロシアの地にあった。

またその際に鷗外が、最終的に子規が着手しながらも、例の不治の病を得て、病床に苦吟しつつ、その早過ぎる死によって終に十全には果たし遂せなかった散文領域への参入となった写生文の、やはり実践の行為――それは、「朝寝」「有楽門」という、鷗外独自の《写生文》として、当時すでに二葉亭四迷等の注目を集めている(2)――を以てこれに応答し、自らもが、齢五〇を目前に控えつつ、あたかも漱石の顰に倣うかのように、着実に日露戦後の文学状況への参入を敢行し始めていくことこそが、いわば、〈子規の衣鉢〉とも呼ぶべき水脈への意識的な連なりという、何がしかの潜められた鷗外の企図を、実に興味深くも思わせるに足るものとなっていると言っていい。

そのような視角を敢えて設置し、鷗外のこの時期の問題関心を〈子規への意識〉として浮上させ前景化させ、いわば一つの作業仮説の如くに再構成してみることで、先に述べた通り、久しく停滞し続ける近代文学史記述の生産的更新が、また、文字通り目覚しくも生起していった後期の鷗外に固有のテクスト群の生成、およびその展開過程へ向けての有効なる認識の視座、あるいは、それらテクストの読解可能性の〈地平 Horizont〉が、新たに研究上の日程へと上され、広やかなる視界の〈開かれ〉を、そこにおいて大いに期待し得ることとはなるのである。

さて、鷗外は、日露戦役からの遅れての帰還後、満を持して先ずは、『しがらみ草子』以降続けられた、それまでのような身近な盟友との即時的な同人誌発刊によってではなく、その潮見坂上の寓居を主要な〈場〉として、次代を担う歌人たちをこそそこに多く招いて、緩やかにその活動を再開してみせる。すなわち鷗外は、先ずは、既に深い係わりのあった『心の花』主宰者・佐々木信綱を核に据えた《常盤会》を、次いでは、《観潮楼歌会》を相継ぎ立ち上げるのである。

ことに後者は、三年に亙って継続され（一九〇七・三〜一九一〇・四）、その最終回を《短詩会》へと意義深く名称変更することで、大陸にあって鷗外が既に抱いていたそもそもの企図（それは、妹・小金井喜美子宛ての書簡群によって知られる）(3)の実現をも窺わせつつ、際立った展開をみる。この両《歌会》の発足と、その主宰の挙によって鷗外が日露戦後の文学活動の、いわば、《兵站を拓い》てみせていたことの意義は、上述のようなコンテクストにこれを組み込んだとき、ことのほかその意義を増すことになるのである。

それは一つには、鷗外に固有の独特な活動の仕方、つまり、早くは、ドイツからの帰朝直後の「於母影」翻訳グループ、かの匿名性を帯びた《新声社（S. S. S.）》結成にその端を発する、協同性の樹立という一貫したあり方を、別な形で受け継ぎ、如実にも示すものだからである。そこには、近代個人主義的な〈作者〉概念を、際どくも相対化する〈複数性 plurality〉による表現行為という、鷗外固有の実践性が伴われてあるのである。

《観潮楼歌会》には、ここでの文脈において、今一つの、より一層重要な意義が認められなければならない。すなわちそこには、従来指摘されて来たような、『心の花』の主宰者・佐々木信綱、与謝野鉄幹・晶子主宰の東京新詩社に拠る『明星』派において頭角を現し始めていた若き詩的才覚・石川啄木たち、つまりは、後の『スバル』同人たちばかりなのではなくして、実に、短歌革新の方面において、先の〈子規の衣鉢〉を、正しく正統的に受け継ぐ者たち、伊藤左千夫以下、若き長塚節・斎藤茂吉・古泉千樫の四者が、実に的確にも人選されて、歌会の場へと召喚されてあったことなのであり、この事実には、鷗外の企図をいみじくも指し示す、実は、見逃し得ない実践性が明示されているということにもほかならないのである。

なぜならここには、日露戦役中、戦地にあって一人、「万葉集」（佐々木信綱によって贈られている）研究へと従事しつつ、多彩な詠作活動に勤しんだ鷗外の既往が、すぐさまその活動の上に反映した事実が窺い知られるからである。そこには、いわば、定型詩を基盤としながら、当時早くも行き詰まりを見せていた〈新体詩〉運動に取って代わるべき《新詩》を志向し始めた東京新詩社の若き歌人たち、一方また、「万葉集」に早くに着眼しつつ、その上にこそ、短歌刷新の運動を推し進めた亡き正岡子規（一九〇二・九、病没）の遺志を、それぞれの感性において個性的にも継承し始めた者たち、今日分離されて捉えられがちなこの両陣営の糾合という、瞠目に値する企図の具体化が、明瞭に汲み取られるからなのである。これらは、先述の、小金井喜美子宛書簡において開陳されていた鷗外の戦略性が如実にも実践されたことにほかならず、鷗外の内に抱かれていた問題関心そのものが早くも実行に移されたことを意味する事態として、大いに重視されておかれるべき詩史的出来事として現れているからなのである。

以上を整理すれば、鷗外は、子規に代わって高浜虚子率いるところの、既に文芸総合誌的性格を優に備えつつ、文壇にあって大きな勢力を張るに至っていた『ホトトギス』誌における写生文運動の新たな展開可能性の発現――漱石はそこにおいてもっとも革新的に現れる――にことさらに着目すると同時に、並行して如上の注目すべき運動体たる《観潮楼歌会》が、実は、鷗外の当初の企図では〈句会〉となる可能性があったこともまた留意される。だとすれば、俳句との形式的統合性を思わせる短歌の独特な分かち書き、いわば、〈三行詩化〉を独自に実践し出していた石川啄木が鷗外にとって殊の外重視されていたことが熟慮されねばならないこととなる。この点については、稿を改めるとして、いずれにせよ、この時期における鷗外の独自の組織づくりのありようが、重大な意義を以て見えるのである。

ここに至ってわれわれは、鷗外研究史に言うところの、一九〇九（明治四二）年に開扉されることとなる〈文壇復帰〉——その内実は、長らく《評》を以て立った鷗外の鮮やかな〈創作家への転生〉[4]としてこそ捉えられるべきものである——への道のりは、そこへ至るプロセスで、実に、〈子規にゆかりの人々〉との関係性の糸を、俳句、写生文、短歌革新へと向けられた多視点的な視角を伴いつつ、ゆくりなくも鷗外が手繰り寄せていく営為が、そこにあって意義深く展開されようとしていたことを指し示すからなのである。ここに内包されてあったであろう事柄の重大性をこそ、われわれは大いに注視しておかなければならないということである。先に触れた鷗外の活動において一貫した特徴をなすこと、すなわち、その文学的出発期以来の、詩歌・小説・批評・演劇の万般に渡った、あの、正に多ジャンル的なと称すべき、同時進行的な複眼的活動様態および、その志向性は、ここにおいても、再度、活発に立ち現れてあった、としてみられるからなのである。確かに鷗外は、大方の期待に反して、それまでのような同人誌の発刊によっての活動をなしてはいない。がしかし、それに代わること、あるいは、それ以上に意欲的な活動を、実は、実践していたことになる。それは、かつて帰朝直後において示した活動方針の再現としてみなされる。あの、『しがらみ草子』発刊当時の多角的活動にも比肩すべき旺盛なる意欲を思わせるように、である。

すなわち、鷗外は、大陸にあって密かに短詩型文学へと殊更なる関心を寄せ、自らその詠作を孜々として試み、帰国後、それらをまとめて、先に触れた『ゲルハルト・ハウプトマン』刊行とほぼ時を同じくして、『うた日記』刊行（一九〇七）へと結実させるが、それは、よく言われるように、単に〈戦争詩〉として主題論的にのみ捉えてはならない多彩さを包含して成るテクストである。同時にまた鷗外は、《腰弁当》という明らかに俳諧的な、といっていい署名の下に、深刻な行き詰まりを示していた既存の〈新体詩〉の規矩を、鮮やかにも脱してみせた幾篇かの、やはり、すぐれて〈写生的な〉と見做されるべき叙景詩、否、ほとんど〈散文詩〉とも称すべき特異な口語自由詩をも作るのだが、後にそれらは、『スバル』の詩人として鷗外に親炙した既往を有する佐藤春夫のあの鋭利な批評眼によって、的確にも、その詩史的意義が鋭くも指摘されることになる。これらは『うた日記』に併収され、正にその多彩さを指し示す重要な徴候とみなされるものとなっているのである。またさらには、同時期に制作した二つの散文、先述した「朝寝」「有楽門」が《写生文》の試みであることを鷗外は、自ら敢えて子規から『ホトトギス』を継承した虚子に対して明かし(5)、事実、それらは、発表後すぐさま虚子・二葉亭等の、それぞれの関心を喚起し、新たな写生文論議を惹起することにもなる。

ことほどさように鷗外の〈文壇復帰〉とは、子規が提唱した《写生》への意識を強め、そこに寄り添う姿勢を示すことから、その〈創作家への転生〉への階梯を、次第に、また、緩やかに上っていったものとみられるべきなのである。それは、自然派によって席捲されていく新たな《小説》隆盛の時代に当面した鷗外の、かつてなく殷賑を極める新たな文学状況に対する即応の姿勢の根基をなしたともすべきであり、その過程にあって、長期の『即興詩人』翻訳作業を持続的に行うことにおいて、その完成形を実現していた「舞姫」以来の、あの際立った独創性を示現する鷗外的な文語文体からの鮮やかな口語文体への脱皮、つまりは、自ら創始した近代文体の範型を敢えて解体することによって、その新たな文体獲得への営為が自覚的に実現されていく様相こそが、そこに見て取られなければならないのである。そこにおいて、子規没後に、自然派との対立をなしつつ推進されていく《写生文》運動の伝統に根ざした近代文体としての可能性が選び取られ前景化されてあったことが、ことさらに重大視されるのである。それは、先に触れた小倉にあっての、子規の存在の有した重要性への着眼を示唆してみせた言説と、ある必然性を帯びつつ深く係わっているのだと、思わずにはいられない。

如上のようにして鷗外の創作的営為の再開がなされていくそのプロセスにあって、亡き子規の盟友たる漱石夏目金之助へ向けての、例の、あまりに知名な意識表明はなされることになる。いわゆる漱石への《技癢》の表明が、それであるに他ならない(「キタ・セクスアリス」冒頭箇所、一九一〇・八)。そして、事実、漱石に対する鷗外の関心のただならなさを証拠立てるかのように、同時代的に既に、片上天弦・相馬御風といった自然派の時評家たちの側からは、漱石との、その文体的な、ないし作風上の類似性が、直感的にであれ鋭くも指摘(6)されてもいて、そこに鷗外における新たな文体の形成・獲得が漸次的に行われていった痕跡を側面から保証するのである。よく言われる、鷗外の一見したところ余りに急角度の文体変更として映じる、その事態・現象の契機として、『吾輩は猫である』（一九〇五）を以て、既に始められていた漱石による〈写生文〉の可能性の探求、その対象領域の拡張行為との逢着、あるいは、そこから得た刺激は、容易に看過すべきでない事柄であったとしておかなければならない。そこに、その点に早く着目してなされた『猫』と「朝寝」「有楽門」の方法的類同性への竹盛天雄の、ある確信をも窺わせる指摘[7]が、今なお重要でなければならない所以もある。竹盛にとってその観点は決して突飛なものではなかっただろう。なぜなら竹盛は、鷗外のこの二篇を以て《写生文》であることを、成瀬正勝の実証的報告に先んじて、指摘していた稲垣達郎の門下にあって、その研究を継承推進したからである。

奇しくもかつて、逆に若き日の漱石をして瞠目させた（それは、子規宛書簡[8]において示される）、かの「舞姫」（一八九〇）以下に実現されていたあの強勒にして比類のない、すぐれて実験的で、かつ、人工的な文語文体——作家以前の漱石は、これを《沈鬱奇雅》と的確にも評した——を独創した鷗外における、一転しての口語文体獲得行為とは、その文体的特徴からして、一挙にして、独自的に行われたのではないと、ここに強調しておきたい。いわば、〈第二の処女作〉（平野謙[9]）「半日」以下の諸テクストにおける、鷗外の口語文体創出の背景には、漱石的〈写生文〉との遭遇による、一表現者としての文体変更に伴う相応の自己解体が試みられていた、と大いに想定されておかれる必要があるだろう。言うまでもないこととして、そこに真率なる〈模倣行為〉から〈独自性〉へ向けての、表現者としてのある痛覚をも伴った跳躍があっただろうことは、今日残された、以後の、多量の鷗外的口語体小説の、その都度の実験性を示す、ある屈曲とともに次第に変容を遂げていくその具体こそが、自ずと証するものであると言っていいだろう——。

そして、やがて〈歴史小説〉から〈史伝（小説）〉へと、以後、鷗外は、言語的自己表出行為（エクリチュール）を重ね連ねていくうちに、やはり、自らの独自性をある極北まで高め、強めていくこととなる。そこに徐々に実現されていった固有性に備わった強度ある言語的呪縛力は、その没後において、永井荷風・伊藤整ら、これまたそれぞれに独自的な面目を備えもった、個性豊かな表現者たちを惹き付け、捉えることとはなる（荷風「下谷叢話」、伊藤整「年々の花」等。）――。その背後にあった、制作に際しての、鷗外の採った表出態度が、実に根源主義的、であったことは、既に別所において指摘し、確認しておいた通りである（拙著『鷗外・漱石――ラディカリズムの起源』、二〇〇九、春風社）。そこにこそ鷗外の、終生のラディカリストとしての面目が、躍如として備わるに至っている。しかし、私見によれば、そこにおいても、〈写生〉との連関性を実は見過ごし難い。

紙幅の都合上、以下、右記のことについて、急ぎ断案のみを足早に付け加えて置けば、鷗外の最終的に到り着いた、世界文学史上に類例を見出し難い、〈史伝〉の名で今日呼び慣わされる新ジャンル開拓の営為は、かの『渋江抽斎』（一九一六）がその好個の例証であるように、その根底に潜む方法原理としては、子規の提唱し、漱石が『文学論』（一九〇七）中の「間隔論」における知名のくだりにおいて凝集的に理論化を試みた《写生文》の、いわば、〈他なるもの〉に徹底して寄り添いつつ、結果として〈自己〉を立ち上げ表出していく、あの特徴的な一人称の語り手（写生文ならば《余》、史伝ならば《わたくし》）を、そのテクスト世界成立の不可欠の要件として内在する。これは子規の所謂《叙事文》が日本に固有の近代的散文の可能性を押し広めようとしたその命脈にこそ連なると言いつべく、西欧型近代リアリズム小説（novel）とはおよそ別種の、しかしまた同時にそれは、ロマーン・ヤーコブソンがかつて文学史を駆動する表現特性として明示的に指摘してみせた[10]意味での、すぐれて換喩的にして提喩的なる色合いをこそその本質とする、高度に象徴性すらも帯びた言語的構築物の生成を果たしている。そこに鷗外の、〈写生〉の有する方法的有効性に対する根源的な了解、ないし批評性はあるだろう。

そこには、〈神の視点〉によって統率される西欧に特徴的な虚構テクストとも相異なり、また、外物を徹底して客観的に対象化しようとする科学主義的な表現主体の冷然たる客体化的外界認識行為ともまた異質な、対象物との和気に富んだ関係性――あるいはまた、いかなる《情熱（LEIDENSCHAFT）》（鷗外『ゲルハルト・ハウプトマン』、一九〇七、春陽堂）からも身を退いたかたちでの、静謐にして和呑の気雰すら漂う世界構成において、〈写生文〉との間に、ある通底するものを表現特性として共有し合わされているのだと目される。そこでの、対象と向かい合う表現主体は、それ自体のかけがえなき〈生〉、または、〈経験的自己〉を奥深く、その背後において控えている。その意味では、広く見渡せば、二〇世紀の精神史的潮流に即応して、実はすぐれて主観主義的なのではあるが、一方またそれは、対象を一色に染め上げてしまう同時代西欧にやがて立ち現れていく表現主義的な〈自己〉の、ある種暴力的ですらある主情的にして、独我論的突出であったのでもない。〈史伝〉における《わたくし》によって統率されたかに見える表現世界は、それ自体が、近代的な表現を特徴づけた表現主体とは、明らかに異質な、主客が対話的に向き合った何者か、であり、かつ、それは、近代以前にあった説話主体の復権の如く、あるいは、その近代的に変容させられたものとして、鷗外の晩期において見過ごしがたく浮上し来たったものである。

漱石は、今日残されたある「断片」において、《写生文は as a whole なり、一の宇宙なり。》と印象深く書き付けていて注目される。が、いわば、写生文的な語り手なるもの、その自己表出主体は、実際のところ、表現されていく対象に対して、一切の予定調和的な《まとまり》(鷗外)を付けようとすることがない。すなわちそこに、意識的・無意識的に制度化されていく因果律(causality)的準縄の支配する時空間的構造性は絶えて持ち込まれてはおらず、それ自体、その反措定のごとくにも、いかにも規矩緩やかなる世界が、かろうじて生成されているばかりなのである。

しかしまたそれは、当時において自然派の時評家たちによって、虚子主宰の『ホトトギス』派の〈写生文〉を標的に厳しく批判された《微温的》な何事か、なのではなく、〈近代〉における世界・自然との渡り合いの、一つの意義ある可能的表現世界の〈開かれ〉でこそあったとしておかなければならない。それは「舞姫」から遠く時を隔てての対蹠的な何か、なのである。そこには、あの内部へと深く遡行しつつ微細極まる心理分析の具体化を見事にも敢行して見せた、長らく自然科学の中核をなした要素還元主義的姿勢において、ある種、実験的にも従ってみせたかにも見える「舞姫」にあっての人間把握の際立った内部志向とは自ずと趣きを異にし、いわば、これと対抗する〈ホーリスティック(全体論的)〉な世界了解が、深部において実現されてあったとしておく必要がある。そのような志向は、多彩な学問領域へと展開して行った漱石門下においても、やがて顕著に受け継がれて、現れていく。例えば、寺田寅彦の物理学がそのような性格を備え持っていたことを、昨今、物理学者・池内了氏が明敏にも指摘して注目される（『寺田寅彦と現代』、二〇〇五、みすず書房）。

いわばそこには、外界の諸事象との偶然性による出会いが満ち渡って、いわば、《行雲流水の如き》《自由》（漱石「それから」、一九〇九）が、発現させられてあるのだ――。系譜学的（＝《ジェネアロジック》）な外部的形式性への端然たる準拠と、一見してそれに相反するかのような、広やかに対象領域の外延を拡大していく融通無碍なる精神の活動とが、『渋江抽斎』（一九一六）を代表とする鷗外の晩期の表現には、すぐれた特性として精妙なるバランスの下、活き活きと配合され、共存させられてある、のである。

それは、伝承性と創造性とが有機的に兼ね合わされ、テクスト上にあって両者が鬩ぎ合い、相拮抗し合うかたちの、広義に、ミメーシス的な表現営為となって生成する。鷗外はこれを、同時代の私小説等の小説表現における、いわば、自己模倣的な膠着状況を《暴力的な切盛》や《人を馬鹿にしたやうな捏造》と暗に批判しつつ、前節に指摘しておいた様に、未だ《形式未成の故である》（「なかじきり」、一九一六・三、『斯論』）として実践していったのであって、このことは、表現史的に、あるいは、思想史的に、慎重なる思量を以て熟考されなければならない芸術的出来事なのである。

繰り返すが、かつて『渋江抽斎』は、敗戦から間もない時期に、その評価に際して、西欧文学との対比において〈世界観芸術の屈折〉（勝本清一郎[11]）などとして不当にも難じられたことがあった。が、以上述べ来たった〈子規の衣鉢〉と仮に名付けた亡失された水脈のうちにこれを置き据えて、そこに備えられた表現特性に十分に目を凝らし、読者として虚心に身を委ねてみるならば、これを〈屈折〉として性急に断ずることは、ある時期まで支配的であった西欧中心の近代主義的思考法に余りにも囚われ過ぎた敗戦後日本の知識人に通有された、インフェリオリティー・コンプレックスと正に隣り合わせの、陥りやすい危うき陥穽であったとしておかなければならないことが知られてくる。以後、今日に至るまでも、世界文学史的視野において、日本の近代表現に固有に備わっていたはずの可能態、いわば、〈近代〉の一つの重要なオルターナティブとなすべき緊要な達成のかたちとして、見失われて来たものは余りに大きかったとの視界が拓かれてくると、一先ずは言っておくこととしたい。それをここでは、〈子規の衣鉢〉として解き放って浮上させ、名付けてみたに過ぎないのである。そこにあって受け継がれ、試みられていたこと——それは、個別的なジャンルの問題へと区々に内閉させて済ますべきものでない、ある革新性をこそ際やかに実現しつつあった何事かであった——。

それが、かつてまことしやかに言われたように〈もう一つのリアリズム〉などと言って、便宜的、かつ、二次的に処理する訳にはいかない、掛け替えのない新たな言語表現上の実践行為によっての糾える縄の如くにも模倣と創造とが絡み合う稀有なる価値的世界の現出であったことは、今日、硬直化した〈近代〉を見直す立場——断っておけば、それは既存の〈近代〉の根源への積極的批判の傾向を、〈世紀転換期〉を通過した時節において既に潜めていたのであって、二〇世紀末において俗流に膾炙され続けることになった如き生半な〈ポスト・モダン〉と言うことではない——から、漸くにして明らかになって来ているのだと言えるだろう。

例えばこのようにして、いわば、歴史の生態を、コンテクストとして具体的に復元しようと努めてみること（それは単なる状況論的思考なのではない）——、そのことを通じて漸く、そこにわれわれが往々にして踼蹐してしまいがちな〈自明性〉という名の陥穽ないし呪縛から脱した、〈読むこと〉の広やかな更新へ向けての道筋は見出され得よう。またそのことによってこそ、あの二〇世紀末を色濃く支配したアナーキズムとも隣り合わせた読むことの恣意的放縦とは相異なる、はたまた、それ以降の拡散する文化還元主義的外在批評でもない、読書行為の、語の正確な意味での、〈自由なる地平〉は自ずと拓かれ、獲得されていくのではないかと思わずにはいられないのである。そう考えることを許すほどに、鷗外が歩んだ生涯に亙っての、東洋・西洋を共々に視界へと収めようと努めた〈近代性 modernity〉へ向けての、その粘り強い思索の道程は、多くの示唆を今日においてさえ、依然として潜め、留めているのだとしなければならないのである。

（了）

※第三章、本文中に用いる《　》は、論証に使われる当該テキスト本文からの引用を示している。また、〈　〉は稿者の用いる論述上重要な語句についての強調及び、従来用いられる概念となっている。

Ⅰ　註

（1）未だ定訳はない。鷗外は早く一八九六年の時点で、同時代的にこれに着目し、《現今主義》の訳語を与えている（「鷸翮掻」）。
（2）上山安敏『神話と科学』（一九八四、岩波書店）。
（3）大塚久雄・生松敬三訳（『宗教社会学論選』所収、一九七二、みすず書房）。
（4）例えば、古郡康人「『生田川』論――主体的行動決意のドラマ」（一九八二・九、『芝学園国語科研究紀要』第一号）。
（5）鷗外は、ことに、〈小倉左遷〉時代において倫理学への傾斜を深めていた。
（6）「歴史其儘と歴史離れ」（一九一五・七、『心の花』）。
（7）小倉時代における『成唯識論』受容を通じてのものと推察される。
（8）»Das moderne Drama«（「現代戯曲論」、一九〇四）。
（9）『ゲルハルト・ハウプトマン』（一九〇六・一〇、春陽堂）。
（10）Fischer版イプセン全集»Einleitung«からの訳出。鷗外の思想が濃厚に滲み出ている。
（11）「余が『草枕』」（一九〇六・一一、『趣味』）。
（12）恐らくは、ここに、かねて問題視されてきた『草枕』と泉鏡花の『春昼』『春昼後刻』の関連性も係わってくることを指摘しておきたい。そのことは、リニアな文学史記述を破砕して、複数のテクストの相互性が生成する新たな布置状況を立ち上げるだろう。
（13）＝»Jetztzeit«（ヴァルター・ベンヤミン）。
（14）「鷗外漁史とは誰ぞ」（一九〇〇・一・一、『福岡日日新聞』）。

Ⅱ

（1）岡崎義恵『鷗外と諦念（上）』（一九四九、岩波書店）。
（2）拙著『鷗外・漱石――ラディカリズムの起源』（二〇〇九、春風社）、拙論「〈身を投げる女〉の表象――世紀転換期における再生する古伝承」（二〇一一・三、『文芸研究』、明治大学）。
（3）岩崎武夫『さんせう大夫考――中世の説経語り』（一九七三、平凡社）。
（4）拙論「庶物と聖性――鷗外「金毘羅」の世界」（一九九二・一〇、『日本文学』）。

（5）ミハイル・バフチン＋V・N・ヴォロシーノフ『マルクス主義と言語哲学』（一九二九）、レフ・セメノヴィッチ・ヴィゴツキー『思考と言語』（一九三四）等。

（6）前掲、ヴィゴツキー。＊服部四郎博士は、かつてこれに「具体意味」の訳語を与えたことがある。

（7）拙論『護持院原の敵討』論――〈価値自由〉と〈事実性の領野〉」（一九九九・一一、『森鷗外研究』、和泉書院）。

（8）清田文武、金子幸代等々によって展開された議論。

（9）邦訳は諸種ある。が、ここでは山崎剛による優れた訳業『貧者の宝』（一九九五、平河出版社）を主として参照している。

（10）前掲書参照、註2に同じ。

（11）その存在は、「山椒大夫」にあっての《曇猛律師》の先蹤ともなろうか。

（12）拙論「鷗外文学のアクチュアリティー――〈模倣〉と〈創造〉と、その抗争様態」（二〇一一・一一、『文学・語学』、全国大学国語国文学会）。

Ⅳ

（1）森鷗外「なかじきり」（一九一六・三、『斯論』）。

（2）このジラールの著書の邦訳（古田幸男訳、法政大学出版局）タイトルは『欲望の現象学』と意訳されて流布するが、ここでは本来の文芸社会学的な原題こそを重視する。西永良成『〈個人〉の行方――ルネ・ジラールと現代社会』（二〇〇二、大修館書店）。

（3）拙論「鷗外文学のアクチュアリティ――あるいは、〈模倣〉と〈創造〉の抗争様態をめぐって」（二〇一一・一一、『文学・語学』、全国大学国語国文学会）。

（4）G・スタック『ニーチェ哲学の基礎――ランゲとニーチェ』（眞田収一郎訳、未知谷、二〇〇六）、H・シュネーデルバッハ『ドイツ哲学史――一八三一―一九三三』（舟山俊明等共訳、二〇〇九、法政大学出版局）等、参照。なお、現行・ちくま文庫版『森鷗外全集』では、これに美学者A・ランゲと註を付けるが、コンテクストを無視した明らかな事実誤認である。

（5）註3に同じ。

（6）拙論「文学テクストにおける〈夢〉の威力、ないしは権能――「山椒大夫」の生成過程に即して」（二〇一二・七、『鷗外〈生誕一五〇年記念号〉』森鷗外記念会）。

Ⅴ

（1）小堀桂一郎「『於母影』の詩学」（『西学東漸の門』所収、一九八四、朝日出版社）。

（2）アントワーヌ・ベルマン『他者という試練――ロマン主義ドイツの文化と翻訳』（二〇〇八、みすず書房）等。

（3）Lukacs, G.: Entwicklungsgeshichte des dramas. Berlin, 1981. 原典はハンガリー語であるが、この独訳によってようやくその全体像が知られるようになった。ただ、その前半部分には早くルカーチ自身の独訳（Zur Soziologie des modernen Dramas, 1914）

があって広く普及し、池田浩士氏による邦訳（『近代演劇の社会学に寄せて』）がある。本稿は主としてこれを参看した。なお、初期ルカーチのこの文芸社会学的成果は、P. Szondi, M. Kästing 等の研究によって受け継がれ、展開されている。また、昨今、インターネット上にて、山中知子氏によるドイツ語からの待望久しい邦訳が続行中である。

（4）『現代戯曲論』（市村仁、丸山匠訳、一九七九、法政大学出版局）。

（5）芥川龍之介『文芸的な、余りに文芸的な』（一九二七・四、『改造』）。

（6）モーリス・メーテルランク「現代戯曲論」Das moderne drama。

（7）鷗外は、小倉左遷時、知己を得た曹洞宗の僧侶・安国寺玉水俊虠と『成唯識論』とW・ヴント『民族心理学』を並行して読んでいる。

（8）拙著『鷗外・漱石——ラディカリズムの起源』（二〇〇九、春風社）。

（9）〈歴史小説〉〈史伝〉の制作に際して鷗外は、その都度、偶然に遭遇した《史料》を契機に夥しい文献を博捜したが、それら自体は必ずしも文学的な価値を持つものではない。鷗外のテクストの文脈に納められることで、それらは初めて輝きを増す。

（10）鷗外「なかじきり」（一九一六・三、『斯論』）。

（11）荷風『断腸亭日乗』巻之七、一九二三・五・七の条。

（12）（8）に同じ。

VI

（1）鷗外「妄想」（一九一一・三〜四、『三田文学』）。

（2）二葉亭四迷「写生文に就いての工夫」（一九〇七・四、『文章世界』）等。

（3）小金井喜美子宛書簡（一九〇五・七・二八）等。

（4）鷗外「鷗外漁史とは誰ぞ」（一九〇〇・一・一、『福岡日日新聞』）。

（5）高浜虚子「鷗外漁史の『有楽門』」（『国民新聞』初出。『俳諧一口噺』、一九〇六、所収）。

（6）中村星湖、相馬御風等の時評に見られる（『早稲田文学』、一九〇九・七〜八）。

（7）竹盛天雄『鷗外・その紋様』（一九八四、小沢書店）。

（8）正岡常規宛漱石書簡（一八七一・八・三）。

（9）平野謙『芸術と実生活』（一九五八、講談社）。

（10）「言語の二つの面と失語症の二つのタイプ」（川本茂雄監訳『一般言語学』所収、一九七三、みすず書房）

（11）「世界観芸術の屈折」（一九四八）。

後　記――本書成立の経緯

大石直記

本書は「明治大学人文科学研究所叢書」の一冊として刊行される。これを世に問うに当たって、以下、その成立の背景およびその経緯におおまかに触れておくこととしたい。

私が文学部専任教授として明治大学に着任したのは二〇一〇年の四月であった。当時私は数年かけて、中世和歌研究の第一人者である畏友・渡部泰明氏（東京大学大学院教授）とともに発足した岩波書店の研究プロジェクトとして、「到来することば」研究会を定期的に続けていた。そこには、源氏物語研究で知られる松井健児氏（駒澤大学教授）も参加し、また文学・思想等、実に多領域に跨る、多くの若手研究者が集っていた。研究会の趣旨は、メディア論的な傾向を強めていた当時の文学研究に飽き足らない想いを持って、そもそも私たちにとって〈文学的体験〉とは何であったかということを、改めて、その原点に立ち戻って問うことにあった。そこでは、予言として顕現する文学、また、因果律によって整除されることない文学が本来的に有する、その精妙なる生理とでも呼ぶべきもの、そうした、研究者である前に読者としての私たちが向き合っている何事かを、時代を問わず具体的に検討していくことが目指されていた。

その長年の成果を岩波書店の雑誌『文学』に特集として結実させる、研究会も終盤に差し掛かって、私は、新たに同僚となった井戸田総一郎氏、合田正人氏を研究会にお誘いして、研究発表をお願いした。本書の共同執筆者である両氏との出会いは、そのようにして始まった。『文学』特集号（「到来することば」、二〇一一年一月）が刊行され、研究会は一応の収束を見、解散した。なお、同特集号巻頭には、渡部泰明氏、松井健児氏、合田正人氏、そして私、による、いささか稀有な内容の座談会が置かれ、以下、研究会参加者全員の渾身の論考が並んだ。井戸田氏と合田氏とは、その趣旨を継承しつつ、何らかの研究プロジェクトを始めようということになった。上述のような行き掛かり上、赴任して間もない私が研究代表者となって、自身かねて永く温め続けてきた問題関心をまとめて、明治大学人文科学研究所（当時、社会学者・杉山光信先生が所長であった）「総合研究」第二種に応募した。が、幸いにも、そのプロジェクトは同委員会によって採択されて、本書の基となった「模倣と創造——日本とヨーロッパの文化継承の現象学」として、三年間に亘る共同研究を立ち上げることとなった。それが、本書がなるに当たっての初発の経緯であった。ここでは、その共同研究が以後、どのように推移していったか、その概略を記しておきたい。なお、私は、諸般の事情によって、今は離職している。

さて、二〇一一年度より、明治大学人文科学研究所・総合研究第二種として、大石（日本近代文学、当時専任教授）が研究代表者となり、井戸田総一郎（ドイツ文学、専任教授。以下敬称略。）、合田正人（現代フランス哲学思想、専任教授。以下敬称略。）を共同研究者として右記の共同研究を始動させた。その発足に当たっての人文科学研究所に提出・採択された趣意文の一部を試みにここに摘記、引用すれば、以下の如くである。

「……近代以降、文学・芸術を始めとする凡ての表現行為をその根底において支え、価値付けてきたものは、正しく〈オリジナリティ（独創的であること）〉を追い求めようとする志向性であったことは疑い得ない。それは今日なお自明性を帯びた絶対的原理のごとく創造的営み一般を促す駆動因として信じられて、揺るぎがたい位置を与えられ続けている。が、それは、個人を創造主体として絶対化する観念の発生と展開という、すぐれて近代的なといっていい人間認識を、その基盤とすることによって初めて形成されたものである。従って、実はそのような志向性自体が、〈近代〉という時代の個人主義思想を色濃く刻印された歴史的な所産としての性格を帯びているのである。しかしながら、実際に創造的営為がなされるに当たっては、決して独創性ばかりが至高の価値として働くのではない。むしろそこには、近代化の進行とともに後景へと追いやられ、排除されていったかにみえる〈模倣〉ないしは〈ミメーシス〉という契機が、個々の具体的な表現の現場にあって、自覚的であると無自覚的であるとを問わず、創造主体の内部において絶えず重要な条件として看過しがたく動的に息づき、働いていると考えてみる必要がある。

本研究では、近代以降の文化的創造においても、実は依然として、陰に陽に枢要な位置を占め続けているはずの〈模倣〉あるいは〈ミメーシス〉という契機の緊要なる意義を掘り起こし、これをめぐっての省察を原理的に推し進めるとともに、具体的な事例・現象に極力即することによって、日本とヨーロッパ双方の視角から、近代において〈模倣〉〈ミメーシス〉なる要件が活きて働く諸相への問いを深めることを試みていきたい。そのことは、文化が継承されていく際のダイナミズムを、その生態において浮かび上がらせる試行であると同時に、往々にして、過去の長い歴史からの断裂の相の下に捉えられがちな〈近代性〉とはそもそもなんであったか、をめぐる根源に遡っての探究でもある。

以上をより具体的に言い換えるならば、ここで試みられるのは、〈模倣〉と文化の連続性という普遍的問題領域へと深く測鉛を下して、フランス思想史およびニーチェを始めとしたドイツ文学思想の双方からの大胆なアプローチを展開しつつ、それらとの正に重層的連関性において、理論的かつ実証的に、日本近代文学の動的様態を捉えていこうとすることであるにほかならない。目指すところは、西欧にあって古来、そして今なお、絶えず重大な問題であり続けている〈ミメーシス〉という契機の積極的導入を試みることによって、近代日本の文学・文化万般における創造的営為の豊かであった具体的様相へ向けての、従来にないかたちでの、広く世界文学的視野からの逆照射を、実践的に、かつ、協同的に試みていくということに置かれる。そこに浮かび上がるのは、東西両文化を、いわば、架橋する近代における創造の歴史の動態でこそある。……」（文責・大石）

初年度となった二〇一一年は、主として〈模倣〉ないし〈ミメーシス〉問題の原理的探究を企図しつつ、また、問題枠の外延と内包を確定するべく、現代の哲学・思想の領域におけるホットなテーマである〈ミメーシス〉をめぐって考察を深めていくこととし、多彩な講師陣を学外から多く招聘するかたちで強い意欲と共に立ち上げることとなった。先ずは、共同研究者である井戸田総一郎、合田正人、大石それぞれの抱懐する問題関心を深め、その問題圏域の具体を相互に確認し合うことから始め、次第に、多角的、かつ、原理論的な議論を積み重ねることを試みていくこととした。

しかしながら、二〇一一年度は、折りしも起こった東日本大震災、福島の原発事故という、正に国難とも言うべき未曾有の災厄が勃発し、進行する中にあって、当初の予定よりかなりの遅れを以て始めることを、私たちは不幸にして余儀なくされた。しかし、かえってそのような異様に緊迫した状況下での出立が故か、初年度の共同研究の活動内容は、以下に記すとおり、予想外の豊かな実りを結果するものとなった。それは偏に、共同研究者全員、また、本研究に賛同の意思を惜しまなかった協力者の人々が、文化の継承という重い課題を、また、近代の科学技術が想像を絶する惨事を現実にもたらしたことで、自分たちが今問うべきことは何であるかを、よりリアルに実感させられたことによるのだと思われる――。当時、大石は、兵藤裕己氏（日本中世文学、学習院大学教授）の呼びかけによって発足したばかりの岩波書店での新たな研究プロジェクト「〈夢〉研究会」（本学からは、フランス文学専攻の根本美佐子氏が参加した。）の初度の会合において、危機的な状況下にあって、文学思想の研究をどのように進めるか、を参加者各自が、言葉を失いつつ深刻に受け止める場面に遭遇することになったことを今も鮮やかに記憶している。恐らくは、敢えて言葉に出さなかったものの、私たちの共同研究も、同様な想いを胸に、あるやりきれなさと絶望感とを共有していたのだと思われる。だからこその、以後の奇しき情熱の共有が可能となったと思わずにはいられない。その意味では、この共同研究は、ある種、想像もしなかったような規模と深みとを持つに至った。不思議な使命感が、多くの人々を瞬く間もなく、つないでいった。

さて、右記のとおり、常軌を逸した状況下に、ようやく六月半ばより本格的に始動した本共同研究は、以後、〈近代〉は何をもたらしたのか、の問いを実にリアルに深く内在させながら、毎月のように、創造行為一般にとっての根源的原理たる〈模倣〉ないし〈ミメーシス〉をめぐっての原理論的探究を、各界の現在望みうる優れた人材を講師として招聘することによって出立し、各講師による真摯にして濃密な講演を積み重ね、また、それをめぐっての白熱する討議を展開することと相成った。そのことには、実に望外の感があった。喫緊な状況が私たちを含め多くの人々を拉し去るかのようにして、三年間、変わることない身を削るような活動へと駆り立てたのであった。主題とすることの性格上、当初は、多くの参加者の賛同を得られたとも言いがたかったが、東京大学・京都大学を始めとした多くの有志の参加を、回を追う毎に増やしていくことで、議論は自ずと熱気を帯びることとはなった。毎回の講演とそれをめぐる討議は、優に五、六時間にも及び、終了後もなお、場所を移して時の過ぎるのを忘れて語り合った。それはいつしか、人文科学研究の徒である自らの根拠をそれぞれに喫緊な想いとともに掘り下げる稀有の場とはなっていたのである――。

以下に、二〇一一年度に実施された定例会の、記念すべき実施内容を試みに列挙する。

第一回（六月）「怖れと憐れみのリズム――ハイデッガーとブランショ」　西山達也（現在、西南学院大学准教授）
第二回（七月）「ルネ・ジラールとミメーシスの概念」　ポール・デュムシェル（立命館大学教授）
第三回（一〇月）「ガブリエル・タルドと模倣の社会学」　村澤真保呂（龍谷大学教授）
第四回（一一月）「アドルノにおけるミメーシス概念」　徳永恂（大阪大学名誉教授）
第五回（一二月）「ベンヤミンにおけるミメーシス概念」　森田團（西南学院大学教授）
第六回（一月）「マルティン・ブーバー＝フランツ・ローゼンツヴァイクによる旧約聖書翻訳をめぐる問題」　小野文生（当時、京都大学助教、現・同志社大学准教授）
第七回（二月）「布置と再布置」　みえのふみあき（詩人）

以上が、ほぼ毎月のように行われた初年度における定例会での講演の全容である。が、この年度における最大の収穫はなんと言っても、三月に、本邦初来日となった、いまだ日本では知られることの少ない思想家ダニエル・シボニー氏の招聘を実現し得たことであった。シボニー氏は現代フランス思想界において、活発かつ旺盛な言論活動を展開する有数の哲学者・思想家・精神分析医の一人であって、その論陣は文化創造の基底に関わる実に深遠な問題領域へとアクチュアルに測鉛を下ろすものだからにほかならない。同氏の、一週間の日本滞在期間中、二度に亙って、哲学・宗教それぞれを主題としての講演会を挙行し得たことは、年度を締め括るに当たって大いなる成果であった。それは、あたかも二〇一六年の現在の、テロリズムの蔓延する出口のない世界的な難局を先取りするかの如き、ある危うさとも厳しく隣接した講演内容となった。これに際して、共同研究者・合田の縦横の働きがあったことをここに特筆しておきたい。合田は、困難と思われた招聘交渉を粘り強く行うとともに、いまだ日本で紹介されていないこの思想家についての書き下ろし論考(「新『神学政治論』へ向けて――レヴィナス以降の宗教批判と現代世界」、『ナマール』第一六号、二〇一一・一一、神戸・ユダヤ文化研究会)を執筆し、かつ、その主要な著書の部分訳(「自己贈与か、自己分割か」、抄訳。『現代思想』臨時増刊「レヴィナス特集」、二〇一二・三、青土社)を行い、これを発表した。さらに同氏への対論的なインタヴューを行い、公表した。この初年度のスリリングな研究活動の展開が、その後の方位を一面において決定付けたと言えるだろう。

ところで、この共同研究の立ち上げに当たって、そもそも、研究代表者・大石の念頭にあったことに触れれば、前掲した発足趣旨にもある通り、日本の文学・思想における、西欧文化との出会い(西洋の衝撃 western impact)による近代化過程の、その特殊的なる様態を根底から問い直し、いくばくかでもそのアクチュアリティを掘り起こし、そこに潜む諸種の問題性を明らかにしていくことにほかならなかった。その際、最も重要な存在として注視されたのは、日本文学の近代化に多角的に深く関与した森鷗外である。その生涯に亙っての旺盛にして多彩なかたちを採った、異数となすべきその〈近代〉をめぐる思索および、その表現行為において如実にも表れた創造の原理の、特殊具体的なる潜勢的な発動は、正に〈模倣〉ないし〈ミメーシス〉問題へと限りなく接近していく営為と目された。そして、奇しくも二〇一二年は鷗外の生誕一五〇年というミレニアム・イヤーに当たり、そこを目指すことが、共同研究者三人のそもそも共有された目論みとしてあったのである。

右記の目的を実現するべく、それぞれが旺盛な活動を個別に示し続けた。井戸田は、それまでの鷗外をめぐる自らの諸論考を中心に二〇一二年四月、鷗外研究史上、画期をなすと言っていい一書を世に問うた（『演劇場裏の詩人　森鷗外――若き日の演劇・劇場論を読む』、慶應義塾大学出版会）。合田は、鷗外と遠縁に当たる同郷の思想家にして日本への哲学の搬入者であった西周に注視していく中で、日本における〈哲学〉の発生問題を捉えようとの試みを示し、さらには日本における〈哲学〉の可能性を示現したものとして思想家・田辺元の生涯にわたる思索的営為を、その視界の前景に収めた。その成果は、雑誌『思想』（岩波書店）に、異例なほどの大部の論考として一挙掲載を見た（「近迫と渦巯」、『思想』、二〇一二年一月　田辺元特集号）。また、大石は、全国大学国語国文学会二〇一一年度春季大会において、同学会からの依頼に応じる形で「近代文学における古典の〈受容〉と〈変革〉」のタイトルの下、大会シンポジウム（於・東洋大学）のコーディネイターおよび基調報告者を務め、対外的にも本共同研究の展開を企てた。その成果は、同学会の機関誌『文学語学』（二〇一一・一一）に掲載をみた。そこでの大石の基調報告は正に、本共同研究のテーマの核心部分を反映する形で、「鷗外のアクチュアリティ――〈模倣〉と〈創造〉、その抗争様態」と題された。同シンポジウムにおいてはまた、鷗外のみでなく、泉鏡花・谷崎潤一郎・芥川龍之介・堀辰雄など日本文学の近代にとって重要な位置を占める表現者たちが、その討議の対象とされ、壇上に立ったパネリストたち（竹内清巳、鈴木啓子、日高佳紀、庄司達也）それぞれによって、〈古典〉との緊張関係における、各作家の創造の現場の問題が検討に付されることとなった。

以上のような、個々の旺盛な活動を伴いつつ展開をみる中で、〈模倣〉と〈創造〉との問題は、日本文学、さらには文化万般にあっての連続と非連続という二契機の微妙にして精妙なる係わりという問題系へと大きく転回されて、さまざまなかたちで、初年度において問われていくことになった。いわば、非西欧圏において進行した近代化とは、伝統的文化の継承と変革との複雑に絡み合ったダイナミズムとして、その具体相が掘り起こされなければならない歴史の活断層であるにほかならないとの認識は、如上の活動を多角的に、また鋭意、展開する過程において、鮮明に浮かび上がり、また、共同研究者各自の前もって抱かれた問題関心は、そのような問題圏域にあって更に一層具体的に拡充されつつ、縦横に押し広げられることとなった。

常ならざる現実の切迫を絶えず総身に感じながら、孜々として定例会を恒常的に企画・運営していく中で、望外にも、学外からの選りすぐりの賛同者たち、とりわけ、若い俊秀・気鋭との出会いは生じていき、語の正確な意味での、領域横断的な思索体験が正に協同的に現出する〈場〉を開き得たことは、以後の活動へ向けての礎石として、思いがけない果実となって我々にもたらされた。これを引き継ぎつつ、粘り強く展開していくことが、私たちにとって課せられたものとして次第に重みを増していったのである。

以上、初年度となった二〇一一年は稀にみる不思議なほどの熱気とともに推移し、主として〈模倣〉ないし〈ミメーシス〉問題の原理的探究を企図しつつ、また、問題枠の外延と内包を確定するべく、現代の哲学・思想の領域におけるる根源的で、ホットなテーマを多彩な講師陣を学外から多く招聘するかたちで強い意欲と共に立ち上げることとなったのであった。幸いにも、次第に学外に多くの賛同者を得て、それら有志の参加者を交えての討議が毎回のように重ねられたが、そこで自ずと構築された白熱した討議の場を如何に続行していくか、また、その流れの中で当初の企図をさらに一層、弛むことなく拡充することが自然の成り行きとして自覚されることとなり、伸び拡がる思索と討議の場は、留まるところを知らなかった。

が、一方、初年度はいささか原理論に偏し、また、西欧近現代の思想・哲学におけるミメーシス問題に拘泥しすぎた嫌いがあったこともまた事実であった。そこでは、議論の膠着、行き詰まりも意識されなくはなかった。そのような反省の上に立って、二年目を迎えた二〇一二年度は、初年度での深まりゆく原理論的探究の成果を充分に踏まえながらも、議論の枠組みを日本の文化伝統の方へと一旦、組み換えつつ押し広げようとし、また更には、より表現の具体性への志向を持たせること、そして公開性と対話性を一層重視したことによって、二〇一一年度とは、いささか趣を異にする講師陣を招いて推進されていくこととなった。

具体的には、日本の文学・文化において〈模倣〉行為が、古来どのように創造の現場において機能し、また、新たな美的価値を過去の表現との関係において実現したのかを考察の日程に載せることを念頭に置きつつ、また実践的な表現における問題の追究を目途として歩み出した。手始めに、日本の文化伝統にあっても先行するテクストとの関わりにおいて極めて自覚的で、成熟した表現行為が行われたと目される中世期にあっての和歌文学における〈模倣的思考〉のかたちへの問いを、新古今和歌集的な表現方法に特化することとし、目下その専門領域における第一線の研究家を招いて、考察・討議することを先ずは試みた。講師を、そもそもの発端となった先述の「到来することば」研究会の発起人の一人でもあった東京大学大学院教授・渡部泰明氏に依頼し快諾を得、実に力のこもった先進的な〈新古今的世界〉を、表現の具体に即して呈示して頂くことができた。ここに発足以前からの研究テーマとの継続性もまた甦り、更に重層性を増すこととなった。

如上の試みは、更に受け継がれて、同じく中世期日本の文化の中枢に開花した演劇として、能楽における〈模倣〉の意義について、法政大学能楽研究所所長・山中玲子氏による講演へと展開された。またその際、同氏のはからいによって、現在、能楽の伝統を先端的に受け継いで活動しておられる能楽師・友枝雄人氏による技芸の身体的な継承の実際についての貴重な体験談を、演技を交えて伺うことを同時に行い得たことは望外のことであった。

更にまた、その会場において積極的に討議に参加して下さった、当時、先の「〈夢〉研究会」の主宰者であった学習院大学教授・兵藤裕己氏に協力を依頼し、これを大学院教育へと連動させることをも考慮した上で、本学の「大学院特別講義」の枠を活用するかたちで実現することとした。同氏は、大学院文学研究科の多くの大学院生および同スタッフを聴衆として、日本の物語文学の伝統と近代小説との係わり、ことに泉鏡花の文体的特質における〈かたり〉の継承性を問題化しつつ斬新な視角を呈示され、実に示唆深く、また大いに有益なものとなった。そこでは、日本における〈倣い〉と西洋における〈ミメーシス〉の差異を自覚化する上で、重要な論点が多く提起された。

以後、現代を代表する俳人・井上弘美氏の実作体験、ミュンヘン大学教授ハンス・ペーター・バイヤーデルファー氏を招聘しての二度の講演等、多く聴衆を集めて、議論の幅は自ずと拡充された。

が、二〇一二年度の最大の成果としてここに特筆したいのは、当初の企図を実現するかたちで、生誕一五〇周年を迎えた近代日本の巨人とすべき森鷗外に係わる記念行事を学外において、陸続と挙行し得たことである。そのひとつは、アルザスにある欧州日本学研究所の依頼で行った、明治大学文学研究科主催の国際シンポジウム「多面体としての森鷗外——生誕一五〇周年に寄せて」（二〇一二・一二）であり大石が学術責任者を務め、二日間に亘る同シンポジウムには、早稲田大学教授・中島国彦氏、ベルリンの森鷗外記念館副所長ベアーテ・ヴォンデ氏、ストラスブール大学のヴィルジニー・フェルモー氏等々のほか、大学院生も含めた本学の大学院スタッフも多く参加し、同研究所の開設に重要な役割を担った欧州における日本文化研究の泰斗であり、日本近代文学研究に大きく寄与された故ジャン＝ジャック・オリガス氏へのトリビュートとの性格をも与えることが出来た。さらには、明治大学人文科学研究所と文京区立森鷗外記念館の共同開催となった「光源としての〈森鷗外〉——いま、〈近代〉を問い返す」と題する長時間に及ぶシンポジウム（二〇一三・三・六）があった。その企画には井戸田・大石が当たり、延々八時間に及ぶ基調報告および協同討議となった。これらは、この年に国内外で行われた同種の企画・式典の中でも、ひときわ充実した重厚なものとなったことを誇りとしたい。鷗外の文業を通して、近代を、また、その伝統との継承関係を鋭角に問うことになったからである（またこれは、二〇一二年一一月、鷗外ゆかりの地・小倉において行われた、やはり明治大学人文科学研究所恒例の学外公開講座「鷗外・その多面的なる耀き」とも連動するものであった。講演者：小泉浩一郎、田中実、井戸田、大石）。そこでは、井戸田・大石の他、宗像和重（早稲田大学教授）、小泉浩一郎（東海大学名誉教授）、高橋義人（京都大学名誉教授、「ゲーテ自然科学の集い」主宰者）がパネリストとして登壇した。異例に長丁場のシンポジウムとなったが、聴衆は多く、会場は研究者のみでなく、一般の熱心な参加者によって埋めつくされた。

　東西の文化を架橋した鷗外という存在の大きさばかりでなく、日本の近代文化の建設に大きな足跡を遺したその性格から、古今東西の文化が縦横に交錯し合う、稀有な議論の場が現出したことを以て、これらの企画は、この共同研究、第二年度の成果とし、また、最終年度の活動への多くの課題を改めて抱え込むこととともなった。ここにようやく、元来の研究目的の達成へ向けてのテーマの照準、その射程が定まったとの感を抱き得た。

　二〇一三年度、三年間に亘った総合研究も、遂に終了の年を迎えた。この間、実に多くの賛同者の参加を得て、国内外に大きな拡がりを持つとともに、縦横に伸び拡がる、壮大な知的世界を切り拓き得たとの自負はあったが、後は、これをどのように研究成果報告としてまとめ上げて出版し、世に問うことが出来るか、という課題が残されていた——。

しかし、最終年度も、単に収束の仕方ばかりを顧慮することなく、これまで通りに、定例会の開催を続行しつつ、討議を繰り返すことを倦むことなく実施していった。その点では、三年間、一貫した研究スタイルを取り、そのかたちでの成果も、活字化して世に問うべき実質を十分に保持し得ていた。またそれを、考え得るあらゆる機会を捉え、活用して実行していくことが、従来の、共同研究の枠を、いい意味で逸脱し、多くの人々を巻き込みつつ、ある種、優れた実践性を帯びた、協同的で、自由な知的・学的時空を現出していたのであり、それは容易に手放すことのできない、一種の運動体を形成しつつあることが有志の参加者をも含め、ここに集う各個において強く自覚されていた。もとより、内外の講演者ばかりを招聘するそのスタイルを問題視する心無い声がないではなかった。が、私たちは、敢えて、多声的であることを目指していたのであり、その方針に揺るぎはなかった。その方針に賛同し、薄謝にも関わらず重厚な論を以て応じてくださった講演者の方々の力に私たちは励まされて共同研究を力の限り、推し進めていたのである。従って、最終年度といえども、その基本路線は飽くまで堅持する必要があったのである。もはや、それは、共同研究者である私たちだけの場ではなかった——。

とは言え、それとは別に、二〇一三年度は、基本路線を踏襲し拡充しつつ、また、その集大成としての性格をも備える必要があった。そこで、以下の三つの大きな企画を、私たちは目論み、それを企画・実践することに敢えて、主眼を置くこととなった。いわば、思索と討議の共同的な場は、さらに一層大きなものとする道が選ばれたのである

①「京都セッション」：同志社大学の協賛を得て、一〇月一九、二〇の両日、終日、多くの発表者を招聘し、大々的な、また、領域を横断するような試みを、恐らくは、どの様な専門学会でも実現し得ない規模とかたちで挙行すること。（於・同志社大学）

②パリ第七大学、すなわち、ディドロ大学との共催として、同大学を中心としたフランスの研究者とセミナーを開催すること。（二〇一四・一・二一、於・パリ第七大学）

③ストラスブール大学へ赴いて、〈文化の継承〉問題として、シンポジウムを開催すること。(二〇一四・一・二三、於・ストラスブール大学)

さて、以上の三つの試みとともに、過去二年間の研究成果に基づき、共同研究者三名それぞれの拡充された問題関心の上に立脚し、二〇一三年度は、その統合を図りつつ、更に一層、問題枠の拡大を大幅に行うことによって、果敢に締めくくろうと試みたのであった。それは、追って、出版されることになる成果報告書の構想を共同研究者の今後の思索の深化および執筆活動の自由かつ闊達な展開へ向けて、より開かれた場を、三者それぞれが自らのために用意することであり、また、多くの賛同者の方々の期待に応えることでもあった。

過去二年に亙る定例会(二か月に一度のハイペースを以て半公開性で実施)を中心とした研究活動のありようは、努めて多くの関連領域の第一線の、ないし、気鋭の研究者を講演者として招くことによって、毎回、濃密かつ自由な思索の磁場を生みだし、共同研究者各個のそれぞれの問題関心を、根底から揺るがしつつ、当該テーマの問題圏域を多くの知性の結集と共に、拡大、また、集約することの両極へむけてのダイナミックな運動を引き起こすことが目指された。

歴史上、今日に至るまでの多くの思想家たちの繰り広げた、先鋭で原理的な、〈模倣〉ないし〈ミメーシス〉をめぐっての論議の問題圏の可能的潜在性を測定していくために、先述の通り、最終年度も、基本的には、同じスタイルが踏襲されたのだが、そこでの狙いは国際性を意識して、海外の思想家・研究者を招くことにおいて、特色が新たに加えられた。フランスからは、フランソワ＝ダヴィッド・セバー氏、チェコからは、カレル・ノヴォトニ氏が招聘されて、それぞれエマニュエル・レヴィナス、ヤン・パトチカに関する最新の研究成果を展開してもらい、問題枠は、新たに現象学的な拡大をみた。

ある意味で、自ずからにして、また多くの偶然の出会いにも支えられて、飽くことなく拡がりを与えられた本共同研究テーマは、最終的に、共同研究者三名が、東京を離れ、先ずは京都へと赴き、同志社大学とのコラボレートによる大々的な研究集会を「京都セッション」と名付けて行うかたちを取り、パリ大学のフランク・ディディエ氏、京都大学名誉教授・上山安敏氏、大阪大学名誉教授・徳永恂氏を特別講演者としてゲストにお招きし、記念碑的とも言うべき、知的な空間を醸成・演出した。現象学への新展望、碩学によるユダヤ学の成果、表現主義を対象とした図像学的解釈学の試み、と大きな、拡がりと深みとをもった縦横な論議を列席した参加者各個は、ここに共有することになった。神話と科学、文学テクストと解釈学、更には、京都大学准教授・杉村康彦氏を迎えて、生誕一〇〇年記念シンポジウムとしてポール・リクールに関する討議の場までもが設けられた。二日に亙っての研究集会は、まさに知の饗宴のごとき、〈セッション〉というそのささやかな名称には如何にも相応しからぬ、余りにも大きな企画となった。むろん、その根底には、どの様なテーマであっても、模倣行為やミメーシスへの〈問い〉が潜行し、深く意識されていた。

更に、共同研究者三名は、パリ・ディドロ大学へ飛び、当地の学者たちとの開かれたセミナーを行った。合田は、黒田昭信氏（現ストラスブール大学准教授）をディスカッサントとして、鶴見俊輔と竹内好をめぐって日本の哲学的可能性について刺激に満ちた考察を行い、井戸田・大石は、前年度の鷗外シンポジウムの延長上に大きく論点を転回させ、それぞれが自らの当初の研究目的を、セシル・坂井氏（パリ・ディドロ大学）、エマニュエル・ロズラン氏（イナルコ、フランス国立東洋言語文化学院）をディスカッサントとして、強度ある言葉で語ることになった。そして三者は、そこでの知的興奮を維持しながら、そのままストラスブール大学へ向かい、明治大学大学院とストラスブール大学大学院の院生交流合同発表会に参加し、その初日に、ストラスブール大学のスタッフとのシンポジウムに臨んだ。クリスチャン・セギー氏（ストラスブール大学教授）と大石がそこでの学術責任者となった。

延々とこの間の記憶を呼び戻しつつ述べてきたが、ここに記し得なかったことのほうがあまりに多い。三年間の歳月は、さながら、実に長い、東西両文化を根源的に貫流する大きな問いをめぐっての、時間的・空間的な、また、あらゆる学問分野を果敢に越境していく知的な旅程の如くであった。さて、この複雑さを一層深めた、出口の見えない今の時代、現下の世界的状況にあって、反時代的でもあれば、また尖端的でもあり得るような知的活動の共有され、生きられた時間を、私たちは、ここに、その成果報告書としてまとめあげ、ひとまずは世に問うこととなる。充溢を極めた三年間の思索の深み、知的拡大は、もとより一朝一夕に成果として形をなすにはあまりにも大きなものだった。問題は、ここに刊行する「成果報告書」での、各自の暫定的な論述、その思惟の軌跡では、決して終わることのないほどの質量を伴った、自ずと抱え込んだ諸課題を、今後のそれぞれの研究の現場において、私たちは、果たしてどこまで拡充し、展開させていくことが出来るか、にある。ここにまとめたものは、そのための、いわば、里程標ないしは橋頭堡であるにすぎない。真の対話的思索は、これからの各個の、三年に亙る冒険的な営為によって鍛え上げられた身体および知性を一層、するどく研ぎ澄ませることによってこそ、意義を見出されることになろう。この間の、想定以上に拡大し延び拡がった諸課題の冒険的な打ち立てと、身を削りつつの踏破とによって、本共同研究は、結句、今後、どの様な帰趨をみることになるか。それは、いわば、未来に属する事柄である。われわれの終わりなき探求の道筋は、わずかにその端緒を開き得たに過ぎないのでもあるだろう。いわば、真の成果は、今後の長い研究生活のはるか先にあってこそ、その実を結ぶかに思われる――。それを、これから来るであろう春秋に富んだ新しい世代の人々にバトンとして渡さなければならない、学に志す道を歩み続ける者としての重い責務がある。

いささかの心地よい知的・肉体的な疲労感を、いまだ総身に覚えながら、長くて短かった、燃焼しきったこの三年間を総括しつつ、三年に亙った共同研究のささやかな「研究成果報告」のための後書きに代えることとする。末筆ながら、この間に、われわれの研究課題に深く賛同され、多くの支援を賜った数え切れないほどの、領域を超えて真摯に集ってくださった諸氏へ深甚の感謝の言葉を申し述べたい。人文科学の灯は移り変わりゆく時の流れとともに、已むことなくハイブリッドな様相を呈する。それは、決して絶やされることのない私たちにとっての、常に変わることなき叡知へ向けての導きなのであり、そこに係わる者としての使命と歓びとをもって本書を私たちの生の、ひとつの証しとしたい――。それに耐えうるものとなっているかどうかは、本書を偶然にも手にされるまだ見ぬ読者諸氏の判断に委ねるほかはない。

（二〇一七年一月二三日擱筆）

著者紹介（五十音順）

井戸田総一郎（いとだ・そういちろう） 1950年生まれ。明治大学文学部教授。慶應義塾大学大学院文学研究科博士課程満期退学。アーヘン工科大学大学院文学研究科において Dr. phil. の学位取得。専攻、ドイツ文学。主著、„Theorie und Praxis des literarischen Theaters bei Karl Leberecht Immermann in Düsseldorf 1834-1837"（1990, Carl Winter Universitätsverlag, Heidelberg)、„Berlin und Tokyo — Theater und Hauptstadt"（2008, iudicium Verlag München, 第15回連合駿台会学術賞受賞)、『演劇場裏の詩人 森鷗外――若き日の演劇・劇場論を読む』（2012年、慶應義塾大学出版会）。その他論文多数。

大石直記（おおいし・なおき） 1957年生まれ。元明治大学文学部教授。慶應義塾大学大学院文学研究科博士課程後期中途退学。慶應義塾大学より博士号（文学）取得。専攻、日本近代文学。主著、『鷗外・漱石――ラディカリズムの起源』（2009年、春風社、第18回連合駿台会学術賞受賞）、森鷗外研究会編『森鷗外と美術』（共著、2015年、双文社）等。その他論文多数。

合田正人（ごうだ・まさと） 1957年生まれ。明治大学文学部教授。東京都立大学大学院博士課程中途退学。専攻、思想史。主著、『思想史の名脇役たち』（2015年、河出書房新社）、『幸福の文法』（2013年、河出書房新社）、『レヴィナスを読む』（2011年、ちくま学芸文庫）。訳書、E. レヴィナス『存在の彼方へ』（1999年、講談社学術文庫）等。

模倣と創造 **哲学と文学のあいだで**

明治大学人文科学研究所叢書

刊 行 2017年3月
著 者 井戸田 総一郎
大石 直記
合田 正人
刊行者 清藤 洋
刊行所 書肆心水

135-0016 東京都江東区東陽 6-2-27-1308
www.shoshi-shinsui.com
電話 03-6677-0101

ISBN978-4-906917-65-5 C0090

乱丁落丁本は恐縮ですが刊行所宛ご送付下さい
送料刊行所負担にて早急にお取り替え致します

終わりなき不安夢　夢話 1941-1967　ルイ・アルチュセール著　市田良彦訳　四六上製　三二〇頁　本体三六〇〇円＋税

フロイトの矛盾　フロイト精神分析の精神分析と精神分析の再生　ニコラス・ランド／マリア・トローク著　大西雅一郎訳　Ａ５上製　二八八頁　本体四九〇〇円＋税

オネイログラフィア　夢、精神分析家、芸術家　ヴィクトル・マージン著　斉藤毅訳　Ａ５並製　二八八頁　本体三六〇〇円＋税

境　域　ジャック・デリダ著　若森栄樹訳　Ａ５上製　五一二頁　本体四九〇〇円＋税

私についてこなかった男　モーリス・ブランショ著　谷口博史訳　四六上製　三二〇頁　本体三二〇〇円＋税

アミナダブ　モーリス・ブランショ著　清水徹訳　Ａ５上製　三三六頁　本体四二〇〇円＋税

カフカからカフカへ　モーリス・ブランショ著　山邑久仁子訳　四六上製　三二〇頁　本体三六〇〇円＋税

言語と文学　モーリス・ブランショ／ジャン・ポーラン／内田樹著　野村英夫・山邑久仁子訳　四六上製　四一六頁　本体三八〇〇円＋税

百フランのための殺人犯　ジャン・ポーラン著　安原伸一朗訳　Ａ５上製　一六〇頁　本体二五〇〇円＋税

ひとつの町のかたち　ジュリアン・グラック著　永井敦子訳　四六上製　二八八頁　本体三三〇〇円＋税

共にあることの哲学　フランス現代思想が問う〈共同体の危険と希望〉1　岩野卓司編　Ａ５上製　三五二頁　本体三三〇〇円＋税

他者のトポロジー　人文諸学と他者論の現在　岩野卓司編　Ａ５上製　三五二頁　本体六三〇〇円＋税

リオタール哲学の地平　リビドー的身体から情動-文へ　本間邦雄著　Ａ５上製　三五二頁　本体三二〇〇円＋税

宮廷人と異端者　ライプニッツとスピノザ、そして近代における神　マシュー・スチュアート著　桜井直文・朝倉友海訳　四六上製　四六四頁　本体三八〇〇円＋税

文語訳 ツァラトゥストラかく語りき（新装版）　ニイチェ著　生田長江訳　Ａ５上製　四八〇頁　本体五五〇〇円＋税